新編沈尹默詩詞集

酈千明 編注

浙江人民美術出版社

圖書在版編目（CIP）數據

新編沈尹默詩詞集 / 酈千明編注. -- 杭州 : 浙江人民美術出版社, 2024.5
ISBN 978-7-5340-9305-0

Ⅰ. ①新… Ⅱ. ①酈… Ⅲ. ①詩詞—作品集—中國—當代 Ⅳ. ①I227

中國國家版本館CIP數據核字(2023)第194064號

責任編輯 余雅汝
責任校對 黄 静 錢偎依
責任印製 陳柏榮
封面設計 何俊浩

新編沈尹默詩詞集
酈千明 編注

出版發行：浙江人民美術出版社
地 址：杭州市環城北路177號
經 銷：全國各地新華書店
製 版：杭州真凱文化藝術有限公司
印 刷：浙江新華數碼印務有限公司
開 本：710mm × 1000mm 1/16
印 張：33.25
字 數：500千字
版 次：2024年5月第1版
印 次：2024年5月第1次印刷
書 號：ISBN 978-7-5340-9305-0
定 價：128.00圓

沈尹默先生

前　言

沈尹默是近現代極具影響力的詩人，一生創作宏富，造詣高深。他生前曾對親友說："我無字不入詩，爲詩壇之公認。平心而論，我之成就當以詩爲第一，詞次之，書法最下。世人不察，譽我之書法，實愧哉矣！"又說自己"詩逾萬，無法搜齊。詞可能比較容易些"。可是，到目前爲止，尚無一本比較全面的沈氏詩詞集問世。這對沈尹默研究和近現代文學研究來説，都是一大遺憾。

沈尹默最早的詩詞集爲1925年1月北京書局印行的《秋明集》，分上下兩册，前詩後詞。上册收1905年至1925年所作舊詩二卷（卷一、卷二），共一百七十三首；下册收1905年至1925年所作詞七十二闋。此書1929年12月重印，仍爲上下兩册。上册在原有二卷基礎上，增加一卷（卷三），即1926年至1927年所作舊詩四十首；下册在原有基礎上增加《南柯子》等六闋。因此，重印版共收舊詩二百十三首、詞七十八闋（合計二百九十一首）。

1949年以後，沈尹默詩詞出版物有三種，分别是1983年3月書目文獻出版社（國家圖書館出版社前身）出版的《沈尹默詩詞集》，1983年7月金陵書畫社影印出版的《沈尹默小楷》，1984年8月齊魯書社影印出版的《沈尹默手書詞稿四種》。書目文獻出版社出版的《沈尹默詩詞集》是迄今爲止收録沈氏作品最多的一部公開出版物。全書收録新詩（十七首）、秋明詩（二百十三首）、秋明室雜詩（四十五首）、近作詩（十二首）、秋明詞（七十八闋）、近作詞（七首）共六個部分，總計三百七十二首（闋）。此書出版次年，就有學者（林辰《關於〈沈尹默詩詞集〉》，見《讀書》1984年第7期）提出批評意見，認爲其存在較多問題，首先即指出搜集不全："似乎沈尹默在一九二七年後至一九四〇年前這一段時間裏，没有寫過舊詩；在一九二八年後至解放這二十年的時間裏，没有再寫過詞。"事實自然不是如此，該學者列舉楊公庶輯、1946年在重慶印行的《雍園詞鈔》，其中就有作於抗戰時的兩種詞集《念遠詞》《松壑詞》，合計收詞一百七十三闋。而1949年後，沈氏所作詩詞也遠不止《沈尹默詩詞集》所收的十多首。《沈尹默小楷》与

《沈尹默手書詞稿四種》爲影印出版，所收詩詞數量不多。《沈尹默小楷》收1940年至1949年所作詞一百十六闋，《沈尹默手書詞稿四種》僅收録其詞集《念遠詞》《松壑詞》兩種。

筆者十多年來，利用業餘時間，先後訪問各地圖書館、博物館、檔案館及私人收藏家，廣泛搜集整理沈氏詩詞作品，至今已録得其新舊詩、詞和散曲共計二千二百餘首。創作時間從1905年至1970年，前後長達六十六年。現將其分爲舊詩、詞、新詩、曲四卷，分別按創作順序加以編注。舊詩和詞按年編排，其中未能確定年月的歸在卷末“輯餘”内。新詩和曲數量較少，分別按創作時間編排。具體如下：

卷一，舊詩。舊詩數量最大，占全書的百分之七十以上。除《秋明集》外，其餘詩作來源主要有兩部分：一是近年發現的作者書録自作詩小册子《漫與集》、《寫心集》、《山居集》、《短籬集》、《歸來集》（主要是詩，也有少量詞作）。前四種爲1939年作者入蜀至1942年所作，後一種爲1946年返回上海後所作。二是從新舊報刊、著述及公私收藏書法作品（包括拍賣品）中搜集的詩作，時間從1930年至1939年及1946年至去世前，這部分數量也比較多。

卷二，詞。收録的詞和舊詩情况相似。除《秋明集》外，主要也是從作者書録的自作詞小册子及新舊報刊、著述及公私收藏書法作品（包括拍賣品）中得來。

卷三，新詩。主要分爲兩部分，一爲五四時期所作，二爲1949年後所作。前者包括《新青年》刊登的新詩十七首，另有近年新發現的二首（即原存於中國社會科學院胡適檔案中的《熱天》和刊登於1923年1月6日《晨報副鐫》的《耶誕節夜》）。後者收得十多首，其中少部分發表在《光明日報》《解放日報》《文匯報》等報刊。内容大多緊跟國内外政治形勢。以上除《新青年》刊登的十七首已由書目文獻出版社出版的《沈尹默詩詞集》收録外，其餘均爲新發現的作品。

卷四，曲。這部分内容不多，爲抗戰時在重慶所作，至今留存三十多首，均發表於《時代精神》《中央日報》等民國時期報刊。

幾乎所有作品都作了簡要的注釋，書後附有“諸家評論”和“部分詩詞手迹”，取名《新編沈尹默詩詞集》，交出版社正式出版。

此書的出版，一方面希望讀者對沈尹默詩詞有一個較爲完整的瞭解，另一方面希望能起到抛磚引玉的作用，在不久的將來有更多的沈尹默詩詞被發掘出來。

目　録

卷一　舊詩

一九〇五年

一九〇六年

一九〇七年

一九〇八年

一九〇九年

一九一〇年

一九一一年

一九一二年

一九一三年

一九一四年至一九二五年

一九二六年

一九二七年

一九三〇年

一九三二年

一九三三年

一九三四年

一九三五年

一九三六年

一九三七年

一九三八年

一九三九年

一九四〇年

一九四一年

一九四二年至一九四三年

一九四四年至一九四五年

一九四六年至一九四九年

一九五〇年

一九五二年

一九五三年

一九五四年

一九五五年

一九五六年

一九五七年

一九五八年

一九五九年

一九六〇年

一九六一年

一九六二年

一九六三年

一九六四年

一九六五年

一九六六年

一九六九年

一九七〇年

輯　餘

卷二　詞

一九〇五年

一九〇六年

一九〇七年

一九〇八年

一九一〇年

一九一四年至一九一七年

一九一八年

一九一九年至一九二八年

一九二九年至一九三二年

一九三九年

一九四〇年

一九四一年至一九四六年

一九四七年至一九四九年

一九五〇年

一九五三年

一九五五年

一九五七年

一九五八年

一九五九年

一九六〇年

一九六一年

一九六二年

一九六三年

一九六四年

一九六五年

一九六六年

輯　餘

卷三　新詩

五四時期

中華人民共和國成立後

卷四　曲

抗戰時期

附録一　諸家評論

附録二　部分詩詞手迹

卷一　舊詩

一九〇五年

即時偶占二首[①]

鴻鵠元無燕雀媒，乾坤俯仰一傾杯。篋中尚有能鳴劍，未是風塵大可哀。
海上煙雲意未平，春風不放十分晴。會須一洗箏琶耳，來聽江湖澎湃聲。

注：①即時偶占二首：這是迄今發現的作者創作最早的兩首詩。

述夢八首

天風吹暖過蘭堂，親受飛瓊進玉漿。坐我三熏三沐[①]已，低頭一笑大輕狂。
牢落情懷酒百觴，惺忪塵夢費思量。微微心上温馨[②]在，賸孕天花散後香。
樓外春雲易化煙，春聲留夢不曾圓。金箏雁柱[③]從頭數，撥到當胸第幾弦？
十二珠簾敞畫筵，酒痕和月上眉端。那堪一曲瀟瀟雨，翠袖紅鐙照夜寒。
窗紗慘緑上單衣，一抹遥山小苑西。半是低徊半惆悵，萬花如夢一鶯啼。
團欒宫樣製湘紈，不繡鴛鴦不畫鸞。細字寫他懽喜語，替他禮佛爇沉檀。
油壁香車[④]載别愁，繞城駿馬霎時休。不堪更向城東路，細草垂楊盡帶秋。
一花一葉尋常怨，惱我沉吟萬古情。打散天涯芳草夢，寺樓鐘鼓太淒清。

注：①三熏三沐：多次沐浴並用香料塗身，是古代對人極爲尊重的一種禮遇，表示虔敬。②温馨：温暖。③雁柱：樂器箏上整齊排列的弦柱。④油壁香車：指古時婦女乘坐的油壁車。宋代晏殊《無題》詩："油壁香車不再逢，峽雲無迹任西東。"

一九〇六年

擬古二首

月色何清腴，團團明鏡姿。瓓瓏媚瑶簟，窈窕映蘭閨[①]。秋花不自好，含意弄霏微[②]。座有雙明珠，流彩入幽菲。攬以慰我懷，忽忽生遐思。願言託靈鵲[③]，銜之西北飛。

迢迢西北馳，去去洛陽道。洛陽非無花，清露滋秋草。豈唯滋秋草，水深多泥淖。驅車若爲行，馬鳴風浩浩。棲我羈旅心，沉憂恐速老。東鄰有新聲，間以筝琶抱。强起理清尊，一醉顔色好。

注：①蘭閨：女子居室的美稱。②霏微：形容霧氣、細雨彌漫的樣子。③靈鵲：即喜鵲。民間認爲喜鵲通靈，故又稱靈鵲。

洛陽道中作

草樹萋圓未似秋，孤蟬低咽怨清遊[①]。車聲歷鹿[②]河聲死，碾破西行五日愁。

注：①清遊：清雅遊賞。②歷鹿：象聲詞，車輪聲。

飛雲曲

萬劫[①]千秋感，三生一面難。浣花溪[②]上水，從古訴悲懽。
我有南樓曲，曾傳玉版箋。春潮流不到，何況五湖船[③]。
細燭煎春恨，繁弦散夕薰。停杯欲誰語？延佇爲飛雲。

注：①萬劫：萬世。形容時間極長。②浣花溪：位於四川成都，爲錦江支流。溪旁有唐代杜甫的故居浣花草堂。當地還流傳一則浣花夫人擊退叛軍、保衛成都的故事。③五湖船：又作“范蠡船”。指心境閑適，泛舟江湖。典出《國語·越語》。

後述夢八首

桃花還比海棠柔，嬌小端應字莫愁。聽取曉窗鸚鵡語，唤人開幔替梳頭。

也無情思賦朝雲，辜負金罏竟夕熏。一種難忘好心性，湘蘭香息玉温文。
牡丹開過懶填詞，緑妬紅愁兩未知。山色樓頭朝暮見，了無幽怨到蛾眉。
蒼松翠竹嘯龍鸞，小有亭樓當畫看。解道詩腔勝絲竹，宫詞珠字寫冰紈[①]。
玲瓏秋玉嫭[②]晶盤，細語幽芳小比肩。凉絶藕花池畔路，羅衣如水月如烟。
梅花落盡百花遲，肯信芳華未有期。愁絶寒堂開夜宴，燈痕紅瘦别離時。
柳花漠漠罨春城，猶記當時相見情。誰分湘弦未終曲，空教鸞鶴怨三生。
沉沉草樹暮煙斜，愁想芳茵糝落花。無法讖[③]卿還自讖，秋鐙夜夜泣靈華。

注：①冰紈：漢代絲織品。一種很細很薄的絹類絲織物。②嫭：美好。③讖：迷信指有關吉凶的預言。

賦罏香

儘有温存意，愔愔[①]那可名。瑶琴生悱惻，繡幕不凄清。薦以三春夢，銷兹百感情。簾衣勤護惜，争奈玉鈎輕。

注：①愔愔：寂静。

秋日雨中寄師愚[①]

幽花寂寂媚蒼苔，凉雨蕭疏秋更哀。江水何心流夢遠，嶽雲無意撥愁開。故人天際飛鴻疾，消息南中遲雁來。漸近中秋更重九，可能松菊共清醅。

注：①師愚：蔡寶善（1869—1939），字師愚，浙江德清人。清光緒二十七年（1901）舉人，二十九年經濟特科乙等及第。歷任京師大學堂提調，陝西寶雞、長安（今屬西安市）等縣知縣。民國後曾任江蘇省公署諮議長等職。著有《觀復堂詩集》《聽潮音館詞集》等。

悵　望

東南金碧入烟濛，悵望還期一水通。珠絡香韉閑寶馬，私書芳意約征鴻。夢中草色沉沉盡，醉裏霜花旋旋空。賸與海棠尋舊約，斷腸無奈夕陽紅。

寒雨催秋，重陽近矣，即時感懷，與星姊[①]聯成四韻，寄士遠[②]南潯、兼士[③]東京

雨意沉秋烟景微（默），林鴉暮帶濕雲歸。黄花觸我年時感（星），白酒泥人今日非。松老苔荒嗟晼晚（默），蟹肥稻熟夢依違。羈懷放浪無餘事（星），欲賦登臨遲雁飛（默）。

注：①星姊：作者長姐沈星聯（毓珠）。②士遠：長兄沈士遠（1881—1955），1917年任國立北京大學預科教授，後任國文系教授、庶務部主任。1929年任浙江省政府秘書長。1936年任國民政府考試院考選委員會副委員長。1950年後任故宫編纂委員、文獻館主任。③兼士：弟弟沈兼士（1887—1947），1905年赴日本留學。1913年任國立北京大學國史編纂處編纂員，後任國文系教授、研究所國學門主任。1934年任故宫博物院文獻館館長。後任北平輔仁大學教授兼文學院院長。著有《廣韻聲系》《聲訓論》等。

歲暮感懷，寄江海故人

出門竟安往？牢落且登臺。叔世[①]迫陽景，寒天憂廢材。長安[②]無米乞，江海少書來。何日春花發，相期共酒杯。

注：①叔世：末世。衰亂的時代。②長安：西安。當時作者“舉家僦居長安市小屋，日以菜羹和雜糧爲食，僅免凍餒”，故有“長安無米乞”句。

賦銅瓶梅花

銅瓶尺半不爲短，清泉尺半不爲淺。中有兩枝三枝梅，短枝拗折生冰苔。長吟曼語千徘徊，秘香飛出盤雲罍。瑶妃[①]幽窅[②]無鸞媒，璚華瘦盡還須開。龍卵初破鳳初胎，座中隱隱聞春雷。玉女十萬朝天回，火玉六出雜明瑰。玲瓏窗户飛紅埃，步虚聲落雲屏隈。坐笑劉徹非仙才，巾笈百卷胡爲哉？人生壽命徒疑猜，尊酒全勝登蓬萊。對此一飲復一咍，丹鶴散去旋歸來。時讀《武帝内傳》。

注：①瑶妃：女神名，西王母之女。②幽窅：幽窈，幽深。

一九〇七年

幽　靚

朱樓[1]十二玉爲房，幽靚[2]難成時世妝。雲錦牽絲愁宛轉，月輪碾夢怨飛揚。春蛾乾死蘭膏歇，幺鳳重生錦瑟張。錯向太平坊[3]底過，被人猜作踏摇娘[4]。

注：①朱樓：富麗華美的樓閣。《後漢書·馮衍傳》："伏朱樓而四望兮，采三秀之華英。"②幽靚：幽静。③太平坊：古代長安（今西安）外郭城坊之一。④踏摇娘：又作"踏謡娘"，指古代表演歌舞的女子。

小齋兀坐，感舊詠懷，寄遠兄兼弟並呈星姊

遠思淩浮雲，澄懷悦棐几。緬彼林泉居，云何在官裏。雖無山水勝，頗具花竹美。短亭愜遊目，曲沼蕩心滓。哦詩送白日，流光驚電駛。十載四出入，人事悲生死。頓令風雅緒，一紊不可理。馬尾南山雲，馬首黄埃起。鬱鬱返故廬，敝褐長安市。道旁連甲第，喧赫者誰子？輿服何豪華，言狀何下俚？芒芒九陌間，萬轍同一軌。冀北薮神駒，遼東珍白豕。井鼃語滄海，見小多如此。儻蕩中時忌，動輒得謗毁。和光嗟偃蹇，同俗費鈎揣[1]。世敝縟禮文，指摘及冠履。莽莽元規塵，汙人莫可邇。頗憶終南徑，延亘餘千里。險巇詎所安，清曠乃足喜。處境難具良，得半亦云已。若論獨善懷，未必非昨是。獨慚烟霞儔，謂非今世士。所貴精神完，焉可議形似。挾藝事權要，志士亦足耻。吾輩榮浮名，有如長江水。

注：①鈎揣：試探揣度。

泛舟湖上

短舸微吟一粟身，蒼然煙雨眼中新。亭前孤鶴去千載，湖上遊人歷幾春。南國英靈枯樹在，古祠荒意野梅貧。可堪滄海横流日，來與閑鷗話苦辛。

感時詠懷兼憶師愚

彈指茫洋現十洲，可應無地與埋憂。耽精慧業[1]原多患，被服芳馨詎自由。遁世潛龍無日起，生郊戎馬[2]幾時休？昇平歌吹渾疑夢，惱我無端發醉謳。

注：①慧業：佛教語。指智慧的業緣。②生郊戎馬：即“戎馬生郊”，指戰亂四起。《老子》：“天下有道，却走馬以糞；天下無道，戎馬生於郊。”

以酒賞殘菊

淡淡霜花綴細莖，一叢冷豔古今情。籬邊山色看猶是，隴上歌聲久不賡。正氣乾坤隨歲盡，沉憂風雨一時生。不應獨抱江湖感，來向荒畦醉落英。

一九〇八年

春日感懷

東風迤邐柳婆娑，横笛聲中奈此何！未必春心是黄檗[1]，枉憑清淚續流波。當歌對酒[2]真成醉，閉户焚香易着魔。底事欲窮千里目，短屏深處落紅多。

注：①黄檗：芸香科黄檗屬植物。樹皮内層經炮製後入藥。②當歌對酒：即“對酒當歌”，意思是人生時間有限，應該有所作爲。漢代曹操《短歌行》詩：“對酒當歌，人生幾何！譬如朝露，去日苦多。”

五月五日

節物[1]忺[2]人角黍香，榴花到眼益清狂。當筵對客渾欲笑，照座入杯無自芳。巾扇飄零幾今昔，芸蘭焚歇一炎凉。避兵續命人間事，舉手還期酒滿觴。

注：①節物：應節的物品。②忺：適意，高興。

雨晴訪芸生[①]，歸而有作，因贈並寄寰塵[②]

坐愛微凉一散襟，酒杯還與澮相尋。閑身可飫風塵味，末俗難知道路心。劫急一枰終擾攘，雨鳴連日暗銷沉。前頭已試風波險，要與先生放浪吟。曾共芸生、寰塵遊雲巢[③]，過碧浪湖[④]，風大作，幾覆舟。

注：①芸生：作者好友潘芸生，清末曾任吴興（今湖州市）女校監督。②寰塵：俞寰澄（1881—1967），又名寰塵，浙江德清人。早年加入同盟會，並捐款資助革命。1945年參加民主建國會。1949年後歷任全國政協第一届委員會委員、中國民主建國會常委等。③雲巢：山名。位於湖州城西南部，爲當地名勝。④碧浪湖：湖泊名。湖州城南重要景點之一。

重九卧病憶兄弟，前年是日雨，在長安與姊聯句寄懷，因成一律

九日風烟淡不收，茱萸懶插憶吟儔。清疏坐雨仍三地，黄落凋年又一秋。可有高丘勞蠟屐，寧非吾土怨登樓。賸教卧病酬佳節，白酒霜螯未許求。時疫，醫云忌食蟹。

次韻伯兄和張冷[①]題研屏詩

幽花閑掩讀書堂，詩力令人起慨慷。百感情懷成説劍，千金歲月待傾觴。江山祇合驚秋雨，樓閣何曾戀夕陽。勝具不殊塵事在，坐看黄葉轉風廊。

注：①張冷：張宗祥（1882—1965），字閬聲，别號冷僧，浙江海寧人。早年任浙江省教育司科長及杭州府中學堂、浙江高等學堂教員。1922年後任浙江省教育廳廳長。

被酒一首呈原丈

被酒殘鐙耿欲然，孤懷差共使君賢。千秋碧血原遺憾，一世黄書祇浪傳。倒海龍蛇剛起陸，畫江旗幟敢遮天。成名竪子嗟無識，绿水青山又十年。

偶有感

手翻手覆事難工，人哭人歌理自同。漫倚高懷成酒病，不緣獨駕識途窮。紙明

窗暖蟲争日，人去廊回葉轉風。獨抱遺芳向江海[①]，故人憐我未須東。

注：①獨抱遺芳向江海：套用明代鄭善夫《得思道書》“獨抱遺芳向遠人”句。

用太夷[①]《春歸》韻贈仲愷[②]

憶從剪燭話春歸，風雨經年夢不飛。時復一尊懽會短，中更多病世情微。琴書送日寧今是，貧賤驕人恐昨非。此際猶堪共清醒，明明初月上簾衣。

注：①太夷：鄭孝胥（1860—1938），字太夷，福建閩縣（今屬福州市）人，近代詩人、書法家。光緒年間舉人，歷任廣西邊防大臣、安徽按察使、湖南布政使等。辛亥革命後以遺老自居。②仲愷：作者好友梁仲愷，浙江吴興（今湖州市）雙林人。1906年，梁氏與作者長兄士遠同在吴興南潯正蒙學社執教。次年，作者亦進正蒙執教，租住在梁家附近。

孤　憤

南北東西足苦吟，樓高天遠望沉沉。獨憐烏鵲群飛意，誰挽江河日下心。孤憤終朝成抵几[①]，故情從古惜亡簪[②]。窮途窮律猶非是，對酒當歌已不禁。

注：①抵几：即“奮髯抵几”，意思是用手擊几。典出《漢書·朱博傳》，後用以贊美州郡長官。②亡簪：爲懷念故舊的典故，出自《韓詩外傳》卷九。

掩　卷

稍從隱几明無我，暫得逍遥物外遊。莽莽蟲沙一凡楚，紛紛螻蟻幾王侯。孤明如月何堪掇，澹蕩爲雲已不收。掩卷茫然天地大，高吟聊發海中漚。

一九〇九年

譜琴[①]獵得兩麞[②]，因贈

入世端須有殺機，健兒身手未應非。生更憂患言難好，禍及禽魚事已微。飲血黄麞剛耳熱，突林雙雉又心飛。南山有虎仍當道，更請從君獵一圍。

注：①譜琴：沈譜琴（1873—1939），名毓麟，浙江湖州人，作者族叔。早年留學日本，加入中國同盟會。回國後曾任湖州府中學堂監督。時作者應聘任該校國文教員，曾與家人寄居沈譜琴位於湖州城内承天寺巷的舊宅。②麞：同“獐”。

春雨感舊，寄兄弟並呈伯姊

醉夢騰騰有此身，朝糜一呷便忘貧。春風澹宕能容我，夜雨蕭疏更憶人。花事幾編棠社草，馬鞭十里柳堤塵。如今雙鬢猶堪在，攀竹烹茶一愴神。“烹茶雙鬢濕，攀竹一襟風”，星姊山中舊作也。中更變故，兄弟姊妹散在四方。春朝秋夕猶如昨日，而優遊觴詠之樂不可復得矣。

今日不樂，拉雜爲此

今日不樂復何喜，風雨沉沉動江水。越臺[①]雲物望中新，吴苑[②]鶯花塵底死。去年城頭烏夜啼[③]，坐中有客含愁悽。今年烏飛夜將旦，東方大星光爛爛。星光忽墮酒光紫，杯酒英雄數誰子？屋頭老樹紛披離，百年彊幹無醜枝。拗枝作箸食不下，彈劍長歌淚如瀉。

注：①越臺：春秋時越王勾踐登眺之所。②吴苑：長洲苑，春秋時吴王之苑。③去年城頭烏夜啼：套用宋代賀鑄《菩薩蠻》詞“城頭烏夜啼”句。

題曼殊[①]畫册

賣酒罏邊春已歸，春歸無奈酒人稀。賸看一卷蕭疏[②]畫，合化荒江烟雨飛。

脱下袈裟有淚痕，舊遊無處不傷神。何堪重把詩僧眼，來認江湖畫裏人。

注：①曼殊：蘇曼殊（1884—1918），原名玄瑛，字子穀，廣東香山（今中山市）人。早年參加民主革命，後削髮爲僧，法號曼殊。南社詩人、畫家。著有《蘇曼殊全集》等。②蕭疏：灑脱，自然不拘束。

秋日雜詩

霜日普無精，暉暉動寒色。開軒延朝氣，清露泫然入。中庭無草木，秋光胡由得。凉風在户牖，何時不相及。天時固緧[①]迫，人事待比飭。悠悠歲暮懷，感之百憂集。匪唯衣裳單，我民念食息。年少愛春華，歷兹終嘿嘿。莊殺天地然，嘅歎中腸直。何須酤美酒，濁醪猶足挹。黄菊以樂飢，相將葆貞德。

晨雀噪檐端，啁啾不能休。寄言謂晨雀，爾鳴將焉求？飄摇風雨急，何用事綢繆。八表[②]儼同昏，日月固不周。兹迺天攸爲，要非人可謀。浮湛匪我願，避世資車舟。羡爾健兩翼，倏忽任所遊。寥廓詎不遠，罻羅[③]安足仇。世途多荆棘，人禽共一憂。寄言謂晨雀，爾鳴將焉求！

注：①緧：收緊。②八表：又稱“八荒”。極遠的地方。③罻羅：指捕鳥的網。

赴宴夜歸聞雁

風霜一雁叫，鐙火幾人歸。獨倚高樓望，繁星忽滿衣。難將歌吹[①]遣，端與性情違。此際嗟生事，高吟未免飢。

注：①歌吹：歌唱和奏樂。

一九一〇年

酬兼士弟懷舊山居之作

山城[①]既多暇，况富少年情。理亂懷未營，舉家歌太平。陽春二三月，桃柳粲已盈。觴詠陶嘉日，惠風和且清。

風和理易愜，時清韻益遼。聯吟坐臺榭，逸響出林皋。何言朋從樂，分揚兄弟鑣。獎借念先德，四序儼崇朝。

四序各懽悰，攜手共言遠。遨遊無近林，登城望雲巘[②]。川流帶縈紆，風烟日在眼。荒陬倘隱淪，緬言時已晚。

時晚意多違，人事紛拘牽。生死十載情，離憂孰能蠲？卧痾驚花笑，耽静池館[③]妍。夢寐在烟蘿，微尚逐浮廛。

浮廛詎易遠，微尚託前修。今時雖云合，難爲夙昔遊。斟[④]酒寫深尊，清言與子疇。舊懽信難再，舊念慨徒留。

注：①山城：作者兄弟出生及度過童年、少年時代的陝南漢陰城（今陝西省漢陰縣）。②巘：險峻的山。③池館：池苑館舍。南朝齊謝朓《遊後園賦》：“惠氣湛兮帷殿肅，清陰起兮池館涼。”④斞：用斗、勺等舀取。

二月雨中漫賦

高樓呼酒醉何曾，嫩柳傞傞[①]已不勝。十日東風吹雨過，坐看白晝我猶能。

注：①傞傞：飄舞貌。

棠社坐雨同兄弟作

亂雨沉春色，寒風轉故叢。翛然蘭蕙意，塵事百無功。四海有兄弟，十年幾雁鴻。滄浪天未喻，尊酒念何窮！

謁　墓

涉世風波急，平流渡亦難。室家尚南北，骨肉足悲懽。鵑血三年碧，松濤二月寒。墓門今日誓，生死一儒冠。

春夜漫興

柳昏花暝愁風雨，二月餘寒在畫屏。獨夜高樓春思迴，轉鐙出户見春星。

湖上雜詩

江潮與湖水，兩地不相逢。繡裙雙蛺蝶，何處着芙容？

湖風拂郎面，湖水見儂[①]心。郎面有寒暖，儂心無淺深。

二十好男兒，飛馬高樓下。何處蹴香塵？秋孃[②]墳上土。

注：①儂：人稱代詞，我（多見於舊詩文）。②秋孃：孃，同“娘”，泛指聰明有才華的女子。

雜感八首

洪濛闢宇合，太古崇二皇。遂令搆治亂，君臣紊天常。仁哉混沌氏，七竅以鑿傷。聖哲終何營？跬步嗟迷陽。

董生佐武皇，六經日月懸。自從倉沮[①]來，事象窮其玄。啾啾鬼神泣，憂患何時蠲？燬書坑儒生，遠矣嬴政賢。

日月麗中天，衆星安在哉？元經接獲麟[②]，藐爾王佐才。被髮祭郊野，名山望君來。懷生知順則，經綸布九垓[③]。

伐國不肯言，寂寞揚子雲[④]。淵淵陶彭澤[⑤]，曾無代禪文。明哲古所希，危行寄人群。飲酒復飲酒，侵晨達日曛。

求仙復何許？云在三神山。海風引舟去，望見三青鸞。餌术不獲年，持齋使人鰥。寄謝塵世人，長醉保朱顏。

壯士夢田獵，射虎南山頭。朝來淚盈握，功實不相侔。寶劍爲我友，黄金爲我仇。駿足輕萬里，羈絆將何求？

憧憧出門去，黄埃雜車馬。相逢大道傍，誰肯爲我下？仰天招白雲，御我之曠野。呦呦麋鹿音，和者一何寡！

朝日射櫺檻，暮雨灑牀帷。圜道絶偏私，無喜復何悲！攬鏡對形影，還問子爲誰？當身本無物，焉知有是非。

注：①倉沮：指倉頡與沮誦。倉頡，相傳爲黄帝史官、漢字創造者。沮誦，爲倉頡助手，幫助其創造漢字。②元經接獲麟：指隋王通所撰《元經》記自春秋時期叔孫氏西狩獲麟之年至南北朝史事。叔孫氏獲麟之年，即春秋魯哀公十四年，相傳孔子作《春秋》至此而輟筆。③九垓：中央至八極之地。④揚子雲：揚雄（前53—18），字子雲，蜀郡郫縣（今成都市郫都區）人，漢代辭賦家、思想家。⑤陶彭澤：指東晉詩人陶淵明。因曾任彭澤縣令，故稱。

上巳修禊[①]作

良時託高詠，耆德集群賢。幽情暢惠風，何必永和年[②]。妙道喻觀水，適我感自然。今昔理一致，隨遇羲唐前。

注：①修禊：指上巳日古人臨水洗濯，以祓除不祥。②永和年：指永和九年（353）。這年農曆三月三日，東晉書法家王羲之等人在紹興蘭亭舉行修禊儀式，其間所賦詩歌匯成集子。王羲之即興揮毫，爲詩集作序，即著名的《蘭亭集序》。

三月廿六日漫興

流轉風光送却春，鳴鳩乳燕故愁人。依城小築花事晚，隔岸牽舟楊柳新。辛味充餐殊不惡，甘香發酒未妨貧。眼前塵土除何易，鍤畚[①]園中愧此身。

注：①鍤畚：亦作“畚鍤”“畚插”。借指土建之事。

泛舟至孤山[①]作

平波蕩輕舟，徐風散煩襟。孤山在人境，避俗暫幽尋。疊嶂挂微陽，澄湖淼且深。昔時充隱地，梅花成故林。高人不可見，空谷歎遺音。舉世無伯牙，誰爲寫瑶琴？長嘯感玄鶴，逌然江海心。

注：①孤山：位於浙江省杭州市西湖風景區，周圍人文古迹衆多。北宋詩人林和靖曾隱居於此，終身不仕不娶，惟喜植梅養鶴，人稱“梅妻鶴子”，故有“昔時充隱地，梅花成故林”兩句。

題靈峰寺[①]補梅庵

凌虛靡勁翮，逍遥陜八荒。霜雪交四序，冥色生高堂。坐閱塵世人，憂艱競侯王。淵淵山水理，於兹異炎凉。誅茅媚穹谷，懷哉此周行。高名今見殉，寂寞豈其常。沉淪既不易，萌志即高翔。

昔聞市朝隱，今見丘山性。循隙遵荒途，服御迫從政。高懷緬前修，倞[②]志崇逸行。靈峰何年闢，山寺彌幽敻。故老厭喧囂，頗言寄觴詠。風雪滿天地，不踏孤山徑。寒葩豈終榮，根枯隨歲竟。三椽寫新構，百樹復前盛。障巖修竹密，鑿土方池净。愜心在寓目，蒼翠深相映。棲止愛長夏，非必悦冬令。沉冥契妙理，世緣絶將迎。幽籟發清虛，知情信予聖。

少欲决世網，叔季鬱憂心。嘉遯[③]詎不念，歲月坐浮沉。淹留力事蓄，塵穢愧書琴。鄉邦佳山水，及兹頗幽尋。出意埃壒内，微尚感苔岑[④]。清賞寄高詠，逸情美薄斟。仁德樂崇峻，林巒理致深。豈要適俗韻，烟霞餉知音。嘒嘒新蟬響，冥冥灌木陰。良候伊可懷，當風願投簪[⑤]。

注：①靈峰寺：位於杭州西湖北山青芝塢附近，五代吴越國時期建有鷲峰禪院，北宋改

稱靈峰寺。宣統元年（1909），作者好友周夢坡在此地植梅三百餘株，又建成補梅庵等亭臺樓閣，遂成爲賞梅勝地。周夢坡（1864—1933），名慶雲，浙江湖州南潯人。清末民初因經營絲、鹽成浙、滬鉅賈，又是重要的金石收藏家，詩文俱佳。②倞：高遠。③嘉遯：舊時謂合乎正道的退隱，合乎時宜的隱遁。遯，同“遁”。④苔岑：比喻志同道合的朋友。晉郭璞《贈温嶠》詩：“人亦有言，松竹有林。及余臭味，異苔同岑。”⑤投簪：丟下固冠用的簪子。代指棄官。

西湖觀荷半已零落，即時有作，且當太息

人生快意少年狂，蕉萃何爲惜日光。掉頭且踏西湖路，眼底藕花淩亂香。打槳穿花襲花氣，西風宛轉生秋思。此際何人解苦吟，並將芳緒作秋心。秋心一夕成白首，尊前安能剛製酒。

一九一一年

遲伯兄長安消息

四海嗟多難，從人耻弊衣。平生無好計，到處有危機。擬辦西湖去，猶遲華嶽歸。眼前書一紙，失喜意偏違。

題《靈峰補梅圖》

種梅人不見，花發逐飛塵。古寺驚烽火，清尊失主賓。荒凉成勝地，辛苦覓殘春。愛好周居士[①]，垂垂百樹新。

注：①周居士：指作者好友周夢坡（慶雲）。

贈夢坡[①]

寄題憐拙筆，慚愧草堂新。一壑能專美，寒梅與細論。江湖千日酒，文字百年身。流轉何多態，從君謝世人。

注：①贈夢坡：此詩收入周慶雲《靈峰志》（宣統三年刻本），題爲“夢坡先生屬題靈峰亭池，因呈四均”。均，古同“韻”。

梅雨獨坐，呈陳劉二子[①]

階痕滋碧蘚，雨氣熟青梅。閉户成幽隱，出門非世才。長貧文字賤，多難管弦哀。尊酒平生意，旁人莫浪猜。

注：①陳劉二子：指作者好友陳獨秀和劉季平。陳獨秀（1879—1942），字仲甫，安徽懷寧人，新文化運動的倡導者、發起者和主要旗手。當時執教於浙江陸軍小學堂。劉季平（1878—1938），字離垢，自署江南劉三，上海人。當時與陳獨秀爲同校教員。

久　雨

平生飛動意，何事在蒿萊？欲盡深尊酒，終慚賢聖才。浮雲猶蔽日，久雨不聞雷。日夜長江水，遥從萬里來。

題劉三黄葉樓[①]

眼中黄落儘凋年，獨上高樓海氣寒。從古詩人愛秋色，斜陽鴉影一憑欄。

注：①黄葉樓：劉三（季平）位於上海城南華涇的私宅。

秋日湖上　呈蓮士、紫封、師愚

尊酒休辭盡，相逢意興寬。湖山隨地美，歌舞歎才難。臨水秋生眼，餐英[①]露在肝。衹應將此意，珍重歲時寒。

注：①餐英：意思是以花爲食，隱喻高潔之意。

一九一二年

破　曉

破曉聞清角[①]，翻飛葉滿林。風塵千里目，霜露九秋[②]心。涉世應多故，哀時方自今。卧龍去已久，憂思一何深!

注：①清角：即《清角》，相傳爲黄帝在西泰山會合天下鬼神時所作樂曲。②九秋：深秋。

一九一三年

鸚鵡前頭作

簾押[1]輕寒酒罷杯，春塵寂寂護盆梅。前頭終是無言語，慚愧當筵作賦才。

注：①簾押：亦作“簾柙”，指裝在簾上作鎮押之用的物件。

一九一四年至一九二五年

春日感賦

兩度京華[1]賦感春，當春仍是怨離人。東風何意催花發，開遍紅香便作塵。

注：①京華：指北京。當時作者在北京大學執教。

二月廿三日作

鴻雁南回有報書，已拚魂夢落江湖。花枝照眼愁多少，春色還人事有無？塵世况逢兵火急，中年争耐旅情孤。御河冰泮微波緑，如此風光舊帝都。杜必簡[1]《春日洛京中有懷》詩：“寄與洛城風日道，明年春色倍還人。”

注：①杜必簡：唐代詩人杜審言（字必簡）。

崇效寺[1]看牡丹口占

楸香幾樹風吹盡，蝶舞蜂狂未有涯。誰是夢中傳綵筆，一編重記洛陽花[2]。

注：①崇效寺：位於北京西城白紙坊附近，舊時爲賞花勝地。②洛陽花：牡丹的别稱。因唐宋時洛陽牡丹最盛，故稱。

舊公主宅楊花

景陽鐘[①]斷散棲鴉，積雪飛殘更作花。莫向東風怨飄泊，春來雙燕入誰家？

注：①景陽鐘：南朝齊武帝置鐘於景陽樓，宫人聞鐘聲即起牀梳妝。

春盡作

遮道楊花送却春，苦隨車馬逐黄塵。如何一段傷春意，輸與橋邊贈藥人。

雜　歌

清風緑槐道，車馬日經過。素衣無皂莢，當奈黄塵何！
古禮有獻果，含桃方及時。人無稷嗣[①]聖，弦誦徒爾爲。
東觀[②]徵故事，高館禮群才。借問監者誰？彦深[③]與士開[④]。
胡兒具赤心，未敢殿前嬉。但覩侏儒飽，寧聞臣朔饑。
蔡邕有異狀，萬衆動相隨。漢事竟莫續，乃逢王子師。
靈均處江南，啜醨得清醒。箕子[⑤]實佯狂，觀者乃云病。
白髮黑肌膚，大袖着小領。堪作洛陽人，柳花夢未冷。

注：①稷嗣：漢代叔孫通號稷嗣君，被劉邦拜爲博士。②東觀：東漢宫廷中貯藏檔案、典籍和從事校書、著述之所。③彦深：北齊重臣趙彦深。④士開：北齊大臣和士開。⑤箕子：商代貴族、商紂王叔父。

詠　史

上壽儀成日未醺，殿庭光景自凌雲。繡衣群帥新開府，綿蕞[①]諸生久策勳[②]。膽落竟無温御史，心驚猶有李將軍[③]。名駒漫許誇千里，手詔當時紀漢文。

堯鶴猶能語歲寒，九華新殿聚衣冠。靈光五畤[④]開三輔，雪色平陽接上蘭。已見掃門除内史，幾聞襆被出郎官。天關蕩蕩天衢闊，細馬高車着意看。

注：①綿蕞：謂製訂、整頓朝儀典章。②策勳：記功勳於策書之上。③膽落竟無温御史，心驚猶有李將軍：套用宋代蘇軾《御史臺榆槐竹柏四首》詩“應見李將軍，膽落温御史”兩句。④五畤：又稱五畤原，在今陝西省寶雞市鳳翔區南。秦漢時祭祀天帝之處。

早春雜興

春風漸有意，吹送隔年情。愁怯花枝發，懽依酒盞生。所欣惟日暖，堪冀豈時榮。獨處舒懷抱，安閑聽鳥聲。

春風一披拂，物物各春情。一樣江南草，偏先塞北生。三年滯京邑[①]，萬態閲枯榮。車馬黄埃裏，時聞歌吹聲。

發春頌太平，歌詠動春城。萬象開金闕，千官降玉京。文章隆氣運，術業濟簪纓[②]。定使慚邢魏[③]，空驚六合名。

舊歲延新意，新年感舊情。春盤薦生菜，節物憶山城。婦孺無欣戚，交親有死生。東風何太喜，吹暖意峥嶸。

注：①三年滯京邑：作者於1913年2月離開杭州到北京大學執教，其時已居北京三年。②簪纓：指世代做官的人家。③邢魏：北朝文學家邢邵、魏收的並稱。

文儒詠並序

初意欲上溯漢魏，下迄近代，爲文儒詠。序文成者且十許人，會被猜嫌，謂有所斥，遂爾斷手，不復述焉。

司馬相如[①] 相如詞賦之雄，文章華國，不以細謹爲高

長卿工謝病，一坐倒金樽。知音在新寡，琴心春以温。孰云傭保賤，牛酒獻當門。時無楊狗監[②]，終負卓王孫[③]。

注：①司馬相如：字長卿，蜀郡成都（今四川成都）人，西漢辭賦家。著有《子虛賦》《上林賦》等。②楊狗監：指漢代狗監（主管皇帝獵犬的官）楊得意。司馬相如因楊狗監薦而名顯，事見《史記·司馬相如列傳》。③卓王孫：司馬相如妻子卓文君之父。

建安七子[①] 七子以文詞事主，而偉長[②]抱樸[③]、公幹[④]任奇

濟濟羅諸彦，明時信康哉。南皮[⑤]樂高會，西園良夜開。綢繆結君心，自竭理

無乖。不覩楨與幹，誰論鄴宮[⑥]材？

注：①建安七子：漢建安年間孔融、陳琳、王粲、徐幹、阮瑀、應瑒、劉楨等七位文學家的合稱。②偉長："建安七子"之一徐幹（字偉長）。③抱樸：道教術語。意思是保持本有的純真，不爲外物所誘惑。④公幹："建安七子"之一劉楨（字公幹）。⑤南皮：指今河北省南皮縣一帶。"建安七子"曾到此地遊獵、宴聚、賦詩唱和。⑥鄴宮：指鄴京宮殿，特指魏王世子曹丕所居之宫。

顔延之[①]　延年非澹泊之性，故多刻麗之文

官階何足論，太守猶步兵。時既失斟酌，怨憤亦殊情。旨酒信無功，新詩厲金聲。異彼竹林詠，不及山王名。

注：①顔延之：字延年，琅琊臨沂（今山東臨沂）人，南朝文學家。

温子昇[①]　子昇深沉，好豫事際，故及荀劉之難

伊人實北秀，在璞媲楚玉。不作侯山碑[②]，誰知馬坊辱[③]？德素敷文表，深情蘊終曲。虛慚食弊襦，終餓晉陽獄[④]。

注：①温子昇：字鵬舉，濟陰郡冤朐（今山東菏澤）人，北魏至東魏時期文學家。②侯山碑：指温子昇所作《侯山祠堂碑》。温由此被廣陽王元淵所知。③馬坊辱：指温子昇初爲廣陽王元淵賤客，在馬坊教諸奴子書。④虛慚食弊襦，終餓晉陽獄：指温子昇在晉陽獄中挨餓，食弊襦而死事。《魏書·温子昇傳》："（文襄）方使之（温子昇）作王武獻碑文，既成，乃餓諸晉陽獄，食弊襦而死……"

劉晝[①]　晝本渤海樸儒，發憤屬文，自矜絶異

劉生賦六合[②]，才識自驚衆。酈李不蔽賢[③]，魏邢何多諷[④]。干君敷帝道[⑤]，除令志神夢。堪嗟時不濟，鬼語徒矜重。

注：①劉晝：字孔昭，渤海阜城（今河北省阜城縣）人，北齊文學家。②六合：指劉晝所撰《六合賦》。③酈李不蔽賢：劉晝求秀才，十年不得，發憤撰《高才不遇傳》。冀州刺史酈伯偉見之，始舉晝。刺史隴西李璵亦以晝應詔。④魏邢何多諷：劉晝撰成《六合賦》，分别呈大臣魏收、邢邵閲，魏、邢皆提出批評。⑤帝道：即《帝道》。孝昭帝即位後，下詔徵直言。劉晝多次上書，後將這些奏書編成《帝道》一書。

春日遣興簡季剛[1]

楊柳依依春水生，桃花灼灼滿春城。風光自與遊人便，到處相看眼盡明。
江南二月花如烟，十頃平湖多畫船。青春白日黄塵裏，獨向燕臺買醉眠。
酒後誰能被花惱，韶華獨惜少年場。香車寶馬時時出，紫蝶黄蜂陣陣忙。
解道傷春杜牧之，春來閉户自吟詩。牡丹已是芳菲節，祇恐佳期更後期。

注：①季剛：黄侃（1886—1935），字季剛，湖北蘄春人，章太炎弟子。作者執教北京大學時同事。

京中春日有作

紫陌春雷走鈿車[1]，柳陰深鎖館陶家。人間瑶草難爲珮，天上璚枝盡作花。有酒終澆趙州土[2]，多金惟買越溪[3]紗。昔人行樂今人笑，玉樹流光起暮霞。

草色雲容今古同，春情似絮惹晴空。千株苑樹有新緑，十里宫牆無故紅。金策賜秦[4]成已事，連城輸趙[5]定誰功？無人解作援笳者，入塞愁聲倚晚風。

注：①鈿車：用金花裝飾的車子。②有酒終澆趙州土：套用唐代李賀《浩歌》詩“有酒唯澆趙州土”句。趙州，古地名，即今河北省趙縣一帶。③越溪：傳説爲越國美女西施浣紗之處。④金策賜秦：相傳秦穆公覲見天帝時，天帝用金策賜鶉首之地予秦。漢代張衡《西京賦》：“帝有醉焉，乃爲金策，錫用此土，而翦諸鶉首。”⑤連城輸趙：指戰國時期秦昭襄王願以十五座城池换取趙國的和氏璧，藺相如奉命使秦，終於完璧歸趙的故事。

出遊見落花有感

高柳參差雲影低，幾家樓閣望中迷。房蜂分户成新蜜，檐燕營巢墮舊泥。有恨風飄花豔豔，無言人去草萋萋。春情如此誰關得？簫鼓纔停日又西。

柳棉薄薄怨春遲，深院棠梨已滿枝。蜂蜨自忙花自落，更無人賞未開時。

題《樊川集》[1]

工部文章驚海内，司勳[2]健者合登壇。玉彂金版[3]誰能説？虎脊龍文[4]試與看。珠箔長懸明月去，佳人易得此才難。何當更向揚州路，借得千金拾古懽。

注：①《樊川集》：唐代杜牧所撰詩文集。杜牧晚年居樊川别業，世稱杜樊川。②司勳：杜牧曾任司勳員外郎，人稱杜司勳。③金版：書籍的代稱。④虎脊龍文：亦作“龍文虎脊”，指瑰麗的文辭。杜甫《戲爲六絶句》：“龍文虎脊皆君馭，歷塊過都見爾曹。”

頤和園

遊人躑躅[1]大堤旁，舊日昆明[2]緑未央。黄竹應能憶王母，金牛還解説高皇。海空樓櫓銷兵氣，人去亭臺峙夕陽。七國三邊憂不到[3]，宸遊[4]真不繫興亡。

注：①躑躅：徘徊不前的樣子。②昆明：指昆明湖，在頤和園内。③七國三邊憂不到：套用唐代李商隱《富平少侯》詩“七國三邊未到憂”句。七國三邊，原指西漢王朝從高祖到景帝統治時期，曾先後遭受外部三邊之患和内部七國之亂。泛指内憂外患。④宸遊：帝王之巡遊。

小飲醒春居[1]東園，憶舊日山居，賦示兼士

謝家池草[2]動清吟，難忘幽棲十載心。暫過林塘逢驟雨，欲尋臺榭怯層陰。年光人事俱流轉，山色溪聲自古今。却向燕京同載酒，醉來應爲拂塵襟。

注：①醒春居：民國時期北京的著名飯館。②謝家池草：詠兄弟情誼之典。典出唐代李延壽《南史·謝惠連傳》。亦作“謝家春草”。宋代晏幾道《點絳脣》詞：“謝家春草，唱得清商好。”

有　感

風暖名園鬥綺羅，偶來燕趙爲聞歌。溶溶流水情無盡，片片飛花意若何？精衛應愁東海闊，杜鵑仍伴一春過。中年哀樂俱難遣，未怪人間鬢易皤。

争信一首

綵鳳迴翔一枕中，碧霞隱隱起朱櫳。鐙飄蘭爐朝疑霧，簾戛花鈎夜有風。扇影初閑香乍斷，珠光不定意何窮！瑶宫貝闕[1]三山[2]遠，争信微波語可通。

注：①瑶宫貝闕：用美玉、珠貝建造裝飾的宫闕。②三山：神話傳説中的海上三神山。

珠館一首 用義山《碧瓦》韻

海氣開珠館，雲光散綺寮[①]。粉多捎蝶翅，香重壓蜂腰。即席才猶豔，懷人感未銷。簾須犀角押，罏倩麝臍燒。車走明鐙市，船通暗柳橋。曲房棋欲罷，良夜瑟仍調。彩鳳飛難定，青禽去自遥。離和情雨斷，幽恨共風飄。故閣明蛛網，新妝耀翠翹。他年未經意，虛遣見嬌嬈[②]。

注：①綺寮：雕刻或繪飾得很精美的窗户。②嬌嬈：柔美嫵媚。

贈季剛

中巧才高見楚賢，錙豪馨逸盡堪傳。偶吟策馬升皇語，痛絶春歸叫杜鵑。
不薄儒林愛翰林，戴詩[①]汪筆[②]重南金。文章間業成虛語，得失終關一寸心。
風塵局促堪誰語？把卷高吟意自回。若論文章千古事，能如李杜豈凡材！
知音久服丁生語，潤色終推子建能。竟使輸君才八斗，不辭飲我墨三升。
從來名士多於鯽，炙轂[③]雕龍[④]稷下看。自笑未攜行卷子，敢云居易是長安！

注：①戴詩：指清代學者戴望的詩。戴望，字子高，浙江德清人。②汪筆：指清代學者、駢文家汪中的文章。汪中，字容甫，江蘇江都人。③炙轂：即"炙輠"，比喻言語流暢風趣。④雕龍：比喻善於修飾文辭或刻意雕琢文字。

讀《北史·儒林傳》二首

天水違行語豈虛，小人君子竟何如？不妨夢裏看星墜，祇恐人間有謗書。
能説訛文八十宗，居然鄭學[①]號明通。今人何事輸儒雅，吹笛彈箏恨未工。

注：①鄭學：指經學中的東漢鄭玄學派。

詠懷五首

吉人非自吉，賢士竟誰賢？埲黷[①]風塵裏，冥漠罳[②]槽前。物情著未兆，人意輕未然。不值永嘉[③]末，寧思正始[④]年！

新沐宜振衣，新浴必彈冠。如何芳潔性，舉世見其難。鬱鬱青雲路，由來非一端。桃李熙春陽，松柏生夏寒。誰將兩種意，取併一朝看。

天心既不憒，人心亦不危。紛紜驚白晝，千古勢如斯。歌哭川原改，俯仰市朝非。不作遠遊想，悲哉懷采薇！

世俗愛朝榮，古人玩芳草。朝榮零露前，芳草天涯道。時序暗已移，鶗鴂[5]鳴非早。安得神仙人，令我顏色好。石室與瑶池，寂寞三青鳥。人生竟何待，所憂不速老。

龍性固矯矯，鶴翼亦翩翩。孰知網羅密，仰視無青天。伊人逝焉如，縱横陌與阡。寧聞窮鳥賦[6]，續造疾邪篇[7]。

注：①塿黷：混沌不清貌。②罌：同"罌"。古代盛酒或水的瓦器，大腹小口。③永嘉：西晉懷帝司馬熾年號。永嘉末年，匈奴攻破洛陽，晉懷帝被俘，史稱"永嘉之亂"。此役失敗導致西晉於316年滅亡。④正始：三國時期魏齊王曹芳年號，其間戰亂不斷。⑤鶗鴂：杜鵑鳥。⑥窮鳥賦：即《窮鳥賦》，東漢詞賦家趙壹所撰。⑦疾邪篇：即《刺世疾邪賦》，亦趙壹所撰。

讀《晉書·陸雲[1]傳》有作

淵淵王輔嗣[2]，弱冠尚玄虚。解老既洞鑒，學易亦超攄[3]。若人忽云歿，斯道歸丘墟。百年得陸生，精契遥相符。酬酢通神明，幽顯道不殊。迷塗吾不歎，所歎失其居。空令百世後，遊想在遺書。

注：①陸雲：字士龍，吴郡吴縣（今江蘇省蘇州市）人，西晉文學家、官員。②王輔嗣：王弼（226—249），字輔嗣，山陽高平（今山東省微山縣）人，三國時曹魏經學家、哲學家，魏晉玄學的主要代表人物及創始人之一。③超攄：騰躍貌。

擬　古

念彼巢林鳥，嚶鳴復何爲？託迹人群裏，離群良可悲。接交自密邇，君子淡相期。至性非骨肉，世事多危疑。在昔管鮑交，何能無所欺。久久精誠著，道義猶未虧。

答季剛

愁中卧病曾非惡，亂裏離鄉尚有家。若使此生安穩過，不辭談笑送年華。

天心民意本難明，物我相看豈有情。多少東山攜妓[①]客，何曾揮涕爲蒼生！
凜凜寒冰意自傷，由來才命恐相妨。山陽一賦[②]千秋恨，不比尋常話斷腸。
木落天高感易深，更兼冷雨滴愁心。山妻有意憐殘菊，留與蕭齋[③]伴苦吟。

注：①東山攜妓：指文人攜妓出遊或瀟灑的歸隱生活。典出南朝宋劉義慶《世説新語》。②山陽一賦：指《思舊賦》。魏晉名士向秀西行經故友嵇康山陽舊居，作《思舊賦》，以寄託緬懷之情。後用爲懷念亡友之典。典出南朝梁蕭統等所編《昭明文選》。③蕭齋：書齋。唐代張懷瓘《書斷》："武帝造寺，令蕭子雲飛白大書'蕭'字，至今一字存焉。李約座自江南買歸東洛，建一亭以玩，號曰'蕭齋'。"

中央公園[①]小遊偶占四首

古木陰陰石徑開，葛衫蒲扇趁涼來。無人解致門冬飲，且對荷花進一杯。
閑中風味愛詩家，乞取新荷爲煮茶。一碗清香清徹骨，始知荷葉勝荷花。
依然樓閣棲金碧，争信遊人盡已非。唯有當時歌舞伴，至今還踏月明歸。
疏林燈火接遥星，風送遊人笑語聲。清露漸多知夜久，花間猶自有人行。

注：①中央公園：即今北京中山公園，位於故宫南面，天安門西側。它是明清兩代的社稷壇，1914年闢爲京城第一座公共園林——中央公園，1928年改名中山公園。

崇　臺

崇臺寧不頹，曲池寧不夷？如何輕薄子，坐觀昧成虧。熙熙群歸往，攘攘自昏迷。殉財難終殉，垂名焉所垂。駟馬歡朝會，華軒悲夕辭。辰事[①]固難量，祇爲世笑嗤。

注：①辰事：指良時美事。

劉三來言，子穀[①]死矣

君言子穀死，我聞情惻惻。滿座談笑人，一時皆太息。平生殊可憐，癡黠人莫識。既不遊方外，亦不拘繩墨。任性以行遊，關心唯食色。大嚼酒案旁，呆坐歌筵側。尋常覺無用，當此見風力。十年春申樓，一飽猶能憶。於今八寶飯，和尚喫不得。

注：①子穀：作者好友蘇曼殊（字子穀）。1918年5月，在上海病逝。作者從北京大學同事劉三處得此噩耗，寫成此詩。

讀子穀遺稿感題

四海飄零定夙因[①]，青山綠水最情親。袈裟滿漬紅櫻淚，愛國何如愛美人！
讀君遺畫更遺詩，真抵相逢話別離。紅葉滿山秋色好，莫教傳語女郎知。

注：①夙因：前世因緣，前世的根源。

誦子穀疏鐘紅葉之語[①]，感而賦此

雨散雲飛夢未成，多情畢竟是無情。疏鐘紅葉當時語，争信人間有死生。
紅葉每從吟際落，疏鐘更向斷時聞。葉色鐘聲自惆悵，於人何事惜離群！

注：①疏鐘紅葉之語：指蘇曼殊《東居》詩有“况是異鄉兼日暮，疏鐘紅葉墜相思”兩句。

擬讀曲歌

打得兩情濃，懽時總相逢。雄蜂雌蛺蝶，莫道定成雙。
一滴清泉水，飲遍儂與汝。井上轉轆轤，何時得停止？

贈别新知諸友

春草茁，春鶯啼。樂新知，悲遠離。樂莫樂，悲莫悲。陽和節[①]，少年遊。别雖苦，當忽憂。花四時，月千里。情無已，長如此。賦新詩，相寄與。

注：①陽和節：中和節，在農曆二月初二。

追賦舊歲觀夜櫻

東風吹我出門去，草綠鶯啼日易斜。可惜當筵少楊柳，春光浪屬夜櫻花。

病中過重九，因憶十年前九日卧病湖州，有“九日風煙淡不收”之作，偶成一首

難禁白酒薄於水，可要黃花貴勝金。一例[1]風煙重九日，十年前事此時心。

注：①一例：同樣。

偶有憶

歡樂難長愁復短，玉簪花盡已無秋。而今池畔凄清月，莫向人間照別愁。

聞雷峰塔[1]傾壞

梧葉披離荷葉乾，西風吹夢過江干。斜陽古寺西湖路，無復嶔奇[2]老衲看。

注：①雷峰塔：又名皇妃塔、西關磚塔，位於杭州市西湖南岸夕照山的雷峰之上。此塔初建於吴越國時期，歷史上多次重修、重建。清末民初，民間盛傳塔磚有辟邪等功能，因而屢遭盜挖破壞。1924年9月，雷峰塔轟然坍塌。②嶔奇：亦作“嶔崎”，意为險峻不平。

猶　有

葉下高梧一夜霜，薄陰輕冷過重陽。秋光淡到無尋處，猶有葵花映日黄。

晚　晴

木落[1]天高氣最清，小庭幽處轉通明。憑誰描取西風色？紅蓼疏花倚晚晴。

注：①木落：樹葉凋落。

閑　拈

豆籬垂莢瓜牽蔓，着樹霜紅次第明。最識清秋情味永，閑拈殘管寫秋晴。

秋　憶

炒栗香中秋已深，高秋能有幾登臨？西京紅葉南山桂，併作閑窗坐憶心。

共云君[①]閑話二首

淡淡秋陰薄似羅，美人蕉好莫嫌多。西風幾日閑庭院，不見枝頭裊女蘿[②]。

籬落荒寒色漸工，小庭疏樹意無窮。葵花慣作高秋格，不學紅蕉爛漫紅。

注：①云君：朱芸（1885—1954），字云君，祖籍四川，作者結髮妻子。②女蘿：植物名，又名松蘿，多附生在松樹上，呈絲狀下垂。

秋　情

秋情澹澹菊花天，白蓼黄葵各自妍。風細日斜閑佇立[①]，霜紅吟墮暮鴉前。

注：①佇立：長時間地站立。《詩經·邶風·燕燕》：“瞻望弗及，佇立以泣。”

追題昔遊

南山新雨洗秋光，澗水泠泠渡石梁。飯罷意行無遠近，楓紅杉翠草花香。

紅　蕉

往日人情向黄菊[①]，今年秋色屬紅蕉。人情秋色長堪在，月下風前慰寂寥。

注：①往日人情向黄菊：套用唐代劉禹錫《秋中暑退贈樂天》詩“人情皆向菊”句。人情，人的感情，或指人心、世情。

莫　漫

莫漫將心擬塞鴻，南天盡被戰雲封。可堪月冷霜清夜，坐聽嚴城[①]幾杵鐘。

注：①嚴城：戒備森嚴的城池。

是　處

葉障花林一埽空，秋情轉在寂寥中。仰天負手[1]看歸鳥，是處斜陽分外紅。

注：①負手：兩手反交於背後。

見平伯[1]致頡剛[2]信，述雷峰塔傾圮事，因題

千秋佳勝屬斜陽，塼塔巍然擅此場。竟共黄妃[3]委黄土，虚憑錢水説錢王。

注：①平伯：俞平伯（1900—1990），浙江德清人，古典文學專家。早年畢業於北京大學，曾任北京大學、清華大學教授。②頡剛：顧頡剛（1893—1980），字銘堅，江蘇吴縣（今蘇州市）人，歷史學家。畢業於北京大學。③黄妃：吴越國王錢俶的黄姓妃子。據説因黄妃得子，錢俶命人建黄妃塔，後改名爲雷峰塔。

一九二六年

雜　感

陶醉心情清醒眼，笑筵歌席淚痕多。柳絲牽盡花飛盡，一任春情脉脉過。
榴葉萋萋榴實繁，榴花好向别枝看。當時年少春衫[1]客，不憶松窗憶藥欄。
金碧東南傷爛漫，煙塵北地苦凄涼。春風遲到花遲發，猶是人間草樹香。
忽忽車馬花時别，已覺人間歲月長。酒色花光總相憶，不關春月與秋霜。
無盡生中有盡身，定於何處證前因？一溪春水悠然去，照遍人間現在人。
四時最短惟春日，一事難忘是少年。此際歡情隨酒發，好花依舊映當筵。
筵前花枝莫漫折，筵上酒杯莫漫乾。留取花光映酒面，醒時脉脉醉時歡。

注：①春衫：指年少時穿的衣服。

大雪中寄劉三

漫斟新醖[1]寫新愁，苦憶杭州舊酒樓。欲向劉三問消息，不知風雪幾時休？

注：①新醞：新釀的酒。

輓念劬[1]先生四首

從容文武一時了，小試經綸飲啖中。杯酒高談驚座客，堂堂真見古人風。

秘聞耳熟星軺[2]記，一代書成費剪裁。史料重重束高閣，伊誰解喚寫官來？

世人才氣懾縱横，我獨温恭敬老成。二十年來知己感，尋常一飯見交情。

平生禮數原疏闊，車馬經時始一過。今日相看應腹痛，山丘華屋恨如何！

注：①念劬：錢恂（1853—1927），字念劬，浙江吴興（今湖州）人，錢玄同長兄。曾任浙江圖書館館長、北洋政府參政院參政。作者三弟兼士與錢玄同都是章太炎弟子，且沈氏、錢氏爲湖州同鄉，過從甚密。②星軺：借指使者。

一九二七年

春歸雜感

燕子來時花作茵，燕飛花舞鬥時新。柳陰漠漠春歸路，送罷春歸又送人。

青楊葉大海棠稀，無數丁香作雪吹。幾日風狂春色減，一簾新雨緑滋滋。

遊絲掩亂柳絲垂，已是春歸更莫疑。難道今年春不好，等閑閑過看花時。

閑却春光欲怨誰，衹今情緒已無詩。廿年春夢醒何處？細啜新焙苦茗時。

十年讀得杜甫詩，於今一句不能奇。春去翻成被花惱，紅石榴豔紫藤肥。

剩憑芳草玩年華，每到春歸足怨嗟。濃緑鮮紅俱礙眼，新來情緒厭榴花。

榴花豔發已嫌人，夾竹挑紅次第新。不是花開春便在，牡丹開過已無春。

有酒不能飲，有淚不能流。忍淚復忍酒，悲歡脉脉何時休？桃花紅過柳絲白，人生有情深自惜。深自惜，當語誰？逢春歡笑逢秋悲。杯酒易盡淚難盡，枉教淺淚溢深卮。

年少人人愛春風，幾人識得紅花紅？春血染成色透肉，不是尋常胭脂浴。春殘血盡花才乾，願君莫作等閑看。等閑相看實相薄，無怪花開甘自落。

一春長是看花時，每到看花却後期。堪笑窮忙兼病懶，依前無緒坐吟詩。

曉 起

葉重花低曉露溥，枝梢春盡有微寒。珠珠恰似離人淚，莫當宵來雨點看。

過豐臺[①]

風塵一日欠安排，又被飆輪[②]載夢回。一事耳邊差可喜，聽呼紅藥賣新莓。

注：①豐臺：地名。在北京城南面，清末明初設豐臺鎮，現屬北京市豐臺區。②飆輪：比喻飛馳的舟車。

偶 成

酒薄了無生意味，詩清能破睡工夫。人間活計原多樣，坐有瓶花德不孤[①]。

注：①德不孤：意思是有道德的人是不會孤單的，一定有志同道合的人來相伴。《論語·里仁》："德不孤，必有鄰。"

會 得

檐樹綠張風定後，屏花紅暗雨來時。詩中會得閑生理，説與旁人自不知。

自 寫

自寫情懷自較量，不因酬答損篇章。平生語少江湖氣，怕與時流競短長。

静 對

静對瓶花玩歲芳，偶從檐雀話行藏。興來試墨移新硯，鼻觀[①]時參芍藥香。

注：①鼻觀：以鼻聞之。

題兒島星江[①]所著《中國文學概論》

莫憑高古論風雅，體制何曾有故常。寂寞心情誰會得？齊梁中晚待平章[②]。
退之奪得陸機席，竟使文章百態新。可惜從來宗派論，風情抹殺宋明人。
文筆分途自一時，硜硜終竟被謾欺。八十三體從何説，更與蕭梁理亂絲。
詩餘小技况詞餘，道義從來不涉渠。嘗遍人間真意味，始知此外更無書。
詩中情味畫中禪，相賞天機滅没間。漫共鍾劉[③]争品第，流傳詩話總須删。
心畫心聲豈失真，遺山高論失安仁。史編要是他人筆，寧比當家語意親！
千載文章紙上看，後生端合愧前賢。文心若個尋吾契，剩與雕龍作鄭箋[④]。
縱横文藝論千秋，大筆如椽仰勝流。太息神州才士盡，一編高價出瀛洲。

注：①兒島星江：即兒島獻吉郎（1866—1931），字子文，号星江，日本明治、大正時期傑出的漢學家，著有《中國文學史纲》《漢文典》《續漢文典》等。②平章：辨别彰明。③鍾劉：指南朝文學理論家鍾嶸和劉勰。前者撰詩歌美學著作《詩品》，後者作文學理論專著《文心雕龍》。④鄭箋：指漢代學者鄭玄所作《毛詩箋》，後泛指對古籍的箋注。

題《鴨涯草堂詩集》並序

近重[①]博士介吾友張振南君見示手寫所著《鴨涯草堂詩集》，且屬爲點定。尹默平生雖喜詩，然不輕易作詩，亦不輕易説詩，况爲人點定詩耶？是非懶非傲，實自知其難耳。博士深味此中甘苦者，必不以所言爲妄。此卷遂爾留置多時，既愧對吾友，且無以答博士懇款下問之意。因復時一披閲三四，讀竟若有所感，欲爲博士進一言而終不可得。蓋博士之詩率皆放筆爲之，真氣盎然，不規規焉措意於字句繩墨，其佳處正在有意無意之間，與夫尋常江湖名士之所爲固自異趣。輓近真詩人，求之吾邦，不三數覯，乃不期而遇之於東鄰日出之國，感欣交併，何可言喻。爰題四小詩於册尾而歸之。他日脱有機緣，會當把晤於鴨涯草堂間，一傾懷抱，亦人生一快心事也。

海國詩人聖物庵，新詩一卷味醰醰。東山煙雨長堤月，都向先生句裏探。
天機活活便清佳，不是誠齋定簡齋[②]。江月松風原自好，尋來踏破幾芒鞋。
詩三百首無邪思，學道工夫一色醇。彭澤悠然少陵拙，從來真摯是詩人。
昔遊入洛趁閑身，浪被櫻花惱幾春。畫裏今知鴨川好，羨君真作此中人。

注：①近重：近重真澄（1870—1941），號物庵，日本高知縣人，近代著名化學家。精

通漢學，擅作詩文。其所作《鴨涯草堂詩集》由上海中華書局於1927年印行，曾遍請名家題詠。②簡齋：北宋詩人陳與義（號簡齋）。

一九三〇年

賀蘇太夫人八十壽辰[①]

自天篤祜召嘉祥，懿徽堪稱古敬姜[②]。建德含和温且惠，宜家介福壽而康。馨蘭潔養慈懷健，綿瓞垂休世澤長。喜值瓊筵開八帙，伯歌季舞佐瑶觴。

注：①賀蘇太夫人八十壽辰：民國藏書家賀葆真、賀葆良爲慶賀母親蘇太夫人八十壽辰，廣徵名家所作繪畫、書法、詩文、賀詞等，於1930年編印《賀母蘇太夫人八十徵壽集》，内收徐世昌、沈尹默、李永福、王雪濤、李苦禪等近五百位名家的作品。此即應徵之作，標題爲編者所加。蘇太夫人爲賀濤之妻。賀濤，字松坡，河北武强人，曾爲北洋政府總統徐世昌幕僚。②敬姜：春秋時齊侯之女，通達知禮，德行光明。匡子過失，教以法理。

一九三二年

寫《春蠶詞》竟，因題一絶

柔桑食盡絲纏盡，投釜牽機一任他。等是此身非我有，不須辛苦作飛蛾。

一九三三年

病中遣悶

寂寞竟何待，迢迢空自持。行行成獨往，定定入沉思。病與寒爲伴，癡將拙所宜。淺深憑酒盞，酒盞復誰期。

一九三四年

題《黎鶴廉先生山水册》

子鶴[①]兄出示其尊翁鶴年先生畫册，屬爲題詠，謹撰二十字應教。廿三年二月六日，尹默。

胸中有邱壑，筆下生雲煙。平生不盡意，偏向此中傳。

注：①子鶴：黎世蘅，字子鶴、稚鶴，安徽當塗人。曾任國立北京大學、北平大學及私立中法大學教員。

和豈明[①]五十自壽打油詩韻

兩重袍子當袈裟，五十平頭算出家。懶去降龍和伏虎，閑看綰蚓與紆蛇。先生隨喜栽桃李，博士偏勞拾豆麻。等是閑言休更説，且來上壽一杯茶。

注：①豈明：散文家、翻譯家周作人（又名豈明）。1934年1月15日，周作人五十歲生辰，在自家苦雨齋設宴招待友人，即席賦詩一首。友人紛紛唱和，作者此詩是其中之一。

遇半老博士[①]，云相約和“袈裟”字，須破用，因再和一首

制禮周公本一家，重袍今合簡稱裟。喜談未必喜捫虱，好飲何曾好畫蛇。老去常常啖甘蔗，長生頓頓飯胡麻。知堂究是難知者，苦雨無端又苦茶[②]。

注：①半老博士：指劉半農。②苦雨無端又苦茶：周作人位於北京市西城八道灣的寓所北屋地勢低窪，下雨便積水，初以“苦雨齋”爲書齋名，後改爲“苦茶庵”。

自詠，和裟韻

論文不過半行家，若作和尚定着裟。反正無從點林翰[①]，端底何必揣沙麻。圖中老虎全成狗，壁上長弓盡變蛇。睁眼何妨也瞎説，苦茶以上更無茶。無茶苦茶，日本語。

注：①點林翰：即“點翰林”，指封建時代被皇帝選中，進入翰林院。這在科舉時代被讀書人視爲最高榮譽。

再和裟韻

莫怪人家怪自家，烏紗羡了羡袈裟。似曾相識攔門犬，無可奈何當地蛇。鼻好厭聞名士臭，眼明喜見美人麻。北來一事有勝理[①]，享受知堂泡好茶。

注：①勝理：依循事理。《吕氏春秋·勸學》：“故爲師之務在於勝理，在於行義，理勝義立則位尊矣。”

平浦車中無聊，再用裟韻得三首

無從説起國和家，何以了之袈也裟。三笑良緣溪畔虎[①]，一生妙悟草間蛇。唐詩端合稱黄絹，宋紙無由寫白麻。好事之徒終好事，開門七件尚須茶。

牛有牢兮豕有家，一群和尚有袈裟。剩居杜老東西屋，莫羡歐公大小蛇[②]。解道人生等蒲柳，休從世事論芝麻。回黄轉緑原無定，白水前身是釅茶。

學詩早歲誦千家，險韻居然敢押裟。吟裏聳肩嘲病鶴，陣中對手認長蛇。知堂春意幾枝豆，苦茶庵中有紅豆數種。半老風懷一點麻。半農和裟韻詩中有“余妻一點麻”之句。謔及諸公知罪過，甘心罰飲熱湯茶。

注：①三笑良緣溪畔虎：源自典故“虎溪三笑”。相傳晉僧慧遠居廬山東林寺，送客不過溪。一日陶淵明、道士陸修静來訪，與語甚契，相送時不覺過溪，虎輒號鳴，三人大笑而别。此典表現了古代中國儒家、道家以及佛家理想的和諧關係。②歐公大小蛇：指宋代文學家歐陽修先後娶薛氏姐妹爲妻。明代浮白齋主人《雅謔》記載，歐陽修娶薛家大女兒爲妻，妻喪後繼娶薛家三女兒。一日，朋友講故事取笑他，説有個塾師教學生“虛與委蛇”的“蛇”讀作“姨”，一次學生看見耍蛇者，回來便説其耍大姨（蛇）、小姨（蛇）。歐陽修聞之大笑。

題文徵明[①]《烹茶圖》

佳石清泉隨處有，安排筆硯寫新奇。松間著個陸鴻漸[②]，絶勝山中老白衣。

注：①文徵明：號衡山居士，江蘇長洲（今屬蘇州）人，明代書畫家、文學家。②陸鴻漸：唐代茶學家、“茶聖”陸羽（字鴻漸）。

悼夢坡先生

周公用世人，而不爲俗累。馳騁貨殖場，料量風雅事。五十高達夫[①]，辛勤吟一字。工拙何須論，奇懷頗得寄。西溪花塢間，昔時觴詠地。秋色不覺老，廿載猶明媚。霜紅烏桕樹，會我重來意。山水失斯人，靈光一時閟。蕭條歲暮心，牢落懷舊思。剩有靈峰梅，爲君寫高致。花塢西溪廿年前曾與夢坡先生暢遊，秋雪彌望，徜徉竟日，信一時之至樂也。今秋重履斯境，追維昔遊，歷歷如在目前。而先生辭世四時已將一周矣，感念不置，賦此遣懷。適健初[②]兄屬爲先生題詠，即録此奉教。民國廿三年十一月，沈尹默謹志。

注：①高達夫：唐代詩人高適（字達夫）。②健初：周夢坡之子周延礽（字健初）。

一九三五年

黄晦聞[①]輓詩

晦聞不避世，於世無所悦。攢眉事苦吟，一寫肺肝熱。晚好亭林集[②]，夙善毛詩説[③]。揚扢非尋常，爲人立大節。置身千載上，邈與時代絶。君真作古人，亦復可歎息。蒹葭儼在望，從之何由得。

注：①黄晦聞：黄節（1873—1935），字晦聞，廣東順德人。曾任《國粹學報》主筆、《政議通報》編輯，又先後執教於北京大學、清華大學，著有《蒹葭樓詩》。②亭林集：明清思想家、學者顧炎武（字亭林）所作詩文集。③毛詩説：即《毛詩説》，清代諸錦撰。

题《苦水詩存》[①]

吟君苦水詩，亦自有甘味。温馴出辛酸，平凡藴奇恣。老駝秀髮姿，穩踏千里地。頗與牛羊殊，無復水草意。

黄沙莽莽風被天，眯目時見無由緣。江南好花自開落，安得到君尊酒邊。

注：①《苦水詩存》：作者弟子顧隨所撰。顧隨（1897—1960），字羡季，筆名苦水，别號駝庵，河北清河人。1917年入北京大學英文系讀書，後任燕京大學、輔仁大學教員。

一九三六年

題《積玉集》[①]

昔日金文[②]今葉吴，從來翰墨總闗渠。風流未覺前賢遠，異代同珍積玉書。

注：①題《積玉集》：標題爲編者所加。《積玉集》爲作者好友、書畫家吴湖帆自訂師友書札集之一，封面又題“葉玉甫先生手札附詩箋”，今藏於上海圖書館。此詩載於《積玉集》中，詩後題記：“湖帆尊兄集玉甫先生尺牘成册，依文衡山金元玉故事，亦名之曰‘積玉’，屬尹默書之，實藝林佳話也。因題一絶奉教。中華民國廿五年十月二日。”②金文：指明代書法家金琮（字元玉）所書字。明代周暉《金陵瑣事·字品》：“山農金元玉初法趙子昂，晚年學張伯雨，精工可愛，落筆人便持去。吴中文徵仲極喜元玉字，凡得片紙，皆裝潢成卷，題曰‘積玉’。”故上述題記中有“依文衡山金元玉故事”句。

一九三七年

梅花草堂[①]詩

窗間光景晚來新，半幅溪藤萬里春。從此不貪江路好，剩拼心力喚真真。
奪得斜枝不放歸，倚窗承月看熹微。墨池雪嶺春俱好，付與詩人説是非。

注：①梅花草堂：畫家朱屺瞻家鄉江蘇太倉瀏河故居。

壽于右任[①]六秩誕慶詩

西北風雲壯，東南日月懸。恢奇事柔翰，豁達禮群賢。國際髯公[②]重，中原壽頌傳。喬松倚太白，凌厲遂無前。

注：①于右任：原名伯循，陝西三原人，書法家。作者舅父彭仲翔早年與于右任同在陝西軍中任職，故作者少年時便知道于氏。抗戰時在重慶，時任國民政府監察院院長于右任邀請作者就任監察院監察委員。兩人詩詞唱和，切磋書藝，交往十分密切。②髯公：于右任蓄有長髯，故稱。

湖帆、蝶野[①]各爲拙書卷子題句，輒以小詩報之

落筆紛披薛道祖[②]，稍加峻麗米南宮。休論臣法二王法，腕力遒時字始工。
李趙[③]名高太入時，董文[④]堪薄亦堪師。最嫌爛熟能傷雅，不羨精能王覺斯[⑤]。
龍蛇起伏筆端出，使筆如調生馬駒。此事何堪中世用，整齊猶愧吏人書。
暮年思極愧前賢，東抹西塗信偶然。好事今看君過我，虛因點畫費詩篇。

注：①蝶野：陳定山（1897—1987），別署蝶野，浙江錢塘（今杭州市）人，雅好詩文、詞曲、書畫。②薛道祖：北宋書法家薛紹彭（字道祖），擅行書。③李趙：指唐代書法家李邕與元代書法家趙孟頫。④董文：指明代書畫家董其昌與文徵明。⑤王覺斯：明末清初書畫家王鐸（字覺斯）。

遣興二首

院宇開今日，郊原改昔時。園花無野趣，盆樹有新枝。多暇方諳病，長吟豈費詩。一春容易過，風雨更相欺。

僻徑攜春入，芳叢晚欲迷。無塵即勝事，有客愛幽棲。夜靜樓偏迥，窗明月已低。清愁續殘夢，遠樹子規啼。

示知交

無才何事羨紛華，深汲應教短綆[①]嗟。用舍行藏[②]君莫問，詩書爛熟是生涯。
謀國知慚天下士，敢將蔬食傲何曾[③]。人間風月仍多暇，收拾聲明恐未能。

注：①短綆：比喻才識淺陋。②用舍行藏：亦作“用行舍藏”，意思是被任用就行其道，不被任用就退隱。形容順其自然、進退從容的處世態度。《論語·述而》：“用之則行，舍之則藏，唯我與爾有是夫。”③何曾：指西晉大臣何曾。何氏一生奢侈無度，講究飲食，著有《食疏》。唐代李瀚《蒙求》：“齊景駟千，何曾食萬。”

解　嘲

將詩比酒有新舊，體制喻如新舊瓶。衹要瓶中真是酒，新瓶何重舊何輕。

病目[①]中夜眠不着，輒喜吟詩，亦是一病

静中不解觀心法[②]，合眼隨緣衹唱詩。一病未平一病起，不知病已是何時。

注：①病目：作者幼年患眼病，成年後時有所發，視力極差。晚年需戴二千多度眼鏡，幾乎無法讀書寫字。②觀心法：佛教的一種修行方法。主要是在空閑時以旁觀者的視角，冷静、包容地觀察自已心中生起的念頭與情緒。

晨起梳頭有作

白髮隨梳落，關心爾許[①]長。人生各分際，吾黨實清狂。報國無經術，吟詩愧糗糧[②]。堂前遲種菊，高柳已過牆。

注：①爾許：如許，如此。②糗糧：乾糧。

戲贈劉三

劉三有自詠詩云："此身正似鵝將老，坡老真爲我賦詩。翻恨吐絲絲不盡，從容慷慨兩難時。"饒有風致。劉三近來與人詩札，每自署"離垢"。

離垢[①]何能無垢，老蠶的是老口。吐絲未有盡時，其於蛾也何有。
哦詩不知所云，先生未免認真。莫笑繫而不食，匏瓜[②]原非聖人。

注：①離垢：作者好友劉三（字離垢）。②匏瓜：作者自號"匏瓜"，書齋命名爲"匏瓜庵"。

邁士[①]爲畫出遊，見落花詩意，點綴山水，極清閑風華之致。余此詩舊爲季剛所賞，而季剛之墓已有宿草矣，能無慨然，因賦

邁士讀書如讀畫，入手篇章意先快。丹青寫出無聲詩，能爲東風開境界。江南夢斷京華東，高柳簇天春晝同。漫吟紫燕黄蜂句，老我青山緑水中。

注：①邁士：沈邁士（1891—1986），原名祖德，字邁士，浙江吴興（今湖州市）人，作者族曾孫。早年畢業於上海震旦大學，後執教於北京大學。幼承家教，喜習書畫，擅作山水、花卉。

贈劉三

清新詩句賦江南，濩落[①]隨人諫果甘。詩酒正堪驅使在，彌天四海一劉三。

八分能寫今阿買，凡鳥真成不敢題。物論他年爭得免，紛紛野鶩與家雞[②]。

注：①濩落：淪落失意。②野鶩與家雞：比喻不同的書法風格。晉代何法盛《晉中興書》："小兒輩厭家雞，愛野雉，皆學逸少書。"宋代蘇軾《書劉景文所藏王子敬帖絕句》："家雞野鶩同登俎，春蚓秋蛇總入奩。"

答劉三二首　仍用前韻

門牆敢望褚河南，隸草推君意自甘。清鑒飛揚俱在眼，漫歸賀八[①]付朱三[②]。山谷《跋張長史草書》，有"嘗作得兩句云'清鑒風流歸賀八，飛揚跋扈付朱三'，未知可贈誰"之語。

大難佛出救不得，黍離麥秀且莫題。民力雖微民氣在，此聲非惡喜聞雞[③]。《五代史》載耶律德光問馮道曰："天下百姓如何救得？"道曰："此時佛出救不得，惟皇帝救得。"今則任何人救不得，惟自己救得耳。

注：①賀八：唐代詩人、書法家賀知章（因排行第八，故稱）。②朱三：五代後梁太祖朱溫（因排行第三，故稱）。③此聲非惡喜聞雞：源自成語"聞雞起舞"，比喻志士奮發向上、堅持不懈的精神。唐代房玄齡等《晉書·祖逖傳》："（祖逖）與司空劉琨俱爲司州主簿，情好綢繆，共被同寢，中夜聞荒雞鳴，蹴琨覺曰：'此非惡聲也！'因起舞。"

答劉三自壽三韻

高名逸氣滿東南，蔗境從來老益甘。梅鶴稱觴[①]千萬壽，不須邀月自成三[②]。

不采蘭根笑所南[③]，從容慷慨意彌甘。雙星伴月中天麗，四拜[④]陳詞願祇三。

注：①稱觴：舉杯祝酒。②不須邀月自成三：套用唐代李白《月下獨酌四首》詩"舉杯邀明月，對影成三人"句。③所南：宋代詩人、畫家鄭思肖（號所南）。擅長畫蘭，不畫根土。無根的蘭花，寓意南宋失去國土根基。④四拜：漢族民間最隆重的禮儀。

讀史有作

荔子黄柑亦等閑，倉皇戎馬忽相關。九儒未着江南等，何事厠身倡丐間。荔子黄柑，賈似道餉伯顔以還和議。元世祖定江南人爲十等，一官二吏謂其有益於國家也，七匠八倡九儒十丐則皆無所可用者也。

偶　吟

鬧中時坐睡，事外偶行吟。梅雨蕭然至，沉沉一院陰。

翹　瞻[①] 十月三十一日

悲喜尋常事，心情好自持。立民惟有耻，活國賴無私。已覺軍威振，翹瞻政教移。清明在躬語，百世有餘師。

注：①翹瞻：1937年8月24日，上海市文化界救亡協會主辦的《救亡日報》創刊，郭沫若任報社社長。應郭沫若之邀，作者創作這首詩，登載於同年11月5日該報上。詩後題詞云："近日喜誦大作'冲'字韻詩，偶有所觸，得四十字奉政。沫若尊兄左右，尹默。廿六年十月卅一日。"

微聞二首[①] 十一月一日

屢敗還屢戰，壯志不可渝。極知大厦傾，要須盡力扶。民力乃國力，愈用愈有餘。任兵未任民，未足爲全圖。生聚與教訓，萬衆爲一軀。衆志所成城，金湯曾不如。寇深共淬厲，艱危邁長途。有志終必勝，小挫何須虞？微聞主和論，出自士大夫。坐壞此金湯，誰歟甘爲奴？

戰難和豈易？事豫乃無患。敵志在亡我，雖和豈能全？道理至明白，事例更昭然。國基待重奠，舉措慎當前。忠信足涉險，把兹破浪船。有力毋惜力，有錢毋惜錢。坐言終何補？起行賴貞堅。向來扶醉人，未有不傾顛。醒矣頑與懦，大難共仔肩[②]。

注：①微聞二首：登載於1937年11月6日《救亡日報》。②仔肩：擔負，承擔。《詩經·周頌·敬之》："佛時仔肩。"鄭玄箋："佛，輔也；時，是也；仔肩，任也。"

一九三八年

答伯兄見寄

二年離亂思彌長，萬里音書少寄將。地盡東南浮遠海，山環西北郁連岡。磨人古研不知老，照卷青燈乍有芒。天與吾儕讀書分，但能保此亦堂堂。

劉　三

寫得新詩欲寄難，一尊相對賞心違。高樓黃葉落應盡，望斷孤雲人不歸。

艱難一首

病過黃梅雨，江干五月凉。豆蔬從所好，几研未相妨。民命嗟螻蟻，兵威勝虎狼。艱難神禹績，今日又懷襄[①]。

注：①懷襄：即“懷山襄陵”，指洪水洶湧奔騰，溢上山陵。《尚書 · 堯典》：“湯湯洪水方割，蕩蕩懷山襄陵，浩浩滔天。”宋代蔡沈《書經集傳》：“懷，包其四面也。襄，駕出其上也。”

時　難　用前韻

物情費斟酌，世態足炎凉。時難貧非賤，身閑病却妨。毒薰除社鼠，長矢殪天狼。仁術能亡國，千秋笑宋襄[①]。

注：①宋襄：即春秋時宋國君主宋襄公。公元前638年，宋伐鄭，與救鄭的楚兵展開泓水之戰。楚兵强大，宋襄公講究“仁義”，要待楚兵渡河列陣後再戰，結果大敗受傷，故有“仁術能亡國，千秋笑宋襄”兩句。

天　怒　再用前韻

天怒雷逾震，民蘇雨乍凉。兵災殊未已，水患更相妨。空亂傷鷹隼，原枯絶虎狼。從來妨北敵，得失在荊襄[①]。

注：①荊襄：指湖北省荊州和襄陽地區，自古爲兵家必争的戰略要地。若突破此地，便可大舉南下，占領整個中國，故有“從來妨北敵，得失在荊襄”兩句。

客去有作

客去廣猶暖，風來斗室寬。潛夫[①]空有論，世事底相干。兵動和非易，民勞勝亦難。萬方同一慨，蹙蹙小遑安[②]。

注：①潛夫：指隱者。典出南朝宋范曄《後漢書·王符傳》。②遑安：安閑，安逸。西晉束皙《補亡詩·南陔》：“眷戀庭闈，心不遑安。”

一九三九年

和知堂五首[①]

知堂近有詩見寄，讀罷怏然，若有所觸，不得不答，輒依韻和之，語意在可解不可解之間，惟覽者自得之耳。

冤親平等[②]非作達[③]，但得相逢總是緣。古井吹將籬外去[④]，聽他謊語不須圓。

一飯一茶過一生，尚於何處欠分明。斜陽流水干卿事，未免人間太有情。

在家居士據禪榻，衹可尤人莫怨天。蓴羹千里不着豉，更向酪中錯點鹽。

夢中作夢有時醒，五十年來蠟炬紅。難覓兒時新歲味，眼前爐火暖烘烘。

永夕陶陶前事在，一回相憶一茫然。眼前無盡非無盡，莫怪前賢歎逝川。兼憶玄翁往昔投贈有“與君俱是眼前人，領取從來無盡趣”之語，今日適得其計，故云然。

注：①和知堂五首：1939年元旦前後，羈留北平的周作人（知堂）作七絶六首，抄寄給朋友。作者於元月26日“輒依韻和之”，成此五絶句。②冤親平等：亦作“怨親平等”。意思是對怨敵和親人一視同仁，没有厚此薄彼的分别。③作達：任性放達，不加拘束。南朝宋劉義慶《世説新語·任誕》：“阮渾長成，風氣韻度似父，亦欲作達。”④古井吹將籬外去：源自清代李汝珍《鏡花緣》第七十九回，其中有這樣一句話：“衹有去歲起了一陣大風，把我院内一口井忽然吹到（籬笆）牆外去。”相信此語者是以籬笆爲參照物。

輓玄同[①]

陶陶永夕歡，蹙蹙終日歎。哀樂結中懷，山河劃神甸。昨聞儋耳[②]謡，驚定還慰忭[③]。河圖非終吉，一瞑不復旦。平生特異忙，狂欺其實狷。狷介人莫知，惟狂衆所見。四十便可殺[④]，語激意則善。日新又日新，即以示果斷。君子學爲己，誨人亦不倦。中庸本非易，修道尚權變。邇來憂患深，義利先明辨。少年喜譏評，先輩每所賤。去者或當思，存者聊自唁。蕭條歲暮心，雨雪先集霰。人物殊渺然，此恨何由遣。

注：①玄同：錢玄同（1887—1939），原名夏，字中季，號德潛，浙江吴興（今湖州市）人，語言文字學家、經學家。作者同鄉及執教北大時同事。②儋耳：古地名，即今海南省儋州市。③慰忭：拍手欣慰。④四十便可殺：據黎錦熙回憶，錢玄同曾説："人過四十就該死，不死也該槍斃。"故詩中有此句。

讀《楊誠齋集》

好詩那費吟哦力，搜索枯腸自是癡。兩宋三唐俱不朽，幾人文字炫珍奇。

萬有從渠放眼看，寰中象外本相干。半山[①]心力渾拋盡，吟到黄陳[②]始覺難。

唐賢温婉宋尖新，風格雖殊意趣真。蠅脚弄晴[③]詩好在，誠齋猶是眼前人。

注：①半山：宋代文學家王安石（别號半山）。②黄陳：宋代詩人黄庭堅和陳師道的並稱。楊萬里《和張功父梅詩》："要與梅花巧鬥新，恨無詩句敵黄陳。"③弄晴：指禽鳥在初晴時鳴囀、戲耍。

日日讀誠齋詩，再題

凍蠅寒雀亦奇才，都入荆溪集[①]裏來。誰説深人無淺語，淺之又淺見誠齋。

萬端經緯莫關渠，暇即吟哦得即書。成就素描生活史，始知文字不應無。

注：①荆溪集：即《荆溪集》，宋代詩人楊萬里著。

晚　坐

煩慮紛然至，蚊雷聚晚凉。匹夫仍有責，多難豈相妨。無意防鷹犬，從人豢虎狼。聆音雖未察，所願學師襄[①]。

注：①師襄：亦稱“師襄子”。春秋時期音樂家，孔子的老師。

聞　鶯[①] 五月二十八日

江流東去我西行，行到渝州不計程。已是客愁愁未了，閑窗曉坐聽流鶯。

鶯啼何事與愁並，四月山中聽最清。解道高花應爲濕，人間唯有玉谿生[②]。定定住天涯，天涯日又斜。鶯啼如有淚，爲濕最高花。此義山驚心之作也。

注：①聞鶯：1939年四五月間，作者離開上海赴大後方重慶，開始了留滯巴蜀八年的艱苦歲月。這是作者抵重慶後最早創作的兩首詩。②玉谿生：唐代詩人李商隱（字義山，號玉谿生）。

讀杜老《夕烽》詩感賦

飛將從天降，轟雷豈定時。共藏猶有窟，相失遂無期。警急聲仍切，平安信每遲。艱難殊未已，愁誦夕烽詩。

聽人説五月三四兩日事[①]

安居人事盡，多難寇氛延。陰滲藏深洞，豐隆響遠天。騰騰連日火，落落幾家全。賴有成城志，金湯未墮堅。

注：①聽人説五月三四兩日事：1939年5月3、4日兩天，日本侵略軍飛機連續飛臨重慶轟炸，造成慘重損失。據檔案資料統計，軍民死傷六千多人，炸毀房屋五千餘所，迫使二十五萬民衆遷離市區。時作者尚未抵達重慶，故云“聽人説”。

初夏至重庆，晨间乘轿入城，遇雨辄寒甚，因有作

晨霧每相觸，夏寒時見遭。江流依岸碧，石徑入城高。語緩因成俗，山多亦耐勞。竹輿來往便，的的健於猱。

偶　吟　用前韻

離鄉驚草木，異地感殊遭。遮雨芭蕉大，當風梧葉高。政勤思國難，物貴念民勞。平易文翁化[①]，詩人戒教猱。

注：①文翁化：亦作“文翁化俗”“文翁化蜀”。泛指地方官吏教化百姓，改易民風。典出《漢書·文翁傳》。文翁，西漢末年官員，曾任蜀郡太守，“仁愛好教化”，修學官，興教育。

遣興二首

江水夾城市[①]，山光滿近郊。行人經屋上，坡路出林梢。鶯好如聞曲，蝦稀不入庖。儘多幽勝地，隨意可誅茅。

好景猶堪玩，殊風莫漫嘲。樹多鶯亂入，花細蝶輕捎。離亂珍生命，悲歡見故交。吾行本乘興，棲頓此江郊。

注：①江水夾城市：指重慶中心城區在長江、嘉陵江之間。

所逢一首

寒暖渾無定，巴中四月時。江遥天欲合，山險地逾卑。小摘供蔬饌，相邀把酒卮。所逢多故舊，語罷惜流離。

真　錯

鑄鐵成真錯，窮兵喜妄尊。寧忘三户[①]事，輕結百年冤。俯仰終千古，安危了一門。小儒何用達，虚此對乾坤。

注：①三户：亦作“亡秦三户”。意思是楚國雖衹剩下三個氏族，也能滅掉秦國。比喻正義的力量雖然弱小，團結一致也能成功。《史記·項羽本紀》：“夫秦滅六國，楚最無罪。自懷王入秦不反，楚人憐之至今，故楚南公曰‘楚雖三户，亡秦必楚也’。”

讀杜集偶題

詩老聲名大，栖栖[①]共此哀。人情真可惜，天意未應回。祇説江魚美，知從秦隴來。東南望吴越，酒罷一徘徊。久客惜人情，江魚美可求，皆杜句也。

注：①栖栖：四處奔走、無暇安居的樣子。

寄諸友三絶句

幾年留滯大江東[①]，一日西行快御風。未過劍門逢細雨，已乘雲氣入巴中。
炊黍功名[②]自一時，此身許國更無私。應慚結習銷難盡，看取囊中幾首詩。
萬鈞共訝雷霆力，一德能教風雨時。爲報江東諸父老，頂天立地要男兒。

注：①幾年留滯大江東：江東，指江南地區。作者於1932年底離開北京南下，到1939年四五月間離滬赴渝之前，一直生活在上海，故有此句。②炊黍功名：亦作“功名炊黍”，比喻虚幻的夢境。典出唐代沈既濟《枕中記》。

常任俠[①]君借我金星歙石研[②]，走筆謝之

研材歙最佳，耐用過端州[③]。南唐置研務，取石擇其尤。可惜平淺製，墨便筆則不。微凹非好古，點筆圓且遒。所以襄陽翁，落管四面周[④]。君家金星石，宜墨無匹儔。我竟得用之，勝事紫金侔。羅文[⑤]不足貴，眉子[⑥]倘可求。瞑坐想眉子，彩緑泛雙眸。吁嗟任俠君，更能爲我謀。

注：①常任俠：安徽潁上人，著名詩人、東方藝術史學家，著有《常任俠文集》《戰雲紀事》等。②金星歙石研：研，同“硯”。作者初抵重慶，因好友、故宫博物院院長馬衡介紹，向常任俠暫借一方金星硯，遂賦詩以示感謝。③端州：今屬廣東省肇慶市。端硯亦中國四大名硯之一。④落管四面周：指米芾曾自誇“善書者祇有一筆，我獨有四面”。⑤羅文：宋代蘇軾對硯之戲稱。⑥眉子：即眉子硯，指安徽省歙縣眉子坑所産硯石。

和公武[①]納凉韻

人間有寂寞，併在一宵中。對影寧無月，披襟自有風。祇愁長作客，猶喜未成翁。漫道吟詩苦，吟詩擬候蟲[②]。

注：①公武：許崇灝（1882—1959），字晴江，號公武，廣東番禺人。早年加入中国同盟會，1932年任國民政府考試院秘書長。著有《瓊崖志略》《大隱廬詩草》等。②候蟲：伴隨着季節變化而出現的昆蟲。

和公武寄懷山中諸同人韻

山中明靜夜，知共幾人看。步月[①]風猶勁，追涼露未乾。因官成野逸，有屋庇酸寒。滋味青鐙好，吟詩亦易安。

注：①步月：謂月下散步或行走。

無　寐

何求仍展轉，無寐亦侵尋。耿耿[①]從來意，栖栖此日心。夜闌飢鼠出，雨過亂蟲吟。未必跫然喜，終成空谷音[②]。

注：①耿耿：誠信守節的樣子。②空谷音：源自成語“空谷足音”。指在空曠的山谷裏聽到人的脚步聲。

聞梔子香有憶

梔子花開韻最清，緑陰長晝憶山城。新茶飲罷渾無事，寂寂虚廊竟日情。

次韻奉答邁士贈别

吾宗老孫子[①]，清淳有風骨。送我江上行，黯然離緒結。衆中一握手，意滿語不發。人生果何有，看此頭上髮。詩書明道義，世路暗津筏[②]。誰歟北走胡，羡我南之粤。國步何艱難，人心何嵲屼[③]。賢聖非無過，光明如日月。丈夫四海志，胡爲惜此别。有力終當盡，珍重爲君説。

注：①吾宗老孫子：指作者族曾孫、畫家沈邁士。作者与其同宗，故有此句。②津筏：原指渡河的木筏。比喻人世路上引導人們達到目的的門徑。③嵲屼：形容高下顛簸。

巴中偶吟

市近人情幻，山深禮俗寬。長裾仍可曳，赤脚了非難。有屋紛高下，無時定暑寒。夏蟲作秋語，往往到更闌。

雨中漫興

雨細渾疑霧，雲多不辨山。縱横泥滑滑，高下水潺潺。草履非吾貫，竹輿聊自閑。案頭玉帶研，相對破愁顔。

戲作遣懷

赤足親泥塵，毛頭裹重巾。瞞天不瞞地，笑殺坎脚[①]人。山多氣候異，生活實相因。頗疑桃花源，遠接荒江濱。避囂非避世，正要風俗淳。緬然起幽情，吾欲任吾真。

注：①坎脚：西南官話，指（地勢較高地方的）下面。

雜　題　效放翁體

北馬南帆着意忙，一生功業熟黄粱。索居肯信朱顔改，旅食真教白日長。賴有詩書堪味道，不求丹藥爲知方。死生大矣能無痛，此念新來亦漸忘。

客裏人情莫浪猜，眼中活計亦悠哉。晉賢筆札容追憶，杜老詩篇可更開。但得看花仍有興，若論使酒便無才。志思不壯關年事，新解歐公筆記[①]來。

怕説戎州[②]緑荔枝，每因節物倍相思。悲歡入世憑誰遣？寒暖由人要自知。小愠偶嫌朝誦久，不眠深惜夜歸遲。從來細事關懷切，珍重題封爲寄詩。

注：①歐公筆記：即《歐陽文忠公集》中之笔記。歐陽文忠，指北宋政治家、文學家歐陽修（謚號“文忠”）。②戎州：即今四川省宜賓市。宋代葉廷珪《海録碎事·鳥獸草木》：“緑荔枝，戎州所出，肉熟而皮猶緑。”故有“怕説戎州緑荔枝”句。

偶　記

鄰語無心鬧，瓶花隨意香。晴窗何動定，堅坐看斜陽。

題《群玉堂米帖》①

墨磨終日意何如？粗識王家小草書。晉武謝安俱泯滅，幾回追想渺愁予。

米顛淳雅涪翁韻，一代論書鑒賞工。清勁差同渾厚異，元人可有晉賢風。

注：①《群玉堂米帖》：清道光二十五年（1845），海寧藏書家蔣光煦重摹所藏《群玉堂帖》中的米（芾）書，計一卷五種，稱《群玉堂米帖》。

輓瞿安①

歌曲當時重，宗師一代尊。藏書微尚在，耽酒至情存。涕淚辭家祭，風塵避寇奔。昔聞遏雲響②，今日竟無言。

注：①瞿安：吴梅（1884—1939），字瞿安，號霜崖，江蘇長洲（今屬蘇州市）人，南社社員、曲學專家。曾在東吴大學、北京大學等校任教，著有《霜崖詩録》《霜崖詞録》等。②遏雲響：源自成語“響遏行雲”，形容歌聲嘹亮。

隨　遇

有僕持門户，無憂歷暑寒。莫因一飯易，須信萬家難。陶令竹輿穩，拾遺①茅宇寬。前賢仍有此，隨遇總能安。

注：①拾遺：指唐代詩人杜甫（曾任左拾遺）。

喜遇豹隱①

君隱南山霧，我觀東海塵。驚心舊時侶，到眼少年人。酒渴應無敵，詩新似有神。疏狂憐意氣，未失向來真。

注：①豹隱：陳啓修（1886—1960），字惺農，後改名豹隱，四川中江人。1917年畢業

於日本東京帝國大學，同年回國任北京大學法科教授，抗戰時當選爲第一至第四屆國民參政會參政員。

有　耳

余因目疾，往往當前不能辨，每爲人所怪，唯幸有耳，不然傲物之嫌，何由得免?

昨日寧當是，新來更不疑。聰明原少用，轉益自多師。真覺和爲貴，常聞某在斯。平生欠混沌，有耳未聾癡。

戲作簡沫若

泰山有時我不見，雷霆有時君不聞。劉伶借酒乃有此，我輩得之不待醺。世上聾瞽誚紛紛，有用耳目何足云。莫道真無聞，契書音義受於殷。何嘗無所見，至少還識王右軍。我目君耳堪陪奉，因病成妍真出群。偶作此想聊自慰，戲題數行馳報君。

晨出，行田野間，有感而作

兵火燒空動地殷，青郊耕者自閑閑。穿田野水縱橫静，隱岸幽花細碎斑。賴有深寧堪致遠，若無拂亂[①]豈投艱。匹夫憂樂先天下，敢道興亡事不關。

注：①拂亂：違反其意願而亂之。《孟子 · 告子》：“故天將降大任於是人也，必先苦其心志，勞其筋骨，餓其體膚，空乏其身，行拂亂其所爲，所以動心忍性，曾益其所不能。”

次行嚴[①]韻贈曾通一[②]

吾愛曾夫子，高枝出桂林。堪歸四八目[③]，未有二三心。善本分兼獨，交無論淺深。寒虀方一飽，即此已難尋。

注：①行嚴：章士釗（1881—1973），字行嚴，筆名秋桐，湖南善化人。作者與章士釗早年同在北京大學任教。1925年“女師大風潮”時，二人公開爲敵。抗戰時在重慶重逢，同爲國民政府監察院監察委員，冰釋前嫌，關係融洽。②曾通一：曾道（1877—1948），字通

一，四川金堂人。早年留學日本早稻田大學，回國後與于右任等組織反清革命。南京國民政府成立後，曾任國民黨中央委員、監察委員。③四八目：東晉陶淵明《陶潛集》附載之《聖賢群輔録》之别稱。

次公武韻奉答

難學僧飛錫[①]，聊同聖繫匏。伴君燈有暈，泥我硯微坳。已是無龍井，何須問虎跑。詩來隨意和，不必費推敲。

注：①飛錫：佛教語，指僧人遊方。

五日感懷

賴有詩堪把，都無酒可親。又過端午日，大半百年人。梔子傷心麗，榴花刺眼新。不因憐節物，已是欲沾巾。

與豫卿[①]夜話，因贈

豫卿譽我字，可當名迹看。長留一卷詩，百年誰能斷？紙素非堅牢，時尚易昏旦。光光晉武迹，宋賢猶得見。知微[②]不敢收，元長[③]遂莫辨。就令尊王書，毋乃愛輕蒨。傳與不傳同，右軍無真面。寂寞身後事，真賞實亦幻。點染四十年，直欲棄筆研。君家蔡詩帖[④]，堪爲希世玩。古今幾名品，惟此得所眷。不出倘不能，願君慎流轉。

注：①豫卿：朱家濟（1902—1969），字豫清、豫卿、餘清，浙江蕭山人，作者執教北大時學生。曾在南開中學、北平大學和故宫博物院任職，抗戰時隨古物南遷，後又供職於國民政府糧食部。②知微：北宋書法家王著（字知微）。③元長：北宋大臣蔡京（字元長）。④君家蔡詩帖：指朱家收藏有著名的《蔡狀元詩帖》，即北宋書法家、詩人蔡襄自書詩帖。

雨中伯棠[①]招飲生生花園[②]，偶題

霈然雨洗山蒼蒼，江漲渾同河水黄。臨軒快飲當風醉，珠霧霏微灑面涼。

注：①伯棠：指沈伯棠，作者族叔沈譜琴次子。②生生花園：位於重慶市區牛角沱上清

寺路，面臨嘉陵江一側，原爲四川省立教育學院院長高顯鑒的私人會所。

雨　後

雨收凉意滿，山色轉蒼然。流水和蟲語，潺湲到耳邊。

偶有憶

何所非吾土，閑情寄此邦。未須愁五嶺[1]，猶自愛雙江。客夢久應熟，鄉心殊未降。楊梅最堪憶，虚對酒盈缸。

注：①未須愁五嶺：意思是没必要愁怨五嶺間的荒蠻。套用蘇軾《壺中九華詩》“五嶺莫愁千嶂外，九華今在一壺中”句。

豫卿爲説雨中江上景物，輒以二十字寫之

雨急夕陽明，江船自在行。煙江隨望好，近岸石林清。

所　願

無私從所願，所願亦微哉。已覺秋瓜好，黄花盡意開。

古意二首

明月知人意，千里託光輝。悄然入房闥，寂寞照君衣。
明月無拘檢[1]，流照入羅帷。與君今夕共，恐君猶未知。

注：①拘檢：檢束，拘束。

拙　詩

久語試小貲，能令故人富。馬曹不知馬，得情良可宥。知著在察微，風來水面皺。吟詩何多諷，拙晦視爻繇[1]。

注：①爻繇：爻，組成八卦的長短横道。“—”爲陽爻，“--”爲陰爻。繇，古时占卜的文辭。《周易·繫辭》注：“爻繇之辭，所以明得失。”

飢　鼠

飢鼠蕭然語夜闌，一鐙明暗坐相看。極知此亦求生者，無角無牙小作難。

公武招飲，呈座上諸君

諸公盡詩老[①]，而我候蟲吟。不作千秋想，唯持一往心。艱難無好語，風雨有哀音。鐙火新凉意，相看酒盞深。

注：①詩老：對詩人的敬稱。意謂老於作詩者，作詩老手。

偶有所觸

鳥輕隨葉墮，風細雜花香。仍是閑生理，新來轉覺忙。

膏如[①]先生像贊

繼善興家，舉世所尊。鄉閭感惠，盜賊懷恩。潛德終曜，必大其門。鼎鼎開貞，令子賢孫。

注：①膏如：郭沫若之父郭朝沛（1853—1939），1939年7月卒於四川樂山老家。郭氏兄弟將衆人敬獻的哀輓文字編輯成《德音録》，以紀念其亡父和亡母杜邀貞（1857—1935）。

廿八年十一月九日爲權弟[①]誕辰，遠在巴渝，因寄詩賀之

秋菊揚金英[②]，秀色含芬芳。芙蓉湛清露，的皪明鏡光。好花不自媚，爛然升君堂。輝輝列紅燭，娥娥耀明妝。今日良宴會，賓至各獻觴。爲君蔽圓月，中秋空相望。念我倦登臨，風雨連重陽。天涯感令節，紀曆志辰良。蜀錦可將意，欲贈阻河梁。蜀江有雙魚，江流清且長。雙魚可寄書，尺素安得詳。願君千萬壽，歡樂未渠央。

注：①權弟：指褚保權（1903—1990），號平君，浙江餘杭人。早年畢業於北京大學教育系。抗戰時滯留上海。抗戰勝利後，與作者結爲夫婦。②金英：黄色的花，特指菊花，有時也指菊花酒。

寺字韻唱和詩　自十一月五日至十二月十二日

次行嚴韻即贈

自公退食餔池寺，一簾風日理文字。明珠草木共光輝，詩成始信涪翁異。源流清濁分江岷，是非争辯何誾誾。文章得失寸心事，拗性肯爲他人馴。騷人墨客論車載，中有幾人面目在。洛陽紙貴自一時，何用聲華溢四海。十年相遇還相卿，白髮盈顛未足驚。後生且莫謗前輩，孝章要爲有大名[1]。

注：①孝章要爲有大名：意思是總的説來孝章是一個有名的人。孝章，指盛孝章，會稽（今浙江紹興）人，漢末名士。孔融《論盛孝章書》："今之少年，喜謗前輩，或能譏評孝章。孝章要爲有天下大名，九牧之人，所共稱歎。"

再用寺韻贈旭初[1]

與君同寓上清寺，君樂丹青我耽字。小豁胸臆在於斯，不徇俗風不立異。西上溯江直到岷，巴鶯見語何誾誾。野逸自成白鷗性，浩蕩萬里誰能馴？聞聲相思二十載，相逢恨少季剛在。不然三峽倒詞源，會看百川東入海。但愁文字壓公卿，一語横教四座驚。知我貴希今始信，無名畢竟是常名。

注：①旭初：汪東（1890—1963），字旭初，號寄庵，别號寄生、夢秋，江蘇吴縣（今屬蘇州市）人，章太炎弟子，工繪畫，擅作詞。曾任國立中央大學教授兼文學院院長。1938年任國民政府監察院監察委員。中華人民共和國成立後，歷任蘇州市人民委員會委員，市政協常委、副主席等。

三用寺韻寄友

鐘聲苦憶鳳林寺，經卷還思塔裏字。於今西子是東施，啼笑皆非何足異。故人東吴我西岷，剪燭夢話空誾誾。匣中龍吟三尺劍，意氣由來不可馴。誰言道喪向千載，祭神自爾如神在。精誠信足感鬼神，此理無殊東西海。不須猛將似花卿[1]，未要文章海内驚。且了一朝一夕事，何有千秋萬歲名[2]。

注：①花卿：指唐代武將花敬定。唐代杜甫《戲作花卿歌》："成都猛將有花卿，學語

小兒知姓名。”②何有千秋萬歲名：套用宋代鄧牧《寄友》詩“人生行樂耳，何必千秋萬歲名”句。

四用寺字韻

庶政多門出省寺，不尚功能尚文字。遂令天下益棼然①，各黨其同伐其異。濁江金沙清江岷，投清以濁仍闓闓。混流浩蕩遂東下，泥沙一瀉終能馴。趣舍萬殊同覆載，同歸豈礙殊途在。鬩牆禦侮不辭難，忍見桑田變滄海。吁嗟士庶大夫卿，往往伯有②來相驚。癡聾不會當前事，冥漠③何論身後名。

注：①棼然：擾亂貌，紛亂貌。②伯有：指春秋時鄭國大夫良霄（字伯有），相傳伯有死後鬼魂作祟，驚扰鄭人。《左傳·昭公七年》：“鄭人相驚以伯有，曰：‘伯有至矣。’則皆走，不知所往。”③冥漠：指死亡。

五用寺韻答行嚴

不唱佛陀不住寺，閑向人間弄文字。雖然一首俳體詩，落筆便令人詫異。快談恍似江導岷，休論侃侃與誾誾。險韻回旋少餘地，入籠翩羽終當馴。孤桐①之孤已千載，典型更有汪東在。而我依違兩大間，直以一粟投滄海。當年意氣陵樊卿，五十無聞何足驚。剩爲先生牛馬走，强從遊戲掠時名。

注：①孤桐：指孤桐琴，典出《尚書》。又，章士釗筆名“孤桐”。

六用寺韻答行嚴 前詩誤俳爲佻，來詩正之，因答

招提非寺仍是寺，眼蒙不審俳佻字。煩君七步答我詩，珍重磨勘辨同異。江名孰是汶與岷，法言不別訔與誾。鞭勒一朝入我手，要令惡馬如鹿馴。吾家休文①重千載，自慚謂有雲仍在。何如旭初足典型，不是潘江即陸海②。東山不出無人卿③，點染空教紅袖驚。太息還君詩一紙，擲筆惆悵無由名。

注：①休文：南朝文學家沈約（字休文），吴興人，故稱“吾家休文”。②不是潘江即陸海：潘江，形容魏晉時文學家潘岳文才如大江。陸海，形容西晉文學家陸機才如大海。典出南朝梁鍾嶸《詩品》卷上：“余常言陸（機）才如海，潘（岳）才如江。”③東山不出無人卿：指東晉謝安高卧東山不出仕之事。南朝宋劉義慶《世説新語·排調》：“謝公在東山，朝命屢降而不動。後出爲桓宣武司馬，……高靈時爲中丞，亦往相祖，先時多少飲酒，因倚如醉。戲曰：卿屢違朝旨，高卧東山，諸人每相與言‘安石不肯出，將如蒼生何’。”

七用寺韻柬行嚴 行嚴來札，稱吾詩亦典型之作，因有是篇

詩榜傳聞道林寺，羅池碑外無一字。子言墨妙實擅場，米顛師之乃大異。隱侯四聲江導岷，齊梁新體方闐闐。四傑沈宋費機巧，直至少陵用始馴。吾宗二妙俱千載，承流愧云老夫在。好詩猶下陳簡齋，惡札應輸李北海。更何敢望顏真卿，吟哦李杜空震驚。典型典型顧如此，能不令人慚其名。

八用寺韻 十九年至金陵登雞鳴寺，有詩云：“勝絶雞鳴寺，蕭然幾杵鐘。南朝煙水夢，猶自碧濛濛。”

勝絶雞鳴南朝寺，昔日紀遊曾題字。敲鐘警夢猶未醒，眼前已覺人物異。東至金焦[①]西巴岷，何處當用言闐闐。世情可曉不盡曉，野性難馴終莫馴。明月照人閲萬載，人間仍有酒杯在。好將醉眼向青天，莫用癡心窺碧海。凡百休關大夫卿，黄塵動陌車馬驚。下簾賣卜[②]者何事，世不可避惟逃名。

注：①金焦：金山和焦山。兩山皆在江蘇鎮江。②下簾賣卜：亦作“賣卜下簾”。意謂追慕老莊之學。《漢書・王貢兩龔鮑傳・序》：“（嚴）君平卜筮於成都市，……裁日閲數人，得百錢足自養，則閉肆下簾而授《老子》。”

九用寺韻 旭初以七疊韻詩見示，頗豔麗動人，因作

西厢何必蒲中寺，歡喜原爲佛名字。天女花香寶殿開，無遮會起壇場異。暮雨朝雲過峽岷，啼鶯語燕群闐闐。檐前青鳥隨緣墮，茵上烏龍出意馴。人生有情向千載，其間那有賢愚在。當時竊藥悔姮娥，夜夜青天連碧海。耳中不慣聞卿卿，此事何嘗不可驚。若從人欲探天理，始信風騷有大名。

十用寺韻呈行嚴旭初

未入翻經弘福寺，難通柱下五千字。年少愛誦三唐詩，遂覓文中有此異。萍飄梗泛燕與岷，衆中邂逅相闐闐。於今兩賢吾勍敵[①]，伸紙落筆氣已馴。風塵澒洞[②]三十載，中有幾許悲歡在。强得詞句寫心情，未要聲名落湖海。五言長城劉長卿，區區如此無足驚。若論文字關時代，未必唐賢最有名。

注：①勍敵：旗鼓相當的有力對手。②澒洞：虚空混沌貌。

十一用寺韻 思得蘭亭修禊帖看，遂成此詠

蘭亭寶墨鎮山寺，何來蕭翼[①]炫文字。賺之而去傳有圖，記載紛紜小同異。江流萬里源導岷，波濤入耳聲誾誾。右軍雄强毋乃似，俗書拗論終當馴。昭陵玉碗喪千載，幸有雲仍定武在。凡骨欲換此金丹，不用求仙東入海。當時模搨遍公卿，登善[②]改字群所驚。界奴虞書[③]差足喜，不爾八柱[④]空留名。

注：①蕭翼：梁元帝曾孫，唐太宗時任監察御史。史傳蕭翼奉太宗命，設計騙得王羲之《蘭亭序》真迹於越僧辨才，受到太宗恩賞。②登善：唐代書法家褚遂良（字登善）。③界奴虞書：初唐書法家虞世南臨書《蘭亭序》的一種墨迹本。因卷尾有“臣張金界奴上進”七字，又名張金界奴本或界奴本。④八柱：指蘭亭八柱。乾隆收集歷代書法名家蘭亭墨迹六種（唐虞世南、褚遂良、馮承素所摹《蘭亭序》，唐柳公權書《蘭亭詩》並後序等），再加上于敏中、乾隆書蘭亭詩，合爲《蘭亭八柱册》。後命人刻於仿紹興蘭亭意境的坐石臨流亭石柱，每柱刻帖一册，此即北京圓明園“蘭亭八柱”。

十二用寺韻 紀與人談故宫博物院事，並柬無咎[①]、餘清

妄題舊拓麓山寺，鹿山止此劣文字。故宫餘物未點污，書畫不應有差異。清濁終要分江岷，與上大夫言誾誾。凡事皆須内家辦，虚矯意氣宜稍馴。翰墨丹青歷千載，流傳自有端緒在。今無蘇黄馬夏才，强摹難於超北海。作僞無過王晉卿，當時米顛爲所驚。子春若肯證贋鼎[②]，贋鼎亦當傳其名。

注：①無咎：時任故宫博物院院長馬衡（號無咎）。②子春若肯證贋鼎：意思是魯國樂正子春肯證明贋鼎是真的話。《韓非子·説林下》：“齊伐魯，索讒鼎，魯以其雁往，齊人曰：‘雁也。’魯人曰：‘真也。’齊曰：‘使樂正子春來，吾將聽之。’魯君請樂正子春，樂正子春曰：‘胡不以其真往也？’”雁，同“贋”。

十三用寺韻贈盧冀野[①]

盧君小住上清寺，便便滿腹好文字。過從雖少久知名，猶欣臭味無差異。聞君幾度遊峨岷，公卿倒履言誾誾。酒酣高談驚四坐，意氣如斯難可馴。我忝長君廿二載，以年先人真愧在。莊語諧談無不爲，馬牛風及南北海。甚願君爲關漢卿，每歌一曲人盡驚。摒除百事就此業，他時壓倒霜厓[②]名。

注：①盧冀野：盧前（1905—1951），字冀野，别號飲虹，江蘇南京人，詩人、戲劇史論家、散曲作家。歷任金陵大學、暨南大學、河南大學等校教授，國民政府國民參議會

第四届參議員。著有《冀野文鈔》等。②霜厓：盧前業師、作者執教北大時同事吴梅（號霜厓）。

十四用寺韻調冀野 聞冀野墜車折腰，戲爲打油詩，用博一笑

盧公蹣跚上清寺[①]，馬路縱横成十字。車夫呼之不肯來，此時心中知有異。上坡路似江湖岷，再與轎夫言誾誾。轎槓怕斷請莫坐，不是我輩不良馴。往來蜀中已數載，此種情形依舊在。良久得車悠然登，其樂恍如魚入海。折腰猶未向公卿，路滑車覆真堪驚。腰痛幸有人扶起，忘向此人問姓名。盧君自言惜忘問扶持者之名姓。

注：①上清寺：重慶市區地名，靠近嘉陵江。

十五用寺韻答逷先[①]

新篇首題雲頂寺，清奇恍覩永叔字。見獵心喜良足多，達夫究與常人異。邂逅白下今西岷，稀逢久别彌誾誾。面光頭童老益壯，意氣差比中年馴。京華遊衍二十載，當日錢劉[②]俱健在。尊酒論文各率真，開懷盡意藏人海。國家之事歸公卿，山頽梁壞吁可驚。書畫有益非玩好，喜君夙有收藏名。

注：①逷先：朱希祖（1879—1944），字逖先、逷先，浙江海鹽人，章太炎弟子，歷史學家。早年留學日本，歸國後曾任國立北京大學、中央大學等校教授。②錢劉：指作者與朱希祖執教北大時同事錢玄同和劉半農，當時均已去世。

十六用寺韻答旭初

少書不中化度寺[①]，晚學妄思窮文字。才疏見短無師承，開卷往往失珍異。羲之苦欲登峨岷，我今得至情誾誾。而况逢君獲開示，冠劍氣象能頓馴。江南塞北歷年載，眼中不見錢黄[②]在。强令陪奉肩背行，誰歟彌天誰四海？空教詞賦推馬卿[③]，如君才行始可驚。磊砢[④]長松有節目，不愧春華蓋代名。

注：①化度寺：指《化度寺碑》。唐代書法家歐陽詢所書。②錢黄：指作者執教北大時同事錢玄同和黄侃。錢黄與汪東（旭初）皆爲章（太炎）門弟子。③馬卿：漢代文學家司馬相如字長卿，後世稱之爲“馬卿”。④磊砢：壯大貌，高聳貌。

十七用寺韻答潘伯鷹

天骨開張龍藏寺，楷則大備陳隋字。漢魏晉唐各擅場，兩宋猶能盡其異。筆法

根源江導岷，雄强姿媚相闇闇。雙鈎平腕腕出力，任是龍象猶當馴。嗟余學書四十載，苦思尚有精力在。唐風始暢褚河南，惡札休輕徐季海[①]。景度[②]坡谷繼真卿，我無一筆何足驚。敢同安石批札尾，如君詞翰大有名。執筆有回腕、懸腕二法，其實止是一法。作字時肘不離案，則動掣不得。主回腕者以腕回則肘自起，不知掌竪腕平肘亦自起，且比之回腕按提爲便，故余不言懸腕而言平腕也。

注：①徐季海：唐代書法家徐浩（字季海）。②景度：唐代書法家楊凝式（字景度）。

十八用寺韻答右公[①]

身手未入少林寺，韜略不諳孫吴字。長打短打[②]徒爾爲，敢向衆中誇獨異。從來華嶽尊於岷，以岷對華當闇闇。公今出手來應戰，使我聞聲氣已馴。神州兵火經年載，净土幾無一片在。東南凋弊實堪哀，剩可關中稱陸海。旭初昨語惜荆卿，一椎不中萬代驚。安得洪流今日再，洗盡人間戰伐名。來詩末句云“長打短打俱聞名”，故及之。

注：①右公：指時任國民政府監察院院長于右任。②長打短打：1939年秋冬間，作者與章士釗、潘伯鷹、朱希祖、曾履川等流寓重慶的文人雅士發起一場“詩戰”，即衆人競和寺字韻詩（首句以“寺”字爲韻）。這類詩都爲七言長慶體，每首共十六句。長打就指這類詩。短打指作者與盧前等競作的散曲，主要爲篇幅較短的小令。

十九用寺韻答行嚴　行嚴來書，有“愈唱愈高”之語，故答之

傳書如織上清寺，衹爲諸公鬥文字。愈唱愈高高愈難，真信異中還有異。不朽盛事遊峨岷，逸少言此情闇闇。向來入蜀詩筆改，人力可爲江山馴。我居新都[①]已半載，能來舊雨幾輩在。萬方多難一相逢，積懷傾吐如翻海。先生才大薄公卿，餘事高歌梁塵[②]驚。何須浪發崖下電，但使有耳皆聞名。來書有“信發崖下電”之謔，故云爾。

注：①新都：指國民政府陪都重慶。②梁塵：形容歌聲繞梁，美妙動聽。

二十用寺韻

碧紗籠詩舊時寺，愠喜頓殊題扇字。莫嗤耳食貴聲華，俗目何由辨瑰異。攬勝未暇登峨岷，應對紛然侃與闇。蒼鷹畫壁神色王，野鶴乘軒情性馴。橐筆[①]天涯三十載，明月照人肝膽在。此生自斷休問天，吾道不行終浮海。向來人物惜君卿，

事業未如書足驚。寒木春華吾欲可，耻從紙上博功名。

注：①橐筆：古代書史小吏，手持囊橐，簪筆於頭，侍立於帝王大臣左右，以備隨時記事，稱作持橐簪筆，簡稱“橐筆”。代指文人的筆墨生涯。

廿一用寺韻答遏先兼呈旭初　遏先有雲頂、上清、寒山三寺字韻詩，余止見其二

投詩未覩上清寺，懸知必有好文字。自道粗豪未是真，通神萬卷出詭異。千里連峰接隴岷，群峰揖讓俱闇闇。風流豈到吾輩盡，意氣漫爲他人馴。歐梅[1]往還曠千載，眼前誰信千秋在？君今一上昆侖顛，我竟再探星宿海。旭初才思過飛卿，密石礱詞殊可驚。却能放筆爲直幹，壓倒當年韋偃名。旭初贈遏先詩有“一上崑崙巔”之語，伯鷹、旭初皆用探星宿海字見贈，故詩中及之。

注：①歐梅：指宋代詩人歐陽修與梅堯臣。

廿二用寺韻　登善書法爲一時所宗，魯公能不襲其形貌，最稱傑出

未覩通泉唐代寺，金榜鬱鬱蛟龍字。薛公大書天下無，剩從杜句窺奇異。皚皚積雪冠峨岷，神寒意静氣闇闇。信行孤本乃類此，曜也擬之差不馴。姜晞[1]妙迹足千載，栖梧[2]俗札猶堪在。瑶臺青瑣褚河南，一時百川宗大海。承流傑出數真卿，波瀾壯闊人盡驚。巍巍伊闕神理會，始信坡老清雄名。東坡每以清雄稱顔書。

注：①姜晞：唐代詩人、書法家。②栖梧：唐代書法家魏栖梧。

廿三用寺韻　得見遏先用上清寺次韻見贈詩，因再答

妙諦未通永欣寺，墨磨終日漫書字。詩三百篇義未諳，徒工韻語何可異。有源之學如導岷，自視不足言闇闇。以文爲詩退之筆，江湖名士聞聲馴。文省事增新紀載，宋歐仍有詩名在。詩不可學理或然，此論井蛙語滄海。君不見，老儒作賦有荀卿，麗則應教班馬驚。顧我周旋執鞭弭，敢將小技競聲名。

廿四用寺韻　叔平有和章，因贈

院務清閑異官寺，讀書落葉掃誤字。三代兩漢几案間，禮俗不同名物異。爬梳流派分沱岷，無言則已言斯闇。金石考訂用心細，雖有議論終當馴。岐陽石鼓[1]究年載，正名更著鴻文在。當時同調有王君静安，一日聲華被東海。不數阮公[2]與俊

卿[③]，訛文乖體還相驚。衹今海内推尊宿，惟許沫若[④]分其名。

注：①岐陽石鼓：又稱陳倉石鼓。唐代發現於陝西鳳翔府（今陝西省寶雞市一帶）陳倉山。岐陽，岐山之南。②阮公：指清代經學家阮元。③俊卿：近代書畫家吴昌碩（又名俊卿）。臨寫石鼓文四十餘年，被譽爲“石鼓篆書第一人”。④沫若：作者好友郭沫若。著《石鼓文研究》。

廿五用寺韻　行嚴屢以詩家兄相稱，因戲答

月色到門僧歸寺，苦吟不决推敲字。詩人易爲不易爲，置之衆中了無異。標靈自昔説華岷，流風揚馬仍闤闠。我來未得江山助，但教意氣彌加馴。青鐙有味數十載，敝廬依舊青氈在。更尋此樂今知難，人事牽率溷塵海。未能長揖謝公卿，亦不飛鳴使人驚。詩家兄則吾豈敢，既慚其實斯慚名。

廿六用寺韻　得遐先和章並見示登山之作，因答

汴京昔稱相國寺，廠肆差可搜文字。憶居京華清暇時，每有所獲相誇異。天地干戈震西岷，吾心禮樂仍闤闠。“天地雖干戈，吾心仍禮樂。”一浮去杭州時所作詩也。湛翁[①]吐屬得道妙，我慚意氣猶未馴。滬濱留滯經年載，杜門賴有文史在。漫珍退筆[②]積如山，豈厭求詩深入海。晦菴學富足十卿，玉輝珠媚自可驚。登山吟哦見真率，此事君家舊有名。

注：①湛翁：馬一浮（1883—1967），名浮，號湛翁，别署蠲翁、蠲叟、蠲戲老人，現代思想家、詩人和書法家。②退筆：用舊的筆，秃筆。

廿七用寺韻　再戲答行嚴

蕭齋從古類蕭寺，永師子雲[①]皆習字。新來門限稍欲穿，始信世人惟好異。江流滚滚出於岷，奔濤回洑仍闤闠。吟詩送日忽千首，如公才捷難可馴。相逢何必論年載，薛弟米兄[②]前例在。却看翡翠戲蘭苕，旋對鯨魚掣碧海。詩國無帝安有卿，非分受寵真若驚。我輩幸生三代下，好此區區世上名。

注：①子雲：南朝梁書法家蕭子雲。智永初隨蕭子雲習書法。②薛弟米兄：指宋代書法家薛紹彭和米芾。米芾《答薛紹彭寄書》：“世言米薛或薛米，猶言弟兄與兄弟。”

廿八用寺韻 與友人縱談，漫成此篇，以當笑謔

習聞雅集法源寺，燕市高吟弄文字。名流自古愛徇名，盧仝任華[①]競詭異。流風遺韻被西岷，酬酢二爵斯誾誾。惟酒無量如川決，狂瀾既倒誰能馴？杜二拾遺去千載，可畏乃有後生在。掌中人自握靈珠，一粒晶瑩出滄海。酒肆神仙石曼卿[②]，狂歌痛飲市人驚。當時若不遇歐九[③]，到今誰理曼卿名。

注：①盧仝任華：唐代文學家，二人皆性情耿介，狂放不羈。②石曼卿：北宋文學家、書法家石延年（字曼卿），嗜酒成癖。③歐九：北宋政治家、文學家歐陽修（因排行第九，故稱）。石曼卿去世後，好友歐陽修作《祭石曼卿文》，廣爲傳誦。

廿九用寺韻 同行嚴聞吴檢齋[①]爲敵人支解，感賦之作

寇氛張甚海光寺[②]，吴公竟被知名字。機事不密害其成，臨難堅强死尤異。忠義凜凜陵嶓岷，平生言論何誾誾。始信讀書有肝膽，士固可殺不可馴。常山之舌[③]傳千載，今日艱難應倍在。露布旦夕出人間，身名困頓埋塵海。願將此事上公卿，但觀大節且莫驚。裁成吾黨賴有此，何止長留青史名。

注：①吴檢齋：吴承仕（1884—1939），字檢齋，安徽歙縣（今屬黄山市）人，章太炎弟子。歷任國立北京師範大學、中國大學、北京大學等校教授。1938年拒任僞北平師範大學校長。著有《經學通論》《國故概要》等。抗戰時，大後方重慶曾誤傳其爲敵人逮捕，肢解而死，師友紛紛撰詩文哀悼。其實因腸穿孔搶救無效，逝於北平。②海光寺：在天津城區。抗戰爆發後，吴承仕赴天津海光寺附近發動抗日救亡活動。③常山之舌：指忠義之士寧死不屈。典出《新唐書·顔杲卿傳》。顔杲卿曾任常山太守，痛駡叛軍首領安禄山，被割舌殺害。

三十用寺韻 行嚴以東一浮詩見示，索余同作

湛翁精舍如古寺，修竹出牆蝸篆字。避俗却向城中居，定與孤山處士異。持危濟蹇來巴岷，誦説先聖言誾誾。求己立身民自化，此論聞者終當馴。歸墨歸楊[①]亂千載，是非中有一脉在。開物成務倘未能，無用何殊東西海。極言性惡有荀卿，習染由來最可驚。多君攬轡澄清[②]志，得此淵微淡泊名。

注：①歸墨歸楊：墨，指戰國思想家墨翟；楊，指戰國思想家楊朱。意思爲不是屬於墨家學派就是屬於楊朱學派。《孟子·滕文公下》："聖王不作，諸侯放恣，處士横議，楊朱、墨翟之言盈天下。天下之言不歸楊，則歸墨。"②攬轡澄清：比喻澄清政局。《後漢書·范滂傳》："滂登車攬轡，慨然有澄清天下之志。"

三十一用寺韻　戴中甫[1]憂生憤世，因作此篇，以廣其意

簿領終朝困官寺，斜風疾雨臨川字[2]。昔解觀書今不觀，未必書卷生差異。流遷西華更西岷，遇下侃侃上誾誾。細看仍是儒家法，時喜訐激行則馴。富貴浮雲幻千載，忘老忘憂乃自在。既不愛古復薄今，斷港何由通遠海。性惡惟習明荀卿，非故高論使人驚。一室凝然有天地，君但求實毋求名。

注：①戴中甫：時任國民政府考試院考選委員會委員，民國初年曾任浙江公立工業專門學校訓學部長，其他不詳。②斜風疾雨臨川字：臨川，指北宋文學家王安石（江西臨川人，世稱“臨川先生”）。宋人張邦基《墨莊漫録》評王安石書法“清勁峭拔，飄飄不凡，世謂之横風疾雨”。

三十二用寺韻　陝西省南境之定遠廳今易名鎮巴縣，官廨對岸正教寺壁間有先大父所題賞桂詩長篇[1]，聞尚完存，因同伯兄作此，並柬叔平

丹桂香濃滿山寺，老僧爲説壁上字。先人醉墨何淋漓，扶牆模搨心駭異。飽經喪亂還巴岷，山花山鳥仍誾誾。俯仰之間已陳迹，悲從中來安可馴。吁嗟乎，一藝精微綿千載，契合自有羹牆[2]在。不知老至强臨池，直欲以蠡測大海。於今幸不爲公卿，仲將[3]覆轍漫相驚。窗明几净筆研好，吾行樂耳何須名。

注：①先大父所題賞桂詩長篇：作者祖父沈際清（1807—1873），清末任漢中府定遠廳同知，曾在官廨對面正教寺壁上題寫一首賞桂長詩。作者少年時，父沈祖頤曾命其到正教寺登梯而上，臨摹祖父留下的墨迹。②羹牆：追念前輩或仰慕聖賢的功績。《後漢書·李固傳》：“昔堯殂之後，舜仰慕三年。坐則見堯於牆，食則睹堯於羹。”③仲將：三國時大臣、書法家韋誕（字仲將）。《太平廣記》卷二百零六：“明帝凌雲臺初成，令仲將題榜。高下異好，宜就點正之。因危懼，以戒子孫，無爲大字楷法。”

三十三用寺韻　叔平以飛機炸彈何以不入詩來相質難，旭初有詩解答，遂亦繼聲

駝經初止鴻臚寺，僧居無煩別造字。招提[1]蘭若[2]仍入詩，詩人沿襲不爲異。遊目帖[3]中汶乃岷，未聞地域辯誾誾。事繁物增字孳乳，約定俗成斯雅馴。試看開天年易載，中間豈有古今在。别裁僞體明所親，其勢順於河傾海。朝廷製作任公卿，盡雅盡俗皆莫驚。一言蔽之曰運用，能盡其實始成名。

注：①招提：指寺院或僧房。②蘭若：梵語音譯詞，指寺廟。③遊目帖：即《遊目帖》。又名《蜀都帖》《彼土帖》《山川諸奇帖》，東晉書法家王羲之所作。

三十四用寺韻 有自新疆來者，以哈密瓜饋于公，公分餉坐客，並命次寺韻詠其事，因有作

内典[1]初開白馬寺，中邊皆蜜佛文字。新疆有瓜名曰甜，色香味與此土異。紅塵不動忽至岷，天風遠送來闔闓。盤擎細切看初破，賓衆引領如駝馴。微事何勞翻紀載，流傳王翁有賦在。鏤皮翠裏淺黄瓤，幻出流沙與瀚海。餐雪當年憶子卿[2]，邊庭風味每心驚。青門學種[3]非今事，抱蔓詞成或有名。

注：①内典：佛教徒對佛經的稱呼。②子卿：西漢外交家蘇武（字子卿）。《漢書·蘇武傳》："（單于）乃幽武，置大窖中，絶不飲食。天雨雪，武卧齧雪與旃毛並咽之，數日不死。"故有"餐雪當年憶子卿"句。③青門學種：又作"青門種瓜"。意思是在京城東門外種瓜，指隱居不做官。典出《史記·蕭相國世家》。

三十五用寺韻 敘甫[1]、履川[2]連章贊拙書，令人顔汗，因自道之，即以爲答

蝯叟[3]親模法華寺，歐公晚好李邕字。歐寒何暖各性情，致力雖同心手異。五嶽之外有峨岷，一重一掩神俱闓。深山大澤龍蛇遠，物象入紙森以馴。懷瓘書品評千載，羲之上有數輩在。流傳筆札何多奇，信難爲水觀於海。近慚叔未與墨卿[4]，遠愧顛素草蛇驚[5]。謹飭應疏吏人辦，他年差比留臺名。

注：①敘甫：何遂（字敘甫），工書畫，酷愛文物收藏。②履川：曾克耑（字履川），工書，擅長詩文。③蝯叟：清代書法家何紹基（號蝯叟）。④墨卿：清代書法家伊秉綬（號墨卿）。⑤顛素草蛇驚：唐代書法家張旭和僧懷素的并稱。二人皆擅草書，行止顛狂放誕。宋代蘇軾《跋文與可論草書後》："後因見道上鬥蛇，遂得其妙，乃知顛素之各有所悟，然後至於如此耳。"

三十六用寺韻 爲右公題標準草書[1]

高論嘗聞静安寺[2]，整齊百體删草字。美觀適用兼有之，用心大與尋常異。追隨執事來巴岷，敢矜一得言闓闓。文宗三易理當爾，結字尤宜明便馴。分明使易辨識，簡便使易模寫，雅馴使易信用。章草今草傳千載，紛紜中有條貫在。窮源竟委搜剔勤，譬疏洪流東入海。勝業直欲薄公卿，公嘗語人，使吾得專意竟斯功，一切皆可放下。一尊既定無眩驚。匆匆不及今可免，愛此標準草書名。

注：①標準草書：于右任自1929年開始研究草書，1932年發起成立標準草書研究社並創辦《草書月刊》，以"易識、易寫、準確、美麗"爲原則，系統整理歷代草書，集成《標準草書草聖千文》。②高論嘗聞静安寺：標準草書研究社社址在上海市静安寺路，時作者亦居

滬上，曾赴社訪問，聽于右任論草書。

一九四〇年

夢中得聞道二句，不解何謂，漫足成之

平生不識湖南路[①]，夢落西南亦等閑。聞道洞庭春水滿，更於何處著君山[②]。

注：①平生不識湖南路：套用宋代陸游《題橋南堂圖》詩“平生不識橋南路”句。②君山：在湖南洞庭湖口，又名湘山、洞庭山。北魏酈道元《水經注·湘水》：“（洞庭）湖中有君山、編山，……湘君之所遊處，故曰君山矣。”

臘寒飯後偶書

入臘三日雨，寒於三日雪。天豈不恤人，知爲歲事設。農家富經驗，從不怨栗冽。貪呷藇[①]粥暖，更喜葱薤熱。幽尗[②]和生薑，所嗜猶未缺。得此復何求，守約在養拙。不出信不能，出亦安所悦。萬態付悠悠，寂寞門長閉。

注：①藇：即薯蕷，又叫山藥。②幽尗：幽菽，即豆豉。

臘月八日遠兄生辰，欲書東坡《服胡麻賦》[①]爲壽，先呈一詩

飄泊西南未作翁，情懷長似故山中。一周甲子明年是，八日良辰到處同。臈[②]酒已傳春暖意，山梅仍有歲寒功。伏苓欲賦慚名筆，贈以胡麻獻長公。

注：①《服胡麻賦》：宋代蘇軾爲回答弟弟蘇轍《服茯苓賦》而作。胡麻，即芝麻，原産西域大宛國，漢代張騫將種子帶回中原，故稱胡麻。②臈：古同“臘”。

行嚴平日不甚作詩，入蜀以來忽成千餘首，皆恢奇可喜，而不以詩人自命，因贈

流傳秀句衆驚看，千首閑吟不作難。氣敵峨眉岷嶺壯，胸呑雲夢洞庭寬。平時

言語能成典，近代文章爲改觀。合是詩人何用問，如君應笑放翁酸。

雜　詩

力騷鬌未白，寂寞心轉腴。雜然投衆中，誰賢復誰愚。見謂非俊傑，俯仰異時趍[①]。得失兩何有，軒前鳴鶬鸝。

注：①趍：古同“趨”。

赴友人約，少飲即病，歸而有作

小病侵尋[①]百感新，從今真欲斷知聞。別時言語分明在，待卜他生已負君。
老樹着花生意態，幽蘭當户損芬芳。相看何預他人事，儘有閑情説短長。

注：①侵尋：漸進的意思。《史記·孝武本紀》：“是歲，天子始巡郡縣，侵尋於泰山矣。”

閑　身

夢裏每愁詩作祟，病來真覺酒如兵。閑身少個安排處，賸有寒梅與結盟。

斗　室

闃中止止可能安，虛處翻嫌斗室寬。眼底梅花多藴藉，暖香寒色不知難。

爲　政

孶孶[①]終日欲何營，風雨聞雞愧此聲。道大久應迷下士，才難誰復與中行。立功競許知援筆，報國唯聞事請纓。多難興邦邦有政，可能爲政以言成。

注：①孶孶：勤勉不怠的意思。《孟子·盡心上》：“雞鳴而起，孶孶爲善者，舜之徒也。”

韶覺[①]近作有“老知柴米是經綸”之句，極可誦，因借其句言懷，賦呈同集諸公

亂裹相逢亦夙因，還將篇什答情親。懷歸松菊能無恙，得助江山似有神。少薄功名非事業，老知柴米是經綸。新來更會淵明意，不獲辭難語最真。

注：①韶覺：指鄭韶覺，時任國民政府交通部次長。

仲恂[①]謂“少薄功名非事業”句中“薄”字雖好，猶可議，以其祇道得一半，不稱“老知”句之一貫直下也。此言良是，然一時亦苦無以易之，因賦此爲謝

中妍貌古骨崚嶒，文質由來兩合繩。詩味醇於千日酒，禪心雋似六朝僧。尊師重道今非易，與友論文子最能。愧我粗疏久成習，推敲一字亦堪矜。

注：①仲恂：陳毓華（1883—1945），字仲恂，號石船，湖南桂陽人，詩人。早年與章士釗一起留學日本，後同在教育部供職。著有《東遊鱗爪録》《石船詩文存》等。

真如[①]索詩，因用前韻贈之

攬轡澄清衆所因，時還杯酒樂情親。摩崖書與人俱老，橫槊詩驚筆有神。每涉波濤仗忠信，更從文字展經綸。知公不作尋常想，儒雅風流見性真。

注：①真如：陳銘樞（1889—1965），自號真如，廣東合浦人。時任國民政府軍事委員會高級參議，在重慶從事抗日民主運動。

伯鷹愛“袖手吟邊”語，因贈

好語無多儘可删，餘情賸付酒杯寬。先春梅蕚撩人發，袖手吟邊亦大難。

曹礪金[①]輓詩

舊日傳新學，新時曳舊裾。門生多顯達，教授老鄉閭。避難身猶健，離憂酒漸疏。如何遂長別，道遠事疑虛。

注：①曹礪金：字元晉，清末舉人，浙江省歸安縣（今屬湖州市）人，與作者同鄉。1907年初，作者應聘到歸安縣南潯正蒙學社任教，曹礪金爲該校主任。

譜琴輓詩

温文材武屬吾宗，射獵歸來意氣雄。行誼鄉閭矜月旦，弦歌子弟樂春風。傷心凝碧[①]流言在，過眼浮雲往事空。霅水[②]弁峰[③]終不改，是非應付後人公。

注：①凝碧：王維被安禄山所拘，曾賦《凝碧池》詩，表達内心深處無盡的哀痛。②霅水：又名霅溪、霅川，在浙江省湖州市境内。③弁峰：即弁山，亦在浙江省湖州市境内。

答贈問樵[①]

出手新詩琢玉成，如君真合有才名。聯吟韓孟争標格，和韻蘇黄見性情。老共詩書敦夙好，閑從風月話平生。江山如此猶堪住，况有梅花耐冷清。

注：①問樵：指錢問樵，時任國民政府財政部秘書，與作者同爲飲河詩社成員，著有《詠老二十首》。

柬植之[①]

植之譽我書，二王唐諸賢。其實何能爾，形似非神傳。世俗筆苦驕，東坡所不然。歐公評蔡筆，謂行上水船。二論有妙理，取捨吾所緣。轉益更多師，俯仰四十年。藝精良近道，探珠龍在淵。自歎駑駘姿，難度驊騮[②]前。淹留遂無成，筆研直欲捐。君當復何教，開示佇來篇。

注：①植之：但燾（1881—1970），字植之，湖北蒲圻（今赤壁市）人。早年留學日本，歸國後歷任臨時大總統府秘書、香山縣縣長、國民政府秘書、國史館副館長等職。1949年後去臺灣。②驊騮：泛指駿馬。

與調甫[①]談，意有所會，因贈

小病微吟裏，深情淺酌中。君家多令德，第一是無功。

注：①調甫：王世鼐（1902—1943），字調甫，號心雪，安徽貴池人，作者執教北大時學生。早年考入北大國文系讀書，後留學美國，旋赴英、法、德等國考察政治、經濟制度及實業。歸國後歷任國民政府工商部科長、北平市政府參事等職。著有《猛悔樓詩》。

除夕在康心如[①]家有作。曩寓京師，偶憶兒時山城歲時樂事，得一小詞，有“小閣春鐙長夜飲”之句，忽忽又十餘年矣

不是吟邊即酒邊，華鐙照坐思華年。山梅自向寒中老，未慣春風與鬥妍。
歡情不合着愁邊，酒色花光媚少年。小閣春鐙真似夢，夢回鐙燼有餘妍。

注：①康心如：名寶恕，祖籍陝西城固，兄康心孚（寶忠）爲作者執教北大時同事。早年在成都、上海辦報，因揭露段祺瑞賣國入獄。後棄政從商，先後任四川美豐銀行協理、四川地方銀行理事等職。1940年當選爲重慶臨時參議會議長。

調甫和余舊作“能”字韻詩，即席答之

梅雪春鐙入夢曾，寒香細細思何勝。濁醪妙理從來會，峻意新詞苦未能。

感調甫意，因有答，仍用前韻

微意孤吟盡可曾，當寒梅萼力猶勝。也知生命應銷酒，時復[①]中之恐未能。
少年情事記何曾，轉眼春鐙感不勝。莫道梅花百無用，故香新豔兩俱能。
有酒無愁得未曾，愁深酒淺亦難勝。詩情薄醉微吟裏，此事推君分外能。

注：①時復：時常。南朝宋劉義慶《世説新語·品藻》：“然以不才，時復託懷玄勝，遠詠老莊……”

戲贈調甫

過江玉貌王公子，白髮盈顛[①]感不勝。未是清時清徹骨，可應有味是無能。
最是閑時不得閑，搜奇衹在小窗間。梅花未必百無用，也爲先生一破顏。

注：①白髮盈顛：意思是滿頭白髮。

偶然飲酒吟詩，遂憶陶公，余嘗戲謂太白詩時有糟香，淵明無功則皆無此也

奇懷氣備四時曾，每到良辰感不勝。一卷清醇無酒意，細看豈是濁醪能。

觀曾家二童子[①]作大字，因贈

曾家兩童生馬駒，千里無事範馳驅。睛光炯炯照坐隅，髮漆肌理玉不如。應對賓客詩課餘，相從學作擘窠書[②]。落筆瞿然驚老夫！兄固從容弟更都。行墨不疾復不徐，已能不爲字作奴[③]。千載書法貴心摹，追勝宛如追逃逋。尤貴多師毋暖姝[④]，小大由之絶牽拘。此雖藝耳勝樗蒱[⑤]，亦可養性習勤劬，切莫但作心眼娱。

注：①曾家二童子：作者好友曾克耑的兩個兒子曾永閎、曾永闓，當時年紀約六七歲，正在學習書法。曾克耑（1900—1975），字履川，號頌橘，福建閩侯人。曾任職於國民政府工商部、實業部，著有《頌橘廬叢稿》《頌橘廬詩存》。②擘窠書：原爲篆刻之名，後通稱書寫之大字。③字作奴：指奴書，僅工於模仿的書法。宋代歐陽修《筆説》："學書當自成一家之體，其模仿他人謂之奴書。"④暖姝：自得自滿的樣子。《莊子·徐無鬼》："所謂暖姝者，學一先生之言，則暖暖姝姝而私自説也，自以爲足矣，而未知未始有物也，是以謂暖姝者也。"⑤樗蒱：亦作摴蒲，古代的一種遊戲，似擲骰子。後也爲賭博的通稱。

履川元旦生辰，仲恂有二詩，詞意甚美，余亦補奉一首

爆竹除寒去，春風稍放晴。梅含新歲意，松結舊時盟。歲月添詩卷，兒童獻祝聲。鄰翁高興發，意欵語崢嶸[①]。

注：①崢嶸：比喻突出、不平凡。

調甫有奇懷，戲作此詩示之

澆酒腸寬沃雪[①]輕，鐫詩心細鏤冰瑩。置身高閣星辰裏，要看明鐙照月明。

注：①沃雪：指以熱水澆雪，比喻事情極易解决。唐代白居易《和新樓北園偶集》詩："銷愁若沃雪，破悶如剖瓜。"

客中新歲作

塵海亂離客，山城輕健身。不因年少去，誰識老情親？詩卷堂堂在，花枝故故新。東風偏有意，披拂眼前人。

戲吟呈同集諸公，以爲笑樂

王郎[①]詩意多於詩，潘郎[②]花團無醜枝。老郎平視仍攢眉，陳翁[③]禪定可能持。禺生語我，昔有"佳人獨愛六朝僧"之句贈仲恂，仲恂有"劉郎平視六朝花"之答。橘内合鬭涌負簃，擺落世態看佳兒。鳳鳥不至豈其時，孤桐[④]自有千年姿。興來老手還調脂，寄菴[⑤]瘦幹發垂垂。回旋地小何多奇，鍾聖暗坐獨運思。行吟前視但植之，衆中頽然某在斯。

注：①王郎：指王世鼐（字調甫）。②潘郎：指潘伯鷹。③陳翁：指陳毓華（字仲恂）。④孤桐：章士釗（號孤桐）。⑤寄菴：汪東（號寄庵、寄菴）。

去歲與鐵尊[①]相見於上海，以新刊《半櫻詞》見畀，別時會飲甚歡。今聞其喪，極難爲懷，詩以哭之，兼感念古微[②]翁

乍逢久別意彌閑，才異情同好往還。海内論交餘白髮，人間懷舊有青山。一尊離席期相見，幾卷新詞贖自删。從此風流吾郡盡，弁陽[③]無路可躋攀。

注：①鐵尊：林鐵尊（1871—1939），字鵾翔，號半櫻，浙江吴興（今湖州市）人，與作者爲同鄉。曾在北京政府任職，後任國民政府内務部參事。工詞，參與發起如社雅集。著有《半櫻詞》，况周頤爲之序。②古微：朱彊村（1857—1931），原名祖謀，字古微，浙江歸安（今湖州市）人，晚清著名詞人。光緒九年進士，歷任禮部侍郎、廣東學政。著有《彊村叢書》《彊村語業》等。③弁陽：弁山之南。弁山，在湖州城西北、太湖南岸。

春　來

哀勝今應會，乾坤戰伐聲。群倫久顛沛，微物要生成。花發驚年事，春來動容情。崎嶇巴蜀道，終古未能平。

遣興，次韻櫟園見示二首

駑駿終然共一鞿，世間榮辱有樞機。煎熬膏自因明盡，蒸蔚雲仍作雨飛。白髮至公吾豈免，青山無恙孰同歸。每思請急慚多難，敢爲緇塵[①]拂素衣。

端憂不醉甕頭春[②]，更愧山桃入眼新。豈愛禪棲味枯淡，祇緣龜卜識貞屯[③]。六經正要吾爲主，萬象相看盡作賓。此是當前消遣法，尚須何物乞諸鄰。

注：①緇塵：黑色灰塵。②甕頭春：初熟酒。③貞屯：《易經》卜辭。《國語 · 晉語四》："公子親筮之，曰：'尚有晉國。'得貞屯、悔豫，皆八也。"

再和韻

無用翻成不受鞿，剩從滅没賞天機。山梁雌雉可三嗅，鞲上蒼鷹思一飛。世事萬端誰得會？窮途獨駕自知歸。惟愁欲覓安心法，未必宗門有鉢衣。

無私天地已回春，鳥語花光各自新。材不材間豈居易，味無味處可逢屯。山林不是疏來往，風月何曾論主賓。縱有江船嗟興盡，未逢王翰若爲鄰[①]。

注：①王翰若爲鄰：套用唐代杜甫《奉贈韋左丞二十二韻》詩"王翰願卜鄰"句。王翰，唐代邊塞詩人。

頃見大壯[①]所作《何處難忘酒》五詩，極有風致，亦成五首

何處難忘酒，東風入綺羅。笑筵翻有淚，離席乍聞歌。草色依前遠，花光不自多。此時無一盞，其奈柳條何。

何處難忘酒，新凉亦未寒。疏星隔河漢，明月上闌干。雁去人千里，書來意萬端。此時無一盞，清夜自漫漫。

何處難忘酒，温情淺夢中。故人千里至，美景一時同。對月光應滿，吟花語易工。此時無一盞，争掩笑顔紅。

何處難忘酒，餘情一往間。眼中山起伏，意外水回環。花柳春仍好，樓臺影自閑。此時無一盞，除是不相關。

何處難忘酒，然疑意兩存。青門思遠道，白帝問真源。柳眼臘寒凍，桃腮春雨翻。此時無一盞，底物最芳温。

注：①大壯：喬大壯（1892—1948），名曾劬，字大壯，四川華陽（今成都市雙流區）人。曾任中央大學藝術系教授。抗戰時至重慶，任國民政府監察院監察委員，與作者爲同僚。1947年赴臺灣大學任教。著有《波外樓詩集》《波外樂章》等。

附　同作　汪東（旭初）

何處難忘酒，關山獨往時。雪融春後草，花發路旁枝。瘦馬衝泥滑，奔輪下阪危。此時無一盞，旅鬢欲成絲。

何處難忘酒，秋城起暮砧。衹餘孤客恨，不見故人心。錦樹成凋落，哀猿助嘯吟。此時無一盞，危涕更能禁。

何處難忘酒，春歸共歲華。罏香添柏子，簾色映桃花。衣鏤金鸞細，釵簪玉燕斜。此時無一盞，虛過阮劉家。

何處難忘酒，名園倚郭偏。虎溪叢石畔，鵝嶺萬松顛。翠羽風前落，紅芳雨後蔫。此時無一盞，花鳥亦凄然。

何處難忘酒，相思隔見聞。碧雲天際合，寒水隴頭分。夢裏香蘭徑，愁邊白雁群。此時無一盞，何以送斜曛。

右二首旭初自貴陽寄示者，有注云："上一首追憶重慶李園之遊，下一首則離别之感也。"

勸履川學書

二王法一新，歐虞極其變。繼志幹蠱才，卓爾唯登善。遂立唐規模，猶承漢讓禪。當時姜薛[①]儔，僅窺登善面。氣骨輸高腴，風華恣輕蒨。栖梧[②]文暢碑，差堪點俗眼。若無顏平原，此事誰取辦？瘦金度金鍼，意佳筆則諼。海岳有大志，仍爲李邕絆。退谷[③]矜取神，貌遺何由見？爾後更無人，趙山木[④]秦幼衡[⑤]非妙選。描十失八九，才長逾襪綫。槃槃曾公子，風力出强腕。平時不作書，落筆如流電。願暢褚宗風，精意入提按。净几明窗底，爲我費東絹。不至竟不休，毋輕棄筆研。

注：①姜薛：唐代書法家姜晞與薛稷之合稱。②栖梧：唐代書法家魏栖梧。③退谷：清代書法家汪士鋐（號退谷）。④趙山木：近代書法家趙世駿（號山木）。⑤秦幼衡：近代書法家秦樹聲（字幼衡）。

答友人勸勿飲酒

古來賢達人，飲酒不愧天。我識酒趣無酒量，自從眼病尤頹然。有時不合杯當前，撫杯如撫琴無弦。妙趣要令無聲傳，故人千里長太息。爲我愛酒心熬煎，既不是李太白，又非學陶彭澤。詩中偶爾提酒字，屠門大嚼[①]空自適，其實何嘗飲一滴。

注：①屠門大嚼：比喻心裏想而得不到手，衹好用不切實際的辦法來安慰自己。東漢桓譚《新論》："人聞長安樂，則出門西向而笑；知肉味美，則對屠門而大嚼。"

爲　有

省識沉冥一世豪，人間飲酒定分曹。向來衹合陶潛醉，爲有高情付濁醪。

偶成，柬調甫、伯鷹

草隨人踐踏，梅少葉扶持。意足原無醜，天成便自奇。

過調甫寓樓，因贈

一醉仍多患，三年可易情。由來盡人事，未必愧平生。文字從吾好，王盧自爾名。高樓意空闊，猶喜有人卿。

蔡孑民[①]先生輓詩

飲酒温克[②]有初終，小德大德[③]將毋同。君子不争亦不讓，胸中何止百輩容。憶昔北學昌宗風，要與時人分過功。成毁論定百年後，當前物議非至公。無首之吉見群龍，天德終當愧此翁。

注：①蔡孑民：蔡元培（1868—1940），字鶴卿，號孑民，浙江紹興人，民主革命家、教育家。1916年底任國立北京大學校長。1926年後歷任國民政府常務委員、監察院院長、中央研究院院長。從1916年起，作者與蔡元培在北大共事十餘年，關係密切。②飲酒温克：喝酒温和克制。《詩經·小雅·小宛》："人之齊聖，飲酒温克。"③小德大德：小德指小節，大德指大節。《論語·子張》："大德不逾閑，小德出入可也。"

讀《山谷集》

山谷《次韻謝王炳之惠玉版紙》詩有“王侯鬚若緣坡竹”之句，王得詩不快。又在荆南時有“近人積水無鷗鷺，時有歸牛浮鼻過”之作。通判陳舉意其有所指，頗以爲憾，因希執政風旨，摘山谷《承天院塔記》中數語，謂爲幸災謗國，遂除名編隸宜州。感此二事，爰有斯篇。

竹鬚生王嗔，牛鼻遺陳憾。山谷明眼人，明珠豈投暗。陰晴固無準，孰云天道暫。莊諧理一致，仁智會當勘。吟罷付悠悠，無賒[①]何所欠。不信高明家，終當遭鬼瞰。要知世情薄，未如茶味釅。一碗欲無言，舌本良可念。

注：①賒：古同“賒”，指買賣貨物延期付款或收款。

旭初五十生日詩

人師今重李元禮[①]，邑宰舊聞陳太丘[②]。處世不夷仍不惠[③]，與人同樂亦同憂。一生精力成黄絹，五十年華未白頭。乘傳巡行繡衣使，采風猶得及春遊。

注：①李元禮：東漢名臣李膺（字元禮），爲官清廉，剛正不阿，有“天下楷模李元禮”之譽。②陳太丘：東漢名臣陳寔（曾任太丘長，後世稱“陳太丘”），以清高有德行聞名。③不夷仍不惠：源自成語“不夷不惠”，意思是不像伯夷，也不像柳下惠。殷末周初的伯夷寧死不做周朝的官，春秋魯國的柳下惠三次被罷官而不肯離去。不夷不惠比喻爲人處世采取折中而不偏激的態度。西漢揚雄《法言·淵騫》：“不夷不惠，可否之間也。”

題朱鐸民[①]《維摩室圖》

風景固不殊，人物方眇然。欲聆山水音，誰揮春風弦？朱侯静者徒，不離文字禪。維摩共一室，窈窕藏風煙。有德斯有鄰，臭味隨所便。湛翁居嘉州[②]，如涪著伊川[③]。風月光霽處，會當見此賢。沉濁要開濟，儒佛何所先。示疾或有取，方便衆生前。

注：①朱鐸民：朱鏡宙（1890—1985），字鐸民，浙江樂清人，現代報界聞人，章太炎三女婿。民國時曾在財政部門擔任要職。晚年居臺灣，潛心學佛。②嘉州：即四川樂山（古時稱嘉州）。時馬一浮在樂山復性書院講學，故有“湛翁居嘉州”句。③如涪著伊川：像在涪州（今重慶涪陵一帶）授徒講學的北宋理學家程頤（世稱伊川先生）一樣。

壽翁勉甫[①]七十

欣逢七十杖鄉國，漫數尋常教子孫。叔世更知賢可寶，君家直以德爲門。詩篇唱和天倫樂，閭里推崇月旦尊。菜綵稱觴千萬壽，春風歲歲笑言温。

注：①翁勉甫：名傳洙，字寶森，號勉甫，浙江鄞縣（今寧波市鄞州區）人，翁文灝之父。早年喜好新學，後熱心振興實業。翁文灝與作者爲北大老同事。

行嚴六十生日詩

東看成西一時事，是非彼此不須三。貉驚卧虎安能過，人炫雕龍亦漫談。當代文章空冀北[①]，半山詩説近周南[②]。人權保障從容了，六十從頭味蔗甘。

世事何能量一概，才華原自有千秋。荆公學問涪翁賞，大范功名吕相謀。霧隱彌彰君子豹，氣殊遥識老聃牛。春回大地熙熙日，六十從頭作勝遊。

注：①空冀北：源自成語“群空冀北”。意思是伯樂將冀北之良馬挑選一空，比喻人才被選拔一空。唐代韓愈《送温處士赴河陽軍序》：“伯樂一過冀北之野，而馬群遂空。”②半山詩説近周南：套用宋代黄庭堅《有懷半山老人再次韻二首》“論詩終近周南”句。半山，指北宋政治家、文學家王安石（號半山）。周南，即《周南》，《詩經·國風》中的部分作品。

夢中歌

體解世紛難復難，揭來與影俱在宫。都無三徑[①]徒四壁，菊荒松老於我何有焉。入夜夢魂脱鎖關，上騎雲鶴驂神鸞。下瞰九州土，茫茫但風煙。無土而有人，斯語驚聖賢。浩歌起冥漠，毋爲醒者傳。

注：①三徑：歸隱者的家園。晉代趙岐《三輔决録·逃名》：“蔣詡歸鄉里，荆棘塞門，舍中有三徑，不出，唯求仲、羊仲從之遊。”晉代陶淵明《歸去來辭》：“三徑就荒，松竹猶存。”

比來隨處鑿山造防空洞，“登登”之聲晝夜不絶

蜀道信崎嶇，行難而居寧。蒼崖翠壁當前庭，斧鑿人人俱五丁[①]。衆山皆響傳

登登，須臾石破天可驚。洞非桃源亦堪避，充耳不聞飛機聲。聲不聞，小裨益，終當滅此使絶迹。

注：①五丁：神話傳説中的五個力士，泛指力士。

讀　破

簡策果何有？中有古哲人。往矣不可見，開示意彌真。三冬[①]或足用，萬卷時非珍。我書讀未破，何遽能通神。

注：①三冬：冬季的三個月，包括農曆十月（孟冬）、十一月（仲冬）和十二月（季冬）。

病目[①]中作

燕子日長風色静，窺園不應黄鸝請。六經群籍亦束閣，泰山未見遑論聖。童行暗誦無夙慧，剩堪老僧同入定。世間貴耳莫齒冷，此事吾身當日省。

注：①病目：據作者自述，十五歲時患沙眼，二十九歲後眼病加重，每年總要痛上二三個月，以致後來不得不把兩眼内皮軟骨割去。醫生禁止其看書，讀帖、寫字也很困難。

偶吟六言二首

一事下心俯首，秦七終輸黄九。天粘芳草郎君，燕子日長老叟。
伯仁空洞無物[①]，孝先五經便便[②]。若使兩賢相接，未知定是誰賢？

注：①伯仁空洞無物：伯仁，東晉大臣、名士周顗（字伯仁）。空洞無物，指講話、言談、文章極其空泛或不切實際。南朝宋劉義慶《世説新語》："王丞相枕周伯仁膝，指其腹曰：'卿此中何所有？'答曰：'此中空洞無物，然容卿輩數百人。'"②孝先五經便便：孝先，東漢名士邊韶（字孝先）。五經便便，形容滿腹才學。《後漢書·邊韶傳》："邊爲姓，孝爲字。腹便便，五經笥。"

終　是

經世文章愧不如，閑來猶有一囊書。細看終是無用處，付與廚中飽蠹魚[①]。

注：①蠹魚：又稱白魚、書蟲、衣魚，一種靈巧、怕光且無翅的昆蟲。

戲呈王曾二子[①]

調甫鼎中煮詩料，履川筆端現瑶臺。相看遂欲三舍避，五里十里一徘徊。不能遽然引却，猶有競勝之念也，可笑可笑。

注：①王曾二子：指作者好友王世鼐（字調甫）、曾克耑（字履川）二人。

戲贈調甫

點鬢輕霜感慨多，一行作吏奈公何。酒杯放了天帝醉[①]，詩句拈來山鬼過。名德無功總無忝，有情成佛定成魔。頹然枯坐知何似，古寺深鐙卧白駝。

注：①天帝醉：傳説天帝醉而賜秦穆公土地。意思是世亂由於天帝醉。

調甫每以“白衣秀士”自調，因有此謔

秀士誠秀士，白衣非白衣。王家多逸異，翰墨有光輝。摩詰病方便，無功醉息機。夢中見李白，明月生羅幃。

再戲贈調甫

取得生詩料，鼎中文火煨。三年看未熟，一飽亦須才。字到孟津[①]爛，畫從石谷哀。清新兼俊逸，此境待君開。

注：①孟津：明末清初書法家王鐸（字覺斯），出生於河南孟津，世稱“王孟津”。

春夜寒雨有作

枉自呼童烹鯉魚，新來不寄一行書。真成别在寒長在，可耐花疏酒亦疏。佳節清明連上巳，幾人春眠曳輕裾。陰晴天氣原無準，夜雨巴山入夢初。

雜 詠

何人吐妙語，江暖鵝先知。橫將王家物，闌入蘇家詩。主奴有出入，是非紛然疑。池塘生春草，至今人道奇。明月照高樓，曹湯各詠思。此中多歧路，亡羊信在歧。

我飲苦未醉，醉將安所論。尋常出言辭，亦足生怨恩。哀來心未死，憤起舌常捫。遠矣陶靖節，觴至不得言。

人情戀故物，從古惜亡簪[①]。楚失貴楚得，一弓重千金。簡册有明訓，非族必異心。斯民良可念，斯理終當尋。安能假名號，遂不別人禽。何日出腥羶，杜詩可長吟。

注：①亡簪：懷念故舊的典故，典出《韓詩外傳》卷九。

賦得春情

春色濃於酒，春風醉殺人。難禁桃李笑，翻惹黛蛾顰。萬里清江水，經年陌上塵。此時歌一曲，所得是霑巾。

見兼士篆書五言近詩

北指懷予季，幾回雲際看。急難天所與，魂夢我猶安。篆意明通婉，詩神見瘦寒。深情託豪素，離亂一相寬。

次韻仲恂贈履川、伯鷹詩

陳翁非後山[①]，詩境啓自我。細意織光輝，古錦香瑳瑳[②]。石怪蘚嶙峋，波長荇婀娜。用世射有程，强力引官笴。昔聞君子争，高興近亦頗。斐然采侯詠，宋天聖二年省試《采侯詩》，宋子京最擅場，其句有“色映堋雲爛，聲迎羽月遲”，傳誦京師，當時舉子目之爲宋采侯。名遂計非左。得失間寸心，然疑通一可。壯夫事雕蟲，無爲輕細麽。

注：①後山：北宋文學家陳師道（號後山居士），江西詩派重要作家之一。②瑳瑳：鮮

明潔白貌。唐代韓愈《高君畫贊》："澄源卷璞，含白瑳瑳。"

過調甫寓樓，置酒高談，並出少作見示，仍用前韻贈之

秀士最推君，奇情信過我。靈珠堪照乘，懷中光瑳瑳。平生有骨鯁[①]，世態嫉婀娜。其曲難中鈎，其直差任笴。不謂觀少作，柔情子亦頗。弱柳怨風生，柏林儼江左。有本事。春夢了無痕，萬事唯酒可。高樓醉眼開，人物殊細麽。王昔遊松林，有"所眷弱柳"句，即其詩中語也。

注：①骨鯁：耿直之氣。

午　睡

易醉非關酒，無悰更有詩。沉沉春日過，午睡及花時。

次韻答庚白[①]過訪之作

曲徑花棚薄有陰，乍寒乍暖已春深。退藏未厭樓居密，貪睡非關酒齊[②]沉。漫借新篇題往事，偶因節物動鄉心。知君會我西來意，襟袖緇塵一任侵。

注：①庚白：林庚白（1897—1941），原名學衡，字浚南，福建閩侯人，南社成員。民國初年任衆議院、非常國會秘書長，交通部參事。國民政府時期任外交部顧問、立法委員。著有《麗白樓自選詩》等。②酒齊：指酒曲，亦指釀酒。唐代杜牧《雪中書懷》詩："行當臘欲破，酒齊不可遲。"

爲履川草書《橘頌》，履川次"我"字韻見謝，仍疊韻答之

世人多解書，工書何必我。筆雨驟紛披，墨雲舒瑳瑳[①]。興殊有合乖，力均無健娜。直河散曲流，動弦發静笴。草聖於焉成，最能覺子頗。此事乃推吾，吁嗟言何左。願學盡衆長，使轉猶未可。趙董[②]各性情，李曹信么麽。

注：①瑳瑳：猶燦爛。②趙董：指元代書法家趙孟頫和明代書法家董其昌。

伯鷹以次“我”字韻詩見示，且言韻窄腹儉[①]，不欲再作矣，因以此贈之

且道我知魚，亦知子非我[②]。珠語見靈心，行間萬輝瑳。綵毫運妙腕，紙上千婀娜。未要摩天刃，自擅穿葉笴。腹儉何足患，我謂古亦頗。一經專西京，三玄盡江左。五車徒多方，五技[③]無一可。世上兩脚廚，其中備纖麽。

注：①腹儉：比喻學問淺少。②且道我知魚，亦知子非我：源自“子非魚，亦非我”的典故。意思是既不妄自猜測别人，也要能把持住自己的信念。典出《莊子·秋水》。③五技：謂多能而不專一。《荀子·勸學》：“螣蛇無足而飛，鼫鼠五技而窮。”楊倞注：“言技能雖多，而不能如螣蛇專一，故窮。”

放言一章　二十一日晨起，偶有所會，遂寫出之

坐無仲尼，焉識顔淵。有時窺月，窗中了然。彼此是非，出諸悠悠之口。歸楊歸墨，懸諸未定之天。世事萬端故如此，何足掛在齒頰間。學我者死明性分，汝不得爾非獨賢。公無渡河公竟渡，鞭羊牽牛從所便。吁嗟乎，牛終須牽羊須鞭，時行物化天果何與焉。

戲題王氏[①]寓樓

王生今王生，清奇昔秀士。高樓入煙霞，分明秀州是。况有聰明妻，更合秀州住。渝州望秀州，江雲引江樹。

注：①王氏：指作者好友王世鼐（字調甫）。

歸自南岸[①]，與兵士同濟，仍次仲恂詩韻示同遊諸子

涉江愜遊蹤，欣然契物我。衆鳥語聲閑，萬綠波光瑳。桐花凍初蘇，意態尤婀娜。此時争心平，兩忘弦與笴。風雲世方亟，一念憂入頗。干城[②]寄丁壯，行陣分道左。氣沉動無譁，神哀勝差可。家居豈不好，破壞由纖麽。

注：①南岸：指重慶市長江南岸地區。②干城：指盾牌和城牆，比喻捍衛或捍衛者。《詩經·周南·兔罝》：“赳赳武夫，公侯干城。”

題楊子毅[①]寫真

公家事了遊峨眉，峨眉山月來照影。畫師留影取半面，神完意足備寬猛。眉宇信非山中人，當年小試宰官身。功名何必淩煙閣[②]，要識先生自有真。

注：①楊子毅：原名紹樫，字翊朝，廣東香山（今中山市）人，擅長作詩和書法。歷任番禺縣縣長、寧波市市長、交通部秘書長。抗戰時任國民參政會委員。②凌煙閣：唐代太極宮建築，是爲表彰功臣而建的高閣，内置開國二十四功臣畫像（後又加繪功臣圖像）。

次韻答鵷雛[①]

我亦黄葉樓上客，尊前相視間語默。蓬飄萍泛會合難，雨散雲收光景疾。曼師久作塔中骨，劉生已失雲間翼。新知歡樂信難量，感舊傷時增太息。向人懷抱聊復爾，高談豈敢輕捫虱。書生何計赴時艱，應慚詭爲蒼生出。幾輩牢愁出忠憤，競誇新詞惜往日。要知讀書重肝膽，未怪舉世輕儒術。天生我才必有用，不賢識小須量力。經國事業付英豪，遊藝精誠專楮墨。時論未公我不憑，古法久疏今當密。直從點畫究根源，棐几堪書聽削拭。有用無用各一時，王翁扇論資口實。妙語抵我撩我答，君由何處得此筆?

注：①鵷雛：姚鵷雛（1892—1954），上海松江人，工詩文和書法，南社社員。

題封一首

往往念曩昔，駸駸[①]閲歲華。和詩新活計，點筆老生涯。萬里故人意，題封整復斜。艱難尚如此，素食愧公家[②]。

注：①駸駸：迅疾。②素食愧公家：套用宋代黄庭堅《二月二日曉夢會於廬陵西齋作寄陳適用》“飽食愧公家”句。

渝州行

黄鵠高飛不得度，西行穩踏渝州路。萬山連嶺少孤峰，兩水分流有合處。渝州寒暖無四時，要以陰晴區別之。園紅野緑長在眼，此景江南却未知。陰晴幾時春又夏，櫻桃初熟真無價。賸從啖蔗味餘甘，誰信餘甘仍在蔗?

雜　詠

禮非爲我輩，我輩莫能外。法緣人情生，人情有向背。天地至不仁，了無憎與愛。恢恢一網羅，萬物遊其內。

昔者學優仕，今仕學乃優。養子固未習，寧貽嫁時羞。群趨遵大路，陋巷方仄幽。治理倘未愜，無爲謝冥搜。

斯民類濡弱，動定取諸水。混流無津涯，澄清可鑑止。道得利濟生，情失覆溺死。神禹豈徒勤，疏導窮其理。

讀書無近功，浸淫義乃見。簡編三絶韋，意精易可贊。輕浮矜一知，文字黠者炫。安足致世用，遂爲世所賤。有書如無書，識者同一歎。束閣更不觀，事功方炳焕[①]。二十七日。

全知既不易，安行良獨難。可由不可知，圖始理則然。所賴有先覺，前民民循焉。嘗試少成功，謂知有所偏。已知行斯易，未知何所緣。一切矜易行，此訓或誤傳。

寒凍與暑鑠，困人人鮮怒。小苦致大順，天道行之素。時令即有乖，終必復常度。是以民信天，於天無所忤。雖死而無怨，文王法天故。二十八日。

老馬嘶故櫪，殘蟬咽枯條。安得復嘒嘒，猶自思蕭蕭。異形有同心，百感共一遭。氣結不能言，萬里寒刁騷。二十九日。

注：①炳焕：鮮明華麗。

聞雷有作

炸彈轟地裂，驚雷震天翻。天威良可畏，人禍尤煩冤。震驚而不傷，終然靡怨恩。萬鈞恃强力，天理遂難言。

聞章受之[①]言，近時作畫，幾不得好顏色用，私意何爲不但以墨爲之，因有此作，仍用“我”字韻　受之名可，行嚴之長子也

繪事無我分，耽書差數我。獨喜一味墨，濃淡五光瑳。皴皮石嶔崎，没骨花婀娜。曲窮有意像，不費無的笴。八法各限程，六法嚴亦頗。靈腕入神思，右有復宜左。遊戲規何遂，叙甫指墨，竊不謂然。幽賞進章可。阿筌信墨妙[②]，董巨不微麽。

注：①章受之：章可（1910—1986），字受之，畫家，作者好友章士釗長子。早年留學德國、意大利，專攻繪畫。1937年回國，在北京、天津等地舉辦畫展。②阿筌信墨妙：套用黄庭堅《再用前韻詠子舟所作竹》詩“阿筌雖墨妙”句。阿筌，指五代後蜀畫家黄筌。

醇士[1]贈畫，詩以報之

昔聞戴醇士，今見彭醇士。異同藺馬間，精熟山水理。荒寒茭蘆菴，中藴鹿牀美。開卷真贗别，墨彩泛眸子。素厂娟净筆，胸中寫山水。未要規巴岷，江南在窗几。一幅忽相投，既觀胡不喜。束絹未易求，毋輕藥裹紙。三十年前寓居杭州，偶遊西溪茭蘆菴，得觀所藏鹿牀山水卷子，墨光爛爛，至今猶在目也。鹿牀嘗因行旅無箋素供其點染，輒於藥裹紙上作畫，神致灑然，世有傳本。

注：①醇士：彭醇士（1896—1976），原名康祺，改名粹中，字醇士，江西高安人。工詩書畫，1935年起任國民政府立法院立法委員。

附　和作　彭醇士

鹿牀未易窺，况復淺薄士。偶然尺幅開，奥衍妙神理。不獨山水佳，松竹亦清美。勝朝數公卿，低首無餘子。默翁能好我，五日索畫水。爲我想西溪，茭蘆同隱几。翁書世所無，其詩健可喜。何當求筆法，思致蠶繭紙。

前數日大熱，一雨便似深秋，頗難將息也

漲水鳴溝霧隱山，奔雷散熱雨生寒。江南最是清和日，棉葛渝州恰好難。

戲用“我”字韻作紀夢詩

周公不入夢，蘧蘧蝶化我。春風啓羅幕，十二樓暉瑳。狂花亂襟袖，芳茵舞婀娜。引滿明月弓，驚心加一笴。依違情所難，顛倒事亦頗。瞻前忽在後，拍右仍挹左。何遽唤遲遲，伊誰名可可？廿年槐安堉[1]，一生真作麽。夢中見一文書，如合同狀，左角上署“遲遲可可”，云是人名。

注：①槐安堉：亦作“槐安夢”“南柯夢”，指夢。堉，同“婿”。唐代李公佐《南柯太守傳》載，淳于棼飲酒古槐樹下，醉後入夢，見一城樓題大槐安國。槐安國王招其爲駙馬，

任南柯太守三十年，享盡富貴榮華。醒後見槐下有一大蟻穴，南枝又有一小穴，即夢中的槐安國和南柯郡。

題凌叔華[①]女士水仙卷子

剩將淡墨寫清姿，脉脉凌波有所思。浩渺大江流未已，出門一笑欲何之。

注：①凌叔華：現代女作家兼畫家。

次韻右任見示《避壽居北温泉[①]》三絶句

開宇栽基異昔年，荒池一浴事堪傳。神髯槊礴驚群盜，何止當時舊兩川。

攬轡澄清久刻銘，耻聞名勝泣新亭。毛俊臣[②]朱佛光[③]二老傳心法，誰識當時聚德星？

昌承王季發承昌，道似尋常却異常。再過廿年開壽宴，捧觴四代看成王。原作“且祝文孫幾世昌，當筵三代亦尋常。因思問寢當前事，半學文王半武王”，故戲謂四代爲成王。

注：①北温泉：温泉名。位於重慶北碚嘉陵江畔。②毛俊臣：清末關中學者，于右任受業老師。③朱佛光：陝西三原人，于右任老師，一生教書爲業，贊同孫中山革命，鼓勵學生加入中國同盟會。

次韻右公北碚道中之作

覆地掔空柏有霜，登臺春暖衆相忘。武功文治開新運，老屋牛車憶故鄉。太華山峰臨近遠，北温泉水識閑忙。興來草聖成援筆，未許崔張久擅場。

答行嚴

突兀當前終突兀，自家寒暖自家知。江南不是無晴雨，新覺渝州更不宜。

附　晴雨調尹默　章士釗（行嚴）

江南未必無晴雨，何必渝州始要防。夫子蓬心非不解，眼前突兀最難忘。

再答行嚴

風雨高樓有所思，等閑放過百花時。西來始信江南好，身在江南却未知。

花光人意日酣酣，容我平生七不堪[①]。説着江南放慵處，如君能不憶江南。

注：①七不堪：用作才能不稱，拒绝做官的典故。晉代嵇康《與山巨源絶交書》："有必不堪者七，甚不可者二：卧喜晚起，而當關呼之不置，一不堪也。……"嵇康拒絶山濤的薦舉，説自己賦性疏懶，不堪禮法的約束，提出"七不堪"以示不願做官的堅定意志。

附　答尹默　章士釗

突兀眼前非一事，渝州雷雨最權奇。勸君放却江南願，天遣人間鍊帝師。

次韻柬伯鷹

吾生一夢幻，有盡逐無盡。投足行却曲，開心吟競病。倏爾天風生，自然虚籟應。爲有耳目玩，寧無食色性。花中維摩詰[①]，微疾示何證。染空色不渝，散罷香猶勁。其實過中年，心情能入定。

注：①維摩詰：梵語，佛經中人名，後泛指修大乘佛法的居士。

遣　興　仍疊右公見示韻

牀前幾見月如霜，遠思微情未易忘。萬里征程連徼外，一時歸夢落江鄉[①]。干戈動後吟彌苦，簿領[②]閑來事轉忙。風月於人豈無分，不妨直入少年場。

注：①江鄉：江南水鄉。唐代孟浩然《晚春卧病寄張八》："念我平生好，江鄉遠從政。"②簿領：在官府記事的簿册或文書上做記録，指辦理公務。

絶句四首

去年微雨濕香塵[①]，今日江頭又送春。無數楊花過無影[②]，流鶯惱殺眼前人。

襟上杭州酒作塵，餘香細細惜餘春。十年夢醒知何處？日日相看陌上人。

碾花摶麝共成塵，心字香留一段春。無語小窗深處坐，知應慣作避愁人。

莫教行篋研生塵，打疊情懷付與春。有限風光無限意，可堪已是倦吟人。

注：①香塵：芳香之塵，多指女子步履而起者。晉代王嘉《拾遺記·晉時事》："（石崇）又屑沉水之香如塵末，布象牀上，使所愛者踐之。"②無數楊花過無影：套用宋代張先《木蘭花·乙卯吴興寒食》"中庭月色正清明，無數楊花過無影"句。楊花，指柳絮。

學書一首　仍疊"竟"字韻

落筆勢了然，常慮意頓竟。學書嚴律己，觀身見諸病。良方號千金，善用無萬應。博取窮衆相，約持明一性。每以仁智見，遂成淺深證。草蛇失道驚，香象截流[1]勁。遲速力則同，其源出於定。

注：①香象截流：源自佛教用語"香象渡河，截流而過"。比喻悟道精深，詩文透徹精深。《優婆塞戒經·三種菩提品》："如恒河水，三獸俱渡，兔、馬、香象。兔不至底，浮水而過；馬或至底，或不至底；象則盡底。"

入夏寒雨

沉沉雨未稀，霏霏煙已併。虛窗失長晝，斗室銷炎景[1]。泥塗少車馬，深巷絶干請。乍喜書卷清，稍覺衣裳冷。野塘亂鳴蛙，時節發深省。

注：①炎景：炎熱的日光。

行嚴過訪，以山居廿日新作百篇見示，仍疊"霜"字韻贈之

寒虀經熱欲生霜，世味酸鹹已漸忘。莫仗詩書論國事，稍欣文字動山鄉。松篁隨地多成趣，花鳥因人小着忙。斗酒百篇[1]真漫與，新來翰墨有擅場。

注：①斗酒百篇：意爲飲一斗酒，作百篇詩，形容文思敏捷。唐代杜甫《飲中八仙歌》："李白一斗詩百篇，長安市上酒家眠。"

次韻醇士詠竹

地僻非無主，此君何所逃。勢孤因愛直，意淡自成高。鳳翥微添韻，龍吟似反騷。低垂豈傷性，風雨苦相撓。

附　原作　彭醇士

寂寥池畔竹，一壑得藏逃。處世微傷直，閑門但養高。氣清添蘊藉，吟苦亦蕭騷。龍性馴來久，隨人意折撓。

贈董壽平[①]

山水妙理備四時，誰歟寫之窮神奇？昔者北苑立標格，渾然蹊徑絶險夷。思翁翰墨本多韻，煙雲舒捲清醇姿。勝朝公卿亦好藝，富陽名字猶昭垂。君今年少筆已老，才堪紹述[②]同襟期[③]。自是君家有根柢，不比尋常稱畫師。學與年進理當爾，看君更極深沉思。

注：①董壽平：原名揆，字諧伯，山西洪洞人，現代畫家。②紹述：承繼前人的所作所爲。③襟期：襟懷，志趣。

敵機肆虐中，夢菴將行嚴意來相存問，且告以將適遠縣兼敦勸去此，仍疊"霜"字韻謝答

世味年來冷似霜，感君意氣未相忘。夢中仍有檀蘿國[①]，塵外初聞水石鄉。漫捲詩書渾欲喜，閑攜筆研轉成忙。識途老馬玄黄[②]甚，歷盡人間瓦礫場。

注：①檀蘿國：唐代李公佐《南柯太守傳》提及的夢中國家。②玄黄：馬病貌。

煩憂中聞破賊，適行嚴送再和詩來，率爾依韻奉答

蒼皮老樹飽經霜，偃仰[①]人間意欲忘。身倦日長愁遠道，心遐地僻愛閑鄉。艱難破賊仍垂涕，珍重移居豈畏忙。人事紛紜有如此，苦思白墮[②]飲千場。

注：①偃仰：比喻隨世俗沉浮或進退。②白墮：酒名。北魏時河東（今山西省西南部）人劉白墮善釀酒，因以自己的名字爲酒名。泛指美酒。

晨興，意有所觸，因成四韻

莫問堂前東逝波，魯陽誰信解揮戈[①]。心勞銜石仍填海，志壯投鞭竟斷河。已

遣健兒成壁壘，尚容名士在巖阿[2]。匹夫憂樂原無過，未怪靈均發九歌。

注：①魯陽誰信解揮戈：源自成語“魯陽揮戈”，謂力挽危局。《淮南子·覽冥訓》：“魯陽公與韓構難，戰酣，日暮，援戈而撝（揮）之，日爲之反三舍。”②巖阿：山的曲折處。

轟炸後　仍用“霜、場”韻

莫愁炎日畏嚴霜，隆暑祁寒可兩忘。聊復爾[1]時堪著語，無何有處自成鄉。雨晴曬網知蛛喜，風定尋巢乳燕忙。人事當前誰得免？不因作戲也逢場。

注：①聊復爾：亦作“聊復爾耳”。意思是姑且就這樣罷了。唐代房玄齡等《晉書·阮咸傳》：“不能免俗，聊復爾耳。”宋代姜夔《徵招》：“一丘聊復爾，也孤負、幼輿高志。”

遣　悶

滔滔皆是今非昔，豈止寰中草木兵。時代於人寧假借，山河從此欠裁成。竹如有意干雲上，葵亦何心向日傾。物理細推緣底事，長空飛鳥已堪驚。

入夜雷電震耀，歷時不止，大雨達旦，欣懼交併，因以詩紀之

兵火燒空日，旱熱增凋殘。天道信不測，相濟互猛寬。流掣電光白，轟軋雷聲乾。撼物有餘威，神力未易殫。此時屋穿漏，雨卧不遑安。必變衆所同，弗述聖亦難。敢爲一室憂，極知四野歡。

江岸書所見

江水不到處，團團洲渚出。環流絶來往，草緑未蕭瑟。

小龍坎[1]至黄桷樹[2]道中口號

風日清新田野寬，滑竿一上乍心安。飛機又掠長空過，猛省當頭事大難。
活活清泉瀉道周，鳥鳴蟬噪四山幽。巖陰幾盞凉茶水，輸與擔夫作汗流。

注：①小龍坎：地名。在重慶沙坪壩平頂山北側。②黃桷樹：地名。在重慶沙坪壩歌樂山西面。

山中夜雨

稍覺新凉意，微添静夜情。耳邊雜蛙蚓，和雨到天明。

次韻答行嚴

過眼奇峰幻夏雲，忘形鹿豕可爲群。高情怕被時人見，雅興嫌教俗累分。行樂中年驚聚散，寫憂短韻寄知聞。主持壇北非南面，此事終當付與君。來詩有“詩國南面”之語。

次韻旭初述山居之樂[①]，招諸朋好，用行嚴詩韻，兼呈行嚴

瘦骨蒼顔面碧巖，興來藉草亂青衫。渭涇好自分清濁，河海終教有淡鹹。入世情懷心若痗，向人言語口須緘。奇文疑義成滋味，煨芋猶堪飽老饞。

注：①山居之樂：據汪東（字旭初）《寄庵隨筆》記載，1940年夏爲躲避日機轟炸，汪東搬到市郊歌樂山静石灣“鑑齋”與作者同住。“鑑齋”爲國民政府考試院考選委員會副委員長沈士遠（即作者長兄）的宿舍，士遠别住他處，騰出此屋供作者使用。汪東所述“山居”即指此處。

次行嚴韻

擇筆爲書衆所諳，何嘗以此短河南。中書君[①]果中書否？第一須防德二三[②]。

注：①中書君：古代筆的别稱。唐代韓愈《毛穎傳》：“中書君老而秃，不任吾用。”②德二三：源自成語“二三其德”，意思是三心二意。《詩經·衛風·氓》：“士也罔極，二三其德。”

再次韻呈見訪諸公

縱使山川似淡巖，也因淪落感青衫。北思年酪空成雋，東望蓴羹止欠鹹。勝事

且談金谷聚[①]，微吟可付玉瑠[②]緘。人生快意原須爾，大嚼屠門未是饞。山谷《題淡山巖》詩有云“淡山淡姓人安在，徵君避秦亦不歸”，又云“閬州城南果何似？永州淡巖天下稀”。

相從龍虎感風雲，短翼由來不及群。漫詡篇章堪立辨，却欣山水得平分。玄蟬嘒嘒生秋思，野鹿呦呦託昔聞。三益不煩開徑望[③]，團欒桂樹正留君。庭隅有一桂樹，爲諸公所賞。

注：①金谷聚：即《金谷聚》，爲南朝謝朓創作的一首詠別離情事的詩。②玉瑠：用玉做的耳墜，古代常用作男女定情的信物。③三益不煩開徑望：套用南朝江淹《陶徵君潛田居》“開徑望三益”句。開徑，指交往之道。三益，原謂直、諒、多聞，借指良友。

植之信口唱一句，戲爲足成之

同爲灣裏客，但。俱是異鄉人。燕子能無洞，但居燕兒洞。蝦蟇亦有鄰。宋鐸民住蝦蟇石。每談必書畫，相見總情親。漫道吾將老，流離愧此身。

戲爲歌，催但植之、朱遏先、曾履川、潘伯鷹諸君和詩

植之詩興被炸無，行嚴投詩炸彈如。旭初應戰不含胡，我愧魚目抵明珠。曾潘少壯當早圖，更看老宿海鹽朱。吁嗟乎，但公不作終憾事，坐令章老稱寡孤。坐令章老稱寡孤，公與下走寧非夫。

用前韻戲簡諸友

嚶鳴求友[①]誰能無？可以人而鳥不如。性分縱異非越胡，豈其按劍報明珠[②]？發興酬唱詢良圖，各近所近墨與朱。新覺吾德遂不孤，從諸公後亦大夫。

注：①嚶鳴求友：意思是尋求志同道合的朋友。《詩經·小雅·伐木》：“嚶其鳴矣，求其友聲。相彼鳥矣，猶求友聲。”②豈其按劍報明珠：源自成語“明珠按劍”。意思是一方以夜明珠相投，另一方則用手壓住劍柄。比喻一方事前未申明自己的舉動出於好意，另一方因誤會而以敵意回報。

偶有感

亂離惜筋力，遊賞寄林丘。野老能無愧，山花倘見留。過秦知有漢，小魯[①]解從周[②]。信好談何易，誰歟就爾謀?

注：①小魯：原意是登高而知魯國小，喻指學問既高便能融會貫通，眼光遠大。《孟子·盡心》："孔子登東山而小魯，登泰山而小天下。"②從周：原意是接受、遵從周代的禮儀制度。《論語》："子曰：'周監於二代，鬱鬱乎文哉！吾從周。'"

立秋日作

夙愛南風薰，今苦東川[①]熱。長坐浹背汗，小卧困蠓蠛。鎮心瓜似金，兼少藕可雪。賸得臨墨池，千辛供一悅。願鞭羲和車[②]，迅届清秋節。倏爾涼風生，爲我解疲苶。今日已立秋，鬱蒸猶未輟。天豈欺我哉，會當有更迭。旅人無奢願，所憂在乏缺。佳辰常苦少，又將歎栗冽。

注：①東川：古代地名，大致包括今四川安岳、遂寧及重慶等地。②羲和車：古代傳説爲太陽所乘之車。

行嚴居龍洞口[①]，因贈，兼簡旭初

竹蔭纔通徑，山光恰到門。新知龍洞美，未訝虎溪喧。相視成三笑，端居定一尊。多文爲巨富，主道託微言。空北寧無驥，圖南亦有鯤。從來非避世，何用更尋源。

注：①龍洞口：重慶地名，位於沙坪壩歌樂山北。

題行嚴詩稿

述往思來大小詩，百篇題目看移時。拾遺有識堪稱文，務觀能多豈炫奇。東逝流波嗟晝夜，西來行李閲安危。如君風力[①]當前少，自致千秋更莫疑。

注：①風力：文辭的風格與筆力。

晚　坐

乍見月眉[①]如有怨，新朝蘭蕊尚能香。誰人爲製蒲葵扇？併作閑時一味涼。

注：①月眉：婦女狀如初月的秀眉。

夜坐，次旭初韻

竹陰晴更好，山色晚猶青。蟲語通幽寂，鴻飛念杳冥[①]。此時成宴坐，何日出羶腥？連嶺松濤壯，悲吟不可聽。

注：①杳冥：極高或極遠以致看不清的地方。唐代孟浩然《同曹三御史行泛湖歸越》："杳冥雲外去，誰不羨鴻飛。"

瓦鐙，用退之《短鐙檠歌》韻

瓦鐙短短半尺長，何止一囊螢火光。緑釉暗淡不奪目，顏色稱此静夜涼。愛之遂忘眼昏澀，取筆在架墨在牀。憶昔山城年少客，夜夜虚堂攻簡策。青鐙卌載依舊青，鬢鬢相看幾莖白。古今變换具當前，城中鐙火照晏眠[①]。憂樂煎人難自恣，轉向深巖覓蒼翠。玻璃貯電事已難，短檠雖短那可棄。

注：①晏眠：安眠。

次韻張聖奘[①]洛陽夏雪

洛中夏雪壓囂蒸，劍戟嚴威氣倍增。莫問何祥驗休咎[②]，諒無不若恣憑陵[③]。中原久困逢豺虎，冬令權行掃蝻蠅。天意民心應有會，由來多難啓中興。

注：①張聖奘：湖北江陵人。1924年畢業於國立北京大學。旋留學美國，獲博士學位。先後任國立暨南大學、重慶大學、中央大學等校教授。中華人民共和國成立後，歷任重慶大學教授、四川省文物管理委員會委員。著有《經濟地理》《中國通史》等。②休咎：吉凶，善惡。③憑陵：侵犯，欺侮。

答遏先見和

入山已深塵事無，愛君坐讀常宴如。縋深涉險類賈胡[①]，往往探得驪龍珠。瞭然示我掌上圖，形貌能癯顔能朱。有時高吟興不孤，誰謂雕蟲非壯夫！

注：①賈胡：經商的胡人，泛指外國商人。《後漢書·馬援傳》："伏波類西域賈胡，到一處輒止，以是失利。"

仍用前韻戲簡植之，佇求答教

君謂詩中腐氣不可有，我謂腐氣有時亦難無。神腐變化從莫定，言爲心聲當自如。兔不少缺脣，牛不多垂胡。毋學小儒生，但重口中珠。世間萬態徵史圖，幾人舜禹幾均朱[①]，倘無愚者賢亦孤。賢愚本有接近分，總不離乎士大夫。

注：①均朱：均，舜之子。相傳舜以均不肖，乃使禹繼位。朱，堯之子，因其不肖，故堯禪位於舜。

植之論人可有腐氣，詩則不當有，又惜自作畫少俗筆，故不能工，旭初不然其説，此理更就行嚴證之

行爲可腐詩當戒，人厭俗塵畫却宜。此是但公新説法，還求章老解然疑。

次韻旭初《晝睡甚美，聞尹默送詩，戲和之作》中有"詩國讓君且南面，再拜辭却公與孤"語，故戲答之

自笑五技一長無，飲墨三升空空如。有口不解讀化胡[①]，有手不堪持念珠。荒誕莫究山海圖，誦説仁義慚程朱。詩國近苦戰，揖讓猶願及公孤。藐躬安敢承，當關未足敵萬夫。

午蟬聲裏一事無，高枕不勤自如如。胡然而粵胡然胡，夢中流轉盤走珠。可向蟻國參雄圖，歸來黑白戰何朱。昨見旭初與朱鐸民、何承天二君對弈。才堪將率堪公孤，此之謂也大丈夫。

注：①化胡：即《老子化胡經》，爲道教經典。

次韻，再戲簡但汪章朱四君[①]

但公簡札天下無，行嚴常稱道之。汪子丹青衆不如。季剛所說如此。章老墨辯壓適胡，適之譯名如此讀。又能脱手瀉明珠。逷先字樣非新圖，廬陵歐陽新安朱。才異相儕信不孤，我合更名題凡夫。

注：①但汪章朱四君：分别指但燾（植之）、汪東（旭初）、章士釗（行嚴）和朱希祖（逷先）四人。

近來諸人手邊皆無書可供參考，而植之獨有書四種，赫然滿置架上，旭初謂是植之之四寶，因用前韻調之

但公有四寶，吾輩一種無。無中生有故自餒，子虛烏有擬相如[①]。笑君老狼將跋胡[②]，妒君老蚌已藏珠。外間大謂儂可圖，火速焚之猶未晚，並棄點勘墨與朱。君不見，吾黨今日主百戰，其勢駸駸已不孤。君吾黨也安得外，莫怪牽率及老夫。

注：①子虛烏有擬相如：成語"子虛烏有"出自漢代司馬相如《子虛賦》，故有此句。②跋胡：亦作"跋胡疐尾"，比喻進退兩難。《詩經·豳風·狼跋》："狼跋其胡，載疐其尾。"

至龍洞口訪行嚴，讀其近作，承留飯，食苦瓜甚美

章老能諧俗，襟期倘可參。掃眉山學翠，攬袖水拖藍。客至加餐飯，詩成雜笑談。苦瓜風味别，相對説湖南。行嚴有詩云"舒家小妹視我厚，入山擕同翠眉婦"。

午睡初起，翻閱蘇黄集，感題

嘒嘒高蟬出緑槐，夢回午枕卷初開。能知經史千秋業，始見蘇黄一輩才。豈少文章供酒食，儘多世事誤鹽梅[①]。黔州安置[②]瓊州謫[③]，何止當時事可哀。

注：①鹽梅：鹽和梅子，均爲調味所需。喻指國家所需的賢才。②黔州安置：指黄庭堅中年被貶謫黔州（今重慶市彭水、黔江一帶）。③瓊州謫：指蘇軾晚年被放逐到海南島（古瓊州府）。

村居暮歸，寄諸友好

老桂常經眼，群公美里仁①。平生思入蜀，此日愧逃秦②。五里初成聚，三家亦有鄰。蒼茫嵐翠合，牢落暮歸人。

注：①里仁：謂居住在仁者所居之里。②逃秦：猶避秦，指避亂。

偶題荆公集

荆公詩筆最清新，想見當年耿介人。疾雨斜風思轉急，緑陰幽草趣彌真。

太息清新幾韻詩，山頹梁壞即雱祠。相公情性從來拗，利用由人却未知。集中弔雱祠詩疑非公作，森玉①言荆公集最早刻本與今所流傳者出入極多，半爲後人所竄亂，可信也。

注：①森玉：徐森玉（1881—1971），原名鴻寶，字森玉，現代文物鑒定家、金石學家、版本目録學家。原籍浙江湖州，作者執教北大時同事。

屋角有桂樹一株，旭初爲作歌，輒依韻報之

傳聞吴剛斧，此事知有無。廣寒宫中團欒樹，人間翦剔那得如。近來東川避東胡①，忽憶南山老秋桂，金粟團枝光耀珠。陜南定遠廳廨，余幼時隨宦所至，有老桂樹每秋着花甚盛，至可念也。南山此時不可到，月宫有影空畫圖。入山已深苦牢落，何以駐我朱顔朱。屋角一樹雖非我所有，有鄰差幸德不孤。花時定須詩酒伴，會當招邀識字耕田夫。旭初前作有“願爲識字耕田夫”之句。

注：①東胡：原指先秦時居於中原及匈奴之東的北方少數民族。此處指日本侵略者。

偶　吟　仍疊前韻

近來文章一句無，蜀人久不談相如。亦有猛志驅狂胡，微傷薏苡謗明珠①。國家任材未養士，文事武備虧良圖。我早蹉跎謝棉薄，坐看白髮欺顔朱。僻性雖從衆人衆，故鄉猶愛孤山孤。未要聲名齊處士，聊堪鍤畚隨田夫。

注：①薏苡謗明珠：源自成語“薏苡明珠”。意思是薏米被進讒的人説成了明珠。比喻被人誣衊，蒙受冤屈。

古　意　仍用前韻

聞道成都好，江南之所無。但見古琴臺[①]，不見舊相如。當罏幾輩酒家胡[②]，耳璫仍耀明月珠。世間流傳行樂圖，紅粄大馬服紫朱。溝水一旦東西逝，鏡中照見雙鸞孤。錢刀可貴少意氣，如何堪作文君夫。

注：①古琴臺：在成都市區，是漢代文學家司馬相如彈唱《鳳求凰》、向卓文君求愛的地方。②當罏幾輩酒家胡：指司馬相如與卓文君相愛私奔，來到臨邛（今邛崍市），文君“當壚賣酒”，相如“身與庸保雜作”。酒家胡，原指酒家當罏侍酒的胡姬，後泛指侍酒者或賣酒者。

食苦瓜，次韻報行嚴

凡百甘瓜生苦蒂，能全其苦唯此瓜。平生愛此味清永，僅比佳茗香小差。每嫌肉糜漫糅雜，仿佛曲蓬亂直麻。朱門酒食那須此，臭味齏薤宜山家。斟酌由人殊嗜好，苦瓜自苦非依他。世間酸辛盡滋味，獨苦少喜果何耶！吾儕率行本分事，事非嘗膽羞矜誇。獨慚食蜜小兒舌，中邊皆甜無瑜瑕。

萬　事

萬事皆稱好，分明了愛憎。旁通慚少怪，少賤謝多能。送鳥弦空絶，看雲卧屢興。唯師不驗語，猶愧署聾丞[①]。

注：①聾丞：地方副佐之别稱。《漢書·循吏傳·黄霸》：“許丞老，病聾，督郵白欲逐之。霸曰：‘許丞廉吏，雖老，尚能拜起送迎，正頗重聽，何傷？且善助之，毋失賢者意。’”宋代蘇軾《初到杭州寄子由》詩：“遲鈍終須投劾去，使君何日換聾丞。”

獨　怪

隨山刊木[①]便行李，雞犬相聞相往來。獨怪當年巴蜀道，五丁乃爲金牛開[②]。

注：①隨山刊木：意思是行走高山砍削樹木，以開闢道路。《尚書·禹貢》："禹敷土，隨山刊木，奠高山大川。"②五丁乃爲金牛開：源自"五丁開道"的典故。據《蜀王本紀》，秦惠王欲伐蜀，乃刻五石牛，置金其後，贈送給蜀王，西蜀五丁引金牛成道，故稱金牛道。

舊日一首

東漢趙勤字孟卿，太守桓虞署爲督郵，於是貪令自責，還印綬去。感其事賦此。

督郵雖可賤，舊日有聲名。貪令自還印，人思趙孟卿。干戈滿天地，政治一戎兵。諫紙閑堪惜，新詩待寫成。

吾　欲

爲愛清溪水，言尋遠澗山。留人丹桂老，送客白雲間。世事真無奈，宦情良足患。探懷返君枕，吾願角巾還[①]。

注：①角巾還：亦作"角巾還第"，意思是穿常服回家，喻指辭官隱退。《晉書·王導傳》："則如君言，元規若來，吾便角巾還第，復何懼哉！"

索居無俚，次行嚴見贈韻遣懷，即寄行嚴，並簡旭初、逷先及新知諸友

久慚高馬望行雲，麋鹿驚人不可群。花月一時愁夢斷[①]，江湖異派欲誰分？每因往事思來者，更共新知理舊聞。解作堂堂吾輩語，相逢絶倒正須君。

注：①夢斷：猶夢醒。唐李白《憶秦娥》："簫聲咽，秦娥夢斷秦樓月。"

見鄭伯奇[①]詩，感而有作

危止豈有和能救，勝利端從忍可求。一馬十牛[②]非細事，三年百戰是深謀。諸公更定千秋計，編户唯知斗室憂。良吏終慚共天下，莫將舉錯[③]付悠悠。

注：①鄭伯奇：原名隆謹，字伯奇，陝西長安（今西安市）人，現代作家。時任中華全國文藝界抗敵協會理事。②一馬十牛：指戰爭時期一匹馬的價格相當於十頭牛。宋代黄庭堅

《送顧子敦赴河東三首》詩：“猶聞昔在軍興日，一馬人間費十牛。”③舉錯：亦作“舉措”，意思是舉動、行爲、措施。

偶憶玉谿生詩，漫賦

三山如在望，風至引俱還。高閣仍重霧，迷樓更九闕。罏薫消息斷，鐙火夢魂閑。儘有西來意，西來語可删。

遏先以讀詩雜感十絶句見示，索余和作，久未有以應也，夜來少眠，遂得八首

歆詠生來事，風騷信有神。千秋大手筆，不日號詩人。

萬事得安頓，詞成妙化工。淵淵陶杜理，不費鏤冰功。

天機坡老熟，魯直是真儒。遊刃有餘地，一誠應萬殊。

義理從人會，聲音與政通。置身塵海内，經驗一般同。

翡翠戲蘭苕，鯨魚掣碧海。何處立宗風，細大兩自在。

春池水生波，雨牆蝸篆字。一夕風月談，不離本分事。

文章現前在，句法共見之。天地一俯仰，歸來有餘師。

合口免相累，歸心得自由。聽他階下漢[①]，終日外邊求。

注：①階下漢：指對某門學問尚未入門的人。北宋釋道原《傳燈録·普願禪師》：“陸異日又謂師曰：‘弟子亦薄會佛法。’師便問：‘大夫十二時中作麽生？’陸云：‘寸絲不掛。’師云：‘猶是階下漢。’”

聞絡緯[①]夜起

葉落高梧感九州，曬竿又見敝衣裘。昏鐙絡緯蕭疏夜，河漢盈盈望女牛。

注：①絡緯：昆名蟲，又叫“莎雞”。常在夏季的夜晚振翅作聲，鳴聲急促似紡絲。

聖奘喜爲詩，能多且速，因次來韻示之

紙上雲霞爛蔚蒸，新篇見説與時增。一關能過黄山谷，千載方知杜少陵。頰上

添豪誰顧虎，棘端破簇有甘蠅[1]。文情妙在相生處，左右逢原始可興。

注：①甘蠅：傳説中的善射者。《列子·湯問》："甘蠅，古之善射者，彀弓而獸伏鳥下。"

雜　吟

處世既匪易，自處良復難。日旰[1]不甘食，披衣起夜闌。皇皇欲何補，時逝力亦殫。古來賢達人，引酒强自寬。老松卧雲壑，蕭瑟生風湍。

野人中夜起，相呼勤所事。食力不憂貧，斯理信無二。群狗吠哤哤，促織何多思。此際誰能閑，一榻恣酣睡。

宋固有南北，唐亦分三四。六朝與兩漢，雜然競鼓吹。其實就詩論，止一非有二。一言以蔽之，託興以言志。所貴無邪思，淺深隨文字。合作自有人，未因時代異。

少讀涪翁詩，每發下士笑。晚學差有味，猶愧未聞道。寥寥千載間，斯人惜懷抱。森泓不可言，悲深知語妙。

注：①日旰：日暮。

直　無

言詞枝葉儘須删，幾輩思量付等閑。莫怪吟詩多感慨，應知作易有憂患。雲移鳥過寧身外，水遠山長總世間。宇宙縱横容我在，直無一事不相關。

蟲　鄉

人世終須避，蟲鄉遂却來。穿窗行蟻陣，繞坐起蚊雷。黠鼠宵升望[1]，貪蠅晝墮杯。牛蟲離圈至，馬蛭逐流回。蛛網掃還織，蠭[2]窠撥不開。非鴞[3]亦非蠱，未覺事堪哀。

注：①升望：登高而望。②蠭：同"蜂"。③鴞：亦稱鴟鴞、鴟鵂。古代對貓頭鷹一類鳥的總稱。因聲音凄厲，古人以貓頭鷹爲惡鳥。《毛傳》："鴞，惡聲鳥也。"

次韻答旭初見和題蘇黄詩卷之作

枕竅功名付大槐，若爲使見筆花開。一生襟抱虚今日，百世文章愧此才。得髓樊川接韓杜，同心歐九狎蘇梅[①]。卷中嵩洛風流在，悵望清時意可哀。

官道車馳夾緑槐，板扉猶得對山開。一窗朝日初成趣，幾卷新詩未是才。肯向路旁争苦李，差堪坐上煮青梅。西風摇落江潭樹，最使當年庾信哀。

注：①蘇梅：北宋詩人蘇舜欽與梅堯臣之並稱。

旭初來書言植之新來和詩既速且多，不讓行嚴，因戲效所謂進退格者成四韻，呈植之、行嚴

馬遲枚速[①]兩能兼，才調但公信不慚。筆札十年隨坐處，吟哦寸晷[②]出風檐。論兵愧我成三北，化俗輸君近二南[③]。衹恐春秋要遲作，應將問業恠行嚴。植之在史館，故戲之。《北史·儒林傳》有“文章問業”之語。

注：①馬遲枚速：意思是司馬相如爲文而遲，所作少而佳。枚皋才思敏捷，作賦甚多。比喻文人才性各異。典出《漢書·枚乘傳》《梁書·張率傳》。②寸晷：猶寸陰。③二南：指《詩經》中的《周南》和《召南》。

次韻聖奘秋雨

秋來寒雨滿山林，幾日愁添野老心。没水新蔬憐碧玉，登場濕穀[①]惜黄金。鈴淋蜀道聲仍苦，楓落吴江感最深。遲暮流遷生事迫，頓教留意到晴陰。

注：①穀：也稱“楮”。落葉喬木，花緑果紅，樹皮是古代造紙原料。

林攻瀆[①]輓詩

玄談出雄辯，波瀾舌上翻。從來永嘉學[②]，盡付北海樽[③]。二季風流絶，君與季剛、季平相契。襟懷向誰論？如何不忍死，北定待中原。

注：①林攻瀆：林公鐸（1891—1940），名損，字攻瀆，浙江瑞安人，現代經史學家。作者執教北大時同事。②永嘉學：指永嘉學派。南宋時期形成的一個儒家學派，因其代表人

物多爲浙江永嘉（今浙江温州）人而得名。③北海樽：比喻主人好客。典出《後漢書·孔融列傳》。

嘲村童

侵晨出擔水，向午薪在把。尚當治田園，終朝不得假。日落百事了，群嬉大樹下。亦復解談天，揚聲對鄙野。净洗兩脚泥，一枕過午夜。莫學吴家豬，撼欄時遭罵。吴嫗所豢豬最頑劣，每飼食時輒申申詈之。

秋　感

窗紗陰重暗朝暉，山霧侵人欲濕衣。菊蕊恐須霜後把，桂花愁向雨中稀。泥深車馬無來往，道遠音書有是非。已作岐陽微雪[1]感，蕭條歲暮意多違。

注：①岐陽微雪：岐陽，指岐陽郡（後改爲鳳翔府）。意思是蕭條寒冷，使人感到孤獨寂寞。北宋蘇軾《九月二十日微雪懷子由》詩："岐陽九月天微雪，已作蕭條歲暮心。"

久雨感懷

秋裏蕭疏梧葉悲，雨中牢落桂花稀。猶堪一卷供朝飽，誰信豐年感歲饑？玩世依違方朝技，隨時單夾管寧衣。從來中道[1]非容易，夷惠之間誰與歸！

注：①中道：中正之道，中正不偏的行事法則。

秋雨歎

秋雨十日不肯止，新穀欲芽禾入水。農夫仰天末如何，雨點稍稀往割禾。且盡我力遑論他，豚蹄之祝[1]非求多。農家力田商家賣，斗價已過二倍外。連歲豐登富蓋藏[2]，今縱小歉何倉皇。穀歉高抬豐著底，農賣賤穀喫貴米。喫貴米，遇豐年，田夫辛苦還種田。

注：①豚蹄之祝：亦作"豚蹄禳田"。比喻不肯盡力而坐待其成，或憑小功而希求厚賞。《史記·滑稽列傳》："今者臣從東方來，見道傍有禳田者，操一豚蹄，酒一盂，祝曰：'甌窶滿篝，污邪滿車，五穀蕃熟，穰穰滿家。'"②蓋藏：儲藏。

雨霽聞蟬

無聲含雨意，有意播風聲。祇爲聲難禁，非關意不平。

得行嚴、旭初和詩，再次韻

遠騫高舉翼如雲，低起槍籬[1]亦有群。凡事未應嫌早計，恒情唯解惜臨分。天荒地老仍消息，北馬南帆幾見聞。轉益多師成宧學[2]，莫將政俗問邦君[3]。

注：①槍籬：方言，籬笆。②宧學：學習仕宦所需的各種知識。③邦君：古代指諸侯國君主。

見蠅脚弄晴[1]有感

誠齋不作向千載，弄脚晴窗尚見蠅。萬事悠悠空送日，世情無減亦無增。

注：①弄晴：指禽鳥在初晴時鳴囀、戲耍。南宋楊萬里《凍蠅》詩："隔窗偶見負暄蠅，雙脚挼挲弄曉晴。"

月夜獨吟

小園枯樹語彌真，壓蜀思吴[1]意倍親。語見杜集。未免淹留當此日，可堪寂寞向時人。涼風乍至如欺扇，圓月孤明不受塵。杳杳長空生遠思，高秋雲物太清新。

注：①厭蜀思吴：意思是厭倦蜀中，思念江南。唐代杜甫《春日梓州登樓二首》："厭蜀交遊冷，思吴勝事繁。"

夜有空襲，暗坐偶成

村居聊適意，最愛晚山青。兵火今偏急，雞豚遂不寧？幽蟲仍倦夜，涼月自空庭。此際無人過，孤吟動杳冥。

行嚴和詩有“來篇難盡喻”之語，率爾有作

風月相撩不得閑，閑來猶自有憂患。向人言語差堪盡，名世文章久不關。書爲寡聞輸海岳，詩仍費解愧香山。此生頓著知何處，空使霜華[①]點鬢斑。

注：①霜華：霜花。喻指白色鬚髮。

遣　意

世間百事不掛眼[①]，分内一端唯盡心。黄絹偶然留妙語，朱弦鏗爾待知音。秋風已損蒲葵扇，嵐翠還分松柏林。時節於人太關切，登山臨水[②]思難任。

注：①掛眼：猶留意，重視。②登山臨水：形容遊覽山水名勝。

次韻戲答旭初見邀，並簡行嚴

克己理則有，勝人力却無。平生不敢多上人，安能縱意之所如。何况堂堂吾氣類，非有差異若越胡。偶然转丸弄蘇合[①]，豈必投抵金彈珠。二公劍氣胡爲乎，勝我不武終虚圖。巴江浩蕩接五湖，頗思東下尋陶朱。不爾三舍避成都，又嫌非鳳羞凰孤。以待來年塵事了，爲君躬作掃門夫。

注：①轉丸弄蘇合：意思是由逐臭的蜣螂製成芳香的蘇合。轉丸，蜣螂（蛣蜣）之别名。蘇合，中藥名。宋代黄庭堅《演雅》詩：“蛣蜣轉丸賤蘇合，飛蛾赴燭甘死禍。”

今　夕

天涯幾度逢今夕，涼滿衣襟露坐中。水調歌頭[①]誰與聽？金樽檀板意俱空。桂開桂落中秋過，月暗月明千里同。如水碧天有雲影，雲隨河漢一時東。

注：①水調歌頭：詞牌名。相傳隋煬帝開汴河時曾作《水調歌》，唐人演爲大曲。大曲有散序、中序、入破三部分，“歌頭”當爲中序的第一章。雙調九十四字至九十七字，前後片各四平韻。

朝　霧

朝霧欺人入鬢凉，小冠聊抵枕中方。山間晴雨真無定，塵外悲歡可兩忘。矮紙[①]書成難付與，虛窗坐久起思量。拾遺淺把深樽酒，猶有新詩寄草堂。

注：①矮紙：短紙。

遲行嚴不至，夢見旭初，因寄二君

鳥倦歸飛戀故林，塵勞[①]息影罷登臨。新詩味淡從人説，陳迹痕稀剩自尋。稍覺松篁堪年歲，非關風月有知音。夢中識路吾能往，潭水由來抵意深。

注：①塵勞：泛指事務勞累或旅途勞頓。

行嚴見示近作詩卷，因題

壯歲文章有大名，老來詩筆益縱横。吐詞非故驚流輩，好學真堪示後生。似子音徽[①]終可久，向人心地漸能平。眼中突兀吾知愧，未了風旛[②]豈有成。

注：①音徽：美音，德音。②旛：同“幡”。用竹竿等挑起來直掛着的長條形旗子。

人　生

塵世了無清净日，伯倫[①]仍有醉醒時。人生真際[②]陶潛解，不作田家快樂詩。

注：①伯倫：魏晉名士、竹林七賢之一劉伶（字伯倫），嗜酒不羈，曾自稱“天生劉伶，以酒爲名”。②真際：真義，真諦。

讀　史

巢許[①]高情久已無，史書隨代有唐虞。敢誇叔夜爲良冶[②]，總覺劉伶是酒徒。避世要非賢者事，立身耻作小人儒。雖然窮達殊兼獨，一貫修齊道在吾。

注：①巢許：指上古傳説中的隱逸之士巢父和許由。②敢誇叔夜为良冶：叔夜，魏晉時期文學家嵇康（字叔夜）。良冶，指精於冶煉鑄造的工匠。晉嵇康鍛鐵，用爲避世消遣自適

的典故。典出南朝宋劉義慶《世説新語·簡傲》。唐代杜甫《贈比部蕭郎中十兄》："中散山陽鍛，愚公野谷村。"曹魏時嵇康拜官郎中，授中散大夫，世稱嵇中散。

聞宰豬

世人快大欲，求快不問餘。天下盡可殺，何有一肥豬。
屠夫無惡意，平淡視宰割。真教刀放下，能使殺機過。

初入睡

合眼瞢騰[1]入睡時，人間此際太精微。歌衫隨幕徐徐下，舞蝶穿花緩緩歸。枕畔雞鳴聲漸遠，牀前蟻鬥[2]意全非。兩忘心迹斯差可，静坐何由得息機。

注：①瞢騰：形容模模糊糊，神志不清。②蟻鬥：形容體虚心悸。南朝宋劉義慶《世説新語·紕漏》："殷仲堪父病虚悸，聞牀下蟻動，謂是牛鬥。"

梁仲愷輓詩

仲愷，吾鄉雙林鎮人。余初還鄉里，君昆季爲賃屋以居，相去不遠，極朝夕過從之樂。

三十年來慳聚首，數千里外却招魂。鄉閭耆德人逾少，亂世傷心事更繁。故紙猶題新月色，曩歲贈詩有"明明新月上簾衣"之句。雙林[1]已掃舊巢痕。忍看叔子悲秋句，痛切詩人賦在原[2]。叔和有輓章。

注：①雙林鎮：民國時歸浙江吴興縣管轄，今屬湖州市南潯區。②在原：指兄弟。《詩經·小雅·常棣》："脊令在原，兄弟急難。"

遣　悶

杜二拾遺[1]嗟亂離，藥欄江檻護生機。東川詩友仍相合，東川詩友合杜句。南舍酒徒常不歸。偃蹇[2]蒼松堪作蓋，檀欒翠竹自成幃。巢居已歎非今日，屋上重茅有是非。

注：①杜二拾遺：指唐代詩人杜甫，因其在家族中排行第二故稱杜二；又因曾擔任過左拾遺的官職，故称杜拾遺。②偃蹇：高聳。

所思二首

遥望停雲寄所思，萬方多難欲何之。江山隨處還相待，風月於人不自私。五柳名高陶令傳，四松情重拾遺詩。前賢未覺風流遠，猶仗尋常草木知。

杜老愛風竹，飲罷心情凉。陶公玩弱柳，枝條意何長？頓令百世下，草木借輝光。儘多閑草木，斯人未可忘。不爾三才缺，白日虛堂堂。

共友人説詩二絶句

後學涪翁精一律，前賢杜老益多師。博文約禮[①]從來事，成就詩中一段奇。

竟日吟詩句未成，成來猶自欠分明。鈍根我亦童行[②]者，終被法華轉一生。

注：①博文約禮：意思是廣求學問，恪守禮法。《論語·雍也》："博學於文，約之以禮，亦可以弗畔矣夫！"②童行：舊指出家入寺觀、尚未取得度牒的少年。

兒　童

擾攘一室内，其間足險巇。兒童最頑劣，不受條教施。梨栗[①]奮争奪，嗔罷還相嬉。且莫惱兒童，兒童百世師。

注：①梨栗：梨子和栗子，借指幼兒的玩物。唐代李商隱《驕兒詩》："四歲知名姓，眼不視梨栗。"

此　日

天下滔滔未易知，欲從何處訪安危。一生不慣平章事，此日端應付與誰？標格松篁猶可賞，風流晉宋已難追。主人莫問遑論客，人物當前食蛤蜊[①]。

注：①食蛤蜊：亦作"食蛤梨"，表示對他人的輕視或嘲謔。典出《淮南子·道应训》。

因事至金剛坡[①]，途中遇小雨

風篁終細細，霜柏故森森。微雨時還作，濕雲天半陰。蒼然萬里意，寂爾九秋心。已是塵中客，山居未易深。

注：①金剛坡：重慶地名，位於歌樂山北面。

一 轍[①]

豈必兕虎棲曠野，莫爲爰居[②]憂鐘鼓。千年行事出一轍，後來視今今視古。涪翁演雅[③]趣横生，能盡當前物性情。中有白鷗閑似我，每吟此句眼猶明。

注：①一轍：比喻趨向相同。②爰居：海鳥名。形似鳳凰，性好鳴，畏懼大風。③演雅：即《演雅》。宋代黄庭堅《山谷集》中的一首頗爲詭奇怪異的詩。

植之來縱談，因及東晉人物，詩以紀之

謝傅[①]功名信偶然，唯應風度勝當年。矯情傲物成時尚，林下何嘗止七賢。
麈毛入飯談空健，便面障塵汗已多。當日風流原爾爾，四郊多壘奈愁何。
書號雄强推逸少，詩宗隱逸論陶公。一時人物虚評藻，二子風規最不同。
昭明不取臨河敘[②]，遂使文人浪致疑。絲竹管弦小疵耳，死生言議謬當時。

注：①謝傅：東晉政治家謝安（320—385），字安石，陳郡陽夏（今河南太康）人。病逝後獲贈太傅，世稱謝太傅，省稱“謝傅”。②臨河敘：即《臨河敘》，王羲之所作《蘭亭集序》的别稱。

早 起

凡事從人稱好易，此心於我得平難。林巒到眼何多態，風露侵衣已漸寒。夜半雞聲驚乍起，天明鴨語鬧無端。山家冬早開門出，那許貪閑一枕安。

偶效放翁詩

盤馬彎弓愧此身，素餐尸位怨何人。吟詩易學陸務觀，從政難爲范景仁[①]。世

態真堪三日嘔，家風未厭一囊貧。堂堂歲月相饒[2]否？總覺當前百事新。

注：①范景仁：北宋史學家、文學家、政治家范鎮（字景仁）。②相饒：饒恕，寬容。

次韻聖奘《喜旭初到史館[1]》

茫茫秋思集高臺，可許登臨盡意回。情性詩人寄風月，經綸君子感雲雷。菊花自有千秋在，濁酒聊堪一盞開。黃范於今皆秉筆，每過史館久低徊。

注：①史館：指國民政府國史館籌備委員會。該委員會成立於1940年2月，館址在重慶李子壩嘉陵新村。同年4月，遷址歌樂山向家灣。當時作者就住在該館附近。

世紛益甚，感而成詠

天從人願事應無，旋轉乾坤語亦虛。十日真成九風雨，五洲何用一車書[1]。拔山力在時堪慮，背水兵陳計豈疏。九死一生争一念，明明此念莫教除。

注：①一車書：亦作“混一車書”。意思是使車軌和文字都統一起來，指天下一統。

旭初枉顧，攜示行嚴見贈之作，輒次韻呈二公

豪端紙上欲生雲，落落篇章故不群。有道論交神自合，多歧涉世迹仍分。衆中語默知誰是，酒後悲歡剩我聞。昏澀當前同一視，眼明今日見諸君。

旭初出其女弟子沈祖棻[1]近詞屬題，因書五絶句

漱玉清詞萬古情，新編到眼更分明。傷離念亂當時感，南渡西來一例生。
鄉里休誇斷腸集，吾宗不櫛一清真。王吴周柳[2]終非遠，肯與前朝作後塵？
風流歐晏接重光，才調蘇辛亦擅場。一事終須論格律，梟能用短鶴能長。
編將愁病作詩囊，奇絶天孫有報章。最是情絲能續命，不教枉斷九迴腸。
昔時趙李[3]今程沈[4]，總與吴興結勝緣[5]。我共寄菴同一笑，此中緣法自關天。

注：①沈祖棻：字子苾，浙江海鹽人，作者好友、中央大學文學院院長汪東的學生。1931年轉學中央大學文學院。1942年後，在成都金陵大學、華西大學任教。②王吴周柳：指

南宋詞人王沂孫、吴文英和北宋詞人周邦彦、柳永。③趙李：指宋代趙明誠、李清照夫婦。④程沈：指程千帆、沈祖棻夫婦。⑤總與吴興結勝緣：趙明誠曾在吴興（今湖州市）做過官，李清照也到過吴興，而作者祖籍地在浙江歸安（民國後歸吴興），故有此句。

題李復堂[①]花卉册子

明明秋葉非無色，的的蠟梅定有香。不識道人何所懊，還將老眼向穹蒼[②]。復堂自署“懊道人”，題畫詩有云“老夫無一事，騣馬看秋天”。

書堂風月興不淺，花刺關心應最深。此事盡師終莫辦，丹青冷落到而今。復堂題薔薇詩“老眼獨憐花上刺，不教蜂蝶近花身”。

注：①李復堂：李鱓（1686—1756），字宗揚，號復堂，江蘇興化人。清代著名畫家、“揚州八怪”之一。②穹蒼：天空。

客中逢九日

去年閉户過重陽，今日依然在異鄉。隨處菊花難自好，一時風雨苦相妨。懷歸不盡登臨感，念遠應憐鴻雁行。客裏蕭疏慚節物，莫憑詩句笑劉郎[①]。

注：①劉郎：泛指情郎、夫君，此爲作者自稱。

行嚴送詩卷來屬題簽，題罷因贈

章侯幾日詩千首，不是東坡定退之。肯共牛腰[①]争分量，但憑學力壓當時。

論政歸來感慨多，鬢絲禪榻奈愁何！權門不是無章七，直爲雪堂須老坡。與禺生訂詩有“連牀爾我各東坡”之句。

書生畢竟無凡態，老樹作花能盡妍。抱膝長吟原易事，風流文彩更誰賢？

注：①牛腰：比喻詩文數量大。

題伯鷹書評後

梁武評書有會心，不因蹤迹苦搜尋。却教老子慚關尹，徒託空言誤到今。評余書云“柱下李聃，熟聞舊史”。

谿堂[①]信手成書史，精覈[②]如當老吏前。顏柳猶稱惡札祖，更將何等判餘賢。

柳顏勁媚復清雄，評騭如斯語最公。墨飽終應酣在筆，時人可有古人風。唐書稱柳書勁媚，東坡以清雄評顏平原書。

使轉原從點畫生，草能狼藉楷縱橫。過庭飽識今應歎，形質都止況性情。

漫憑俗手遮高眼，肯遺精心赴遠搜。新樣鴛鴦終繡得，金鍼自度豈他求。

注：①谿堂：北宋書畫家米芾（號谿堂），著有《書史》。②精覈：精闢翔實。

馬君武[①]輓詩

十年前遇君武於上海功德林，酒闌鐙灺，愀然執余手而言曰"愈行愈遠矣"，時彼將歸桂林也。今聞其喪，彌復哀感。

今日真成遠，當年未足悲。鴻冥寧畏迹，豹隱可憐皮。禮教將軍重，文章博士師。雲臺[②]高議在，成毀至今疑。

注：①馬君武：廣西桂林人，南社社員、教育家。早年留學日本，加入中國同盟會。後留學德國，獲博士學位。曾任上海大夏大學、廣西大學、上海中國公學等校校長。②雲臺：漢代宮中高臺名，用作召集群臣議事之所，後借指朝廷。

書　愧

大道多歧亦易明，有人行處可經行。史傳劉四唯能罵[①]，世信嗣宗猶未酲。千載相看餘幾輩，五車盡讀了平生。寒虀粗糲真堪愧，空發蘇門長嘯聲[②]。

注：①劉四唯能罵：源自典故"劉四罵人"，謂用俏皮淺露的語言罵人。《舊唐書·劉禕之傳》："父子翼，善吟諷，有學行……性不容非，朋舊僚有短，常面折之。友人李伯藥常稱曰：'劉四雖復罵人，人都不恨。'"②蘇門長嘯聲：源自典故"蘇門嘯"，喻指高士的情趣。《晉書·阮籍列傳》："籍嘗於蘇門山遇孫登，與商略終古及棲神導氣之術，登皆不應，籍因長嘯而退。至半嶺，聞有聲若鸞鳳之音，響乎巖谷，乃登之嘯也。"

書　慨

世路安能絕險巇，芒鞋猶解踏艱危。鳥飛不盡長空意，水逝唯興川上悲。戎馬生郊誰念亂？龍蛇起陸[①]自乘時。軒然風及東西海，心理由來未易知。

注：①龍蛇起陸：表示發生戰亂。《陰符經》："天發殺機，龍蛇起陸。"

重陽後偶題

白酒乾香味欠和，黄花冷豔意偏多。松篁三徑空勞望，風雨重陽肯放過。避地寧無憂樂事，傷時猶有短長歌。一生出處須高略，絲竹東山[①]奈若何！

注：①絲竹東山：指在東山以音樂陶情排遣哀傷。東山，謝安隱居之地。南朝宋劉義慶《世説新語·言語》："謝太傅語王右軍曰：'中年傷於哀樂，與親友别，輒作數日惡。'王曰：'年在桑榆，自然至此，正賴絲竹陶寫。恒恐兒輩覺，損欣樂之趣。'"

寂　坐

寂坐一窗風露清，高林黄落减秋聲。殘鐙耿耿[①]思遥夜，短卷寥寥閲此生。久客人情真足惜，倦歸鄉夢遂難成。新來已慣巴山雨，山月何心亦肯明。

注：①耿耿：明亮的意思。

巴山雨夜吟

夜雨巴山愁，入話却可喜。試想剪燭時，西窗情何似。燭跋[①]明月上，着人[②]清輝裏。不然仍聽雨，凄切寧當爾。關河阻復通，悲歡自相倚。分明東海頭，盈盈但一水。

注：①燭跋：謂燭將燃盡。②着人：猶言討人喜歡。

夢回有作

秋聲漸老雁行邊，千里關山有夢還。吴江楓葉巴江雨，總在宵來一枕間。

客　眼

巴水寒波起，巴山秋翠來。日光明雨脚，朝顔向夕開。殊景驚客眼，晚序動鄉懷。任憑腰脚健，莫上最高臺。

吾　黨

遥遥望千載，蕩蕩示周行。吾黨屬今日，裁成那可忘。攢眉陶令醉，白眼阮公狂[①]。自是尋常事，人間有謗傷。

注：①白眼阮公狂：指三國時詩人阮籍常用白眼或青眼對待討厭或喜歡的人，故有此句。

行嚴書來，言近作詩始覺難，望嚴繩，因答

尚未能繩己，安能便繩人？老松閲世久，霜皮生龍鱗。有時解作風雨響，謖謖[①]滿壑如有神。還將無諍答君意，相視而笑寧非真。

注：①謖謖：勁風聲。

微雨中至龍洞口[①]

每來龍洞口，不爲聽潺湲。帽壓烏雲色，衣添細雨斑。沿山蟲語静，映水野花閑。愧對勞勞者，都無事可關。

注：①龍洞口：重慶地名，在今沙坪壩區境内。

鴨　陣

鴨陣生波動，高低隨地起。搴空慚行雲，下坂寫流水。語雜不可聞，模胡過雁字。倘遇白鵝群，神情定自異。

連日夜雨感懷

幾家落落自成村，避地無由更避喧。土俗粗諳緣客久，陰晴難問識天尊[①]。重陽已過驚風雨，一榻頻來撼夢魂。最使巴江江上水，東流日夜漲新痕。

注：①天尊：佛教術語，佛教徒對佛的尊稱。

雨　夜

灑窗淅瀝連三日，入夜蕭疏斷四鄰。眼底燈青書有味，案頭帖舊字通神。寒蛩在户初驚客，饑鼠登牀不畏人。遲暮饑寒有如此，相看何怪意嶙峋。

雨中雜感

逐處雲陰合，相隨雨點來。秋深稀見日，霧重更無雷。避亂人情動，得時敵勢摧。當前憂喜併，宿火着寒灰。

于範亭[①]輓詩

院中十八日會議，期君不至，不謂即於是日辭世。詠古人“安歌撤瑟[②]”之語，能無泫然？

高門東魯士，儼厲有温顔。議事猶相待，修文[③]竟不還。石交[④]餘舊硯，玉錯失他山。萬本傳高論，傷哉願已慳。君著《格致説原》書萬本，流布於世。

注：①于範亭：于洪起（1877—1940），字範亭，山東栖霞人。工書法，以草隸見長。時任國民政府監察院監察委員。1940年10月17日在重慶逝世。②安歌撤瑟：安歌，指神態安詳地歌唱。撤瑟，撤去琴瑟，使逝（病）者安静，並表示敬意。南朝梁任昉《出郡傳舍哭范僕射》詩：“寧知安歌日，非君撤瑟晨。”③修文：舊以修文郎稱陰曹掌著作之官，故以修文指文人之死。④石交：交誼堅固的朋友。

伯鷹見謂近益多憤激語，因作六言自解，且以自警

與人何能無諍，遁世尤慚無悶。若真心直眼平，便到求祖身分。道短論長怎底？呵佛駡祖[①]憑他。畢竟是階下漢，不曾了得自家。

注：①呵佛駡祖：表示無所顧忌，敢作敢爲。

夢中賦久雨新晴詩，所得約略如此，醒後爲寫定之

本來無意緒，失喜看新晴。辛苦媧星[①]力，歡嬉稚子情。野花含雨色，溝水效

溪聲。空翠微陽裏，山光晚更明。

注：①媧星：即女媧星，人類發現的第一百五十顆小行星。

苦　雨

大雨間微雨，終朝雲四垂。絲飄蛛斷網，檐宿鳥離枝。蜀水無情漲，巴山盡意低。西南天本漏，莫望有晴時。

爲欲洗干戈，干戈竟若何？蝶愁飛不起，鴨喜語偏多。塵外無消息，人間有哭歌。亂離逢雨節，涕泗總滂沱。連聞範亭、善子[1]之喪。

注：①善子：張善子（1882—1940），名澤，字善子，一作善孖，四川内江人。現代畫家，張大千的二哥。曾任上海美專教授。抗戰爆發後，曾遊歷美國，舉辦畫展，組織募捐。回國後從事抗日救亡宣傳畫創作，1940年10月病逝於重慶。

善子新自美洲歸來即病歿，詩以弔之，兼唁大千[1]

畫虎歸來騎虎去，人間空有大風堂[2]。二難兄弟今應少，幾幅丹青淚萬行。

虎嘯長風動九煙，神州猶有好山川。擔頭收拾須心手，能者得之張大千。

注：①大千：張大千，名爰，大千爲其號，四川内江人，著名畫家。1940年赴敦煌臨摹歷代壁畫，後出版《大風堂臨摹敦煌壁畫》。②大風堂：張善子、張大千兄弟之畫室名。

夢中得句云“雨過僧離寺，風來月墮門”，義不可解，因廣之

雨中生夢幻，離寺安有僧？開户月到地，當窗月還升。近來月真墜，唯照短檠鐙[1]。遍翻無相偈[2]，不見秀與能。

注：①短檠鐙：矮架的燈。鐙，同“燈”。②無相偈：即《無相偈》，傳爲禪宗六祖、唐代高僧慧能所傳。

書　感

三年戰伐困斯民，尤怨何曾出臥薪。不信官家能作賊，敢云廊廟遂無人。北門

虛賦室人怨，東國仍聞杼柚貧。蹙蹙八荒何所騁？凄其風雨最傷神。

捲地風雲八表昏，天維①未絶總須論。國防信共民膽在，士氣非因膴仕②薦。願賦巖巖家父誦③，難輕嘖嘖國人言。心危聲苦由忠厚，莫道詩人有怨恩。

注：①天維：國家的綱紀。②膴仕：意思是高官厚禄。《詩經·小雅·節南山》："瑣瑣姻亞，則無膴仕。"③家父誦：家父所作《節南山》詩，該詩直斥權臣誤國，表現出强烈的憂國憂民之情。家父，周大夫名。《詩經·小雅·節南山》："家父作誦，以究王訩。"

安　得

山川終在望，雲樹易生悲。看劍慚今日，停杯憶昔時。世危遂少譏，心苦更多詩。安得鴟夷棹①，浮家任所之。

注：①鴟夷棹：春秋政治家范蠡所乘之船，喻指隱居遁世。《史記·越王勾踐世家》："范蠡浮海出齊，變姓名，自謂鴟夷子皮。"宋代吴文英《燭影摇紅·毛荷塘生日留京不歸賦以寄意》："西子西湖，賦情合載鴟夷棹。"

此　事

五言陳無己①，八分蔡有鄰②。前賢終莫及，此事實艱辛。冥心歷千載，低頭愧時人。物論從來異，一貫道常新。

注：①陳無己：北宋文學家陳師道（字無己）。②蔡有鄰：唐代書法家。唐代竇臮《述書賦·注》："有鄰善八分，始拙弱，至天寶間，遂至精妙。"

在　昔

在昔國有君，郅治①仍貴民。今世號民治，民乃輕於君。君耶抑民耶，其實皆空文。治者被治者，秩然有其倫。要使樂所樂，當各勤所勤。上能興教化，下自風俗醇。利害本一體，上下還相親。爲邦苟昧理，有如治絲棼②。試觀歐陸上，莽莽生風雲。貪者愍於位，黠者劫其人。民主非惡名，詬病何紛紜。此事須三思，傾國非無因。

注：①郅治：意思是天下大治。②絲棼：形容紛繁紊亂。《左傳·隱公四年》："臣聞

以德和民，不聞以亂。以亂，猶治絲而棼之也。”棼，紛亂之意。

植之爲説秋來欒樹之勝，此樹俗亦謂之揺錢，旭初曾題二絶句美之，同爲此詠

烏柏丹楓唯有葉，欒枝葉實間紅黄。行人不用停車看，夾道明明送夕陽。

風物閑看愛此州，客囊羞澀未須愁。榆錢縱被東風散，猶有揺錢買得秋。

再題欒樹

好共霜紅一例看，十分秋色映朱顔。天神取藥大夫種，閑事於今更不關。舊説欒爲大夫冢上樹，《山海經》謂帝焉取藥。

三原圃中貽過客，重慶道上伴行人。平生最識秋光好，暗眼相看不當春。于公三原苗圃培植甚多，來觀者每贈之。

夾路青紅葉未稀，緇塵不動静秋暉。樹頭豔色一時好，莫爲行人染素衣。

滿　擬[1]

三年蓄艾[2]計非疏，鎮日看花病未除。滿擬從天乞如願，不知如願願何如！

注：①滿擬：滿心打算。②蓄艾：本指蓄藏多年之艾以治久病，後比喻應長期積蓄以備急用。《孟子·離婁上》：“今之欲王者，猶七年之病求三年之艾也。苟爲不畜，終身不得。”

風雨夜

十一月四日，灼灼秋陽暄。薄雲掩初月，俄令天色昏。一更雷已動，中夜風撼門。小屋如小舟，四壁儼播掀。雨聲疾於雹，琤琮[1]瓦上翻。移時風挾之，猛勢更傾盆。生恐屋穿漏，暗卧驚心魂。頓忘岸上住，非復清秋辰。何時果何所，飄揺寄此身。

注：①琤琮：象聲詞，形容玉石撞擊或水流等聲音。

假　寐

小睡醒來酒未醒，籬邊仍見舊時英。遥遥肯對芙蓉面，落落難禁風雨情。開徑蔣卿[①]非始願，愛山陶令是平生。其間了自無深意，總覺悠然不可名。

注：①開徑蔣卿：蔣卿，指西漢官員蔣詡。南宋詩人楊萬里《三三徑》詩："三徑初開自蔣卿，再開三徑是淵明。"

風　雨

風雨雞鳴有樂憂，向來桑户切綢繆。每慚未盡書生見，却鄙唯從肉食謀。世事圍棋争着子，人情幻戲競藏鈎[①]。當前和戰難輕决，七國縱横苦未休。

注：①藏鈎：古代猜手中物的一種遊戲。相傳漢昭帝母鈎弋夫人少時手拳，入宫，漢武帝展其手，得一鈎，後人乃作藏鈎之戲。

群　情

群情易就下，如五湖三江。狂瀾挽既倒，折衷言無哤[①]。人謀切爲己，隻見安得雙。辛勤三年戰，黽勉九鼎扛。爲山争一簣[②]，一言可興邦。能戰始能和，不戰乃屈降。斯理猶日月，朗朗在明窗。

注：①哤：語言雜亂。②爲山争一簣：源自成語"爲山九仞，功虧一簣"。意思是堆九仞高的山，衹缺一筐土而不能完成。比喻做事情衹差最後一點没能完成，結果前功盡棄。

意有未盡，再成四韻

己力由來能自度，人言畢竟有私阿。三年戰苦知難免，九仞功成信不磨。縱使勤民非黷武，但求立國莫言和。眼前生死關頭在，利誘威臨一例訶。

記夢中雜事三絶句

不道閑來也夢歸，柴車轣轆[①]破熹微。一籬風雨平生願，擬似當時少白衣。

四壁圖書猶著我，一簾風月更逢人。茶鐺[2]藥臼十年事，雨障煙江萬里身。

本是東西南北人，征衣隨分涴[3]征塵。履霜葛屨知寒甚，纖手縫裳念苦辛。

注：①轣轆：形容車輪的轉動聲。②茶鐺：煎茶用的釜。③涴：弄髒。

絶句四首

山林朝市兩無成，中隱[1]聊堪假此名。俯仰之間餘愧怍，篋中司命[2]是神明。

白日堂堂去不回，莫將短景付深杯。天公不會相料理，更着凄其風雨來。

吟詩差喜機杼熟，接物終嫌情性生。半月十天不出户，閑窗定定看陰晴。

稍取詩書歸實際，更從柴米用工夫。不因出户知天下，一葉飄然墜井梧。

注：①中隱：指閑官。②司命：關係命運者。

題《出峽圖》，圖爲涵初[1]、醇士、敘甫三君所共成

衆有還京志，今知破敵年。奔騰出峽水，浩蕩下江船。何止佳圖玩，真堪左券[2]傳。歡情過老杜，落筆動雲煙。

注：①涵初：作者好友王涵初。②左券：古代稱契約爲券，用竹做成，分左右兩片，左片叫左券，是索取償還的憑證。

寒雨後作

萬里雲陰遂不收，已從暗淡失高秋。唯應籬菊存芳性，稍見山泉有濁流。過雨晴開原自好，覆霜冰至[1]復誰尤？天心人意俱寒甚，此際村醪倘可求。

注：①履霜冰至：當脚下踏着了霜，表示冰天雪地的冬天要來了。語出《易經・坤卦》。

漸　覺

漸覺避囂非易事，聽他塵雜闖柴關。無冬無夏風侵牖，一雨一晴霧掩山。鼠迹每從初夜動，犬聲難得長時閑。田居到耳無車馬，猶自紛然一枕間。

張蓋忱[1]將軍輓詩

赫赫神威遠，堂堂至性存。光明如日月，肝膽向乾坤。百勝竟以死，餘言安敢論。唯應天下惜，猶待定中原。

注：①張蓋忱：張自忠（1891—1940），字蓋臣，後改蓋忱，山東臨清人，抗日愛國將領。1937年至1940年，先後參加臨沂保衛戰、徐州會戰、武漢會戰等。1940年5月，在襄陽與日軍作戰，不幸犧牲。

無　因

丹桂飄殘久作塵，近來寒雨最無因。人間那有愁堪解，老去方知酒可親。落落幾莖黄菊在，沉沉一幀墨華新。此中可有難明意，不問江濱問海濱。

偶誦“芙蓉露下落，楊柳月中疏”之句，感而成詠

江流日夜下三巴，知是無涯定有涯。夢裏添弦張錦瑟，夢中見人鼓瑟，其弦數多於五十。醉中濡墨寫芳華。芙蓉露泫香初落，楊柳秋疏意更賒[1]。苦憶江南吟秀句，一時忘却在山家。

注：①賒：衰減，消失。

植之見示《詠府中芙蓉》有“文官花發文官處[1]”之語，因戲作一首簡之

芙蓉欄檻富秋光，穠豔不讓牡丹王。顔色三變耀朝暮，九能大夫[2]堪雁行。府中人物洵濟楚，豐神月下泫清露。此花若號文官花，雞冠合是參軍樹。

注：①文官處：國民政府直屬機構。但燾（植之）時任國民政府秘書，所在秘書處與文官處同爲政府直屬機構。②九能大夫：古代士大夫應當具備九種才能，故稱。

遣　意

擾擾市朝成一鬨，騰騰歲月惜三餘。生平不慣作危語，老至猶堪思誤書。賣劍

買牛[①]言已晚，枕流漱石[②]計原疏。人間儘有閑風雨，桑户綢繆亦易居。

注：①賣劍買牛：比喻改業務農。《漢書・龔遂傳》："民有帶持刀劍者，使賣劍買牛，賣刀買犢。"②枕流漱石：亦作"漱石枕流"。舊時指隱居生活。南朝宋劉義慶《世説新語・排調》："孫子荆年少時欲隱，語王武子'枕石漱流'，誤曰'漱石枕流'。王曰：'流可枕，石可漱乎？'孫曰：'所以枕流，欲洗其耳；所以漱石，欲礪其齒。'"

每以所作就正於行嚴、旭初二君，因題

阡陌縱横西復東，跳丸日月[①]隙間風。偶因飲酒思元亮，却惡吟詩類放翁。知我者希雖自貴，與人無涉未爲公。廖廖一卷山居集[②]，敢道風流二子同。

注：①跳丸日月：跳動的彈丸，形容時間過得極快。唐代韓愈《秋懷詩十一首》："憂愁費晷景，日月如跳丸。"②山居集：即《山居集》。作者抗戰時在重慶所書的自作詩集，作品大多爲遷居歌樂山附近寓所時所作，故以"山居"命名。

同植之詠府中芙蓉

文官花擬大夫松，臭味由來草木中[①]。陟嶺相看緣實好，涉江可採愛名同。當年及第曾窺鏡，鎮日依欄但弄風。頓使秋光轉春色，牡丹易賦此難工。

注：①臭味由來草木中：意思是氣味相同來源於草木。此句套用宋代岳珂《餞孟運判寺簿赴京三首》詩"草木由來臭味同"句。

霜　夜

短枕短衾寒尚在，半醒半睡句初成。迢迢霜夜月千里，暗暗風鐙雞一鳴。

得行嚴、旭初來章，知龍洞口木芙蓉之盛不讓文官處，再戲簡植之

露池的歷[①]明珠葉，霜檻輕盈粉面花。分與夏秋增綺麗，共看水木競清華。化工已盡畫師妙，文士猶將宫樣[②]誇。閑愛朝霞成夕彩，漫憑官府傲山家。

注：①的歷：光亮、鮮明貌。②宫樣：皇宫中流行的裝束、服具等的式樣。

從著青[①]乞畫梅

疏香鼻觀暗相關，久着梅花處士間。却向君家牆上見，此身渾似在孤山。

嶺梅十月漫相看，幾樹江邊索笑難。出手憑君爲探取，山齋來共歲時寒。

注：①著青：指時任國民黨中央軍事委員會重慶第二行營參議何著青。

借得約持[①]所藏雞毛筆，因贈

翰音倏已遠，俎肉久登盤。安置管城[②]小，回旋棐几寬。羽毛真可惜，點染細相看。野鶩君家愧，佳書寫似難。

注：①約持：孫奂侖（1887—1958），字約持、藥癡，號庸齋，河北玉田人。工書法、通詩詞。1928年7月，河北省政府成立，孫奂侖任省政府委員兼民政廳長，作者爲省政府委員（後兼教育廳長）。抗戰時，孫在重慶國民政府銓敘部任參事。②管城：亦作“管城子”，毛筆的代稱。唐代韓愈《毛穎傳》：“秦皇帝使恬賜之湯沐，而封諸管城，號曰‘管城子’，日見親寵任事。”

遐菴[①]六十生日詩

早歲京華賦壯遊，老來滄海障横流。行年六十神彌王[②]，落筆千秋勢更遒。利病久爲天下計，山河盡向卷中收。長松閱世卧雲壑，何止清陰覆一邱。

注：①遐菴：葉恭綽（1881—1968），字譽虎，號遐庵（遐菴），廣東番禺人，書畫家、收藏家、政治活動家。早年畢業於京師大學堂，後留學日本。曾任北洋政府交通總長、國民政府鐵道部長。中華人民共和國成立後，任中央文史研究館副館長、全國政協常委。②神彌王：精神更加旺盛。

題行嚴縣試卷

文章老更成，知定[①]神童子。今觀縣試卷，波瀾差翻水。濫觴崑崙源，九曲瀉萬里。汪洋赴大海，未見有涯涘。凡百重本根，爲君珍此紙。

注：①知定：意思是知道應該達到的境界，使自己的志向堅定。《禮記·大學》：“大學之道，在明明德，在親民，在止於至善。知止而後有定……”

欲 寄

白暗村酤惡，黃深菊蕊乾。清秋從此盡，疏雨不勝寒。山色迷昏霧，江流下急湍。題詩頻欲寄，蜀道至今難。

行嚴以受之[①]墨筆欒樹見示，因贈

徐黃却恨不同時，淡墨描秋可受之名可畫師。阿堵物[②]今看不俗，墨枝韻勝過生枝。

雅韻從教不入時，若論家學有餘師[③]。於今離鳳聲清甚，棲定高梧最上枝。

注：①受之：章士釗長子、畫家章可（字受之）。②阿堵物：意即錢。阿堵，六朝時口語“這個”的意思。據《晉書·王衍傳》記載，大臣王衍標榜清高，平時絶口不提“錢”字。一次，妻郭氏趁其熟睡，叫僕人把銅錢繞牀一大圈。王衍醒來後看到錢擋住路，便叫來僕人，用手指指説：“舉却阿堵物。”令僕人把這些東西拿開，始終没説“錢”字。③有餘師：意思是老師很多。《孟子·告子》：“曰：‘夫道若大路然，豈難知哉？人病不求耳。子歸而求之，有餘師。’”

高二適[①]以詩寄示，輒報以三絶句

陳翁章老共襟期[②]，不解吟哦也自奇。却使文潛矜筆力，祇緣子勉最能詩。

解道風騷一言足，三唐兩宋了無餘。時賢可有涪翁韻，燕子日長宜讀書。

種松石上浪施功，舍己芸人[③]過却同。牽纜張帆俱我事，當前飽受往來風。

注：①高二適：名錫璜，江蘇東臺人。現代學者、詩人兼書法家，畢生從事教育和文史研究工作，著有《劉夢得集校録》《麟角草》等。②陳翁章老共襟期：意思是陳樹人與章士釗共同期許。指陳、章都很欣賞高二適的詩作。襟期，猶心期，指人與人之間的相互期許。③舍己芸人：舍棄自己的田地，去耕種他人的土地。《孟子·盡心》：“人病舍其田而芸人之田，所求於人者重，而所以自任者輕。”

約持以雞毛筆見畀，詩以謝之

妙腕劉何[①]舊乞靈，天機蘇董[②]見平生。於今何止三錢值，與子同深萬古情。

注：①劉何：指清代書法家劉墉和何紹基。②蘇董：指宋代書法家蘇軾和明代書畫家董其昌。蘇不僅善用雞毛筆，並且有著録。董曾以雞毫臨寫楊凝式的草書。

植之以《三詠府中芙蓉》見示，因和答

文管欄内初宜露，處士籬邊但傲霜。共與秋天借顔色，各從聖處發輝光。日濃遂覺回春態，風細猶疑有暖香。自是官家長富貴，瑶臺一樣見衣裳。

但公憑仗生花筆，苦爲芙蓉妝點來。要使他年巴縣志，重教文苑史官開。芳華日下傳新製，秀句江南愛别裁。稍覺天寒宜小飲，更回醉眼向山梅。

叔平四兄[1]久不相見，比來山中，文酒流連竟數日夕，欣感交集，詩以紀之

明明山月上，暗暗霜華滋。無琴調良夜，有酒展襟期。親故二三人，遇合平生時。諧談劇少壯，白髮能誰欺？三年如今日，安知有亂離。微醺踏歸路，迢遥生遠思。

注：①叔平四兄：金石家、故宫博物院院長馬衡（字叔平）。因在兄弟中排行第四，故稱四兄。

植之詠歎芙蓉至再至三，落筆有千秋之想，再送一首以發一噱

但公信好古，芙蓉發今葩。頓令古意減，思爲當前邪。驚豔奮老筆，新韻連諮嗟。終當成故實，牡丹唐始誇。讓王近有論，冕旒[1]文官加。既受但公賞，應號但家花。

注：①冕旒：爲古代帝王、諸侯及卿大夫所服最貴重的一種禮冠。

白樂天勸酒詩有“何處難忘酒”“不如來飲酒”各七章，前者已賦得五首，今更作“不如來飲酒”五詩，遣悶云爾

莫説應官去，何方有二天。難輕五斗米，要費幾囊錢。異様流民畫，新翻彈鋏篇。不如來飲酒，清聖濁猶賢。

莫往山林去，於今有是非。綺疏[①]朝霧入，繡户[②]夕煙霏。鬼瞰高明室，人羞單夾衣。不如來飲酒，醉裏得安歸。

莫駕牛車去，難逢有道家。紫衣真不愛，白眼却相加。精舍虛生竹[③]，神壇盡護花。不如來飲酒，一醉思無邪。

莫共漁樵去，山鄉更水鄉。伐柯焉取則，解網遂遺羅。一勺煩魚鱉，千章委棟樑。不如來飲酒，醉了少思量。

莫入書城去，文章飽蠹魚。古人呼不出，世事問何如。圂厠甘抛落，玉堂虧掃除。不如來飲酒，醉眼向空虛。

注：①綺疏：指雕刻成空心花紋的窗户。②繡户：雕繪華美的門户，多指婦女居室。③精舍虛生竹：指古印度佛教著名寺院竹林精舍。它是佛教史上第一座供佛教徒專用的建築物，也是佛祖宣揚佛法的重要場所之一。

鵷雛以《山居雜詠》八首見示，輒取其“寒雞”二句，别成一絶以報之

寒雞上距鴨藏嘴[①]，覓食泥沙時一來。風裏蠟梅香暗淡，更何所爲向人開。

注：①寒雞上距鴨藏嘴：源自諺語“雞寒上距，鴨寒下嘴”。指雞冷時縮起一隻脚獨立，鴨冷時把嘴藏在翅膀間。

偶題二絶句

刻舟求劍覓無形，作飯摶沙喫不成。本自世間無此事，却緣何故用聰明。

監州却有無螃蟹[①]，名士偏多少鯽魚[②]。凡事不如人意思，眼前光景昔乘除。

注：①監州却有無螃蟹：套用元代薛昂夫《西皋亭適興》曲“管甚有監州，不可無螃蟹”句。典出宋代歐陽修《歸田録》。這一典故反映古代爲官者的願望，希望不受制於人，又能投合自己的愛好。②名士偏多少鯽魚：源自成語“過江之鯽”，比喻某種時興的事物非常多。東晉王朝在江南建立後，北方士族紛紛南來，當時有人説“過江名士多如鯽”。

题《緑遍池塘草圖》[①]

一夜將愁向敗荷，西亭幽恨未爲多。東風吹遍江南緑，奈此池塘草色何。

注：①题《緑遍池塘草圖》：1940年，爲紀念去世的夫人潘静淑，書畫家吴湖帆以潘氏

所作詞句“綠遍池塘草”爲題，函徵海内一百二十位社會名流、書畫名家題詩作畫，彙集成《綠遍池塘草圖詠》。作者此詩即應徵之作，標題爲編者所加。

一九四一年

元日頌橘廬[1]社集，分韻得“然”字

藹藹頌橘廬，追還來群賢。雖殊金谷聚，席結寒山緣。觴詠一室内，笑謔發中筵。歡兹新歲朝，忘彼亂離年。異鄉惜人情，此理將毋然。山梅可久要，意暖明鐙前。何當聽夜鐘，共泛江上船。

注：①頌橘廬：詩人、書法家曾克耑（字履川）位於重慶下羅家灣的寓所名稱，是陪都文藝界人士聚會的重要場所。汪東《寄庵隨筆·頌桔廬詩酒會》：“履川賃屋下羅家灣，顔其齋曰‘頌桔廬’，庖饌精潔，故詩酒之會，每假其處。”桔，同“橘”。

贈心如[1]，即題其紀念册

交談世情外，久要兄弟俱。長才過鮑叔，小器愧夷吾[2]。柏葉寒逾翠，梅花静可娱。亂離翻得合，常憶接屠酥。

注：①心如：時任四川美豐銀行經理康心如（寶恕），作者北大老同事康心孚（寶忠）的弟弟。②小器愧夷吾：《論語·八佾》：“子曰：管仲之器小哉！”故有此句。

約持生辰歲除日也，以小詩贈之

能寒晚歲知松柏，回暖先春有柳梅。隨處風光共流轉，興來無事且銜杯。

病厄中次韻約持見示生辰感懷之作以遣意，即用爲答

老至粗能惜寸陰，人間憂樂亦堪禁。唯嫌性暗知幾淺，最慕天全[1]味道深。臘盡轉生松柏色，春回先動柳梅心。紅罏綠釀乘時興，寒暖由人好酌斟。來詩有“天全少是非”之語。

世緣相與漫相違，轉眼城民半已非[2]。伏坎成川行富貴，潔身安步抵輕肥[3]。白雲遥度横仍在，高鳥長征倦總飛。憑仗涪翁知祖意，不因悵望賦空歸。

注：①天全：謂保全天性。②轉眼城民半已非：套用宋代文天祥《金陵驛二首》“山河風景元無異，城郭人民半已非”句。③輕肥：輕裘肥馬的簡稱，指奢侈的享受。

寄題高氏草堂[1]

西川置草堂，杜老愛江村。種松載桃樹，四時生意存。終屬難久留，舟逐東流奔。君家有草堂，江南長兒孫。完治舊椶柵，安頓新雞豚。亂中聞此事，勝説桃花源。東川望江南，心馳不可言。何當捲詩書，從君款柴門。

注：①高氏草堂：指學者、書法家高二適（1903—1977）之寓所。

病室中吟

斗室呻吟感夜虚，短燈無焰嵐縱横。平生獨學懶師友，四海相知有弟兄。痛切始思身屬我，悲深終覺事干卿。由來跛者難忘履，擬静中舍顧動情。

次韻蔭亭[1]答二適

世事終當着眼看，此身墮地敢辭難。窮通[2]豈盡關儒術，成毁端應付史官。酒味已添春色暖，梅香不共雪花殘。風流二子原同調，縱使無弦可意彈。

注：①蔭亭：黄曾樾（1898—1966），字蔭亭，福建永安人。抗戰時供職於國民政府後方勤務部、滇緬路監理委員會。②窮通：困厄與顯達。《莊子·讓王》：“古之得道者，窮亦樂，通亦樂。所樂非窮通也，道德如此，則窮通爲寒暑風雨之序矣。”

次韻蔭亭答行嚴

重逢亂裏見交情，西應東崩好共鳴[1]。一任枰棋推世事，但憑樽酒寫平生。當頭天净無雲影，到耳春和有鳥聲。俯仰之間已陳迹，更緣何事苦相驚。

注：①西應東崩好共鳴：西應東崩，亦作“西崩東應”。源自成語“銅山西崩，洛鐘東應”。比喻同類事物互相感應，重大事件彼此互相影響。

今 日

人間容我且徐徐，小病深思一啓予[①]。竪起脊梁絶傾倚，放寬腹笥[②]着空虚。不須開卦參周易，好自擎杯下漢書。五十九年[③]今日是，是非畢竟看何如。

注：①啓予：謂對自己有所啓發。②腹笥：意思是腹中的學問。③五十九年：作者虚齡五十九歲。

近爲犬所傷，痔復劇發，行嚴有詩見贈，次韻報之

聲名晦已久，不掛齒頰間。時乘遂入市，興盡宜歸山。吾行歌迷陽，却曲不辭彎。險巇生跬步，一失安得還。犬欺吾臭味，此事殊汗顔。百端合一巧，乃適丁其環。懲吾舉趾高，其實行姍姍。不爲桀所喜，幸與堯同姦。踵污無光輝，血滌良有關。無故何能教，敕蓋福空閑。冤親信平等，直流那當灣。小犬不狺狺，吾猶服其姍。

禍遂不單行，因依如有俟。犬害難遽除，疾來更莫止。未若秦王尊，乃有秦王痔[①]。寵人無位望，誰甘恣一舐？安能待圖窮，脱手已見匕[②]。痛意分善惡，私情輕懼喜。小苦致大順，刓肉良有以[③]。筋骸嗟散漫，腰脚無友紀。旬日卧榻間，懶豈尋常比。文會曠莫逢，孤吟託微古。平生凝寂性，飛集凫雁是。此語特拈出，君當喻月指。

注：①秦王痔：痔瘡，借指疾患。《莊子・列禦寇》："秦王有病召醫，破癰潰痤者得車一乘，舐痔者得車五乘，所治癒下，得車愈多。"②安能待圖窮，脱手已見匕：源自成語"圖窮匕見"。此處指事情还未發展到最後，真相或真意完全暴露。《戰國策・燕策三》："軻既取圖奉之。發圖，圖窮而匕首見。"③良有以：指某種事情的産生是的確有些原因的。

偶題二適近作後

入手篇章照眼新，知君終是現前人。沉吟往事寧逃實，刊落[①]名言轉逼真。與古爲徒心作印，於今春忝德成鄰。草堂人日情何限，鮭菜[②]他年孰主賓。

注：①刊落：删除。②鮭菜：古時魚類菜肴的總稱。唐代杜甫《王竟攜酒高亦同過》詩："自愧無鮭菜，空煩卻馬鞍。"

答行嚴見贈三絶句

初耳長沙碧浪名，吾州浮玉舊聞聲。狂風當日扁舟阻，虛擬雲巢過一生。湖州碧浪湖在南門外，三十年前與寰澄、芸生共泛欲往雲巢，宿風大作，幾覆舟。湖中有塔名浮玉。

少小吟詩不解詩，老來隨分寫心期。胡看李杜蘇黄外，别有人間一致奇。

君詩字字能逼真，亂頭麤服[1]總驚人。時賢競説王湘綺[2]，麗句清詞好作鄰。

注：①亂頭麤服：原形容不修邊幅，此處比喻書法不講究章法而呈自然質樸之美。麤，同“粗”。《清史稿·梁同書傳》：“中鋒之法，筆提得起，自然中；亦未嘗無兼側鋒處，總爲我一縷筆尖所使，雖不中亦中。亂頭粗服非字也，求逸則野，求舊則拙。”②王湘綺：晚清經學家、文學家王闓運（號湘綺），與章士釗（行嚴）爲湖南同鄉。

意有未盡，再用前韻成三首

推袁[1]此事舊知名，漸説吾宗有四聲。碧浪君家較安穩，南城門外已愁生。來詩説長沙碧浪湖光宣間文□之盛，從《湘綺集》中得見袁叔瑜長歌極壯麗之致，故及之。

厭蜀思吴幾首詩，剩堪與子共襟期。阿私所好知難免，此事平生自一奇。

寸心得失覺來真，寒暖何須别問人。信信疑疑皆好事，縱逢王翰漫爲鄰。

注：①推袁：原指晉代桓温推賞袁彦伯之事，後成爲贊賞人極富有文才的典故。南朝宋劉義慶《世説新語·文學》：“桓宣武命袁彦伯作《北征賦》，既成，公與時賢共看，……公謂王曰：‘當今不得不以此事推袁。’”

自　課

飲有芳醪食有菘，山茶清供蠟梅同。不因殊俗憂居陋，未免常情願歲豐。境寂每思臨水月，山迴特愛聽松風。此身莫道無拘檢，故紙明窗自課功。

偶然吟

東風吹春來東川，菜畦黄花生暖煙。江上鳧鴨亦解喜，水中天是江南天。四時寒暖不改舊，九州鼙鼓[1]何闐闐。求田問舍[2]了未得，各自脱履上牀眠。擾攘終日無夢意，夜半明滅鐙昏然。海風不興水清淺，置身忽忽蓬萊顛。世間麻姑[3]本無有，更於何處求神仙。況復髮蒼心已死，變化狡獪方少年。

注：①鼙鼓：古代軍中使用的戰鼓。②求田問舍：衹知道買田置房經營而没有遠大的志向。晉代陳壽《三國志·魏書·陳登傳》："望君憂國忘家，有救世之意，而君求田問舍，言無可采，是元龍所諱也。"③麻姑：又稱壽仙娘娘、虛寂冲應真人，中國民間信仰的女神，爲道教神話人物。

紅　杏

紅杏繁枝折得新，東風欄檻付何人？西來無限芳菲意，比似江南未算春。
比似江南未算春，京西紅杏却驚人。春情到此無拘管，十里東風步步新。
十里東風步步新，祇憑沉醉益芳春。鶯飛草長江南岸，開盡桃花更惱人。
歲歲逢春不當春，花枝人面任時新[1]。無端老眼看成霧，始信繁紅驚動人。

注：①花枝人面任時新：套用宋代范成大《嗅梅》詩"花枝人面兩時新"句。

憶北平山桃花

臈凍枝頭雪未銷，東風吹雪綻山桃。北人莫道春常晚，如此春情豈易遭。
小園枯寂乍生光，一夜春風拂短牆。殘雪壓枝寒尚健，淺紅輕白最難忘。

出　遊

山花林鳥破幽憂，暖日和風好出遊。一事東川差有恨，不教柳綫織春柔。

待　得

陰沉天氣臘初殘，每爲梅花耐薄寒。待得一窗晴日好，却愁病眼怯開看。

暗　坐

萬里征途愧壯遊，三年從事耻身謀[1]。青鐙不照還鄉夢，遠思翻從暗坐收。

注：①耻身謀：以爲自己謀利感到羞耻。

一　卧

一卧田居秋復春[①]，噪晴好鳥慣驚人。起本柱枝溪頭看，野菜山花趣最真。

注：①一卧田居秋復春：指作者自從上年秋天從重慶城區搬至郊外的歌樂山麓居住，其時已是第二年的春天。

山　霧

山霧霏霏現日輪，春陽活活動車塵。三巴無復當年險，莫共前驅惜此身。
吾駕騃騃不可回，歷山環谷走驚埃。癡頑莫了公家事，敢道今能力疾來。
養生論者嵇叔夜，交道非歟山巨源。搔抑自成多蝨性，漫矜談辯向人捫。

蕭　雲

蕭雲自詡能成典，却被書名了一生。饒是謝安難啓請，袛緣子敬有高情。

養復園[①]夜讌，分韻得“語”字

横槊既鷹揚，賦詩亦鳳舉。歛手袖韜略，開樽今儔侶。主人信好客，共此明鐙語。各探黄絹詞[②]，漫擬青梅煮[③]。時難感風義，朋合快羈旅。東山非所論，誰闕劉與許？

注：①養復園：時任國民政府軍事委員會副總參謀長程潛的寓所。②黄絹詞：指優美的詩文。典出南朝宋劉義慶《世説新語·捷悟》。③青梅煮：亦作“青梅煮酒”或“青梅煮酒論英雄”，通常表示談天論地，或對某類事物或人物進行品評。

就食履川家，因贈

莫道春來好，春風慣作寒。山川如可縮，衣帶未應寛。入市甘麟楦[①]，干宵任鳥摶。平生饑渴意，歷歷視杯盤。

注：①麟楦："麒麟楦"的省稱。唐朝人稱演戲時裝假麒麟的驢叫麒麟楦，比喻虛有其表没有真才的人物。

次韻答行嚴見嘲二絶句

平時隨遇總能安，亂裏移家興已殫。孟母三遷[1]矜簡擇，於今去住受人干。

康莊一宿返陶園[2]，戀戀猶同桑下[3]看。莫怪旁人浪嘲弄，幾番襆被爲廳官。

注：①孟母三遷：孟軻的母親爲選擇良好的環境教育孩子，多次遷居。典出漢代趙岐《孟子題詞》。②陶園：重慶地名，位於市區上清寺附近，當時爲國民政府監察院所在地。③桑下：亦作"三宿桑下"，意思是留戀故地。典出《後漢書·襄楷傳》。

戲贈浴室中人

當餐笑認作回回[1]，入浴驚從蒙古來。一事相關莫相訝，南人北相吾君猜。

居士從來説無垢，若真無垢净應無。試看不染蓮花種，大陸高原那有渠。

注：①回回：指回族人。作者性不食豬肉，與回族人禁忌同，故有"當餐笑認作回回"句。

青木關雜詩

匆匆局罷一空枰，舊日關門有戍兵。莫道世無忠義事，血題雨後最分明。立夫爲説關門附近石上有明末禦張獻忠守將血書題記。

石欹泥滑徑回斜，叢竹沿坡屋半遮。細細春寒微雨裏，連畦青菜着黄花。赴十四中學道中。

叢篁夾道一塵無，境静日長宜讀書。到此真疑衆山響，弦歌不輟[1]意如如。十四中學。

春泥滑滑要人扶，愧對青衿曳素裾。却遣旁人被牽索，安能獨自不沾濡。泥滑下階，某君因扶余而遭傾跌，攀援余袖始得起。

舊襟痕上添新印，他日重來認舊泥。多謝劉翁[2]能相我，翻因分潤得佳題。禺生嘲余詩云："舊痕襟上杭州陌，新印關前兩袖泥。彼相扶人顛白笑，先生分潤籍留題。"因答之。

注：①弦歌不輟：以琴瑟伴奏而歌誦，指表達保持教化育人的精神。②劉翁：指劉禺生，時與作者同爲國民政府監察院監察委員。

數帆樓[1]坐眺

半日車輪轉，一時塵事無。湯泉温客夢，雲樹隱鳩呼。舟點蒼煙破，江横碧玉鋪。高樓能望遠，山障意偏殊。

注：①數帆樓：樓閣名，位於今重慶市北碚區北温泉公園内。該樓依山臨江（嘉陵江），可見江面點點船帆，故名。抗戰時，文人墨客經常到此遊覽、聚會。

温　泉

微温着體意全舒，濁足請纓事頓殊。畢竟煩襟勞抖擻，莫言到此一塵無。

池外泉奔夜已沉，静林無復起悲吟。瞢騰一枕羈人夢，剩覺湯山十載心。

曉渡嘉陵江，往黄桷鎮[1]復旦大學

細細寒風吹曉晴，粼粼灘石有人行。一江春水頗黎色，鴉軋中流愛此聲。

學府弦歌變市風，他年教化説文翁。莫輕瑣瑣雞豚事，康樂和親在此中。

注：①黄桷鎮：重慶地名，位於北碚嘉陵江北岸（今屬東陽鎮），抗戰時上海復旦大學遷於此地。

競　説

競説南湯[1]勝北湯[2]，南湯温暖北湯凉。山靈大似知人意，張蓋本遜遂不妨。

注：①南湯：指南温泉，位於重慶南岸花溪河畔。②北湯：指北温泉，位於重慶北碚縉雲山麓。

北碚[1]書所見

春意還相待，寒威已漸降。淺紅生遠樹，净緑見澄江。遣興開詩卷，分情對酒

缸。菜畦新蛺蝶，往往未能雙。

注：①北碚：地名，位於重慶西北部。原爲巴縣白碚鎮，因白碚地處縣境之北，改名北碚。1942年設北碚管理局，屬縣級地方機構。

和答真如[①]見示《次楚傖[②]“煤”字韻詩》

徑中松菊望歸來，窗底光陰送欒哀。爲寫壇經[③]尋苧紙，貪臨閣帖費松煤。薄寒猶在初遇雨，小暖纔添未試雷。總是逢春高興發，經綸風月見斯才。

注：①真如：時任國民政府軍事委員會高級參議陳銘樞（字真如）。②楚傖：南社詩人、時任國民政府立法院副院長葉楚傖。③壇經：指《六祖壇經》，亦稱《六祖大師法寶壇經》，爲佛教經典。

深夜夢回，仿佛聞群雁聲，諦聽乃類蛙鳴，實非雁也，詩以紀之

月落沉沉已四更，殘鐙無意照人明。迷離枕畔生遥思，錯認蛙聲作雁聲。

遣　興

雜花生樹草青青，二月春寒未見鶯。小雨乍添今日潤，亂蛙已作去年聲。風塵侵鬢情懷改，鄉里傳書歲月更。久客難爲衣食計，敢憑和願望收兵。

春　情

紅緑撩人上遠林[①]，一時難覓少年心。春情慣是無憑準，纔説晴明又作陰。

注：①紅緑撩人上遠林：套用宋代陳與義《春日》詩“紅緑扶春上遠林”句。

山　行

破曉山行意乍閑，出林鳴鳥恰相關。馬駝人負崎嶇路，省識[①]紛然一日間。

注：①省識：猶認識。

次韻答二適

酒涴塵污雜故新，漫開襟袍向他人。要知風月能諧俗，剩看松篁解率真。會友頻添文字債，入山翻結鴨鵝鄰。一身活計無長策，敢笑焦頭作上賓①。

注：①敢笑焦頭作上賓：源自諺語“曲突徙薪無恩澤，焦頭爛額爲上客”。意思是火災過後，曾經建議把煙囱改彎、把柴草移開去的人得不到獎賞，衹有爲救火被燒傷的人受到款待，指獎賞欠公允。

二適索詩，因贈

介甫情乖最解詩，奉書常理鎮支持。漫矜偃蹇世緣外，已與峥嶸塵事期。踽踽孤行猶有影，沉沉小坐豈無思。語君一事須聽取，各了當前莫怨誰！

雜詩，用“寬”字韻

江柳三年别，山花二月寒。春情隨水遠，樓望接天寬。倦矣嗟飛動，冷然費控摶。坐吟聊一快，的歷寫珠盤。

共説三春暖，今知廣厦寒。不因生事迫，猶覺客杯寬。石爛寧堪煮，砂乾不受摶。紆迴歷巴峽，更有幾多盤。

花開人意暖，料峭耐春寒。愛酒嫌懷淺，耽詩覺韻寬。癡應方顧愷，懶或羨陳摶。一室無來往，鑪煙看屈盤。

時艱方火熱，代易久灰寒。損益文章在，包羅几案寬。功名隨水逝，人物出泥摶。可有求伸意，相看尺蠖①盤。

民意如明鏡，高懸照膽寒。力窮山莫拔，石盡海仍寬。贔屭②終當負，扶摇未易摶。鍾山王氣歇，猶自洗龍盤。

雞鳴風雨後，共此一窗寒。時難風規重，交親禮數寬。草茶猶可啜，麥飯不妨摶。了了百年意，無慚苜蓿盤。

臈與礬梅暖，春生桃李寒。莫愁人事舛，終信世緣寬。有翼色斯舉，無風空自摶。枋榆③可乘興，快意視鵬盤。

注：①尺蠖：尺蛾的幼蟲，體柔軟細長，屈伸而行，常用爲先屈後伸之喻。②贔屭：一

作贔屭，又稱龜趺、霸下、填下。龍生九子之長，形似龜，好負重，舊時大石碑的底座多雕刻成贔屭形狀。③枋榆：喻狹小的天地。

爲鐸民題畫册二絶句

黛抹黄披意最深，風塵鎮日却相尋。百年鼎鼎春婆夢[1]，付與高楸半畝陰。崇效寺牡丹。

極樂寺前無限春，隨蜂趁蝶踏江塵。畫圖省識芳菲意，一樣逢春不見人。極樂寺海棠。

注：①春婆夢：亦作“春夢婆”，表示世事變化無常，虚幻不實。典出宋趙令畤《侯鯖録》卷七。

稚柳作《歲朝圖》見贈，詩以報之

歲朝圖本尋常樣，却引春風入坐來。瓶裏茶花盖壁上，真疑幻藥爲移栽。

漫驚畫史善調臙，來與春工鬥此奇。昔日老蓮今稚柳，一般風趣要人知。

題目寒[1]所藏善子《巫峽揚帆》卷子

山峽長如許，江流湧不開。平生萬里意，盡入卷中來。

注：①目寒：張目寒（1902—1980），安徽霍邱人，雅好書畫藝術。早年曾發起成立北京“未名社”，後擔任國民黨中央執行委員。1949年後去臺灣。

題大千爲目寒夫婦所畫峨嵋山卷子

細寫峨嵋形，祗欠峨嵋色。莽莽連雪嶺，神寒意無極。揚左虚文詞，張侯妙筆墨。斯圖今始有，羲之見未得。心馳不可言，不朽空太息。我尤愧羲之，眼饞惜脚力。卧遊非躋攀，終然路不識。

寄别吴稚鶴[①]

往來如一日，久歷歲時寒。交友見温栗，論書濟猛寬。最能投轄[②]飲，何事培風摶[③]。遠别念行李，腸回車幾盤。

注：①吴稚鶴：吴兆璜（1903—1962），字稚鶴，江蘇江寧（今南京市）人，書法家。1936年赴南京國民政府教育部任職。抗戰時隨國民政府遷重慶，後去昆明。②投轄：喻主人好客，殷情留客。《漢書·陳遵傳》："遵耆酒，每大飲，賓客滿堂，輒關門，取客車轄投井中，雖有急，終不得去。"③風摶：比喻仕途騰達。《莊子·逍遥遊》："鵬之徙於南冥也，水擊三千里，摶扶摇而上者九萬里，去以六月息者也。"唐代岑參《送張秘書充劉相公通汴河判官便赴江外覲省》詩："去年見君處，見君已風摶。"

聞行嚴將歸長沙

聞君將去此，瑣瑣訊温寒。峽路心常窄，湘流面定寬。故鄉炊米賤，樂土避兵摶。似此猶堪别，薰薌日飣盤[①]。

注：①飣盤：果物盛放於盤中。

初遇雷雨

今晨安有暖，昨日本無寒。地被氈初潤，窗垂幕漸寬。濕雲連霧起，飛雨與風摶。始發雷聲澀，横空硬語盤[①]。

注：①横空硬語盤：套用唐代韓愈《薦士》詩"横空盤硬語"句。硬語，剛勁的語言。此處形容雷聲雄健有力。

贈禹生用"詩、技"韻

自笑平生但解詩，漫憑風月浪撑持。論書未見蔡天啓[①]，注史猶聞裴世期[②]。不取單文徵故實，每拈一字出新思。隨緣四坐成嘲弄，垂老低頭肯向誰？

注：①蔡天啓：蔡肇（？—1119），字天啓，北宋潤州丹陽（今屬鎮江市）人。善詩文，工書畫。②裴世期：裴松之（372—451），字世期，東晉劉宋時期史學家，曾爲《三國志》作注。

一念生參差

一念生參差，萬端付怠情。騰騰十二時，併作一日過。連山屹不移，澄江净莫唾。相看不相涉，瞇目飛塵堁[①]。禮樂在衣食，道義出凍餓。爲己抑爲人，兼獨兩無那。昔嘲夷齊陳，今遂無一個。此輩誠清流，旋供濁流涴。彼哉求田人，亦就牀下卧。

注：①塵堁：塵埃。

叔夜論養生

叔夜論養生，嫉惡性未改。遂令柳陰下，空餘鍛竈在。伯倫頌酒德，用意絶危殆。猶賴雞肋嘲，紛難暫得解。兩賢非不智，浮沉閲人海。吉凶信有由，影響還相待。凡百貴率真，率真生吝悔。

得幼漁[①]北平手書，感其所述事，因有贈

門外黄塵不可除，從來寂寞子雲居[②]。北人南望南人北，珍重寥寥一紙書。
塵事今宜斷往還，怪君禮數未全删。遠遊底俟一婚過，逸少陳詞直等閑。
三十年前舊講堂，堂前柳老更難忘。冶花茂草城東路，胸蝶遊絲白日長。
坐問麈尾久生塵，放論高談迹已陳。今日文章循故事，他時氈蠟[③]付何人？
鳩婦呼姑屋角鳴，薄陰張幕雨初成。杏花日作融融色，眼底知誰惜此情！
擾擾攘攘百慮煎，莫從清醒惱狂顛。東風又緑池塘草，剩寫新詩寄阿連[④]。

注：①幼漁：作者北大老同事馬裕藻（字幼漁）。②子雲居：揚雄（字子雲）宅。《漢書·揚雄傳》："揚雄，字子雲，蜀郡成都人也。……漢元鼎間避仇復溯江上，處岷山之陽曰郫，有田一廛，有宅一區，世世以農桑爲業。""家素貧，嗜酒，人希至其門。"唐代岑參《揚雄草玄臺》詩："吾悲子雲居，寂寞人已去。"③氈蠟：書法篆刻術語，即椎拓。椎拓時，爲使紙緊覆於器物上，拓後易揭，先在刻物表面塗上水蠟等，然後上紙。又，椎打時爲保護紙面不致破損，往往隔墊一塊氈。拓成後又在表面塗蠟防蛀。爲此，椎拓亦稱"氈蠟"。④東風又緑池塘草，剩寫新詩寄阿連：套用唐代白居易《和敏中洛下即事》詩："昨日池塘春草生，阿連新有好詩成。"阿連，謝靈運對二弟謝惠連的稱呼，此處借指馬裕藻。

聞　蛙

雜花二月弄風光，一雨蛙聲便滿塘。最使下江人①不慣，早冬午夏换衣裳。

犬聲人語夜紛紛，添着蛙鳴更惱人。小扇輕衫來眼底，杭州夢裏過殘春。

注：①下江人：下江，最初爲地理名詞，指長江下游地區，主要是江蘇省。“下江人”也就指這些地區的人。不過，其含義因地域不同而存在差異。在武漢，“下江人”指的是江浙人。在重慶，又包括湘鄂人。抗戰爆發後，國民政府遷都重慶，地處長江下游的政府機構、工廠、學校等陸續遷往西南腹地。數以百萬計的隨行人員及避難民衆，成爲重慶人所説的“下江人”。

今　昔

雙角戴花增嫵媚，四蹄着屨踏泥沙。傷禾入草當年事，近共老僧爲一家。

三十年來水牯牛①，會人言語却應休。如何炯炯開雙眼，閑看人間不轉頭。

注：①三十年來水牯牛：套用宋代釋印肅《摩尼歌》“三十年看水牯牛”句。水牯牛，亦作“南泉水牯牛”，表達一種自由灑脱、隨緣自在的禪學意境。《五燈會元·南泉願禪師法嗣》：“一日問泉曰：‘知有底人向甚麼處去？’泉曰：‘山前檀越家作一頭水牯牛去。’”

偶有感

南朝風日總優遊，山自連雲水自流①。草長鶯飛春又到，莫愁終古可無愁。

小風吹雨濕紅芳，襟上題痕黯若己。柳綫牽春渾未得，燕飛雙剪剪春光。

梅枝和葉漸低垂，梅子青青更滿枝。不是幾番經雨打，未應青子有黄時。

無言桃李發春腴，蝶夢蜂魂漸已蘇。行樂未能應止酒②，酒杯到手怎能無?

幾笴③桃李送斜暉，纔道春來願已違。漫着春衫藉青草，遊人枉自惜芳菲。

桃李容光顯作春，暗香猶憶探梅人。而今隨處餘芳草，更使來時百感新。

注：①山自連雲水自流：套用宋代蘇泂《金陵雜興二百首》“山自青青水自流”句。②止酒：戒酒。③笴：量詞，用於有杆的東西。

再　題

東風桃李病猶妍，細雨青梅熟豈難。緑葉成陰春又夏，莫將光景等閑看。
繁紅暗緑一番春，幾日東風萬斛塵。乞取江流與湔祓[①]，陌頭猶自涴行人。
悲歡離合信無端，爛漫春光又一年。輕蝶狂蜂何意思，時時飛舞到樽前。
美人芳草事常新，傷別傷春意已勤。一語樊南[②]爲拈出，人間唯有杜司勳。
小別能爲一日留，眼前人物總悠悠。莫言飲啄尋常事，淺意深情不自由。

注：①湔祓：滌除（污穢、惡習）。②樊南：唐代詩人李商隱，著有《樊南文集》。

雨　坐

雨洗芭蕉緑欲流，風翻新緑上窗休。案頭差可一日坐，坐久抛書聞雨鳩[①]。

注：①雨鳩：鳥名。因其將雨時鳴聲急，即用以卜晴雨，故名。

題張大千《仕女圖》

窈窕含芳意，霏微[①]動遠思。凉風捲幃幙，常值月圓時。

注：①霏微：迷蒙。

戲題大千白描人物六言二首

水墨旋成粉黛，濃抹不如素描。眼底風流人物，何分北國南朝。
有美美不在貌，傳神神具添毫。終覺虎頭未遠，老蓮一樣時髦。

奉酬行嚴見嘲之作，次原韻

群怨興觀[①]幾字詩，心銘骨刻已深劙[②]。無端哀樂誰能免？有用文章此最宜。事盡乘除生妙解，語通消息有餘師。數回未遇仍相訪，微意旁人那得知。

衆中簡作寒温語，暇日耽吟淡遠詩。視昔枉能明世故，通今猶未合時宜。詩書以外餘君輩，風月當前盡我師。各佩癲符何用哭，情懷未必要人知。

注：①群怨興觀：亦作“興觀群怨”。指詩歌可以激發志氣，可以觀察天地萬物的盛衰與得失，可以使人懂得合群的重要性，可以使人懂得怎樣去批評時政或諷喻世人。《論語·陽貨》：“詩，可以興，可以觀，可以群，可以怨。”②劙：割。

次韻行嚴觀劇之作

明鐙今夕果何年，急管繁弦倍黯然。劇裏人情終可惜，世間物論[①]未應偏。花開陌上餘歸夢，河滿[②]樽前了勝緣。肯着深思寫幽恨，練裙翻墨事堪憐。

注：①物論：衆人的議論、輿論。②河滿：即《河滿子》，舞曲名。唐代張祜《宫詞二首》：“故國三千里，深宫二十年。一聲河滿子，雙淚落襟前。”

坐　憶

回黄轉緑[①]清江水，肯爲遊人照鬢邊。何日得歸歸已老，經時[②]無夢夢難圓。次柿弱柳不成絮，着莢高榆空費錢。如此春情餘坐憶，眼前芳草遠連天。

注：①回黄轉緑：指時序變遷，謂由秋冬的草木黄落，以至春夏時的緑葉成陰。②經時：指經歷很長時間。

頃刻之間行嚴連有和章，仍用前韻酬之

聞聲幾度驚歌裏，寫意無端向酒邊。時似波流推浪遠，境成雪性遇規圓。蘇文到底如翻水[①]，蔡字[②]由來不值錢。剩可心思付篇什，依然汗漫等談天。

注：①蘇文到底如翻水：翻水，比喻文思敏捷。宋代李耆卿在《文章精義》中評論唐宋八大家：“韓（愈）如海，柳（宗元）如泉，歐（陽修）如瀾，蘇（軾）如潮。”②蔡字：指宋代奸臣蔡京的書法。

行嚴再和韻，再答之

稍向飲茶知色味，難從食蜜見中邊[①]。緑陰芳草人俱老，檀板金樽月幾圓。出意高花臨水鏡，驚心雙屐破苔錢[②]。情懷未稺春衫好，冷過江頭二月天。

注：①中邊：内外，表裏。②苔錢：青苔的别稱。苔點形圓如錢，故名。南朝梁劉孝威

《怨詩》："丹庭斜草徑，素壁點苔錢。"

奉酬行嚴見示和植之韻詩

腐儒麄糲[1]亦當然，每對流亡愧俸錢。家世瘦生吾尚忝，詩情橫絶子能顛。平生交友唯投分，人海藏身信夙緣。微雨落花春又晚，舊巢新燕自年年。

注：①麄糲：亦作"麤糲"，意爲粗糙。

次韻答行嚴

冒雨衝泥[1]幾度尋，翻飛孤鶴久鳴陰。尊前自足高歌意，川上難爲一注心[2]。芳徑晚春驚舞蝶，平林倦夜惜歸禽。此身頓著誰能料？且趁閑時放浪吟。

注：①衝泥：謂踏泥而行，不避雨雪。唐代杜甫《崔評事弟許迎不到應慮老夫見泥雨怯出必愆佳期走筆戲簡》詩："虚疑皓首衝泥怯，實少銀鞍傍險行。"②注心：集中心意，專心，關心。

行嚴又送詩來，再依韻報之

殊途一致迹堪尋，抱甕唯聞出漢陰[1]。好學本無求世意，能詩何問濟時心。瞯[2]亡終竟逢陽虎，不亂猶當愛展禽。行己了無拘檢處，翻因瑣事費沉吟。

注：①抱甕唯聞出漢陰：源自典故"漢陰抱甕"。意思是純樸無邪，對事物無所刻意用心。《莊子·天地》："子貢南遊於楚，反於晉，過漢陰，見一丈人方將爲圃畦，鑿隧而入井，抱甕而出灌，搰搰然用力甚多而見功寡。"②瞯：窺視，偷看。

再次韻

履迹苔階不易尋，高樓望眼怯層陰。百花開落當時事，平楚[1]銷澎此日心。未要衝泥借官馬，剩思磨墨寫來禽。樊南風雨斯文句，付與閑身仔細吟。

注：①平楚：謂從高處望遠，叢林樹梢齊平。

次韻題樸園書藏[①]

文史資教化，兼善毋取獨。君家世守書，愛護過頭目。聖賢去已久，德言卷中蓄。抽端理其緒，雖遠期可復。有益在開看，精勤事籀讀。不爾字無靈，安足使鬼哭。昭垂至珮訓，淑身世斯淑。蠹魚自避人，況畏芸氣馥。挾策[②]忘飛鴻，會友念鳴鹿。積世廣搜求，通航轉車轂。豈坐矜充棟，要若糧果腹。如斯藏書家，跫音響空谷。書香定綿延，繁茂視此樸。

注：①樸園書藏：陳樹棠的私家藏書樓。陳樹棠（1893—1950），號樸園，四川岳池人。20世紀40年代任岳池縣修志局局長、四川通志館編修、國史館顧問。1941年在老家改建完成私人藏書樓，取名“樸園書藏”，收藏古今各類圖書達五萬多套（卷），其中不乏如元代刻本《南齊書》等珍貴典籍。②挾策：手拿書本。

題梅花畫幅

香覺鐙前暖，春從雪裏回。猶堪細細落，爲點晚妝來。

三月三日

三月逢三日，年華百態新。江流着雨色，愁殺水邊人。
芳草缘情緑，春波稈意流。江淹猶有恨，吟罷未能休。

塘　東

含滋病蕊向人開，幾日風翻雨打來。飛過塘東逢舊燕，無情有思一低徊。

爲鐸民題詠莪堂[①]

詠莪堂前風樹悲，詠莪堂上補笙詩[②]。空言繼志知無益，立此鄉閭百世師。
雁蕩山高飛瀑懸，此情無改視當年。莫言堂樓尋常事，明發興懷見子賢。

注：①詠莪堂：朱鏡宙（字鐸民）著有《詠莪堂全集》。詠莪堂爲其書齋名。②補笙詩：意思是補寫笙詩。笙詩，也稱六笙詩，指《詩經》中《南陔》《白華》等六首僅有篇名

而無文辭的詩。《釋文》認爲："蓋武王之時，周公制禮，用爲樂章，吹笙以播其曲。"故稱爲"笙詩"。

春　陰 仍用"尋、陰"韻

樓外芭蕉已十尋，翻風經雨作春陰。山連雲樹添愁色，灘急江流翻客心。强起栽書驚過雁，每看墮葉誤青禽。門前流水常如此，不管離人爲苦吟。

呈香宋[1]先生

衆中捧手見高賢，愧賦江梅桃李篇。昔日直聲今雅韻，風流恍到古人前。

黄塵眯目謁王翁，朱履銀鬟隨夢中。此事廿年牢記省，何如今日坐春風[2]。民國初，湘綺翁在北平，其門人程君戟傳邀余兄弟往謁。迨至門外，程君戒余必除去眼鏡始可入，遂於霧中拜見王翁，依約得辨白鬟紅履而已。

注：①香宋：趙熙（1867—1948），字堯生，號香宋，四川榮縣人。光緒年間進士及第，授編修，轉江西道監察御史。工詩詞、戲曲，著有《香宋詩前集》。②坐春風：比喻承良師的教誨，猶如沐於春風。

次韻答少和

久雨高梧生遠陰，沉沉閑過一春心。登樓回繞岡巒出，已入山中未覺深。

棐几明窗亦易安，遠山青樓一江寬。春深花鳥何情思，饒是閑時未要看。

香宋先生與群賢會於北泉[1]修禊事，是日余未與，分韻得"茂"字

永和去已久，三春仍節候。北泉非蘭亭，亦自富林岫。既丁離亂年，復值風雨後。群賢樂觴詠，肯來集長幼。遂覺千載間，禊事未改舊。超超臨河敘，詎爲達觀囿。解惑必有師，君子欣既遘。適我理常新，惠風散襟袖。相對各忘言，静聆山水奏。此流愧未與，如矢翻在彀。庶免飲罰觥，强吟儕曹茂。

注：①北泉：指重慶西北郊的北温泉。

題新之[1]《頌酒圖》

隨分人間有酒徒，肯教依樣畫壺盧。衆中既作沉冥飲，亦解停杯寂寞娱。
莫推劉頌[2]議陶詩，能醉能醒自一時。但使眼中無俗物，何妨坐上有空卮。
高情自契杯中物，那管清流與濁流。欲止暫時緣小困，未須對酒説來由。

注：①新之：錢新之（1885—1958），名永銘，浙江吴興（今湖州市）人。抗日戰争時，被國民政府聘爲參政員，接任交通銀行董事長兼總經理。作者與錢爲吴興同鄉，又共同參與中法教育基金委員會中國代表團事務。②劉頌：西晉時期法學家、官員。

次韻答行嚴

尋常言語盡成詩，三絶中原有一癲。入社攢眉[1]愁未了，向人開眼意難知。卷中語妙何多諷，霧裏花高别有姿。得遂同遊思述作，未須時復一申之。

注：①攢眉：皺起眉頭，不快或痛苦的神態。

再次韻

放開一切鬥吟詩，臣叔平生衹自癲。語雜莊諧方得趣，情通彼己始云知。風花隨地生幽思，雲樹連天有遠姿。眼底巴江流不盡，夢中水折却成之。

次韻行嚴和履川《觀劇，仍前韻，兼柬尹默》之作

斷送沉冥[1]四十年，淚痕襟上自依然。酒從罷後人初倦，歌正圓時月易偏。場上衣冠已陳迹，坐中哀樂是前緣。高樓簾幙[2]春歸夜，猶覺明鐙劇可憐。余每聞歌輒淚下。

注：①沉冥：昏昏度日，指不求仕進的意思。②簾幙：亦作“簾幕”，遮蔽門窗用的大塊帷幕。

遣意，用行嚴曉詩韻

挾策亡羊[①]正此時，塊然真欲據枯枝。從來物性終難改，新覺人情未易知。單夾隨時衣幾襲，高低入世髻多姿。讀書何事慚天下，親切於今到已饑。

注：①挾策亡羊：意爲專心致志地讀書。《莊子·駢拇》："臧與穀二人相與牧羊，而俱亡其羊。問臧奚事，則挾策讀書；問穀奚事，則博塞以遊。"

行嚴得一佳什，謂受拙詩影響，輒依韻報之

平生百事不辭難，敢道於今興已闌。知己有人憐我拙，藏身無地幸大寬。遥瞻自具千秋鑑，峻意仍横百尺欄。詩好何煩更薰染，早從聖處得便安。

偶　吟　仍用"年、然"韻

留滯巴渝又一年，每思來處意冷然。遥天樹色雲相引，静夜歌聲月自圓。世事可期餘後約，人生難斷是前緣。春風欄檻何多思，山鳥江花亦解憐。

題黄君璧[①]畫

空濛嵐翠有無間，乘興扁舟自往還。令我頓勞東望眼，故鄉真有好湖山。

注：①黄君璧：原名韞之，祖籍廣東南海，現代畫家。曾任國立中央大學藝術系教授。1941年兼任國立藝術專科學校藝術組主任、國民政府教育部美術教育委員會委員。著有《黄君璧畫集》《黄君璧書畫集》等。

右任遊江南岸歸，出示新作有"柞葉肥時看養蠶"之句，因次韻奉酬三絶句

閑過今年三月三，春光依舊滿江南。新來詩思知何似，吴市人家上箔[①]蠶。

湖州婦女愛春三，桑葉油油畝盡南。風景不殊人事改，西來却説柞林蠶。

今歲蟾圓[②]已過三，又增經歷到西南。含桃自可供飛鳥，葉底休教啄柞蠶。

注：①箔：用竹篾編成的養蠶的器具。②蟾圓：指月圓。

餘清取樊南"江海三年客，乾坤百戰場"二句屬書楹帖，且索跋語，以其類今日之事也，輒題四韻報之

四月鶯聲巧勝簧，爲人宛轉惜流光。真成江海三年客[①]，又值乾坤百戰場。杜老愁心看玉壘[②]，樊南倦迹卧清漳[③]。如何更上高樓望，晴日遊絲盡意長。

注：①真成江海三年客：指作者離開江海之濱的上海抵大後方重慶已有三年。②杜老愁心看玉壘：玉壘，指玉壘山，位於今四川綿竹、什邡、都江堰一帶。愁心，杜甫客居成都，寫下不少憂國憂民的詩作。③樊南倦迹卧清漳：李商隱《夜飲》詩有"誰能辭酩酊，淹卧劇清漳"兩句。清漳，化用三國時劉楨的典故，指身染疾病或窮困潦倒。

夜中喜聞雨聲

淅瀝芭蕉送雨來，中宵夢裏轉輕雷。生涼小閣舒焦慮，得水高田好補栽。

三月晦日雨，曉起有作

簾幙清淒抵早秋，春歸幽思在樓頭。市潮一閧初驚曉，鳥哢千般不解愁。雨洗巴氛山活活，風回江路水油油。三年爲客慚詩卷，慣是長吟總未休。

偶　書

蹩躠何心更遠遊，而今滄海信横流。治安策[①]在餘垂涕，督責言行少竊鈎[②]。民欲小康非侈望，歲能中熟抵深謀。斯文興喪關天意，二鳥哀鳴動九州。

注：①治安策：即《治安策》，爲西漢文學家賈誼撰寫的一篇政論文章。鍼對漢文帝時各種社會危機，提出對策和補救措施。②竊鈎：偷腰帶鈎，謂小偷小摸。

春盡偶書

四月巴渝道，花林生暖煙。野風紅不斷，山雨緑還連。萬里逢新燕，三年聽故鵑。碧波春共遠，虛泛下江船。

南泉次韻答戴中甫

流轉相看各惘然，温清愧此出山泉。花灘縱似巖灘好，未必心情勝昔年。

偶有感

宵來又聽巴山雨，鶯囀鵑啼未是愁。杜老攜家仍卜宅[①]，仲宣爲客且登樓[②]。東遊淮米無勞問，西去郫筩倘易求。山静日長吟望久，松風肯向耳邊休。

注：①杜老攜家仍卜宅：唐代詩人杜甫攜家遷居成都草堂時，曾作《爲農》詩，其中有“卜宅從兹老，爲農去國賒”兩句，表達覓宅終老，從此耕田勞作、遠離長安的心情。②仲宣爲客且登樓：指漢末文學家、“建安七子”之一王粲（字仲宣）客居荆州時作《登樓賦》。

夜半大雷雨震耀可畏，霑足可喜，小歌以紀之

火光射眼來何許，隱隱長雷催白雨[①]。深沉夜黑莫敢起，居愁穿漏耕可喜。三年巴蜀食歲豐，既敬天怒貪天功。吾儕尚寐何從容，海西正在兵火中。

注：①白雨：暴雨。

植之見示新篇，旭初發興和之，余亦繼作

題扇風流自昔年，新題還發舊時妍。山陰老嫗虛含愠，初識王家字值錢[①]。
題扇

養士官家仍好鶴[②]，避人大道却乘驄[③]。參君妙句知天意，洗净干戈雨奏功。
偶作

幾見石榴開玉齒，每憐紅荔裹香肌。賴無柳綫橫牽惹，酒醒高樓簾四垂。記山居物候

注：①山陰老嫗虛含愠，初識王家字值錢：指王羲之爲賣扇老嫗題字的故事。典出《晉書·王羲之傳》。②養士官家仍好鶴：源自衛懿公“好鶴失國”的故事。意思是玩物喪志，因爲某種嗜好而耽誤大事。典出《左傳》。③乘驄：指御史出行。唐代杜甫《哭長孫侍御》詩句：“禮闈曾擢桂，憲府舊乘驄。”

萬　里

萬里一江清，登樓眼最明。何年開險道，此日倦征程。鶯囀初無意，鵑啼故有情。山城過四月，百感尚難平。

次韻答公武，謝飲龍井茶

遠寄題封[①]動隔年，鬢絲禪榻夢如煙。爲君細論虛芽啜，祇欠家山[②]一勺泉。

注：①題封：指封緘題簽。②家山：家鄉。

植之又送新詩，戲爲二絶句報之

早歲文章老宿驚，身爲老宿歎無成。江郎不是才情減[①]，一例前賢畏後生。植之自題詩卷有“少日題箋驚老宿，近來得句了無奇”之語，故云爾。

坌至[②]求書撥不開，而今能事亦相催。吾儕祇解遊於藝，塵雜煩君檢校來。旭初日爲人作畫，余亦日爲人作書，箋素零亂几案間。植之見之，説直是習藝所以其勞苦不得輟也。

注：①江郎不是才情減：源自成語“江郎才盡”，比喻才思減退。典出南朝梁鍾嶸《詩品·齊光禄江淹》。②坌至：紛至，一齊到來。

題旭初畫

梧桐着雨柳含煙，嵐翠波光相與閑。此日江南更堪憶，三年看盡蜀中山。

旭初示我蛇鳴詩，因有作，時寒雨不已

衆響起不平，紛雜當我前。萬籟非有情，有激時則然。相彼蟲與鳥，靈感每自宣。若歡囀流鶯，若悲叫杜鵑。蛙蚓雖至陋，猶類張單弦。各適其所適，於人何尤誇。忽聞擊拍拍，無長短續連。問知乃蛇鳴，驚怪不遑安。頓令戒心生，非計悦耳妍。造化既生人，害物當遠指。草澤其窟穴，棟宇何因緣。善惡同一視，不仁哉地天。天高不可上，地厚不可穿。末由面諍主掌者，如何舉措無黑賢。此心耿耿終煩冤，傾河注海試一哭。驕陽爲我不敢暄，寒雨相助益翻。蛙蚓間歇蛇不聞，始可少休寧朝昏。

次植之韻，同旭初作

户限終穿[①]安用鐵，永師從來無秘訣。墨池瀾翻有源水，誰信千年澤已竭。不知老至各猶人，書畫有益樂反身。冥心上窺屋漏痕，低眉細作山石皴。六法[②]八法[③]俱腕底，紙上活計無新陳。準今酌古通一藝，獨往那管旁人嗔。遂覺萬物備於我，吾儕誠富何憂貧。

注：①户限終穿：源自成語“户限爲穿”。原意是門檻被踏破，形容進出的人很多。唐代張彦遠《法書要録》：“智永禪師住吴興永欣寺，人來覓書者如市，所居户限爲穿穴。”②六法：指書法中的行、轉、折、提、按、捻六種筆法。③八法：又稱“永字八法”。按漢字的筆畫，大致分爲側、勒、努、趯、策、掠、啄、磔八法。

次韻答慰獨秀[①]

自斷平生静者從，不因鱸鱠始思吴。故人儘向塵中老，猶是冰心在玉壺。
北國幾時逢去燕，東川三度聽啼鵑。都無情思供斟酌，剩有篇章付槧鉛[②]。
山林爲子發幽姿，竹杖芒鞋未要離。語默共誰區勇懦，登臨隨分歷高卑。
已從絶學綿東漢，更仗雄才起晚唐。摻執子袪遵大路[③]，不愁僕瘁馬玄黄[④]。

注：①次韻答慰獨秀：作者好友陳獨秀，時蟄居重慶西南之江津縣。②槧鉛：也作“鉛槧”，古代用以書寫的文具，此處指寫作、校勘。③摻執子袪遵大路：意思是拉着你的袖子沿着大路走。《詩經·鄭風·遵大路》：“遵大路兮，摻執子之袪兮。”④馬玄黄：意思是馬生起了病。《詩經·周南·卷耳》：“陟彼高岡，我馬玄黄。”玄黄，馬病的樣子。

偶　成

芭蕉張葉緑於簾，不向檐頭掩翠嵐。一事却愁斜照入，屋偏窗盡望西南。

讀旭初憶海棠詩，感而成詠

兒時未解惜流光，但覺山中春晝長。紅亸海棠花褭娜，白飄楊柳絮微茫。亂離此際誰能料？哀樂平生那許忘。四十年來家國恨，看花贏得客心傷。

柳葉低垂意已迷，楊花曾惹舊時衣。門前溝水流春去，陌上車輪碾夢歸。西閣梧高青作蓋，東園杏老緑成幃。樊南愛託詩消遣，往痕新愁未易稀。

日日言歸未得歸，夢中路是覺來非。山河百戰添新壘，松桂三年長舊圍。攜酒放翁遊興在，看花杜老賞心違。古今閑事知多少？一卷長吟自掩扉。

簡行嚴二十韻，同旭初作

春動鳥聲喧，春去鳴未已。波濤掀塵海，震蕩於胡底。凡百失其平，浩歌從此起。嚶鳴求友聲[①]，吾曹寧外此。以異不以富，卓哉二三子。蹤迹時密疏，神情無遐邇。寄菴寄鑑齋[②]，淵鑑澄秋水。蜀中草木狀，江南山水理。寫物無遁形，一日幾十紙。况復妙文詞，匪特勤繪事。但老植之念勞辛，陳公百年[③]歎觀止。才敏誰匹儔？毋乃行嚴是。令我思行嚴，屢欲遣迎使。月前曾語我，擬往新開市。近聞移山洞，悵望十餘里。樂豈無朋從，時或孤吟耳。寂寞信易破，臭味恐難似。試讀寄菴詩，君當喻斯旨。城中有曾潘[④]，今之籍與喜。吾欲從諸公，周旋仍復爾。

注：①嚶鳴求友聲：源自成語“嚶鳴求友”。本意是指鳥兒在嚶嚶地鳴叫，尋求同伴的回聲，比喻尋求志同道合的朋友。《詩經·小雅·伐木》：“嚶其鳴矣，求其友聲。相彼鳥矣，猶求友聲；矧伊人矣，不求友生。”②寄菴寄鑑齋：指作者好友汪東（寄菴）寄住在鑑齋。③陳百年：時任國民政府考選委員會委員長陳大齊（字百年）。④曾潘：指作者好友曾通一和潘伯鷹。

江上逢重午

江上逢重午，愁心三峽長。前賢憂楚弱，往事説秦强。菰米家家餁，芸蘭歲歲香。莫輕五色縷，牽繫意難忘。

半醒半寐中得二絶句，少有意，或日間觀旭初作畫所致也

身閑未必即心閑，長日橋頭看遠山。橋下溪流自東去，歸鴉過盡不知還。
前溪流水幾曾閑，夕照樓臺雨後山。暮鳥投林心轉急，斷雲猶未與俱還。

夢中得“暝色”二句，蓋詠柳也，遂足成之

暝色常如此，高樓青可憐。雨深難到地，雲密易連天。黄鳥東風裏，玄蟬夕照前。更無人解惜，生意自年年。

園　樹

幾株整整復斜斜，礙帽鈎衣意自賒[①]。不爲鳥棲方着葉，豈因人賞更開花。江邊杜老憐遷客，園裏蘭成念故家。如此相看一樽酒，酒樽傾盡即天涯。

注：①賒：古同“賖”。此處意爲寬鬆、遲緩。

得見晦聞詩集感題

故人謦欬[①]卷中回，淡墨枯吟信費才。百世人情猶可曉，一生詩派定能開。籠紗往迹塵今壁，遊屐新痕上舊苔。四海滔滔歸一瞑，江南付與後人哀。

注：①謦欬：談笑，談吐。

讀故人詩，因有感

夾竹桃繁更馬纓[①]，尋常巷陌總堪行。南風五月城東路，依舊車塵滿袖生。
歇浦[②]宵生六月秋，好風凉意岸邊樓。一樽還照清江月，不道江流是上游。

注：①馬纓：即馬纓花。②歇浦：指代上海，因黄浦江別稱“歇浦”或“黄歇浦”而得名。

晚　來

入夏晴多願薄陰，晚來幽思起高林。山花與世無來往，江月照人成古今。一卷舊交詩在把，幾回細讀意彌襟[①]。黄罏曾共東風醉，便是黄罏未可尋。

注：①彌襟：滿懷。

擬玉谿生詩意

醉愛登樓醒即休，一生幽怨在樓頭。芭蕉緑透闌干雨，梔子香横枕簟秋。漫倚新聲翻故事，好憑芳意寫離憂。吴頭楚尾[①]三千里，未信當時是遠遊。

千疊山巒隨起伏，雙流江水接渾清。悠悠易過百年事，的的難銷萬古情。别後相思定相見，死前無語等無生。芳華不比尋常贈，看取新詩細意成。

注：①吴頭楚尾：吴、楚爲古代國名，今江西省北部爲吴楚鄰界，故稱“吴頭楚尾”。但在詩詞作品中，多泛指江南各地。

戲題旭初爲百年所作柏竹

翠柏非無樹，修篁自有竿。百年相視笑，參得寄菴禪。

聞朝哭

山色變晨夕，終宜静者居。溪水流活活，盈科意有餘。胡爲朝哭聲，隱隱起路隅。人生本多患，況復喪亂驅。山林非不好，未狎鹿豕娱。宇内森萬别，情異事頓殊。哭者得盡哀，吞聲將何如！

風月一首　用“偏”字韻

光陰流水日如年，感異時同信自然。且待晚風簾北向，又窺圓月屋東偏。乘除不盡域中事，好惡難爲身外緣。堪笑平生能作達[①]，尋常風月總相憐。

注：①作達：任性放達，不加拘束。南朝宋劉義慶《世説新語·任誕》：“阮渾長成，

風氣韻度似父，亦欲作達。”

書　感

雨密屋瓦稀，風橫窗低破。晴天非不好，所畏赤日過。稍欲就青鐙，晚添温書課。却被蚊雷驅，黄昏帳中卧。一身遂無餘，彌思天地大。

纔　道

纔道年光短，還嫌夏夜長。低窗低見月，葛帳細生涼。蛙語初成鬧，鶗聲久若忌。有詩題歲月，往往起思量。

從　今

已入黄梅候，衣衫潤不涼。張風檐樹暗，送雨峽雷長。梔子白如許，榴花紅未央[①]。從今誰料得，往日最難忘。

注：①未央：未已，未盡。

雷雨中念夜行者

激電驚雷翻白雨，山深夜黑念勞辛。應知七聖俱迷[①]日，自有尋常行路人。

注：①七聖俱迷：亦作“七聖迷途”。指傳説中的黄帝、方明、昌寓、張若、謵朋、昆閽、滑稽七聖迷路的故事。象徵治國方略上的迷茫，結果由牧童獻治國良策。《莊子·徐無鬼》：“黄帝將見大隗乎具茨之山，方明爲御，昌寓驂乘，張若、謵朋前馬，昆閽、滑稽後車。至於襄城之野，七聖皆迷，無所問塗。”

涵初[①]以“宜情”二絶句見示，輒奉同二首

興來何處不宜情，山静能教心太平。無數鳴聲齊入聽，是蟲是鳥不知名。
更於何處説宜情，聽雨聽風了此生。苦憶漪瀾堂下水，爲人長晝濯新晴。

注：①涵初：作者好友王涵初，民國初年供職於北洋政府教育部，曾在《國民外交雜志》《鐵路月刊（津浦綫）》《民治月刊》等發表詩作。

用前韻答公武

當前花月最宜情，可奈風雲意未平。誰說將軍不好武，愛題寶劍作篇名[①]。

每逢樽酒便宜情，閑擬詩歌送此生，千里關河[②]共明月，却愁天際有陰晴。

注：①誰説將軍不好武，愛題寶劍作篇名：作者好友許崇灝（公武）早年在軍中任職，1922年被孫中山任命爲東路討賊軍前敵指揮部參謀長。又，許氏善作詩，著有《大隱廬詩草》等。故有此兩句。②關河：泛指山河。

如昨行，戲呈旭初

子雲相如久寂寞，當其在日亦牢落。一從消渴歸茂陵，文君琴心何由託。封禪書成信無用，不抵成都舊杯杓。載酒叩門問字人，偶然欲來非有約。楊烏已死宣草玄，一身不保自投閣。二賢逢辰猶過此，而况多難遠飄泊。日費萬錢未供飽，月廩二斗那得鑿[①]。食貧腐儒本分事，有時尚得甘餺飥[②]。爾來驕陽可鑠金，芭蕉葉大維莫莫。天牢地囿鎖長晝，昂頭真羨雲間鶴。願雨不雨風肯來，暫爲嘘拂亦不惡。汪子汪子且莫歎，賴有此心足寬綽。子工作畫我耽書，與子解衣共磅礴，高興相看固如昨。

注：①鑿：舂過的精米。②餺飥：亦稱“面片湯”，一種水煮的傳統麵食。

次韻同旭初作

不須辛苦銜燕泥，一枝隨處鷦鷯棲。夢中往往弄明月，聳身直上青雲梯。仙人冰漿飫飲[①]我，至今猶覺清心脾。瓊樓玉宇不可下，安事與世同尊罍[②]。可堪終是武陵人，覷破紅塵無般若[③]。一日波濤掀海東，征車折輪舟拆篷。飄泊西南那得免，黄葉三見辭青桐。眼中江山總回互，行人到此無由去。已教風雨感雞鳴，誰向雲霄期鳳翥。自斷高歌了此身，未應蘭蕙傷遲暮。君子既見胡不喜，何敢望回歎其庶。投桃報李興無窮，引玉抛磚精已鶩。萋萋芳草未全衰，付與從來猿鳥悲。萬事江關不稱意，蘭成詞賦是吾師。

注：①飫飲：暢飲。清代蒲松齡《聊齋志異·苗生》："僕善飯，非君所能飽，飫飲可也。"②尊罍：亦作"樽罍"，泛指酒器。③般若：宗教術語。意思是終極智慧、辨識智慧。

暑中遣悶

老至愁炎熱，情深念隱淪。平生汲長孺[①]，居職未踰人。兵火今仍急，詩書晚始親。滔滔有如此，何敢但憂貧。

注：①汲長孺：汲黯（？—前112），字長孺，西漢名臣，爲人耿直，好直諫。

入伏後連日快雨

入伏霈甘雨，如通緩急然。涼風生燠室[①]，新水滿高田。對嶺煙光暝，隨坡瀑布懸。已教添景色，何況更宜年[②]。

注：①燠室：温暖的居室。②宜年：指豐收之年。

雨中戲題

破窗吹雨侵書案，屋漏頻添恰可憂。天公大似傅武仲[①]，淋漓滿紙不能休。

注：①傅武仲：傅毅（？—90），字武仲，東漢辭賦家。漢代班固《與弟超書》："武仲以能屬文，爲蘭臺令史，下筆不能自休。"後以成語"下筆不休"形容文思充沛而敏捷。故後有"淋漓滿紙不能休"句。

次韻答旭初

離合悲歡未易忘，舊鄉臨睨[①]感升皇。境緣無實流光駛，永歎非關有别腸。

注：①臨睨：顧視，俯視，察看。

寄贈曉滄[①]，即題其集

曉滄明達人，往往能率真。半生事戎馬，亦復能牧民[②]。備嘗世間味，調和甘與辛。經綸有如此，爲詩定深新。近聞客僻邑，樂道安其貧。老妻共摻作，炊汲必躬親。事畢還讀書，一室無雜塵。遂令霸陵尉[3]，欲呵無由嗔。滔滔四海内，寧與子爲鄰。

注：①曉滄：作者好友李竟榮（容），字曉滄，河北贊皇人。早年畢業於北洋陸軍速成學堂，後長期在軍中任職。1928年河北省政府成立，李竟榮與作者同爲省府委員。抗戰爆發後，因不滿國民黨政府不抵抗政策，辭職隱居於河南鎮平，開始寫詩譯詩。1940年結集成《自蘇室燼餘稿》三卷。②牧民：治理人民，管理民事。③霸陵尉：亦作“霸陵醉尉”，形容失官之後受人侮辱。《史記·李將軍列傳》：“嘗夜從一騎出，從人田間飲。還至霸陵亭，霸陵尉醉，呵止廣。”

次韻答鵷雛

賸把閑心付杳冥，一瓶一鉢[1]向來經。眼中人物從風散，兵後山河過雨腥。荷葉又添池面緑，松枝常作嶺頭青。周吴樂府今時讀，哀怨餘音好細聽。近從旭初習爲慢詞，因取其評選宋詞手抄之，以爲日課。

注：①一瓶一鉢：和尚雲遊時攜帶的最簡單的食具。形容家境貧寒，生活簡樸。

次韻酬禺生

未須把酒問青冥[1]，稷下[2]談天慣不經。四海一時驚戰伐，九州何日出羶腥[3]。亂中爲客頭俱白，衆裏逢君眼總青。詩好應煩許十一，燈前和雨誦來聽。

注：①青冥：青天、蒼天。②稷下：指春秋戰國時齊國都城臨淄稷門周圍。當時齊威王網羅天下學士於此，故有“稷下談天慣不經”句。③羶腥：舊時對北方少數民族的風習或其所建立的政權等的蔑稱。此處指日本侵略者。

同逷先詠松[1]

拔地參天赴遠期，百年無改歲寒姿。林堪梁棟甯希用，秦大夫封[2]亦不辭。
百畝陰成幹十圍，紅塵不見見清輝。細參雲壑沉冥意，始信淵明衹合歸。

注：①同逷先詠松：作者好友朱希祖（逷先）家鄉浙江省海鹽縣祖墳前原有兩棵松樹，幼年時其叔祖父曾爲其在扇子上繪一幅松柏圖，並題有“勉成大器成松柏，期望深心畫裏

傳”句。後兩棵松樹爲大風所折，朱作《題雙松圖》詩，族弟畫《雙松圖》以爲紀念。抗戰時居重慶，朱向好友汪東談起兩棵松樹的故事，請擅長丹青的汪東重繪《雙松圖》，並出示舊作《詠松》二首。汪東《雙松圖》繪成，作者即題此二詩。②秦大夫封：亦作“秦封大夫”，爲詠松之典。《史記·秦始皇本紀》：“下（泰山），風雨暴至，休於樹下，因封其樹爲五大夫。”

題　畫

遠俗離塵歸一致，水仙婀娜竹剛强。其間尚有韋弦[①]意，短幅相看意倍長。

老幹蕭疏葉已稀，却看新意滿孫枝。此君終始無塵想，映日凌風别有姿。

注：①韋弦：表示自我規戒，隨時提醒自己改正缺點。《韓非子·觀行》：“西門豹之性急，故佩韋以緩己；董安於之心緩，故佩弦以自急。故以有餘補不足，以長續短之謂明主。”

七月三十夜夢獲撲地白鴿

萬千花絮舞雲空，銀鴿匆匆撲地風。此日和平端有象，他時戡定豈無功。黑翎未與傳書異，短喙應非啄屋同。得見何須煩祭告，喜心先動夢魂中。

紀八月十二夜夢

光輝爛朱閣，摩天切雲裏。平陸忽掀簸，牆宇傾欲圮。閣上戲明瓊，酣嬉誰家子？翻翻[①]巢幙燕，火炎無全理。誰無骨肉愛，憤然挾之起。獨醒衆已醉，寧故别人已。推枕起傍徨，世事何遽爾。

注：①翻翻：翻飛、飛翔貌。

同旭初賦龍眼

東川風味憐龍眼，黄顆連枝賣入城。蒸罷烏梅愧顔色，鮮時玉荔鬥晶瑩。古人作賦搜珍果，今日吟詩抒遠情。安得西湖菱芡好，冰盤相佐薦新清。

再　題

芍藥牡丹相繼開，荔支龍眼並傳來。果中花裏無差等，縱遜些微總是才。

次韻旭初憶鄉物之作

從古詩人總俊流，吴城[1]不住定杭州。晚風凉上新荷盞，最愛湖邊樓上頭。

注：①吴城：指蘇州。汪東（旭初）家鄉爲江蘇吴縣（今屬蘇州市）。

次韻旭初效放翁詩

歸鳥群飛振急翎，天低雲黑雨冥冥。試看老柏終無恙，始信深山自有靈。草露又成今夜白，鬢毛强作舊時青。從來萬里橋邊水，那管行人不要聽。

閑窗偶題

難將尊酒寫無憀[1]，細聽松風轉寂寥。青鬢未霜人已老，紅蕉經雨葉偏驕。試推物理須行樂，漫問山靈倘見招。世事萬端從付與，悠悠枝上有鳴蜩。

注：①無憀：空閑而煩悶的心情。

呈旭初

平生昆弟交，况在憂患間。寥寥此中語，稱意無增删。山居一月娱，勝抵十年間。筆墨不自私，爲人破愁顔。豈故弄狡獪，妙推解連環。彼己理一致，欣慼仍相關。倦矣不獲休，途遠未可還。澗水和松濤，日夜響潺湲。流潤被四野，清源祇此山。

次韻答兼士病起司鐸書院[①]看海棠，和羨季用東坡定惠院東海棠詩韻，却寄之作

造物一視凡草木，春情樂同不樂獨。陋邦大邑皆春風，衆人熙熙總成俗。自無始來即樂此，不道世間有陵谷。回黄轉緑已堪哀，幾輩山丘幾華屋。感時濺淚百花前，况復亂離傷骨肉。杜鵑久啼那得已，流鶯巧囀何由足。山鳥山花但惱人，心不能平身焉淑。望遠欲到荒江頭，避兵時竄幽巖腹。百骸困頓慚輕絜，萬事平安託修竹。有弟有弟天一方，忽寄新篇豁愁目。若逢清宴賞花遊，定爲海棠樂西蜀。於今翻憶司鐸園，安得聳身跨黄鵠。飛去共子花下飲，更邀羨季[②]酣歌曲。併取千日供一醉，世上紛紛任蠻觸。

注：①司鐸書院：司鐸，天主教神父的正式品級職稱，也稱司祭。司鐸書院位於北平輔仁大學校内。抗戰時期，輔仁大學購得清恭王府後花園，將大戲樓改爲小型禮堂，並將花園中的花房和花神廟拆除，建起司鐸書院樓，成爲學校神職人員居住和活動的場所。②羨季：時任輔仁大學教師顧隨（字羨季）。顧稱作者爲“默師”。

題羅卓英[①]將軍《上高會戰[②]奏捷》詩

百戰聲威舊，三年鋒鏑勤。圍棋終破賊，横槊[③]更能文。追騎嘶斜日，饑鳥避陣雲。至今風雨夜，猶似走千軍。

注：①羅卓英：字尤青，廣東大埔人。抗戰期間，先後參加保衛上海、南京、武漢的戰役，指揮上高戰役，任第十九集團軍總司令、第九戰區總司令等職。善作詩，著有《呼江吸海樓詩》等。②上高會戰（戰役）：指1941年3月中國軍隊與侵華日軍在江西上高縣的一次决戰，以中方取得全面勝利而結束。③横槊：横持長矛，泛指習武從軍。

次韻奉答旭初見示，寄懷兼士

逢人叨白眼，處世愧龐眉[①]。愁裏看雲色，尊前想月姿。莫思鄉近遠，要問國安危。曠野念鳴鹿[②]，良朋解賦詩。

注：①龐眉：眉毛黑白雜色，形容老貌。②鳴鹿：喻禮賢求友。《詩經 · 小雅 · 鹿鳴》：“呦呦鹿鳴，食野之蘋。”

遣　興

玄蟬咽斷最高枝，此處當時聽子規。幾日花光蕉豔豔，一坪秋色草萋萋。閲人争似長亭樹，警夢還輸野店雞。百代悠悠紛過客，未妨冥漠[①]醉如泥。

注：①冥漠：隱約，模糊。

百年自防空洞歸，以小詩見示，因次韻

陰洞潛身暫息機，强平憤火裏寒衣。當頭群翼相將過，到耳疏鐘各自歸。

偶　感

亂極萌潛力，時危感動心。弋鴻飛遠塞，罝[①]兔在中林。江水雙流急，山巒四繞深。秋陽半明滅，倚樹聽蟬吟。

注：①罝：古代捉兔的網。

比來衆人憂敵機來擾頻仍，得雨遂安悦

風雨既如晦，雞鳴遂不休。愁添巴水闊，夢接越山浮。草木兵旋解，雲霄陣總收。萬家喜天助，屋漏卻誰尤。轟炸後屋瓦大率皆震壞，遇雨輒穿漏。

次韻公武月下有感二絶句

平生最愛是清秋，葉障花迷次第休。不道今宵望明月，月中桂影迴添愁。今夕月蝕。

明月秋來故不同，清光和露洗疏桐。淡雲斜漢[①]情無改，自與江流更向東。

注：①斜漢：指秋天向西南方向偏斜的銀河。

再用前韻

聒耳玄蟬警素秋[①]，燈前蛩語更無休。可堪此際明明月，遍向天涯照客愁。

銀漢迢遥千里同，又看秋意滿梧桐。紛紛涼月窗紗底，輕夢還尋小閣東。

注：①素秋：秋季。古代五行之説，秋屬金，其色白，故稱。

旭初有和章，輒奉酬

省識人間寂寞秋，停杯留月且休休[①]。無端池上風吹水，却對清波憶莫愁。

此日清秋與昔同，閣前唯欠碧梧桐。人生何事長愁絶，月自西沉我欲東。

注：①休休：悠閑的樣子。

聞季鸞[①]病歿，詩以哭之

死生事誠大，其實無足道。惟於今日言，一死殊太早。九州行復同，腥羶迹可掃。何不忍須臾，揚眉向清昊。奮君匡時筆，灑灑傾積抱。惜哉千金軀，久病難相保。憶昔發長安，同舟渡三島。衆中君最少，光輝日杲杲。風塵三十載，憂勞首先皓。少壯信難久，誰復嫌醜老？逝矣今何言，悽愴霜前草。

投書未報聞君病，正欲相看已後時。一事差無懸劍恨，爲君曾寫蕩陰碑[②]。君屬余臨《張遷碑》，兩月前臨奉一本，得手書云"病中獲此，足資遣日，意殊快也"。

注：①季鸞：張季鸞（1888—1941），名熾章，字季鸞，陝西榆林人，現代新聞家、政論家。1905年秋，作者與張氏爲同批陝籍留日學生，離開西安赴日本，故詩中有"憶昔發長安，同舟渡三島"句。②蕩陰碑：即《蕩陰碑》，又稱《張遷碑》，全稱《漢故穀城長蕩陰令張君表頌》。

秋　感

宵露經晨苦未晞，豆棚瓜隴總霑衣。登高此日虛能賦，望遠從來可當歸。晚蝶幽花迷小徑，亂蟬疏樹送斜暉。清秋高興憑誰發？松栝[①]年年長舊圍。

注：①栝：古書上指檜樹。

秋夜雷雨，不寐有作

燈火三更遂欲昏，地偏宵寂四無鄰。雨喧溝水推排夢，雷轢[①]峽空驚動人。過此定添秋氣勢，從今好看菊精神。無端枕上思量起，百不相干一任真。

注：①轢：敲打，撞擊。

偶　占

清露旋看霑草白，秋陽猶欲向人驕。三更涼透梧桐雨，歸夢依稀廿四橋[①]。

注：①廿四橋：橋名，位於江蘇省揚州市境内。清代李斗《揚州畫舫録·岡西録》：“廿四橋即吴家磚橋，一名紅藥橋，在熙春臺後。”唐代杜牧《寄揚州韓綽判官》詩：“二十四橋明月夜，玉人何處教吹簫。”

曆載十四夜亥刻月蝕，至時月華現而月明如故，仍用前韻成二絶句

臨水登山愛早秋，吾生安穩得歸休。不須更爲凶蟇[①]憤，天遣祥光與祓[②]愁。

綵暈圓暉玉宇同，含情凝望倚高桐。清光照徹蓬萊淺，行見揚塵到海東。

注：①蟇：“蟆”的異體字。②祓：掃除。

味辛[①]索詩，即題其集

遊心千仞入沉思，盾墨磨成但寫詩。虎脊龍文看卓躒，玉韘金版[②]與神奇。武功一集群推重，文館諸家萬選宜。苞笋清新固無比，細參風味始能知。

注：①味辛：姚琮（1891—1977），字味辛，浙江瑞安人。早年畢業於保定陸軍速成學堂，抗戰時任國民政府軍事委員會管理部副部長、代部長等職。著有《味笋齋詩文鈔》等。②玉韘金版：泛指書籍。

遏先以洪筠軒舊藏修禊敘定武肥本見貽，並示小詩[①]，次韻奉答

亂離惜故舊，寤言[②]歡易愜。後來視今日，珍重筠軒帖。

注：①遏先以洪筠軒舊藏修禊敘定武肥本見貽，並示小詩：據朱元曙、朱樂川編著《朱希祖先生年譜長編》第629—630頁，是年9月10日，朱希祖（遏先）將收藏多年的《宋拓定武肥本蘭亭序帖》贈與作者，並賦詩《洪筠軒題藏宋拓定武肥本蘭亭序帖贈尹默》記之。詩云："臨摹意所需，投贈心方愜。聊紀卅年交，豈貴千金帖。"洪筠軒：洪頤煊（1765—1837），號筠軒，浙江臨海人。清代藏書家，著有《筠軒文鈔》等。②寤言：晤言，相會而對語。

爲李縐丞[①]題其先德海珊[②]將軍傳志後。海珊，江淮宿將，甲午中東之役戰歿於蓋平[③]

殺賊唯肝膽，平番見性情。行間如此少，死日令人驚。鼙鼓思邊將，衣冠望蓋平。賢郎翻教授，報國早揚聲。

注：①李縐丞：李寅恭（1884—1958），字縐丞、縐宸，安徽合肥人。早年出使英國，曾任安徽省立第一農校林科主任、國立中央大學農學院教授，在《國立中央大學農學院旬刊》《時事月報》等刊登詩作。②海珊：李世鴻（1843—1895），字海珊，安徽合肥人，李寅恭之父，清軍將領。1894年甲午戰爭爆發後，赴援旅順、蓋平等地。次年與日軍激戰死。③蓋平：今遼寧省蓋州市。

巾車望何許

巾車望何許，言適烏有鄉。在昔哭途窮，欲濟川無梁。寰區實偪側[①]，回旋每相妨。逝者冢纍纍，生者居其旁。冲天限寥廓，蟄地遭埋藏。動定兩無可，死生同一場。奄忽非所悲，所悲久佯狂。

注：①偪側：亦作"偪仄"，意思是擁擠。

秋雨竟夕

短檠[①]深宵乍有光，涼蛩苦與睡相妨。從來愛聽秋窗雨，不道愁聲爾許長。

注：①短檠：借指小燈。

公武兩示王去病[①]君見贈詩歌，以國寶相推，獎借逾分，因有是答

獨有昌菹[②]嗜，頻頒藻飾篇。國虛以爲寶，人愧未能賢。虎卧難當關，鶴鳴希聞天。名聲他日事，文字敢輕傳。

注：①王去病：又名正之，曾在《國民外交雜志》《新亞細亞》《民治月刊》等刊登詩作，其他不詳。②昌菹：亦作“昌蒩”，即昌蒲根的醃製品。

日　蝕

中華民國三十年九月廿一日，舊曆八月壬申朔也。午前九時許日蝕，吾國可見全食地帶有新、青、甘、陝、鄂、贛、閩、浙八省。史載最近日全食爲明嘉靖廿一年七月己酉，且聞父老言，戚繼光於是時擊破倭寇。

建國三十年，曰維辛巳歲。九月廿一日，日蝕事非細。是時初過雨，天高秋氣霽。朝陽出杲杲，圓景無纖翳[①]。巳刻漸已逼，晝色乍微晦。中庭聚測候，滿水盆盎內。倒映儼食餅，規圜虧齒際。黑陰旋侵升，晶光遂掩昧。俄頃現鈎月，淡掛薄雲外。此間所見如是。鳴鉦[②]喧童孺，護視返故態。歲數歷四百，嘉靖垂所載。全食今重覩，雍揚亘地帶。奔走天文家，研窺得機會。倏爾隱陽曜，因之顯衆麗。舊説疑玄虛，新察切實在。惜哉多事秋，舉一十還廢。文明孕喪亂，倫類[③]嗟破碎。兵氣干日月，天象示成敗。災祥非所論，感召堪驚怪。桓桓戚將軍，殲倭盛明代。云在全食年，依例勝當再。未要稽往乘，父老言可佩。群力赴徵驗，海隅足慰快。食既復光輝，光輝更盛大。

注：①纖翳：指微小的障蔽（多指浮雲）。②鳴鉦：敲擊鉦、鐃或鑼，古代常用作起程的信號。民間有日食、月食時敲打響器，以救回日月的習俗。③倫類：人倫道德之理。

誦旭初《飛泉歌》，因有作。泉在江南岸仙侶洞[①]，久雨後輒見

眼前無飛泉，意中有飛泉。誦君飛泉詩，滿耳泉響淙淙然。是耶非耶仙侶洞，跳珠拖練迷輕煙。欲頹不頹崖石懸，林木蓊翳飛鳥騫。上有泬寥[②]之高天，下有清泠之深淵。當流洗明月，銀光顥顥[③]萬道相延緣。令我慨然懷李白，醉攬水月無難色。挾月忽忽成飛仙，遺落秀句隨流傳。

注：①仙侶洞：山洞名，位於今重慶長江南岸南温泉景區。②泬寥：清朗空曠貌。③顥顥：潔白有光貌。

追題仙侶洞

洞闢自何年，何人之所傳。仙侶果何氏，出世何因緣。一一非所問，但來聽流泉。溜滴響盂地，罅縫窺遠天。穹宇懸石乳，幽壁對苔錢。雲多陰靄合，雨積山洪連。飛泉不自飛，視此常涓涓。

中秋偶題

破峽江流去，横空月照來。欲窮千里目，怕上九成臺[①]。丹桂飄難盡，紅蕉落復開。深憑仍淺把，莫負此生杯。

注：①九成臺：臺名，在今廣東曲江北，又名聞韶臺，相傳舜南巡奏樂於此。

敵傳廿七日占領我長沙，今見湘北捷報，破敵可期[①]

聞道長沙在，群情失喜同。捷音喧號外，殺氣望湘中。師老勞宜敗，謡多破不攻。洋洋汨羅水，終古起雄風。

注：①敵傳廿七日占領我長沙，今見湘北捷報，破敵可期：此所指抗日戰争期間第二次長沙會戰。1941年9月7日，日軍向大雲山、方山遊擊根據地進攻，會戰打響。日軍强渡新牆河、汨羅江，進逼長沙。10月1日，在中國軍隊南北夾擊下，日軍傷亡慘重，被迫向北突圍。中國軍隊乘勢追擊，最後在新牆河與日軍形成對峙局面，會戰結束。

聞湘北再捷，集庸齋齋中，分韻得“威”字

湘北敵深入，官軍遂合圍。背城終再捷，焦土昨全非。精鋭窮胡力，沉雄振漢威。三年有今日，感激欲沾衣。

再題湘北大捷十六韻

又報長沙捷，金湯自此州。三年困豺虎，一旦奮貔貅。車驟輕當臂，鋒交有斷頭。旌旗真蔽日，笳鼓最宜秋。懸阱深牽誘，堅圍四帀[①]周。狼奔聲更惡，豕突血還流。萬衆成新鬼，群俘作楚囚。掀騰汨羅水，驚動岳陽樓。戰事從兹利，民瞻莫外求。勵行吾國策，翻戢異邦謀。己力難傾覆，人言易謬悠[②]。甲兵洗東海，烽火靖西歐。他日思名論，當前着勝籌。交通誰得阻，食用信無憂。鵬賦[③]非今語，離騷但古愁。功高諸將士，隨處聽歌謳。

注：①帀：同“匝”。②謬悠：荒誕無稽。《莊子·天下》：“以謬悠之説，荒唐之言，無端崖之辭，時恣縱而不儻，不以觭見之也。”③鵬賦：指唐代李白所作《大鵬賦》。

十月十日雷雨中喜傳宜昌收復二首

破竹成新勢，宜昌始用兵。波濤連漢水，雷雨動山城。信可驅胡虜，非徒便旅行。謳歌騰海外，早晚看收京。

去歲宜昌失，西南困轉輸。今隨湘北捷，勢順海東趨。戰伐勤師旅，安危賴士夫。尋常衣食計，莫再誤區區。

次譚仲暉長沙報捷韻

狂寇擲孤注，輕心就聚殲。干城振師旅，敵愾起閭閻[①]。轉運終無阻，豐穰[②]始有占。三湘固邦本，不獨係觀瞻。

注：①閭閻：借指平民百姓。②豐穰：猶豐熟。

雜　詩

仁義本易知，易知復難行。始知知未盡，淹留將焉成。魯叟[①]勤彌縫[②]，日月有晦明。六籍寧懼毀，往事徵狂嬴。所歎莊周言，禮樂生煩刑。樂道無陋巷，儒術資公卿。始料詎及此，賢聖惜素情。

服儒未明習，不如老與釋。般若足了性，清静可安國。善獨誠若私，理民庶非賊。禮樂有本根，文章豈藻飾。往矣大聖人，寧復間語默。典册非空言，實義當意逆。因時制其宜，斯乃百世則。

自從無始來，盡人解食色。俯仰見日月，作息候朝夕。渾然千載間，凡百有經歷。久久遂滋多，既損還復益。詩書理行事，禮樂盡潤飾。擷華豈不好，遺實良可惜。

吾生誠苦晚，紛然欣多遇。瞻前非一新，察往非一故。損益今攸爲，因革古所具。祇此斟酌間，遂成當世務。向來注六經，安知無謬誤。聖賢蓄德音，讀者在章句。

世情得失間，蹙蹙靡所便。達人解其會，作易寫憂患。日月昭明示，陰陽復幽贊。理静無懸殊，迹動有異變。易簡得要約，三易還一貫。遠説固莫窮，近察終可見。無爲心眼役，離經成虚玩。

黄流接混茫，浩浩下泥沙。九曲如有讓，千里誰能遮。懷哉利濟功，漂溺復無涯。始以一綫源，納彼萬派差。不息成其大，感之長咨嗟。

山川異風土，朝夕變氣候。一切循自然，於何爲病詬。朅來稍更事，明當去所囿。慨自三季還，凡百未改舊。淺知生迷罔，率行乖先後。得理失宜間，功過居然就。

風吹庭前樹，不復分昨今。花花更新朵，葉葉生舊陰。月照堂上樽，何由别淺深。朱顔映瀲灩，華髮看侵尋。泠泠七弦琴，寥寥萬古心。一彈再三歎，持此感知音。

灼灼雞冠花，昂然當階前。凉飆[③]翻豈動，秋陽曜更妍。泯彼開落迹，無爲圖畫傳。雜之百卉間，所立卓不偏。向來絶品題，此事或當賢。

小草守本根，而不殉世情。庭野無二致，古今同一榮。每被秋霜殺，還共春陽生。踐踏隨所遭，俯仰豈不平。尋常乃如此，松柏有高名。

羲之籠白鵝，乃寫道德經[④]。山陰一道士，亦遂與聲名。雖然同所好，正爾異其情。區區形神間，誰復别重輕！

團枝非一實，連林非一花。風翻明勝錦，霜垂爛若霞。狂蜂不禁入，好鳥還思家。正爲色味來，此事堪咨嗟。

平生少酒量，亦不爲醉困。領彼陶然趣，持此介然分。尊中有斟酌，坐上無喜愠。陶劉自優劣，往矣非當論。

永叔不工書，謂解筆研趣。從申[⑤]非真好，北海非久惡。祇此好惡間，誰能明其故？耳目有改玩，張李無異處。

淵明但飲酒，詩成倩人書。既書還閣置，所懷良已舒。翻從千載下，津津味其餘。好鳥鳴林間，枝條仍扶疏。三復當日言，不樂復何如。

人生憂患間，非病即驚老。神意固有餘，形骸難久好。白日去堂堂，悲歡迹如掃。赴此百年期，終須一日保。

霜風驚草木，葉落還歸根。流水赴大壑，不復顧其源。此自何得喪，百慮煎精魂。悠遊可卒歲，世事難具論。

向來愛松柏，青青終歲好。細較枝葉間，亦復有枯槁。如何持此身，不令病與老。病來有去時，老至誰當惱？

西風飄落葉，哀蟬噤無聲。嚴霜殺百草，唧唧寒蛩鳴。豈不感氣候，而能持素情。微物有如此，因之念平生。

風前芙蓉花，既開卷始落。霜下黃金英，枝頭乾灼灼。春紅豈不好，分飛意落漠。生死還相保，感念平生約。

眼中秋園花，無由别妍醜。花花各自好，葉葉正相守。人情厭寂寞，往往酣杯酒。既醉還復醒，此事終何有。

夜雨怨巴山，巴山那得知？巴山常夜雨，未異從來時。悠悠古人心，沉沉今日思。且莫論古今，但詠西窗詩。

喔喔雞相和，聞知非惡聲。細雨灑燈前，夜窗殊未明。萬里有同心，千載無異情。感兹不能寐，起坐何由平。

良藥常苦口，每與人情殊。願甘遂得苦，誰當明其樞？憂樂相煎熬，道勝乃敷腴[6]。言之誠匪艱，舉足無坦途。

少年每自喜，費時如揮金。謂此明日事，安用惜寸陰。明日誠當有，要知已非今。一生祇此日，易過難重尋。

蜀道最崎嶇，難於上青天。氣流有波折，御風善泠然。涉灘更陟嶺，動成溺與顛。有迹終可辨，世路誰能便？心兵久已起，談笑方樽前。

太白每邀月，淵明還賦詩。爾時若無酒，此懷誰與持。沉湎遂及亂，從來誠在兹。斟酌實由人，亦自有其宜。帝女與杜康[7]，善惡兩未知。

綺窗紫霞杯，王母妙顏開。誰能輕萬里，一上崑崙來。蟠桃滿玄圃，圓月臨瑶臺。似聞天上樂，還爲人間哀。長謡[8]思周穆，當時亦費才。

凌風花凋顔，承露葉如掌。花葉爲秋盡，尊前幾俯仰。悠悠有所思，襟期彌嚮往。已罷鳴琴彈，遑論知音賞。

至動歎逝水，至靜仰高山。山水各動静，人意參其間。儼若握樞機，息息遂相關。一身備萬物，行之寧匪艱。

江北望江南，迢迢儼千里。江南隔江北，盈盈但一水。將心託明月，併入流波裏。流波青天色，夜夜情何已。一任往來風，吹波連岸起。岸上倚樓人，脉脉當會此。

次公醒而狂[⑨]，斯語良可喜。强於劉伯倫，終日沉醉裏。其實亦難言，濁醪有妙理。本不與狂期，但思飲酒耳。石醉斗亦醉，誰能計較此？

世紛信難解，會當决以時。瓜熟蒂自落，誰能謬所期？時義大矣哉，莫或後先之。持此驗成毀，昭昭若筮龟[⑩]。

退之號闢佛，於佛少所損。梁武崇功德，劃然離其本。虔佞與妄呵，功過胡相反。

向來貴法天，法天自有要。一切盡取法，往往乖惡好。人力有用處，旋轉成其妙。所以往哲言，修道乃爲教。

吾友黄季剛，爲學具條貫。惜哉過珍秘，子弟無由見。遺書紛在篋，朱墨爛盈卷。此事無傳人，終悲廣陵散[⑪]。

晦聞愛苦吟，亦不厭枯槁。位置每自高，風騷恣探討。詩派塞已久，能開豈不好。陳三終莫及，此語誰解道？

霜厓能度曲，亦解作豪飲。往往恣狂酣，謹願出酩酊。置胸少芥蒂，在喉多骨鯁。幾卷納楹書，妙趣誰當領？

斯人非聖賢，差失孰能免。觀過可知仁，是非難驟辨。貽害固在惡，敗績或因善。流弊每易滋，安得不加勉。

中夜彈鳴琴，阮公起徘徊。無夕不飲酒，陶令胡爲哉。一燈照暗室，五字蘊奇才。今情殊未盡，古意却漸回。持此一卷書，叩彼千載懷。佳城[⑫]閉已久，鬱鬱誰爲開？

注：①魯叟：魯地年老的儒生。唐代李白《嘲魯叟》："魯叟談五經，白髮死章句。"②彌縫：縫合，補救。③凉飆：秋風。④羲之籠白鵝，乃寫道德經：指王羲之寫《道德經》换白鵝的故事。《晉書·王羲之傳》："又山陰有一道士，養好鵝，羲之往觀焉，意甚悦，固求市之。道士云：'爲寫《道德經》，當舉群相贈耳。'羲之欣然寫畢，籠鵝而歸，甚以爲樂。"⑤從申：張從申，唐代書法家，吴郡（今江蘇省蘇州市）人。⑥敷腴：顔色豐潤有光澤貌，形容神采焕發。唐代杜甫《遣懷》詩："兩公壯藻思，得我色敷腴。"⑦帝女與杜康：據傳二者爲釀酒始祖。⑧長謡：指白雲謡，古代神話傳説中西王母爲周穆王所作之歌。

⑨次公醒而狂：源自典故"次公醒狂"，指人性格狂放。次公，漢宣帝時司隸校尉蓋寬饒（字次公）。《漢書 · 蓋寬饒傳》："丞相魏侯笑曰：'次公醒而狂，何必酒也？'坐者皆屬卑下之。"⑩筮龟：潛伏在蓍叢下的龟。⑪廣陵散：即古琴十大名曲之一《廣陵散》。相傳魏晉名士嵇康善彈此曲，臨刑前曾索琴彈奏，並慨然長歎："《廣陵散》於今絶矣！"從容赴死。此處指黄季剛學問如《廣陵散》一樣失傳。⑫佳城：喻指墓地。典出《西京雜記》卷四。宋代黄庭堅《再答明略二首》："君不見、曩時子産識然明，知音鬱鬱閉佳城。"

秋夜遣興

江波流月去湯湯，萬里雲羅有雁行。露滴總添新皎潔，桂飄猶帶舊芬芳。頻年轉徙聞清角[1]，異地登臨望故鄉。渺渺愁予秋水闊，漁歌起處是瀟湘。

注：①清角：即《清角》，雅曲名。

次韻季茀[1]病中見懷之作

重逢劍外[2]又經年，相應依然扣兩欒。蒼鬢易興川上歎，朱顔且作醉時歡。從來言語原無擇，偶爾篇章總可觀。此際雲天同矯首，奮飛真欲插輕翰。

注：①季茀：許壽裳（1883—1948），字季茀、季黻，浙江紹興人。早年留學日本，與作者弟弟兼士等隨章太炎受業。抗戰時任國立西北聯合大學教授、華西大學教授。②劍外：唐時稱劍門以南的蜀中地區爲劍外。就唐都長安而言，四川位於劍門關外，故稱。後泛指蜀地。

秋窗漫題

萬事乘除在，吾生莫浪憂。紛華憐令序[1]，成實總高秋。豈少凉飔入，猶堪爽氣收。幽蛩何意思，唧唧不能休。

注：①令序：猶佳節。

莫因一首

物價依人力，錢神驗國符。時乎猶得會，强者握其樞。争利從來誡，經邦自有圖。莫因招訕謗，橫議責潛夫。

偶效義山之作

風起長河隔九天，橋成靈鵲動經年。水紋簾下疑無月，寶篆鑪空若有煙。子夜聞歌鶯歷歷，西樓歸夢蝶翩翩。連環自是無情物，付與齊椎亦枉然。

新作竹籬，因之成詠

滔滔有如此，緩緩漫言歸。最使憐新雁，誰當綻故衣？拒霜明夕秀，高樹静斜暉。來往妨多病，編籬未可非。

繞屋石添徑，依園竹補籬。遂成朝夕計，莫作去留思。黃菊終宜酒，紅蕉亦費詩。高秋響清角，久久不能悲。

旭初見示小詩，詠松以答之

骨自崚嶒神自腴，樛枝[①]直幹未應殊。偶然學作蒼龍卧，萬壑長風動得無。

注：①樛枝：向下彎曲的樹枝。

詠庭中曲柳

旭初近病腰吕[①]，余亦多所患意洎如也，感而賦此。

示疾維摩詰，楊枝拂共青。直心原是性，曲勢不妨形。斤斧尋梁棟，杯棬[②]取典型。蕭疏不經賞，生意入空庭。

注：①腰吕：吕，脊之本字，指脊梁骨。腰吕，指腰椎。《説文解字·吕部》："吕，脊骨也。象形。"②杯棬：古代一種木質的飲器，特指酒杯。

自　是

幾聲悲角動秋風，一覺熹微晻暖中。夜雨乍收朝岫遠，夢雲易斷曙樓空。無情露草餘平緑，有意霜花着淺紅。自是清詞難改得，人生長恨水長東。

旭初偶效誠齋詩，因贈

昔日誠齋今寄菴，偶然落筆味醰醰①。真甜始信非蜂蜜，青果回餘乃是甘。

注：①醰醰：醇濃，醇厚。

鑑齋雜興六言六章

古今衹此山川，望中不絶風煙。一丘一壑予聖①，半醒半醉誰賢？
明日何如今日，尊前勝似花前。一呷芳辛俱了，千般開落紛然。
芙蓉爲誰曄曄？露斯②如此盈盈。萬里相看眼底，從來未異平生。
凡百但關知者，莫逢不可與言。小徑居然繞屋，短籬未隔塵喧。
鑑齋果何所鑑，此語拈出由他。皺面觀河見影，還應持問流波。
病來不妨語默，病去仍此形骸。些些去來兩事，枝頭葉落花開。

注：①予聖：自以爲聖人，謂自誇高明。《詩經·小雅·正月》："具曰予聖，誰知烏之雌雄？"②露斯：露，露珠；斯，語助詞，無實義。《詩經·小雅·湛露》："湛湛露斯，匪陽不晞。"意思是清晨露水濃重，不遇陽光不會乾。

題芙蓉

屋後芙蓉一朵開，垂垂雨裏耀重臺。細看不比凌風態，鬥取薄紅單瓣來。

戲吟，博旭初一笑

先生緑髮飄秋柳，神女纖裳想暮雲。縱使移家鄰宋玉①，窺牆花葉可能分。

注：①宋玉：戰國時期楚國辭賦家。據傳，宋玉故宅在湖北秭歸。唐代李商隱《高花》詩："宋玉臨江宅，牆低不礙窺。"

鵷雛示近作云效拙體，次韻酬之

風壑龍音松掩仰，雨籬麂眼竹交加。高秋誰與開尊酒，勝事還來賞菊花。擬我篇章成戲謔，羡君才調擅清華。胸中塊壘[1]終澆得，簿領閑時便煮茶。

注：①塊壘：比喻鬱積在心的氣憤或愁悶。

竟日風雨，枕上偶吟

日星乍明滅，風露久侵尋。燈入宵情寂，秋隨雨氣深。江關詞賦[1]感，山徑菊松心。又是重陽近，蕭條例作陰。

注：①江關詞賦：指南北朝時期文學家庾信後期以鄉關之思發爲哀怨之辭，達到很高的藝術水準。唐代杜甫《詠懷古迹》詩中評論其"暮年詩賦動江關"。

仲暉書來，云重陽必有詩，期相示，預作寫寄離亂情懷，即登臨亦何能異此

詩人九日例登臨，風雨凄其感此心。愁際連雲無過雁，望中遠樹有歸禽。非關白酒成憂樂，總付黄華閲古今。新植短籬聊復爾，蕭疏秋意更彌襟。

鵷雛[1]次韻見酬，再和之

雨晴風静絶塵沙，籬落清疏意有加。豈少新詞酬九日，不因故事愛黄花。平生最領三秋[2]趣，此際休驚兩鬢華。凡百相違復相與，鬥詩勝似鬥名茶。

注：①鵷雛：作者好友、時任國民政府監察院監察委員姚鵷雛。②三秋：秋季。亦指秋季第三月，即農曆九月。

述庭[1]以《次韻庚白[2]春晴過訪》舊作見示，輒和之

境静日長宜讀書，不妨權任往來疏。新醅緑盞傾村釀，細蕊黄畦對野蔬。幾度臨川嗟水逝，半生行脚與山俱。閑吟自是安心法，莫作尋常結習除。

注：①述庭：趙廼摶（1897—1986），字述庭，浙江杭州人。民國初年，作者執教北京大學文科時，趙從北大預科讀到本科畢業，後留學美國，歸國後又長期執教於北大。②庚白：作者好友、詩人林庚白。

次韻履川見示康莊[①]十疊韻詩

字格驚鴻戲，詩情彩鳳飛。難分兩心迹，直是一精微。帶結金生暖，環裁玉作肥。明燈偏照夜，簾幕久光暉。

心字罏香永，飛煙繞别杯。輕輕仍結篆，故故不成灰。四海求知己，彌天惜此才。迷離愧予聖，妙句費疑猜。

别去寒長在，吟來意乍蘇。錦茵無犬卧，花障有禽呼。頌橘情何限，爲鄰德不孤。吞鍼還借問，此事果能無。

注：①康莊：重慶地名，在市區上清寺特園内。

鄧詩菴[①]屬題《梅花夢傳奇》[②]

看花贏得自由身，臨水窺籬總愴神。不分與梅同姓字，先春開落是前因。

夢裏幽香發故枝，醒來新恨入沉思。百年哀樂知多少，却記當時一段奇。

注：①鄧詩菴：鄧振瀛（1883—1958），字詩菴，湖北江陵（今荆州市）人。早年自費留學日本，歸國後任清政府農工商部候補主事。民國時期，曾任江蘇省教育廳廳長。②《梅花夢傳奇》：清代陳森所撰戲曲作品。

壽沫若五十[①]

吾愛郭夫子，耽思入反聽[②]。精粗疏古事，新舊立今型。已訝多文富，還能大户醒。行途半百里，珍重鬢毛青。

注：①壽沫若五十：據作者和郭沫若的共同朋友、時任國立中央大學教師常任俠在《戰雲紀事》1941年9月30日條記載："寫寄歌樂山沈尹默一函，因11月16日爲郭沫若五十壽辰，鄭伯奇等發起刊行郭先生創作生活二十五周年紀念册，託爲索稿也。"作者收到常氏信後寫成此詩，並於同年11月16日發表在《新華日報》上，標題改爲《贈郭先生》。②反聽：能够接受别人的意見。《史記·商君列傳》："反聽之謂聰，内視之謂明，自勝之謂强。"

爲真如作

晴空作紙海爲池，襟抱平生盡一揮。筆陣堂堂固如此，要從個裏見天機。

千里[1]以六十自壽詩見示，因贈

日射波翻碧海邊，乍逢旋別亦前緣。黄花又負三年客，麗句猶堪四坐傳。袖裏雲根[2]鐫姓字，眼中霜幹養風煙。於今周甲開新曆，任是白頭也少年。

注：①千里：楊千里（1882—1958），名天驥，號千里，江蘇吴江人，南社社員，現代詩人、書法家。抗日戰争時，輾轉至重慶，曾任國民政府監察院秘書。②雲根：指山石。宋代梅堯臣《次韻答吴長文内翰遺石器八十八件》詩：“山工日斲器，殊匪事樵牧。掘地取雲根，剖堅如剖玉。”

喜逢睿嬰因贈，兼寄懷權

轉徙添强健，嗟余老病侵。細論今日事，遥集十年心。旅雁難成陣，飛鳥自繞林。移情更何許，海上有瑶琴。

晨起覺腰間酸楚，戲吟一首

二滿三平[1]過即休，人間終有地埋憂。山川重疊供青眼，歲月峥嶸到白頭。一概漫量天下事，萬殊微喻水中漚。昨朝鬥取身强健，誰信新來不自由！

注：①二滿三平：亦作“三平二滿”，比喻生活過得去，很滿足。宋代黄庭堅《四休居士詩序》：“四休笑曰：‘粗茶淡飯，飽即休；補破遮寒，暖即休；三平二滿，過即休；不貪不妒，老即休。’山谷曰：‘此安樂法也。’”

病　腰　戲簡旭初

筋骨漸老不可風，腰折遂爾無直躬。蓬蒿没徑非隆中，梁父高吟[1]儼卧龍。我雖未卧將毋同，山鳴鐘應西與東。自笑隱然一敵國，鬥吟往往驚秋蟲，一旦奮起還雲從。

注：①梁父高吟：指《梁甫吟》，據傳爲諸葛亮所作的一首樂府詩。

雜　詩

未遇薰風手[①]，無弦[②]良自好。愔愔終有託，明當會意表。千載一淵明，晏然赴枯槁。不獲辭此難，斯語嘗所道。

多難歷詐虞，鳥獸可與群。禮法日以疏，野性日以親。未要返三古，正爾任其真。世間事文字，辨析方斤斤。

循髮視所親，終焉墨而止。正以無言詞，彌復有情理。蒼黄隨所染，榮辱一彈指。天人將何尤，唯當盡在己。

注：①薰風手：指文章高手。典出《舊唐書·柳公權傳》。②無弦：指無弦琴，亦稱陶琴，有閑適歸來之意。南朝梁蕭統《陶靖節傳》："淵明不解音律，而蓄無弦琴一張。每酒適，輒撫弄，以寄其意。"

桂林朱琹可[①]因行嚴以詩詞見寄，近聞其家不戒於火，收藏悉毀，遂作此篇奉答雅意，兼以寬其懷

桂林秀擢一枝殊[②]，要識鶩翁[③]賴有渠。故紙陳言歸一炬，深思好學自三餘。誰歟獨處可無悶，能者得之常晏如。年少風華争少得，男兒休誤五車書。

注：①朱琹可：朱蔭龍（1912—1960），字琴可、琹可，廣西桂林人，文學家，曾任廣西大學教授。②桂林秀擢一枝殊：源自成語"桂林一枝"，比喻人出類拔萃。秀擢，秀美挺拔。③鶩翁：王鵬運（1849—1904），字幼遐，號半塘老人、鶩翁，廣西臨桂（今桂林市）人，晚清官員、詞人。

一九四二年至一九四三年

我軍迎擊敵精兵四師團於長沙，開歲五日而捷音至[①]，喜成此篇

湘北圍仍破，三軍久枕戈。先時難置信，今日竟如何。壓陣排衡嶽，沉尸斷汨

羅。師原以直壯，兵豈恃精多。四載力堪戰，諸强功孰過。吾民盡忠憤，與國乃謳歌。威德昭京觀，旌旗拂澗阿。佇看新歲月，收拾舊山河。

注：①我軍迎擊敵精兵四師團於長沙，開歲五日而捷音至：指第三次長沙會戰取得勝利。1941年12月，日軍爲策應對香港的進攻，再次進犯長沙。中國軍隊誘敵至長沙近郊，將日寇重重包圍。1942年初，日軍突圍，死傷五六萬人。

題陳之佛[①]花鳥畫幀

無改向來舊花鳥，祇須刁趙與黄徐。願君筆墨不矜重，寫付人間樂宴居。

注：①陳之佛：浙江餘姚人，現代書畫家。曾在國立中央大學藝術系執教，抗戰時隨該校内遷至重慶。

題邢仲采[①]夫婦《鰈研居斠書圖》卷子

適意思群書誤，開心潑幾甌茶。占得人間福慧，何分邢家趙家。

注：①邢仲采：名藍田，河北文安人。喜藏書，善作詩，著有《藏書百詠》。

題張嘿君[①]詩集

機杼經綸得報章，鬚眉應愧此堂堂。坐中語妙圍能解，天下才多尺與量。湘竹斑斑真有淚，沅蘭馥馥遂多傷。歸來堂上愁何極，漱玉新詞[②]易斷腸。

注：①張嘿君：張嘿君（1883—1965），女，號涵秋，湖南湘鄉人，南社社員。早年留學美國哥倫比亞大學，歸國後曾任國民黨中央監察委員、國民政府考試院法典委員會委員。著有《正氣呼天集》《白華草堂詩》等。嘿，同“默”。②漱玉新詞：原指《漱玉詞》，作者爲宋代女詞人李清照。此處代指張默君詩作。

戲　吟 擬義山

畫角聲聲催暮寒，排空甲第與山連。霧迷陰洞疑無地，雲暖陽臺别有天。東閣向來疏禮分，南樓隨遇接恩緣。劉安未必憐雞犬[①]，却比旁人總得仙。

注：①劉安未必憐雞犬：源自典故“劉安雞犬”。舊傳淮南王劉安得道升仙，家中雞犬吃了其所剩仙藥也一起飛升仙界。典出東漢王充《論衡·道虚》。

奉酬鵷雛，即題其稿

懶從借枕占新夢，時擘吟箋寫古愁。待得春光濃似酒，亂鶯聲裏賞花遊。

山鳥山花俱可友，一丘一壑盡能名。尋詩杖履新來健，春入池塘草又生。

不愧聲名姚武功[①]，裁篇琢句見宗工。細從中晚論風格，粗製黄楊那許同。

注：①姚武功：唐代詩人姚合曾在武功縣（今屬陝西咸陽）做官，世稱“姚武功”。姚合與賈島齊名，並稱“姚賈”。作者好友、詩人姚鵷雛與姚合同姓，故有“不愧聲名姚武功”句。

旭初用《欒城集》中和少游韻自嘲，輒次答一首

祁寒一夜生百槁，蒲柳隨分先傾倒。三災八難轉敷腴，始信修持[①]耐煩惱。半生出没黄塵中，江南相逢苦未早。風流肯落他人後，餘事吟哦驚絶好。更出韓范袖間手，乞取山河供滌掃。詩書正非少年事，蠹魚不食待汪老。與子相期非等閑，眼底功名誠草草。君不見、老梅霜中慣作花，終古繁枝向晴昊。

注：①修持：修身守道。

偶　占

那有金丹能换骨[①]，一生誤盡是形骸。憑他很似新州佛[②]，猶爲旁人看網來。借一韻。

注：①那有金丹能换骨：源自成語“金丹换骨”，比喻詩人創作進入造詣極深的頓悟境界。宋代陸游《夜吟》詩：“夜來一笑寒燈下，始是金丹换骨時。”②新州佛：指出生於新州（今廣東新興縣）的禪宗六祖惠能。

和“槁”字韻甫就，旭初又以和章來相撩撥，再戲答之

從瘦求腴肥求槁，如此相看見已倒。君身自作老梅癯，枝乾葉脱莫輕惱。有時

能開香色花，遂覺寒天春氣早。莫怪當年司馬公[1]，萬事逢人總道好。一好便教百醜遮，一笑足令百憂掃。開心更作筆研娛，何止忘食且忘老。蘭亭近來愛趙法，我從登善得稿草。此事當無第二人，窮遍黄泉與蒼昊。

注：①司馬公：指東漢隱士司馬徽（？—208），字德操，精通奇門、兵法和經學。據説，當被問到某人的水準品行時，司馬徽一律回答“好”，世稱“好好先生”。故有“萬事逢人總道好”句。

三疊韻酬旭初

落筆紛然風振槁，又似江流傾峽倒。怪君胡爲乃如此，要寫當前歡與惱。人生墮地憂患始，行樂有時須及早。歲月侵尋人事殊，逢花對酒情難好。非關封侯無骨相，經綸一室甘却掃。詩書坐得寂寞娛，强於風塵逐物老。誰能鼎鼎百年内，盡捨己留芸人草。七尺雖短意氣長，穩踏厚土戴蒼昊。

四疊“槁”韻簡行嚴，聞旭初先有贈篇

章侯[1]詞筆潤枯槁，不比曾王[2]堪絶倒。十蕩十决[3]文陣雄，終須横被聲律惱。微雲衰草過來多，殘月曉風别去早。棲鳳碧梧最不孤，隨分師師[4]接好好。近從京兆作通家，遠山峨眉淡能掃。笑我襟懷猶似昔，閑看垂楊風裏老。三十年前詞句。頗斂心情入細書，那便匆匆更作草。汪生高卧會當起，共子長謡撼清昊。

注：①章侯：指作者好友章士釗（行嚴）。②曾王：指作者好友曾道（通一）與王世鼐（調甫）。③十蕩十决：形容多次衝鋒，每次都能攻破敵陣。《樂府詩集·隴上歌》：“丈八蛇矛左右盤，十蕩十决無當前。”④師師：衆多貌。

旭初以我爲謙，又疊韻見示，因呈

垂垂雨花不得槁，亭亭風荷先折倒。南怨卑濕北塵沙，處境困人易成惱。紛華歆羡有由來，聲名苦恨旁人早。天生我材必有分，各適其分始云好。少欲從師投誰門，擁帚[1]張皇竟莫掃。獨學騃騃四十年，聞道未能嗟己老。既竭吾才難自信，有作煩君先視草。求無怍耳謙則非，胸氣猶能常昊昊[2]。

注：①擁帚：遮蔽掃帚。《禮記·曲禮》：“凡爲長者糞之禮，必加帚於箕上，以袂拘

而退。其塵不及長者，以箕自鄉而報之。”漢代鄭玄注：“謂掃時也，以袂擁帚之前，掃而却行之。”②昊昊：盛大貌。

漫　吟 仍疊“槁”韻

霜風落木顔色槁，笑筵已罷金尊倒。離鄉去國春復冬，臨水登山歡更惱。梁間舊燕來何暮，陌上新花開尚早。苦憶江樓清宴時，簾底照人月色好。珠喉久囀遏雲行，波眼乍横驚電掃。年少易從春夢去，人生合向吴城老。家家繫艇有垂楊，處處隨車盡芳草。欲求如願果能無，擬過宫亭[1]問蒼昊。

注：①宫亭：即宫亭湖，又名鄱陽湖（古稱彭蠡、彭澤）。

右公遊敦煌歸，以劍門藤杖及酥油麻紙相貽，因謝 仍次“槁”字韻

劍門輕藤久枯槁，猶解與人持傾倒。髯公贈我便取攜，出入無咎不着惱。雍州[1]酪酥滑以凝，風味中含霜雪早。鳳翔[2]麻紙白而堅，米翁謂比上楮好。二物亦隨歷險來，慎佐盤餐供筆掃。頗聞從遊談勝事，立馬鳴沙見此老。上下今古開雄風，信手篇章紀遊草。墜崖覆車終莫傷，相吉人者有蒼昊。

注：①雍州：古地名。漢地九州之一，包括今陜西、寧夏及青海、甘肅、新疆等地。②鳳翔：唐代設鳳翔府（府治在今寶雞市鳳翔區），轄今寶雞、岐山、扶風等地。

孫約持以《辛巳歲除》《生日》《山居》《感懷》四詩見示，依韻奉酬

淺流穿石澗，微雪點松坡。自是幽居好，不愁塵事多。遞書勞往返，載酒許經過。攬揆[1]嘉平[2]晦，新詩每自哦。

耻賡長鋏調[3]，不慮食無魚。愛撫無弦曲，猶欣案有書。仕途真落落，人海得如如。亦有紫囊好，休嘲謝幼輿[4]。

經營一室内，豈是信天翁。松葉依窗緑，茶花映座紅。歲寒三友意，時難五噫[5]風。懽接孟光案[6]，先春情已融。

沉沉兵氣暗，苒苒歲華新。域外仍多難，山中自有春。局殘棋打劫，數極海揚塵。晏歲期忘老，還師困學民[7]。

注：①攬揆：生日的代稱。②嘉平：臘月的别稱。③長鋏調：源自典故“長鋏歸來”，比喻因懷才不遇而思歸。典出《戰國策·齊策》。④謝幼輿：謝鯤（281—324），字幼輿，陳郡陽夏（今河南太康）人，晉朝名士、官員。⑤五噫：即《五噫歌》，相傳爲東漢梁鴻所作的一首古體詩。⑥孟光案：亦作“孟光舉案”，泛指妻子敬愛丈夫。典出《後漢書·梁鴻傳》。⑦學民：指有知識的人，儒生。

却話三絶句

點雪香泥旋作塵，詠花人老不禁春。夜寒燒燭沉沉坐，却話三生未了因。

纔説當前不啻過，歲華閑共鬢銷磨。一窗明暗悲歡裏，風月於人奈此何！

人意醉於風裏酒，世情幻似劫中棋。平生被服芳馨願，不託蘭椒更有誰？

舊曆元日積雪皚皚，人言廿五年歲朝即如此

風凍辭除夕，晴寒入歲朝。五年春再雪，百世耻應消。鵲噪當檐樹，花明過磵橋。不煩摩詰老[1]，調粉染芭蕉。

注：①不煩摩詰老：源自宋代蘇軾《王維吴道子畫》詩：“摩詰本詩老，佩芷襲芳蓀。”詩老，對詩人的敬稱。

雪霽 用前韻

雪色連殘歲，寒威霽静朝。檐牙[1]作雨滴，草際入泥消。春勝人宜鬢，光風柳暗橋。堅牢此身在，心思捲層蕉。

注：①檐牙：檐際翹出如牙的部分。

右任院長命題西藏攝政呼圖克圖熱振[1]所獻禮書

于公示我熱振書，歎爲從來見所無。大幅藏箋對譯寫，情真語款非阿諛。漢唐盛時恃兵力，西平氐羌東驅胡。子孫政令不及遠，羈縻仍世無良圖。遜朝大臣號辦事，百事不理唯其奴。下藩往往恨侮謾，離心外向違中樞。邊民安邊固吾域，四肢康强活一軀。共和五族勢政爾，事例顯切誰能誣？于公三原置園圃，園有果木圃有

蔬。教民足食明禮義，懸書正在中堂隅。非誇非玩示坦途，此與吾人共國是。心理全同俗則殊，殊殊同同乃不渝，願傳此事遍寰區。八荒九服咸喻此，報國請從熱振始。

注：①呼圖克圖熱振：熱振呼圖克圖（1912—1947），又稱熱振活佛，是藏傳佛教著名的活佛。1934年正式成爲西藏攝政。任内加强和改善與中央政府的關係，維持西藏地區的安定。抗戰時期，帶領藏民捐錢捐物，運送物資，支持内地抗戰。

次韻菘圃[①]述懷四首

道勝由來不患貧，松苓雲壑久依因。白茶黑墨爲鴻寶，赤米青蔬共鹿囷。隨分杯盤留過客，無心文字取驚人。高風恍接陶元亮，一榻寬閑上世民。

静中仁德比山尊，室有梅妻鶴應門。世亂歲時忘故事，天寒鑪火感新恩。持身無忝兼夷惠，接物多方辨厲温。近日相從恨疏闊，階前又没屐苔痕。

敢云與子共襟期，衆裏唯嗟奉手遲。一事差同不能酒，三年每見總言詩。興亡等是槐宫夢，攻奪依然橘叟棋。莫怪匹夫但懷寶，世情從古已難知。

感吟又見草如袍，癢處憑誰爪與搔。舊卷閑温仍有會，新篇得和却忘勞。相望開徑須三益，側視當筵任二豪。老驥猶堪志千里，鞍韉豔發錦葡萄。

注：①菘圃：李維源（1868—1948），字菘圃，廣東嘉應（今梅州）人，工書法、詩詞。抗戰時入蜀，任國民黨中央主計處秘書長。著有《南歸詩草》。

和人對雪六絶句

平林積雪映窗明，檐滴聲中看曉晴。此事西來未曾有，人同梅蕚一時清。

送臘尊前燭影摇，拂筵飄雪細於毛。分明春已年前至，暖意何曾有一毫。

暖玉簾鈎押繡衣，鑪香定定作煙飛。閑吟珠箔飄鐙句，始信玉溪心事微。

春光淺着先生柳，寒意深回處士花[①]。最是此時思酒飲，舭船枯似渡頭槎。

一壺冰雪抵明瓊，洗眼點胸兩不成。行過小溪春草發，風光暗接緑波平。

雪前蕉葉儘嵯峨[②]，雪後梅枝擁玉戈。誰信閑中有忙事？亂鴉啼過凍雲窩。

注：①處士花：桔梗花。此花清幽淡雅，美而不俗，被譽爲“花中處士，不慕繁華”。②嵯峨：形容盛多。

題鄭曼青[①]詩稿　用紅薇老人[②]韻

君詩恰似有源水，一脉清泠遂不收。商略盈虚空爾爾，際天浮地更宜秋。

愛爲芳梅寫雪姿，放翁即此亦堪師。試吟活色生香句，强似孤山處士[③]詩。

注：①鄭曼青：浙江温州人，畫家、太極拳師。②紅薇老人：張紅薇（1878—1970），女，字德怡，晚號紅薇老人，浙江温州人，作者執教北大時同事章味三（獻猷）的夫人。工詩善畫，著有《紅薇老人書畫集》《紅薇吟草》等。抗日戰争時，避亂入蜀，與甥鄭曼青等在重慶合開三代畫展。③孤山處士：指隱居杭州西湖孤山的宋代詩人林逋（和靖）。

次韻答伯鷹見贈

烏帽黄塵託海涵，騂騮本自不同驂。計功兵甲餘三北，用世文章盡二南[①]。對酒逢春身落落，捲襟濡墨意酣酣。他生此日分明在，聊復從人味蔗甘。

注：①二南：指《詩經》中的《周南》和《召南》，共收録詩歌二十五首。

菘老[①]將乘飛機往桂林，味辛有贈詩，因同其韻奉别

行難仍易别，惆悵河梁句[②]。車輪隨芳草，每因芳草誤。舟檝犯波濤，波濤失津渡。君竟御風行，欲留那得住。淹遲無怨嗟，紛華豈歆慕。暮年輕萬里，壯心天所賦。春風入鼓鼙，鳴笳連遠戍。佳日不能歡，況復違舊故。遐邇果何有，光陰一指顧。澄清諒可期，珍重待良晤。

注：①菘老：指李維源（字菘圃）。1942年，李維源赴桂林任國民政府軍事委員會桂林辦公廳中將顧問。②河梁句：源自典故“河梁别”，用爲詠分别之情。唐代李白《蘇武》詩：“東還沙塞遠，北愴河梁别。”

寒　食

濕雲風不散，破夢雨還來。客裏逢寒食，人間有百哀。江春流浩瀚，山静屹崔嵬[①]。對酒當歌意，於今未易猜。

注：①崔嵬：高峻，高大。

病中口占

到海無還水，當塗有斷山。自知無定在，幾輩信緣慳[①]。

注：①慳：欠缺，缺少。

赴道鄰[①]之約，因贈

和風送我上山行，山下江流一帶横。未合與人争眼界，不妨到耳愛松聲。蘭閨才調驚飛絮，嬌女歌喉巧囀鶯。自是徐公有經略，室中户外總澄清。

注：①道鄰：徐道鄰（1906—1973），江蘇蕭縣（今屬安徽）人。抗日戰争時，曾任國民政府國防最高委員會參事。著有《唐律通論》《中國法制史論略》等。喜書法，在重慶與作者交往密切。

旭初有詩壽經宇[①]，經宇以和篇見示，因用其韻

六十老人那作嬌，霜髭未許向翁驕。杯盤每自懷鄉土，博弈猶堪破寂寥。字寫胸中鵝頸拗，詩吟門外馬蹄消。思公文采今猶昔，試看江流湧怒潮。

注：①經宇：錢智修（1883—1947），字經宇，浙江嵊縣（今嵊州市）人。工書法，精翻譯。抗日戰争時，任職於國民政府監察院，與作者爲同事。又，兩人同庚，是年虚齡皆六十歲。

籬落間有山礬[①]一樹，旭初題以新詞，因繼成此詠

可是唐昌玉蕊[②]那，團條細碎柳婆娑。違山七里香猶在，遮徑一株蜂已多。題詠當年矜介甫，風流仍世愛涪皤[③]。水仙梅萼俱薵落[④]，奈此盈盈季女[⑤]何。

注：①山礬：花名。常緑灌木，春開白花。②唐昌玉蕊：指唐代長安城内唐昌觀之玉蕊花。相傳此花爲唐玄宗女唐昌公主手植，故名。③涪皤：北宋文學家、書法家黄庭堅（號涪皤）。④薵落：零落。⑤季女：少女。

聞子規

雜花生樹亂鶯飛，如此江南付與誰？渝州春又濃於酒，不比尋常聽子規。

題醇士畫

江梅桃李競芳顏，樓外春風直等閑。晴日一窗人迹少，看君滿意寫秋山。

春日午睡偶題 仍用“嬌”字韻

暗香藞落野梅嬌，新綠延緣草色驕。四市山迴春寂寂，一傾酒盡意寥寥。驚心涴袖塵猶在，到眼垂楊感未消。夢裏欲尋謝橋路[1]，遊蜂午枕鬧於潮。

注：①謝橋路：通往謝娘家的橋，泛指心上女子所居之地或遊賞之地。謝娘，唐代宰相李德裕侍妾、歌妓謝秋娘，代指歌女或所愛的女子。北宋晏幾道《鷓鴣天·小令尊前見玉簫》：“夢魂慣得無拘檢，又踏楊花過謝橋。”

偶有感

六十年中萬事新，此生總付陌間塵。佳花好鳥無世態，明月清風如故人。樽俎[1]正緣哀樂異，山川終是別離因。柳花漠漠横塘路[2]，草長鶯飛迹又陳。

注：①樽俎：指宴席。②柳花漠漠横塘路：套用宋末元初姚雲文《齊天樂》“柳花引過横塘路”句。横塘，在今蘇州市西南。

漫題二首

湘蘭沅芷[1]入新詞，如此情懷世所疑。硬受差排誰得免，略加點染自難知。孤鴻已去餘雲影，雙燕初飛有夢思。滿目江山供念遠[2]，江空山盡了無期。

園樹花飛陰莫莫，山田雨過水盈盈。杜鵑啼罷黃鶯語，總是春來一段情。

注：①湘蘭沅芷：亦作“沅芷湘蘭”，比喻高潔的人或事物。②滿目江山供念遠：套用北宋晏殊《浣溪沙·一向年光有限身》“滿目山河空念遠”句。

次韻叔平八詠

山田高下目能耕，更愛連林布穀聲。農事忙時閑着我，一簾煙雨句初成。棠溪賞雨

樂山樂水總猶人，幽洞中舍萬古春。自愛桃花不忍去，可能都是爲逃秦。桃源避秦

江流滚滚意忽忽，亂點輕帆望眼中。萬里東歸思一快，不辭破浪御長風。岷江帆影

莫憑禹迹苦搜尋，把臂相將且入林。特愛豈唯隱居事，松風可聽到於今。塗寺松風

朝隮[1]薈蔚[2]不能迷，霧起當前失所棲。此地真成玄豹隱，伊人衹在屋東西。南山朝霧

亭亭塔影遠峥嶸，寂寂江流近隔城。苦憶臨平山下路[3]，十年來往暮愁生。白塔斜陽

皓月流光瀉石橋，不分秋夜與春宵。山家燈火三更少，此際幽人倘見招。石橋步月

棠溪絶磵響懸流，非雨非風更不休。我自平生愛聽此，居然三宿澗邊樓。絶澗聽泉

注：①朝隮：早晨的雲霞。②薈蔚：雲霧彌漫貌。宋代蘇轍《立冬聞雷》詩："薈蔚山朝隮，滂沱雨翻瀆。"③苦憶臨平山下路：套用北宋道潛《臨平道中》詩"五月臨平山下路"句。臨平山，在今浙江省杭州市東北。

溯江小出遊

轉轉機輪響不休，昏昏風色迥添愁。連岡夾岸少飛鳥，磐石横江如卧牛。塵慮暫消思遠引，事程無盡愧清遊。溯洄道阻春波闊，肯爲伊人更小留。

雨後南泉口占

奔雷驟電連宵雨，雨止飛泉作意[1]鳴。蕉葉無聲山鳥静，客懷到此却難平。

注：①作意：起意，決意。

憶北湯山[①]

北地温湯暖且清，西來湔祓謝山靈。飄鐙夢影隨風散，撼枕泉聲作雨聽。滿目不殊春浩浩，十年唯有鬢青青。村醪可飲休嫌薄，誰向樽前問醉醒？

注：①北湯山：山名。位於今北京昌平區，有温泉。

題心孚[①]遺墨

一時才調信無倫，俯仰之間迹已陳。翰墨平生餘事耳，翻憑遺札見豐神。

論交四海畏朋友，説士[②]一家難弟兄。慚愧從來鑽故紙，地天寬處未能行。

注：①心孚：作者北大老同事康寶忠（1884—1919），字蝶庵、心孚，祖籍陝西城固，生於四川。早年留學日本，1915年起任國立北京大學講師、教授。著有《社會學講義》《社會政策》等。②説士：遊説之士。

醫院次韻答旭初

卷緑蕉舒掩小櫳[①]，等閑閑置一春中。仙方却病常難得，藥紙裁詩轉易工。蒲艾於人何厚薄，盤觴隨地有殊同。滿簾風意無人會，眼底榴花袛自紅。

注：①櫳：同"櫳"，意爲窗户。

諶揖山[①]先生輓詩

足少出庭户，名多在口碑。一心期報國，畢世耻爲師。弟子充賢路，兒孫履德基。老儒唯謹篤[②]，即此已難爲。

篇章垂老富，幾卷蟪蛄吟[③]。感慨違山意，艱難濟世心。平時歡小聚，亂後夢相尋。禮缺無雞酒，空悲松吹音。

注：①諶揖山：諶福謙（1872—1940），字揖山，江西南昌人。清光緒年間舉人，曾任教於江西法專、工專，南昌二中。諶氏爲作者姻親，其子諶亞達與作者次女沈令筠結爲夫婦。②篤：同"篤"。③蟪蛄吟：即《蟪蛄吟》。諶揖山所作詩集。

生日席間呈座上

榴花[①]於我太相干，可奈當筵此際看。四海論交幾兄弟，一樽對飲足悲歡。尋常未被功名累，六十翻憐歲月寬。準卜餘年太平日，從新彈着舊儒冠。

注：①榴花：美酒之雅稱。

偶　成

聽鶯歡喜聽鶗悲，等是鳴禽解爲誰。悲裏頓忘天遠大，歡來真覺日逶遲[①]。含煙幽草萋萋長，縈夢柔楊細細垂。春事已非情未了，無多言語但裁詩。

注：①逶遲：遥遠貌。

獨秀往矣，詩以哭之 [①]

衎衎談心事，悠悠隔面諏[②]。經邦猶有策，嫉惡遂無徒。終守寒儒分，誰興左道[③]誅？掇皮真至骨，似此更應無。

注：①獨秀往矣，詩以哭之：1942年5月27日，陳獨秀病逝於重慶西南的江津縣石牆院。作者聞訊，即賦此詩悼念。②諏：商量，諮詢。③左道：邪門旁道。

見人入山告別書，因題其後

亦可買山隱[①]，人情有卷舒。處難出不易，試讀德璋[②]書。

注：①買山隱：謂退隱。典出南朝宋劉義慶《世説新語・排調》。唐代李白《北山獨酌寄韋六》詩："巢父將許由，未聞買山隱。"②德璋：南齊人孔稚珪（字德璋）。其人風韻清疏，不樂世務，好於居宅營築山水。

次韻答旭初

莫厭詩爲祟[①]，寧無事可書。山空慕含睇，江遠渺愁予。粽汁非新物，榴花照故居。共君味無味，粲粲[②]雨中蔬。

注：①莫厭詩爲祟：套用宋代陸游《村野》詩“病厭詩爲祟”句。詩爲祟，指詩興强烈。②粲粲：鮮明貌。

哀觀姪[①]

看汝長齊户[②]，寧興五日悲[③]。沉疴期晚令，早慧遂終癡。遠别空相念，長眠竟不辭！艱難憐老父，誰慰鬢如絲？

注：①觀姪：指作者弟弟沈兼士之獨子沈觀。1942年2月，沈觀病逝於北平，年僅二十八歲。②長齊户：（孩子）長到和門户一樣高。③五日悲：古人迷信，認爲五月五日生子，男害父，女害母。《史記·孟嘗君列傳》：“五月子者，長與户齊，將不利其父母。”沈觀正好生於此日。

悵　望

悵望江流遂不歸，高臺春盡雨霏微[①]。峽中雲物尋常見，天末音書逐漸稀。蕉葉有心猶可捲，松鍼刺眼忽相違。人生到此誰關得？大醉高吟有是非。

注：①霏微：形容霧氣、細雨瀰漫的樣子。

感　懷

邦家興喪有樞機，如此江山飽亂離。四海久應還揖讓，一身何用計安危。莫輕黄卷儒生業，正要白頭鄉校師。蜀郡豈無賢太守，文翁自恨不同時。

是非莫究當年事，功過還留後世思。宏道誨人寧有隱，化民成俗更無私。親賢在昔非朋黨，養士從來絶險巇。此自尋常不經用，老生何有拙言辭。

讀燿先[①]所書蘄春宋貞女事，因題

歲月悠悠過，危難備一身。心安唯在己，節苦不因人。賢聖猶難至，言行遂絶倫。忍看世多有，此事太艱辛。

注：①燿先：作者好友黄侃侄子黄焯（1902—1984），字耀（燿）先，湖北蘄春人。1939年起任教於武漢大學。著有《説文箋識四種》《文字聲韻訓詁筆記》《爾雅音訓》等。

爲童藻孫[①]題思舊館圖 館在鄞縣童谷，爲全謝山[②]舊遊地

一丘一壑想遺蹤，邏騎駸駸滿谷中。當時風義彌天壤，三百年來竟奏功。

諸老權時買山隱，先生隨分結茅居。襟期自在百世上，能讀謝山所讀書。

注：①童藻孫：童第德（1894—1969），字藻孫，浙江鄞縣（今寧波市鄞州區）人。1917年畢業於國立北京大學文科。後任國民政府交通部秘書，抗戰時隨交通部到陪都重慶。②全謝山：清代浙東學派代表人物、史學家全祖望（號謝山）。

侵晨感聞鄰笛

羌笛無端起遠鄰，吹將落月動朝雲。鵑啼悽切連宵静，鶯囀分明到曉聞。思舊未應愁换世，驚心何止惜離群。殘鐙耿耿熹微裏，空對鑪香照斷熏。

抱石畫《訪石圖》，寄菴爲賦詩，因題

二濤[①]不作瞿山[②]死，三百年來但古邱[③]。斷紙殘縑藏逸墨，高天厚地失清秋。寄菴解道此中語，抱石能爲物外遊。好事從人嗤我輩，縱無成亦足淹留。

注：①二濤：清代詩人、畫家石濤與師兄喝濤之並稱。②瞿山：清代詩人、畫家梅清（號瞿山）。康熙年間，石濤與喝濤赴宣城拜訪梅清，一見如故。石濤作《贈梅清》詩相送。後梅清回訪石濤，也作一首五言律詩相送，内有“逸興偶然聚，相攜問二濤”句。③古邱：即“古丘”，墳墓的意思。

約持以端溪瓜式小硯爲我壽，賦此謝之

截玉鏤瓜成小硯，天留此製壽匏瓜[①]。一生攻錯[②]賴石友，三載曰歸驚歲華。從此文房差有味，及期瑲札[③]料無它。爲君翻墨上衫袖，强作平林數點鴉。

注：①匏瓜：作者自號。②攻錯：意思是琢磨玉石。《詩經·小雅·鶴鳴》：“它山之石，可以爲錯……它山之石，可以攻玉。”③瑲札：亦作“玉瑲緘札”，指玉製耳環和情書。古代常以玉瑲作爲男女間定情致意的禮物，並將玉瑲與信札一齊寄給對方。唐代李商隱《春雨》詩：“玉瑲緘札何由達，萬里雲羅一雁飛。”

仲雲[①]屢以詩卷投贈索和，未能報命，聊賦長句志愧

靳公詩成如翻水，一泊未停一泊起。靳公作字如畫沙，盡力平實無欹斜。翻水畫沙自公事，如何偏令人嚇異。一束投我咸震驚，連章紙貴渝州城。萬斛紅塵春浩浩，十里錦幛花冥冥。有人沉醉呼不譍[②]，夢中猶聞廣樂聲。仿佛置身九天上，閶闔[③]蕩蕩開金牓。我愁糠粃羞簸揚，君懷珠玉堪一放。詩卷遂留天地間，長疑天上非人寰。一時元白齊壓倒[④]，誰敢輕題繼崔顥？

注：①仲雲：靳志（1877—1969），字仲雲，河南開封人，工詞章、精書法。抗戰時曾任河南省政府秘書、國民政府外交部專員。②譍：同“應”。③閶闔：神話傳説中的天門。④元白齊壓倒：源自典故“壓倒元白”，比喻詩文勝過同時代的名家。元白，指唐代詩人元稹和白居易。典出五代王定保《唐摭言·慈恩寺題名遊賞賦詠雜記》。

吾　廬

四時寒暑閲閑居，一室紛紜愧掃除。引蔓朝顔[①]生意足，連林遠樹世情疏。漫憑野馬觀新劫，且爲黄鸝讀舊書。難得地偏心亦遠，不妨隨分愛吾廬。

注：①朝顔：牽牛花。

望　雨

望雨生涼吹，微陰響亂蟬。蕉花黄粲粲，瓜蔓細娟娟。客久能銷日，山深不紀年。細斟竹葉酒，準擬菊花天。

藥癡[①]所贈小瓜硯審視之，乃佛手也，因戲題

取石比拳小，作硯輸掌厚。隨宜賦物形，帶葉成佛手。藥翁認作瓜，持爲匏瓜壽。此亦一趣事，瓜果且莫究。

注：①藥癡：与文中“藥翁”皆指作者好友孫奂侖（字約持、藥癡）。

夏末小雨，悽居閑詠

無多水緑浮荷葉，稍覺風黄下井梧。萬事取歸蟬嘒嘒，一簾相見雨疏疏。卧輪伎倆[①]終慚有，擊壤歌[②]詩久欲無。自爾天時人事在，來今往古未應殊。

注：①卧輪伎倆：卧輪（曇倫）禪師的功夫。②擊壤歌：即《擊壤歌》，一首遠古先民詠贊美好生活的歌謡。擊壤，古代的一種投擲類遊戲。壤，古代一種木製玩具，形狀如履。

相　關

解愠待瑶琴，炎威可鑠金[①]。扇風乾硯墨，汗雨滿衣襟。饑鼠分梨喫，哀蟬占樹吟。相關消日永，落莫一生心。

注：①鑠金：熔化金屬。

擬謝宣城

有約期不來，朝顏漸已合。午風扇鳴蟬，流響滿山閣。林陰閑復開，光景自周帀。明明蒼苔徑，足音無由答。

禮堂[①]先生輓詩

曠代清儀閣[②]，人誰更識君。新篁猶有里，帖學竟無文。奉手嗟何晚，歸心失所薰。松風餘遠韻，梅萼衍清芬。德業錢塘舊，音徽伏女聞。情親存歿感，劍外望停雲。

注：①禮堂：褚德彝（1871—1942），號禮堂，浙江餘杭人，書法篆刻家。其侄女褚保權爲作者繼夫人。②清儀閣：清代金石學家、收藏家張廷濟嘉興新篁故宅室名。褚德彝曾爲清儀閣藏品作考釋。

題李宇龕[①]《無雙吟》

帝子歸來響珮環，圓蟾如鏡見芳顏。無雙才調成今古，萬里音書斷往還。悲思早深離别日，慬蹤猶在夢魂間。潘詞元句增情重，未抵西亭[2]著義山。

注：①李宇龕：李鴻章孫子李煒，號芋龕、宇龕，安徽合肥人，著有《後端居室詩詞存》。②西亭：唐代崇讓洛陽宅原爲節度使王茂元舊居，内有東亭、西亭，唐代詩人李商隱曾入王茂元幕，王愛其才，妻以女，後王氏病故。李商隱《西亭》詩："此夜西亭月正圓，疏簾相伴宿風煙。"此詩正爲李商隱悼念亡妻之作。

題波外翁[1]歸蜀後詩稿

飽經離亂易生哀，萬里鄉關老却回。微尚石交餘鐵[2]筆，深情弦語動金杯。白蓮作社[3]終難入，黄菊逢人好細開。鶴怨猿啼無日了，未應愁費玉谿才。

注：①波外翁：作者好友、時任國民政府監察院監察委員喬大壯（曾劬），室名波外樓，著有《波外詩藁》。②鐵：同"鐵"。③白蓮作社：指白蓮社。東晉釋慧遠於廬山東林寺，同慧永、慧持等結社精修念佛三昧，誓願往生西方净土，又掘池植蓮，稱白蓮社。

中秋日作

牢落[1]中秋節，歡情久未忘。舉頭何所望，對酒不能狂。雲壓林陰重，風吹雨脚長。峽中迷歲月，光景逼重陽。

注：①牢落：孤寂，無聊。

次韻旭初答經宇

秀句未有江南妍，晝寢差比邊孝先[1]。平生思退轉須進，羊腸九折行路難。樓船壓海波瀾翻，三戰三北心膽寒。澄江浩蕩自如昨，從乞還我沙鷗閑。

注：①邊孝先：東漢學士邊韶（字孝先）。後人以"邊韶寢"代指晝眠，故有"晝寢差比邊孝先"句。

閑　吟 用前韻

朝顔壓籬繁且妍，黄華拒霜未能先。誰歟孤吟念疇昔[1]，深杯傾盡不辭難。雨脚着地雲罨[2]山，幽蛩轉寂蒼苔寒。此時此境動車馬，始覺塵中無我閑。

注：①疇昔：往日，從前。②罨：覆蓋。

呈旭翁　仍用前韻

不徒膚麗骨亦妍，知非賀鑄非張先。鉛華刊落見真率，聞韶猶易忘味難。世間擊磬何所關，藍田埋玉[1]久已寒。儒生讀書破萬卷，未了十畝桑者閑。

注：①藍田埋玉：比喻人才被埋没。

旭初卧病經年，偶爾倚枕作畫輒精絶，歎爲難能　仍疊前韻贈之

寄菴神理入畫妍，筆所未到意已先。經年卧病尚耽此，尺幅千里不作難。高山巖巖水潺潺，林木薈蔚[1]森以寒。老翁贊歎小兒悦，桂子飄香一榻閑。

注：①薈蔚：草木繁盛貌。

高樓雨望

緑蕉葉翻雨，修梧幹摇風。秋氣固欲高，沉沉煙靄中。渺然樓上望，不見前山峰。余懷何所寄，日夜江流東。

次答經宇見贈，並簡旭初、鵷雛、大壯

得句且莫論媸妍，成篇亦不争後先。一事但問興至否，難有時易易却難。礬梅白白豔冬雪，松篁青青生夏寒。吾儕高情敢自詡，正要大德不踰閑。

虎嘯口[1]

磵迴嶝轉隔紅塵，松密亭虚翠漸分。懸壁飛流猶待雨，横灘亂石欲生雲。龍拏不與岩阿事，虎嘯還從劍外聞。乘興來遊緣地勝，幾人心折北山文[2]。

注：①虎嘯口：重慶地名，位於市區長江南岸南温泉建文峰與打鼓坪之間，是南川通往重慶的必經之地。②北山文：即《北山移文》，南朝齊孔稚珪所作駢體文。

饑　鷹

饑鷹叫長空，秋氣爽然高。川原明萬里，狐兔焉遁逃。有時思一擊，翻翮下層霄。毛血灑平蕪[1]，區區非所勞。鞲[2]上眼最急，相期意氣豪。但恨一飽後，空復餘金條。

注：①平蕪：草木叢生的平曠原野。②鞲：臂套。用革製成，射箭時用。

仙　洞

仙洞靈蹤久已無，朅來[1]鐘鼓轉清疏。老僧禮罷齋前佛，分與山禽啄食餘。

注：①朅來：何來。

東　望

東望花樓接暮雲，西來松閣倚斜曛。濤聲自逐長江下，翠色還從遠岫分。萬里清秋逢過雁，四時佳節惜離群。菊叢風雨由來慣，待摘金英[1]更寄君。

注：①金英：指菊花。

山　泉

山泉雷動夢魂中，曉過溪橋滿面風。濺沫飛流不經意，泥沙瀉盡濯晴空。

飛　泉

陰河流不盡，界壁出飛泉。投水翻輕雪，臨風散細煙。秋清猶可聽，詩惡總須湔。更愧從來意，如斯對逝川。

去歲雙十節雷雨，傳我軍攻入宜昌。今年是日英美兩國共同相告，放棄在華特權，美國費城且擊自由鐘三十一響，以致慶意

雷雨聲猶在，風雲勢漸寬。百年異榮辱，此日倍艱難。鐘動還相警，兵銷[①]始盡歡。先民述往事，歷歷待開看。

注：①兵銷：亦作“兵銷革偃”，指太平無戰事。

試院偶書

不共山僧對木魚，夜窗向曉識清娛。燈聲火熾人猶倦，茶夢煙銷鳥更呼。經世文章誰國士？疑年毛髮有鄉儒。道場更比科場鬧，緑女紅男未是愚。仙女洞進香者頗衆。

温泉口占

寒暑何多態，山泉無世情。從來一垢净，慚愧濯温清。

次韻昭華《花溪[①]放棹有感》

西南飄泊到渝州，黄落高梧又一秋。亂裏閑吟無好語，客中淺醉抵清遊。花溪小有江南趣，桂棹還同勝者流。正要及時且行樂，未須料理四弦愁。

注：①花溪：即花溪河，又稱龍灘溪，發源於重慶長江南岸銅鑼山，爲長江支流。

次韻昭華《追寫南泉春色》

穆穆[①]堤柳動人憐，曾繫西湖雨後船。行盡花溪空悵望，聽君細意寫南泉。

注：①穆穆：茂密貌。

待 到

目送鴻飛意乍閑，山深秋静覺蟲喧。四年爲客詩千首[①]，萬里懷人酒一樽。梧葉半乾風瑟瑟，菊花欲綻雨昏昏。重陽儘有登臨約，待到重陽更不言。

注：①四年爲客詩千首：作者客居重慶四年（自1939年5月入蜀），已作詩千餘首。

九日分韻得“華”字[①]

無盡江山意，登臨望眼賒。高吟酬九日，强飲對黄花。隔歲仍逢雨，何人不憶家。相看青鬢在，空自惜年華。

亦有持醪興，因之服九華。平生愛重九，何事羡陶家。籬破菊還瘦，雨疏風更斜。南山佳氣在，日夕有歸鴉。

注：①九日分韻得“華”字：1942年10月18日爲舊曆重陽日（重九），國民政府考試院銓選部部長賈景德召集沈尹默、汪東、程潛等共十六人，參加歌樂山登高賦詩活動。這次雅集采取傳統的分韻題詩方式，分韻的詩歌爲南朝謝靈運《九日從宋公戲馬臺集送孔令詩》。

次韻酬旭初不眠之作

鄉物燈前最堪憶，一番相憶一番新。夢回依約聞過雁，驚起江樓笛裏人。

元龍[①]出示近作，輒同其韻

閉門陳正字[②]，何事計忙閑。臨鏡思流水，停杯對遠山。興來時一出，吟罷未應還。莫道江頭路，於今遂不關。

注：①元龍：葉元龍（1897—1967），安徽歙縣人，經濟學家、詩人。早年自費留學美、英、法三國，回國後歷任金陵大學、大同大學等校教授。1937年任省立重慶大學校長。1942年任國民政府監察院監察委員。②陳正字：指宋代詩人陳師道（字履常）。因官至秘書省正字，故稱陳正字。金代元好問《論詩》：“傳語閉門陳正字，可憐無補費精神。”

用元龍韻即却贈，兼簡滄波[①]

聖賢等是一中之，哀樂平生盡付詩。老我情懷成玩世，多君志業合匡時。不從衆裏橫青眼，肯信人間有白眉。籬菊漸開應可落，嶺梅堪贈更須持。

注：①滄波：程滄波（1903—1990），字曉湘，江蘇武進人，現代報人、政論家。抗戰時期曾任國民政府監察院秘書長、國民黨中央宣傳部副部長、復旦大學教授。

字水一首　仍用前韻

字水[①]成巴不作之，西來東向費吟詩。幾多黄菊猶他日，儘有芙蓉勝昔時。坐厭層巒圍四面，望憑晴色展雙眉。十分杯酒高樓上，不是逢秋也合持。

注：①字水：代指重慶。因長江、嘉陵江蜿蜒交匯於此，形似古篆書“巴”字，故稱。

九日頌橘廬分韻，以“笑”字見畀，率賦一首

雨細泥滑滑，出門翻一笑。九日有故常，登臨欲何效。漫食劉郎糕[①]，還脱孟生帽[②]。南山自昔有，淵明少同調。秋氣漸已深，摇落固所料。粲粲黄金英，誰能明其妙？

注：①劉郎糕：源自典故“劉郎題糕”，意謂寫詩作文過於拘謹。據説唐代詩人劉禹錫有一次作詠重陽的詩，想選用“糕”字，但察覺經書上没有這個字，於是放棄不用。典出宋代宋祁《九日食糕》詩。②孟生帽：源自典故“孟嘉落帽”（見《晉書·孟嘉傳》）。形容才子名士的風雅灑脱、才思敏捷。孟嘉，東晉時大將軍桓温的參軍。

霜　夜

寥寥燈火新霜夜，落落情懷薄酒杯。一雁叫群衝月去，萬梅含意待春回。

雨中遣悶

望望行無極，依依坐屢遷。年光詩卷裏，客思酒杯前。階草寒仍碧，籬花瘦可憐。高秋雨中盡，雲色暗遥天。

雨意猶難盡，雞鳴遂不休。遥情酒闌夜，殘夢水邊樓。世亂年華晚，江空木葉秋。萬端紛一枕，何止惜淹留。

景漪[1]招食蟹[2]被酒[3]，示睿嬰、玫白

坐被香醪困，偏憐小蟹肥。秋花明的的，霜日暖輝輝。樓近江千里，天寬山四圍。即今高興發，吟罷意全非。

注：①景漪：吴孟莊（1885—1961），字景漪，浙江嘉興人，女書畫家。②蠏：同“蟹”。③被酒：猶中酒，爲酒所醉。

簡睿嬰

無改從來意，同深念遠情。衆中存格調，事際見平生。月姊眉仍淡，梅花晝早成。盈樽桑落酒[1]，相伴舉家清。

注：①桑落酒：一種美酒，其名取其於初冬桑落時所釀造之意。

相　邀

了了[1]故人念，緜緜遠道生。違寒辭北向，掩卷坐南榮[2]。頗憶江梅早，還同籬菊清。相邀傾一盞，傾盡惜人情。

注：①了了：明白，清楚。②南榮：房屋的南檐。榮，屋檐兩頭翹起的部分。

調甫以四十感懷詩見示，輒賦四韻奉贈

多愁儘有詩爲祟，善病寧無酒可醫。紅葉於人增世態，黄花自爾耐秋思。一雙珠履貧猶曳，十載金門隱[1]不辭。濁世翩翩流輩在，過江王謝説當時。

注：①金門隱：亦作“金門大隱”或“大隱金門”，指放縱不羈於朝市之中。《史記·滑稽列傳》：“（東方朔）時坐席中，酒酣，據地歌曰：‘陸沉於俗，避世金馬門。宫殿中可以避世全身，何必深山之中、蒿廬之下。’金馬門者，宦者署門也，門傍有銅馬，故謂之曰‘金馬門’。”

味辛來説拙詩《益老》《漫成》二首

書與人俱老，篇章老更宜。寒蟲賡句調，乾鵲[1]見心思。遲暮能無念，艱難衹自持。梧桐飄雨過，正值菊黄時。

秋盡晴生暖，宵來雨作陰。頻年多感慨，隨處有登臨。客鬢青仍短，塵襟涴已深。不因逢驛使，往往起微吟。

注：①乾鵲：喜鵲。其性好晴，其聲清亮，故名。

爲周慶光[1]題《故山别母圖》

龍霧山頭白雲飛，龍霧山下行旅稀。慈母倚閭子牽衣，送子遊宦何時歸？春風歲歲吹芳菲，寸草有心報春暉。亂極禍至無是非，母力保家心率違。頹齡奔走辭房闈，令子作圖懷音徽。開圖未讀淚已揮，家山終古雲罨圍，陟圮長望安所依。

注：①周慶光：名邦道，江西瑞金人，現代教育家。早年畢業於南京高等師範學校，先後在河南、江西各校任教。1930年參加國民政府第一届高等文官考試，旋任教育部編審、督學等職。1949年後定居臺灣。著有《本性論》《中國人口數目考》等。

見鵷雛、大壯唱和詩各有憂憤，輒同其韻，以寬解之

樓頭嵐翠散還圍，天際征鴻目送飛。此日枯枝仍可據，經時緑樹合成幃。百憂來迫情原惡，一盞能寬事豈微。籬下久應成獨往，菊花相待未全非。

有　憶　用前韻

孤山梅樹發垂垂，愁想寒花作雪飛。幾度春風入横笛，一時明月鑒虚幃。客中得酒情懷異，亂裏尋詩生事微。索笑巡檐[1]此身在，不應今是昔全非。

注：①巡檐：來往於檐前。

次韻蔭亭見示近作

經霜柳意未全衰，轉向人間惜亂離。黃鳥有情如往日，玄蟬留恨到今時。樓前廣陌塵千尺，山外遥天雲四垂。江北江南定何處，不成歸去但吟詩。

得友人隔年書

輕黃辭樹委蒼苔，吟望閑階日幾回。客久每驚新雁過，歲移不道舊書來。一籬寒雨猶存菊，十月霜晴更憶梅。醉裏清愁誰遣得，至今無用是金罍[①]。

注：①金罍：泛指酒盞。

破　寂

破寂寒蛩夜未央，闌干短短意何長。前山薄霧蒙頭睡，怕見當樓月似霜。

曉聞車馬

車馬駸駸曉色開，陌間塵動復相催。饒渠障面苦迴避，幾見素衣禁涴來。

得稚柳敦煌千佛洞寄書，備言洞壁間書畫之勝，因取其語賦寄，兼簡大千

左對莫高窟，右倚三危山。萬林葉黃落，老鶴高飛翻。象外意無盡，古洞精靈蟠。面壁復面壁，不離祖師禪。既啓三唐室，更闖六朝關。張謝各運思，顧閻紛筆端。一紙倘寄我，定識非人間。言此心已馳，留滯何時還?

次韻答伯鷹

老梅霜中始作妍，後於衆卉其實先。送臘回春久經歷，即此非易仍非難。袖間手在枝可攀，變動莫問暖與寒。百忙例以一閑應，能無事忙更得閑。

無度[1]殤，壯翁有詩，即次其韻，聊以慰之

垂老人間感慨長，相看儘有好兒郎。生辰未忌丁重五，今歲偏逢悼兩殤。覯姪今歲卒於北平，亦五日生。昌谷錦囊[2]終赴召，子雲玄草實難忘。死生修短何分別，擾擾槐安夢一場。

注：①無度：作者好友喬大壯（壯翁）四子喬無度。②昌谷錦囊：指優美的文句。昌谷，唐代詩人李賀（字長吉，昌谷人），傳其外出總是背一破舊的錦囊，每得佳句，即書寫投入囊中。事見唐代李商隱《李長吉小傳》。

伯鷹用“閑”字韻贈元龍、仲恂[1]，因和

蠟梅霜中始作妍，正爾不争百卉先。葉公於詩晚乃好，見推此事今知難。無人不識陳後山，苦吟照夜燈火寒。况復潘君善撩撥，筆墨雖凍安得閑。

千錘百鍊供一妍，凡百有開必有先。散原[2]冥心契山谷，船翁[3]琢句不畏難。天留此翁作泰山，峻嶒骨瘦神益寒。語澀底妨吟詠事，大難不死翻得閑。

注：①仲恂：作者好友、詩人陳毓華，字仲恂，號石船。②散原：近代詩人陳三立（號散原）。③船翁：陳毓華（號石船）。

霜　中

霜中索笑共寒梅，暖意深憑淺淺杯。自是人生長寂寞，一江宿霧放船回。

次韻答旭初

麻箋慚十萬，歲月惜三餘。去住緣同淺，功名事已疏。有詩題過客，何計愛吾廬。籠霧寒梅發，閑庭晚更虛。元詩有“十萬麻箋客，飄然興有餘”之句。

寒夜聞櫜[1]

櫜聲起遥夜，寒意入孤鐙。正使鄰雞喚，還教旅雁興。客愁殊未已，鄉夢復何曾。倘有梅堪寄[2]，高枝出手能。

注：①欜：同“柝”，舊時打更用的梆子。②倘有梅堪寄：源自典故“寄梅”，意思是贈送梅花，借指對親朋的思念和問候。典出宋代李昉等纂《太平御覽》。

山　齋

山齋長寂寂，小别念青鐙。有酒終當醉，吟詩或可興。亂離哀庾信①，飲食累何曾②。此際禁風雪，梅花却最能。

注：①庾信：南北朝時期文學家。其身處亂世而仕敵國，常懷思鄉之情，作《哀江南賦》，故有“亂離哀庾信”句。②何曾：西晉大臣。其飲食奢靡，“食日萬錢，猶曰無下箸處”，故有“飲食累何曾”句。

感　題　呈旭初元韻

天心難忖度，世事幻風鐙。兵火愁胡底①，衣冠望中興。長吟吾輩慣，痛飲幾時曾。憂樂相煎迫，忘情苦未能。

注：①胡底：謂到什麽地步。

登　樓

杯空江灩灩，闌迴霧冥冥。環暲添寒色，疏梅發晚馨。登樓念王粲①，無地著劉伶②。生事悲何益，干戈久慣經。

注：①登樓念王粲：東漢文學家王粲所作《登樓賦》廣爲傳誦，故有此句。②無地著劉伶：南朝宋劉義慶《世説新語·任誕》：“劉伶恒縱酒放達，或脱衣裸形在屋中，人見譏之。伶曰：‘我以天地爲棟宇，屋室爲褌衣，諸君何爲入我褌中！’”故有“無地著劉伶”句。

偶閲晦聞詩，即效其體以寄慨

廛陌巾車每獨行，當年湖海有聲名。詩篇可爲窮愁好，世味還由酒食生。初雪歌筵含暖意，曉風花檻寄深情。沉哀即在歡娱際，此事從來未易明。

辟畺[①]贈詩，因答

早歲緣情賦物華，新來隨分鬥尖叉。不曾丸藥聽鶯囀[②]，枉過溪頭杜老家。

工詩何與人間事？遣恨爲歡兩未能。賸似春蠶飽桑葉，糾纏恰與日俱增。

注：①辟畺：汪辟疆（1887—1966），原名國垣，字辟畺、辟疆，號方湖，江西彭澤人，詩學研究專家。早年畢業於京師大學堂，曾在國立中央大學、南京大學等校任教，著有《汪辟疆文集》。②不曾丸藥聽鶯囀：套用唐代杜甫《水閣朝霽奉簡嚴雲安》“鈎簾宿鷺起，丸藥流鶯囀”句。

消　息

但養爲官拙，猶慚處世工。吟成半苦樂，飲罷一窮通。户外花當日，檐前鳥弄風。會心誰到此，消息有無中。

還　山　對瓶菊有作

别徑寒仍在，深樽暖可持。年年霜後約，未誤菊花期。

瓶寒留晚菊，酒暖待晴梅。正使逢何遜[①]，空憐官閣開。

注：①何遜：南北朝時期詩人、大臣，所作詠梅詩影響很大，後以“何遜詠梅”作爲典故。唐代杜甫《和裴迪登蜀州東亭送客逢早梅相憶見寄》詩：“東閣官梅動詩興，還如何遜在揚州。”

喜聞三弟攜節姪[①]抵洛陽

横空雁陣看成行，雲路迢遥向洛陽。嶺上梅開迎臘雪，江干楓落飽秋霜。此時相憶仍千里，晚歲能來共一觴。細事還應語阿滿[②]，莫驚汝伯鬢毛蒼。

注：①節姪：指作者侄女、兼士三女沈節。1942年底，沈兼士在北平遭敵僞追捕，被迫帶三女逃離，過洛陽到西安，並於次年抵重慶。②阿滿：沈節别名。

次韻辟畺贈旭初之作

寒梅仍襲舊緗衣[①]，掩映長松翠十圍。生意未應隨歲盡，閑情何必畏人譏。愁邊酌酒尋常醉，天際看雲取次微。最憶高樓霜夜月，回鐙猶得見清暉。

注：①緗衣：淺黄色之衣。

山居一首　用前韻

黄篾編牆着薜衣，山居園樹半成圍。緼袍雖敝堪寒敵，蔬食能甘免鄙譏。夢折江梅春淺淺，醉吟嶺月霧微微。轉輪活計吾真慣，閑看朝暾[①]接夕暉。

注：①朝暾：初升的太陽。

次韻奉酬壯翁

不曾衣錦却還鄉，題柱[①]斑斑墨數行。倦矣官情成大隱，飄然詩思發清狂。江山隨處多風日，松竹經年慣雪霜。衰病那堪理塵事，安心是藥别無方。

注：①題柱：題寫楹聯。

觀壯翁治印，字頓進，尋有詩來，因次韻酬之

柔翰能爲點畫工，紛然迹象取魚蟲。流行坎止尋常事，腕到虚和始有功。

治國烹鮮[①]語意工，壯夫安得耻雕蟲。毛錐[②]寸鐵書生業，亦奏文場戰伐功。

注：①治國烹鮮：意思是治理國家就像烹調美味的小菜一樣。老子《道德經》："治大國，若烹小鮮。"②毛錐：亦作"毛錐子"，指毛筆。《舊五代史·史宏肇傳》："宏肇又厲聲言曰：'安朝廷，定禍亂，直須長槍大劍，至於毛錐子，焉足用哉！'"

附　秋明翁論印時復誤許，輒呈口號　喬曾劬

濡墨科頭老國工，戲將蛇蚓例魚蟲。案頭一寸無情鐵，那奪佳人劍器功。

唐家沱[①]歸途舟壞，迂道彈子石[②]始得渡

權當初程下峽歸，溯洄道阻意多違。岸山隱隱雲横抹，江霧漫漫雨細飛。争渡安危渾不計，同舟休戚總相依。蕭疏鐙火黄昏後，檢點來時迹已非。

注：①唐家沱：重慶地名。位於市區長江北岸，銅鑼峽上游入口處。②彈子石：重慶地名。位於長江南岸，與朝天門隔江相望。

約持歲除生日，詩以壽之

山齋臈盡逢初度，官閣閑來興倍賖。每染麝煤[①]題楮葉，更開樽酒對梅花。一身俯仰情無怍，百歲乘除算有加。明日新年春便好，干戈阻絶不須嗟。

注：①麝煤：麝墨。

次韻真如

滿腹無煩海作杯，澄觀頓覺鏡生埃。紫衣道者當時貴，黄面老禪何事來？得解桃花春共笑，有情梅朵雪争開。生天[①]成佛皆吾願，一語中含萬種哀。

注：①生天：佛教謂行十善者死後轉生天道。

喬無期[①]年十五能評余書，因贈

家雞野鶩意硜硜，王庾[②]家兒眼最明。童習白紛[③]了無益，都緣一藝誤平生。

注：①喬無期：作者好友喬大壯幼子。②王庾：指東晉書法家王羲之和庾翼。③童習白紛：謂幼時學藝，到白頭還紛亂不清。

夜歸墮田中，是時旭初適挫足，戲成奉簡

夜歸燈火不暖凍，冥行索途吾從衆。傾身田野親泥沙，頭脚一時殊輕重。老骨未折眼未花，此事分明天所弄。沾污雖少蒙不潔，堪與世人作笑哄。升堂汪子坐論

道，奮然足踏地軸動。山崩鐘應信有時，遂爾与子易梁棟。平時戲謂偃卧爲梁，起立爲棟，故云爾。

附　尹默夜歸墮田中，值余亦挫足，有詩戲簡，因次答　汪東

鉼花粲粲鐙解凍，忽發狂言自驚衆。坐間奮起脚蹈空，不識身有萬鈞重。此時夜行方有人，造物無心作搏弄。泥塗一蹶竟同嗟，捧臂歸來互嘲哄。我与子乃股肱如，一髮牽連身亦動。天降大任或見微，未要旁人憂折棟。

次韻大壯《歲不盡三日感懷》

去歲蕉林散雪花，故燒絳蠟[①]送年華。香醪泛泛春風盞，繁萼垂垂處士家。腸轉九迴猶有憶，笛終三弄[②]更無譁。把君詩句沉吟久，縱是平時也怨嗟。

注：①絳蠟：紅燭。②三弄：即《三弄》，又稱《梅花三弄》，中國古琴名曲。

次韻鵷雛二絶句

黄落凋年失舊林，能寒松柏故森森。窮途窮律人間世，弗獲辭難祇此心。

眼底横枝影未殘，罏邊出手念高寒。隨時斟酌元乘興，漫把新詩付寫官。

去住一首

意盡情難盡，言愁竟欲愁。拼教沉醉慣，已是此生休。落日天涯道，春風江上樓。相看一遐邇，去住兩悠悠。

題王暉石棺[①]青龍圖

王君碑紀建安年，一旦雕龍出世間。歡喜題詩同郭老，千秋無改漢河山。

注：①王暉石棺：位於四川省蘆山縣，爲東漢上計史王暉墓棺，建於東漢建安十七年（212）。1942年發掘出土，其石刻藝術受到郭沫若的高度評價，並爲其賦詩二首。

題王暉棺玄武[①]像

昔聞巨蛇能吞象，今日蛇尾纏靈龜。四目炯炯還相象，思飲怨歟孰得知。物非其類却相從，蛇定是雌龜是雄。相與相違世間事，悠悠措置信天公。

注：①玄武：中國古代神話中的天之四靈之一，一種由龜和蛇組合成的靈物，又名龜蛇。

癸未三月三日讌集，分韻得“金”字。是日極寒，雨雪交至，率爾成詠

清明迫上巳，寒雨連芳林。既飛楊花雪，還吝柳絲金。皚皚遠嶺際，寂寂春江潯。瀏清詠在昔，訏樂[①]思難任。不有群賢集，誰聞正始音[②]？秉蕑[③]非戲謔，舉觴抗高吟。俯仰一室内，張皇千載心。所欣修禊事，何必在山陰。

注：①訏樂：亦作“詢（洵）訏之樂”，謂男女嬉戲調笑之樂。《詩經·鄭風·溱洧》：“且往觀乎！洧之外，洵訏且樂。”②正始音：亦作“正始之音”。指三國魏正始年間以何晏、王弼爲代表的正始玄學。《晉書·衛玠傳》：“不意永嘉之末，復聞正始之音，何平叔若在，當復絶倒。”③蕑：蘭草。

從今二首

阿堵從今口不言，眼明萬事過雲煙。却慚淡墨鰕湖句，擬上人間五百年。

見卵知求[①]時夜來，惡聲翻動祖生[②]哀。從今莫道能鳴雁，等是人間至不材。

注：①見卵知求：源自成語“見卵求雞”，比喻言之過早。②祖生：東晉名將祖逖率部渡長江時，曾中流擊楫，誓復中原。其所部紀律嚴明，得到沿途百姓的擁護，曾一度收復黄河以南地區。由於東晉内部迭起糾紛，對他不加支持，使他大功未成，憂憤而死。後世詩文常用此爲典，稱祖逖爲祖生。事見《晉書·祖逖傳》。

閑　情

霜月移殘夜，鳴禽遂及晨。夢回草堂[①]路，歲晚錦江濱。短日仍思酒，閑情更畏人。臘梅芳意在，落落眼中新。

注：①草堂：指杜甫草堂，在成都市區。

酒畔二首

未厭交遊冷，翻愁勝事頻[①]。晚菘[②]知歲盡，霜橘薦時新。酒畔長爲客，花前更憶人。尋常啼鳥慣，驚動總因春。

寂寞隨懽至，聲名與願違。愧争雞鶩食，寧羨刺天飛。遠道思難盡，長吟事已微。宴回初夜静，霜露暗霑衣。

注：①未厭交遊冷，翻愁勝事頻：套用唐代杜甫《春日梓州登樓二首》詩“厭蜀交遊冷，思吴勝事繁”句。②晚菘：秋末冬初的大白菜。

此　時

草色動江波，風光轉磵阿[①]。酒添春睡重，花發故情多。生事悲戎馬，心期倦薜蘿[②]。微吟意無盡，當奈此時何。

注：①磵阿：山澗彎曲處。磵，古同“澗”。②薜蘿：薜荔和女蘿。兩者皆野生植物，常攀緣於山野林木或屋壁之上。借指隱者或高士的住所。

上　巳

三月花含雨，千家樹滿煙。春江無故水，沙岸少新船。湔祓情何限，悲懽境屢遷。細斟今日酒，長詠向來篇。

偶　成

江水流春去，掀船風浪生。好吟詩過日，强借酒爲名。萬衆勞行役[①]，寰區[②]苦用兵。盤餐細生事，親切感人情。

注：①行役：舊指因服兵役、勞役或公務而出外跋涉。②寰區：天下，人世間。

題石田小築[①]

當年名重石田翁，今日沈周毋乃同。伏案窮忙書與畫，旁人錯怪打秋風[②]。

注：①題石田小築：1943年7月，作者與好友金南萱夫婦在重慶城區曾家岩合資建成一排平房，作爲兩家的居所。作者以素來敬重的明代書畫家、同姓前輩沈周（號石田）之號命名此屋爲“石田小築”。標題爲編者所加。②打秋風：俗語。意思是利用各種關係、假借各種名義向有錢人索取財物。

遣興長句

無言日月司賓送[①]，着意山川變古今。飛鳥影中明世事，落花聲裏了春心。當年美酒輕輕醉，老去詩篇淡淡尋。稍待風來解餘愠，未須料理七弦琴。

注：①無言日月司賓送：套用宋代黄庭堅《次韻吴宣義三徑懷友》詩“在者天一方，日月老賓送”句。賓，通“儐”，接引、引導之義。《尚書·堯典》：“寅賓出日，平秩東作……寅餞納日，平秩西成。”餞，送行，送别。賓送，即迎送之義。

五言律詩五首

兵火彌天地，棲遲[①]敢擇音[②]。一廛猶可受，百慮自相侵。船笛臨江近，街鑼入市深。畏人成小築，杜老亦何心。

未必逢王翰，衡門[③]美可稱。堆盤老蠶豆，覆地母豬藤。瓦礫從人拾，琴書與債增。高籬南竹插，來往莫相憎。

美酒斟時盡，良朋望裏來。乍張新畫障，還憶舊樓臺。萬里吴船繫，千年蜀道開。秋鶯猶解語，留客小低徊。

薄瓦寧禁雨，新泥未盡乾。蛛絲連户起，鼠迹近牀看。俯仰今猶昔，依違易亦難。出門江水闊，秋至足風湍。

信有江山美，鶯花過幾春。漫營新住宅，猶是未歸人。檐蝠出將暮，砌蟲吟向晨。物情衹如此，離亂轉相親。

注：①棲遲：淹留，隱遁。《詩經·陳風·衡門》：“衡門之下，可以棲遲。”②擇音：選擇蔭庇之處。音，通“蔭”。③衡門：指簡陋的房屋。

旨　酒

世間旨酒是狂藥，一錢能教狷者狂。九有[①]茫茫神禹迹，但成洪水不懷襄。

注：①九有：佛教語，指衆生輪回之三界九地。

寄呈波外翁[①]

白酒能令公喜怒，澄江肯爲我西東。掀翻欲動波闊意，冥漠還希陶阮[②]風。已露文章驚海内，稍收涇渭置胸中。轉頭萬事非今日，行樂及時誰笑翁?

注：①波外翁：作者好友、書法篆刻家喬大壯（號波外居士）。②陶阮：指東晉詩人陶淵明和三國詩人阮籍。

再呈壯翁

閑庭風日鳥鳴陰，獨倚危欄百感尋。世事果能歸一諾，人間何有重千金。壺中小試藏身術，弦外如聞變微音。山遠江迴終不住，周遭寂寞識愁心。

遣　悶

倦開襟袍向江山，孤負當前百尺欄。萬事到頭終似夢[①]，好花在眼易爲歡。乍晴小徑蜂争鬧，微雨高樓燕作難。中酒[②]情如風皺水，於人底事得相干。

注：①萬事到頭終似夢：套用宋代蘇軾《南鄉子·重九涵輝樓呈徐君猷》“萬事到頭都是夢”句。②中酒：意謂飲酒半酣時。《漢書·樊噲傳》：“項羽既饗軍士，中酒，亞父謀欲殺沛公。”顔師古注：“飲酒之中也。不醉不醒，故謂之中。”

再贈喬老

喬侯才思邁何陰[①]，意繡鴛鴦迹可尋。珠宇清詞新片玉，秘方靈藥舊千金。狂來自命樽中聖，愁極誰傳水上音[②]? 非復高樓臨大道，呼歸石[③]畔覓歸心。

注：①何陰：指南朝梁詩人何遜和陰鏗，亦作“陰何”。唐代杜甫《解悶》詩：“孰知二謝將能事，頗學陰何苦用心。”②水上音：指笛聲。清代袁枚《夜過借園見主人坐月下吹笛》詩：“秋夜訪秋士，先聞水上音。”③呼歸石：巨石名，位於重慶市朝天門對岸塗山脚下的長江邊。

憶太平花

故宫苑内之太平花，花白而小，香遠聞，疑即山谷所題爲山礬者，俗呼之爲七里香，江湖山野中所産，故北地貴之。

白衣大士[①]今何在，漠漠塵香散鹿車[②]。猶自宫溝春水滿，御園深鎖太平花。

注：①白衣大士：亦作“白衣仙人”，指觀世音菩薩。因常着白衣、坐白蓮中，故稱。②鹿車：佛教語。三車之一，喻緣覺乘（中乘）。

讀山谷詩後題

乾鵲噪晴知驟暖，小風吹雨釀芳春。誰能得見桃花悟，總道桃花似美人。

閑　庭

高樹漸黄落，閑庭對夕暉。弦歌初不輟[①]，鐘鼓未應稀。世事衹如此，客情何所違。長空飛鳥盡，目斷四山圍。

注：①弦歌初不輟：源自成語“弦歌不輟”。意思是以琴瑟伴奏而歌誦，用來保持教化育人的精神。《莊子·秋水》：“孔子遊於匡，宋人圍之數匝，而弦歌不輟。”

山徑逢僧

磵阿高樹響殘蟬，一徑秋陽夜雨乾。莫説道人無個事，不將光景等閑看。

過花灘溪[①]感懷

細雨能教土脉舒，野風吹緑上襟裾。難從巴峽通吴岳，每過花灘憶聖湖。坐上枰棋[②]終有劫，村中杯酒任相呼。劍南一集[③]流傳舊，壯句閑詞近覺殊。

注：①花灘溪：地名，位於重慶。②枰棋：謂棋局，喻局勢。③劍南一集：陸游《劍南詩稿》，爲紀念其在蜀中生活而命名。

大風堂觀大千所藏唐太宗《屏風帖》及趙子昂、張伯雨、周伯琦、李賓之、倪鴻寶、黄石齋諸人墨迹

太原公子[①]襲輕裘，一着戎衣定九州。屏上龍蛇留妙迹，不論戈法亦清遒。
古思今情共一燈，千秋幾見趙吴興。周張仍取李邕法，却怪溪堂有愛憎。
茶陵[②]而後見汀州[③]，落筆神光奪兩眸。驚怪元和新樣[④]好，平原一派得承流。
高格倪黄見性情，即論險怪亦天成。此流未許他人與，雅俗相看最易明。
素箋膚潤染輕煤，筆勢駸駸往復回。今日居然同此樂，直當唤起古人來！

注：①太原公子：指唐太宗李世民（其父李淵曾任太原留守）。②茶陵：李東陽（賓之），祖籍湖南茶陵，故稱。③汀州：清代書法家伊秉綬，爲福建汀州府寧化縣人，故稱“伊汀州”。④元和新樣：亦稱“元和新脚”，典出唐代劉禹錫《酬柳柳州家雞之贈》：“柳家新樣元和脚，且盡薑芽斂手徒。”戲指柳宗元書法的新樣式，亦用以指柳公權書法。元和，唐憲宗年號。

癸未歲暮留滯成都，雜題四首

期上峨岷訪蜀賢，右軍筆札[①]故依然。閑身小動遨遊興，慚愧成都卜肆錢[②]。
杜二拾遺多感傷，藥欄江檻識行藏。到今未覺風流遠，儘有遊人説草堂。
蠟萼緗苞次第新，沉沉欲動古時春。天迴地轉無窮思，總付當壚賣酒人。
誰信千年百亂離，錦城絲管古今宜。薛濤箋紙[③]桃花色，乞取明鐙照寫詩。

注：①右軍筆札：指東晉書法家王羲之（右軍）《十七帖》中寫蜀中名人的《嚴君平帖》和《譙周帖》。兩帖均是寫給好友、時任益州刺史周撫的書札。②成都卜肆錢：源自成語“成都賣卜”，寫隱者自給的生活。《漢書·王貢兩龔鮑傳》：“君平（嚴光）卜筮於成都市，……裁（纔）日閲數人，得百錢足自養，則閉肆下簾而授《老子》。”③薛濤箋紙：唐代女詩人薛濤早年居住在成都浣花溪畔，製作的小箋紙被稱爲“薛濤箋”，是當時很流行的一種箋紙。

一九四四年至一九四五年

春日雜詠

花竹風煙兒女態，强於閑過一春天。黄鸝紫燕真如願，看盡人間最少年。
風日何嘗解動人，好花領取自家春。兩三鳴鳥飛還止，眼底心頭異樣新。
鰣魚春筍入相思，水緑平湖雨細時。今日風晴江浪闊，江深杯淺不堪持。
南北看花歲歲過，客愁未覺酒邊多。東風於我仍相與，肯向樽前唤奈何。
小坐鐙前聽雨聲，朝來檐際看新晴。養花天氣多如此，酌暖斟寒故有情。
李花雪壓要人扶，風裏稀疏看欲無。一幅春愁描不盡，淡煙村舍雨鳩呼。
雜花生樹柳絲長，二月春風不可當。如此江南最堪憶，莫嫌細雨濕流光。
花月春光年復年，幾回花好月剛圓。江花含意入歌裏，江月照人來酒邊。
不是看花即索死，有情應解拾遺詩。縱教天地干戈滿，江上春風不斷吹。
春工何與人間事，但覺眼前光景明。暖日和風無氣力，百花開了歲功成。
竹籬晴日樂鳴禽，水滿池塘花滿林。生怕東風吹出户，樽前難覓少年心。
李花揚袂障晴雲，桃葉搴帷對夕曛。傷別傷春世間事，不應唯有杜司勳[①]。
亭亭苗樹未生枝，沐雨摇風亦有時。他日清陰能覆地，路人來止聽黄鸝。
春風江上動清吟，江水吟情相與深。認取芳叢舊來處，高枝猶自有鳴禽。
樓頭當面失群山，霧氣侵入獨倚闌。纔喜山移仍霧掩，目窮千里已知難。
春星昨夜耀微茫，共此閑庭燈燭光。誰道杏花消息斷，夢回短枕雨浪浪。

注：①傷別傷春世間事，不應唯有杜司勳：套用唐代詩人李商隱《杜司勳》“刻意傷春復傷別，人間惟有杜司勳”句。杜司勳，唐代詩人杜牧（曾任司勳員外郎）。

題丹林[①]鄉居詩圖

城中猘犬[②]憎蘭芷，林下高人詠薜蘿。風景不殊人世换，閑雲飛鳥意如何？

注：①丹林：陸丹林（1896—1972），别署自在，廣東三水人，現代報人、美術史家、書畫鑒藏家。早年加入中國同盟會。後至上海，加入文學團體南社，與作者同爲南社社員。②猘犬：瘋狗。

題張大千臨摹敦煌壁畫展覽

三年面壁[①]信堂堂，萬里歸來須帶霜。薏苡明珠[②]誰管得，且安筆硯寫敦煌！

注：①三年面壁：指張大千於1940年赴敦煌莫高窟臨摹歷代壁畫，歷時近三年，得畫二百多幅。②薏苡明珠：比喻被人誣蔑，蒙受冤屈。1944年，張大千臨摹的敦煌壁畫在成、渝兩地相繼展出後，雖各界贊譽備至，但也有人（包括政界和文藝界）暗中誹謗，説他在敦煌“獵奇”“盜寶”等。

若飛以“貧無立錐，富可敵國”二語贈大千[①]，余聞之，輒戲作一詩寄奉，用爲笑樂

張子之富可敵國，張子之貧無立錐。既富且貧人莫曉，但見瀟灑霜髯姿。道眼太白欠飲酒，儒林東坡少賦詩。丹青平生性所好，不辭人前稱畫師。六法近壞了無法，衆史秉筆心恰恰。君才與境得發揮，未輸瞿塘愧巫峽。清猿凄切最能吟，白鷗浩蕩還相狎。身輕萬里行敦煌，囊括六代兼三唐。歸開一室但四壁，千佛寫竟自焚香。

注：①若飛以“貧無立錐，富可敵國”二語贈大千：1944年3月15日，張大千收藏古書畫展覽在成都舉行，引起轟動。國民政府四川省主席張群的秘書馮若飛以“貧無立錐，富可敵國”八字相贈，一時傳爲美談。

題南萱[①]所摹《溪山無盡卷子》[②]

清香凝畫小房櫳，不晴不雨鳩聲中。幽閑無事茶破慵，墨花泛泛回春風。點染縑素百日功，裁成一卷彌從容。江本王摹聊發蒙，憑古意匠攄今胸。岡嶺遠並江流東，水重山掩肺腑同。行李騷然循舊蹤，溪山無盡年無窮。

注：①南萱：金南萱（1903—1989），原名耐先，浙江杭州人，國畫家、攝影師。早年畢業於杭州女子師範學校，與作者繼夫人褚保權爲同學。後任浙江省立一中、北京孔德學校教員。抗戰時，作者與金氏夫婦共同出資在重慶曾家巖築屋合住，來往密切。②《溪山無盡》卷子：此圖又名《溪山無盡圖》，原作由宋代畫家江貫道所繪。明末清初畫家王翬《摹江貫道〈溪山無盡圖〉》亦很有名，現藏於故宫博物院。金南萱所摹正是此圖，故詩中有“江本王摹聊發蒙”句。

觀稚柳畫展歸有贈

小謝[①]山水亦清發，短幅點作巨然師。春陰爾許秋色媚，四序暗移人莫知。虛堂愔愔衆忘機，嘉禽仙蝶相委隨。壁間大士示微笑，霜鬢一時盡年少。畫師作畫能逼真，願君更作如花人。莫向老蓮取粉本[②]，態疏意遠世人嗔。

注：①小謝：指書畫家謝稚柳。作者年長謝氏二十多歲，故稱。②粉本：畫稿。古人作畫先施粉上樣，然後依樣落筆，故稱畫稿爲粉本。

無　題

四弦撥盡情難盡，意足無聲勝有聲。今古悲歡終了了，爲誰合眼想平生。

輓朱希祖[①]

劬學[②]忘年歲，尋常有發明。思來因述往，救國勝談兵。筆勢参歐老[③]，詩悰並子京[④]。昆侖猶未至，何以慰平生。

注：①輓朱希祖：朱希祖於1944年去世。標題爲編者所加。②劬學：意思是勤奮學習。③歐老：指唐代書法家歐陽詢。④子京：宋代詩人宋祁（字子京）。

甲申中秋前夕夢中得句，嘉陵江上石田小築中

山城鐙火霧張幃，雨氣沉沉濕舞衣。任是十年愛羅綺，莫持羅綺怨光輝。

賀黄苗子[①]、郁風[②]新婚

無雙妙穎寫佳期，難得人間絶好辭。取譬淵明遠風日，良苗新意有人知[③]。

注：①黄苗子：原名祖耀，廣東中山人，現代書畫家、作家。②郁風：原籍浙江富陽，現代畫家、散文家。1944年11月，黄、郁在重慶嘉陵賓館舉辦婚禮，作者爲證婚人，並賦詩祝賀。③取譬淵明遠風日，良苗新意有人知：借用東晉陶淵明《癸卯歲始春懷古田舍二首》“平疇交遠風，良苗亦懷新”句，喻黄、郁這對佳人如秀苗在習習遠風中茁壯成長日日新。

拙臨《蘭亭》與虞褚所摹並觀，頓形局促

鼠鬚繭紙尋常有，持寫蘭亭亦偶然。功力到來矜躁[1]釋，當時逸少本天全[2]。

落落揮毫故有神，不因臨寫損天真。湖湘豪氣由來重，何必山陰一輩人。

几案之間無俗韻，管弦而外覓知音。吾儕本未關人事，得失相看衹寸心。

卌載臨池未奏功，强從詳緩説明通。却慚但會蘭亭面，寬博都無作者風。

注：①矜躁：矜誇躁急。②天全：上天所成。

此卷受之攜來索題，題行嚴臨虞永興所摹《蘭亭修禊敘》卷子五絶句

兩家雞鶩且休論，一卷聊堪付子孫。各有短長無可諱，君須得魄我須魂。

贈别睿嬰於役美國，時玫白亦戎服從軍，故有木蘭之喻

念遠傷離古到今，世間兒女意何深。木蘭機杼仍當户，印此艱難報國心。

巴江苦霧三年客，鵬路長風萬里程。如此别離非所惜，不遑啓處見平生。

梅花寂歷[1]動清幽，春氣茫澤溢九州。穠李夭桃[2]先滿路，相期來迓海東頭。

注：①寂歷：凋零疏落。②穠李夭桃：亦作“夭桃穠李”。意思是茂盛的桃樹，茂密的李樹。形容年輕俊美。《詩經·周南·桃夭》：“桃之夭夭，灼灼其華。”又，《詩經·召南·何彼穠矣》：“何彼穠矣，華如桃李。”

追懷黄劉二子[1]

蒹葭[2]黄葉[3]故樓空，黄大劉三恨却同。空有楹書遺後世，賸憑詩卷説衰翁。華涇薜荔牆翻雨，北海[4]芙蕖棹送風。轉眼堪驚陵谷改，當時唯歎路西東。

注：①黄劉二子：指作者執教北大時同事、南社詩人黄節（原名晦聞）和劉三（字季平）。前者逝於1935年，後者作古於1938年。②蒹葭：指黄節書齋蒹葭樓。③黄葉：指劉三位於上海華涇鎮的私宅黄葉樓。④北海：位於北京城區的一座古典皇家園林。

題晦聞觀劇詩後

一士流淹遂不還，長餘七字卷中看。鳴蜩嘒嘒猶隆暑，漂雨森森又小寒。多歷星霜[①]諳俗異，未緣戰伐歎時難。九京可作[②]吾誰與？此際聞歌恐少歡。

注：①星霜：歲月，年歲。唐代白居易《歲晚旅望》詩："朝來暮去星霜换，陰慘陽舒氣序牽。"②九京可作：亦作"九原可作"，意謂設想已死之人再生。《國語·晉語》："趙文子與叔向遊於九京。"韋昭注："京當爲原。"唐代杜牧《長安雜題長句六首》："九原可作吾誰與，師友琅琊邴曼容。"

憶湖州六絶句

憶曾登眺弁峰[①]巔，湖水漫漫欲浸天。四十年中風浪闊[②]，蜀江灘畔望歸船。四十年前曾登弁峰頂望太湖。

碧浪湖心塔影長，道場山脚野花香。當時擬借雲巢宿，風惡驚濤不可航。

祭掃歸來百感傷，十年去國恨何長。春風又過黄泥嶺，緑水青山草自芳。先塋在白雀王家村黄泥嶺。

摩肩彩鳳坊頭過，信脚駱駝橋上行。落落幾人真識我，淹留今始愧無成。

桃柳峴山爲好春，和風相趁出南門。已嗟逸老風流盡，更與何人共酒樽。南門外峴山有逸老堂。

門前繫艇月河街，也向花樓小住來。梅雨年年倍惆悵，東川一樣雨肥梅。吾家舊居城東花樓橋月河街。

注：①弁峰：與詩中的碧浪湖、道場山、雲巢、黄泥嶺、彩鳳坊、駱駝橋、峴山、月河街、華樓等，皆湖州地名或名勝。②四十年中風浪闊：作者自清末離開故鄉湖州，先後寓居杭州、北京、上海、重慶等地，至時已四十餘年，故有此句。

題《曾氏家學》[①]

閩中自古詩之鄉，晚近陳鄭[②]世所望。孤軍特起却尋常，累葉勿替道乃昌。君子五世澤已長，况十一世綿書香。自是君家有義方[③]，先德德厚心地好。心聲百世猶琅琅，率由無改謹寫藏。孫賢子孝留芬芳，寒家向亦重詩教。雙溪一集僅未亡，新刊持贈增慚惶。欲爲頌之難成章，感君嘉惠銘不忘。

注：①《曾氏家學》:福建侯官（今屬福州市）曾氏家族歷代先人著作集成。由作者好友、曾氏後裔曾克耑（履川）纂，後於中國香港印行。②陳鄭：指近代福州籍詩人陳衍（號石遺）和鄭孝胥（字太夷）。③義方：指家教。

讀晦聞宿潭柘寺[①]詩，因次其韻

萬種春情生柳陌，一痕秋夢墮槐街。西山舊約隨年往，短卷新題與古儕。掃經風回花正豔，當筵月落酒偏佳。心頭眼底都難遣，始信勞生未有涯。

注：①潭柘寺：位於北京西部潭柘山麓，始建於西晉永嘉年間。

讀晦聞蒹葭樓詩，因題

詩思森泓久所參，卷中尋味更潭潭[①]。高情一往入寥廓，流輩能言無二三。陂澤納喧從草蔓，欄干透雨助花酣。社園春日風沙惡，欲北驅車却向南。

注：①潭潭：深廣貌。

八月八日立秋，喜聞日本向同盟國請降

佇看細柳散金甲[①]，未用高城築受降。時日偕亡騰衆口，清秋纔到静雙江。八年力戰知民困，一簣虧功懔政龐。天下一家從此始，海東邦接海西邦。

四國[②]憂同屢會盟，一丸力大促行成。鯨吞蠶食終何益，虎擲龍拏最有聲。得喪東西如弈局，安危今古視民情。從新更作百年計，始信哀矜善用兵。

注：①佇看細柳散金甲：套用唐代杜甫《即事》詩“未聞細柳散金甲”句。細柳，指細柳營，漢文帝時將軍周亞夫屯兵處，此處借指抗日軍營。金甲，金飾的鎧甲，借指兵事。②四國：指中、蘇、美、英四個國家，第二次世界大戰中最重要的反法西斯同盟國家。

寓所漫題

巫山西起最能奇，巴水東流更不疑。六載未歸緣戰伐[①]，一生難遣是吟思。泡

桐得地干雲上，蔓草争籬带露垂。眼底盡多他日感，漫從卉木樂無知。

注：①六載未歸緣戰伐：指作者1939年春入蜀至此時已達六年，因戰亂滯留大後方重慶。

暮出江郊

山疊情無盡，江流意轉遲。紛紜秋水渡，淡蕩夕陽時。飛鳥將何止，歸雲衹自期。白頭懶負戴[①]，郊路一凝思。

注：①負戴：以背負物，以頭頂物。

乙酉重陽日，于程二公[①]會飲賓衆，以“建國必成”分韻，因用“必”字韻賦呈一首

樽俎[②]開九九，干戈憶七七。頻年喪亂懷，勝事誰能必。軒軒天宇高，清秋在今日。西上以避災，否極斯逢吉。衆心和且平，幽情暢一世。載賡采菊詠，不費題糕筆。佳節昔所有，嘉會今惟一。願秉長房心，弘兹活國術。遠瞻慮無窮，近接趣已溢。公能嚴酒兵，我遂失詩律。喜懼並當筵，雜然聊短述。

注：①于程二公：指國民政府監察院院長于右任和國民黨軍事委員會參議程潛，兩人皆作者詩友。②樽俎：指宴席。

立冬日雷雨，慨然有作

立冬動峽雷，陰雨散微暄。飛蠅固已掃，鳴蛩亦不煩。形影閟燕處，襟懷敞前軒。矯首望寥廓，曾雲[①]八表昏。置身峻嶺上，不得見中原。似聞泣子遺，聲共九河[②]翻。慘怛還入室，憂思塞周垣。昨者北客至，舉燭語夜温。居難例慣悶，所昔不待宣。寇退益辛勤，惘惘念故園。懷安情之恒，歸來飽雞豚。立人已斯立，事不及怨恩。亂流總趨壑，散葉終覆根。在人義亦爾，樂生義乃存。朝野抒宏議，豈不爲元元[③]。及觀所行施，誰肯顧其言？安危本由人，人情轉風旛。大欲殘無辜，平地起高墳。殃遂及動植，水火連墟村。此目非細故，幾乎息乾坤。天道常可推，人心幻難論。撥置雨中歎，開霽迎朝暾。

注：①曾雲：重疊的雲層。曾，通“層”。②九河：指黄河。③元元：平民，老百姓。

題行嚴來札尾

秋氣隨落葉，蕭然滿庭除。籬蔓上朝顔，明綴夜雨珠。誰信昨日事？汗蒸毛髮濡。鎮心希甘瓜，眼渴夢江湖。事過境自遷，凉燠[1]理未殊。發興清秋節，且言蒓與鱸[2]。浩然望歸路，勞君問何如。

注：①凉燠：凉熱。指冷暖，寒暑。②蒓與鱸：源自成語“蒓鱸之思”，比喻懷念故鄉的心情。《晉書·張翰傳》：“翰因見秋風起，乃思吴中菰菜、蒓羹、鱸魚膾。”

東川詩友合

塵中少樂事，觴詠偶經過。風日得清佳，鳴鳥嚶相和。汪子[1]擅風騷，幽蘭託興多。章侯[2]才力健，磊落長松柯。曾潘[3]時點綴，婉孌蔦與蘿。喬老[4]海棠精，劉翁[5]翦春羅。二姚[6]異情性，竹猗柳傞傞。方湖[7]老少年，風情未消磨。元龍[8]稍晚至，遠韻揚秋荷。殘子實小草，春生緣磵坡。草木吾臭味，短長無私阿。此亦一時好，寒日倏已俄。聚散覆杯酒，感之酣且歌。東川詩友合，昔爾今如何！

注：①汪子：指汪東（旭初）。②章侯：指章士釗（行嚴）。③曾潘：指曾克耑（履川）和潘伯鷹。④喬老：指喬大壯（曾劬）。⑤劉翁：指劉成禺。⑥二姚：指姚琮（味辛）和姚鵷雛。⑦方湖：指汪辟疆（號方湖）。⑧元龍：葉元龍。

夜宴得縱觀紅薇老人及曼青所作畫，因賦詩奉貽

南樓去遂遠，清於亦不作。近來常州派[1]，細甚氣已索。畫史信手寫，幾輩矜磅礴。人間花鳥春，丹青久冷落。紅薇乃法宗，神明無所縛。臨軒調露脂，精心寫風蕊。潛伏昭淵魚，高舉來雲鶴。勤飛與歧行，隨意顯活躍。眼前萬姿態，胸中一邱壑。動植無遁形，出手姿抄掠。化工窮其妙，巧奪毋乃虐。鄭生承家學，此事得付託。既展破蕉葉，還能新竹籜。蓮蓬青簇簇，菊窠黄灼灼。幽蘭有神情，空谷不寂寞。徐陳近鄉縣，吴王異城郭。駸駸[2]分馳去，不受老人約。獨樂遊藝林，無私開畫閣。山陰道上行，空回定如昨。衆聲同諮嗟，吾文費添削。不如且閉口，面壁契冥漠。秉彼繼日燭，快此賞心酌。

注：①常州派：指常州畫派，中國畫流派之一，代表人物有居寧、惲壽平等。②駸駸：快跑的樣子。

飲新茶

新茗如新人，穎鋭不可當。老成喜蘊藉，不掛齒頰旁。聞者竄山澤，龍鳳安得將。慨想蔡端明[①]，慚愧士夫行。天生物有德，人制易其常。視彼狂藥資，云何出秫粱。期飽亂萌心，非必返上皇。七盌[②]且莫辭，燒此搓枒腸。

注：①蔡端明：北宋書法家、茶學家蔡襄（1012—1067），字君謨，興化軍仙遊縣（今福建省仙遊縣）人，著有《茶録》《端明集》等。曾任端明殿學士，故稱。②七盌：指“七碗（椀）茶”，爲稱頌飲茶的典故。典出唐代盧仝《走筆謝孟諫議寄新茶》詩。宋代蘇軾《六月六日以病在告獨遊湖上諸寺晚謁損之戲留一絶》詩：“何須魏帝一丸藥，且盡盧仝七碗茶。”

一九四六年至一九四九年

春　事

詩囊酒盞總應持，容易人間春事違。大道高樓塵漠漠，珠簾錦瑟意暉暉[①]。含桃[②]過盡鶯初囀，芳絮飄殘燕未歸。十載扁舟江海夢，夢回隔雨卧逢幃。

注：①暉暉：豔麗貌。②含桃：櫻桃的别稱。

惡　客[①]

惡客何爲者，低徊康四室。閑尋棊搭擋，慣理畫生涯。妙在無心學，狂來信口誇。傷時嗟麟鳳，驚座起龍蛇。白屋[②]心情好，朱門意氣賒。能行老翁樂，兼作小兒譁。長夜眠偏少，豐筵食轉加。山頽頻醉酒，水厄屢憐茶。謔入三分木，神開頃刻花。有誰能辨此，莫道主人差。

注：①惡客：標題爲編者所加。②白屋：以乾茅草覆蓋的房屋，指貧窮人家住的房子。

對月小酌

萬古一月色，人間幾杯酒。空滿不能無，圓缺亦何有。昔時美少年，今當成老醜。霜綻江頭梅，風落門前柳。往矣彭澤宰，懷哉杜陵叟。宵來喜見月，一杯猶在手。飲酒不愧天，此事差不朽。

湖上[①]小住，去後有作

多憂借酒破愁顔，久别逢人説故山[②]。林鳥競隨朝日出，湖船偶載暮雲還。干戈道阻魂猶悸，鐘梵聲長意乍閑。留固未能行亦可，岸花堤樹總相關。

注：①湖上：指杭州西湖。②故山：故鄉。唐代李白《酬張卿夜宿南陵見贈》詩："故山定有酒，與爾傾金罍。"

十一月十二日與邁士乘京杭早車返滬，道中得五絶句

車中望棲霞山色，邁士謂松雪所寫鵲華，取景正復如此。

南朝山色愛棲霞，點染知應勝鵲華。衰柳殘荷無限意，可堪隨處着啼鴉。

鎮江停車，近見岸側金山寺塔

金陵霧引走平岡，曉日曈曨[①]樹老蒼。相送東行更懷古，金山非復水中央[②]。

注：①曈曨：日初出漸明貌。②金山非復水中央：江蘇鎮江的金山原爲長江中的一個島嶼，至清光緒末年與陸地連成一片，故有"金山非復水中央"句。

荆公金陵絶句三首[①]託興遥深，有丹樓碧閣之感

坐對金山憶半山[②]，愧無佳句鬬身閑。丹樓碧閣關時事，古思今情未易删。

注：①金陵絶句三首：指王安石七言絶句《憶金陵三首》。②半山：王安石位於南京鐘山之故宅。宋代陸游《入蜀記》卷二："歸途過半山，少留。半山者，王文公舊宅，所謂報寧禪院也。自城中上鐘山，此爲中途，故曰半山，殘毁尤甚。"

荆公《雜詠》有云“證聖南朝寺，三年到百回。不知牆下路，今日幾花開”

每過金陵説半山，行吟證聖寺門前。風荷邂逅牆陰路，未必南朝有此賢。

望見野塘蘆花，因説西溪秋雪之勝。邁士言行舟轉處往往有烏桕紅葉，嫣然相引，頗牽情思

清漣野水映蘆花，秋雪晴時正憶家。更説西溪烏桕好，小舟隨轉興彌賒。

次韻答邁士見寄

晝情涉想入玄冬，雪滿江天鳥絶蹤。白篋篷低詩藴藉，紅泥爐小酒從容。及時短景仍行樂，遠害閑身且放慵[①]。古寺鐘殘炊夢斷，知君惜取小團龍[②]。

注：①放慵：疏懶。唐代白居易《戲贈蕭處士清禪師》詩：“又有放慵巴郡守，不營一事共騰騰。”②小團龍：宋代的一種名茶。

次韻答行嚴過訪見贈之作

自笑居恒愛楚狂[①]，歸來行徑却平常。字同生菜論斤賣，畫取幽篁閉閣藏。歡會底須過趙李，劇談時復見劉王。煩君爲説閑中事，已足人間一世忙。

注：①楚狂：春秋時楚國人陸通見政局混亂，佯狂不仕，人稱楚狂。後用爲狂士的通稱。典出《論語·微子》。

三月廿二日偶題，却寄湛翁

合眼能教心太平，暮年難遣是詩情。樽中有酒方知味，坐上無棋早息争。山鳥不來晨角[①]動，湖魚仍躍夜船行。人間擾擾春風裏，看柳看花過一生。

注：①晨角：亦作“辰角”。星宿名，指角宿，早晨現於東方。

題大千畫祝丹林五十

青枝紅葉耀秋晴，亹亹[①]懷新策杖行。可是知非蘧伯玉，不然松下遇淵明[②]。

注：①亹亹：形容向前推移、行進。②可是知非蘧伯玉，不然松下遇淵明：套用宋代葉茵《又偶成六首》詩“知非蘧伯玉，覺是晉淵明”句。蘧伯玉，春秋時衛國大臣蘧瑗（字伯玉）。據《論語·衛靈公》，蘧伯玉“行年五十而知四十九年”之非。

亞光[①]、大千爲丹林造像漫題

嶺南光景四時新，看畫哦詩自在身。付與髯張添妙筆，一枝紅樹見豐神。

注：①亞光：胡亞光（1901—1986），名文球，字亞光，浙江杭州人，現代畫家。

立春前一日，稚柳偕元龍見訪，感而有作，示平君[①]，並簡諸鄰好

鐘鼓催人不自閑，陰暗朝暮一窗間。神傷雒下東西屋[②]，興託淮南大小山[③]。封籙誰當思憒憒[④]，役車時復聽班班。老知書畫真多益，未梅相從晝掩關。

死生契闊誰能料，眼底相看漸白頭。酒與長年唯所願，詩吟卒歲可無憂。驚梅拂水春猶是，載雪乘船興未遒。道阻不忍鄰里約，虀鹽[⑤]賓主肯來不。

注：①平君：作者繼夫人褚保權（字平君）。②雒下東西屋：雒（洛）下，指洛陽城。明代王世貞《明佐遊梁無資作歌見援聊此奉復》詩：“吾家弱弟慚小陸，洛下東西兩間屋。”③淮南大小山：稱譽詩文高手。典出《楚辭·招隱士》。漢淮南王劉安招納文士，諸文士撰文著述，或稱“大山”，或稱“小山”。大山、小山既是作者的集體筆名，又帶有作品分類的性質。④封籙誰當思憒憒：南朝宋劉義慶《世説新語·政事》記載，王導晚年幾乎不再處理政務，惟封存公文、簽字畫押。嘗感歎：“人們説我糊塗，後人一定會懷念我這種糊塗的。”封籙，指封存文書。憒憒，糊塗的意思。⑤虀鹽：指清貧生活。

戲畫墨竹

胸次何嘗有此君，偶然信手寫凌雲。粗才應被樊川笑，孱幹疏枝不中軍[①]。

注：①中軍：古代行軍作戰分上、中、下三軍，中軍爲主力部隊。

鵷雛以詩稿寄示，因贈

公事非難了，世情良易知。亂中憐客久，江上念歸遲。婉孌[①]何多感，辛勤更遠思。流傳入蜀集，不減武功詩[②]。

注：①婉孌：深摯。②不減武功詩：套用清代厲鶚《次韻答平湖舒明府見寄》“不減武功詩”句。武功，指唐代詩人姚合（曾在武功縣爲官，故稱）。

晴日漫興

晴日微寒意轉新，谷風習習陌間塵。乍逢好鳥留連我，漫把新詞驚動人。坐照花光沉酒盞，江涵帆影接天津。十年聚散干戈裏，桃李無妨作好春。

風雨中吟

燕忙鶯亂終何事，五月陰晴着意難。樓日過雲生晝晦，海風吹雨入江寒。物情落落仍相與，世網恢恢故一寬。却病無方虚止酒，賸憑清醒倚闌干。

端午日口占

東來[①]便覺不尋常，節物濃然粽箬香。衹欠兒時一杯酒，淺斟細酌點雄黄。

注：①東來：指抗戰勝利後作者從大後方重慶東返上海。

端午後二日余生辰，平君蒔竹爲壽，賦詩紀之

六十五寒暑，小兒成老翁。更經幾朝暮，憂樂諒不同。平生無盡意，閲世如長松。有時恣吟嘯，謖謖滿簾風。即此博一快，誰云非至公。晏居敢忘勤，生物日趨功。一昨端午日，蒲緑榴花紅。鄰舍焚芸蘭，轉頭香散空。有錢不買香，换取新竹叢。此君耐歲寒，匪唯絶塵蹤。與子共醉竹，一樽且從容。

新種竹

領取出塵意，兼收却暑功。新移細竹活，稍覺晚庭空。舒葉終須雨，調枝更待風。却慚勝果院，灌溉閉門中。後山寓勝果院後庭有瘦柏，屢以水溉之，遂有生意。

暑中聞兼士之喪[①]，泫然賦此

弟舊曆六月十一日生辰，越五日宴客於家，宴中疾驟作，即溘然長逝矣，傷哉！

炎天旦夕幾風雷，過雨軒窗閉復開。酒畔偶然傳快語，人間是處有沉哀。荷塘香散花隨水，荆樹枝摧葉覆苔。白日看雲眠未得，虛期北使望中來。

注：①暑中聞兼士之喪：作者弟弟、語言文字學家沈兼士於1947年8月2日（農曆六月十六日）在北平家中病逝。

再哭弟

一朝散手若爲情，六十年[①]來好弟兄。更使後生思老輩，却緣清德著能名。他年識字纔餘種，此日爲邦苦用兵。老淚無多不供灑，木然翹首立秋晴。

注：①六十年：沈兼士生於1887年7月，卒時剛滿六十歲。

題邁士畫《四時山水》

暖意端從寒裏出，陌間日日扇和風。春工點染真能事，水色山光旋不同。
過盡芳菲草木深，人間可愛是清陰。日長山静無塵事，會到悠然太古心。
雁落霜洲天宇高，江南草木未全凋。登山臨水將歸意，猶着當時舊柳條。
翠紅裝綴好山川，一代紛華數日看。得識域中真面目，賴君胸次有荒寒。

次韻答湛翁見懷

聽雨軒中三日留，書來又是一年秋。水明樓[①]夜難成寐，雲暗巖天倦出遊。城郭至今思去鶴，湖山終古屬閑鷗。四時光景傾杯裏，傾盡人間幾許愁。

注：①水明樓：杭州西湖邊樓閣，據傳最早爲宋代蘇軾所建。

十月十八日偕平君遊杭州道中作

野風拂面動車輪，多謝宵來雨洗塵。名利盡爲他日事，悲歡聊付現時人。正須菊松開荒徑，猶喜湖山稱老身。從此不愁行路遠，相攜來醉聖湖春。

湖上雜吟

湖光山色一舟中，去住無心任好風。四十年來看不厭，柳堤西畔夕陽紅。
湖上秋高柳未疏，蓮蓬折盡葉微枯。從來臨水登山意，不道愁中得所娛。
深碗茶清伏睡魔，通宵蟲語費吟哦。殘荷葉響晨光動，猶記年時小艇過。
人間長恨意匆匆，所好元來未易從。一事平生堪不朽，悠然來聽鳳林鐘[①]。
竹林群鵲噪秋晴，滿路風和暖意生。負送遊人到山寺，琤琮坐聽冷泉聲。
蕭然閑地未能閑，鎮日僧房不掩關。競與遊人道魚樂，膠膠擾擾一池間。
四合岡巒隱暮煙，微茫燈火接遥天。劇憐初夜新弦月，漾水流輝送客船。

注：①鳳林鐘：鳳林寺的鐘聲。鳳林寺位於杭州西湖岳墳東邊，始建於唐代，後多次重建，1953年拆除。

湛翁湖上招飲，別歸有作

小艇暗衝荷梗去，秋衣微着雨凉歸。酒闌此際易生感，回首高樓燈火稀。

重九日作

湖山好處是吾鄉，秋日來遊意興長。偶欲登臨窮遠目，非關風雨報重陽。吟詩何與催租事，涉世應無遠害方。高會龍山[①]非此日，淵明自醉菊籬旁。

注：①高會龍山：亦作“龍山會”，指重陽節登高聚會。《晉書·孟嘉傳》：“九月九日，（桓）温燕龍山，僚佐畢集。”

蘇州紀遊

杭州遊罷又吴城，不負清秋日日晴。虎阜獅林元自好，相看正要此時情。

戒幢寺裏一池水，拙政園中百歲藤。今古悠悠多少事，知他誰廢復誰興。

高臺麋鹿[①]認遺蹤，離亂千年一再逢。夜半客船應有恨，寒山寺在不聞鐘。寺鐘爲日人取去。

玄妙觀前逢乞丐，强將吴語聒遊人。探囊安得有靈藥，療盡人間一世貧。

白門楊柳暮棲鴉，肯信詞人不憶家。車馬自來仍自去，蘋花橋畔夕陽斜。寄菴旅南京未歸。

説着滄浪意自清，世間隨分有塵纓[②]。却愁野水荒灣去，醉倒春風句不成。蘇子美遊滄浪亭有“醉倒惟有春風知”之句。

注：①高臺麋鹿：源自典故“鹿上高臺”。指社稷傾覆，宫室化爲荒丘。②塵纓：塵俗之事。

題大千爲孝慈[①]畫《饋魚圖》

寧可出無車，不可食無魚。無車得安步，無魚但茹蔬。張侯磊落人，避囂青城居。妙境等畫餅，眼飽腹饑虚。楊子[②]念良友，欲令德不孤。乘興躡蹤迹，三五連襟裾。已慮緣木求，遂挈筐篚俱。出網看戢戢，入水想喁喁。張侯略拱手，含意拈髭鬚。平生爲口忙，風味愛大蘇。香炒青精飯，得此不願餘。即當觀哺啜，亦可事庖廚。憶昔癸未冬，清寒集成都。夜飲大風堂，貫柳得所漁[③]。鸞刀不假手，爲客烹霜腴。叩門來不速，釜中爛可吁。形爛神則全，相語笑葫蘆。至今有餘味，餐勝仍欲酤。蕭條歲暮心，莫負紅泥罏。更憑寫生筆，回彼鱗鬛初。形神味俱得，安可少此圖。

注：①孝慈：張大千好友楊孝慈（1895—1956），原名延森，貴州畢節人。畢業於日本早稻田大學，曾任中央銀行成都分行經理。②楊子：指漢代文學家揚雄（又作楊雄）。③貫柳得所漁：套用宋代蘇軾《新渡寺席上次趙景貺、陳履常韻，送歐陽叔弼。比來諸君唱和，叔弼但袖手旁睨而已，臨别，忽出一篇，頗有淵明風致，坐皆驚歎》詩“得魚楊柳貫”句。

題施翀鵬畫《山水》[①]

畫人情性結山隅，林木蒼然意境新。懸閣來風知有竹，度橋流水不逢塵。

注：①題施翀鵬畫《山水》：標題爲編者所加。施翀鵬，即施南池（1908—2003），原名翀鵬，字扶九，號南池，上海崇明人，書畫家。1928年畢業於上海美術專科學校，留校任教。1949年後，任上海師範學院、上海交通大學教授。

鵷雛寄詩，慨然有答

燕處學書寧好事，澄觀得句本無心。每逢春至知年往，却憶邱高望海瀰。南社酒悲君過我，北臺[①]官冷古輸今。交遊遲暮情彌淡，莫道無弦不解琴。

注：①北臺：古時又稱御史北臺，負彈劾、糾察之責。作者與姚氏曾同爲國民政府監察院監察委員，名義上也從事彈劾、糾察事務，故有"北臺官冷古輸今"句。

次韻湛翁歲暮移居

湖山勝處合誅茅[①]，雨冷雲昏念遠郊。得見梅開元有數，但占春至豈無爻。爛柯[②]纔了仙童局，懸橘差安逸叟[③]巢。鄰壁學而聲已斷[④]，剩從山鳥聽朝嘲。

注：①誅茅：剪除茅草，營建居室，引申爲結廬安居。唐代杜甫《寄題江外草堂》詩："誅茅初一畝，廣地方連延。"②爛柯：意思是歲月流逝，人事變遷。後多指與圍棋有關之事。語出南朝梁任昉《述異記》。③逸叟：遁世隱居的老人。④鄰壁學而聲已斷：套用宋代劉克莊《田舍即事十首》詩"鄰壁嘲啾誦學而"句。學而，即《學而》，《論語》首篇篇名，借指《論語》。

自　嘲　用前韻

林下多時擬結茅，畏塗荊棘阻荒郊。光陰逝水無昏旦，憂患如山動象爻[①]。往往沙鷗將故侶，年年社燕[②]定新巢。我身貴矣不如鳥，莫待人嘲且自嘲。

注：①象爻：亦作"爻象"，指吉凶。《周易·系辭》："爻象動乎內，吉凶見乎外。"②社燕：燕子。因其春社時來，秋社時去，故稱。

對竹二絶句

籜龍[①]解籜[②]本無心，便放新梢過一尋[③]。薄酒酌來輸藴藉，小詩哦罷起蕭森。

牆梢日映雲林畫，窗葉風吟和靖詩。此趣自從閑裏得，落花飛絮不同時。

注：①籜龍：竹笋之别稱。②解籜：竹笋脱殼。③一尋：古代長度單位，七尺（一説八尺）爲一尋。

題墨竹[①]

舞鳳非無會，調鸞遂不堪。雨收餘潤在，生意入沉酣。

注：①題墨竹：標題爲編者所加。

坐　雨　戲效誠齋體

小滿寒仍在，江樓酒幔斜。山河分九域，歌哭接千家。無事不愁雨，有錢還買花。牆陰細叢竹，看看又青些。

端陽節後二日爲余生辰，豫卿有書來，因答

去歲曾題種竹詩，一春雨少見枯枝。枯榮莫道是天意，得地牆東有緑猗。

生老難逃少病苦，去來莫計願當今。一杯傾盡酡顔在，省識榴紅蒲緑心。

逝者如斯駒過隙，歸來又見燕將雛。眼前百事不改舊，但覺今吾非故吾。

干戈不失太平年，寒暑紛然一日間。聞見前人猶未及，此身何幸得相關。是日晨與即酷熱，過午陰雨，驟凉如深秋矣。

哦罷新詩放酒樽，故交猶有幾人存？明年此日應無恙，更寄篇章與討論。

梅　雨

五月晴來久，青梅半已黄。江樓蒸水氣，檐户暗天光。經雨蚓蛙鬧，逆風花竹香。汗收閑裏坐，却要换衣裳。

晴 雨

晴雨渾無定，風雷亦有因。幣增珠玉米，兵動草菅人。史事看來慣，危時老始親。三年江上計，猶得任吾真。

雜感口號呈湛翁

歲月無多莫漫嗟，詩書堪作老生涯。後山慣喜蒙頭卧，一字吟成日已斜。
老去常愁酒盞空，一樽且喜故人同。避人避世都非計，兵氣銷除笑語中。
每過臨平動遠思，平岡塔影昔人詩。蜻蜓來往渾無定，祇有荷風似舊時。
古人來者兩茫茫，此念平生未易忘。悲喜極時言語斷，不尋常事却尋常。
兵戈動後百艱生，勝處欲行終未行。茂草荒園仍有意，從來足惜是人情。

湖上作

雨過風來水面凉，小舟輕槳泛湖光。田田荷葉扶新朵，瑟瑟松林掛夕陽。偶聽漁樵談得喪，好尋鷗鷺作平章。從新領略江湖味，樓外樓頭意興長。

聞喬大壯於蘇州平門梅村橋投水死，感成四韻二章，聊寫悲思

君年未六十，霜鬢雪髯髭。行義清門[①]後，文章太學師。詞宗戲呼我，名士欲推誰？來往閑蹤迹，難忘蜀道時。

醒久少狂語，愁深多妙文。傷心唯白酒，失意豈紅裙。化鶴[②]終何慕，騎鯨[③]忽此聞。梅邨橋下水，名重定因君。

注：①清門：指書香門第。喬無疆《先父喬大壯先生傳略》：“先世累代翰林，先祖父早逝。先曾祖茂萱公（名樹枏，晚號損庵），有文名和時望。”②化鶴：人死亡的隱語。晉代陶潛《搜神後記·丁令威》：“丁令威本遼東人，學道於靈虛山，後化鶴歸遼，集城門華表柱。”③騎鯨：指遊仙隱遁。漢代揚雄《羽獵賦》：“乘巨鱗，騎京（鯨）魚。”唐李白自署海上騎鯨客。

晚酌遣興

涼意不成雨，夕陽猶在林。此時唯杜口，無事可關心。倦鳥歸何暮，哀蟬響到今。物情入杯盞，傾寫思彌深。

口　占

板車轣轆動侵晨，卧愧街頭糞掃人。攬轡豈無天下志，室中亦自有風塵。

立秋後雨霽偶作

日出非一朝，月落非一夕。爲此朝夕計，日月共作息。今人猶古人，念念良足惜。來日異今日，悠悠竟何得？

促齡憂千歲，亦復可憐生。沉冥百不理，畢竟少人情。樞機發言行，榮辱未由名。無可無不可，要不負生平。

小户愛小盞，盞小仍有容。一呷雖易盡，懽然時復中。自從陶劉來，玆趣了無窮。復值新秋雨，天意蘇此翁。

今年虚度春，鶯語未到耳。倏忽已秋至，鳴蟬無久理。微物足啓予，高吟亦徒爾。匪嫌鳴不平，但畏聒鄰里。

一雨暑未退，再雨涼始生。一連三日雨，天乃愜人情。且勿關他事，愛此枕簟清。向來戒苟安，今日欲何營？

秋　至

望秋秋已至，却未帶秋涼。忍病非無益，祛煩正少方。魚潛一昭伏，龍戰幾玄黃[①]。往事驚心眼，今看是故常。

注：①龍戰幾玄黄：源自成語“龍戰玄黄”。比喻戰争激烈，血流成河。《周易·坤·上六》：“龍戰於野，其血玄黄。”

中秋夜坐

今夕知何夕，歌翻水調[1]新。一樽人待月，静夜月窺人。亂久忘憂樂，交疏靡怨親。匆匆佳節過，此事覺彌真。

注：①水調：詞牌名。

題《三峽歸舟圖》[1]

三峽最知名，愁人蜀道行。中原亂無象，徼外[2]險猶平。寇退餘憂樂，帆懸閲死生。得歸非細事，珍重畫圖情。

注：①《三峽歸舟圖》：現代畫家黄君璧於1945年日本投降後創作的一幅中國畫。此圖題跋者甚衆，有于右任、沈尹默、賈景德、陳方、梁寒操、彭醇士、葉公超、羅家倫等人。②徼外：塞外，邊外。

唯有一首，贈街頭流浪者

無藥能醫世上貧，貴生安得不謀身。自來不用一錢買，唯有陌頭車馬塵。

爲陳獨秀佚詩題辭

静農[1]索題仲甫稿，旅羅無悰難爲詞。攜共東來一開視，忍讀當日杭州詩。
鶴坪[2]樹老鶴不歸，存殁之感徒爾爲。還君詩卷意未已，君將何計塞吾悲。

注：①静農：作者與陳獨秀執教北大時的學生臺静農。②鶴坪：指鶴山坪。位於重慶江津西部。陳獨秀晚年寓居於此，直到逝世。

題伊近岑[1]《歸硯圖》卷子 用墨巢韻

一硯歷兩家，墨緣天所定。墨卿書經始，墨巢[2]詩用賸。歸宗近來事，我聞發高興。圖詠明且清，無煩一札媵[3]。風流諸老翁，乾嘉擅名勝。巨幅三闕字，萬象並包孕。秋盦[4]搜遺文，蘇齋[5]推伊娃。取銘端溪石，石交紀瑞應。半璧仍合規，正與方矩稱。方圓義無忝，保此百朋贈。吾宗有小松邁士，詩境冰雪瑩。爲君補亡圖，故實燦家乘。

注：①伊近岑：民國時期上海錢幣收藏家，生平不詳。②墨巢：近代詩人李拔可（1876—1953），晚號墨巢，福建閩縣人。③塍：送，相送。④秋盦：清代書法家黄易（1744—1802），字大易，號秋盦，浙江錢塘（今屬杭州市）人，爲“西泠八家”之一。⑤蘇齋：清代書法家、文學家翁方綱（1733—1818），字正三，晚號蘇齋，順天大興（今屬北京）人。

題汪樹堂臨《懷仁集王羲之書聖教序》[①]

集臨出日永禪師[②]，模寫懷仁[③]苦費時。漫共世人嘲苑體，衹應墨盡右軍池。

注：①題汪樹堂臨《懷仁集王羲之書聖教序》：標題爲編者所加。汪樹堂（1850—1917），字劍星，浙江餘杭人，葉恭綽（號遐庵）舅父。歷任刑部、户部員外郎，海州、通州知州。作者詩後題記：“乾伯先生出示此卷，伏其筆墨精到。觀遐翁題記，益嘆先輩用力之勤。因題一絶，以志欽仰。三十八年二月廿二日。尹默。”②永禪師：指南北朝書法家智永。③懷仁：唐代僧人，曾用二十多年時間集摹王羲之所書《聖教序》，勒石成碑，世稱《懷仁集王羲之書聖教序》。

士則[①]屢以篇什見示，吟事久廢，愧無報章，近來稍閑，偶得四韻，即以奉教，並簡同社諸君

天地悠悠未易知，干戈直欲絶民彝。草間躍出元多感，囊底探來却費詞。拙政何須誚潘岳[②]，露車猶自羨王尼[③]。深沉歲暮宵寒裏，卧聽荒雞當賦詩。

注：①士則：南社社員施准（字士則），生平不詳。作者亦南社社員，故題中有“並簡同社諸君”句。②拙政何須誚潘岳：蘇州拙政園之名，取自西晉時期文學家潘岳名作《閑居賦》中“此亦拙者之爲政也”句。③王尼：魏晉時一軍士，卓異不羈。《晉書·王尼傳》：“尼早喪婦，止有一子。無居宅，惟畜露車，有牛一頭，每行，輒使子御之，暮則共宿車上。常歎曰：‘滄海横流，處處不安也。’”

次韻湛翁感事一首

域中兵火莽相連，江上春風又一年。幾見流亡返鄉里，時聞道路損車船。亡秦

張楚唯三户，流水高山自七弦。漫道吟詩宗隱逸，衹應三復種桑篇。

次韻奉答湛翁人日見寄之作

晴開初日暖猶遥，憂樂千端共此朝。梅雪香中著和靖，蒲風劫外見參寥[①]。草堂好句人千里，水閣閑情酒一瓢。料得祠邊舊芳草，漸隨春緑過湖橋。

注：①參寥：宋僧道潛，字參廖，本姓何，蘇軾好友。其曾居於杭州西湖智果寺，寺中有泉，後亦命名爲參廖。

題秦君寫生牡丹二絶句

崇效寺[①]庭深色叢，蝶迷蜂醉短欄東。殢[②]人夢境猶牢記，鎮日塵沙鎮日風。

江南春雨養花天，粉白緋紅各逞妍。會向秦郎覓圖樣，天彭[③]洛下譜空傳。

注：①崇效寺：位於北京市西城區白紙坊附近。②殢：困擾，糾纏。③天彭：古地名，即今四川省彭州市。宋代陸游《天彭牡丹譜》："牡丹在中州，洛陽爲第一；在蜀，天彭爲第一。""天彭號小西京，以其俗好花，有京洛之遺風。"

生日漫吟答餘清

去年五月初七日，自寫詩篇寄與君。病樹留根猶待雨，新篁抽葉未梢雲。經時流浪親鄉土，小醉低徊愛夕曛。漱石枕流寧戲語，好將餘力嚼真文。

雨夜口占

雨餘蚓唱雜蛙鳴，枕簟微凉夢未成。偏是閑人有忙事，來朝應憶此時情。

題風雨中叢竹

風雨紛然鎮日間，牆陰叢筱[①]例閑閑。一從鳳舞鸞翔後，葉葉枝枝不可删。

注：①叢筱：茂密的小竹林。

七月廿五日暴風雨中口占

挾怒風掀海水翻，逞威雨射屋山穿。開門曉出大行路，安得溪頭雙槳船。

題稚柳《林下麗人圖》

謝生動能理世紛，一静十日堅杜門。情知秋暑不可逭[①]，安排筆硯同朝昏。解衣般薄真畫史，林下清風化四美。圖成攜示疾開看，古思今情在一紙。一人引吭若有聲，誰歟會得當時情？二人同心同回顧，遠隔猶尋聲處行。伯勞[②]飛飛何所願，切勿驚使歌聲斷。逝川無盡意無窮，含意未伸良可歎。多時不逢范豫章[③]，安得唤起陳履常。有益無益老始辨，白日去我何堂堂。君子竹，丈人石，題罷還君意不得。此卷長留天地間，從教舉世重顔色。

注：①逭：逃，避。②伯勞：鳥名，雀形目伯勞科，又名屠夫鳥。是一種候鳥，隨季節變换而遷徙，故在古人眼中是别離的象徵。③范豫章：東晉武帝時官員范寧，因言獲罪，被貶爲豫章太守，人稱范豫章。

題墨竹[①]

弄月吟風滿渭川，庾家園裏兩三竿[②]。從知意足無多少，不具高情不解看。

注：①題墨竹：標題爲編者所加。②庾家園裏兩三竿：指南北朝時期文學家庾信家中庭園竹林稀疏的樣子。庾信《小園賦》詩："一寸二寸之魚，三竿兩竿之竹。"

次韻湛翁霜降日湖上見寄之作

聆音察理愧師襄[①]，肯共悠悠説短長。雁破秋空聲響遠，月移江樹影多方。一時人物風雲氣，九日尊罍松菊光。述往思來非細事，且收好句入奚囊[②]。

注：①師襄：春秋時期音樂家，孔子的老師。②奚囊：詩囊。

題大千、湖帆、心畬[①]合作山水人物畫屏

張八[②]先生今愷之[③]，吴坡溥樹鬥清奇。細看不比尋常畫，敢爲丹林[④]惜小詩！

注：①心畬：現代書畫家溥心畬。②張八：指畫家張大千（兄弟中排行第八）。③愷之：東晉畫家顧愷之（384—409），字長康，江蘇無錫人。④丹林：現代書畫家陸丹林。

雨窗讀汪八《夢秋詞》偶有感，却寄二首

秀句答汪八，醇醪見劉三。交遊念平生，契闊江之南。鳥飛萬古空，魚躍千尺潭。此中有新意，與君試究探。翠柏青玉筱，庭前雨聲酣。

前期終須赴，後約終須踐。人生百年内，何事不當辦。喬松故落落，小卉亦粲粲。萬物各盡情，任真無所羨。莫嗤狂馳子[①]，狂馳循道變。

注：①狂馳子：指狂熱奔競鑽營之人。宋代朱熹《讀道書作》詩："寄語狂馳子，營營竟焉如。"

一九五〇年

五月廿六日與平君共載，歸途經北京路，覆車微傷，因憶四十年前乘電車過静安寺下車仆道上事，戲作一首示平君

吾母昔謂我，善跌少劇創。兒時傾仆，頭目不傷，故母云然。門前東西路，夷險無故常。墮車静安寺，倏忽卌星霜。當時幽遠地，今日繁華場。與子共載馳，覆轍誰能防？仆起瞬息間，輕健老益當。此自出不意，群兒笑路旁。亦堪資噱噱[①]，莫道群兒狂。歸來拂衣塵，撫我皮上傷。相視復何言，往事難可忘。

注：①噱噱：笑談，笑話。

玄隱[①]見和覆車詩有"和詩求轉語"之句，因再用韻賦示一首

哀樂故中人，新痕雜舊創。萬事付吟哦，吾愛陳履常。斑斑衣上塵，星星頭上霜。矢此翰墨志，愧彼功名場。擬議苟不密，蟻穴傾大防。千里敗一蹶，坦途非所當。同情自相惜，笑者亦在旁。念往不待來，世謂接輿狂。舉步戒高趾，却曲[②]庸何傷。寓言十八九，理得慎勿忘。

注：①玄隱：作者好友、書畫家潘伯鷹，别號玄隱，書齋名玄隱廬，著有《玄隱廬詩集》。②却曲：屈曲，曲折。《莊子·人間世》："迷陽迷陽，無傷吾行！吾行却曲，無傷吾足！"

一面倒，倒向北京

多時不踏城東路[①]，衫袖錙塵黯若無。見説新來秋氣爽，西山山色更蒼蒼。
緑城煙柳繫人思，幾度枯榮朝市移。紅柿街頭論堆賣，尋常風味亦新奇。
放言酒後與茶餘，聞見當時已自殊。閑聽紅樓談故事，信書却道不如無。

注：①多時不踏城東路：套用宋代高觀國《玉樓春》"多時不踏章臺路"句。

一九五二年

今年政七十矣，孟蘋[①]索余自壽詩，率賦一首

多謝親交問起居，時寒時暖費乘除。去年種竹延新意，今日開樽餞故吾。愧向琴書委懷抱，欠從眠食用工夫。用大珠慧海法師[②]答有源律師問語意。知非未覺當前晚，七十從頭讀異書[③]。

注：①孟蘋：作者同鄉好友蔣汝藻（1877—1954），號孟蘋，浙江烏程（今屬湖州市）人，版本目録學家、藏書家。②大珠慧海法師：唐代高僧，生卒年不詳，建州（今福建建甌）人，俗姓朱，早年在越州大雲寺修學佛業，後從江西馬祖受業。③異書：指馬克思、恩格斯、列寧、斯大林著作。

答謝親友以佳什見賀

六十薄醉静石灣[①]，七十高吟黄歇浦[②]。東西南北車復舟，日往月來無頓住。冒翁[③]平頭八十齡，李兄[④]已過七十五。鶴髮親朋滿眼前，今實非稀稀在古。松柏本自忍霜雪，蒲柳居然能寒暑。蘇聯高年人四萬，小者九十綵衣舞。眠食勞動盡情性，分内長生天所賦。憂愁日少歡樂多，世界和平可争取。大者遠者且莫論，細事逢人競誇詡。今年荔支充街巷，坡老却傳嶺南句[⑤]。凡百今人勝古人，何止區區一壽數。

注：①静石灣：位於重慶市沙坪壩區歌樂山麓，抗戰時作者曾寓居於此。②黄歇浦：借指上海。作者當時居住在該市虹口區海倫路。③冒翁：指作者好友、詩人、書法家冒廣生（字鶴亭）。④李兄：指詩人、書法家李拔可。⑤坡老却傳嶺南句：蘇軾《食荔支二首》詩："日啖荔支三百顆，不辭長作嶺南人。"

一九五三年

翌雲[1]見示遊金蕉北固[2]四詩，輒戲用原韻奉答

金山望不見，遑問山中僧。孰膝雪腰石，吾愛可與能。行道道斯明，事理兩合繩。近來稍領悟，崇峻要攀登。

我聞乃如是，在山泉水清。中泠有本性，流俗少定評。多君虎頭癡[3]，佳語目層城。山水具妙理，唯實非唯名。

耳熟北固名，乃在眼界外。經由文字緣，壯麗若可繪。望海邈三山，凌雲意先會。仙境即人間，虛構去甚大。

喜遊樂酒食，君當一二數。吟誇上潮鰣，盤蔬雜三五。晝長驟夏熱，榴火烘端午。飽食和來篇，用心猶足取。

注：①翌雲：作者好友江庸（1878—1960），字翊雲、翌雲，福建長汀人。曾任京師高等審判廳廳長、北洋政府司法部總長、國立法政大學校長、私立朝陽大學校長。中華人民共和國成立後，任上海市文史館館長。②金蕉北固：指江蘇鎮江金山、蕉（焦）山和北固山。③虎頭癡：晉代畫家顧愷之小名虎頭，因有"癡絶"之稱，故稱"虎頭癡"。後用爲有才智之人在某一方面有缺漏或癖好的典故。典出南朝宋劉義慶《世説新語·文學》。

爲曹勉功[1]題黄賓虹蜀中山水畫册

我昔客巴蜀，裘葛七易更。久住群山中，一視頗與平。在山不羡山，長揖謝山靈。遠不到峨嵋，近未登青城。偶接遊者談，彌復富詩情。冥想即在目，卧遊吾所能。歸來將十載[2]，魂夢時牽縈。黄翁所到處，一一賦以形。展之几案間，儼讀蜀山經。力移何若此，愚公以愚名。吾亦愧空回，淹留竟無成。小詩質勉功，一笑罄壺傾。

注：①曹勉功：曹美成（1913—1989），字勉功，曾任武漢市文史館館員。黄賓虹《蜀遊畫册》初由陸丹林珍藏，後轉贈曹美成，並請楊千里、沈尹默等題簽。②歸來將十載：指距作者從1946年秋自重慶回到上海已近十年。

一千九百五十三年十一月，仲弘[①]市長招飲虹橋別墅，湛翁賦詩，因依韻奉答一首

眼底好湖山，坐卧恣遊觀。飆車半日程，賦物異所撰。澄清故滬瀆，顯現今輪奂。虹橋非金谷，聊堪集時彦。清秋天宇高，晴輝明海甸。正及菊花時，百叢芳粲粲。興酣罄樽罍，情至忘毫翰。松窗暖盡開，草徑柔可薦。乾坤一整頓，鼓舞及崖澗。觴詠雜莊諧，事理極證辯。

注：①仲弘：時任上海市人民政府市長陳毅（字仲弘）。

一九五四年

一九五三年歲除夜稚柳見過，以日本景印東坡《枯木竹石》真迹卷子[①]相贈，因與縱談國畫發展前途，至夜分乃罷，輒用卷中劉良佐[②]、米元章題詩韻寫成一首

迎新四更歲，革故一戎衣。世事貴明變，物情應見微。真知書畫益，莫歎米蘇稀。會得朝宗意，滔滔有所歸。

注：①《枯木竹石》真迹卷子：即《枯木竹石圖》，宋代蘇軾所繪。此圖抗戰初期流入日本。②劉良佐：明末清初大臣，後率部降清。

寄題孫春苔[①]菊花松柏寫生册子　孫在北京

爛醉秋光酒可賒，東籬故事説陶家。而今菊譜翻新樣，寫出前人未見花。

西山秋色入城來，無數秋花稱意開。屈子陶公吾臭味，靈苗[②]千歲好重栽。

家家籬落起秋風，叢菊開時便不同。百叢開作萬花色，豔過春三二月中。

人人能作米丘林[3]，形色黄花見匠心。若共東坡誇眼福，宋人園藝不如今。
拔地參天數十株，萬人來止共清娱。風濤入耳歡情動，勝過當年陶隱居[4]。
皴皮不作炫時妝，閲世渾同日月長。翠葉虬枝飽生意，歲寒無改鬥風霜。

注：①孫春苔：孫福熙（1898—1962），字春苔，浙江紹興人，孫伏園弟弟，現代散文家、美術家。五四時期，作者在北大任文科教授。孫一邊在北大圖書館做管理員，一邊在北大文科各系旁聽課程。②靈苗：傳説中的仙草。③米丘林：即伊萬·弗拉基米洛維奇·米丘林，蘇聯卓越的園藝學家。④陶隱居：喻隱逸情趣。典出《梁書·陶弘景傳》。陶弘景居句曲山時，庭院植松，每聞松風，欣然爲樂。唐代高適《送虞城劉明府謁魏郡苗太守》詩："今日逢明聖，吾爲陶隱居。"

聞毛澤東同志當選爲中華人民共和國主席，喜而有作　九月廿七日

和衷共濟會懷仁[1]，信任於今最足珍。一事史無前例在，人民領袖屬人民。
五年政教遂生成，黑者能賢暗者明。頌語尋常無可用，且聽六萬萬歡聲。
風流人物看今朝，不數彎弓射大雕[2]。更爲和平開道路，海東潮摟海西潮。

注：①懷仁：指懷仁堂。北京中南海内主要建築，原爲慈禧太后召見大臣和處理政務的地方。中華人民共和國成立後，成爲中央人民政府禮堂。②風流人物看今朝，不數彎弓射大雕：套用毛澤東《沁園春·雪》"一代天驕，成吉思汗，衹識彎弓射大雕。俱往矣，數風流人物，還看今朝"句。

題稚柳十幅圖四絶句

君家赫也六法[1]祖，稚亦神明規矩中。了得寰中真實義，直憑人巧代天工。
羅胸萬象總清新，活現毫端意態真。異異同同各如分，不將虚構費精神。
竹呈千個觀音相，文趙吴興兩逼真。我欲從君續薪火，一分天愧九分人。
章冒[2]潘嬰[3]盡有詩，一篇一幅鬥新奇。我來錦上添花樣，付與江南號詅癡[4]。

注：①六法：中國繪畫術語之一。由南朝齊時畫家謝赫歸納整理的關於繪畫的社會功能以及品評繪畫的六條標準。謝稚柳與謝赫同姓，故有"君家赫也六法祖"句。②章冒：指學者、詩人章士釗與詩人、書法家冒廣生。③潘嬰：詩人、書法家潘伯鷹（原名嬰）。④詅癡：亦作"詅癡符"，原指文字拙劣而好刻書行世者。北齊顔之推《顔氏家訓·文章》："吾見世人，至無才思，自謂清華，流布醜拙，亦以衆矣，江南號爲'詅癡符'。"

一九五五年

雪中漫興，用湛翁和嗇庵[①]韻

幔薄寒侵座，人稀雪打門。芳梅馳遠驛，緑蟻泛深樽。田野經霜凍，閭閻挾纊温。有年非帝力，新社[②]起農村。

注：①嗇庵：指作者好友謝無量（1884—1964），别署嗇庵，四川樂至人，近代學者、詩人、書法家。②新社：指農村合作社。産生於二十世紀五十年代初，是爲實行社會主義公有制改造，在自然鄉村範圍内，將其各自所有的生産資料投入集體所有，由農民集體勞動，各盡所能，按勞分配的農業社會主義經濟組織。

物情，同湛翁和嗇庵韻

不因持布鼓，何故過雷門[①]。涉世肱三折[②]，辤[③]家佛一尊。孤懷斷來往，密意寓寒温。此亦物情耳，難分俏與村。

注：①不因持布鼓，何故過雷門：源自典故“持布鼓過雷門”，比喻在高手前賣弄。《漢書·王尊傳》：“太傅在前説《相鼠》之詩。尊曰：‘毋持布鼓過雷門。’”顔師古注：“雷門，會稽城門也，有大鼓。越擊此鼓，聲聞洛陽，故尊引之也。布鼓，謂以布爲鼓，故無聲。”②涉世肱三折：套用宋代方岳《明日雨再用韻》“涉世三折肱”句。形容處世屢遭挫折。肱三折，意爲三次折斷手臂。典出《左傳·定公十三年》。③辤：古同“辭”。

一九五六年

追懷魯迅　九月

雅人不喜俗人嫌，世路悠悠幾顧瞻。萬里仍歸一掌上，千夫莫敵兩眉尖。窗餘壁虎乾香飯[①]，座隱神龍冷紫髯。四十餘年成一瞑，明明初月上風簾。《劇談録》：“元載有紫龍髯拂，色如爛椹，長三尺，水晶爲柄。清冷夜，則蚊蚋不敢進。”魯迅喜夜談，故用此事。

注：①窗餘壁虎乾香飯：據作者回憶，民國初年的一天，作者前往拜訪住在北京紹興會館的魯迅，發現主人紙糊的窗格上有幾隻肥大的壁虎，客人欲趕走它，被主人制止，並拿米飯喂它，説這小動物真可愛，晚上專門捉蚊子呢。是句即指此事。

畫竹賀國慶

去年新筍滿林生，從此林園分外清。大地泠然風雨至，高枝已作鳳鸞聲。

一九五七年

爲世界和平祝福而作　元旦

臘筝温馨破歲寒，辛勤赢得太平年。遠來近悦開新曆，東作西成[①]易故阡。金字塔旁雲景麗，天安門上日輪圓。縱令四海春風裏，歌詠相同樂管弦。

注：①東作西成：指春種秋熟。明代沈榜《宛署雜記·宣諭》："慨自唐虞成周之際，爰宅四時，東作西成，歲月時日，水火土穀，歷世不易……"

伏老[①]應邀來華訪問，爲賦一詩，以志盛況，兼寫歡悰　四月十九日

有朋遠方來，泠然御春風。陽和[②]與之俱，懷新衆所同。熙攘出遊觀，倏忽閭巷空。奚止百里惠，欽此萬夫雄。和平新曆開，西歐接亞東。古訓今益信，天下本爲公。驚動凡耳目，煊赫雲從龍[③]。合作列寧志，毛公繼孫公。伏老尤可愛，戲言足發蒙。落落景山[④]樹，堪受大夫封。

注：①伏老：指蘇聯元帥伏羅希洛夫。1957年4月，時任蘇聯最高蘇維埃主席團主席伏羅希洛夫應邀訪問中國，其間曾抵上海參觀遊覽。②陽和：春天的暖氣。③雲從龍：源自成語"雲從龍，風從虎"，比喻事物之間的相互感應。《周易·乾》："同聲相應，同氣相求。水流濕，火就燥。雲從龍，風從虎。"④景山：大山。《詩經·商頌·殷武》："陟彼景山，松柏丸丸。"

爲建軍三十年而作　八月

萬里長征舉世驚，卅年訓練重干城。孫吴成就新韜略，歐美矜誇舊典刑。尚力何曾忘德義，止戈原自爲和平。上甘嶺上銘勳在，不獨神州洗甲兵。

讀赫魯曉夫答美國記者問，適值十月革命四十周年紀念節日，因賦小詩以贊頌之，即爲蘇聯成功祝賀　十月十六日

邦命維新四十年，馬恩學説列寧傳。工農産值蒸蒸上，勝過空談禮運篇[①]。
兒童聰吉老翁强，真個和親共樂康。武備畢修文事舉，昭然於此示周行。
久聞彈道學科名，火箭龍騰舉世驚。赫魯曉夫酣睡裏，衛星安穩御天行。
愛人終始要和平，不許人間起戰争。基地星羅何所用？於今洲際縮行程。
名字雖同概念殊，自由平等有歧途。師俄道理今仍是，崇美心思舊已疏。
正告冥頑杜勒斯[②]，中蘇直壯不容欺。已無實力横行處，却到和平競賽時。
十億人民肩比肩，共開萬世太平年。天堂即是大馬革[③]，人盡長生不羡仙。
雞鳴破曉日輪紅，相率而興歌大同。星際往來洲際樂，功成直在百年中。

注：①禮運篇：即《禮運篇》，中國古代重要的典章制度選集《禮記》中的篇章。②杜勒斯：美國國務卿（1953年至1959年任職），冷戰初期美國外交政策的主要製定者。③大馬革：指敘利亞首都大馬士革，有"地上的天堂"之稱。

欣聞長江大橋通車[①]

長城阻往來，大橋利交通。驚人大興建，今古意不同。湯湯江漢流，巍巍龟蛇峰[②]。流擬勤動汗，峰銘援助功。友邦信無私，人民忘其躬。標志何方向，天下趨大公。利民無難易，凡事期畢工。舉此百年計，成於三歲中。前代莫能爲，政權决所從。真理準四海，何殊西與東。

注：①長江大橋通車：1957年10月，武漢長江大橋通車運營。作者寫成此詩，以示祝賀。②龟蛇峰：指武漢市的龟山和蛇山。兩座山峰隔長江相望，武漢長江大橋東起武昌蛇山，西抵漢陽龟山。

爲鄧散木六十賀詩

鄧公性愛酒，飲酒不愧天。興酣落筆風雨快，金石篆刻尤精妍。六十自頌彌自勵，含珠蘊玉光潛然。我欲和公爲公壽，却慚腹笥空便便[1]。竊用古來賦詩義，佳句取自淵明篇。恰如公所願，唯酒與長年。

注：①腹笥空便便：指腹中空空，没有多少學問。

喜見人造衛星[1]，爲賦一詩　十月

人造衛星成，火箭送上天。有目所共覩，非魔復非仙。彈道穿洲際，始信真實言。基地舊戰略，一旦將推翻。震驚五角樓[2]，終夜不得眠。語默兩無可，張皇頗作難。作難何用處，回頭彼岸邊。群情惡争奪，歌頌太平年。裁軍得人心，應齊蘇聯賢。科學可殺人，更能謀萬全。共産大道路，蕩蕩信無偏。我願書萬遍，付與萬口傳。

注：①喜見人造衛星：1957年10月4日，蘇聯發射人類第一顆人造地球衛星。作者有感而發，撰成此詩。②五角樓：指五角大樓。美國國防部辦公大樓，位於華盛頓西南方弗吉尼亞州阿靈頓市，因建築物呈五邊形而得名。

奉賀蘇聯十月革命四十周年紀念節　十一月

近代唯物論，立言有本源。列寧善致用，帝俄變蘇聯。工農起奮鬥，布黨爲之先。興邦多難中，遇事不畏難。改革舊社會，遂及大自然。創造衛星成，所涉豈一端！宇宙盡可知，堅此世界觀。非唯學術貴，人類獲平安。示彼侵略者，無徒取自殘。聞者悉震驚，見者思齊賢。人民結營陣，共此節日歡。時代劃史册，輝煌四十年。形容語有窮，美景信無邊！

歌頌除四害運動[1]

精誠除民患，傳誦檄鱷文[2]。射蛟殺猛虎[3]，尤貴改其人。善良理想派，韓公差比倫。周處稍實際，德不越四鄰。人民握政權，始能盡其仁。蚊蠅非小敵，夭壽之

所因。自有人類來，戰勝史無聞。吾黨立大志，從不惜辛勤。三年滅七害，一氣轉乾坤。群力必其成，奇迹播無垠。已雪病夫耻，更策强國勳。繼善誓不息，日新又日新。

注：①除四害運動："大躍進"時期的第一場運動，開始時"四害"的定義爲老鼠、麻雀、蒼蠅和蚊子，後來又重新定義爲老鼠、蟑螂、蒼蠅和蚊子。②鱷文：指《鱷魚文》，一作《祭鱷魚文》。唐代文學家韓愈貶謫到潮州之初，因鱷魚危害百姓而撰寫的一篇散文，主張爲民除害。③射蛟殺猛虎：相傳晉代周處曾射蛟殺虎，爲百姓除害。形容英勇過人，爲民除害。典出南朝宋劉義慶《世説新語·自新》。

佛子嶺水庫[1]二絶句

佛子嶺頭連拱壩，能令灌淠聽招麾。禹開鯀塞有功過，今兩用之利盡時。

淮流横溢衆爲魚，一壩遮攔蓄作湖。接櫓連檣[2]通載運，不徒旱潦可無虞。

注：①佛子嶺水庫：位於淮河支流淠河東源上游，壩址在安徽省霍山縣境内，1954年11月建成運營，是中國自行設計的具有國際先進水準的大型連拱壩水庫。②接櫓連檣：形容船隻衆多。

題西湖紀功塔[1]

莫問紀誰功，利於民者是。功非一人成，利當及百世。時過利苟盡，人亦忘其事。屹立一塔存，庶爲來者示。

注：①西湖紀功塔：又名武亭，位於杭州西湖孤山石壁下（今中山公園内）西側。此塔建於1924年，爲紀念華洋義賑會等團體和個人爲救助江浙地區自然災害發起募捐活動而建。

題湖心亭

層巒繞平湖，湖心着亭子。微雨點晴空，人情每喜此。利用浚湖泥，聚作築亭址。勝境於寫成，脉脉卧堂水。

學先進

學先進，比先進，最好還得趕先進。人人苦幹爲什麽？社會主義大革命。過渡時期路綫長，健步邁往莫徜徉。抬頭試看先行者，已登峻嶺越高崗。紅安[①]麻城[②]模範社，畝産何止千斤糧。煉爐延齡幹勁大，又省又快多出鋼。京滬人藝比創作，種類已過四百强。卅六教授訂規劃，十七專家作提倡。更無一人甘落後，挑戰應戰舉國忙。老年不老少英俊，大家鼓起革命勁。學先進，比先進，到頭一齊趕先進。萬馬奔騰一馬先，須與萬馬又在前。一切水平準國際，超英追美學蘇聯。黨憑預見發號召，人百年事我十年。衆心向之無疑貳，説幹就幹不畏難。不畏難，有來歷，不矜不伐謙受益。目不忘能知所無，終日乾乾[③]復夕惕[④]。

注：①紅安：指湖北省紅安縣。②麻城：指湖北省麻城縣（今麻城市）。③終日乾乾：整天自强不息，勤奮努力。《周易·乾》："君子終日乾乾，夕惕若，厲，無咎。"④夕惕：謂至夜晚仍懷憂懼，工作不懈。

題伯鷹選注山谷詩[①]，即用集中《次王荆公題西太一宫壁韻》六言二首

風定桂香自在，雨餘荷氣沉酣。涪翁胸次丘壑，陰晴不測西南。

語脉隨時今古，人情接海東西。無隱猶然密在，汝邊誰爲指迷[②]？

注：①伯鷹選注山谷詩：指潘伯鷹選注《黄庭堅詩選》，1957年11月由上海古典文學出版社出版。②無隱猶然密在，汝邊誰爲指迷：源自禪林用語"密在汝邊"。意謂佛祖所傳之法，並非秘密者，而是在自己身邊。

雪中和答湛翁次韻見寄之作

撥火罏灰未冷，開封墨韻猶酣。塞向方知背北，識途終要指南。

霰雪仍分先後，陌阡不隔東西。楚鄉三户得衆，襄野七聖曾迷。

再次韻答湛翁

柳色春和已透，槐根戰夢[①]還酣。知候雁來自北，乘風鵬運[②]圖南。

爲學兼成己物，適國不擇東西。今日河清可俟，向來大道都迷。

注：①槐根戰夢：指槐安夢，也稱南柯夢。②鵬運：大鵬之奮然高飛遠行。《莊子·逍遥遊》："（鯤）化而爲鳥，其名爲鵬……海運則將徙於南冥。"

憶舊遊，仍用前韻

往事温尋夢裏，如聞稠酒芳酣。林表寒增霽色，城中望見終南。長安
着意碧雞坊底[1]，驚心萬里橋西。千古江流帆影，一時柳醉花迷。成都

注：①碧雞坊：街巷名。在今四川省成都市區，唐代女詩人薛濤曾住於此。

一九五八年

湛翁以《聞蘇聯發射火箭已入太陽系，比於列星，喜賦之作》寄示，輒依韻奉同一首

發秘探奇到斗躔[1]，新星驚動萬邦傳。何須竊藥方奔月[2]，未用乘龍已御天[3]。青鳥不言媧鍊石，陽烏枉怕羿張弦。古今虛實無窮事，正使塵凡鄙學仙。

注：①斗躔：亦作"斗宫"，即北斗星。②竊藥方奔月：指嫦娥奔月的神話傳説。東漢高誘《淮南子》注："姮娥，羿妻。羿請不死之藥於西王母，未及服之，姮娥盜食之，得仙奔入月中，爲月精。"③乘龍已御天：指黄帝乘龍升天的神話傳説。

再用前韻詠蘇聯發射探視月球火箭

衆星繞日紀行躔[1]，臆測還憑故事傳。已辦飛船窺玉宇，何勞把酒問青天。詩情依託團欒樹，畫意形容上下弦。今日堅持可知論，羌無故實[2]是神仙。

注：①行躔：行迹，行蹤。②羌無故實：指不用典故或没有出處。羌，語助詞，無實義。故實，典故。南朝梁鍾嶸《詩品序》："'清晨登隴首'，羌無故實；'明月照積雪'，詎出經史？"

題湛翁《飛箭行》後

奇迹英雄别有躔，長空火箭世紛傳。星槎[1]紀實真離地，騷客憑虛漫問天。象外[2]行程超速度，環中破的控新弦。湛翁長句猶奇逸，綵筆生花不待仙。

注：①星槎：泛指舟船。古人將不明飛行物也稱爲星槎，類似現代人所稱的宇宙飛船，故有“星槎紀實真離地”句。②象外：猶物外，物象之外。

今詩用奇事　六月

今詩用奇事，古詩用奇字。字奇徒然奇，事奇人願知。蘇聯紅月亮，三次凌空飛[1]。人心大鼓舞，先進須直追。鑽研新科學，技術破陳規。既要立宏圖，亦不忽細微。平凡而生動，有益即當爲。節約爲生産，勤奮競先時。除害到蟲鳥，興利積田肥。低水高灌溉，瘠土抗災饑。勞動運智慧，不學自然欺。石油地獻寶，鋼鐵人增資。行車沙漠變，通橋天險夷。歌聲上干霄，傳真四海馳。祖國日新異，人類有光輝。譬彼老樹花，照耀無醜枝。即此二三事，不驚歎者誰。團結六億人，以黨爲軍師。不斷革命力，太山定可移。指日黄河水，清徹見鬚眉。

注：①蘇聯紅月亮，三次凌空飛：指蘇聯已成功發射三顆人造地球衛星。時間分别爲1957年10月4日、1957年11月3日和1958年5月15日。

歌唱比幹勁　六月十九日

社會主義大陣營，和平建設衛和平。熱情賽過原子能，大家起來比幹勁。國際度量有標準，我用市寸比英寸。

十三陵水庫[1]工地是人民的大學校　六月廿六日

古迹十三陵，不爲人嚮往。今者大水壩，天地配高廣。旱澇從此除，衣食唯土壤。長城誠偉觀，比茲義無當。故事念民勞，新謡樂民享。十萬衆一心，成功若神創。社會主義好，躍進隨所向。貫徹總路綫，明哉共産黨。事理顯一役，勝聽十年講。階層齊振奮，聞見增信仰。勞動有領導，工地無首長。一切遵紀律，幹勁爲之旺。運石笑風生，推車汗雨暢。巾幗亦鬚眉，父老猶少壯。强弱時調整，速度握諸掌。一日等廿年，實踐非虛誑。合作利生産，團結好榜樣。政治得人心，統一衆思想。一能應萬變，百科明真妄。人類新教育，其力難限量。彼自由世界，何敢肩背望。平凡此大學，生動世無兩。願爲函授生，傳習成風尚。

注：①十三陵水庫：位於北京市昌平縣（今昌平區）境内，由時任中共中央主席毛澤東提議修建的一座防洪、發電、灌溉、養魚綜合利用的中型水庫，於1958年6月30日順利建成。

爲丘財康[①]同志祝福，並爲全市勞動者祝福 六月三十日

四座且莫鬧嚷嚷，聽我歌唱丘財康。老丘愛鐵若性命，要使煉爐多出鋼。鐵流沸紅翻熱浪，不幸老丘遭灼傷。摩頂放踵莫與比，四肢腹背皆劇創。外國醫療文選内，如此全活無良方。今日賴有黨領導，遇事分析異尋常。西醫服務有對象，肯爲人民盡力量？工傷不到士大夫，勞動從來無保障！醫師聞言心眼開，手接紅旗去打仗。先滅緑膿桿菌敵，月餘苦戰氣益壯。衆志重重破難關，奪回老丘手纔放。老丘死裏得生還，愛鐵依然無二樣。甦醒便問車間爐，我是廠中管爐長。精誠無私感動人，何止醫院人人講。不幸事中大幸事，改移世風改思想。總路綫添一盞燈，這盞燈光分外亮。

注：①丘財康：應爲“邱財康”。1958年5月，上海第三鋼鐵廠煉鋼工人邱財康工作時被嚴重燒傷，急送醫院救治。上海廣慈醫院立即組織專家醫師，全力搶救。經過醫務人員三個多月的精心救治，邱財康終於康復出院。

譴責美帝侵略黎巴嫩[①] 七月十八日

我今正告侵略者，時代已非你所有。人民奮隨時代起，命運握在自己手。僞和平説失效用，唯實力論徒在口。於今實力屬人民，殖民主義索已朽。伊拉克人真智勇，黎巴嫩有新成就。美帝逆天肆干涉，不顧世界人詛咒。觸怒人民難倖免，朝鮮埃及事非久。貪温二次好戰夢，背時衹合作困獸。多行不義必自斃，喫不了就兜着走。但恐欲走路不通，病入膏肓無藥救。何如及早猛回頭，免捨性命免出醜。不聞社會主義陣容中，和平正義之聲如雷吼。

注：①美帝侵略黎巴嫩：指1958年7月美國突然出兵黎巴嫩，粗暴干涉黎巴嫩内政之事。

工農業大豐收中認識到共産主義事業真偉大　八月十二日

有因有革[①]不依賴，先時而動不等待。乾坤一擔肩上挑，共産主義事業真偉大。説來道理甚明白，一切爲了全人類。事在人爲不關天，天地難與人作對。棉糧煤鐵資文化，各盡其能始無愧。改造自然改風俗，利所必興弊必廢。自有史來數千年，今日真見人社會。農業綱要起作用，一髮牽引全身動。人人爲我我爲人，欲罷不能吾從衆。吾從衆，竭吾才，幹勁鑽勁鼓起來。贏得全面大豐收，遍地行業花齊開。

注：①有因有革：有繼承，也有革新。宋代徐積《送張漕正》："明明赫赫，有因有革。"

次韻湛翁見示《豫制題墓辭》，申意之作　八月廿六日

天地無終極，吾生信難久。新葉辭故林，昔月窺今牖。人列三才中，殆謂神不朽。賢達立德言，形影於何有。相將委運[①]去，禽魚歸淵藪。流風翼百世，不復辨某某。老至自不知，人情敬耆耇[②]。夫子黄鐘[③]音，小大隨所叩。念彼伯牙琴，惜此淵明酒。戲言及腹痛，不愧平生友。

注：①委運：隨順自然，聽憑天命。②耆耇：指年高望重者。③黄鐘：古代之打擊樂器，多爲廟堂所用。

歌頌人民公社　九月四日

人民紛紛建公社，意義不與原始同。在總路綫指導下，基礎奠定年穀豐。鋼鐵相應更躍進，到處機器聲隆隆。工農聯盟互相長，工促農進農推工。遞推遞進願力大，形成文化新陣容。學者不貴讀死書，士兵隨事立奇功。商旅舟車繼晝夜，爲國服務秉大公。工農商學兵一體，政治掛帥思想同。人類生活入正軌，形體勤勞神和充。各盡所能取所需，此事實現指顧中。天堂荒誕何足道，人間佳境真無窮。六萬萬人幸福日，歡聲齊唱東方紅。

國慶日獻詞 十月一日

年年歡度國慶日，年年景氣不尋常。今年更入新時代，人民公社遍四方。工農商學兵一致，團結發揮大力量。工人獻禮千噸鋼，農民獻禮萬斤糧。技術文化鬧革命，三軍萬民固國防。協作服務爲生産，交通網密利行商。總路线中各民族，衆星環拱黨中央。四海之内皆兄弟，遠來朋友亦雁行。人人酣歌人人舞，大氣鼓動聲洋洋。蘇聯衛星展鳳翼，何物美帝化豺狼。和平陣營有信念，願力定要除不祥。五風十雨[1]人所能，兵氣銷爲日月光[2]。

注：①五風十雨：意思是五天刮一次風，十天下一場雨，形容風調雨順。漢代王充《論衡·是應》："風不鳴條，雨不破塊，五日一風，十日一雨。"②兵氣銷爲日月光：套用唐代詩人常建《塞下曲四首》"兵氣銷爲日月光"句。

歡迎志願軍英雄戰士抗美援朝功成歸國三首 十月二十六日

鴨緑江流水接天，義師浩蕩凱歌還。三年戰决上甘嶺，一世勳銘山海關。衛國保家真有志，助鄰殺敵盡開顔。朝中雞犬相聞久，休戚分明脣齒間。

百戰揚威志願軍，八年血汗立奇勳。兵農甘苦仍相共，婦孺安危那許分。旅進尋常忘作客，師還萬衆惜離群。英雄兒女情長在，友誼朝中世罕聞。

大張撻伐[1]衛和平，慷慨援朝事有名。三八线存彰信義，北南邦合待精誠。發揚人力興平壤，侵略狼心占漢城。愛國歸來好兒女，誓言更爲復臺澎。

注：①大張撻伐：比喻大規模地攻擊或聲討。《詩經·商頌·殷武》："撻彼殷武，奮伐荆楚。"

題亞子手寫《黄初嗣響集》[1]詩 秋

亞子頗天真，十足名士氣。肆口發議論，信手寫詩句。牢騷實滿腹[2]，鮮與時事會。公子宜明季，代移異其趣。惜哉狂熱情，忽隨江流逝。

注：①《黄初嗣響集》：由柳亞子爲好友曹美成、桂華珍夫婦手書，共收詩21首、跋語9則，均爲詩人酬贈曹氏夫婦作品。這些詩文最早的作於1942年冬，最遲的作於1950年歲末，前後歷八年之久。"黄初"爲魏文帝曹丕年號，曹美成與曹丕同姓，故柳亞子題寫此書名。

②牢騷實滿腹：指1949年柳亞子應中共領導人邀請抵達北平，不久對自己的待遇心生不滿，便將滿腹牢騷化成《感事呈毛主席》詩。中共中央主席毛澤東聞訊，即寫下七律《和柳亞子先生》，內有“牢騷太盛防腸斷，風物長宜放眼量”句，委婉地予以勸誡。經過毛澤東的開導，柳亞子解開了心結。

難忘勝利年　十二月二十七日

全國大躍進，鋼實爲之鋼。鎔爐高産額，千百萬噸强。田間賽車間，山嶺棉與糧。滿牆見讀書，到處慶豐稼。人民幹勁足，皆語遒四方。三化趨一致，生活更正常。衣食有保障，不復論城鄉。社會關係改，協作增力量。人競獻其寶，地不賞所歲。述作今酌古，技術土合洋。經濟高漲後，文化放光芒。一歌大衛星，再歌紅太陽。勝利接勝利，此日實難忘。

感新懷舊

中山陵樹日青葱，細雨和風故不同。君倘來遊應有興，霜花黄對白頭翁。

遊侶當前大有人，可因感舊益懷新。尋常一字猶勞補，無缺金甌更足珍。

一九五九年

一九五九年元旦獻詞

全民鍊鋼鋼鍊人，人鋼堅强一般樣。鍊鋼突破硫磷關，所完成者豈限量。鍊人不怕困難事，做到當仁無所讓。黨既見物又見人，發揮能力難想像。兩腿正常望前走，不迂不徑有方向。穩步踏出一條路，加速前途坦蕩蕩。人人各當盡本分，緊緊跟着共産黨。人民公社好組織，幸福生活已在望。從今年年飽喫飯，社會關係更改善。男女老幼各得所，自動苦幹加巧幹。土洋結合闢革新，齊心獻禮賀元旦。五九年真不平凡，東方紅雲光燦爛。和平建設衛和平，廿四億人盡如願。

一九五九年四月廿九日，全國人民政治協商委員會會議閉幕，周恩來主席設茶會款待老年委員三百八十餘人，余亦與焉，精誠相接，一室融然，因憶劉禹錫與米嘉榮[①]詩云“唱得凉州意外聲，舊人唯數米嘉榮。近來世事輕先輩，好染髭鬚事後生”，感而有作，戲呈座上諸公

不知老至共開懷，長短隨人各盡才。幾輩髭鬚渾染得，莫嗤獨爲後生來。

注：①米嘉榮：唐代音樂家。

題稚柳爲毛效同[①]畫山水

此山非真復非假，毛公愛詩尤愛畫。萬變即在不變中，謝家六法胡爲者。我來品題慚當行，阿私所好畏謗傷。一事指出君會否，此乃中華山與水。

注：①毛效同：學者，湯顯祖研究專家。

五四運動四十周年紀念日雜感

會賢堂[①]上閑風月，占斷人間百十年。一旦趙家樓[②]着火，星星火種便燒天。

巧言惑衆者誰子，庸妄名流誤國家。不願反帝反封建，却談五鬼鬧中華。

當日青年色色新，打孔家店駡陳人。烏煙瘴氣終須掃，但恨從來欠認真。

無頭學問昔曾嗤，朱晦庵評韓退之《原道》一文是無頭學問。厚古崇洋等失宜。可畏後生尤可愛，不應弟子不如師。

成毀紛紜四十年，史編五四要增删。不是中國共産黨，有誰重整好河山。

注：①會賢堂：位於北京市西城區什刹海前海北沿，原爲清光緒年間禮部侍郎斌儒的私第。光緒年間在此開設飯莊，曾是文人墨客聚會的場所。民國初年，作者在北京大學執教，時常與友人聚會於此。②趙家樓：位於北京市長安街東端之北，曾爲北洋政府外交總長曹汝霖的宅第。1919年爆發的火燒趙家樓事件，掀起了五四運動的高潮。

上海解放十周年紀念日作　五月二十八日

雄師一鼓下江東，淮海聲威草上風。黄浦揚清助湔濯，十年等奏百年功。

擁護八中全會公報與决議

成就於今更不同，兩年遂畢五年功。指標依舊超先進，路綫由來向大公。始創經營多險阻，右傾思想欠明通。了無神秘唯求實，索解應從工與農。

祖國頌　九月

馬爾薩斯[①]論，患在多人口。吾國所喜者，六億餘雙手。雙手愛勞動，一口復何有。食寡生者衆，此理新參透。按勞各取酬，寄生本所醜。建國十年來，凡百有成就。保家衛國戰，勝接土改後。三年經濟復，五年計劃久。廢興非一朝，因革有步驟。從不畏艱難，且若利簡陋。方鍼路綫定，群情樂循走。風聲樹邊疆，歡歌擊破缶。有如臂使指，全國一機構。繼續大躍進，提前三不朽[②]。工農商學兵，協作情誼厚。農林牧副漁，五業争暢茂。鋼煤日增産，棉糧連億畝。交通郵電網，四達十八九。文藝顯時尚，技術反保守。新聞動南美，古劇驚西歐。努力掃文盲，開心去俗囿。校外少遊童，坐中多健叟。婦女助家國，不獨工刺繡。事不論小大，理必辨然否。人我相與間，善揚惡匡救。聲譽國際隆，道義民族秀。何因得致此，爲有好領袖。睡獅已覺醒，誰敢再踐蹂？一怒安天下，固不在狂吼。建設要和平，和平結良友。熙攘海内外，來遊事非偶。京師壯樓觀，湖山媚花柳。耳目絶蚊蠅，環境無塵垢。瘟神悉遣送，不復爲災咎。日新又日新，盤銘今乃遘[③]。祖國更可愛，近恍遠翹首。頌詞未盡美，取侑節日酒。

注：①馬爾薩斯：英國人口學家，東印度學院歷史和政治經濟學教授。②三不朽：指立德、立功、立言。《左傳·襄公二十四年》：“大上有立德，其次有立功，其次有立言，雖久不廢，此之謂不朽。”③遘：相遇，碰上。

自京歸，偶題二三事寄呈行嚴[①]，以博一笑

丁香纔過紫藤繁，猶有風光到牡丹。入畫長廊足新意，可能仍作舊圖看。中山公園書所見。

别有風情二月藍，卅年猶得味清甘。尋常好句解拈出，此事終須推行嚴。公園中多二月藍，余愛其名，因取入詩。此三十餘年前事[②]。頃至京師，友人采之筆之以餉余。惜渠不解，吟詠無由發揮，故舉示章老。

苦瓜食盡賦東歸，留得詩囊手自開。今日江山應助我，與君重命緑毫來。昔日留滯重慶，共行老唱和最多，有食苦瓜之作，猶在記憶中也。

注：①寄呈行嚴：章士釗時任全國政協常委、中央文史研究館館長。②此三十餘年前事：指三十餘年前作者所作新詩《公園裏的“二月藍”》，此詩發表於《新青年》第五卷第一號（1918年7月15日）。

伯鷹索賦賀新婚詩，戲吟二絶，用博一粲

擲果盈車[①]老婦驚，種花一孫舊聲名。閑居不復吟秋興，簾捲黄花句早成。

蟹行文字[②]託潛鱗[③]，燈下纔翻博議[④]新。莫遣香橙近纖指，中邊滋味雜酸辛。

注：①擲果盈車：比喻女子對美男子的愛慕與追捧。南朝宋劉義慶《世説新語·容止》：“潘岳妙有姿容，好神情。”劉孝標注引《語林》：“安仁至美，每行，老嫗以果擲之滿車。”②蟹行文字：舊稱歐美各國的横寫的拉丁語系文字。③潛鱗：魚。④博議：全面詳盡地討論或評議。

解放十年雜詠絶句一百十五首[①]　十月

舊邦新命世紛傳，日月光華已十年。地大人多行有道，和平保障共蘇聯。

三寶[②]功能盡發揮，和群禦侮辨途歧。平凡生動無窮事，説與旁人總道奇。

共産社會人世界，懷安老少育群倫。惡意妄談黨天下，識途非黨更何人。

天時地利促更新，現代裁成社會人。耕者有田工有産，聯盟能致太平春。

殃民制度理難存，人類重開新紀元。試看世界屋脊上，迎風映日紅旗翻。

不同言語却同音，民族雖殊一樣心。平等自由人所願，依存相互抵堅金。

古訓安攘未足憑，焕然民族大家庭。試從苗舞夷歌裏，領取和親康樂情。

高原特有好風光，雪裏東風畦菜香。黑河神話已破産，勝利軍民歌意長。西藏黑河草原據説比號稱“高原上的高原”的阿里還要寒冷，一年中有二百七十三天是結冰日子，近年我們藏漢幹部及解放軍戰士挖開凍土，種了幾十畝菜蔬供給自己，西藏古老“黑河長出莊稼，天都要翻過”的傳説就徹底破産了。

草原公社衆情酣，敕勒歌聲異苦甘。會見緑洲出沙漠，直令塞北作江南。

哀牢樹海緑連天，接葉交枝不計年。林裏苦聽飽風雨，芭蕉葉護小兒眠。

要火還須要太陽，出林歌唱意洋洋。新來卒歲有衣食，從此山林非裸鄉。

最怕惡人也怕牛，矮山病使衆擔憂。一朝害去情寬暢，更與耕牛結好儔。

主席曾居大老林，苗初沙問意彌深。工人黨理全民事，種族雖殊共此心。苦聰人的家鄉是在我國最邊遠的西南邊境，屬於雲南省全平縣西南人煙稀少的哀牢山原始森林中。一直過着鑽木取火，架木爲巢，不穿衣服，用樹葉蔽體，專靠采野果獵野獸爲食的上古人類生活，不會耕種，連耕牛都没有見過，聽見牛鳴，便驚慌逃開。從一九五三年起，黨政方面通過了哈尼、傣、瑶家等少數民族的長時間幫助和宣傳，纔把苦聰人兩千多人從散居在山林深處搬移出來，見到了太陽，教會了使用耕牛種田，建立了一座新村，一個互助組，一個合作社。在反動時代他們怕壞人劫洗是從來不敢下山來的。兩年前，他們選出社主任苗初沙作代表去北京參加國慶典禮，他們至今感謝黨和毛主席的民族政策，决心跟着黨走社會主義道路。

山有新林水有魚，牛羊遍野自相呼。箕裘到處傳家業，坐食閑遊理合無。

棉糧增産爲衣食，煤鐵不徒關住行。農業駸駸工業化，人民公社合人情。

五年計劃奠初基，合作村農正及時。綱要卌條群所習，坦途有向更無歧。

祖述[③]神農已足豪，風流人物看今朝。舜耕禹稼翻新樣，大地黄雲麥浪高。

一冬忙爲夏收成，迥異豳風上世情。農務貫通八字法[④]，完成密植與深耕。

有棗如瓜志怪奇，新來油菜五人圍。農家真有無窮智，參透天公未泄機。

衆環一鍊自相隨，鋼以爲綱事所宜。並舉仍參張馳道，井然全國一盤棋。

柔鋼煉出堅强漢，沸鐵爐邊比熱情。結合土洋君莫笑，廿年一日看分明。

新人社會貴群謀，能動充分得自由。在昔移山空有志，於今北向調南流。

電站林林遍九州，流光動力應供求。工人事業開全局，大道行時得自由。

浪花翻電不奔雷，砥柱[⑤]龍門[⑥]見禹才。指日黄河清可鑒，滿街都是聖人來。

懷山襄陵禹改觀，不教洪水漫中原。惟遺水土流失患，幹蠱[⑦]今看賢子孫。

神門河下有深淵，故事龍宫祇妄傳。淵底盲魚尤可歎，至今終不見光天。

定使淮河聽指揮，蓄洪放閘任安排。已開荒野滋禾稼，更利行舟便往來。

一昨哄傳佛子嶺，近來争説新安江。人民慧力無窮大，山可開移水可降。

舟車密結交通網，等是三軍海陸空。處變處常凡事豫，國家今有主人翁。

一窮二白舊家居，補白送窮心意舒。任是艱難過棧道，貿遷要使暢舟車。

長橋虹卧江漢水，高壩雲起十三陵。何止不愧都江堰，萬里新途第一程。

隨時平地起樓臺，三日相違廣厦開。海市蜃樓競神速，一真一幻漫相猜。

軸承運載滾珠圓，扁擔新來不上肩。操作萬般機械化，從今由半及於全。

村村鑼鼓鬧喧天，城市群來助種田。人貴自强非有種，何分下品與高軒。

從來少賤始多能，今日多能畏後生。舞動鐮刀運斤斧，裁成畫意與詩情。

萬紫千紅盡是花，和風暖日鬧蜂衙。要從實際論功用，未許輕心罷百家。

文化由來有古今，民風漸染一何深。家珍世系綿延在，千載猶聞金玉音。

技藝雖殊各有才，何妨齊上舞臺來。西鄰莫仗歌喉好，試與東鄰唱對臺。

物材中用亦多途，珍寶增多國所需。廢置百年今始采，和闐白玉海南珠。

地不愛寶人出力，天下爲公信有之。事實昭然大躍進，懷疑論者是聾癡。

遠來走馬且看花，四海元來是一家。見智見仁隨分得，名言理解豈無差。

昔人歎不逮黄唐，盛世今應薄夏商。物質精神日新異，此關過了盡康莊。

緑陰四望接城鄉，花果迎人笑語香。風共塵沙不同至，昔人願望到今償。南宋陳與義《中牟道中》詩云："楊柳招人不待媒，蜻蜓近馬忽相猜。如何得與凉風約，不共塵沙一併來。"

爲人除害到蠅蝱，武術文工助發揚。一雪亞東病夫耻，少年矯健老堅强。

健婦新群備德容，實行五好[⑧]去三從[⑨]。真能解放全人類，男女平權始奏功。

三好諄諄戒後生，不分學校與家庭。領巾紅豈尋常色，此是先民血染成。

少年春日映花新，老去冬陽挾纊温。等是無私成萬物，冬春一氣妙之門。

五行本有昔云缺，事在人爲今見全。兩地參天立人極，唯勞動者得真傳。

人民軍是全能手，商學工農力可兼。一物不知儒者耻，空言對此豈無慚。

玉帛干戈頻轉化，止戈爲武意佳哉。和平共處和平賽，事事和平解决來。

鴨緑江風浪拍天，英雄故事動民間。救鄰一旦纓冠往，衛國三年奏凱還。

妄圖細菌戰横行，竟向昆蟲浪乞靈。六萬萬人齊手撲，域中基本絶蚊蠅。

鼠牙雀角詩人怨，四害於今衆怒同。無有一人不愛國，熱情盡見衛生中。

兵不厭詐基於義，學亦多方一是根。相反相成世間事，海東言證海西言。

自古原非盡信書，致知格物亦多途。於今致用須求是，老圃猶堪作範模。

一般學術有尖端，付與青年接壯年。老大徒悲總無益，見賢且自思齊賢。

老學孜孜未有涯，日輪終古不停車。物情無限還多樣，舊説何能便到家。

神農嘗藥久傳聞，扁鵲倉公帝子孫。温故知新今日事，東流西派匯真源。

善讀古書方有益，誤傳今説竟何功。請看學究先生輩，衹合編名右派中。

施政猛寬應天道，爲邦勤儉得人心。有誰肯飲貪泉[⑩]水，無地仍籠惡木陰。

新來修正主義者，可憐無補費精神。終須解放全人類，事實何能亂僞真。

社會和平大陣營，儼然兄弟一般情。共存共進大協作，一往無前那計程。

雙反[⑪]呼聲實啓予，更從四比[⑫]用工夫。衆知勤儉能成業，百計千方共一圖。

黨與全民共整風，解除重負感輕鬆。山林城市頻來往，不若於今定不逢。

黨共人民心換心，多年無改到而今。何須洗腦纔馴服，海外謡堪入笑林。

自家没奈自家何，我是人間大漩渦。跳出漩渦方識我，批評自我莫嫌多。

十七史[13]從何處説，三千詩在亦容删。一言以蔽無邪思，要與諸公過此關。

人百能之已十之，新生活力自優爲。戒去浮誇君會否？人師元不愧經師。

一馬當先萬馬奔，前程無限地無垠。此行欲罷誰能罷，眼界常新又日新。

七十老翁仍有求，分當百五十春秋。天年詞義君須會，踰矩何曾得自由。

義師浩蕩下江東，淮海聲威草上風。激濁揚清到黄浦，百年基奠十年中。

洋場一向起西風，今日東風故不同。攘往熙來人世樂，老人館與少年宫。

滬瀆旋看無濁流，誰來更論龍鬚溝[14]？百年污染一朝去，明德新民有所由。

人間喫飯尋常事，説是尋常却異常。六萬萬人同一飽，從來無此好時光。

千年萬歲雪山水，今利用之來灌田。昔者何愚近何智，翻身合作始能然。

節約促成增産功，單純節約便凡庸。媪言省費關思想，暮四朝三意不同。河南一農社開節約糧食座談會，有一個老大娘説“喫飯省費是一個思想問題”，她主張蒸小饅頭，用小碗喫飯，可以達到節約目的。

百貨供多求更多，奈他六萬萬元何。生多食寡舒財道，古訓新研得琢磨。

蚱蜢飛行越海洋，芙蓉幺鳳亦相將。東方風趣西人慕，小扇檀香共奉揚。

先民處處法皇天，今日纔能改自然。表裏精粗新格致，後生魄力過前賢。

自由世界本空言，多數窮愁少數歡。何似人民公社好，無憂無慮地天寬。

但覺當前事事新，百年出入亦多門。且拈書法明終始，莫讓牽絲斷一根。

黑河區有黄金窟，興安嶺育棟梁材。千年閉塞非無意，留待人民建國來。

黑龍江水映天長，兩岸人家盡樂康。鎮日相看渾不厭，青葱嶺樹接波光。

人口論對人手論，馬爾薩斯派應輸。六億多雙萬能手，定教缺乏變盈餘。

兩條道路走中間，説着中間有兩邊。和平共處五原則，東風吹送遍人寰。

如今夫子異前聞，四體長勤五穀分。等是普通勞動者，治平與此奏奇勲。

民可使由難始知，先行而後解言之。要從實踐明真理，故訓新參得所師。

少年整隊接先班，鼓角紅旗動晚天。莫道海倫園地小，曾供東海隊聯歡。

艦隊英姿耀海東，雄鷹意氣更横空。兒童耳熟能詳説，八一南昌始建功。

乾净攤場見市容，經營尤足驗民風。先人後己成盟約，振拔[15]從來詐僞中。

里弄時時取所需，市場處處用工夫。何曾衹是錢交易，社會相關德不孤。

近日詩壇見曙光，不須却曲畏迷陽[16]。且抛格律專情感，唱出歌謡意興長。

浪漫原同現實俱，先民未枉費工夫。磓磓[17]論證誰經始？追溯當從天地初。
今番真個太平開，男婦工農樂滿懷。記否當初腰鼓舞，帶將喜信入城來。
秋毫無擾取名城，大炮昂然未許鳴。曉出居民始驚動，紅軍街宿到天明。
成渝接軌遂通車，萬衆來觀道路遮。最喜漢陽老機械，六十年後得參加。
遊山昔日要肩輿，今日匡廬走汽車。風物都隨時代異，勞人休息樂籧篨[18]。
論事評人要至公，斟今酌古莫由衷。已知莼菜非羊酪，更向時空判異同。
智慧都從積累來，古爲今用莫疑猜。多聞廣見徵文獻，誰願關門作秀才？
五四纔過六一來，歡騰節日好安排。不知老至今尤信，青少年中作伴回。
總路綫原無限長，兩條腿走莫徬徨。分明照見前途景，燈塔無時不放光。
躍進何曾有盡頭，五年成果兩年收。指標調整民尤信，勞動高潮匯衆流。
五年計劃兩年完，騰出工夫整弱環。盡美仍須求盡善，崇山更上一重山。
鋼鐵用途分土洋，糧棉增産抗災荒。安排從速醫窮白，所得何曾失不償。
愛社纔能説愛家，於今公社正揚花。莫將私小妨公大，着意當前護幼芽。
精神物質奠新基，公社生涯衆所期。六億多人成一體，誰能强迫與謾欺？
唯當革命進行日，秩序纔能是正常。一事令人發深省，自由世界最荒唐。
新生力量植根深，衆志成城那可侵。天道人言無足恤，祇緣事事得人心。
工農結隊向前行，新事新人世所驚。知識份子非無用，要與革命付精誠。
有眼無心識泰山，感情用事故冥頑。絲毫無損大躍進，祇是陷身右派邊。
新興東亞莫斯科，一洗前朝舊老巢。日照天安門不夜，廣場雷動萬年歌。
漫説當年樣子雷[19]，於今營造更奇恢。大會堂邊歡宴室，五千人共舉金杯。
蕩蕩長安大道新，年來雲集五洲人。樓臺金碧參差現，經始民來三十旬。
老舍文章妙剪裁，新風氣見大娘才。自從宣佈開國日，到處龍須溝盡摧。
荆公刻意歌元豐，偶遇豐穰歸帝功。何似今人成績大，相看詩筆愧渠工。

注：①解放十年雜詠絶句一百十五首：此爲作者於一九五九年十月書録的近幾年自作詩。因每首詩寫作的具體時間不可考，故統一録於此。②三寶：指中國革命取得成功的三大法寶，即統一戰綫、武裝鬥争、黨的建設。③祖述：指效法遵循前人的學説或行爲。④八字法：即“農業八字憲法”，是指毛澤東主席根據農民群衆的實踐經驗和科學技術成果，於1958年提出的農業八項增産技術措施，即土、肥、水、種、密、保、管、工。⑤砥柱：山名，又名三門山，位於河南省三門峽市東，屹立於黄河之中。⑥龍門：又稱伊闕，位於今河南省洛陽市龍門石窟所在處，相傳由大禹所鑿，分爲東西兩半。⑦幹蠱：即幹父之蠱。指兒子能

繼承父業，糾正先人所犯的錯誤，秉公處理。《周易·蠱》：“幹父之蠱，有子考，無咎，厲，終吉。”蠱，卦名。⑧五好：指好婆媳、好妯娌、好姑嫂、好鄰里、好心人。⑨三從：指女子未嫁從父，已嫁從夫，夫死從子。《儀禮·喪服》：“婦人有三從之義，無專用之道，故未嫁從父，既嫁從夫，夫死從子。”⑩貪泉：古泉名，位於廣東省南海縣（今廣東省佛山市南海區），相傳人飲其水起貪心，即廉士亦貪。⑪雙反：指反浪費、反保守運動，1958年開展的一場全國性的政治經濟運動。⑫四比：指比幹勁、比先進、比勤儉、比多快好省。⑬十七史：中國古代史學發展到宋朝，一共編著正史十七部，稱爲十七史。⑭龍鬚溝：北京市外城一條排水河道，源自虎坊橋，經天橋、金魚池、紅橋，又折向南，注入永定門外護城河。1950年4月龍鬚溝改建工程開工，至同年11月竣工，昔日的臭水溝變成了寬闊的大馬路，受到市民的歡迎。⑮振拔：從陷入的境地中擺脱出來，振奮自立。⑯迷陽：有刺的小灌木，荆棘。《莊子·人間世》：“迷陽迷陽，無傷吾行。吾行郤曲，曲傷吾足！”⑰硜硜：理直氣壯、從容不迫的樣子。⑱籧籧：同“蘧蘧”，自得貌。宋代陳師道《簡令由司理》詩：“已知涉世籧籧夢，但欲求田伲伲耕。”⑲樣子雷：亦作“樣式雷”，是對清代二百多年間主持皇家建築設計的雷姓世家的譽稱。雷氏祖籍江西永修，主要人物有雷發達、雷金玉、雷家璽、雷家瑞等，負責設計建造過北京故宫、三海、圓明園、頤和園、承德避暑山莊等。

迎新口號四首　歲末

英雄獻寶取經回，三面紅旗[①]耀日開。多少平凡勞動者，相看盡是不凡才。

一九六零新紀元，駸駸看度驊騮前。工農商學兵群裏，婦女能擎半面天。

人人忘我爲人民，争取日新又日新。九域河山明似錦，花開遍地四時春。

神州非復舊傳聞，人力能通衆妙門[②]。茫茫東風吹不斷，和平一氣轉乾坤。

注：①三面紅旗：對1958年中共中央提出的社會主義建設總路綫、“大躍進”和人民公社的統稱。②妙門：佛教、道教中領悟精微教理的門徑。《老子》：“玄之又玄，衆妙之門。”

一九六〇年

二月廿八日雨夜，保權赴婦女賽詩會歸

賽罷歸來雨滿衣，問君贏得幾囊詩。紅勤巧儉無窮事，風絮吟成未是奇。

贈王林鶴[①]、謝文[②]兩同志三絶句　六月十二日

王謝嘉名繫電橋，風流人物數今朝。尋常百姓家中燕，盡把新巢换舊巢。

自由思想闢尖新，此事前人望後人。科技珠峰仍峻極，攀登終有史占春[③]。

六十年代老誰甘，話自平凡實不凡。多謝諸君敦促我，勤研新墨注毫尖。

注：①王林鶴：上海滬光科學儀器廠工人。1957年克服種種困難，試製出高壓電橋部件，成爲從工人隊伍中成長起來的科技人才，被評爲“全國勞動模範”。②謝文：上海滬光科學儀器廠校驗員。對王林鶴的高壓電橋部件不斷進行改進，簡化工藝，使産量成倍提高，被評爲上海市“紅旗青年突擊手”。③史占春：中國登山運動員。1959年任中國登山隊隊長，率隊攀登珠穆朗瑪峰。

美帝久占我國領土臺灣，憤而賦詩，以致聲討　六月廿七日

臺澎金馬吾疆土，强盜終難久占侵。反帝時時盡天職，打狼處處見人心。炮嚴已送瘟神去，索緊能將紙虎擒。同理同心民氣壯，呼聲怒指海潮音。

中國共産黨成立紀念獻詞

喜救無棄物，善救無棄人。昔徒聞其語，今乃見其真。全仗黨領導，踏出道路新。十月革命後，發迹東海濱。長征二萬里，奮鬥四十春。遵義重奠基，主義尤精純。制服左右傾，一切爲全民。是非大明辨，階級詳分析。勞動和知識，互結有夙因。興無滅資[①]戰，必勝方還軍。端正世界觀，乃見敵與親。以此易風俗，蒸蒸風俗醇。以此教群倫，群倫無迷津。黨真勝太陽，照亮人心神。共産大道中，庶幾可立身。眼前三紅旗，總路綫[②]爲根。躍進再躍進，工農各獻珍。愛此家社國，扶持忘辛勤。六萬萬同胞，同登錦繡茵。追隨十年餘，誨我何諄諄。略無芹曝獻[③]，泰山愧微塵。當師青壯年，取法英雄群。筋力難爲禮，萬歲祝生辰。

注：①興無滅資：興無産階級思想、滅資産階級思想的簡稱。②總路綫：指我國社會主義建設總路綫，即鼓足幹勁，力争上游，多快好省地建設社會主義。1958年5月中國共産黨第八次全國代表大會第二次會議上通過。③芹曝獻：亦作“芹曝之獻”。獻芹，把芹菜送給人吃。獻曝，建議人曬太陽取暖。形容所進之言或所獻之物微不足道。典出《列子·楊朱》。

爲朝鮮解放十五年紀念日作　八月十四日

上甘嶺勢峻，板門店譽高。朝鮮兩名地，舉世爲之驕。解放十五年，締造不畏勞。徹底事革命，正義無屈撓。南北必統一，三八綫虚標。陣營吾方大，善鄰敦邦交。衛國同禦侮，矜伐[①]非所褒。和平共建設，亦足以自豪。帝國土壤裏，定有戰争苗。此論具真理，當前猶昨朝。萬一須慎防，衆聲怒於潮。團結民主力，無物比堅牢。

注：①矜伐：意思是恃才誇功、誇耀。宋代蘇軾《石鼓歌》："勳勞至大不矜伐，文武未遠猶忠厚。"

奉祝越南民主共和國成立十五周年　九月

瞻彼竹苞，維越南是豪。籦龍解籦，上干雲霄。清風扇和，鸞笙鳳簫，萬民以歌以遨。

鍏波[①]先生爲其母曾太夫人刊紀念集，因奉題一首

健婦持門户，興家歷時艱。瑣瑣百務理，乃復能力田。相夫事重闈，教子成英賢。令譽溢海外，不獨閭里間。及今見曾母，女宗並古先。允矣庸言行[②]，懷哉七十年。慈惠表懿德，孰不謂之然。庶幾後代則，付與彤管[③]傳。

注：①鍏波：學者，香港鄭和研究會會長曾鍏波。②庸言行：亦作"庸言庸行"，指平平常常的言行。《周易·乾》："庸言之信，庸行之謹。"③彤管：指筆。《詩經·邶風·静女》："静女其孌，貽我彤管。"

絶句二首　歲末

在黨的以農業爲基礎，工業爲主導方鍼之下，開展了保糧保鋼運動，萬衆一心，積極響應，來歲豐收，可以預定。因賦小詩二首志之，即作爲迎新之頌。一千九百六十年岁末。尹默。

江柳春前茁嫩牙，江梅臘盡見餘花。郊原習習東風勁，吹暖城中百萬家。

旱潦頻仍歲轉豐，全憑人力勝天工。神州今日開新曆，莫慨黄唐不我逢。

一九六一年

一九六一年春節，獻給崇明圍墾諸同志

英雄年代看今朝，梅柳江天興最饒。新肆酒香滲歌裏，故園春色上眉梢。灘蘆讓地開初畝，海水因堤永退潮。戰勝自然真有種，崇明島上萬夫豪！

辛丑人日偶成，寄南北諸友人 二月

萬紫千紅競一奇，天時人事兩相宜。已過七十九人日[1]，差了百年半局棋。江檻風湍新畫稿，草堂松竹舊題詩。於今綵勝[2]翻花様，地北天南繫所思。

注：①人日：中國傳統節日，每年農曆正月初七。②綵勝：旛勝。唐宋風俗，每逢立春日，剪紙或綢作旛戴在頭上或繫在花下，以慶祝春日來臨。

附 辛丑歲人日偶成 初稿）

臘尾春頭一段奇，天時人事總相宜。已逢七十九人日，纔着百年半局棋。江檻風湍初入畫，草堂松竹舊題詩。衆中綵勝翻花様，北柳南梅繫所思。

伯鷹先生以“往復”見和二首垂示，輒用韻奉酬，來意本有以教我

寸長尺短事非奇，鵬鷃高低各有宜。楚霸廢書因學劍，荆公琢句爲輸棋。好憑無量勸君酒，愧對多能和我詩。往境早如雲影過，非關少暇懶尋思。

鵷雛腐鼠[1]動人思，蝶夢莊生幻入詩。涉世慣經三部曲，爛柯竟了一枰棋。群言淆亂精妍要，上藥和平久服宜。晚學漸除名利縛，於尋常事却驚奇。

注：①鵷雛腐鼠：源自典故“鴟得腐鼠”。比喻庸人俗輩忌恨賢能，侵奪已得的權勢利禄。典出《莊子·秋水》。

用人日詩韻示保權

非新奇事亦多奇，弋雁加鳧多子宜[①]。安頓何須三畝宅[②]，鬥争終爲一盤棋。不知老至仍耽畫，每到春來且賦詩。縱使悠悠嘲管趙，吴興名勝繫人思。

注：①弋雁加鳧多子宜：源自先秦佚名《女曰雞鳴》“將翱將翔，弋鳧與雁。弋言加之，與子宜之”句。意思是妻子委婉地勸丈夫早起射野鴨大雁，好烹調做佳肴。②三畝宅：指棲身之地。《淮南子·原道訓》：“故任一人之能，不足以治三畝之宅也。”

豫卿兄自杭來視我，並以龍井茶相餉，别後用東坡《西湖戲作》韻奉寄七首，兼示稚柳，即希和答，以博歡笑

佐談清茗願新償，猶記兒時重紫陽[①]。陝西南部紫陽産茶，昔居山中，以此爲佳品。七十九年誰得似，信知逢吉是康强。

相逢得失已相償，乘興龍遊到溧陽。一事尤堪稱快慰，解將柔弱濟剛强。

筆債由來未易償，不論虞褚與歐陽。於今書苑從新起，孰是南强與北强。

書寫疏篁夙願償，猗猗曾見渭之陽。勸君從此不食肉，持與簫韶[②]試比强。

朱老分瓜願乍償，也同小謝度迷陽。今時真到人間世，披拂東風意興長。

人壽河清如願償，喈喈鳴鳳在朝陽。鄉邦文物珍圖史，二子風流一世强。

欠欠湖遊也擬償，隨花穿柳踏春陽。年年説罷無行動，總比完全忘却强。

注：①紫陽：縣名。位於陝西省南部，與作者出生地漢陰廳（後改縣）相鄰。②簫韶：相傳爲虞舜時期的樂名，由九段組成，即所謂“簫韶九成”，比喻高雅動聽的樂章。

收聽轉播世界乒乓球比賽在北京舉行[①]實況有作

五洲選手集春臺[②]，乒乓場因友誼開。得勝當仁原不讓，有争於義亦能裁。風雲拍動驚揮斥，中日球傳競往來。觀衆萬餘齊鼓掌，長江三峽吼奔雷。廣播全場鼓掌聲，雖長江三峽雪浪狂吼，也不過如此。

注：①世界乒乓球比賽在北京舉行：1961年4月，第26屆世界乒乓球錦標賽在北京舉行。這是中華人民共和國成立以後首次舉辦的世界體育比賽。②春臺：春日登眺攬勝之處。

答人問晨起早晚

鳳皇竹實[1]難叨與，野鶴軒車亦可乘。日出東方天下曉，不因雞唱始晨興。

注：①竹實：也稱竹米，指竹子所結的子實。

用放翁對酒戲詠韻

拂拂風和春甕酒，融融日暖故枝花。烏絲[1]新句猶堪寫，始信人生未有涯。

注：①烏絲：亦作“烏絲欄”。版本學習用語，謂書籍卷册中，絹紙類有織成或畫成之界欄，紅色者謂之朱絲欄，黑色者謂之烏絲欄。

歡呼古巴勝利

古巴戰士真英雄，捍衛祖國立大功。美雇傭軍烏合衆，一戰即潰破迷夢。反帝人民站起來，堅持正義誰能摧？呼吁和平同一口，五洲到處有朋友。人民從來不孤立，團結力量爲抗敵。甘迺迪[1]，臘斯克[2]，蔗漿雖甜吃不得！古巴開遍革命花，勝利必然歸古巴。花旗[3]妄想遮天下，天下已不屬你家！

注：①甘迺迪：即約翰·肯尼迪，美國第35任總統（1961—1963年任職）。②臘斯克：即迪安·臘斯克，美國第54任國務卿（1961—1968年任職），曾是最强硬的鷹派人物之一。③花旗：指美國，由美國國旗的形象得名。

和杜宣

得見杜宣[1]同志《西湖新詠》二首，清麗可喜，輒依韻奉覽，以博笑樂。

多時不踏杭州路，魚鱠蓴羹孰主賓？歷歷詩中尋往事，明明湖上看遊春。兩排桃柳風光活，四合岡巒氣象新。水面風過生細浪，小船來往動潛鱗。

乍暖還寒二月天，湖邊風物正清妍。鳥歡魚樂新花港，樹老亭幽舊冷泉[2]。遠足從來爲山水，移情是處有雲煙。君詩合瀹清茶讀，浮白[3]何須費十千。

注：①杜宣：生於1914年，江西九江人，現代劇作家、散文家。②冷泉：指虎跑冷泉。位於杭州市西南大慈山白鶴峰下慧禪寺（虎跑寺）側院内。③浮白：放開胸懷，暢快飲酒。

題孙性之先生《思親記》[①]

孝弟人之本，兹言故不刊。舊邦新受命，尤賴子孫賢。

注：①孫性之先生《思親記》：1961年，上海工商業者孫忠本（性之）撰成追憶父親的文章《思親記》，託同鄉好友徵集唱和詩文，共徵得一百八十人所撰詩詞一百八十首及序、跋、傳七篇。於1962年12月編成一本小册子，封面“思親記題詠録”由作者所題。

六月廿四日與文史館[①]諸公會於豫園，評選書畫，攝景歡談，歸而口占一首，題呈同座，以增笑樂

雨中攝景罷，凉意散輕雷。翰墨能瞻國，江山亦效才。點春堂[②]上坐，忘老隊中來。偶動兒時興，欣然懷豆回。

注：①文史館：指上海市文史研究館，作者爲該館館員。②點春堂：豫園内一座五開間大廳建築，堂名取自蘇軾詩句“翠點春妍”。

寄題嘉興南湖煙雨樓絶句二首　七月三日

南湖灩灩漾清波，擊檝中流起浩歌[①]。潤遍人間愛煙雨，不須辛苦挽天河。

看過煙雨看朝暾[②]，四十年來樓閣新。前頭無限光明道，不負當初嚮導人。

注：①浩歌：放聲高歌，大聲歌唱。②朝暾：指南湖勝景之一的“東塔朝暾”。

聽日本合唱團訪問演出廣播有作　八月廿五日

東京無阻北京遊，東亞人民要自由。一變同文舊時調，新聲合唱大豐收。

兩京普照日輪紅，盈耳高歌海上風。致力人間真實事，舞臺奕奕鬥争中。

豫園口占　九月

豫園修葺，次第完成，不特頓還舊觀，且復别生新意。前者與文史館諸公座點春堂評選書畫，今復共畫院[①]同人揮毫於得意樓中，信手拈來，聊供園亭飾壁之用，亦一樂事。

墨翻得意樓中雨，筆舞點春堂上風。今是昨非人世换，會心不遠此園中。

注：①畫院：指上海中國畫院，作者爲該院畫師。

追懷魯迅先生六絶句

少時喜學定庵[1]詩，我亦離居玩此奇。血薦軒轅荃不察[2]，雞鳴風雨已多時。
一人筆勝萬夫豪，壇坫[3]巍然左翼高。怒向騣騣成冷對，却於此處見風騷。
過時言論從來有，往往流風及後生。取捨得宜終有益，莫輕於此論虧成。
遵命文章語最工，望中依約大旗紅。轅南轍北日以遠，終與洪流匯海東。
敵我分明異愛憎，吐詞中晚不同程。一從唤起全民後，更使青年樂繼承。
莽莽黄塵蔽遠天，歲朝閑話酒樽前。因君此際成追憶，百怏當前一惘然。

注：①定庵：清末文學家龔自珍（號定庵）。②血薦軒轅荃不察：意思是一腔熱血報效祖國却没有人明瞭。套用魯迅《自題小像》“寄意寒星荃不察，我以我血薦軒轅”句。軒轅，漢族始祖黄帝（號軒轅氏），引申爲中華民族或祖國。③壇坫：指文壇。魯迅爲左翼文壇的主將。

爲魯迅先生誕生八十周年紀念作　九月

踽踽[1]一朝迹，泱泱[2]四海風。世人輕部吏，吾黨重文雄。見遠明懸的，憎深巧引弓。革新無限力，鼓舞藝林中。

注：①踽踽：獨行貌。②泱泱：水勢浩瀚的樣子。

《忘老吟選抄》[1]序

晚年惟好静，萬事不關心。此已成過去，非當論現今。新花生老筆，大業起高吟。等是常文字，康哉治世音！

注：①《忘老吟選抄》：上海市文史研究館從館員們創作的上千首詩詞中，精選一百餘首編爲綫裝本《忘老吟選抄》。這些平均年齡超過七十歲的作者，熱情謳歌社會主義建設事業，顯得富有青春活力，故得此書名。

辛亥革命五十周年紀念日感懷　十月十日

白旗獵獵武昌城，遥接金田起義旌。開闢亞洲先道路，這番獅子睡纔醒。

浙江潮水拍天流，江上居人飽百憂。五十年間成敗論，鳶飛魚躍察來由。辛亥前留日浙籍學生所辦雜志名《浙江潮》。

舉國欣欣説共和，始興功在不能磨。繼承若非共産黨，五四新潮付逝波。

革命長車不斷開，舊新民主妙安排。瞻來念往情何限，烈火熊熊起燼灰！

題潘素[①]《雪峰圖》

墨井精靈造化工，黛螺着粉雪山同。蘭閨亦有吴生[②]筆，點染才分詠絮工。

注：①潘素：江蘇蘇州人，當代女畫家，收藏家張伯駒的夫人。②吴生：指唐代畫家、“畫聖”吴道子。

題《初曦樓圖》[①]

羿射九日落，一日獨煌煌。照耀幾千年，浮雲時在旁。萬里有明晦，層層翳扶桑。剪彼繁枝葉，大地復輝光。西没東斯昇，衆目向東方。雞鳴天下曉，來往方熙攘。輕帆曳明曦，晨波隨風揚。樓頭納海氣，恍登日觀望。興象[②]非一端，順詠安所詳。初曦俄中興，昭昭歲月長。

注：①《初曦樓圖》：廣東新會人陳一峰所繪。②興象：詩詞中的意境。

題京昆劇團彙報演出

不取中郎[①]似虎賁[②]，相赦優孟[③]契於神。千秋功罪舞臺上，切莫較量作戲人。

注：①中郎：官名，即省中之郎，爲帝王近侍官。②虎賁：指勇士或武士。③優孟：指演戲藝人。

一九六二年

杜甫誕生一千二百五十年紀念作　五月

詩老聲名大，洋洋四海風。陰何猶可學，鮑庾定誰雄。史實官書外，民情秀句中。由今視天寶，彌念杜陵翁。

和行嚴題《貫華閣[①]圖》詩

通志堂[②]空歎渺然，珊瑚閣[③]壞委荒煙。却教江上三重構，再結人間未了緣。
月照高林倦鳥依，江南塞北共清暉。山靈應記深宵語，落葉滿天何處歸。
白虎居然夢在斯，不因生死負心期。身名等是一陳迹，除却湖山世豈明。

注：①貫華閣：無錫惠山忍草庵中一樓閣。據傳，清康熙年間詞人納蘭性德（字容若）與無錫著名詞人顧貞觀曾夜登此閣，屏從去梯，作竟夕之談。②通志堂：納蘭性德之堂號。③珊瑚閣：納蘭性德之藏書處。

悼亞農[①]同志

卅年閱世制枯榮，一旦離群感死生。斗酒隻雞[②]原戲語，莫憑腹痛論交情。
鮑叔豈無知己分，蘇章[③]猶有故人心。悲歡離合世間事，老去情多不自禁。

注：①亞農：李亞農（1906—1962），四川江津（今屬重慶市）人，現代歷史學家。民國時作者任北平中法大學董事、國立北平大學校長，李在這兩所學校執教。抗戰爆發後，兩人又共事於上海孔德圖書館。②斗酒隻雞：意思是一斗酒一隻雞。酒和雞是古代祭奠死者的祭品，故謂追悼死者之語。③蘇章：東漢官員。任冀州刺史時，將好友、清河太守依律治罪，從此“州境知章無私，望風畏肅”。

題王履模[①]《景山聽鴉》詩

老樹輪囷付劫灰，昔年猶及見花開。愛山書院清閑日，曾與朱翁古微接席來。
碧浪湖中風浪生，峴山登眺不勝情。當時逸老堂前過，争信餘年見太平。

高柳參差雲影低，紅樓相望與雲齊。夢回四十年前事，臆欲從君覓舊題。

注：①王履模：字健安，浙江湖州人。民國初年畢業於日本東京帝國大學，歸國後任國立北京大學學監兼會計主任。

一九六三年

慧仁[①]出示《瘞鶴銘》索題字，輒成四韻

鶴壽不知紀，篆銘傳至今。江流損石刻，筆勢惜淘金。真逸南朝格，上皇千載心。涪翁着手眼，妙法此中尋。

注：①慧仁：翁闓運（1912—2006），字慧仁，祖籍浙江杭州，現代書畫家，曾任上海市文史研究館館員、上海中國畫院畫師。

觀文史館諸公武術表演有作

謝公[①]鸜鵒舞[②]應休，衹合清談共一流。何事暮年壯心在，劍刀長劍繞身柔。

注：①謝公：指東晉名士、將領謝尚。《晉書·謝尚傳》：“（謝尚）始到府通謁，導以其有勝會，謂曰：‘聞君能作鴝鵒舞，一坐傾想，寧有此理不？’尚曰：‘佳。’便着衣幘而舞。”②鸜鵒舞：亦作“鴝鵒舞”，樂舞名。

輓旭初[①]

問訊吴中日幾回，寄庵僕馬久虺隤[②]。茂陵消渴[③]終難免，錦瑟追思未易猜。往往交情殊水醴，明明世事要鹽梅。尋常契闊猶興感，況自渝州[④]別後來。

注：①輓旭初：作者好友、時任江蘇省蘇州市政協副主席汪東（字旭初、號寄庵），於1963年6月病逝於蘇州。②虺隤：有病，生病。③茂陵消渴：亦作“茂陵多病”。漢代司馬相如免官後家居茂陵，患消渴病。借指文人失意，貧病交加。④渝州：抗戰時，作者與汪東同居重慶，並共事於國民政府監察院，交往甚密。

打油詩二首戲贈魏新[①] 七月三十一日

鐵拐李[②]仙改姓名，魏新裝扮出南京。雄心折服雙輪下，蛙勢來遊競未能。

當年元是好難看，鐵拐攜來頓改觀。海上仙人齊拍掌，明年更去采和[③]仙。

注：①魏新：作者外甥，家住南京。②鐵拐李：又名李鐵拐、李擬陽、李洪水、李玄，中國民間及道教傳説中的八仙之一。③采和：即藍采和，中國民間及道教傳説中的八仙之一。

戲作贈魏進[①] 七月三十一日

已過三更睡正香，敞開窗户夜風涼。忽聽樓板一聲響，魏進先生滾下牀。

魏進先生滾下牀，一聲不響喜洋洋。出不由户前年事，跳下三樓也未傷。

注：①魏進：魏新弟弟。

十月一日收聽轉播首都慶祝大會盛況，振奮人心，遂成四韻

高秋麗日大旗紅，萬國歡騰赤縣[①]中。足食足兵知可信，人饑人溺視如躬。當年腰鼓開新運，此日謳歌徹遠空。欲把餘毫書德業，言詞有盡事無窮。

注：①赤縣：指華夏、中國。《史記·孟子荀卿列傳》："中國名曰赤縣神州。"

《二友圖》[①]

胸無成竹却寫竹，願他黄花補不足。謂爲清秋二友圖，不管旁人論如何。閬老自謙也多餘，呵呵。

注：①《二友圖》：作者與好友、時任杭州西泠印社社長張宗祥共作圖。此詩作於1963年11月，時作者由張宗祥等陪同赴故鄉湖州訪問。

一九六四年

書小刀會[①]起義事，爲點春堂補壁　春

金田雲旆[②]蔽江流，海上紅巾競裹頭。伐罪吊民[③]功業在，至今父老説周劉[④]。

小刀躍起敵千軍，民氣東南一旦伸。今日點春堂上立，羹牆[⑤]如見百年人。

注：①小刀會：清代民間秘密組織，屬天地會支派。1853年，其首領劉麗川、黃威分別在上海、福建率衆起義，與太平天國農民運動匯成反清浪潮。②雲旆：亦作“雲旆”，指有雲紋圖飾的大旗。③伐罪吊民：討伐有罪，拯救百姓。常用作發動戰争的口號。④周劉：指上海天地會首領周立春和小刀會首領劉麗川。⑤羹牆：追念前輩或仰慕聖賢的意思。《後漢書・李固傳》：“昔堯殂之後，舜仰慕三年，坐則見堯於牆，食則睹堯於羹。”

歡聲雷動頌奇勳[①]　七月

英雄團結好人民，報國精忠解放軍。防海防空常得勝，歡聲雷動頌奇勳。

高空低空偵察來，總難逃避掌心雷。美機漠視前車轍，玩火應教化土灰。

第三高飛機上天，依然命定入黃泉。我軍神勇强於羿，慣透雲層射紙鳶。

美帝甘爲天下敵，從來不變害人心。朝鮮戰後東南亞，警惕人人意轉深。

注：①歡聲雷動頌奇勳：指1964年7月7日中國空軍部隊第三次擊落美蔣U-2間諜飛機，舉國上下，一片歡騰。

寄題安吉縣吴昌碩先生紀念館三首　秋冬

吾郡湖山美，風流古到今。雷鳴嘲瓦缶，笙磬自同音。書畫能開派，詩篇苦用心。來觀愁應接，此道即山陰。

藝苑推袁久，鄰邦仰此賢。芳流東海上，名邁昔人前。鄧趙[①]相驂靳[②]，黃齊[③]孰後先？雄强扛鼎力，猶有印章傳。

牢落鄉先輩，紛紜近百年。弁陽沉夕照，喬木起蒼煙。花鳥欣昌運，風雲變舊天。超山[④]梅好在，從此發新妍。

注：①鄧趙：指清代篆刻家、書法家鄧石如和篆刻家、書畫家趙之謙。②驂靳：比喻前後相隨。③黄齊：指近現代畫家黄賓虹和齊白石。④超山：位於杭州市北郊的一座平原小山。吴昌碩生前酷愛超山梅花，死後葬於此地。

一九六五年

無量[①]往矣，慨然有作

橘緑橙黄侯，青天散綵雲。翩然騎鶴去，千里惜離群。大道仍車馬，音塵非所聞。於是何得喪，亹亹[②]費罏薰。

注：①無量：作者好友、學者謝無量，1964年12月7日病逝。②亹亹：形容向前推移、行進。

端陽節近，有作

侵尋[①]八十三重五，蒲緑榴紅未厭頻。餐勝喜逢新節物，知非愧作舊時人。滔滔天下川歸海，擾擾世間風動塵。穩住乾坤一亭在，杜陵詩語意彌真。杜子美詩有“乾坤一草亭”句。

注：①侵尋：漸進。《史記·封禪書》：“是歲，天子始巡郡縣，侵尋於泰山矣。”

樸初[①]贈詩，即用其韻答謝

君詩贊我意洋洋，差勝當年西楚王。信手之間仍有象，精心而外更無方。三端已試過人慧，一得終慚説己長。常語相聞莫輕訝，漢唐通變賴齊梁。“三端”見《韓詩外傳》，謂文士之筆端、武士之鋒端、辯士之舌端。衛夫人《筆陣圖》云：“夫三端之妙，莫先乎用筆。”樸初屢次參加國際會議，與敵人作鬥争，口誅筆伐，無往不勝，反動者遂不得逞。

注：①樸初：詩人、書法家趙樸初（1907—2000），安徽安慶人，中國民主促進會創始人之一，曾任中國佛教協會會長、全國政協委員會副主席。

讀樸初詩竟，偶有所觸，再用來韻戲成一首

墨海瀾翻歎望洋，雷同姑妄説宗王。家雞野鶩村言語，卧虎跳龍[①]俏比方。妙迹人亡仍物在，舊聞源遠自流長。東風小助臨池興，閑送呢喃出畫梁。

注：①卧虎跳龍：比喻書法縱逸雄勁。

樸初再用前韻見寄，戲答三首

沙門且莫喜洋洋，褉帖仍歸俗姓王。萬卷枉經今日眼，千金惟買古時方。不勞文外尋矛盾，且聽人間論短長。却怕謝公[①]批札尾，何來鼠子敢跳梁。

蘭亭聚訟[②]鬧洋洋，今日連根鏟大王。虞寫褚臨都是幻，鼠鬚繭紙定何方。隸行異代殊妍質，碑簡分工各短長。二篆八分相遞讓，不然安見宋齊梁。

南北書流匯海洋，隸分章草代相王。一源羲獻分師古，三體鍾繇異用方。藝苑花争千種豔，史車輪轉萬年長。追隨時代開新局，欲渡盈盈要石梁。

注：①謝公：指東晉政治家謝安。據唐代孫過庭《書譜》記載，謝安輕視王獻之書法，曾將獻之精心寫成的字幅加上評語送還，獻之對此甚爲怨恨。②蘭亭聚訟：1965年6月，郭沫若發表《由王謝墓志的出土論到〈蘭亭序〉的真僞》一文，認爲《蘭亭序》是僞作。此論一出，在學界引起强烈反響，學者高二適首先撰文發表相反觀點。接着，討論進一步擴大，逐漸演變成一場全國範圍的《蘭亭序》真僞大辯論。

夢　後

鶯辭舊樹燕還家，夢後接夢日未斜。留得風光與芳草，遲遲飛盡滿城花。

鐙下聽人讀報有作

震旦發雷音，霄雲敢作陰。笑開圓月口，照亮衆星心。應擊長空杳，龍騰大海深。風流非在昔，人望到於今。

頃得京中友人書，説及馬路新聞，《蘭亭》自論戰起後發生許多不正當的地域人事意見、分歧揣測，仍用前韻賦此以辯之

論戰何分南北洋[①]，更無人事涉張王。交鋒專對蘭亭敘，却病多求海上方。胸有疑團文脉亂，言符事實理由長。誠然好辯原非惡，�也棲遑[②]枉論梁。

注：①南北洋：指晚清中國政壇的兩大派系，一是以左宗棠等爲代表的南洋派，一是以李鴻章爲首的北洋派。兩派明争暗鬥，勢如水火。此處借指觀點對立的兩派。②棲遑：忙碌不定，奔忙不定。

偶讀東坡和回先生題東老壁上詩[①]，戲用其韻書後，藉以解其末章之感

人情每喜樽常滿，家樂終因善有餘。東老菴中平淡處，回先生句却教書。

酒至欣然杯自盡，詩成率爾墨無餘。匆匆留與人間看，信手榴皮壁上書。

注：①東坡和回先生題東老壁上詩：指蘇軾（東坡）所作《回先生過湖州東林沈氏，飲醉，以石榴皮書其家東老庵之壁云："西鄰已富憂不足，東老雖貧樂有餘。白酒釀來因好客，黄金散盡爲收書。"西蜀和仲，聞而次其韻三首。東老，沈氏之老自謂也，湖人因以名之。其子偕作詩，有可觀者》。

湛翁見酬二絶句，感慨彌深，因用來韻戲答，不足言詩，聊博一笑

往事猶堪説短長，老年隨分有閑忙。年年慣見寒梅發，雪裏高枝未易忘。

仍歲[①]驅車儘許同，賓筵醴酒未嘗空。無能差有清時味，偏愛僧樓幾杵鐘。

注：①仍歲：連年，多年。

戲題摹錢舜舉[①]畫《高士梅鶴圖》卷

説到梅花憶放翁，逋仙[②]也有鶴相從。惟多一個憨童子，强着荒寒寂寞中。

注：①錢舜舉：元代畫家錢選（字舜舉），浙江吴興（今湖州市）人。②逋仙：指北宋詩人林逋（和靖）。

一九六六年

孝權[①]爲我寫《我和北大》一文成，因戲題稿後六言二首

夢裏炊煙散後，醉鄉酒味消時。陳迹又成陳迹，我知知我者稀。

苦君精心勾勒，粗成小小畫圖。昔日爭稱北大，今朝合唱南無。

注：①孝權：張孝權（1921—？），又名文達，湖南長沙人。中華人民共和國成立後，曾任華東區生産救災委員會辦公室主任、民進上海市委員會委員。

再題二首

時現東鱗西爪，難窺首尾神龍。居然破壁飛去，驚煞當年葉公[①]。

儘管汝意密在，不妨吾無隱乎。缺文猶可成史，盡信不如無書。

注：①葉公：春秋時楚國貴族子高封於葉，人稱葉公。漢代劉向《新序·雜事五》載“葉公子高好龍”，後世提煉出成語“葉公好龍”。比喻自稱愛好某種事物，實際上並不是真正愛好，甚至是害怕。

今　生

昨死今生豈等閑，教看日月換新天[①]。人人都有興邦責，要樹標兵學少年。

注：①教看日月換新天：套用毛澤東《到韶山》詩“爲有犧牲多壯志，敢教日月换新天”句。

卧病院中，同生[①]同志以水仙相贈，賦此答謝

玉花翠葉水中仙，息息[②]生香發妙妍。相視與君同一笑，門前江水遠連天。

注：①同生：陳同生（1906—1968），四川營山人。早年參加革命。中華人民共和國成立後，歷任南京市政府秘書長、中共上海市委統戰部部長、上海市政協副主席。②息息：猶言時時刻刻。

戲題魏老[1]所書“虎”字三幅二首

帝虎訛形成一家，若論真是却差些。懦夫容易被欺侮，聲勢虚張舞爪牙。

椽筆[2]連書虎三紙，帝修反動貉一丘。大談特談色不變，武松自有鐵拳頭。

注：①魏老：指魏文伯（1905—1987），湖北新洲人。早年參加革命。中華人民共和國成立後，歷任最高人民檢察署華東分署檢察長，中共上海市委書記處書記，中共中央華東局副書記、書記。②椽筆：指大手筆。稱譽他人文筆出衆。

讀報有作　六月八日

有鬼即有害，無害要無鬼。除鬼不除盡，必遺人後悔。畫皮鬼本領，人有照妖鏡。此鏡誰製成，黨之階級論。自稱是雜家，慣用紅旗遮。其實修正派，一般黑老鴉。鴉聲最可惡，却使人醒悟。無産者江山，牢牢要保住。

我們有舵手　六月十日晨

我們有舵手，我們有燈塔。從來航海行，不怕風浪大。風浪至無情，須臾生變化。變化那可惡，要在明其故。前途已了然，指引無差誤。順者昌非私，逆者亡自取。逆天故不祥，天視自民視。請看工農兵，反右好氣勢。老翁得鼓舞，奮起安能止。

韶山頌　六月十一日

韶山湖南之一村，村名已被世界聞。帝舜去今數千載，簫韶幽眇無由神。誰歟能出韶山新，屹立旋轉乾與坤。我實見之欣逢辰，謳歌洋洋聲遏雲。風流睿智難比倫，教人事物别類群。史車萬代無停輪，社會中有階級存。興無滅資當認真，鬥争以勇更以仁。令敵畏懼友歡欣，利害爲衆不爲身。七億萬人心相親，名言至理深感人。五洲傳習革命史，武裝思想敵萬軍。敢於勝利驅妖氛，百世師表聖旗手。功大不居名益尊，近悦遠來仰何所。韶山破曉升朝暾，紅光永耀天安門。

朋友遍天下　六月十五日

朋友遍天下，不怕隔山川。縱異言與色，同心自同歡。至謂今北京，世界之延安。此語頗激切，事理亦良然。惟有反動者，與人殊肺肝。既不愛祖國，亦不樂人寰。投身鬼魅窟，時時逞凶頑。早自外生成，誰能共戴天。人類大團結，誓接革命班。持久鬥争中，一心排萬難。全球得解放，可期數代間。未來始自今，莫道不相干。

種豆豆苗生　六月十八日

種豆豆苗生，種瓜瓜蔓長。社會主義興，世界開新樣。一切爲人民，權力人民掌。無産者使命，階級不能忘。兩條道路間，政治辨方向。是以萬衆心，向着偉大黨。赤縣舉紅旗，八表所瞻仰。充實有光輝，毛澤東思想。

黨堅衛和平　六月十九日

黨堅衛和平，故不怕戰争。撲滅不義戰，天地始清寧。博愛豈無邊，平等亦有程。是非異彼此，階級殊感情。不劃敵友界，無由談愛憎。人民創基業，依靠工農兵。一切革命化，風俗自然成。少壯與老弱，當各盡所能。毛澤東時代，不容苟且生。

堅强硬樣版　六月二十日

男有焦裕禄，女有吕玉蘭[1]。堅强硬樣版，村社换新天。生爲有益人，死□□□賢。一代又一代，革命相接連。□□□□□，從不畏艱險。肯定要實現，□□□宣言。

注：①吕玉蘭：中共河北省委原書記，曾被評爲勞動模範，又被授予“最美奮鬥者”稱號。

句句是陳言　六月廿三日

句句是陳言，字字出新意。譬之日經天，永□人有利。馬列遺編在，豪情冠百世。平凡而生動，從未離實際。輝煌繼承者，闡發尤備至。叮嚀數往復，爲堅革命志。人民所樂聞，反動每不喜。離經叛道論，謬稱破梏桎。其實是繳械，準備行專制。現代人眼明，誰能中詭計。搗亂終失敗，結局必如是。

從戎不投筆　六月廿九日

從戎不投筆，攜之上陣地。精神原子彈，具足毫翰①裏。文妖敢作亂，軒然逆浪起。反黨叛國家，聞者皆髮指。配合工農兵，横掃用利器。敵軍傾巢出，必盡滅乃止。負隅圖頑抗，必摧其堡壘。意識形態戰，歷史所付與。興亡非一國，人類之大事。緊跟紅旗走，所向即披靡。誅伐不容停，忠誠貫終始。一言以蔽之，革命要徹底。

注：①毫翰：借指文字、文章。

建黨誠非易　七月一日

建黨誠非易，四十有五年。二萬五千里，長征不怕難。開闢新里程，遵義向延安。星星不熄火，熊熊遂燎原。内患與外侮，飛滅隨灰煙。東方紅日升，照亮全人寰。一條光明路，展開衆眼前。神州得解放，燦爛呈奇觀。毛澤東思想，威力信無邊。一旦敢當拆，屢闖勝利關。大海可超越，高峰可登攀。一心革命者，必欲得真傳。因地雖異宜，普遍理則然。有黨始有國，誰能易此言。

一九六九年

韶山頌　十二月

韶山湖南之一村，村名已被天下聞。虞舜去今數千載，簫韶幽眇無由神。誰歟能出韶山新？屹立旋轉乾與坤。我實見之欣逢辰，謳歌洋洋聲遏雲。弘毅睿智難比倫，馬列真理賴以伸。教人行動不離群，如水有源木有根。史車終古無停輪，工裝推挽歷堅辛。社會即有階級痕，滅資興無必認真。民主專政屬人民，大非大是必有分。鬥批團結用力勤，令敵懾伍友益親。利害爲衆不爲身，愛恨分明情誼敦。偉大時代新經綸，文化戰争觸靈魂。鍛煉能教民意純，人間正道知所遵。鞏固政權立殊勳，全面鬥争天地人。愚公有子子有孫，革命不斷樂無垠。寰球傳習寶書文，一言便可解世紛。實事求是各有因，路綫觀點常細論。抗帝反修張我軍，敢於勝利去妖氛。社會主義葆青春，資本主義永沉淪。世界導師聖舵手，功大不居名益增。同盟知己四海存，近悦遠來何所云。韶山杲杲[1]升朝暾，紅光永耀天安門。

注：①杲杲：明亮的樣子。《詩經 · 衛風 · 伯兮》："其雨其雨，杲杲日出。"

一九七〇年

温習九大政治報告及一九七〇年元旦社論，欣然作紅色里程碑一首

史車無停輪，開來仍繼往。巴黎公社苗，百年更茁壯。誰是培育者？中國共産黨。以何灌溉之？毛澤東思想。馬列真理庫，日新月異樣。觀點基實踐，精神化力量。東方紅日升，大地全照亮。群衆心眼明，行動知方向。社會階級存，鬥争不可忘。政權黨握定，人民得保障。興無必滅資，專政有對象。繼續革命論，如雷震天響。熊熊文化火，越燒越盛旺。一切封資修，終要被火葬。國際道誼重，互援無退讓。圍殲帝修反，世界光明放。共産主義路，無比坦蕩蕩。長征不畏難，前進誰能擋。寰球一片紅，昭然已在望。紅色里程碑，舉世共瞻仰。偉大新時代，千萬遍歌唱。歌頌毛主席，歌頌黨中央。

輯　餘

曼殊贈畫屬題，漫寫二韻

張琴鼓天風，時答松濤響。坐冷石牀雲，孤鶴將安往。

掬月泉[①]

世間苦白日，常懷返晦冥。山中明月夜，況飲此泉清。心迹兩寂寞，何事濯塵纓[②]。

注：①掬月泉：杭州西部靈峰山上建築。②塵纓：古代官吏所戴冠帽，纓爲繫帶。比喻塵俗之事。唐代白居易《題贈鄭秘書徵君石溝溪隱居》詩："終當解塵纓，卜築來相從。"

羅漢廊[①]

長廊不自圮，青松不自凋。風雪山中人，冷眼閱千朝。

注：①羅漢廊：杭州西部靈峰山上建築。

《靈峰探梅圖》[①]題詠

執將何術返梅魂，裝出靈峰古寺春。一卷寒香猶在眼，當時諸老已成塵。支撑風雪渾難事，點綴湖山有幾人？苦憶高才林處士，不應惟鶴識其真。

注：①《靈峰探梅圖》：清咸豐時楊振藩（字蕉隱）所繪圖。

輓張藎忱將軍[①]

將星沉鄂北，百戰竟成仁。江漢悲風起，乾坤正氣伸。威名垂大宙，叱咤懾胡塵。感舊聞袍澤，宏編涕淚新。

注：①輓張藎忱將軍：標題爲編者所加。張藎忱，著名抗日將領、民族英雄張自忠（字藎忱）。

題張悲露[①]《孔雀圖》

羽毛何粲粲，自是翔鸞侶。若當明鏡前，莫作山雞舞。

注：①張悲露：即張悲鷺（1917—1994），四川樂山人，現代畫家。

題悲鷺《百虎圖》

色舉元非易，飲情總是猜。却從面向壁，想像錦屏開。

神拳大龍[①]

少林拳擊世莫當，動迅静定爲藴藏。蔡君得之制强梁，柔終非柔剛非剛。剛者先折柔轉强，妙門洞闢唯東方。技與道合乃有此，一洗東亞病夫耻。

注：①神拳大龍：武術家蔡龍雲的綽號，也是其撰寫的一部書籍名稱。蔡龍雲（1928—2015），山東濟寧人。十五歲時打敗西洋拳擊名手、俄國人馬索洛夫，轟動一時。

題許玄谷[①]《獨樹山房圖》

月静風幽石徑斜，當門老樹影交加。此間終竟無塵事，把卷高吟意自賒。

注：①許玄谷：書畫家，江蘇省青浦縣（今屬上海市）人。抗日戰争時期，許氏攜家入川，後在重慶北碚天生橋築屋三楹，命名“獨樹山房”，並畫成《獨樹山房圖》一幅。

泰姪[①]以雪景一幀寄兼弟，弟感而賦詩，因次韻

有弟同羈旅[②]，無家足隱身。詩書委懷抱，酒食念交親。畫裏寒光在，愁邊捷報頻。關山幾風雪，草木自知春。

注：①泰姪：指作者侄女、沈兼士次女沈泰。姪，同“侄”。沈泰生於1921年，早年從京華美術專門學校畢業。②有弟同羈旅：指1943年至1945年作者與弟弟兼士都寓居在大後方重慶。

俚言四韻，謹爲佛岑[①]先生壽

德業無潛曜[②]，聲名自炳如[③]。爲官善平理，有子大門閭。菊醖千尊滿，棠陰[④]百畝餘。萊衣[⑤]仍獻壽，歲歲舞階除。

注：①佛岑：臺佛岑（1882—1968），名肇基，臺静農之父。早年畢業於天津法政學堂，

歷任地方法院推事、院長等職。臺静農爲作者執教北大時學生。②潛曜：隱去光芒。③炳如：明顯昭著的樣子。④棠陰：喻惠政或良吏的惠行。⑤萊衣：比喻孝養父母。唐代徐堅《初學記》記載，相傳春秋楚國老萊子穿五彩衣娱親，世稱其衣爲“萊衣”。

閑情一首

吾亦能高詠[①]，且登江上臺。至今黄菊好，定向故園開。鳥墮翻風葉，蟲吟過雨苔。閑庭竟何待，衹是爲秋來。

注：①吾亦能高詠：套用唐代李白《夜泊牛渚懷古》“余亦能高詠”句。

戲呈南萱[①]大家

鏡裏如雲黑髮多，略施朱粉笑顔酡。瑶池千歲蟠桃熟，又共周王[②]攬轡過。

注：①南萱：指作者繼夫人褚保權同學、畫家金南萱。抗戰時，作者與金氏夫婦同住在重慶曾家巖“石田小築”。②周王：對金南萱丈夫周敦禮之戲稱。

題《重慶山水圖》[①]

容滕山樓樂宴居，百城終日擁圖書。叢篁密斷塵來路，心自太平還古初。

注：①題《重慶山水圖》：作者爲金南萱畫《重慶山水圖》所題詩，標題爲編者所加。

山　色[①]

山色清如此，江流思殺人。薄雲經雨斷，遠樹帶秋新。壓棹詩兼夢，盈襟酒間塵。向來對圖畫，忘是客中身。

注：①山色：此詩作於抗戰時期的重慶，標題爲編者所加。

塵　事[①]

塵事紛拏[②]不可關，早從隙處破門闌。案頭賸有殘梅萼，留與閑時袖手看。

注：①塵事：此爲金南萱所藏條幅題詩，標題爲編者所加。②紛拏：亦作“紛挐”，混亂貌，錯雜貌。

牆　梢[①]

牆梢日映雲林畫，窗葉風吟和靖詩。此趣自從閒裏得，落花飛絮不同時。

注：①牆梢：此爲金南萱所藏扇面題詩，標題爲編者所加。

耀南[①]先生六十生辰，賦詩敘過從始末奉貽，即以爲壽

君始滿六十，我過三歲强。不知老將至，兩鬢未着霜。心情其實殊，艱難亦備嘗。昔曾浮東海，君言與同航。君歸宦長安，我爲受廛氓[②]。爾時未識面，出處各異方。澒洞三十年，竄身巴水旁。柏臺[③]借枝棲，衆中一相望。傾蓋[④]如故舊，意氣何堂堂。謝彼醴酒甘，挹此蘭臭芳。從公至退食，每事相扶將。就中念行役，涉江趨南湯。屢登官事程，無間燠與涼。據案有同嗜，夜話欣聯牀。瑣瑣敘過從，一一皆平常。忘形雖未能，久要言不忘。

注：①耀南：抗戰時作者在國民政府監察院的同僚馬耀南，兩人都任監察委員。②受廛氓：市內居民。③柏臺：中國古代官署御史臺的别稱。御史臺是東漢至元朝設置的中央監察機構。此處借指作者任職的國民政府監察院。④傾蓋：途中相遇，停車交談，雙方車蓋往一起傾斜。形容一見如故或偶然的接觸。

題墨竹[①]

不畏李廣彎弓，敢當米顛下拜。時承君子清風，静動兩無相礙。

注：①題墨竹：此詩作於抗戰勝利至中華人民共和國成立期間。

悼緑珠[①]

繁華其奈散塵何，着意春風入綺羅。花落總成終古恨，鳥啼不似舊時歌。石家賓客飛蚊聚，晉代池臺蔓草多。附與後人談故事，明明一念未銷磨。

注：①緑珠：西晉渤海富翁石崇寵姬，相傳爲白州（今廣西博白縣）人。趙王司馬倫黨羽孫秀垂涎緑珠姿色，命人索取，遭石崇拒絶。後孫秀在趙王面前加害石崇，並領兵圍攻他，欲强奪緑珠。緑珠不從，墜樓自盡。

羡季①問近來有詩否

奈此一場春夢何，高樓又見柳傞傞。花明草軟饒情思，争比長條意態多。看花病眼怕春晴，雨裏郊原亦嫩行。不是當窗有楊柳，恐無一字報先生。

注：①羡季：顧隨（1897—1960），字羡季，河北清河人，現代學者、書法家。曾向作者學習詩詞和書法，尊稱作者爲“默師”“默老”。

伯鷹對瓶花有作，同賦

無夢花絮惹遊絲，始信人間春事遲。舞蝶暗穿將密葉，流鶯空度最高枝。却從瓶影添新意，儘有香痕印舊思。放浪形骸焉用讓，書生情分好禁持。

爲濟川①先生題松聲琴韻廬②

二陶③去已久，遺此松與琴。洽洽意莫接，謖謖④風滿林。慨然起長吟，空欲感人心。

注：①濟川：浙江奉化人、民國實業家方濟川。②松聲琴韻廬：方濟川爲紀念其父方松卿與其父好友周枕琴，於二人山寺讀書處籌建之房屋。③二陶：指東晉文學家陶潛（字淵明）與南朝道教學者陶弘景，二人皆隱逸之士。陶淵明“不解音律，而蓄無弦琴一張，每酒適，輒撫弄以寄其意”。陶弘景愛聽松濤聲，視之爲“仙樂”，名其居所爲“松風閣”。因此，詩中有“遺此松與琴”句。④謖謖：象聲詞。形容風聲呼呼作響。

首夏偶吟①

春生餘花在，萋萋葉作陰。載賡②康樂句，猶是永和心。洲渚江波没，岡巒夜雨深。一身幾俯仰，隨分是行吟。

注：①首夏偶吟：此爲金南萱所藏扇面題詩。首夏，意思是始夏、初夏。②載賡：指詩詞唱和。

麻雀[①]得失詩

缺一原無法，摸雙自有方。神疏遭失碰，機好進嵌張。手爲欄和縮，眉因搶杠揚。無聊偏做夢，有趣老聯莊。忌諱却難免，風頭不可當。扣牌真作惡，班位定能强。女愛男尤好，冬温夏反凉。但逢抬轎子，莫與搭城牆[②]。

博弈賢乎已，人人佩聖言。超兹塵世界，遊彼竹林園。海月撈非易，門風坐有翻。不行唯九老，頂好是三元。滿貫和真辣，尖張喫最鮮。要包三落地，莫管五更天。教授鄰邦有，牌經到處傳。倘修麻雀史，請附衛生篇。

注：①麻雀：指麻將。起源於中國的四人骨牌博戲，流行於華人文化圈中。許多地方俗稱麻雀。②搭城牆：亦稱“築城牆”。指打麻將。

奉答湛翁消寒之作

寒宵去臘和新詩，今日鐙前有所思。三十年真成换世，五千言本强爲詞。過江人物[①]殊優樂，滿室琴書念合離。濠上[②]豈無觴詠地，春風還解拂淪漪。子山一卷江南賦[③]，付與人間百世哀。關塞極天猶有道，干戈滿地更須才。寄情門外先生柳[④]，入夢山中處士梅。早晚西湖便歸去，相逢切莫放深杯。

注：①過江人物：原指南渡之初東晉政權中的高級士族人物。此處代指抗戰時離開江南遠赴大後方四川之人。②濠上：濠水之上。比喻别有會心、自得其樂之地。典出《莊子·秋水》。③子山一卷江南賦：指南北朝時期文學家庾信（字子山）所作《哀江南賦》。④先生柳：又作“陶潛柳”“陶公柳”“五柳”等，指隱居之地或形容幽雅閑適的環境。典出晉代陶潛《五柳先生傳》。

通尹[①]先生以寄弟詩二十四韻見示索和，輒依韻戲作奉酬

鳳至千年瑞，鵬飛萬里程。古今幾因革，天地一清寧。始覺開新運，真堪致太平。一軍張楚項，三户滅秦嬴。寶蘊山争獻，瓊樓柱共擎。群英忘帝力，四海動歌

聲。公大形爲社，金湯志作城。白窮增憤悱，淆濁得澄清。有歲無豐歉，隨時應昃盈。理明心與物，事別實和名。東起風吹草，西流火散星。衆登新袵席[②]，誰守舊門庭。並舉工農業，同伸動植情。已從南嶺嶠，遥接北龍廷。大國沙文戒，新型社會成。和平如衆願，富庶遂紛呈。夫子今之傑，人師世可經。效忠看璞獻，應響有鐘鳴。此日隨趨步，同時勉利貞。譬之猶草木，不復判畦町[③]。世味甘杯盞，人情美鮓鯖。坐中聞某在，城外想孤征。偶以文爲戲，都緣事可聽。歸來期哲弟，和答慰先生。

注：①通尹：金通尹（1891—1964），浙江平湖人，水利工程專家。早年畢業於國立北洋大學，曾任上海中華書局編輯。1918年起歷任復旦大學教授、秘書長等。②袵席：泛指寢處之所，借指太平安居的生活。③畦町：田壟，田界。

題墨竹[①]

静對靈心[②]竹尊者，春風心物自清涼。枝枝葉葉有芒角[③]，却使旁人損眼光。

注：①題墨竹：標題爲編者所加。②靈心：大自然的意志。③芒角：指植物的尖葉。

題墨竹

此君居處例平安，冬不蕭條夏轉寒。未解清湘何意思，欲將截作釣魚竿。

無　題

明年今日便稱强，喜極何妨自舉觴。綺陌花開春正好，眼前紅紫簇千行。黄鸝睍睆[①]報佳音，俯仰仍慚寸草心。恩澤永承慈母訓，坐看喬梓兩成陰。朝夕臨池且學書，衹因性懶故交疏。田園却羡淵明樂，塵鞅[②]不羈人未易。除言追思母難時，劬勞未報愧爲兒。生朝[③]莫敢盡歡樂，多唤提壺[④]非我欲。

注：①睍睆：形容鳥色美好或鳥聲清和圓轉貌。②塵鞅：指世俗事務的束縛。③生朝：生日。④提壺：亦作“提胡盧”，鳥名，即鵜鶘。唐代劉禹錫《和蘇郎中尋豐安里舊居寄主客張郎中》詩：“池看科斗成文字，鳥聽提壺憶獻酬。”

秋　晚

對酒能無悶，逢花信自然。一身堪作客，萬事不關天。歷歷秋將晚，暉暉日故妍。柴門東望久，聞棹下江船。

閑　情

桐葉稀疏蕉葉黃，牽牛籬落正經霜。去年光景猶堪比，小院閑情對夕陽。

卷二　詞

一九〇五年

望江南

秋雨後，幽絶海棠時。一水盈盈簾未捲，相逢嗔喜費人思，密意不曾知。　　蘭燼落[1]，香麝散霏微。道是曉風吹夢斷，分明月色映羅幃，此境太凄迷。

注：①蘭燼落：燈花殘落。蘭燼，指燭的餘燼。古人用澤蘭煉油點燈，稱蘭膏。唐代皇甫松《夢江南》："蘭燼落，屏上暗紅蕉。"

一九〇六年

菩薩蠻

新詞歲歲題紈扇，銀河夜夜當窗見。冰簟卧黄昏，秋心那許温。　　竹桃開已久，緑雨欺紅瘦[1]。凉意逐秋飛，秋歸人未歸。

注：①緑雨欺紅瘦：形容暮春景色。緑雨，指緑葉茂盛。紅瘦，指紅花凋謝。

清平樂

塵懷中酒，清夢都吟瘦。離緒西來銷盡否？嶽色河聲依舊。　　兩行宫柳鳴蟬，鞭絲界破[1]蒼煙。淡淡斜陽疏雨，秋情猶記當年。

灞陵[2]風色，柳眼欺人白。隨處相逢隨處別，夢斷吴江[3]煙月。　　門前一帶長橋，隔花何處吹簫？儘有送人雙淚，年年流盡江潮。

注：①界破：劃破。②灞陵：亦稱"霸陵"，爲漢孝文帝陵寢，位於今西安市東郊。

③吴江：指吴淞江。宋代樂史《太平寰宇記》卷九一“吴江縣”：吴江“本名松江，又名松陵，又名笠澤。其江出太湖，二源，一江東五十八里入小湖，一江東二百六十里入大海”。

采桑子

嬉春[①]記得年時[②]事，寶馬春遊。散盡春愁，燕語春風滿畫樓。　　木樨[③]香裏秋聲老，閣了蘭舟。嫩約還休，箏雁[④]凄零不自由。

注：①嬉春：遊樂於春光之中。②年時：去年。西北各省區（以陝西爲代表）方言中常見。作者出生及少年時代生活在陝西。③木樨：指桂花。④箏雁：箏，指箏柱。因箏柱斜列如雁行，故稱。

一九〇七年

風入松　瓶荷

水風多處立娉婷[①]，暗葉簇花明。畫橈[②]過盡渾無影，蕩紅芳鴦夢曾醒。涼滿水晶宫闕，簾衣[③]一夜秋生。　　寒漿素綆[④]汲金瓶，供養水雲輕。未開先自愁摇落，有空房冷露香凝。三十六陂[⑤]何處？一屏凉月無聲。

注：①娉婷：借指美人。②畫橈：有畫飾的船槳。③簾衣：簾幕。④素綆：汲水桶上的繩索。⑤三十六陂：池塘名，汴京和揚州都有三十六陂。亦泛指池塘。宋代王安石《題西太一宫壁二首》詩：“三十六陂春水，白頭想見江南。”三十六，極言其多。陂，池塘。

好事近　傷秋蝶

孤館雨初收，風瘦蝶飛無力。何事尋芳來晚，衹荒荒秋色。　　莊生夢境是邪非，底處問消息。消受一生花裏，早香塵凝碧。

一九〇八年

阮郎歸　新春寄弟[①]

明霞一桁[②]鬥簾新，熏罏通晝温。蛛絲香罥去年塵，花枝猶未貧。　　天末感，病中身，何堪酒入脣。花前長憶遠遊人，裁詩[③]報早春。

注：①新春寄弟：指作者弟弟沈兼士。當時作者在家鄉湖州教書，弟弟兼士在日本東京留學。②一桁：一行，一列。③裁詩：作詩。

浣溪沙

春恨年時没處尋，一春情比一春深，開簾獨坐怕春陰。　　醒醉兩般無好計，等閑消息待青禽[①]。寒香數點故人心。

注：①青禽：青鳥，借指信使。宋代謝翱《鄞女墓》詩："網草新垂月中露，青禽夜宿菱塘渚。"

玉樓春

苔階深處無人到，中酒獨來情緒少。春痕滿地落梅多，踏遍青青池畔草。　　看花歲歲傷懷抱，飛燕未歸花事早。更尋高處倚危闌，閑看垂楊風裏老。

玉樓春

罏煙枉被風吹斷，舞袖年時空便旋。斂眉深坐不逢人，咫尺屏山猶自遠。　　高樓暗鎖垂楊苑，夜雨初晴寒尚釅。銀釭[①]如月照無眠，何處愁來從未見。

注：①銀釭：銀白色的燈盞、燭臺。

阮郎歸

緑窗掩夢儘無聊，幽蘭香息饒。十年影事忽如潮，芳魂影外招。　　晴不定，是花朝，春寒故故[1]驕。青山埋恨路迢遥，無人吹玉簫。

注：①故故：常常。

浣溪沙

開到桃花愛薄晴，溪橋流水夜來生，掠波雙燕儘逢迎。　　又是一年春意思，不堪幾日酒心情。朝來籠被聽新鶯。

睡起心情懶不禁，最無聊賴是鶯聲，采香徑裏唤人行。　　却憶去年今日事，緑楊風暖坐春城。淡烟芳草又清明。

春恨來時理玉簫，畫樓烟罨柳條條，不堪獨上望舟橋。　　依舊春山含笑靨，無花無酒也魂銷，此情如夢復如潮。

蝶戀花

小苑獨來鶯語後，草緑和煙，襯出花紅瘦。簾幕陰陰人去久，綵繩芳樹都依舊。　　柳絮飛殘曾見否？愁雨愁風，何事今番又。春恨懨懨成病酒，那堪芳序[1]年年有。

百二韶光今幾許，燕子來時，那識春情苦。拈遍落紅無一語，小樓受盡風和雨。　　過眼遊絲紛萬縷，驀地牽愁，知向誰邊去？千古傷心人不數，斷腸枉説江南路。

注：①芳序：美好的時光。

采桑子

閑情一例難拋却，臨水登山[1]。今日何年，宿醉猶濃欲晝眠。　　樓臺歌管聲都咽，無語愁邊。燕子簾前，蹴遍彈愁五十弦[2]。

注：①臨水登山：指遊覽山水名勝。②五十弦：傳説善弦歌的女神素女所鼓之瑟爲五十

弦，代指悲哀的樂曲。《史記·封禪書》："太帝使素女鼓五十弦瑟，悲，帝禁不止，故破其瑟爲二十五弦。"唐李商隱《錦瑟》詩："錦瑟無端五十弦，一弦一柱思華年。"

浣溪沙

吟盡春愁夢乍醒，無聊塵土有涯生，争教[1]微尚[2]不關情。　酒後風懷花落拓，眼中人事蝶將迎[3]。行雲流水本無聲。

注：①争教：怎教。唐代白居易《遣懷》詩："遂使四時都似電，争教兩鬢不成霜？"②微尚：微小的志趣、意願或志向。唐代李白《登峨嵋山》詩："平生有微尚，歡笑自此畢。"③將迎：送往迎來。

浣溪沙

夢斷樓臺望轉深，一春煙鎖[1]到而今，檐前依約墮青禽。　飛過畫簾留不住，楊花飄泊總無心，傷春人却在簾陰。

注：①煙鎖：意爲煙霧籠罩。

浣溪沙　中秋夜雨，拈此寫怨

十二闌干[1]十二樓[2]，玉櫳[3]瑶簟一時秋，雨絲漠漠恨難收。　樓外鐙光清比月，闌邊心事細於愁，哀蟬落葉此生休。

注：①十二闌干：指曲曲折折的欄杆。十二，意謂曲折之多。宋代張先《蝶戀花》詞："樓上東風春不淺。十二闌干，盡日珠簾捲。"②十二樓：泛指高層的樓閣。③玉櫳：精美的窗。

一九一〇年

更漏子

鎖窗寒，春無力，淺夢不成消息。梅靨薄，柳煙輕，暗中聞雨聲。　推錦枕，垂翠袖，獨自香銷[1]時候。簾不捲，有誰知，淚痕紅滿衣。

注：①香銷：喻美人萎靡不振。

一九一四年至一九一七年

浣溪沙

荷葉香清露氣濃，赤闌橋畔倚微風，不知身在帝城中。　記得年時湖上路，扁舟花裏偶相逢，曉妝臨水對芙蓉。

浣溪沙

雨過猶聞隱隱雷，乍涼天氣好池臺，荷花自在向人開。　但恨花無人耐久，此時堪賞莫停杯，人生何事待秋來。

浣溪沙

曉日槐陰露未乾，夜來新雨更宜蟬，聲聲不斷警人眠。　羅袂[1]涼時思蕙葉，小屏紅處見湘蓮，惹人尋思早秋天。

注：①羅袂：絲羅的衣袖。泛指華麗的衣着。三國時曹植《洛神賦》："抗羅袂以掩涕兮，淚流襟之浪浪。"

木蘭花　西山卧佛寺曉起

新蟬高樹生涼吹，似與西山添爽氣。階前夜雨净無痕，林表朝霞紅映翠。　此時多少蕭閑意，古佛頹然唯是睡。遊蜂不入寺中來，門外槐花金布地。

一九一八年

西江月　五月七日生辰作

户外猶懸艾葉，筵前深映榴花。端陽過了數年華，節物居然增價。　新我原非故我，有涯任逐無涯。人生行樂底須[①]賖[②]，好自心情多暇。

注：①底須：何須。②賖：奢侈的意思。

西江月

腦後儘多閑事，眼中頗有佳花。飯餘一盞雨前茶，敵得瓊漿無價。　午睡一時半晌，客談百種千家。興來執筆且塗鴉，遣此炎炎長夏。

西江月

眼底憑誰檢點，案頭費甚工夫。天然風月見真吾，漫道孔顏樂處[①]。　拄笏看山[②]也得，乘桴浮海[③]能無？人生何處不相娱，隨分行行且住。

注：①孔顏樂處：指儒家安貧樂道、達觀自信的處世態度和人生境界。孔顏，分别指孔子和顔回。《論語·述而》："子曰：'飯疏食，飲水，曲肱而枕之，樂亦在其中矣。不義而富且貴，於我如浮雲。'"②拄笏看山：指在官而有閑情雅興。南朝宋劉義慶《世説新語·簡傲》："王子猷作桓車騎參軍。桓謂王曰：'卿在府久，比當相料理。'初不答，直高視，以手版拄頰云：'西山朝來，致有爽氣。'"③乘桴浮海：指坐小舟在海上漂浮。《論語·公冶長》："子曰：'道不行，乘桴浮於海。從我者，其由歟？'"

西江月

不道死生有命，便云富貴在天。現成言語不能言，讀甚聖經賢傳。　流水高山自樂，名韁利鎖[①]依然。老牛有鼻總須牽，繞得磨盤千轉。

注：①名韁利鎖：指像韁繩和鎖鏈一樣把人束縛住的名和利。宋代柳永《夏雲峰·宴堂深》詞："向此免、名韁利鎖，虚費光陰。"

一九一九年至一九二八年

减字木蘭花　贈友

會賢堂上，閑坐閑吟閑眺望。高柳低荷，解慍[1]風來向晚多。　冰盤[2]小飲，舊事逢君須記省。流水年光，莫道閑人有底忙。

注：①解慍：消除怨怒。《孔子家語·辯樂解》："南風之薰兮，可以解吾民之慍兮。"②冰盤：又稱消夏大冰盤。由蓮藕、果品、瓜片、核桃及天然冰塊等製成的食品，是會賢堂的特色佳餚。

采桑子　西京新年作

新年競作新裝束，愛着新衣。愛着新衣，十四十三小女兒。　濃妝不管旁人笑，忽地顰眉。忽地顰眉，羽子[1]抛空惱着伊。

注：①羽子：關中地區對蘆葦的别稱。

十拍子　西京送春作

叵耐[1]東風作惡，無端吹雨吹晴。惱亂楊花千百朵，催囀黄鸝三兩聲。尋春春已行。　等是良辰佳日，依前水秀山明。短笛誰家歌一曲，不似當時韻最清。何堪憶洛城。

注：①叵耐：意思是不可容忍，可恨。

卜算子

雨止出流螢，遥共星光大。静愛微明動太虚，我自閑中卧。　花發舊年枝，月照新來我。似舊還新無限情，衹是情無那[1]。

注：①無那：無奈，無可奈何。

思佳客　西山道中

十丈紅塵[1]一霎休，偶憑林壑散羈愁。晚風吹帽臨官道，小輦催詩紀舊遊。　雲淡淡，意悠悠，亂蟬聲裏雨初收。柳光嵐翠知多少，又是新來一段秋。

注：①十丈紅塵：意思是净土很小，離菩提净土十丈之外就是紅塵俗世。

憶秦娥　對玉簪花作

年時別，新詞一曲情悽切。情悽切。霎時兒雨，霎時兒月。　藕花池畔音書絶，玉簪雖好何堪折。何堪折。少年情事，早秋時節。

玉樓春

藕花池畔音書絶，二十餘年如電掣。當時總是有情癡，此日竟成無淚別。　人間無計相拋撇，唯有春花秋夜月。花原長好月長圓，春去秋來情不竭。

浣溪沙　題子穀[1]紅葉疏鐘詩後

紅葉疏鐘有夢思，行雲脉脉意遲遲，此情唯有自家知。　晴雪遠山光暗澹，疏枝曉日影披離，荒寒時節倍憐伊。

注：①子穀：作者好友、詩人蘇曼殊（字子穀）。

采桑子　再題

憑誰寫出相思夢？紅葉疏鐘。紅葉疏鐘，葉落鐘休夢轉空。　而今夢也無從做，何處相逢？何處相逢，除是秋林葉再紅。

浣溪沙　寒夜羈旅中，聽鄰人吹尺八[1]、彈琴，盡成幽怨之音矣，賦此寄意

户外輕霜暗濕衣，檐前新月又如眉。心事萬重雲萬里，夜寒時。　尺八吹成

長笛怨，七弦彈作兩情悲。多少棲鴉棲不定，盡南飛。

注：①尺八：古代中國竹製樂器，以管長一尺八寸而得名，其音色蒼涼遼闊，又能表現出空靈、恬静的意境。

望江南

無限事，歡少恨偏多。都説銷愁唯有酒，却看酒盡奈愁何，莫若且高歌。　何限意，夢短夜偏長。剩自將心託明月，青天碧海好相將[1]，千里共輝光。

天上月，何事照人間？纔共蛾眉舒窈窕，却隨鸞鏡[2]鬥嬋娟，圓缺總無端。　雲外月，夜夜總清腴。碧海青天情不竭，嫦娥抛却睡工夫，光景莫教無。

注：①相將：相隨、相伴。②鸞鏡：原指飾有鸞鳥圖案的妝鏡，後用作鏡子的美稱。

好事近

霜重月華明，照徹東西南北。也有心兒一個，是人間月色。　茫茫雲海萬千重，重重自相隔。了得一般無礙，仗些兒心力。

浣溪沙　寒夜作

青女[1]飛霜頗耐寒，素娥攬鏡怯衣單。林間風動葉聲乾。　雲鶴去來三萬里，梅花開落一千年。海波引起與同看。

注：①青女：中國古代神話傳説中掌管霜雪的女神。

浣溪沙　題子庚[1]《濯絳宧詞》

天北天南任轉蓬，一生心事屬冥鴻[2]，詞人老去酒樽空。　舊恨暗於殘月色，新詞豔作好花叢。幾時花月又春風？

注：①子庚：劉毓盤（1867—1928），字子庚，浙江江山人，現代詞學家。民國初年，任國立北京大學國文系教授，與作者爲同事。著有《濯絳宧詞》。②冥鴻：高飛的鴻雁。比喻高才之士或有遠大理想的人。

南鄉子

何處可登臺？淡日暉暉晚景催。剩有小花籬外見，誰栽？雪裏青松是上才。　　莫道不歸來，知否梅花待着開。人意似梅梅似雪，皚皚。一曲陽春醉滿懷。

减字木蘭花　鳳舉[①]以紅葉裝貼震先小照册上，頗有韻致，戲作此詞

西京[②]風味，紅粉佳人千百隊。一夜秋霜，十里楓林耀日光。　　卷頭好在，一樣枝頭紅不改。生面能開，留與詩人點綴來。

注：①鳳舉：張定璜（1895—1986），别名鳳舉，江西南昌人，現代作家、文史學家、翻譯家。曾任國立北京大學國文系教授，與作者爲同事。②西京：指日本京都。當時作者與張鳳舉都在京都大學學習。

好事近

今日見晴空，明日陰晴難度。一任天公做弄，有誰能管着！　　飛來群鵲鬧斜陽，半點無拘縛。别是一般滋味，看人家歡樂。

思佳客　共鳳舉談，賦此

心事千般各有因，猜時那有見時真。話言一一傳天使，煩惱重重縛愛神。　　情繾綣，意殷勤，年年見慣月華新。語君一事君須會，莫道嫦娥是故人。

臨江仙　贈友

惜惜[①]惺惺[②]無限意，四弦[③]並作心弦。一弦一撥往來彈。人生多少事，總是訴悲懽。　　悲裏四時非我有，懽時啼笑俱妍。連環欲解苦無端。君看窗外月，今夕又將圓。

注：①惜惜：可惜，憐惜。②惺惺：原指美好、動聽的聲音，也指聰明、機警，或聰明、

機警之人。③四弦：指琵琶。因有四根弦，故稱。

南鄉子　寄遠

狂態醒時真，不把澆愁酒點脣。一笑凌風三島[①]去，何因？兩地平分月一輪。　　見説早梅新，折取高枝寄遠人。莫作尋常梅萼看，憑君。雪裏霜前最有神。

注：①三島：傳説中的蓬萊、方丈、瀛洲三座海上仙山。唐代鄭畋《題緱山王子晉廟》詩："六宫攀不住，三島去相招。"

玉樓春

少年心事觀花眼，秋豔也同春色看。回頭紅葉下楓林[①]，昨日畫圖今日换。　　四時却似車輪轉，日莫天寒天不管。更於何處説春情？雪裏疏梅三四點。

注：①回頭紅葉下楓林：套用宋代潘獻可《初至莊舍》詩"黄花浮荇帶，紅葉下楓林"句。

江城子　雪中遊嵐山[①]晚歸作

萬松相對意蕭然，雪迷漫，更清妍。非霧非花，做就四垂天。玉宇璠樓[②]天上有，却不道，在人間。　　鳥聲如説晚來寒，水沉山，碧潺湲。乘興遊人，緩緩放歸船。莫上長橋橋上望，燈火暗，保津川[③]。

注：①嵐山：日本地名。在京都市區以西，以賞楓葉和櫻花聞名。②玉宇璠樓：亦作"玉宇瓊樓"。原指神話傳説中仙人居住的宫殿。此處指被白雪覆蓋的樓宇。③保津川：日本地名。位於京都嵐山的一處峽谷。

南歌子

往歲夏日雨後至荷塘，適值新荷競放，花瓣舒時輒作微響，如小兒玩具中輕氣球破。當時歎爲奇妙，屢欲賦之，未就。今日雪中出遊，心意閑遠，偶然憶及，遂爾追題，未盡形容，聊當記載而已。

柳外雷輕轉，塘前雨乍晴，偶然來聽放荷聲。恐有蜻蜓，飛過已先驚。　　珠迸琴弦滑，香添笛韻清，有聲有色更多情。疑是青峰，江上遇湘靈[1]。

注：①湘靈：古代傳説中的湘水之神。

定風波　云君[1]病中，屬兒輩寄書促歸，因賦此以慰之

一紙書來感歲華，二年何事苦離家。春色不關人聚散，撩亂，芳梅依舊滿枝花。　　病裏須防愁作祟，閑睡，醒時兒女任喧嘩。待我歸來春未半，相見，從新花月作生涯。

注：①云君：作者結髮妻子朱芸（字云君）。

清平樂　梅

女兒裝扮，的的[1]驚人眼。濃抹新來渾未慣，愛着緑輕紅淺。　　看他雪裏霜中，居然韻遠香融。莫待柳絲牽引，先教嫁與東風。

注：①的的：書面語。光亮、鮮明的樣子。宋代賀鑄《薄倖》詞："淡妝多態，更的的、頻回眄睞。"

臨江仙

鬥草拈花新活計，衆中誰最顛狂？薄情狂蕩是春光，纔添梅額細，又畫柳眉長。　　紅紫從今看不了，蜂媒蝶使[1]齊忙。莫教蕩子早還鄉，留他三二月，處處醉芬芳。

注：①蜂媒蝶使：蜜蜂蝴蝶頻繁來往於花叢之中，爲花授粉。後借指爲男女雙方居間撮合或傳遞書信之人。宋代周邦彦《六醜·薔薇謝後作》詞："多情爲誰追惜？但蜂媒蝶使，時叩窗槅。"

菩薩蠻

梅花綽約冰肌白，茶花豔發胭脂色。昨夜月如銀，相看愁殺人。　　年年樓上

望，衹爲春來上。待得乳鶯啼，楊花過別溪。

蝶戀花　將去日本，因憶往歲平安神宫[①]觀櫻之遊，賦此贈別鳳舉。鳳舉亦將歸江西，故有末句

開到櫻花春色賤，不放春歸，早是春過半。看看緑陰沉酒盞，家家人醉離春宴。　往歲春情扃[②]水殿，又見梅花，莫道春還淺。我已歸心牽柳綫，牽情更過江南岸。

注：①平安神宫：位於日本京都市區的神社，明治二十八年（1895）爲紀念桓武天皇平安遷都一千一百周年而建。②扃：上閂，關門。

减字木蘭花　遥憶京中楊柳，倚聲頌之

參天風韻，些子[①]春光渾占盡。洩洩[②]昌昌[③]，始信人間是樂鄉。　陶潛張緒，標格何堪同日語。千手觀音，雨後應能見佛心。

情天好住，衹在長條牽繫處。無限精神，接引從來多少人。　春三二月，不放離人輕易別。縱使春歸，依舊殷勤挽落暉。

注：①些子：少許，一點兒。②洩洩：舒散貌。《左傳》隱公元年："……姜出而賦：'大隧之外，其樂也洩洩。'"③昌昌：繁多貌。唐代李商隱《春風》詩："春風雖自好，春物太昌昌。"

减字木蘭花　寄云君

春情好在，情共春融深作海。海闊無邊，波浪軒然更接天。　從來踽踽，不會人前相爾汝[①]。莫放春過，新婦相看漸作婆。

注：①爾汝：彼此以爾汝相稱，表示親昵。

朝中措

看看春又到庭階，着意遣梅開。昨日青鸞消息，今朝芳草情懷。　餘寒猶在，

早春天氣，煞費安排。不到風和日暖，鶯兒那肯歌來？

長相思

曉寒生，晚寒生，淡淡陰中薄薄晴。流鶯三兩聲。[①]　曉山横，晚山横，芳草連雲尚未能。春風千里情。

憶春心，怨春心，纔爲花晴又作陰。翻憐春意深。　待相尋，莫相尋，除了梅花便不禁。餘寒猶在林。

注：①流鶯三兩聲：套用宋代晏幾道《更漏子·柳絲長》詞"紅日淡，緑煙晴。流鶯三兩聲"句。

玉樓春　春日寄玄同

年年縱被春情誤，莫道春情無着處。海棠開了好題詩，緑柳陰濃聽燕語。　人生自有真情緒，不合空教愁裏度。與君俱是眼前人，領取從來無盡趣。

清平樂　讀稼軒《粉蝶兒》詞"昨日春如，十三女兒學繡。一枝枝、不教花瘦"之句，一時興至，遂成此闋

陰晴不定，省識春心性。着盡輕愁和淺悶，恰似女兒身分。　繡花繡草年年，絲絲縷縷情牽。慵裏莫抛鍼綫，好教繡遍河山。

思佳客　偶然作，寄兄弟姊妹

有甚閑愁可皺眉，新來愛誦稼軒詞。歸心已共春波遠，離緒還應草樹知。　思勝事，憶兒時，海棠楊柳盡垂絲。東風庭院深深地，病後閑中總覺宜。

臨江仙

春日抛人容易過，花朝寒食清明。新來心事付流鶯，千回百囀，終覺有餘

情。　　客裏看花花有恨，問花無語堪驚。東風相約那邊行，朱朱粉粉[①]，都不似平生。

注：①朱朱粉粉：猶“朱朱白白”，指紅白相間。形容花開得繁盛。唐代韓愈《感春三首》詩：“晨遊百花林，朱朱兼白白。”

清平樂

東風不住，開落花千樹。遮斷歸程無望處，一霎紅香滿路。　　春人怕聽春鶯，春光漾殺春情。最是無心芳草，年年處處青青。

一剪梅

海燕飛來趁歲華。認取春回，却已堪嗟！幾番風細雨斜斜，落了梅花，開了櫻花。　　望眼樓頭暮靄遮。欲破閑愁，除是新茶。年年芳草遍天涯，送我還家，伴我離家。

减字木蘭花　爲援菴[①]題陳白沙[②]所書心賀詩卷[③]

崖山風月，千古精誠相對接。省識堂堂，一卷昭然日月光。　　狂心飛鶴，動静隨時都是學。活活乾乾，此趣於今腕下傳。

注：①援菴：陳垣（1880—1971），字援庵、援菴，廣東新會人，現代歷史學家。民國初年，曾任教育部次長、北京大學研究所國學門導師。②陳白沙：陳獻章（人稱白沙先生），廣東新會人，明代學者，承陸九淵之學而有所發展。③心賀詩卷：指陳白沙《寄賀柯明府》詩，見《白沙子全集（四）》。詩爲五古，述宋末崖山抗元史事頗詳。

思佳客

一夜西風裂敗荷，人生無酒也當歌。舊歡新恨相將在，好月佳花莫放過。　　花易謝，月如何？小窗虚處月明多。黄昏便擁秋情睡，未到黄昏睡得麽。

南柯子

雪裏梅初落，風前柳乍低。年時曾共水仙期。等是無憑，情事惹人思。　夢好沉吟過，香温取次稀。風懷[①]打疊[②]付新詞。不道一年，容易又芳時。

注：①風懷：猶風情，指男女相愛的情懷。②打疊：調整、振作。

山花子

曉起盆花漠漠寒，語人消息料應難。依舊情懷依舊事，早春天。　臘凍漸銷梅似雪，東風不放柳生棉。小閣春燈長夜飲，記當年。

浣溪沙　燕子來時作

黯淡情懷與酒宜，細風吹雨一絲絲，落紅庭院燕來時。　深恨遠情都是夢，野花芳草自成癡，人生何事數心期[①]。

注：①心期：心願，心意。

相見歡

新來愁恨無端，菊叢殘。滿地夕陽黄葉、暮鴉天。　浮生事，歌垂淚，酒開顔，好是春花秋月自年年[①]。

今番已是春回，莫相猜。看取早梅開了、水仙開。　香盈袖，情依舊，且徘徊，除却當時明月没人來。

注：①好是春花秋月自年年：套用明代符錫《雲莊歌》“愛看白雲湖上眠，春花秋月自年年”句。

浪淘沙　歲暮卧病，和周晉仙[①]《明日新年》韻

隨處不論錢，惟有閑眠，夢中新曲聽哀蟬。驚覺心情渾不耐，懶泛觥船[②]。　着我小梅邊，也是良緣。横江一笑更欣然，纔共水仙温舊事，明日新年。

注：①周晉仙：周文璞（字晉仙），南宋名士。②觥船：容量大的飲酒器。唐代杜牧《題禪院》詩："觥船一棹百分空，十歲青春不負公。"

一九二九年至一九三二年

蝶戀花

人面花光相映發。脉脉佯佯，人與花無別。密意釀情和酒呷，東風沉醉芳菲節[①]。　　幾度名園驚蛺蝶。南國佳人，標格真奇絶。儀態萬方風與月，相逢疑是驂鸞[②]客。

注：①芳菲節：花草芳香盛開的時節，指春季。②驂鸞：謂仙人駕馭鸞鳥雲遊。

減字木蘭花　題寫真

眼長眉細，玉樣晶瑩花樣麗。儼若翩其[①]，流利端莊信有之。　　衆中鶴立，巾幗於今堪第一。笑靨愁心，誰識衷情一往深。

注：①翩其：亦作"翩其反矣"。表示相反、不同的樣子。《詩經·小雅·角弓》："騂騂角弓，翩其反矣。"

思佳客　十一月廿四日曉起，陰陰欲雪，從來煩惱都上心來，寫此遣悶

坐想行愁懶似雲，陰陰天氣易黄昏。向來總覺秋情淡，不道人情淡十分。　　從夢裏，話情親。醒來依舊没精神。而今剩飲相思酒，一醉方知味道醇。

浣溪沙　十一月廿四日雪，與權弟話去歲杭州大雪中相送情事，感賦

湖上年時一段情，旋逢旋別太忙生[①]，滿天風雪送人行。　　今日雪中應置酒，酒杯到手莫辭傾，須知歡醉勝愁醒。

注：①太忙生：十分忙碌。生，詞綴，無實義。

减字木蘭花

人涉卬否[1]，終日皇皇須我友。千百年來，一樣人情看不開。　誰能拋撇，春日佳花秋夜月。酒樣醲情，一醉從來不易醒。

迷離惝恍，纔説歡娛還悵惘。忒煞情多，淺笑佯嗔奈若何。　明明如月，莫管當前圓與缺。將缺成圓，此事從來一任天。

注：①人涉卬否：别人涉水過河，而我獨不渡。比喻自有主張，不隨便附和。卬，我。《詩經·邶風·匏有苦葉》："招招舟子，人涉卬否。人涉卬否，卬須我友。"

菩薩蠻

從來不説黄花豔，新來更覺黄花淡。生性愛濃妍，明妝明鏡前。　詞華驚座客，學士班頭[1]立。膽小却尋常，宵來阿母旁。

注：①班頭：班行之首。

浣溪沙　十一月三十夜不寐有作

漫把人間比夢間，夜長容易不成眠，淺歡深恨兩無端。　悵惘出門翻悵惘，纏綿憶舊倍纏綿，明明圓月照俱還。

圓月真堪擬似人，夜寒霜冷倍清新，不曾天際有微雲。　焰焰爐中初着火，蓬蓬座上自生春，一顰一笑十分真。

歡會翻成獨自歸，這般滋味亦新奇，明知缺月有圓時。　莫使深情生淺恨，剩將無寐答相思，自憐終不抵憐伊。

各有才華各擅場，相逢相賞莫相忘，衆中本自不尋常。　的爍[1]花光暉麗日，嬋娟月色鬥清霜，四時氣備好平章[2]。

日日相逢意態新，些些閑事慣煩人，無聊畢竟是前因。　劇裏人情驚電掣，平時語態喜春温，十分可念任天真。

花正芬芳月正圓，吟花弄月一凝然[3]，當前花月好姻緣。　已覺花中驚綺麗，却教月裏愧嬋娟，始知花月爲人妍。

注：①的爍：光亮、鮮明貌。②平章：辨别彰明。③凝然：形容舉止安詳或静止不動，或形容注意力集中。

减字木蘭花

是真非假，瀲灩杯光花月夜。弄假成真，醉後笙歌惱殺人。　　兩般情味，明日清醒今日醉。來者無多，惜此精微一刹那。

南鄉子　憶昔遊

歲暮若爲情，雪後斜陽分外明。哀樂眼前推不去，銷凝[1]。一半陽和一半冰。　　難忘是盈盈[2]，雙槳中流一葉輕。明月照人人弄月，凉生。荷葉荷花儘送迎。

注：①銷凝：因傷感而凝神。②盈盈：形容清徹。

木蘭花

花開堪折直須折，春去秋來剛一瞥。從今且莫管閑愁，歡樂來時歡樂煞。　　萬千言語何由説，一種心情難忘却。當前都是驀生[1]人，除了無邊風與月。

注：①驀生：陌生。

浣溪沙

未必人間勝夢間，人間隨處有關山，離時容易合時難。　　滿酌一杯歡樂酒，開懷痛飲任頹然。十分甜蜜是辛酸。

緑轉黄回信可能，世緣難斷夢難成，思量止止又行行。　　滿飲一杯生命酒，者番醉了不須醒。醒來一切恐無憑。

夢是愁成夢轉工，編愁作臆本來空，屏除愁緒更無悰。　　去便相思來又怨，相思相怨可相同。夢魂顛倒一生中。

虞美人　十二月八日作

無情却被多情惱[①]，争信多情好。人間若是本無晴，不會長空歷歷有明星。　　天公應悔當初錯，月落星還墮。能教終古月長圓，未必人間隨處有悲歡。

注：①無情却被多情惱：套用宋代蘇軾《蝶戀花·春景》詞“多情却被無情惱”句。

臨江仙　十二月九日作

對酒當歌歌當哭，休教醉了還醒。眼中人事太峥嶸。不因長劍在，始作不平鳴[①]。　　了却此生非易事，行行重復行行。最難忘是月明明。何時真可掇？狂笑上青冥。

注：①不平鳴：亦作“不平則鳴”，指遇到不平的事就會發出不滿的呼聲。唐代韓愈《送孟東野序》：“大凡物不得其平則鳴。……人之於言也亦然……”

卜算子　五月一日作

話到盡頭時，歡與悲無别。脉脉佯佯意態真，一一難忘却。　　花向密中疏，月自圓時缺。此意茫茫欲問天，天也無言説。

浣溪沙　五月十七日作

閑事思量耐味尋，從來言淺意翻深，百花時節幾春陰。　　任使中邊甜似蜜，休教辜負石蓮心，一生相報是沉吟。

一九三九年

虞美人　和離垢，用南唐後主韻

深尊入手歌難了，知有愁多少。今年花事付東風，一樣鶯飛草長亂離中。　　江南塞北依然在，争信江山改。勸君莫更理閑愁，不見日輪西墜水東流。

浪淘沙　和離垢被薄不寐，用南唐後主韻

春雨又潺潺，酒意闌珊。暮春更比早春寒。開盡桃花飛盡絮，無限悲歡。　枯坐到燈闌，閑却屏山。欲成好夢例應難。風月常將愁萬種，付與人間。

思佳客

飛鳥長空未是閑，大河流恨更漫漫。密封細字從人寄，淡墨新詞好自看。　驚聚散，數悲歡。一生懷抱幾回寬。人間盡有傷心淚，真到傷心淚已乾。

一九四〇年

減字木蘭花　寄森玉安順[①]

闌干倚遍，算有青山曾識面。任是漁樵，一例閑看莫用招。　風清月白，良夜何嘗非此夕。寂寞堪娱，百歲光陰正要渠。

注：①寄森玉安順：1938年春，徐森玉參與押運故宫文物，將其轉移至大後方。途經貴州安順時，由於車禍事故，徐森玉足部受傷致殘。

一九四一年至一九四六年

菩薩蠻　旭初誦其姪女詠盆中白梅有云“昨夜月明時，春歸人未知”，余偶有所觸，因借其句成此調

畫樓寒夜燒銀燭，愁聞笛裏關山曲[①]。換却繡衣裳，十分憐淡妝。　疏欞[②]香息淺，漠漠爐煙斷。昨夜月明時，春歸人未知。

注：①闞山曲：指家鄉的曲調。②櫺：舊式房屋的窗格。

菩薩蠻

新詞休共佳人唱，風前花底多惆悵。争信酒杯寬，醒時沉醉難。　　闞山千里别，又見初弦月。銀漢自迢迢，南飛烏鵲高。

踏莎行

玉露團團，金風細細。看來總是驚人意。幽篁不分獨檀欒[1]，高梧何故先憔悴。　　有限詩情，無邊秋思。年年儘有登高地。地偏心遠到而今，黄花肯共東籬醉。

注：①檀欒：秀美貌，多用來形容竹子，也用作竹子的代稱。

瑣窗寒

散葉庭荒，驚秋露白，夜凉如水。風摇碎影，分入一窗相對。已更深、照人未眠，暗燈破寂垂殘穗。似遠江冷宿，孤蓬煙浪，倦遊滋味。　　憔悴，行吟地。更念亂傷離，近來心事。深尊漫把，醉了無非獨自。想春江、花月宴闌，剩歡斷夢猶未墜！謝啼螿[1]、伴我沉吟，爲説相思意。

注：①啼螿：寒蟬，用爲詠秋令之典。晉代周處《風土記》："七月而蟪蛄鳴於朝，寒螿鳴於夕。"

紅羅襖　用清真[1]韻

遠楚銷凝盡，猶自未成歸。歎水闊山長，征程千萬，尊前可有，風月相知。　　奈此際、鴻杳音稀，西窗剪燭[2]誰期？秋色暗江籬，憶舊日、賸結夢中悲。

注：①清真：北宋詞人周邦彦（1056—1121），字美成，號清真居士，錢塘（今浙江杭州）人，著有《清真集》。②西窗剪燭：原指思念遠方的妻子，盼望相聚夜語。泛指親友聚談。唐代李商隱《夜雨寄北》詩："何當共剪西窗燭，却話巴山夜雨時。"

訴衷情

年年金盞醉金英，畫閣宴秋晴。紅妝格外齊楚[①]，長記此時情。　尊更把，句還成，祝長生。幾時風月，重到當前，共看承平。

注：①齊楚：整齊。

虞美人

菊花清豔芙蓉好，已是秋光老。年年風雨送重陽，誰道今年白酒尚能香？　南山不共東籬改，依舊悠然在。寂寥千載一淵明，隨分霜叢采采漫餐英。

漁家傲　十月廿九夜雷雨達旦，適聞江南近來寒甚，因有作

撼枕驚雷仍電驟，微暄已失三秋候。天意不如人意久。翻覆手[①]，陰晴一例難參透。　夜雨洗秋應更瘦，青林却自添朝岫。聞説江南唯泥酒[②]。憐翠袖，蕭蕭晚竹寒生後。

注：①翻覆手：亦作“翻雲覆雨”。比喻反復無常或慣於玩弄手段。宋代蘇軾《次韻三舍人省上》詩：“紛紛榮瘁何能久，雲雨從來翻覆手。”②泥酒：猶嗜酒。

虞美人　短瓶菊叢中芙蓉豔發，燈前忽有欲謝之意，感賦

芙蓉沉醉西風晚，省識紅妝面。也無離合也無愁，贏得一生嬌豔鬥清秋。　折來長伴金英好，願與歌難老。料應未慣對青燈，已是十分憔悴不勝情。

臨江仙

細雨還晴晴又雨，落英已自繽紛。萋萋芳草礙行人。歡情餘白袷[①]，暖意失紅巾。　往日有誰堪共惜，流鶯不解傷春。離騷[②]心事遠遊身。西江何限水，南陌幾多塵。

注：①白袷：白色夾衣，舊時平民的服裝，借指無功名的士人。②離騷：離別的愁思。

清平樂

巴渝芳草，緑遍連天道。此日江南應更好，誰信歸期尚早？　闌邊雨潤煙迷，青枝濕度黄鸝。不意遠山眉嫵[①]，新來也有顰時。

注：①眉嫵：同“眉憮”，謂眉樣嫵媚可愛。《漢書·張敞傳》：“又爲婦畫眉，長安中傳張京兆眉憮。”顔師古注：“孟康曰：‘憮音詡，北方人謂媚好爲詡畜。’蘇林曰：‘憮音嫵。’”

玉樓春

依前省識桃花面，幾日東風隨處見。遠山争學畫時眉，流水更横臨去眼。　春情漸老春光賤，浪擲榆錢抛柳綫。繁紅着酒太醺人，回首來遊無一半。

雕闌又拂春風暖，不道天長人更遠。旋驚浪蕊望中休，却惱遊絲空裏亂。　江流那管西人怨，東下連波無顧及。蓬萊清淺幾時曾，三見梁間棲海燕。

漁家傲

客裏光陰聞杜宇，桃花水漲迷津渡。唯有春歸無間阻。來又去，黯然幾陣黄昏雨。　幕燕[①]年年仍好住，輸他王謝堂前侣。畫棟雕梁知幾許？君莫誤，連雲芳草來時路。

注：①幕燕：築巢於帷幕之上的燕子。

浣溪沙

心字羅衣[①]透淺紅，迴廊細細落花風，不成小立[②]意猶慵。　短睡易醒終是夢，微波可託更無悰。惱人雙燕語匆匆。

注：①心字羅衣：用一種心字香熏過的羅衣。心字，即“心字香”，爐香名。宋代晏幾道《臨江仙》詞：“記得小蘋初見，兩重心字羅衣。”明代楊慎《詞品·心字香》：“心字羅衣，則謂心字香熏之爾。”②小立：暫時佇立。

玉樓春

柳枝低曳黄金縷，暗拂朱闌迷繡户。春殘庭院更無人，落盡紅香風不住。　　綠波膩自溶溶去，任是無情知去處。江南歸夢有時醒，記取雲中天際樹。

高陽臺　題《涉江詞》[①]丙稿

小字簪花[②]，清詞戛玉[③]，芳馨乍展銀箋。百囀流鶯，共誰惜取華年？深情不著凄涼語，怕凄涼、却道無端。最關心、片片飛花，樹樹啼鵑。　　江南夢斷歸何處？有輕帆數點，遠浪浮天。細説清遊，儘多平楚[④]蒼煙。而今陌上無歌管，縱聞歌、肯近尊前。待愁來，不是低吟，總合閑眠。

注：①《涉江詞》：作者好友、文學家汪東（字旭初）女弟子沈祖棻所撰詞集。②簪花：一種古代書體，亦稱“簪花格”。明代王彦泓《有女郎手寫余詩數十首筆迹柔媚紙光潔滑玩而味之》詩：“江令詩才猶剩錦，衛娘書格是簪花。”③戛玉：敲擊玉片，形容聲音清脆悦耳。④平楚：猶平林、平野。楚，叢林。

臨江仙

煙草萋迷綠遍，風花撲簌[①]紅稀。少年情事酒杯知。新來隨意飲，意好復誰期？　　乳燕堂前初見，子規夢裏曾啼。莫憑遠志笑當歸，自從新病後，解識藥籠[②]非。

注：①撲簌：物體輕落貌。②藥籠：盛藥的器具。

鷓鴣天

新夜樓頭月似梳，若逢三五解圓無。鵾弦[①]怕向愁中斷，鸞鏡端從別後疏。　　追往事，説當初，個人情分未應殊。柳絲牽繫丁香結，取譬同心那得如？

注：①鵾弦：用鵾雞筋做的琵琶弦。

漁家傲

遥思長吟過夜半，情懷唯許青燈見。月落又添窗色暗。更五點，夢中驚起鄰雞唤。　欲往報君青玉案[①]，側身東望關河遠。莫爲五噫[②]腸九轉。人世换，定巢隨處逢新燕。

注：①欲往報君青玉案：套用宋代蘇軾《生日王郎以詩見慶次其韻並寄茶二十一片》詩"未辦報君青玉案，建溪新餅截雲腴"句。青玉案，借指回贈之物。②五噫：指《五噫歌》。東漢梁鴻過京師洛陽，登北邙山，作此詩。詩中每句末用一"噫"字感歎，爲楚歌變體。

拜星月慢

四拂垂楊，遥憐芳樹，永日書堂歸燕。梅額新妝，已多時輕换。舊家事，競説新來粉黛羅綺，總入芸香薰染。别館弦歌，但聞聲不見。　甚東風，乍拂夭桃面。有誰知？未當尋常看。歲歲秋檻春池，任閑情勾管[①]。念分飛，社燕還相伴。落花恨，又着江南岸。尚未是，西去陽關，却天涯人遠。

注：①勾管：主管。

臨江仙

朱户小窗憑夢到，愁生午酒醒時。蝶飛鶯囀日遲遲。枝頭新緑暗，春後落紅稀。　錦瑟平生渾不識，漫驚弦柱頻移。年華都付子規啼。巴山前夜雨，江岸舊痕迷。

臨江仙

經歲不歸歸已晚，曲闌小徑應迷。望中江樹與雲齊。高樓春去，偏是日長時。　春夢易醒人易老，朱顔好映深卮。近來愁對雨絲絲，暗添心事，莫遣個人知。

生查子

花枝亞[1]小闌，似共人憑處。一夜綠楊風，暗盡庭前樹。　黃鸝枝上啼，紫燕闌邊語。不見舊年人，仍是前時雨。

注：①亞：物體的分支部分。明代張自烈《正字通·二部》："亞，趙古則曰：'物之岐者曰亞。'俗作丫、椏。"

臨江仙

江檻[1]藥闌[2]人事改，草堂看盡新題。東川仍有杜鵑啼。花開花落，幾度喚春歸。　夜雨乍添新潤好，苔階緩踏晴泥。舊時情緒舊時衣。故人天末[3]，知否酒痕稀。

注：①江檻：臨江的欄杆。②藥闌：藥欄，庭園中芍藥花的欄檻，亦泛指一般花欄。③天末：天邊，天際。

清平樂　初食粽

小盤新粽，無計留春共。紅裍香羅金縷鳳，比似榴花情重。　撩人節物些些，龍舟江上年華。怕到端陽時節，一尊常是天涯。

祝英臺近

蚓吟長，蛙語鬧，月影漾池館。翠被微寒，寂寂夜過半。殘燈肯照無眠，試溫短夢，甚處是、東勞西燕[1]。　細尋檢。遥寄錦字[2]題封[3]，流年暗中換。幾疊新縫，寒暖意千萬。待教真個承平，西窗重到，更説與、巴山幽怨。

注：①東勞西燕：喻離別。勞，伯勞，鳥名。宋代郭茂倩《樂府詩集·東飛伯勞歌》："東飛伯勞西飛燕，黃姑織女時相見。"②錦字：即"錦字書"，指妻子寫給丈夫表達思念之情的書信。典出《晉書·竇滔妻蘇氏傳》。③題封：封緘題簽。

祝英臺近

日遲遲，風細細，紅做海棠暖。深步花間，欲語意先滿。依前草徑迷煙，蜂狂蝶舞，怎道是，無人庭院。　　未曾遠。猶記雙燕窺簾，太液舊池[1]畔。绿遍春波，照影更相見。待教細訴芳心，重拈新句，便短夢、也都驚斷。

注：①太液舊池：指太液池，又名泰液池。位於漢代長安城之西，是一座由渠引昆明池水形成的人工湖，因其水面寬廣而得名。

漁家傲

紅亂春衣香滿袖，玉纖[1]攀惹金絲柳。雙燕似人新著酒。無步驟，交飛雨細風斜後。　　人是少年春亦久，春歸誰信人依舊。便是無情應僝僽[2]。空回首，春濃年少何時又。

注：①玉纖：纖細如玉的手指。指美女的手指。唐代温庭筠《菩薩蠻》詞："玉纖彈處真珠落，流多暗濕鉛華薄。"②僝僽：排遣愁懷。

減字木蘭花　呈旭初

中年易過，檢點從來真少可。無盡無休，來者堪追底用憂。　　平生志業，不負當前風與月。莫問兒曹[1]，足與吾流未易遭。

濁醪清醴，風味平生應視此。不惠不夷，人物前頭食蛤蜊。　　翰林風月，各有千秋何用説。能者得之，一笑相看盡我師。

巴山夜雨，做盡愁聲仍解止。葉底殘紅，明日晴來未要風。　　瀘州白酒，半盞一杯時在手。争比茶香，鄉味杭州不可忘。

盤紆山徑，隔嶺人家看却近。一樣江天，不似江南好放船。　　三年問俗，堪笑平生思入蜀。萬里橋東，難得情懷勝放翁。

注：①兒曹：指晚輩的孩子們。

祝英臺近

陌間塵，江上水，各自送春去。燕燕飛來，仍傍畫樓住。可堪拂地垂楊，遊絲千尺，更不見、繫花驄[1]處。　最凄楚。寫寄別後相思，哽咽對燈語。舊約無憑，空認夢中路。賸教囑付青禽，人間天上，好爲我、殷勤探取。

注：①花驄：五花馬，即毛色呈現五花色紋的馬。後以“花驄”喻贊御史。

應天長

琵琶又撥新弦索[1]，博取滿場人意樂。道閑却，争閑却，月暗燈明無處著。　當初真有約，歸去畫樓朱閣。昨夜五更風惡，霎時吹夢落。

注：①弦索：金元以來，北方戲曲或曲藝多以絲弦樂器伴奏，後人因以“弦索”爲北曲的代稱。

應天長

流波一去知難再，夢短歌長無計奈[1]。花相會，月相對，此際故人千里外。　愁深情似海，情重怎生擔待。翻是了無牽掛，能教人意快。

注：①無計奈：亦作“無計那”，無可奈何。

鷓鴣天

四月山居物候移，子規聲裏囀黄鸝。水紋乍展琉璃簟，樹色還分翡翠幃。　白團扇，夾羅衣，新情棖觸[1]舊歌詞。無多風雨和雲過，又遣輕寒上鬢絲。

注：①棖觸：觸犯，觸動。唐代李商隱《戲題樞言草閣三十二韻》：“君時卧棖觸，勸客白玉杯。”

虞美人　初夏山居，雨後作

四山重疊環人住，遮斷來時路。料應留著聽啼鵑，不到杜鵑啼歇莫教還。　出山流水渾閑事，儘有悠然意。春花春草總難留，禁得幾番陰雨便如秋。

玉樓春

亭亭緑葉擎紅朵，水面日長無計那！莫憑涼意願秋風，蓮子成時花已墮。　　笑筵肯放芳尊過，雪藕調冰歡亦頗。赤闌橋[1]畔舊年人，檢點當前無一個。

注：①赤闌橋：位於安徽合肥城區。南宋詞人姜夔在此與兩位歌伎姐妹結緣，後來回到橋畔，眼見橋毀樓空，兩姐妹不知所終，因而寫下多首懷念故人的詩詞。

玉樓春

碧桃開盡紅榴過，便是黄梔無一朵。不因年少最憐伊，但覺少年終去我。　　樓臺夢後仍高鎖，明月照人添酒涴。蘋飄雲散四弦愁，小晏[1]當時真計左[2]。

注：①小晏：指宋代詞人晏幾道。與其父晏殊齊名，世稱“大小晏”或“二晏”。宋代劉克莊《跋真仁夫詩卷》：“小晏之於臨淄，小坡之於玉局，仁夫優之矣。”②計左：謂計慮不當，無助於事。

小重山令

紅是相思緑是愁。徘徊花樹下，未能休。幾番客裏罷春遊。梅雨後，涼意在簾鈎。　　老去減風流。縱教逢舊燕，也應羞。江山如此一凝眸。山隱隱，江水自悠悠。

蝶戀花

鎮日相思無處著。江檻花闌，一例成蕭索。薄酒一杯聊自酌，明明圓月當簾幕。　　萬事休休還莫莫[1]。聽雨聽風，已是春歸却。縱使春歸應有約，明年江上看紅藥。

注：①萬事休休還莫莫：休休莫莫，表示不再心存幻想，即放棄之意。黄庭堅《木蘭花令》詞：“朱顏老盡，心如昨，萬事休休還莫莫。”

青玉案

翠禽兩兩珍叢底，却不道，情如此。醇酒著人春夢裏。雨窗初暝，風簾還起，醒醉都無意。　　望中可有青鸞使，客舍光陰似流水。珍重江南書一紙，遠山重疊，連雲千里，黯黯生離思。

水龍吟

一椽準擬幽棲，野煙漠漠迷林表。徑迴地僻，暗塵還惹，層巒自繞。花糝融泥，鶯歌斷雨，但餘芳草。算西南浪迹[①]，清遊未試，春又去，人空老。　　極目關河古道，倦沉吟，這番懷抱。故人不見，闌干依舊，酒邊殘照。去國蘭成，登樓王粲，鄉愁多少？縱雲羅萬里，秋風動也，怕飛鴻杳。

注：①西南浪迹：指當時作者流寓重慶。

虞美人

相如卧病文君老，賸有尊罍好。琴心依約似當年，已是塵生弦柱莫教彈。　　悲歡從古依人在，花月年年改。高樓花近月徘徊，未必畫梁雙燕肯重來。

生查子

幽花拂碧漪，圓月開妝鏡。無月便無花，天與安排定。　　春隨酒盞空，夜向高樓迴。銀漢自横斜，不照驚鴻影。

青玉案

舞衣金縷愁多少，曲未罷，尊先倒。月暗燈明人意鬧。當時猶說，定場賀老[①]，衆裏琵琶好。　　霖鈴[②]雨濕關河道。往事悲歡信難了。休共巴歈[③]彈古調，畫梁塵散，燕歸還早，陌上餘芳草。

注：①定場賀老：用爲詠琵琶的典故。定場，指出場表演，猶指壓場。唐代元稹《連昌

宫詞》：“夜半月高弦索鳴，賀老琵琶定場屋。”賀老，指賀懷智，唐代開元、天寶年間善彈琵琶者。宋代蘇軾《虞美人·琵琶》詞：“定場賀老今何在，幾度新聲改。”②霖鈴：凄苦離愁之聲。③巴歈：指巴渝舞或巴渝歌。

菩薩蠻

古今萬事東流水，杯中領取從來意。淺把復深憑，此時誰最能？　天從人所願，不遣濃情淡。留與少年人，春長花月新。

菩薩蠻

好風不至微過雨，小池波上蒸成縷。森木亂鳴蟬，殘陽何處山？　蒲葵裁作扇，持向塵中見。旋旋葛衣凉，晚庭花蕊香。

清平樂

黄梅過了，緑樹驚蟬噪。客裏光陰依舊好，留得幾人年少？　夕陽西下休嗟，餘暉爛爛成霞。更幻愁心作月，流光照遍天涯。

青玉案

新來多感還多病，更不遣，清尊近。雨潤單衣猶自冷。朱樓應記，簾垂燕並，漠漠鑪煙静。　情懷不怕闌干迥，怕對當時舊鸞鏡。付與江山情不盡，芭蕉乍展，緑箋誰省？音信無憑準。

菩薩蠻

斜陽煙樹驚遊目[①]，連雲芳草低迷緑。細細落花風，馬嘶人語中。　江南歸尚早，莫説江南好。一雨客衣單，此時情最難。

注：①遊目：放眼縱觀的意思。

青玉案

䑰船載得愁多少，酒易盡，愁難了。歸燕簾櫳人悄悄。子規才住，新蟬又噪，斜日明林表。　　故國山河雲浩渺，目斷長安舊來道。離亂心情難自好，高樓花近[①]，當時杜老，一樣傷懷抱[②]。

注：①高樓花近：亦作“花近高樓”。唐代詩人杜甫離亂中客居成都，曾作《登樓》詩，其中有“花近高樓傷客心，萬方多難此登臨”句。②一樣傷懷抱：杜甫因安史之亂逃到蜀地生活，作者因日本侵華戰爭避居大後方重慶，故有此句。

青玉案

娟娟初月生新暈，恰相稱，人情分。帶結同心香一寸。輕羅乍掩，繡鴛還並，生怕明燈近。　　醉匀褪粉添嬌困，愛鬥花枝對鸞鏡。事與孤鴻成去影，珠樓春夢，銀河秋訊，密意憑誰問？

清平樂

落紅低舞，細細風吹雨。燕子不來人又去，緑盡小庭芳樹。　　江花江月年年，雙堤[①]歸夢如煙。往事新情多少？賸教都付吟箋。

注：①雙堤：指杭州西湖的蘇堤和白堤。

拜星月慢

地覆輕陰，空摇狂絮，了却一番春事。曲院回闌，憶當時同倚。最惆悵，盡日江樓高處凝望，細數歸舟天際。一霎羈愁，被驚風吹起。　　歎瑶池、阻絶雲千里。傳芳訊、未有青鸞使。盼斷細字銀鈎，抵千金一紙。漸鳴蟬、斷續殘陽裏。催詞賦、又動悲秋思。怎奈向、庾信[①]生涯，老江關獨自。

注：①庾信：字子山，小字蘭成，南陽郡新野縣（今河南省新野縣）人，南北朝時期文學家。庾信奉命出使西魏，遂長期留居北方，感傷時變，魂牽故國，寫下不少思鄉之作。唐代杜甫《詠懷古迹》詩：“庾信平生最蕭瑟，暮年詩賦動江關。”

西平樂慢

荇葉盟鴛，藕花眠鷺，難忘帶閣漣漪。晴碧江天，正憐佳日，翻令倦翼思歸。念綺席蘭情漸散，塵鏡朱顏暗换，高樓夢鎖，分明繡幙低垂。應歎梁泥燕落，頻點凝，罷弄玉琴薇。　　泛蹤隨葦，流年逝水，獨酌沉沉，客舍深卮。閑試想，大桃好發，緑柳仍陰，儘許橋邊繫艇，陌上連車，不會芳盟再誤伊。偏恨眼前，關山萬里，一抹平蕪[1]，伴此斜陽，更上層樓，教人悵望江湄[2]。

注：①平蕪：草木叢生的平曠原野。②江湄：江岸。

清平樂

雨巒煙障，六月蠻江[1]上。濕透芭蕉新緑漲，緑意添寒深幌。　　稱身薄薄吴棉[2]，知曾幾費鑪煙。何日五湖一舸，輕衾小簟閑眠。

注：①蠻江：四川青衣江，亦泛指南方少數民族聚居地帶的江水。②吴棉：吴綿，指吴地所産之絲綿。

八聲甘州

奈西風未動杳冥冥[1]，長空已雲羅[2]。盼天開金鏡，塵清瓊宇，愁洗銀河。恨事當前還滿，蕉葉雨聲多。明暗蓬窗底，書劍銷磨。　　春豔旋成秋麗，促酒邊倦客，强起高歌。幻文貍[3]山鬼，窈窕媚煙蘿。立蒼茫、人間何世？有魯陽、空自解揮戈。腰横笛、載扁舟去，流響層波。

注：①杳冥冥：幽深昏暗的樣子。戰國時屈原《九歌·東君》：“杳冥冥兮以東行。”洪興祖補注：“杳，深也。冥，幽也。”②雲羅：指如網羅一樣遍布上空的陰雲。③文貍：亦作“文狸”，指毛色有花紋的狸貓。

高陽臺　明日立秋矣，愀然賦此寄遠

乍飲冰漿，旋收羅扇，新來天氣全殊。繞屋枝條，不關晴雨扶疏。吾廬信美非吾土，況凉飆，又動輕裾。漫輕嘲，張翰當年，祇爲鱸魚。　　鬢絲輸與垂楊緑，共流紅照影，幾度愁予。舊葉新詞，天涯有恨重書。秋來春去江南岸，伴銷凝，應是平蕪。怕歸遲，漾碧秦淮，不比當初。

水龍吟

高蟬嘒嘒驚秋，客窗長日人初倦。一番雨過，斜陽烘潤，涼颸送晚。小檻幽香，曲屏密意，誰家庭院。似年時蹤迹，清遊未了，趁清夢，期相見。　　事與春雲俱散。又誰教，夢緣偏短。早知今日，争如未遇，東風人面。裁璧爲環，紉蘭作珮，多時經慣。賸待將月上，含光留影，住高樓畔。

高陽臺

無限山河，無窮壁壘，更看無盡遥天。痛飲長吟，輸他幾輩豪賢？旌旗未共殘虹捲，又西風、鼙鼓[1]闐然。最驚心，獨自登臨，花近危闌。　　大河流阻長淮闊，送雙魚尺素[2]，不到江干。柳意槐情，都應付與鳴蟬。黄雲萬里行人少，莽中原葵麥迷煙。説荒郊，戎馬新來，猶自屯田。

注：①鼙鼓：古代軍中使用的戰鼓。②雙魚尺素：指書信。宋代袁去華《東坡引·隴頭梅半吐》詞："歸期望斷，雙魚尺素。"

高陽臺

四合岡巒，萬重樓閣，雨涼曾試宵弦。西子明妝，秋來一倍堪憐。傷心湖水依前碧，亂菱花、暮靄蒼煙。更誰攜，芳侣來遊，重上蘭船。　　凄涼莫怨關山笛，怨當時明月，偏照關山。折柳飄梅，幾人淚落尊前？曉星不動長河迴，料姮娥、應悔嬋娟[1]。怕遲遲，靈鵲橋成，江冷楓丹。

注：①嬋娟：指月亮。

綺羅香

瑶殿旋空，雕闌未改，都記從來吟句。猶是人間，不隔軟紅[1]塵土。池水漫、風皺春波，苑花静、日晞秋露。更千章、古柏參天，繡苔如篆遍行路。　　迢遥望斷京國[2]，總被清遊惱徹，還牽情住。地勝人宜，易就眼前歡聚。摇暗緑、荷蓋擎時，認墜紅、畫橈停處。料横橋、塔影沉沉，夢痕難細數。

注：①軟紅：猶“軟紅塵”，代指俗世的繁華熱鬧。宋代蘇軾《次韻蔣穎叔錢穆父從駕景靈宫》詩：“半白不羞垂領髮，軟紅猶戀屬車塵。”②京國：京城，國都。

八聲甘州　題旭初畫《觀瀑》

問何因石破更堪驚，百道瀉流泉。甚無晴無雨，横空飛沫，四遠迷煙。萬里西來安穩，塵涴總宜湔。杖笠猶堪用，徙倚巖邊。　　最好江鄉[1]歸去，訪赤城[2]舊侣，未要輕還。恐難償此願，微契借君傳。乍相忘、丹青妙筆，恍風生、襟袖意泠然。何須更誦興公[3]賦，郭璞[4]遊仙。

注：①江鄉：指多江河的地方。此處指江南水鄉。②赤城：即赤城山，在浙江省天台縣境内。唐代李白《夢遊天姥吟留别》詩：“天姥連天向天横，勢拔五嶽掩赤城。”③興公：東晉詩人孫綽（字興公），《天台山賦》作者。④郭璞：晉朝文學家，作《遊仙詩》。

鷓鴣天　題旭初畫蘭

瓊蕊[1]清疏翠葉長，短叢幽谷細生香。丹青不取尋常本，濃淡都成别樣妝。　　矜品格，占風光，放翁何事費平章？梅花高韻差孤冷，擬佩問心[2]那可忘！

注：①瓊蕊：美稱白色的花。②問心：反省、檢查自己的良心。

清平樂　題旭初畫梅

清愁難識，開落關山笛。花是主人人是客，莫負尊前月色。　　孤山鶴去千年，西湖歸夢如煙。不見當時處士，暗香疏影依然。

浣溪沙　題旭初畫菊

爲少淵明一輩人，東籬寂寞罷開尊，落英枝上久成塵。　　忽有疏花生眼底，擬尋幽石倚松根，細看秋意已嶙峋。

祝英臺近 題旭初畫《梧桐池館》

綠生波，紅綴樹，依約舊池館。圖畫春風，客意自先暖。是誰倚定鑪煙？蒲團坐穩，更不理、飛鶯語燕。　　思何限。難忘别後江南，當時燕鶯伴。莫笑情多，無分世緣淺。好教囑付梧桐，圓陰密葉，漫輕爲、秋來驚散。

卜算子慢 題旭初《風雨歸舟》，用柳屯田韻

挐舟[①]好去，倚棹意遊，浪迹水天空翠。片雲沉陰，做就晚來天氣。動歸愁、遠色蒼茫裏。恰似載、一船畫稿，風絲雨點相繼。　　漂泊離鄉里。感風雨孤舟，亂山長水。縱有芳醪，怎解遣愁一二。看當前，誰會凄其意？仗水墨千烘萬染，寫人生如寄[②]。

注：①挐舟：撑船。②人生如寄：意思是人的生命短暂。三國時曹丕《善哉行》詩："人生如寄，多憂何爲？"

攤破浣溪沙 旭初畫櫻筍，因追憶玄武湖櫻桃之美感題

巾扇飄零類轉蓬，撩人節物忒匆匆。酒醒天涯人未倦，有誰同？　　玉筍斑斕開錦褓，珠櫻的歷寫筠籠[①]。湖上回舟風細細，夢魂中。

注：①筠籠：指竹籃之類的盛器。

漁家傲 題旭初爲公武[①]所作《望雲圖》

慈竹成陰清可愛，慈烏反哺情無改。負米歸來心意快。春長在，北堂[②]歲歲嬉菜綵。　　此日遠遊無計奈，登臨多難還堪慨。親舍迢遥雲覆蓋。窮眼界，白雲更接青山外。

注：①公武：指作者好友許崇灝（字公武），時任國民政府考試院秘書長。②北堂：古代居室東房的後部，爲婦女盥洗之所，後爲母親之稱。

滿庭芳　題旭初《山居圖》

杜宇聲停，杜鵑花謝，空山寂寂春非。清陰長晝，松翠漸成幃。不分鳴蟬乍起，頻嘶斷，暮雨斜暉。驚節候，西來伴侶，猶自未應歸。　　依依，留滯久。荒蕪院宇，且展襟期。漫無端，長歎怕有人知。恰似南枝倦羽，渺長天，何處歸飛？青山外，知誰念我，容寄寫懷詩。

酒泉子　題旭初畫水仙

環珮歸來，江上風清月白。寶罏温，畫簾隔，久徘徊。　　玉盤金盞難留客。今夕知何夕。莫相偎，吹横笛，恐驚梅。

八聲甘州

對流光客舍最驚心，切莫數歸期。奈梧桐庭院，幾番雨過，易到涼時。畫裏春情好在，却换薄羅衣。又是荷花少，緑漲秋池。　　舊恨何時能了？便尋常細事，還惹尋思。步林園春晚，獨自送斜暉。倚微風前，乍醒殘醉，看餘紅、冉冉下青枝。團芳蝶、過闌干去，又罥[①]蛛絲。

注：①罥：纏繞。

賀新郎

碧海看明月。奈幾經風驚雨横，銀河俱没。已動秋來悲涼氣，更做荒庭悽絶。賸把卷、孤吟自發。莫恨古人今不見，縱古人得見何由説？千載事，亂於髮。

悲笳乍起聲如裂。共窗前、長溝流水，盡情嗚咽。不管愁人難安頓，總使傷心銷骨。况强虜、今猶未滅[①]。莽莽神州烽煙裏，看青山緑水經年别。又飛起，蘆花雪。

注：①况强虜、今猶未滅：指尚未將日本侵略者趕出中國。

菩薩蠻

湖風細細湖波起，湖樓飽飲湖光美。最愛水紅菱，冰盤人共清。　　年年湖上約，總被菰鱸錯。今日又西風，藕花零亂紅。

賀新郎

是處堪愁絶。聽聲聲、巴山夜雨，芭蕉都裂。舊恨難湔[①]空惆悵，新恨又添凄切。賸坐對、一尊芳冽。自起挑燈燈花落，問燈花、可爲人離别？慵欹枕，眼初合。

小窗依舊燈明滅。有雙江、遥波流夢，扁舟催發。流到西湖長堤外，鷗鷺驚人華髮。最使我、念伊冰雪。共繞六橋[②]橋邊路，看湖山處處成蕭瑟。疏柳上，掛殘月。

注：①湔：洗刷，去除。②六橋：指杭州西湖外湖蘇堤上的六座橋。宋代蘇軾《軾在潁州，與趙德麟同治西湖。未成，改揚州。三月十六日湖成，德麟有詩見懷，次其韻》詩："六橋横絶天漢上，北山始與南屏通。"

風入松

無端影事[①]十年回，短夢費疑猜。春風也識人顦顇[②]，總年年、拂柳驚梅。幾曲鶯歌散後，一簾花雨歸來。　　餘香小徑獨徘徊，屐齒没蒼苔。緑陰沉晝風光老，念芳蘭知爲誰開！料想宵來明月，經時還照樓臺。

注：①影事：泛指往事。②顦顇：同"憔悴"，形容枯槁瘦弱。

八聲甘州

渺凉雲四合掩青空，雨洗出新秋。對紅翻蕉蕊，緑添桐韻，併是清愁。怕起登高望遠，歸思總難收。澮澮雙江水，相與東流。　　恨事平生有幾？愧未能趙瑟[①]，不解吴謳[②]。但斜行矮紙，盡意寫離憂。算無憀[③]、美人芳草，甚情懷、終擬託靈修[④]。牆陰下、聽孤蛩語，肯爲誰休？

注：①趙瑟：指瑟。因戰國時流行於趙國，故稱。②吴謳：即"吴歌"，指吴地的民歌

民謡。③無憀：無意思。④靈修：指有靈智遠見的人。

虞美人

亂山欲截東流住，却被東流去。浪翻孤月又多時，争信滔滔逝者竟如斯！　門前也有西流水①，終與東流會。勸君莫問水西東，惜取飄花墜葉幾番風。

注：①門前也有西流水：套用宋代蘇軾《浣溪沙·遊蕲水清泉寺》“門前流水尚能西”句。

蝶戀花

雨織鮫綃①寒細細，帶霧含煙，目斷遥山翠。攀折桂花香染袂，知誰會得淹留②意？　此際心情當日事，兩兩相看，記取飛鴻③字。緑葉於人無好計，紅蕉半落生秋思。

注：①鮫綃：傳説中鮫人所織的絲絹、薄紗。②淹留：羈留、逗留。③飛鴻：指音信。

清平樂

送春歸處，便是秋來路。林表斜陽紅易暮。泫泫①草頭清露。　小窗晨鵲昏鴉，短籬紫蓼黄華。雁陣霜風凄緊，倚樓人在天涯。

注：①泫泫：露珠晶瑩貌。

絳都春　和竹山①韻

春痕似畫。記江燕舊識，當時王謝。繡閣宴回，月上初更明燈掛。笙簫過却沉沉夜。易風折、酴醾②堆架。縱教扶起，零紅委翠，怎經長夏。　嬌姹。修蛾斂黛，恨紗暗秀句，秋添涼榭。認取勝情，都在餘香輕羅帕。紅塵猶自隨車馬。更莫問樓陰花下。從今未要春歸，爲伊倦也。

注：①竹山：指南宋詞人蔣捷（號竹山）。②酴醾：同“荼蘼”，植物名。莖緑色，有棱，生刺。初夏開花，花白色。

玉樓春

當時南浦[①]曾輕别，肯信芳菲真易歇。無端蹤迹共萍分，剩可心情和夢説。　藕花未了清秋節，三五盈盈還二八[②]。載將穠李四弦風，來蕩桃根雙槳月。

注：①南浦：水的南面，借指送别之地。南朝江淹《别賦》："春草碧色，春水緑波，送君南浦，傷如之何。"②三五盈盈還二八：指農曆十五、十六的圓月。盈盈，圓滿貌。此句套用蘇軾《木蘭花令·次歐公西湖韻》"三五盈盈還二八"句。

水龍吟

年年總盼春歸，却無人解留春住。韶光好景，從來都换，鶯歌燕舞。過雨横塘[①]，回風曲徑，隨波飄絮。算匆匆開落，紅芳萬種，和春到，還同去。　迢逓[②]關河日暮。戀餘暉，青蕪彌路。底須[③]凝望，舊家臺榭，江南芳樹。衹有霎時，醉中人物，依稀如故。待停杯唤月，且來伴我，向高寒處。

注：①横塘：美人家鄉的代稱。②迢逓：亦作"迢遞"，遥遠貌。③底須：何須，何必。

生查子

秋紅霜未添，夏緑風猶展。目斷北來鴻，心繫南歸燕。　怕上舊樓臺，還怯新闌檻。總道莫思量，已自思量遍。

六醜　和清真[①]韻

記荷風乍起，翠菂[②]小，横塘輕擲。舊鴛散餘，波塵隨去翼，難認蹤迹。盡意低徊處，漫憑紅豆，繫綺情南國。羅巾淚涴餘芳澤。殢[③]酒長亭，驚歌短陌，前遊共誰追惜。傍雲階月地，如見還隔。　秋窗宵寂，暗燈痕映碧。亂點梧桐雨，渾未息。天涯怎奈羈客？正孤吟對影，霎時愁極。風簾冷，漸侵巾幘[④]。拚一枕、捱盡殘更展轉，夢回伊側。從今後、莫誤潮汐。倘趁流、正有江南棹，還應見得。

注：①清真：北宋文學家周邦彦（號清真居士）。②菂：古代指蓮子。③殢：沉溺。④巾幘：指古代男子戴的頭巾。

西江月　感憶兒時並南山晨出子午谷口[①]，豁然見朝日於天地之際

子午谷前日出，居然平視曈曈[②]。牛車歷鹿地天通，未覺風塵澒洞[③]。　　五十年來人事，催教老却兒童。金烏[④]來去已匆匆，莫更峰頭迎送。

注：①感憶兒時並南山晨出子午谷口：作者兒時居陝南漢陰縣，常赴西安探親。南山，指位於西安城南的終南山，爲秦嶺主峰之一。子午谷，亦稱子午峪，秦嶺七十二峪之一，位於西安城南面的一條河谷，是西安通往陝南的交通要道。②曈曈：日出時光亮的樣子。③澒洞：虛空混沌貌。④金烏：指太陽。古代神話傳説太陽中有三足烏，故用爲太陽之代稱。

月下笛　用清真體韻

小檻沿波，遥空度月，水明沉璧。牆隈[①]岸曲，引起誰家愁笛？共梧桐、飄落數聲，耳邊斷續應盡識。想梅花舊譜，頻添新韻，訴人情臆[②]。　　回腸自轉，賸獨倚闌干，細吟輕拍。聽秋最苦，况久關河爲客。夢幽窗、瘦蛩倦啼，迸珠露點成淚滴。黯凝愁，過却連雲，雁足無信息。

注：①隈：彎曲的地方。②情臆：即情意。臆，通“意”。

傾杯　讀寄菴《秦淮夜集呈半櫻》舊作，追懷往還，感歎半櫻之逝，依韻賦此

一碧秦淮，萬紅吴苑，愁心易結難釋。會友宴樂，秉燭畫檝，却惱人箏笛。茫茫百感狂吟地，倒玉山[①]誰惜？流傳麗句，堪俊賞、疊疊輕箋蟬翼。　　夜白還因雪後，静移蟾影，曾見鴻泥迹。看歲月峥嶸，人生如寄耳！誰能留得？祖别[②]尊罍，懷歸詞賦，歷歷同爲客。望天北，愁日暮、斷雲空識。

注：①倒玉山：亦作“玉山傾倒”，形容醉酒、醉態。典出南朝宋劉義慶《世説新語·容止》。唐代李群玉《題櫻桃》詩：“春初攜酒此花間，幾度臨風倒玉山。”②祖别：祖餞送别。

淡黄柳　寄菴賦此解見調，依韻酬之

霜前柳葉，猶帶江南色。此際吟情輸白石。任付紅牙[①]按拍，愁向垂虹舊橋側。　　淡煙積，遥山自凝碧。綺窗底、點梅額，怨輕分、薄鬢成雙翼。雁陣書空，

暗添心字，唯有愁邊見得。

注：①紅牙：樂器名。因多用象牙或檀木做成，再漆成紅色，故稱。

絳都春

晴暉做暖。正天與晝長，芙蓉明院。翠幙繡筵，不比尋常清秋宴。華堂畫燭深深見。共歡笑、稱觴齊滿。醉中仙侶，吹簫引鳳，戲窺妝面。　　人遠。金英在把，領籬畔勝趣，頻擎芳盞。舊袖舊痕，新曲新情秋深淺。月圓花好人如願。更待取、江樓歸燕。紫煙籠處春多，地寬天健。

江神子

清尊秀句漫相酬。蓼花洲，夕陽樓。不是梧桐池館，也驚秋。臨水登山閑送目，山脉脉，水悠悠。　　霜空鳴雁櫓聲柔。誤歸舟，記前遊。拋却吴城不住[1]，住他州。瓜苦三年仍在眼，除夢裏，可無愁。

注：①拋却吴城不住：套用宋代吴文英《點絳脣·有懷蘇州》“可惜人生，不向吴城住”句。吴城，指蘇州。

臨江仙

山雨沉階風動牖，宵魂又落江湖。閑愁不共歲華除。滴殘紅蠟淚，還解照流蘇。　　天半層樓迷海市，憑誰問訊何如？彩雲明月未相疏。當時梅萼在，應有寄來書。

蝶戀花

不見來時江上路。霧引煙籠，一抹無情樹。任是年年腸斷處，行人總伴啼鵑住。　　天際孤帆催夢去。聽水聽風，短枕巴山雨。梅萼新來何意緒，江南又與春相遇。

臨江仙

百折闌干情不盡，高樓有恨誰知？樓前流水故遲遲。洗紅空墜葉，鐫怨罷題詩。　　真使人間無好會，不應更有良時。南枝未雪已垂垂。春風先在手，切莫放空卮。

卜算子　題傅抱石[①]畫，用稼軒韻

不署昔賢驢，不學前朝馬。偶爾風情愛苦瓜，無意稱尊者。　　善鼓不張弦，善注何須瓦。寫得松風萬壑間，聽取無聲也。

注：①傅抱石：現代畫家。抗日戰爭時，在大後方重慶國立中央大學任教。

減字木蘭花　爲徐景薇[①]題《菜菴圖》

人間天上，此際空幃成悵望。譬似銀河，牛女分張未許過。　　結菴相伴，要向香煙濃處見。奉倩[②]情深，未了平生愛玩心。

注：①徐景薇：徐象樞，字景薇，江蘇吴縣（今蘇州）人。現代學者，精通法學，著有《外交人才訓練與培養》《非戰公約與世界和平》等。②奉倩：三國時荀粲（字奉倩），後用爲悼亡的典故。據《三國志・魏志・荀惲傳》記載，荀粲因妻病逝，痛悼不已，每不哭而傷神，歲餘亦死，年僅二十九歲。

漁家傲　旭初病腰吕，久卧寡歡，因取所關雜事戲成是解，以博笑樂。此中人語，外間正未易知也

蓋代功名從所用，不須更試炊時夢。今日爲梁他日棟。非戲弄，卧龍本自堪陪奉。　　唯有騷心難控縱，天長水遠誰相共？蕙盼蘭情吟又諷。都驚動，牛腰新卷[①]沉沉重。

注：①牛腰新卷：源自典故“牛腰卷”，喻詩文數量多。唐代李白《醉後贈王曆陽》詩：“書禿千兔毫，詩裁兩牛腰。”王琦注：“言其卷大如牛腰也。”

虞美人影　旭初用歐公韻爲題所藏真，因和之

春留人處春還去，惱亂一庭煙雨。踏遍柳陰歸路，獨自朝和暮。　　歲華易老情難訴，忍聽東風鶯語。長記故臺芳樹，暗拂鴛鴦浦。

臨江仙　題行嚴詞稿

老去填詞英氣在，雙江無盡東流。人間最好是高樓。雲山遮不住[①]，千里入凝眸[②]。　　作計功名收拾了，翻從文字雕鎪[③]。風情堪與少年儔。燕梁春又到，安穩下簾鈎。

注：①雲山遮不住：套用宋辛棄疾《菩薩蠻·書江西造口壁》“青山遮不住”句。②千里入凝眸：套用宋洪适《江城子·贈舉之》“千里礙凝眸”句。③雕鎪：指雕琢文字。

鷓鴣天　擬稼軒

年少何因總白頭，白頭仍作少年遊。逢花便覺三春在，有酒猶能一醉休。　　松底澗，柳邊樓，更看雲起聽溪流。閑忙濃淡平平過，且説人間有底憂。

生查子　題謝稚柳白桃蝶石

蝶夢乍醒時，猶記天台客[①]。長立待東風，唯有玲瓏石。　　枉自愛桃花，褪盡當時色。劉阮莫重來，重來頭總白。

注：①天台客：客居天台之東漢人劉晨、阮肇。東漢剡縣（今浙江省嵊州市）人劉晨、阮肇於永平年間同入天台山采藥，留居半年辭歸。及還鄉，子孫已歷七世。後又離鄉，不知所終。事見南朝宋劉義慶《幽明録》。天台山，在浙江省天台縣境内。

臨江仙

密霧籠燈朝未散，濛濛濕透簾衣。望中漸遠漸低迷。嶺雲如有接，荏苒過江湄。　　莫怪不來來總去，更應無計留伊。胡牀[①]頻爲好花移。江樓前夜夢，併入覺來時。

注：①胡牀：古代一種可折疊的輕便坐具。《三國志·魏志·武帝紀》："賊亂取牛馬，公乃得渡。"裴松之注引《曹瞞傳》："公將過河，前隊適渡，超等奄至，公猶坐胡牀不起。"

浣溪沙

日射油窗霧乍開，黛螺山色壓闌來，闌前萬一見江梅。　　攬鏡華年思錦瑟，巡檐歡意託金杯，他鄉休負好樓臺。

曲玉管　用柳耆卿韻

寶篆[①]閑銷，珠簾不捲，闌干幾曲留人久？却愛當時花月，江上清秋，對明眸。莽莽雲飛，軒軒[②]波起，失群斷雁應難偶。四望菰蘆，暝色還滿沙洲，恨悠悠。

似此江山，儘供取、興王圖霸。怎知大海揚塵[③]，麻姑又話新愁。忍歡遊。祇先春梅蕊，尚解殘年心事，不須料理，雨雪天涯，獨倚危樓。

注：①寶篆：古人焚香的美稱。②軒軒：高揚貌。③大海揚塵：亦作"東海揚塵"，指東海變成陸地，揚起灰塵，比喻世事變化巨大。典出晉代葛洪《神仙傳·麻姑》。

山花子　立春日作

刻意吟秋宋玉悲[①]，牆東[②]孤負蠟梅肥。昨夜春從江上至，更誰知。　　雨態做成人意懶，寒情憑仗酒杯持。小閣熏鑪添晝永，記年時。

注：①宋玉悲：亦作"宋玉悲秋"，用爲感傷秋景或悲秋憫志之典故。典出戰國時宋玉《九辯》。唐代杜甫《詠懷古迹》詩："摇落深知宋玉悲，風流儒雅亦吾師。"②牆東：指隱居之地。《後漢書·逢萌傳》："君公遭亂獨不去，儈牛自隱。時人謂之論曰：'避世東王君公。'"

清平樂

望江樓下，江水奔於馬。千古風流人物假，留得瞿塘閑話。　　先開梅萼旋空，小闌昨夜東風[①]。即是春情未改，都歸啼鳥聲中。

注：①小闌昨夜東風：套用南唐李煜《虞美人·春花秋月何時了》“小樓昨夜又東風”句。

臨江仙

不信銀屏猶有恨，宵來夢過牆東。歸時已是五更鐘。容光何皎潔，曉月在簾櫳。　自古遊仙終有詠[①]，杜蘭蕚緑應同。英雄老去美人空。悠悠山共水，長日鎮相逢。于公近有句云“山似英雄水美人”。

注：①自古遊仙終有詠：指遨遊仙境爲主題的詩歌，後人稱遊仙詩。這類詩歌起源於漢代以前，興盛於漢魏六朝時期。

浪淘沙　歲除逼矣，慨然用周晉仙[①]《明日新年》詞韻，同旭初作

踏破砌苔錢，底處閑眠。匆匆春鳥接秋蟬。已自悲歡難訴了，怕上歌船。　行過菊籬邊，又遇梅緣。東風拂面故依然。今日賸堪循例道，明日新年。

驕馬錦連錢[②]，芳草芊眠。美人鬢翼麗於蟬。遊冶長堤渾不耐，却上蘭船。　年少著春邊，刻意良緣，而今眼底事茫然。入手屠酥[③]才了得，明日新年。

壓枕選青錢，守歲無眠。酣嬉黄雀捕玄蟬。一局贏輸闠利市，元寶如船。　紅燭小鑪邊，萬事隨緣。兒時堪憶也欣然。五十九年依舊是，明日新年。

擬費杖頭錢[④]，但買酣眠。試看衰柳抱枯蟬。歷盡江潭人事改，空泊漁船。　過磵小橋邊，淺緑延緣。驚梅拂水乍醒然。知是春回催臘盡，明日新年。

注：①周晉仙：宋代名士周文璞（字晉仙）。②驕馬錦連錢：套用唐代韓偓《馬上見》詩“驕馬錦連錢，乘騎是謫仙”句。連錢，《全唐詩》注：“一作連乾。”馬飾物。③屠酥：又作“屠蘇”，指屠蘇酒。④杖頭錢：指買酒錢。《晉書·阮修傳》：“常步行，以百錢掛杖頭，至酒店，便獨酣暢。”

鶯啼序　用夢窗[①]韻

東風弄簾乍起，墮蛛塵罥[②]户。旋看取、梅蕚都稀，似惜春到遲暮。記瑶殿、霏霏雨雪，生香帶暖依瓊樹。驟陰晴，芳徑還過，但飄狂絮。

小閣初筵，醉裏暗眼，惱玉煙綺霧。妒蛾怨、棲蝶深叢，那時曾秘情素。繡芳華、無生恨切，費多少、春蠶冰縷。甚扁舟，空泛煙波，等閑鴛鷺。

登樓望極，去國愁多，四方正兵旅。別後歎、輕孤蘭盼，未損英氣，萬里相開，晦明風雨。新亭忍淚，功名非願，闌干還見垂楊陌，况流波、漲綠臨江渡。從來總說，吴城老却今生，底緣更離鄉土。

沉吟舊曲，打疊新詞，付麝煤染苧。便待與、西窗同展，對影青鸞，鬟鬌[4]雲迷，笑低花舞。經時事往，應無人記，逢春把酒愁意緒，訴離悰、此日憑弦柱。唯思隔久橫塘，畫檝來遊，尚能認否？

注：①夢窗：南宋詞人吴文英（號夢窗）。②罥：掛。③鬌：下垂。

長亭怨慢

暗銷盡、金鑪沉炷。是處相望，綠窗朱户。雨冷雲温，鳳吟鸞盼，渺何許？玉房[1]深掩，偏不耐、春寒沍[2]。弄笛裏陽關，驚散落、江梅無數。　雪住。共泥香消後，漸漸化爲飛絮。遊人易老，幾禁得、綠陰芳樹？萬一是、緩緩花開，怕塵陌、歸來迷路。算猶有高枝，忘了流鶯啼處。

注：①玉房：閨房的美稱。②沍：寒冷。

三姝媚　墨蘭

旭初瓶供淡綠、淺黄、深紫三色蘭花，就中紫者尤異，俗呼爲墨蘭，因託詠焉。

空山春又到。正香清無人，綺窗初覺。誤説緗梅[1]，記絳綃籠夢，珮環聲杳。淺碧輕黄，都未稱、伊人幽窅[2]。染就深痕，偏異沅湘，衆芳情貌。　春事人間還早。怪暗色經塵，卷中人老。邃谷[3]年華，賸幾安弦柱，遍依新操。算結同心，應自有、東皇[4]知道。待與臨池燈畔，容光更好。

注：①緗梅：淺黄色梅花。②幽窅：幽微深遠。③邃谷：幽深的山谷。④東皇：即“東王”，指汪東（旭初）。據説，民初國學大師章太炎曾仿太平天國制度將幾名得意弟子戲封爲王（一説“五王”，一説“四王”），其中汪東被封爲東王。

一絡索

不憒檻花初發，舊香都歇。十年長是被春抛，甚夜夜、人如月。　　一任素衣塵黦[1]，不緇[2]霜髮。此心浩蕩逐江流，總付與、閑鷗没。

注：①塵黦：黄黑色的泥污斑點。黦，黄黑色。後蜀毛熙震《後庭花》詞："自從陵谷追遊歇，畫梁塵黦。"②緇：染黑。

蝶戀花

商略眼中雲錦字[1]。日射疏櫺，花影分明是。病裏關心寒暖事，羅衾毳[2]被從頭記。　　一向韶光東逝水。過了清明，更覺情懷異。飛絮漸多花滿地，樓臺還對平蕪起。

注：①雲錦字：對他人書信的敬稱。唐代李白《以詩代書答元丹丘》："青鳥海上來，今朝發何處。口銜雲錦字，與我忽飛去。"②毳：鳥獸的細毛。

朝中措

錦函香息别來殘，短枕夢痕寬。依舊踏青挑菜，春衣可耐輕寒。　　緑楊風起，萬絲金縷，齊上闌干。不是晴和天氣，蝶蜂鬧也應難。

虞美人

黑頭六十非年少，霜鬢添還早。榴花紅上酒樽來，此際漫相嘲弄、玉山頹。　　平生未苦功名絆，也少風流伴。經綸總付墨池多，再寫麻箋十萬、看如何！

水調歌頭　壽于公

官府豈公重，文彩邁群賢。此生富貴壽考[1]，閭里預爲言。掌領柏臺霜肅，却佈春臺[2]和政，氣備四時全。大老正天下，愷悌萬民安。　　舊鄉事，最堪憶，更堪傳。相逢少小，遊侶白髮映紅顔。見説三原酒好，正是梨花釀熟，一醉足清歡。

再拜爲公祝，長樂復長年。

注：①壽考：年高，長壽。②春臺：中國古代官署禮部的别稱。

玉堂春

無多芳草，誰信天涯春早？是處流鶯，又弄新簧。最憶東園[1]，柳徑初過雨，一院輕陰護海棠。　　珠箔[2]飄鐙前夜，翻教春夢長。零落梁泥，未定新巢燕，禁得楊花爾許狂。

注：①東園：泛指園圃。晉代陶淵明《停雲》詩："東園之樹，枝條再榮。競用新好，以招餘情。"②珠箔：珠簾。唐代李白《陌上贈美人》詩："美人一笑褰珠箔，遥指紅樓是妾家。"

定風波

旋看飛紅化作泥，雨餘幽草碧萋萋。陟嶝[1]穿林山徑滑，愁殺。新晴又聽竹雞啼。　　已爲落花成小病，休更，春光猶在夕陽西。昨夜夢尋江上路，如故，兩行煙柳暗長堤。

注：①嶝：山上可攀登的小路。

鳳銜杯

分明同宴還同醉。便忘了、别離滋味。放下金樽，更曲闌同倚。流不盡，春江意。　　水天長，帆影細。怕衹有舊鷗[1]能記。惱亂春來何限、笙歌地，不遣歡情至。

注：①舊鷗：舊鷗鳥，借指志同道合的老朋友。宋代張炎《八聲甘州·記玉關踏雪事清遊》詞："向尋常、野橋流水，待招來，不是舊沙鷗。"

阮郎歸

流鶯久囀蝶交飛，看花人未歸。去年風暖百花時，爲花留住伊。　　枝裊娜，葉低垂，芳華都付誰。斬新草色上春衣，盡闌春晝遲。

西平樂　匪石[1]來鑑齋，留一日，談讌歡甚，歸賦此調見示，因用柳屯田韻奉酬

是日還逢是夕，落莫閑心緒。隨喜文期酒會，翻覺平生勝賞，都付從來舊雨。銷凝此際，愁黯江雲隴樹。且延佇。心事遠、堪細語。　　漭浪春深故國。晛睆[2]鶯遷繡谷，好趁芒鞋去。便攬結、狂朋散侶。搴芳作珮，采藍盈匊，應盡是、繫情處。莫説良時易度。小窗自剪，殘燭唯聞杜宇。

注：①匪石：作者好友陳匪石（1884—1959），名世宣，江蘇南京人。曾任國民政府工商、實業、經濟部參事，抗戰時隨政府機關西遷重慶。著有《論詞雜著》《陳匪石先生遺稿》等。②晛睆：形容鳥的毛色美麗或聲音清和圓轉。

鷓鴣天

病裏逢春不當春，風飄雨散静無塵。年時總被楊花惱，今日楊花似避人。　　山隱隱，水粼粼，更無一事最清新。無端夢過江南岸，十二珠樓[1]起暮雲。

注：①十二珠樓：指傳説中天上白玉京城的十二樓閣。唐代李白《經亂離後天恩流夜郎憶舊遊書懷贈江夏韋太守良宰》詩："天上白玉京，十二樓五城。"

塞孤　用柳耆卿韻

説春來，又是芳菲歇。碧草萋萋争發，幾許旅懷愁遠别。新過雨，川途滑。平林表、莽煙霞，幽徑裏、閑風月。甚樽中酒，依舊芳冽。　　獨倚百尺闌，乍見瑶宫闕。慘慘鵑聲啼徹。怎不教人歸思切，偏歲歲，逢佳節。江上水、緑如油，波浪至、還成雪。好風光、果爲誰設？

虞美人

東風情淺從來慣，偏向花間見。滿枝吹落總無餘，不管幾多、粉粉與朱朱。　　芳塘[1]也有人來往，是處停雙槳。岸花堤絮逐流波，便與東流、流盡奈愁何。

注：①芳塘：長滿樹木花草的堤岸。

生查子

楊柳岸邊樓，總伴春鶯住。儘是水東流，不解將愁去。　　都來一向愁，幾許閑情做。最好莫關情，恰有關情處。

渡江雲　用美成[①]韻

春江緣底事，水翻岸側，警鷺起眠沙。恨情生倦旅，到處因依，信宿[②]又移家。飛英作雪，更幾日、過盡芳華。憑試探、新來音訊，户外惱啼鴉。　　咨嗟。平蕪煙繪，亂柳風梳，記吴門白下。歡易闌、歌塵凝扇，鐙影籠紗。相逢應共瑶臺月，道阻長、愁望蒼葭。清夜怨，沉沉夢落檐花。

注：①美成：北宋文學家周邦彦（字美成）。②信宿：連住兩夜，也表示兩夜。《詩經·豳風·九罭》："公歸不復，於女信宿。"

南柯子

座上無餘醖，花間有斷鶯。輕雷乍過夕陽明，此際十年心事未能平。　　菰黍[①]依前熟，芸蘭分外清。水邊歌吹與誰聽？看取亂山當户暮雲横。

注：①菰黍：以菰葉包裹的粽子。宋代蘇軾《太皇太后閣六首》詩："朝來藉田令，菰黍獻時芳。"

阮郎歸

群山西住水東流，如斯更不休。迢遥天末起高樓，有人樓上愁[①]。　　直北處，是神州，何堪憶舊遊。春城草木望中收，微陰便似秋。

注：①迢遥天末起高樓，有人樓上愁：套用唐代李白《菩薩蠻·平林漠漠煙如織》詞"暝色入高樓，有人樓上愁"句。

歸朝歡

雨透風酣凉意足。更著輕雷如轉轂[①]。從來枕上有關山，卧遊仿佛經行熟。穩眠輕簟竹。蘭巾荇帶還相束。燕歸來，未成解愠，空把哀弦蹴。　水遠山長閑縱目。鵲噪鴉啼紛斷續。無人來往喜跫音[②]，誰知枉剖雙魚腹！把君詩卷讀。心情沉醉甘醽醁[③]。等閑聽，不如歸去，何日準期卜？

注：①轉轂：飛轉的車輪，比喻行進迅速。②跫音：指脚步聲。③醽醁：古代的一種美酒。

南柯子

紫燕巢珠閣，黄鸝坐綺筵。落花流水不相便，今夜風清月白似當年。　乘興開樽俎，隨時試管弦。舊來情分舊來歡，争信朱顔青鬢不如前。

玉樓春　擬小山[①]

朱樓依約春雲裏，樓上盈盈樓下水。四弦撥盡一簾風，未抵秋娘[②]沉恨意。　柳條荏苒扶難起，攬結青蕪空滿地。春光暗向酒邊來，春未醉時人已醉。

多時怕整遊春轡，南陌東城知此意。無情芳草色萋迷，有恨流鶯聲細碎。　春深便擬扶頭睡，晴日烘人渾似醉。算來已近落花天，未必緑楊風不起[③]。

注：①小山：北宋詞人晏幾道（號小山）。②秋娘：唐代歌伎常用的名字，泛指善歌貌美的歌伎。③未必緑楊風不起：套用宋代李清照《玉樓春·紅酥肯放瓊苞碎》詞“未必明朝風不起”句。

阮郎歸　食果偶有憶

微青李苦緑桃酸，甘瓜未入盤。餘情盡付荔支丹，輕綃[①]著手難。　楊柳岸，木蘭船，藕絲冰様寒。來禽[②]寫就有誰看？人情直等閑。

注：①輕綃：一種透明而有花紋的絲織品。②來禽：果名，一作“林檎”，即沙果。

采桑子

三年世事如翻水，歷盡滄桑。幾話興亡，看取乾坤百戰場。　江山勝處應無改，不負年芳。猶有垂楊，萬縷千絲引興長。

人間成毀原難料，莫著忙時。若有天機，待問天來衹自知。　平生弘願區區是，盡力爲之。組練[1]生輝，梭往梭來但一絲。

一花五葉天生就，衹是多情。莫道無成，腰石舂糧却最能。　從今會得西來意，鳥度雲横。未隔平生，無著天親本弟兄。

西方有美人如玉，美目揚兮。舞袖傲傲[2]，擅得擅場更莫疑。　琵琶也是春風手，呼喚來遲。遮面多時，弄盡當筵絶代姿。

妒餘衆女工謡諑[3]，阻絶蓬萊。鳳玄鸞猜，誤盡平生鴆鳥媒。　蜃樓海上参差起，八表陰霾。試轉輕雷，會見天闕詄宕開。

注：①組練：組帶。②傲傲：醉舞攲斜貌。③謡諑：造謡毀謗。

浣溪沙

青李來禽次第新，花飛鶯囀不辭頻，爲誰憐取眼前人[1]。　檻曲易遮長短恨，樽空難貯淺深春，隔簾脉脉望晴雲。

注：①爲誰憐取眼前人：套用宋代晏殊《浣溪沙·一向年光有限身》詞“不如憐取眼前人”句。憐取，愛慕、喜愛的意思。

喜遷鶯

蜂意鬧，蝶情慵，惆悵一春中。撩人鎮日滿簾風，舞斷石榴紅。　擕樽酒，歌楊柳，醒醉都難消受。不辭人散酒闌珊，獨自落花前。

浣溪沙

汗簟淪肌漂夢回，飆車疑誤轉輕雷，了無凉意上階苔。　永晝晴空雲絮少，斜窗夕照樹陰開，玄蟬著力唤秋來。

菩薩蠻

瀟瀟幾陣芭蕉雨，乍凉枕簟清無暑。摇夢一鐙青，歸舟煙浪生。　　平分鷗鷺喜，萬里清江水。過盡緑楊堤，香深荷葉低。

阮郎歸

高梧葉葉自翻風，秋情千萬重。雨餘凉吹入疏櫳，關山淺夢中。　　驚覺後，去年同，江流更向東。長波和月漾遥空，迢迢銀漢通。

千秋萬歲 ①

綺窗曉，景致從新辨。喜雨初收，寒猶淺。漸秋陽、照出芙蓉面，脂輕粉薄天然現。花弄巧，人含笑，歡滿院。　　芳樹瑶臺情所羡。地久天長花作伴。唯金英是霜中選。寫南山、倒影盈樽酒，年年此日排歌宴。千歲豔，萬年調，都翻遍。

注：①千秋萬歲：詞牌名。亦作“千秋歲引”“千秋歲令”。

鳳銜杯

白醪①可解人情性。不遣②向、花間常醒。蝶粉蜂香，亂嬉春衫影。更添個、黄鸝請。　　好風光，難比並。無奈是、舊時花勝。簾捲高樓，樓外江天迥。煙暖平蕪静。

注：①白醪：糯米甜酒。②不遣：不能消除，不能排遣。

解花語　波外翁見示上元翌夕和清真詞，因同賦

含姿絳萼，弄色輕綃，春霧和香射。練光明瓦。魚龍戲①、舞久露濃月下。笙歌豔雅。又幾許、靈珠入把？攜手歸、温倚薰籠，巧韻疏蘭麝。　　猶似年時苑夜。念金鼇玉蝀②，誰伴遊冶？寄愁書帕。添沉恨、正阻渡江胡馬。情懷異也。争忍待、燕來花謝。歡夢闌、閑過鐙期，拚綺筵都罷。

注：①魚龍戲：亦作“魚龍雜戲”。古代百戲雜耍節目。②金鼇玉蝀：亦作“金鼇玉棟”。橋名，位於北京城區北海與中海之間。

鷓鴣天　題行嚴《入秦草》

稠酒醺人意興加，秦川[①]風土儘堪誇。依前杜曲[②]通韋曲[③]，別是楊家接李家。　　開廣陌，走香車，長安市上舊繁華。欲從何事談天寶，萬古殘陽噪亂鴉。

注：①秦川：泛指今陝西、甘肅的秦嶺以北平原地帶。②杜曲：地名。在今陝西省西安市東南。③韋曲：地名。在今陝西省西安市南部。

玉樓春

當時未必輕相慕[①]，解道秦郎清麗句。十分樽酒更斟些，心字人人憑細注。　　顛狂醉舞瑶臺絮，日暖風和芳草路。遠山長傍彩雲横，曲水暗流明月去。

注：①當時未必輕相慕：套用北宋秦觀《無雙》詩“聞説襄江二十年，當時未必輕相慕”句。

玉樓春

多情芳草無情絮，遮斷天涯留不住。送春每上潤邊樓，總是子規啼日暮。　　晴川歷歷知何處，不見輕舟横遠渡。一江春水碧於天，閑付向來鷗與鷺[①]。

注：①一江春水碧於天，閑付向來鷗與鷺：套用明代楊基《寓江寧村居病起寫懷》詩“無數白鷗閑似我，一江春水碧於天”句。

浣溪沙

緑樹陰陰可奈何，相留相送一聲歌，當時人物本無多。　　蝶粉旋黏新蕊落，燕泥還共舊香和，夕陽欄檻瞰流波。

浣溪沙

小徑當時數落梅，鶯歌蝶舞鎮相催，豔陽節序付金罍。　花錦頻頻移檻楣，柳棉族族裹樓臺，經人行處莫重來。

臨江仙　癸未午日

江上年年逢午日，今番恨少榴花。銜泥海燕趁風斜。樽前無限意，青眼[1]對流霞。　偏是杭州新夢好，金盤仍薦枇杷。綵絲[2]角粽繫年華。當時誰解道？門外即天涯。

注：①青眼：表示喜愛或看重。《晉書·阮籍傳》："籍大悦，乃見青眼。"②綵絲：彩色絲綫，舊俗以彩絲爲端午日應節之物。

采桑子

溶溶流水依依柳，人在江南。人在江南，説著燕臺[1]意興酣。　丁香結子朱藤謝，孤負春三。孤負春三，莫問當時二月藍[2]。

注：①燕臺：指冀北一帶。②二月藍：學名"諸葛菜"，一年或二年生草本植物。五四時期，作者曾在《新青年》雜志發表新詩《公園裏的"二月藍"》。

玉樓春

悲歡似與人情遠，杜宇無聲鶯罷囀。夜蟲吟月亂雞鳴，孤枕夢回眠舊館。　落英芳草江南岸，細雨斜風三月半[1]。當時不道別離難，長日相看衣帶緩。當時有"可憐三月半，微雨濕東風"之句。

注：①細雨斜風三月半：套用宋代楊萬里《景靈宫聞子規》詩"斜風細雨又三月"句。

唐多令

臘雪懶驚梅。寒葩何意開。看夕陽、又下樓臺。清酒滿樽猶未飲，數聲笛，耳邊催。　　閑事費疑猜。江天無雁來。卧空庭、老樹蒼苔。誰緪[①]新弦彈月上？留照影，共徘徊。

注：①緪：擰緊。

泛清波摘遍　用晏叔原韻

凝香几小，押暖簾輕，閑事心頭尋味好。片紅堪惜，每喜花遲怨春早。　　芳堤道。風帆影裏，雨柳聲中，無數夢痕都過了。燕翼鶯吭，占得遊蹤恨多少！

靄雲渺。題字漫隨亂流，攬鬢正思芳草。長恁牽舟岸邊，霧昏花曉。　　故鄉杳。角粽舊節又逢，楊梅寄將難到。一例歌筵醉席，爲誰傾倒？

減字木蘭花

芳菲時節，容易繁紅看作雪。醉句狂篇，此計平生信是賢。　　黃鸝三兩，喬木空山堪勝賞。江上新來，色草連雲撥不開。

調寄少年遊　紅崖會飲[①]，分韻得“從”字，賦此以贈同座故人

紅崖盤磴[②]，輕風吹送，杖履略雍容。故人相見，豪情猶在，談笑酒尊空。　　人生此際，登高能賦，何好不吾從。但未白頭，及時行樂，常著少年中。

注：①紅崖會飲：指1944年6月4日劉成禺、靳志、潘伯鷹、沈尹默等二十九位文人在重慶紅崖村舉辦的雅集。當時大家以唐代詩人杜甫《聞官軍收河南河北》詩分韻賦詩，作者當場撰成此詞。②盤磴：盤曲而上的石級。

睿恩新　用《珠玉詞》[①]韻

未開梔子匀黃色，浸玉碗、瓊英[②]新拆。誤閑窗、夢乍醒時，認羅帳、舊來香息。　　寄與臨風脉脉，花露暗、带將愁滴？又天涯、蒲緑柳紅，看節序、端陽漸逼。

注：①《珠玉詞》：北宋文學家晏殊的著名詞作集。②瓊英：喻美麗的花。

浣溪沙　酬辱湛翁四闋

乙酉仲春，湛翁自樂山①寄書來，附小詞一闋。蓋山居寂寞，聊復陶寫，以遣幽憂。昔者小山自敘所作，謂爲樂府補遺。良以詞意所涉，皆古今來人人胸臆所蓄未經道出者耳，正是所遺非今日新有之事也。嘗思人情相去不遠，古之與今，南之與北，哀樂諒復相同，其間但有淺深之分，無根本之異。湛翁寂寞之心，正余懷所具，亦即衆感所必照者也。詩人每言解人難得，此自別是一事，若夫當情愜理，言必由衷，斯長言往復，自相契合，又安見其得解之難哉。

流急雙江瀉月明，路長三峽看雲行，月沉雲散意難名。　　鬢影緑回歌畔柳，花光紅醉酒邊鶯，但逢春日莫無情。

春到人間不計程，匆匆寒食又清明，閑愁芳草一時生。　　是處堂前逢語燕，幾時湖上伴歌鶯，柳堤花隖②最關情。

二月江南柳綫長，杏花微雨燕泥香，者般③光景怎禁當。　　往事易成今日恨，閑身應爲看花忙，非關杜老愛顛狂。

柳暖花寒意未和，時晴時雨一春過，當春樂事總無多。　　百折闌邊深淺酒，萬紅叢裏短長歌，人生不老待如何。

注：①樂山：抗日戰争時，國民黨當局批准在四川省樂山烏尤寺設立復性書院，並組織董事會管理書院事務。作者被聘爲書院董事，好友、理學家馬一浮（號湛翁）爲主講。②花隖：即花塢，位於杭州西湖西北的一處名勝。③者般：這般。

訴衷情　擬《珠玉詞》

留人不住送人行，煙柳望中青。春暖春寒朝暮，愁接短長亭。　　吟舊句，感今情，念平生。此時此地，多少風光，閑付啼鶯。

年年花下喜逢人，不道惜離群。駸駸長陌車馬，朝雨浥輕塵①。　　憑後約，證前因，更傷神。從今唯有，觸目牽情，嶺樹江雲。

故枝新有好花開，妍暖放春回。明年知在何處？相對且銜杯。　　人意好，莫疑猜，定重來。誰能辜負！楊柳和風，燕子樓臺。

注：①朝雨浥輕塵：套用唐代王維《送元二使安西》詩“渭城朝雨浥輕塵”句。浥，濕潤、沾濕。

蝶戀花

憑仗今情思往歲。花氣春濃，猶取人間媚。緑酒未傾歡已醉，朱弦可解當筵意。　去去[1]芳叢回繡袂。過眼飛紅，相送東流水。重疊遥山深淺翠，朝籠暮罨經行地。

注：①去去：越去越遠。

滴滴金　清明，用《珠玉詞》韻

雨晴草釀新香息，菜花黄、野煙碧。此際相看漸頭白，空有人相憶。　清明一向愁羈客，酌金罍、醉春色。滿目江山念離隔，况華年堪惜。

山亭柳　用《珠玉詞》韻

蓬轉[1]東川，趁風月閑身。貪醖美，鬥花新。巫峽至今無改，空勞暮雨朝雲。幾折巴江東去，還解殷勤。　江淹别賦流傳遍，當時一樣黯銷魂。牽情事，惜花人。爲愛天真爛漫，芳菲肯負穠春。青鳥不知人意，飛近紅巾。

注：①蓬轉：蓬草隨風飛轉。比喻人流離轉徙，四處飄零。

阮郎歸

娉婷百朵碧池蓮，香光樓閣鮮。滿樓風月會神仙，一觴千萬年。　調玉管，弄珠弦，新聲揚妙妍。歌詞更道藕如船，相攜彼岸邊。

踏莎行

絲竹銷憂，鶯花[1]送老。年年塵土長安道。日長風暖不逢人，山迴水轉迷芳草。　杜老清詞，蘭成新調。愁來讀更傷懷抱。柳煙濃處是江南，如今還説江南好。

注：①鶯花：鶯啼花開。泛指春日景色。

燕歸梁

江上花開趁蝶尋，拼買醉千金。困人晴暖又沉陰，能幾日、已春深。　　豔陽節序，鶯飛草長，相望到而今。子規夢裏擁輕衾，曉窗雨、覺來心。

虞美人　答湛翁見寄

林花慣作新裝束，競惹遊人目。層巒點黛水拖藍，處處煙蓑雨笠[①]似江南。　　飛紅已逐東流遠，莫道春還淺。光風[②]草際弄新晴，却向緑蔭濃處聽啼鶯。

清和時候憐芳草，眼底天涯道。江湖滿地滯行舟，歲歲門前春水接天流。　　明年擬辦東歸去，櫻筍堆中住。量船載酒恰相便，醉卧緑楊堤畔晚風前。

此生一任兵間老，莫負清尊好。衆禽百卉是吾鄰，看取一番風雨一番新。　　乾坤整頓知非易，也是尋常事。石林茅屋有灣碕[③]，與子平分風月復何疑。

注：①煙蓑雨笠：指蓑衣和斗笠。宋代蘇軾《書晁説之考牧圖後》詩："煙蓑雨笠長林下，老去而今空見畫。"②光風：雨止日出時的和風。③灣碕：彎曲的水岸。

踏莎行

草草杯盤，寥寥笑語。閑愁知有安排處。高花自在倚春風，無心低逐江流去。　　蝶舞方酣，鶯啼如故。青蕪没盡門前路。此間信美不如歸，爲誰更向他鄉住。

海國[①]長風，山城[②]苦霧。雲情縈惹江頭樹。人間能有幾多程，迢迢不斷天涯路。　　花底閑行，尊前小住。匆匆燕子來還去。尋常事已不尋常，年華總被東風誤。

注：①海國：近海地域。②山城：指重慶。

西江月　代簡

夢裏江山無恙，歸時花鳥欣然。從來樹下即門前，省識春風人面。　　遠道輕行萬里，於今又是三年。菊新松茂竹平安，乞得宫亭如願[①]。

豪興差同海岳，寫成十萬麻箋。寸縑尺素[②]盡論錢，却對端明[③]顔汗。　老去幾莖白髮，换來醉句狂篇。者般活計半忙閑，十二時[④]中流轉。

注：①乞得宫亭如願：意思是乞得宫亭湖之神所賜的婢女如願。宫亭，指宫亭湖（今鄱陽湖的一部分）。如願，女婢名。宋代黄庭堅《常父答詩有煎點徑須煩緑珠之句復次韻戲答》詩："政當爲公乞如願，作箋遠寄宫亭湖。"②寸縑尺素：指小幅字畫。縑，古代用作書寫的細絹。尺素，書寫用的一尺長左右的白色生絹。③端明：宋代書法家蔡襄。因其曾任端明殿學士，世稱"蔡端明"。④十二時：古代一晝夜分爲十二時，以干支爲記。

玉樓春

垂垂又見江梅發，空醉剛圓杯底月。誰家擫[①]笛唱陽關，落盡霜花終未歇。　江南驛路何超忽[②]，欲寄一枝春[③]好折。衝寒[④]湖上記曾過，門巷皚皚深尺雪。

注：①擫：以手輕按。②超忽：遥遠貌。③一枝春：指梅花。④衝寒：冒著寒冷。

玉樓春

年年長作梅花伴，花好未應和雪散。香寒意暖度春宵，銀炬高燒芳酒滿。　尊前花下情何限，衹惜舊人無一半。明朝有意好重來，但得看花休恨晚。

玉樓春

新來天氣陰晴半，風物不殊情繾綣。梅心綻白雪微微，柳眼回青春淺淺。　流光似水知難返，排日[①]賞花人漸换。看伊和淚舉離觴，淚滴空觴還自滿。

注：①排日：每天，逐日。

玉樓春

十年前事思量遍[①]，春夢未醒人未遠。酒邊舞態蝶翩翻，花裏歌喉鶯宛轉。　新詞一字情千萬，閑事閑情無計遣。春風江上且登樓，江水不如人意滿。

注：①十年前事思量遍：套用宋代吴潛《踏莎行·紅藥將殘》詞"盡將前事思量遍"句。

玉樓春

輕陰恰稱斟芳醞，薄醉閑慵何所恨。山桐初葉雨絲絲，江柳未花風陣陣。　池塘草緑添春韻，臨水依然青在鬢。心情可似舊年時，驛使[1]相逢頻借問。

注：①驛使：傳遞公文、書信的人。

燕歸梁

未必杯深抵意深，別恨重斟。東風吹暖舊園林，花灼灼、柳沉沉。　回梯欲下疑無路，遥凝佇、小樓陰。一年光景一年心，歎往迹、已難尋。

臨江仙

新燕交飛渾未慣，輸他舞袖輕盈。年年南陌復東城[1]。一尊花下，長記别時情。　麗日和風遊更好，朝來忘是清明。煙波江畔踏青行。春愁如草，已向岸邊生。

注：①年年南陌復東城：套用唐代王維《歎白髮》詩“何事與時人，東城復南陌”句。

一九四七年至一九四九年

金盞子

余與劉子季平清末邂逅於杭州，過從既久，詩酒相得。季平家華涇有黄葉樓[1]之勝，一往訪焉。斯人云亡，寒燠屢易，感今思昔，殆難爲懷。會繁霜[2]夫人命題其遺稿，因用夢窗詞韻賦此，觧以寄慨。

藏息[3]華涇，愛滿樓秋趣，頓驚黄落。天末故人稀，逢驛使，空吟句中芳萼。繫情最有幽蛩，老莓牆羅幄。贏得是聲名，半生湖海，鳳飄鸞泊。　西泠舊遊約。晚鐘動，移舟翠靄薄。無言但嗟逝水，恁年少豪情，總還空漠。飛飛曾是摩天，歌野田黄雀。擕清酒，屑乾儘許霑濡，費人斟酌。

注：①黄葉樓：劉三華涇舊宅名，也爲劉氏藏書樓。②繁霜：劉三夫人陸繁霜。③藏息：《禮記·學記》："君子之於學也，藏焉，修焉，息焉，遊焉。"鄭玄注："藏謂懷抱之；修，習也；息謂作勞休止之息；遊謂閑暇無事之爲遊。"原指張弛結合、勞逸适度的學習思想，後指學習起居。

金盞子　亂後[①]來湖上賦此，用夢窗韻

重到西湖，認傍湖邨舍，晚秋籬落。堪憶是孤山，尋菊徑、荒時故林梅萼。樹巢老鶴應歸，幾緑陰張幄。山繞水平鋪，駐影殘陽，小舟空泊。　湖上舊鷗約，臨波見，新霜染鬢薄。浮雲至今未改，任曉醉昏吟，水風漠漠。林間葉墜鏗然，有驚飛群雀。多少事，休問後日明朝，且傾尊酌。

注：①亂後：指抗戰勝利後。

西江月　湖上聽雨軒漫吟，呈湛翁

聽雨軒[①]中來暮，殘荷葉已無多。瓜皮艇子蕩平波，輕夢曉窗初破。　對面孤山無恙，乞漿不見頭陀。謂曼殊[②]。鳳林[③]鐘動意如何，漫道今吾故我。

四十年來舊侶[④]，八千里外生還。雙堤[⑤]緑樹故依然，著意西泠橋畔。　世事一枰棋局，人情方丈杯盤。孤山林下曉風寒，會見天心數點。

注：①聽雨軒：杭州西湖邊的一處樓閣。②曼殊：作者好友、詩人蘇曼殊。因蘇皈依佛門，故稱"頭陀"。③鳳林：指鳳林寺。舊址在杭州西湖北山街西端（今已不存）。④四十年來舊侣：指清末作者住在杭州，曾結交陳獨秀、劉三、蘇曼殊、馬一浮、錢恂、錢玄同、張宗祥等朋友。從清末至抗戰勝利後作者重遊西湖，約四十餘年。⑤雙堤：指西湖的白堤和蘇堤。

西江月　用湛翁見和"酡"字韻留别

小住居然三宿，此生已恨緣多。鷗邊旋旋起圓波，一任輕舟掠過。　把卷長吟意遠，舉觴一笑顏酡。有情風月奈伊何，閑處差堪[①]著我[②]。

注：①差堪：略可。②著我：意思是有自我，不依傍於他人。

浣溪沙　京滬道上[①]，晨車過陸家浜[②]，望中有作

秋盡江南未見霜，霧收原野半青黃，飛鳴群雀弄朝陽。　西子湖風吹縹緲，陸家浜水接微茫，車輪無盡轉迴腸。

注：①京滬道上：指南京至上海的路上。②陸家浜：又作“菉葭浜”，河名，位於今江蘇省昆山市東南，有京滬鐵路穿過。

浣溪沙

猶似明鐙照夜分，舊時月色眼前人，思量無語對鑪薰。　離席風花吟醉句，回車霜葉惜餘春，桃源何止可逃秦[①]。

注：①桃源何止可逃秦：意思是桃花源哪里衹可以逃秦。逃秦，猶避秦。東晉陶淵明《桃花源記》：“自云先世避秦時亂，率妻子邑人，來此絶境，不復出焉。”

菩薩蠻

菊勻紅粉清於綺，燈前會得霜中意。長記采芙蓉，所思千萬重。　海天雲蔽月，繞樹烏飛絶。寒夢雨凄凄，高樓聞曙雞。

玉樓春　和湛翁湖上春遊韻

湖水無聲流漫漫，百二韶光過又半。緑楊仍向大堤垂，芳草不關人世换。　多時未接鶯和燕，處處樓臺風雨遍。惟應花底自開尊，常恐酒添花已減。

滿庭芳　次韻答湛翁湖上送春

林緑分煙，岸紅沉水，風光宜雨宜情。至今湖上，猶著舊丹青。多少蘭舟過却，誰追惜、夢墜香零？一春事，悲歡休問，閑付與啼鶯。　心驚仍在眼，幾家樓閣，幾處池亭。借年時、別盞重析餘酲。倦客歸來懷抱，共堤柳、萬葉齊傾。相知意，七條弦上，山遠水泠泠。

燭影摇紅　和答湛翁

如此湖山，大堤儘有人來去。一春見慣是飛花，幾日閑風雨。　　把酒高樓日暮，醉沉吟、朱顔好駐。萬千哀樂，無限思量，知他何故！

王謝堂空，燕來又被風簾誤。畫檐蛛網黯銷魂，觸目江淹賦。　　猶有流鶯相與，傍雕闌、依依舊樹。晝遲人静，風暖寒消，濃陰迷路。

滿庭芳　感時賦此解，以示平君

梅子繁時，柳綿飄後，江南春事堪嗟。畫屏桃李，猶自用年華。未怪銜泥社燕，參差度、雨細風斜。陌頭[1]樹，兒童底事，飛彈打棲鴉。　　些些塵夢短，滄桑岸谷，猿鶴蟲沙。念五湖泛宅，遠海浮槎[2]。休問人間何世，紉蘭佩、芳意交加。仙源[3]好，溯紅未遠，洞口覓餘花。

注：①陌頭：路上，路旁。②浮槎：指木船。③仙源：借指風景勝地或安謐的僻境。

玉樓春　初食洞庭山[1]枇杷，味甚甘美，漫賦此，與權誦之

枝頭梅子輸黄色，堆著金盤相映白。去年云是小年成，惆悵江南晚歸客。　　尋常門巷無消息，冬葉春花空歷歷。多時酒畔惜餘酸，今日中邊翻似蜜。

注：①洞庭山：位於江蘇省蘇州市西南，太湖東南部。

玉樓春　邁士折贈園中紅玫瑰、白夾竹桃，賦此解謝之

玫瑰緑刺多丰韻，夾竹桃開新傳粉。春歸猶有賞花天，客舍荒園無可恨。　　多君勝事仍相引，折取繁枝情不盡。花罌静對闇生光，户外遊蜂槍蝶陣。

望海潮　喪亂未已，怨懷無託，倚聲賦此，用淮海[1]詞韻

懽蹤無據，閑情誰記？高秋慣醉黄華。簾底聽弦，樓頭縱日，霜空雁落平沙。何處舊停車？念亂山遥水，幽思頻加。日暮天寒，翠分修竹那人家。　　關河又起

悲笳。看飄殘紺葉，開到緗花。南嶠[2]遲春，西窗話雨[3]，吟懷盡委長嗟。燈暗曲闌斜。待風清月白，應誤啼鴉。未怪當時，任憑一盞送生涯。

注：①淮海：北宋文學家秦觀（號淮海居士）。②嶠：尖而高的山。③話雨：喻朋友敘舊。唐代李商隱《夜雨寄北》詩："何當共剪西窗燭，却話巴山夜雨時。"

千秋歲　壽平君[1]

菊筵開早，十月陽春到。尊前唱，千秋調。今朝猶昨日，自覺情懷好。人盡説，十年後更看年少。　　福分元非小，眼底無煩惱。公家事，今番了[2]。伴將仙鶴舞，索共梅花笑。偕隱計，紅顔緑鬢長相保。

注：①平君：作者繼夫人褚保權（號平君）。②公家事，今番了：指作者於1947年10月辭去國民政府監察院監察委員職務，自此鬻字爲生。

青玉案　飲茅臺酒，陶然有作

驅車峻阪[1]臨無地，合早作、歸休計。槃案之間聊卒歲。閑中風月，老來書畫，用盡平生意。　　西南酒美東南醉，萬里浮雲過吴會[2]。説著西湖仍有味。柳橋花港，是經行處，魚鳥還相委。

注：①峻阪：指陡坡。②吴會：古代吴郡（錢塘江以西的江浙地區）和會稽郡（錢塘江以東的浙江地區）之並稱。

最高樓　壽監察院院長于公七十

柏臺老，霜鬢雪髯髭，眉壽[1]古來稀。平泉草木他年記，帶湖風月自家詩。爲蒼生，終且置，竹和絲。　　早萬騎、指揮來靖國[2]。更萬井、綢繆流惠澤。閑裏著，謝公棋。龍從韓范[3]元邦彦[4]，雁行羅趙[5]亦人師。醉高歌，挑李□，祝期頤。

注：①眉壽：長壽，高壽。②早萬騎、指揮來靖國：于右任早年曾任陝西靖國軍總司令，率部三萬餘人。③韓范：指唐代文學家韓愈與宋代文學家范仲淹。④邦彦：指國家的優秀人才。⑤羅趙：晉代書法家羅暉與趙襲之並稱。

南歌子

爐已無餘醞，花間有斷鶯。輕雷乍過夕陽明。此際十年心事、未能平。　　菰黍依荷熟，芸蘭分外清。水邊歌吹與誰聽。看取亂山當户、暮雲横。

臨江仙　夜讀北宋人小詞有作

一向歡娱能有幾？春情秋思無窮。年來禁得落花風，百尊斟酌了，扶醉繞珍叢[①]。　　萬事古今休細論，大江淘盡豪雄。海塵[②]三見意匆匆，合將長笛起，吹恨月明中。

注：①珍叢：美麗的花叢。②海塵：亦作“滄海桑田”。神仙麻姑與王遠席間閑談，説她已看到東海三度變爲桑田，而今蓬萊海水又變淺，也許又將會變爲陸地。形容世事變遷反復。典出晉代葛洪《神仙傳》。

青玉案　偶憶杭州萬安橋上酒樓買醉情事，忽忽已四十餘年矣

萬安橋[①]上閑生事，仗杯杓[②]、相料理。茗艼[③]歸途人笑指。酡顔猶昔，情懷老矣，但未白頭耳。　　杭州好去仍歡喜，怕問當時舊鄰里。載酒買花誰辦此？平湖流夢，年年如是，月白風清裏。

注：①萬安橋：橋名。杭州市區横跨東河的一座單孔石砌拱橋，始建於明代。②杯杓：酒杯和杓子。③茗艼：即“酩酊”，形容大醉的樣子。南朝宋劉義慶《世説新語·任誕》：“山季倫爲荆州，時出酣暢，人爲之歌曰：‘山公時一醉，徑造高陽池。日莫倒戴歸，茗艼無所知。……’”

鷓鴣天

風雨重陽感最多，今年九日却晴和。一秋少菊仍思酒，幾輩登高且放歌。　　尋故事，歎流波，長房無術避兵戈[①]。到頭閉户凝然坐，奈爾追歡車馬何！

注：①長房無術避兵戈：意思是費長房無避兵戈之術。據《後漢書》記載，汝南人費長房曾得縮地術，又得仙人符，主地上鬼神，“後失其符，爲衆鬼所殺”。

臨江仙　上元後三日夜宴醉歸戲作

燈火闌珊簫鼓歇，匆匆過了元宵。脣乾口燥念來朝。春盤[1]生菜好，鄰里且招邀。　襟上又添新酒涴，輕狂莫漫相嘲。胸中壘塊[2]底須澆。逢場作戲耳，無意擬劉陶[3]。

注：①春盤：古代風俗，立春日以韭黄、果品、餅餌等簇盤爲食，或饋贈親友。②壘塊：即塊壘。比喻鬱積在心中的氣憤或愁悶。③劉陶：魏晉名士劉伶與文學家陶淵明之並稱，兩人皆嗜酒。

减字木蘭花　偶吟寄湛翁

酒邊花底，緑鬢朱顔今日是。待到來年，一樣春三二月天。　三長兩短，説與旁人渾不管。收拾西東，著向肩頭一擔中。

相逢俱老，惟有湖山依舊好。夢裏人間，總覺忙時勝似閑。　春風著力，開落千紅非所惜。莫是無情，斂目攢眉過一生。

一九五〇年

西江月　奉題魯庵[1]先生集印圖（秋）

丹鼎何如鍛竈，養生端在怡神。擲砂成米枉辛勤，且作鴻泥留印。　三萬六千夏日，才過一半青春。與君金石證前因，共醉蒲觴[2]芳醖。

注：①魯庵：張魯庵（1901—1962），浙江慈溪人，詩人、書畫家、篆刻家。②蒲觴：指端午節喝菖蒲酒以去除瘟疫之氣。作者與張魯庵皆生於農曆五月。

一九五三年

玉樓春 再題《白蓮圖》

未開先自愁摇落，四十餘年前寓居湖州詠瓶荷之句。叵耐當時情索莫[①]。年年風雨動江南，出水田田[②]魚戲樂。　　把君新卷香清若，萬朵紅蓮無處著。調冰雪藕豈尋常，雙槳來時猶似昨。

注：①索莫：亦作"索漠"，形容寂寞無聊，失意消沉。②田田：形容荷葉相連、茂密的樣子。

减字木蘭花 題文懷沙[①]《離騷今繹》（五月）

美人芳草，此語尋常都解道。争比靈均，文彩昭然歷劫新。　　蛟龍不起，汨水[②]至今清且瀰[③]。故事難忘，五月南風粽箬香。

注：①文懷沙（1910—2018）：當代紅學家、書畫家。②汨水：指汨羅江。公元前278年，秦軍攻破楚國郢都，屈原投汨羅江而死。③瀰：形容水深且滿的樣子。

一九五五年

千秋歲 周君常[①]醫師之母沈太夫人今年農曆八月廿二日九十九歲生辰，賦此奉祝（十月）

遐齡[②]王母，海上春長住。家居事，躬調處。年年稱慶日，輕健看歌舞。瑶池宴[③]，月華生處逢仙侶。　　昔共賢郎語，情誼逾親故。登堂拜，疏禮數。從新開歲月，萊彩雲仍伍。千秋歲，侑觴詞獻慈顔豫。

注：①周君常：原籍浙江湖州，爲上海名醫，醫學博士、兒科專家。作者與周氏的兩個兄長相交四十多年，情誼篤厚。兩兄長辭世後，怕母親沈太夫人悲傷過度，周君常精心侍奉左右，使老人終日怡然自得，得享高壽。②遐齡：老年人高壽的敬語。③瑶池宴：借指壽宴。

《穆天子傳》："乙丑，天子觴西王母於瑶池之上，西王母爲天子謡曰……"

一九五七年

南歌子　悼白石老人[①]（九月）

昔歎黄賓老，今悲白石翁。百年畫苑起秋風，到處蝦鬚蟹眼、得相逢。　國際聲名重，人間歲月豐。不隨湘綺舊樓[②]空，始信當年門客、勝王公。

注：①白石老人：指現代畫家齊白石，於1957年9月去世。②湘綺舊樓：即湘綺樓，晚清經學家、文學家王闓運的宅院。齊白石爲王闓運弟子，故有"始信當年門客、勝王公"句。

西江月　蘇聯發射第二地球衛星[①]，隨手寫成此詞（十一月）

又見衛星第二，規模六倍於前。蘇聯科技啓新編，星際學家驚歎。　聞道花旗玩具，成功還待來年。赫然有物在遥天，載着淮南仙犬[②]。聞美星設計之衛星纔十餘磅，比之蘇聯所製者，直當以玩具視之耳。

注：①蘇聯發射第二地球衛星：1957年11月3日，蘇聯發射第二顆人造地球衛星。②淮南仙犬：淮南王之升天仙犬。漢代王充《論衡·道虚》："淮南王劉安坐反而死，天下並聞，當時並見，儒書尚有言其得道仙去，雞犬升天者。"

一九五八年

減字木蘭花　題瑞金白塔[①]（一月一日）

瑞金白塔，歷劫不磨非佛法。獵獵紅旗，動定相關革命時。　贛江北海[②]，遥對交輝雙塔在。説與君知，此是興邦始業基。

注：①瑞金白塔：又名"龍珠塔"，位於江西省瑞金市西南贛江支流綿江河畔，始建於明代萬歷年間。②北海：指北京北海。北海的標志性建築爲白塔，此塔始建於清初順治年間。

减字木蘭花　歡迎金日成首相來華訪問[1]（十一月）

北京平壤，迎送歡聲同一暢。人物風流，相國於今尚黑頭。　朝中壁壘，保障和平無所畏。黃浦潮高，擬似同舟意氣豪。

注：①金日成首相來華訪問：1958年11月21日至28日，朝鮮金日成首相來華友好訪問。

一九五九年

哨遍　爲解放十年國慶日紀念作（七月）

爛爛卿雲[1]，旦復旦兮，萬象光明裏。喜神州，到處颺紅旗。更顯出江山宏麗。十年耳，非唯足兵足食，得民信任尤無比。問天下爲公，遵行大道，誰能實現茲事。有工人政黨具真知，是革命先鋒隊一支。克儉克勤，不矜不伐[2]，與人更始[3]。

嘻！今日何時，人民公社紛然起。農務爲之本，工兵商學相依。正遍地花開，東風拂面，何分原野與城市。讓煤鐵棉糧，琴棋書畫，一切皆超國際。齊肩快步進無已，信人世之美在於此。試泛覽千載，流觀四海都遍，如斯者有幾？聽取觀察之家，著文驚贊，杜波依斯[4]。同心同理固非私，不期然、皆大歡喜。

注：①卿雲：即慶雲，一種彩雲，古人視爲祥瑞。《竹書紀年》卷上："十四年，卿雲見，命禹代虞事。"②不矜不伐：形容謙虛謹慎。③更始：重新開始。④杜波依斯：美國黑人知識分子，支持中國人民的解放事業和社會主義建設事業。1959年初，杜波依斯訪華，並於同年4月6日至11日訪問上海。

一九六〇年

齊天樂　迎春一首，用王聖與[1]詞韻

東風第一枝頭見，人間豔傳花葉。暖動葭灰[2]，寒銷臘鼓[3]，又到迎春時節。關情最切。聽千萬歡聲，競歌新闋。做就繁華，河山錦繡更奇絕。　工農多少勝事，仗萬能妙手，困難誰説。煤鐵加番，棉糧增值，躍進經年無別。累累果結。待各取

所需，滿筐堪折。祖國榮光，白窮消似雪。

注：①王聖與：南宋詞人王沂孫（字聖與）。②葭灰：葭莩之灰。古人燒葦磨成灰，置於律管中，放密室内，以占氣候。某一節候到，某律管中葭灰即飛出，示該節候已到。③臘鼓：古人於臘日或臘前一日擊鼓驅疫，故名。

臨江仙　張閬聲[①]七十九歲生日索詩，戲成一首奉贈（四月）

瀟灑風流張子野[②]，平生觴詠[③]相娱。新遮眼法是抄書。神仙三食字[④]，橐籥[⑤]一舟爐。　七十九年人事改，仍教伴着西湖。太平風物勝當初。柳堤曾試馬[⑥]，五十年前舊事。花港且觀魚。

注：①張閬聲：作者好友張宗祥（1882—1965），字閬聲，號冷僧，浙江海寧人，現代學者、書法家。②張子野：北宋詞人張先（字子野）。③觴詠：飲酒賦詩。④神仙三食字：亦作“三食神仙字”。形容飽學之士瀟灑若仙。唐代段成式《酉陽雜俎》：“據《仙經》曰，蠹魚三食神仙字，則化爲此物，名曰脉望。”⑤橐籥：古代冶煉時用以鼓風吹火的裝置，猶今之風箱。⑥柳堤曾試馬：清末作者與張宗祥同在杭州，曾一起策馬西湖柳堤之上。

一九六一年

减字木蘭花　三月一日文史館即席賦，爲農事祝福（三月一日）

風光悦目，春水拖藍山翠簇。望麥成秋，著意田間管理儔。　倉盈珠玉[①]，雀自飛來追也逐。順雨調風，寫就宜年帖子紅。

注：①珠玉：此處借指糧食。

西江月　爲蘇聯發射載人宇宙飛船成功，歡欣贊歎而作（四月）

星際旅行開始，蘇聯直接遥空。加加林[①]氏立頭功。宇宙飛船迎送。　政治優先科技，方能顯此神通。東風繼續壓西風，世界和平可頌。

注：①加加林：蘇聯宇航員。1961年4月12日，加加林乘坐“東方一號”宇宙飛船啓航，環繞地球一圈後安全返回地面，完成了世界上首次載人太空飛行。

千秋歲　用辛稼軒詞韻爲“七一”建黨節四十周年紀念而作（六月）

向陽花草，總覺精神好。從塞上，通江表[①]。山河明氣象，大地騰歡笑。人民黨，今年四十歌難老。　魔障[②]全摧倒，幸福人間到。看成就，真非小。合群創造力，鼓舞乾坤了。新路綫，五洲十世供參考。

注：①江表：指長江以南地區。②魔障：道教、佛教用語。原指修行中由惡魔所設的障礙，泛指由别人所致的波折、磨難。

减字木蘭花　九月廿六日人民廣播電臺邀請文史館諸老人吟詠古體詩詞録音，以備國慶十二周年慶祝節目之用，即席口占二首

高吟低唱，萬紫千紅同日放。換了人間，莫笑諸翁學少年。　古爲今用，李杜蘇辛人所重。轉益多師，總覺新知勝故知。

青年朋友，聽了莫徒開口笑。北調南腔，不是一般歌舞場。　古人往矣，活力依然詩句裏。生意無涯，老樹逢春也著花。

菩薩蠻　國慶十二周年紀念節日感興賦得小詞一闋，作爲節日禮物，敬獻給黨（九月三十日）

茫茫原野星星火，紅旗展處東風大。不朽井岡山，長征人已還。　成城六億志，換了人間世。日月更光華，繁榮革命花。

水調歌頭　今年國慶前夕有雨，晨即放晴，喜而有作，用東坡詞韻（十月二日）

一雨洗塵土，萬里見青天。十二春來秋去，功業邁千年。千萬高樓廣厦，不怕迅雷風烈，不怕雪霜寒。漫説天堂好，公社起人間。　繁華境，花的皪，草芊綿[①]。徹雲萬衆歡唱，腔與月争圓。那管天不做美，衹要人能立志，煉石補天[②]全。請看今朝事，人物最嬋娟。

注：①芊綿：形容草木茂盛、繁密。②煉石補天：古代神話傳説，比喻竭力挽回頹勢。《淮南子·覽冥訓》：“往古之時，四極廢，九州裂，天不兼覆，地不周載……於是女媧煉五色石以補蒼天。”

一九六二年

減字木蘭花　一千九百六十二年元旦試筆

千紅萬紫，總在東風圈子裏。旋轉乾坤，更要堅强一輩人。　六十年代，大好工農新世界。還看今朝，六億神州盡舜堯。

阮郎歸　上海市文學藝術工作者第二次代表大會[①]開幕，喜而有作

鶯飛蝶舞草芊眠，百花爭妙妍。江南春水好行船，米家書畫攤[②]。　茶座敞，集群賢，莊諧相後先。清和光景太平年，歡情入管弦。

注：①上海市文學藝術工作者第二次代表大會：1962年5月9日至16日在上海友誼電影院舉行。作者參加了此次會議，並被推選爲市文聯副主席。②米家書畫攤：亦作“米家書畫船”。北宋書畫家米芾曾任江淮發運，於船上揭牌曰“米家書畫船”，遂成佳話。宋代黄庭堅《戲贈米元章二首》詩：“滄江静夜虹貫月，定是米家書畫船。”亦泛稱文人學士的遊船。

定風波　一九六二年六月十日太湖泛艇[①]，賦此遣興

軋軋機輪放艇行，晴風拂水浪微生。欲訪陶朱[②]尋故事，誰是？蠡湖今日十分平。　遠近峰巒迎送慣，湖畔。煙波萬頃記初程。八十年光人未老，一笑，攜家來此看雲橫。

注：①太湖泛艇：1962年6月，作者攜家人赴無錫太湖避暑，“宿太湖飯店，乘汽艇，遊蠡園，沈老高興萬分，作《定風波》詞一首”（褚家立《我的回憶》）。②陶朱：指陶朱公范蠡。相傳越國大夫范蠡助越滅吴後，功成身退，偕西施泛舟蠡湖（五里湖）。

定風波　國慶獻詞

丹桂香中醉月圓，清秋雲散愛江天。菊酒更添新甕滿，如願。田家準備慶豐年。　佳氣東南連大有，非舊。遠方觀國集群賢。四海從他寒暖異，同氣，斟寒酌暖共欣然！

水調歌頭　論學二王法書，文字寫竟，用後村[①]詞韻跋尾自嘲

多暇實非易，勝事每相關。群鴻遊戲雲海，几净硯差安。未入山陰道上，已自不遑接應，猶看白鵝還[②]。妄欲換凡骨，是處覓金丹[③]。　柿葉紅，蕉葉緑，付叢殘。老僧饒日枯寂，門限鐵爲閑。後五百年休問，十二時中須管，坐席幾曾寒？映及霜崖兔，不得老崇山。

注：①後村：宋代詩人劉克莊（號後村）。②白鵝還：指東晉書法家王羲之用抄寫的《黄庭經》跟老道士換取兩隻大白鵝的故事。唐代李白《送賀賓客歸越》詩："山陰道士如相見，應寫黄庭换白鵝。"後來有人稱《黄庭經》爲《换鵝帖》。③妄欲换凡骨，是處覓金丹：源自成語"金丹换骨"，比喻創作進入造詣極深的頓悟境界。

水調歌頭　端陽節近，仍用前韻賦以遣懷

八十逢重五，又過一年關。脊梁竪起[①]猶可，修竹報平安。幼時瘦挺，吾父戲呼之爲竹竿。現在休輕放過，來者必須趕上，往者莫追還。聆善仍牢記，差勝老師丹[②]。

詩言志，書記事，接遺殘。存誠善世吾分，邪思所當閑。老矣頭還未白，留住少年叢裏，共歷歲時寒。解聽心弦響，流水復高山。

注：①脊梁竪起：亦作"竪起脊梁"，比喻振作精神。②師丹：西漢大臣。因屢次上書，不合帝意，遭免官廢爵。《漢書·師丹傳》："師丹字仲公，琅邪東武人也。治《詩》，事匡衡。"

减字木蘭花　題寄庵詞卷二首（十一月十三日）

蘋花槁畔，可奈垂楊鴉噪晚。却話巴山，聽雨焚香未是閑。　生花筆在，老玄聲名猶可愛。長住吴城，從古詞人最有情。昔歲遊蘇州，適寄庵在南京，因憶之。有詩云："白門楊柳暮藏鴉，誰信詞人不憶家。車馬自來仍自玄，蘋花槁畔夕陽斜。"

翰林風月，千載如斯何用説。舊樣翻新，看取嶔崎一代人。　蘭蒼碧海，翡翠鯨魚咸自在。裝點河山，正要新詞被管弦。

水龍吟 應西泠印社之邀來湖上，用稼軒詞韻，賦呈與會諸公（十二月）

印人皖浙分疆①，千秋各有風雲際。承先啓後，趙侯②袖腕，吴翁③簪髻。更看孤山，西泠結社，莘莘諸子，到六十年代，昇平今日，才滿足、復興意。　久罷遊湖笠屐，最關心、老梅開未。薄蔭籠水，同雲釀雪，新來天氣。高閣筵開，遠方朋至，豪情堪此。待春來，聽取流鶯笑語，收花間淚。李義山詩云：“鶯啼如有淚，爲濕最高花。”

注：①印人皖浙分疆：篆刻藝術始於明代，盛於清代中期，分爲浙派和皖派。前者以丁敬爲代表，後者以鄧石如爲代表。②趙侯：指清代書畫家、篆刻家趙之謙。③吴翁：指晚清民國時期書畫家、篆刻家吴昌碩。

浣溪沙 湖上客舍，與豫卿閑話因贈（十二月）

小雪霏微集却難，風來湖上暮增寒，此時説酒便欣然。　四合岡巒温舊夢，萬重樓閣改新觀，即論小住亦前緣。

卜算子 讀日報有作，用稼軒詞韻

見首便稱龍①，伏櫪②終爲馬。八十年來世路間，多少經過者。　弦曲直於鈎③，玉碎全於瓦④。真理分清是與非，不畏群言也。

注：①見首便稱龍：源自成語“神龍見首”。指詩文跌宕多姿。②伏櫪：意思是馬被放進馬棚裏餵養。用爲壯志未酬、蟄居待時的典故。③弦曲直於鈎：源自“弦直鈎曲”，用爲詠忠奸兩種人品之典。典出《後漢書 · 五行志》。④玉碎全於瓦：源自成語“玉碎瓦全”，比喻寧願犧牲生命，也不苟且偷生。

一九六三年

品令 雷鋒同志頌

看雷鋒，真是個一代青年榜樣。做萬般人民新事業，幹勁足，有方向。　不願矜誇先進，不圖一身安享。衹知道、忘我埋頭去，緊緊地、跟著黨。

醜奴兒近　三月十一日欲有所作，適讀稼軒效易安體[①]《醜奴兒近》詞，因借其韻成之

一場會晤，聚散匆匆兒價。怕問訊勞人，恰好供招自畫。兩全衣鉢[②]，要搞毀積善之家[③]。甘心向敵投降，來個用夷變夏。　口不應心，以和爲貴，教人血灑。風雪街頭，不像平常清暇。衆眼分明，看弔桶、七上八下。這回把戲，玩得特好，還説甚話？

注：①易安體：宋代李清照（號易安居士）所作詞别樹一幟，號爲“易安體”。②衣鉢：原指佛教中師父傳授給徒弟的袈裟和鉢，後泛指傳授下來的思想、學問、技能等。③積善之家：指不斷行善之家，可使德澤延伸，子孫必蒙福祉。

水龍吟　參加上海市文聯擴大會議後有作（五月）

吹開頭上烏雲，乾坤浩蕩東風裏。大家接過，雷鋒槍桿，武裝自己。還有八連[①]，一塵不染，身居鬧市。願傾心學習，全心創作，無産者、新文藝。　革命進行到底，把紅旗、高高舉起。亞非風暴，拉美火焰，震驚天地。相互支持，人民億萬，同聲同氣。看東方日出，百花争豔，换人間世！

注：①八連：指“南京路上好八連”，是國防部授予中國人民解放軍上海警備區警備團三營八連的榮譽稱號。

沁園春　用劉後村詞韻，賦此遣興

千古紛紜，幾輩狐裘，幾人緼袍。歎一車兩馬，棲遑道路，浮家泛宅[①]，震蕩波濤。遷客多憂，勞人易感，不寫風詩即賦騷。知何世，聽雞鳴犬吠，虎吼狼嗥。　丘墟没盡蓬蒿。便葬送成名豎子曹。看風流人物，英雄事業，足兵隴畝，足食隰皋[②]。不數漢唐，即令歐美，敢與神州試比高。齊歡唱，有飛昇靈藥[③]，益壽蟠桃。

注：①浮家泛宅：以船爲家，在水上漂流。形容生活漂泊不定。②隰皋：水邊低濕之地。③飛昇靈藥：指神話傳説中嫦娥偷吃靈藥奔月成仙的故事。

采桑子　（十一月）

眼明今日湖州路，原野秋陽。新樣風光，清遠湖山見故鄉。　太平時代人難老，八十尋常。文藝逢場，要爲工農服務忙。

西江月　喜聞十一月一日我空軍某部在華東地區上空又擊落美製蔣匪 U-2 飛機一架，解放軍戰士又一次立了保衛祖國之大功

赤縣和平領域，不容U2機來。既來休想再逃回，在我掌心之内。　前犯已加懲處，繼行打更應挨。智仁忠勇展長才，請看人民部隊！

沁園春　毛澤東主席七十祝辭（十二月）

一柱擎天，萬里無雲，四海無波。喜紅旗揚起，乾坤浩蕩，東風拂遍，遐邇融和。六億人民，同登壽域[①]，見者驚誇安樂窩。國慶日，聽天安門外，動地謳歌。

神州大好山河，人更覺、今朝壯麗多。看馬列真文，功高粟帛，孫吴神武，力止干戈。玄圃[②]桃繁，仙山棗大，松柏長青帶蔦蘿[③]。無私頌，爲群倫[④]祝福，歡醉顔酡。

注：①壽域：謂人人得盡天年的太平盛世。《漢書 · 禮樂志》："願與大臣延及儒生，述舊禮，明王制，驅一世之民，濟之仁壽之域，則俗何以不若成康？壽何以不若高宗？"②玄圃：神話傳説中昆侖山頂神仙居住的地方。③蔦蘿：蔦蘿與女蘿，兩種蔓生植物的合稱。比喻關係親密，寓依附攀緣之意。④群倫：同類或同等的人們。

一九六四年

一枝花　甲辰春節老人宴集席上作，用稼軒醉中戲作韻

東抹西塗手[①]，北調南腔[②]口。襟懷寬幾許，量升斗。便好向人間，談説前和後。萬事看長久，任愚智仙凡，隨處是非總有。　且莫要、臨河鷟面皺。往往空搔首，看有時、自遠來朋友。儘一向歡娱，未必無然否。風亞門前柳，似笑先生，悟妙理

還須濁酒。

注：①東抹西塗手：原指婦女塗脂抹粉，著意妝飾，後多指隨意書寫和評論的人，多用作謙詞。此句套用金朝元好問《論詩》三十首“世間東抹西塗手”句。②北調南腔：亦作“南腔北調”。原指戲曲的南北腔調，後形容説話口音不純，雜著方言。作者祖籍浙江歸安（今屬湖州市），出生於陝西漢陰。從青年時代開始，先後在浙江、北京等地生活，後來又長期居住在上海，故説話帶南北口音。

一枝花　歲末京中宴集作，仍用前韻

莫管八叉手[①]，或者三緘口[②]。世間原具備，量才斗。看盧駱楊王，何事争前後。名利迷人久，把枷鎖打開，一切於人何有。　　億萬遍、風來水面皺。值得頻回首，多交些、直諒[③]工農友。解觀過知仁，且識是中否。割却肘間柳[④]，治病救人，共暢飲、回春暖酒。

注：①八叉手：唐代詩人温庭筠才思敏捷，考試作賦時叉手構思，叉八次手就賦成八韻，因而人稱“温八叉”，簡稱“八叉”。形容才思敏捷。典出宋代孫光憲《北夢瑣言·温李齊名》。②三緘口：亦作“三緘其口”，謂言辭謹慎。唐代權德輿《誡言》：“方寸雖浩然，因之三緘口。”③直諒：正直誠信。④肘間柳：亦作“肘生柳”，比喻疾病等意外變化。典出《莊子·至樂》。

一九六五年

一枝花　乙巳春節宴集，仍用前韻賦此（二月二日）

大道同攜手，歌唱同開口。六條標準[①]在，仰山斗[②]。看年已先人，豈可甘人後。建設須長久，仗接力青年，能者行行都有。　　那管他、肌膚枯且皺。莫作群龍首，願結爲、歲寒松柏友。共切磋琢磨，明辨然和否。任是閑蒲柳[③]，一拂東風，生意暢、沉酣醴酒。

注：①六條標準：指毛澤東在《關於正確處理人民部内矛盾的問題》中所提出的分辨是非的六條政治標準。②仰山斗：如仰望泰山北斗一樣敬仰某人。山，指泰山。斗，指北斗。③蒲柳：又名“水楊”，一種落葉灌木，秋天早凋。古人常以喻未老先衰或體質衰弱。

滿江紅 今日作此詞，寫寄覽正。此致《人民日報》編輯室同志敬禮（二月十二日）

衛國保家，衆志成、銅牆鐵壁。紅旗舉、人民高興，妖魔嗥泣。射日豈輸後羿績，移山真比愚公易。仗神州、六億一條心，銷鋒鏑。　　全世界，風雷急。强盜伙，末日迫。蘑菇雲騰起，非一朝夕。資滅無興爭不已，乾旋坤轉情尤激。把革命、徹底進行來，誰能敵！

西江月二首 爲中共中央防治血吸蟲病九人小組[①]作（九月十九日）

血吸蟲雖渺小，侵人便致沉疴[②]。傷農害織歉收多，影響民生實大。　　除惡從根著手，先須普滅釘螺。全民力量勝華佗，豈讓瘟神逃過。

黨爲人民造福，九人防治組成。不容蟲害更流行，保障農村繁盛。　　除盡天災人禍，環球同此昇平。東風吹放柳條青，現出人間仙境。

注：①中共中央防治血吸蟲病九人小組：成立於1955年11月，組長爲時任中共上海市委書記柯慶施，副組長爲時任上海市委副書記魏文伯和國家衛生部副部長徐運北。②沉疴：久治不愈的病。

少年遊 參加市人民代表大會及政治協商會議後欣然有作

東風吹動四時春，萬象競更新。工農革命，風流人物，能武又能文。　　神州好様爭傳頌，無敵是新民。領空領海，域中域外，不怕起風雲。

卜算子 爲國權兄題端硯硯銘，戲用稼軒《卜算子》詞韻

翻起墨池龍，驚動文林馬。火捺[①]青花[②]備衆妍，西洞[③]之佳者。　　唐楷或研泥，漢隸應磨瓦。青石吴興[④]炫晉賢，不及端溪也。

注：①火捺：也稱“火烙”，端溪硯石石品之一。②青花：端溪硯石石品中之精華。③西洞：指端溪老坑之大西洞，爲近三百多年出石最佳的硯坑。④青石吴興：指吴興青石圓硯。宋代趙構《翰墨志》：“宋虞龢論文房之用，有吴興青石圓研，質滑而停墨，殊勝南方瓦石。今苕霅間不聞有此石硯，豈昔以爲珍，今或不然？”

一九六六年

西江月　華東醫院手術[①]後遣興（二月廿一日）

八十四年虚度，不應了此餘生。百年醜樹又逢春，著朵花兒俏甚。　從此滌腸洗髓，誓將舊染除清。肩挑手做學猶能，一切爲了革命。

注：①華東醫院手術：作者於是年1月25日（農曆正月初五）因病入上海華東醫院治療，醫生診斷爲腸梗阻，需住院手術，一個多月後纔恢復健康。

減字木蘭花　瞿禪[①]題《秋明長短句》[②]稿見寄，即用其韻奉答

風流言笑，九域[③]歡心連海表[④]。歌動塵驚，調利天然叶四聲。　東吴西蜀，傾蓋無緣情漠漠。卷裏相逢，微尚猶堪識此翁。

尋常談笑，隨喜莊諧超意表。新樣堪驚，試聽今朝雅頌聲。　八年巴蜀，酒食紛紜情淡漠。無處重逢，苦憶樽前抱石翁。當時同座中，傅君抱石已逝世。

注：①瞿禪：夏承燾（1900—1986），字瞿禪，浙江温州人，當代詞學家。早年執教於之江大學、無錫國學專修學校、浙江大學。中華人民共和國成立後，任浙江師範學院、杭州大學教授。②《秋明長短句》：作者所作詞集。③九域：即九州，指全中國。④海表：猶言“海外”，指國境以外之地。

清平樂　（五月三十日）

鶯花過了，翻覺清和好。無限風光湖上[①]道，人與天俱難老。　風流人物今朝，不數前朝舜堯。幾輩瘟神送盡，十年誰許磨刀。

注：①湖上：指杭州西湖。作者於1966年初在上海華東醫院住院手術後，抵杭州療養。

青玉案　晨起至柳浪聞鶯，適有黄鸝鳴於樹間（六月六日）

柳陰濃處鶯聲老，春已去、人遲到。昨日湧金[①]今更好。清和時節，湖山佳麗，處處多香草。　江南名勝知多少，千古風流人物渺。舊樣翻新咸樂道。歌臺舞榭，

英雄輩出，始信人間妙。

注：①湧金：指湧金門。爲古代杭州西城門之一，是從杭州城裏到西湖的要道。

臨江仙 （六月廿二日）

日月行天萬古經，光華永遠清明。□□□護賴神靈，紅旗新氣象，馬列□□□。　□大萬千勞動手，改天換地猶能。□□□駛闖前程，道旁垂死者，安得□□□。

玉樓春 贈湛翁

人間總覺春如海，萬紫千紅常日在。定昔橋畔有高樓，無限湖光開眼界。　百年人事從頭改，魚躍鳶飛新意態。與君猶是現時人，老至不知同一快。

輯　餘

人月圓 奉題蘭臺[①]先生《清代學者像傳》

虎頭點染傳真筆，思古起幽情。千秋一瞥，鴻都事業[②]，麟閣功名[③]。　尋吾所契，奇奇藏藏，古古清清。披圖相對，先生羨我，我羨先生。

注：①蘭臺：葉衍蘭（1823—1897），字蘭臺，書畫家、收藏家葉恭綽之祖父。著有詩詞集及《清代學者像傳》。②鴻都事業：指藏書事業。鴻都，漢代藏書之所。③麟閣功名：指顯赫的功勳。麟閣，漢宣帝召人於此畫功臣像，以示表彰。

拂霓裳 改晏元獻[①]《拂霓裳》詞

慶生辰，慶生辰是百千春。開雅宴，畫堂高會有諸親。霜花矜品格，雲鶴現精神。倍歡欣，對良時、好景意中人。　今朝祝壽，祝壽數、比松椿。斟美酒，齊心同願獻金尊。一聲檀板[②]動，一炷薰香焚。禱仙真[③]，願年年今日、喜長新。

注：①晏元獻：北宋文學家晏殊（謚號“元獻”）。②檀板：樂器名。檀木製成的拍板。③仙真：泛指長生不老、修煉得道的道士。

鷓鴣天　用湛翁韻

江上閑居有送迎，定巢新燕看生成。風前月下何多思，酒盞詩囊共一傾。　今日事，往時情。不應春意未分明。杏花折向街頭賣，破曉高樓帶雨聽[①]。

注：①杏花折向街頭賣，破曉高樓帶雨聽：套用宋代陸游《臨安春雨初霽》詩“小樓一夜聽春雨，深巷明朝賣杏花”句。

鷓鴣天　用湛翁韻

萬紫千紅一笑迎，暖風寒雨釀春成。甘回新茗初堪味，酸著稠醪乍可傾。　一往意，百年情。攢眉入社老淵明[①]。不妨樂事從頭數，是處聞歌是處聽。

注：①攢眉入社老淵明：指東晉詩人陶淵明未入蓮社的故事。據《蓮社高賢傳》記載，慧遠法師與諸賢結蓮社，以書招陶淵明。淵明希望宴席上可以飲酒，但飲酒是違背佛教教條的，不過慧遠仍答應了。結果陶淵明攢眉而去，還是没有加入蓮社。攢眉，皺眉。

西河　頌我人民志願軍，兼爲朝鮮祝福

朝鮮事，鬧個翻天覆地。誰來揮動魯陽戈，西方有美。中華兒女要和平，何能置之不理。　凍裂膚，寒殭指，不礙義師行止。清川江[①]上苦鏖兵，紅旗宵起。試聽降虜感恩詞，世間仁勇無比。　人民十億據堡壘。怕甚麽、一撮華爾。祝福漢城更始。向華沙和會歸人擬議，東亞波蘭將毋是。

注：①清川江：朝鮮中部的一條河流。1950年11月，中國人民志願軍同美軍在清川江地區發生一場戰役，史稱清川江圍殲戰。此役，志願軍取得重大勝利。

沁園春　美帝恣意侵略東亞，賦此譴之，用辛稼軒《帶湖新居將成》詞韻

正告先生，頭破血零，好歸去來。記聯軍[①]曾碰，中朝壁壘。飛機今化，南越塵埃。五角樓驚，白宫慌亂，一世之雄安在哉！能不怕，把邊和迫擊，接演幾回。

虎狼那慣長齋[2]，切莫信、坐談會定開。要争豔霜中，還看傲菊。報春雪裏，全仗寒梅。越戰日强，美侵必敗，禍事根株敵自栽。東南亞，豈能容窮寇，長此徘徊。

注：①聯軍：指朝鮮戰争中美國率領的所謂"聯合國軍"。②長齋：終年吃素念佛，不管閑事。

臨江仙　迎接五一國際勞動節

國際歌聲迎五月，洋洋盈耳熏風[1]。紅旗飄映海西東，兆民俱鳳翥[2]，萬國共龍從。　實踐馬恩真理論，亞非日見成功。工人階級作先鋒，加强團結力，投入鬥争中。

注：①熏風：和暖的南風或東南風。②鳳翥：意爲鳳凰高飛。

西江月　三月廿日，上海市民主黨派民主人士和無黨派民主人士社會主義自我改造促進大會，萬人遊行中口占

日射天安門暖，風翻黄浦江高。五條公約互相要，自我齊心改造。　理論不容玩弄，紅耑[1]端賴習勞。工農文教接高潮，請看今天步調。

注：①紅耑：即"紅專"。意思是又紅又專。紅，指具有政治覺悟。專，指掌握專業知識。

采桑子　歌頌東方紅地球衛星[1]發射成功

衛星發射成功了，繞地周遊。繞地周遊，蘇美遥看在下頭。　東方紅奏凌雲曲，志壯聲遒。志壯聲遒，響徹乾坤五大洲。

衛星造射原非一，還年今朝。不躁不驕，保衛人民志氣豪。　測遥信號頻相續，響透重宵。朗動諧調，革命歌聲功不消。

注：①東方紅地球衛星：指中國第一顆衛星"東方紅一號"。該衛星於1970年4月24日發射成功，開創了中國航天事業的新紀元。

卷三　新詩

五四時期

鴿　子①

空中飛着一群鴿子，籠裏關着一群鴿子，街上走的人，小手巾裏還兜着兩個鴿子。

飛着的是受人家的指使，帶着鞘兒翁翁央央，七轉八轉遶空飛，人家聽了歡喜。

關着的是替人家作生意，青青白白的毛羽，温温和和的樣子，人家看了歡喜；有人出錢便買去，買去喂點黄小米。

祇有手巾裏兜着的那兩個，有點難算計。不知他今日是生還是死；恐怕不到晚飯時，已在人家菜碗裏。

注：①鴿子：刊登於《新青年》第四卷第一號。

人力車夫①

日光淡淡，白雲悠悠，風吹薄冰，河水不流。
出門去，雇人力車。街上行人，往來狠多；車馬紛紛，不知幹些甚麽？
人力車上人，個個穿棉衣，個個袖手坐，還覺風吹來，身上冷不過。
車夫單衣已破，他却汗珠兒顆顆往下墮。

注：①人力車夫：刊登於《新青年》第四卷第一號。

月　夜①

霜風呼呼的吹着，
月光明明的照着。

我和一株頂高的樹並排立着，
却没有靠着。

注：①月夜：刊登於《新青年》第四卷第一號。

宰　羊[①]

羊肉館，宰羊時，牽羊當門立；羊來芈芈叫不止。

我念羊，你何必叫芈芈？有誰可憐你？

世上人待你，本來無惡意。你看古時造字的聖賢，説你“祥”，説你“義”，説你“善”，説你“美”，加你許多好名字。你也該知他意：他要你，甘心爲他效一死！

就是那宰割你的人，他也何嘗有惡意！不過受了幾個金錢的驅使。

羊！羊！有誰可憐你？你何必叫芈芈？

你不見鄰近屠户殺豬半夜起，豬聲悽慘，遠聞一二里，大有求救意。那時人人都在睡夢裏，那個來理你？

殺豬宰羊，同是一理。羊！羊！你何必叫芈芈？有誰可憐你？有誰來救你？

注：①宰羊：刊登於《新青年》第四卷第二號。

落　葉[①]

黄葉辭高樹，翩翩翻翻飛，大有惜别意。

兩三小兒來，跳躍東西馳，捉葉葉墮地。

小兒貪遊戲，不知憐落葉；旁人冷眼看，以爲尋常事。

天公不湊巧，雨下如流淚，一雨一晝夜，葉與泥無異：黏人脚底上，踐踏無法避。

如葉有知時，舊事定能記，未必願更生，春風幸莫至。

注：①落葉：刊登於《新青年》第四卷第二號。

大　雪[①]

小雪封地，大雪封河。

封河無行船，封地無餘糧。

無行船，乘冰牀；無餘糧，當奈何？

注：①大雪：刊登於《新青年》第四卷第二號。

除　夕[①]

年年有除夕，年年不相同：不但時不同，樂也不同。

記得七歲八歲時，過年之樂，樂不可當，——樂味美滿，恰似錫糖。

十五歲後，比較以前，多過一年，樂減一分；難道不樂？——不如從前爛漫天真。

十九娶妻，二十生兒：那時逢歲除情形更非十五十六時，——樂既非從前所有，苦也爲從前所無。好比歲燭，初燒光明，霎時結花，漸漸暗淡，漸漸銷磨。

我今過除夕，已第三十五，歡喜也慣，煩惱也慣，無可無不可。取些子糖果，分給小兒女，——“我將已前所有的歡喜，今日都付你！”

注：①除夕：刊登於《新青年》第四卷第三號。

雪[①]

丁巳臘月大雪，高低遠近，一望皆白；人聲不喧嘩，鳥鵲絶迹。

理想中的仙境，甚麽“瓊樓”“玉宇”“水晶宫闕”，怕都不如今日的京城清潔！

人人都嫌北方苦寒，雪地冰天；我今却不願可愛的紅日，照我眼前。

不願見日，日終當出。紅日出，白雪消，粉飾仙境不堅牢！可奈他何！

注：①雪：刊登於《新青年》第四卷第四號。

月[①]

月白乾净的月光，我不曾招呼他，他却有時來照着我；我不曾拒絶他，他却慢慢的離開了我。

我和他有什麼情分？

注：①月：刊登於《新青年》第五卷第一號。

公園裏的二月藍[①]

牡丹過了，接着又開了幾欄紅芍藥。路旁邊的二月藍，仍舊滿地的開着；開了滿地，没甚稀奇，大家都説這是鄉下人看的。

我來看芍藥，也看二月藍；在社稷壇裏幾百年老松柏的面前，露出了鄉下人的破綻。

注：①公園裏的二月藍：刊登於《新青年》第五卷第一號。

耕　牛[①]

好田地，多黏土；祇是無耕牛的苦。

難道這地方的人窮，連耕牛都買不起？

聽説來了許多人，都帶着長刀子，把這個地方的耕牛，個個都嚇死。

嚇死幾個畜生，算得甚麼事？不過少種幾畝地，少出幾粒米。

好在少米的地方也少人，那裏還愁有人會餓死？

注：①耕牛：刊登於《新青年》第五卷第一號。

三　弦[①]

中午時候，火一樣的太陽，没法去遮闌，讓他直曬着長街上。静悄悄少人行路，祇有悠悠風來，吹動路旁楊樹。

誰家破大門裏，半院子緑茸茸細草，都浮着閃閃的金光。旁邊有一段低低的土牆，擋住了個彈三弦的人，却不能隔斷那三弦鼓蕩的聲浪。

門外坐着一個穿破衣裳的老年人，雙手抱着頭，他不聲不響。

注：①三弦：刊登於《新青年》第五卷第二號。

生　機[①]

枯樹上的殘雪，漸漸都消化了；那風雪凛冽的餘威，似乎敵不住微和的春氣。
園裏一樹山桃花，他含着十分生意，密密的開了滿枝。
不但這裏，桃花好看，到處園裏，都是這般。

刮了兩日風，又下了幾陣雪。
山桃雖是開着，却凍壞了夾竹桃的葉。地上的嫩紅芽，更殭了發不出。
人人說天氣這般冷，草木的生機恐怕都被挫折；誰知道那路旁的細柳條，他們暗地裏却一齊换了顔色！

注：①生機：刊登於《新青年》第六卷第四號。

赤裸裸[①]

人到世間來，本來是赤裸裸，
本來没污濁，却被衣服重重的裹着，這是爲甚麽？難道清白的身不好見人嗎？
那污濁的，裹着衣服，就算免了耻辱嗎？

注：①赤裸裸：刊登於《新青年》第六卷第四號。

小　妹[①]

自從九月六日起，我們的舊家庭裏，少了一個你。
小妹！我和你相别許久了。我記得别你時，看得很清楚，——白絲巾蒙着你的臉，身上换了一套簇新的綢衣服。

人力車上坐着一位青年的女子，他用手帕託着腮，——認得他是誰？仔細看來，却不是你。

路上遇見三三兩兩攜手談心的女青年，——他們是誰？聽來聲音，却都不像你。

幽深的古廟裏，小小一間空屋，放着一張塵土蒙着的小棹子，人説你住在這裏，我怎能够相信呢？你從前所説的緑陰陰的柳樹，清瀏瀏的河水，和那光明寬敞的房子，却都在那裏？

注：①小妹：刊登於《新青年》第六卷第六號。

白楊樹①

白楊樹！白楊樹！你的感覺好靈敏呵！微風吹過，還没摇動地上的草，先摇動了你枝上的葉。

没有人迹的小院落裏，樹上歇着幾個小雀兒，“啾啁啾啁”不住的叫。他是快樂嗎？這樣寂寞的快樂！

除了“啾啁啾啁”的小雀兒，不聽見别的聲響。地下睡着的一般人，他們沉沉的睡着，永遠没有睡醒時。難道他們也快樂嗎？這樣寂寞的快樂！

白楊樹！白楊樹！現在你的感覺是怎麽樣的，你能告訴我嗎？

注：①白楊樹：刊登於《新青年》第七卷第二號。

秋①

秋風起，一日比一日惡，天氣漸漸冷了，樹葉漸漸黄了落了。

紅的，白的，紫的，黄的，緑的，粉紅的，滿庭院都是菊花。没有蝴蝶來，也没有密蜂來，連唧唧的蟲聲也不聽見了；那各色的花，他們都静悄悄的各自開着。

被雨打折了的向日葵，天晴了；他仍舊向着日，美滿的開花，美滿的結實。

海棠呀，鳳仙呀，在情陰樹下小瓦盆裏，不怕人來采；自由自在開着他的又瘦又小的花。枯樹枝上挂滿了豆菱，豆菱上還帶着兩朵三朵豆花，和一垂兩垂豆莢。

白蓼花，紅蓼花，經了許多雨，許多風，紅的仍舊紅，白的仍舊白，不曾吹折他的枝，洗褪他的顔色。

秋！這樣光明鮮豔的秋！

注：①秋：刊登於《新青年》第七卷第二號。

熱　天[①]

通紅的太陽光，被綠陰陰的大樹，完全遮住了。

就地架着幾竿劈開的長竹管，通過清亮亮的流水。

一匹白馬站在石槽邊飲着，時時抬起頭來，鼻中呼呼的噴；他遍身的毛都濕透了。

牽馬的人，卸下大的草帽子，墊着坐在地上，袒開胸膛，摇着扇子。

高枝上的蟬聲，斷斷續續不住的叫。

路旁幾個歇息的人，都睡熟了。

小瓜攤上，陳列着幾個切開了的瓜，攤下放着一小瓦盆的凉水；赤裸裸的小孩子，站在旁邊，看着赤膊老人叫賣。

“知了”“知了”的聲調，漸漸覺得他和濃陰調和了。

很大的太陽光，都被驅逐到濃陰以外，濃陰招得微風來了。

九年七月四日，尹默於北京

注：①熱天：這首爲新發現的作者早期新詩。原件藏於中國社會科學院胡適檔案中。

耶誕節夜[①]

高寒無雲的晴空，新月落了，祇剩下閃閃的星們。

暖騰騰的火爐傍，圍繞圓桌坐着，一群享受了聖餅甜蜜的人們。

一切希望，一切要求，都漸漸融化在這甜蜜的裏面了。

歡樂的静寂中，星們的眼光分外覺得明亮啊。

注：①耶誕節夜：刊登於《晨報副鐫》1923年1月6日和《時言報》1923年1月7日。

中華人民共和國成立後

報喜隊的鑼鼓　一九五六年一月十八日

當藉以實現社會主義各方面的創造力量匯成了一道洪流的時候，
一切事物必然加速地根本上起着驚人的變化。
鬧嚷嚷地報喜隊，
像潮水一般地湧現到街頭巷尾，
從清早到晚上，
從西北到東南，
鄉村聽慣了的鑼鼓聲音，
不但驚動了新中國大城市的各個角落，
而且打動了包圍着全世界的大氣。
鑼鼓的音節不要以爲它單調的可憐，
當它打到每一個人的心弦上，
就會引起多式多樣不簡單的反響；
驚醒了許多懶漢的酣夢，
鼓舞着革新者的熱忱，
催促着前進者的快步；
聽到了吧，同志們！
大家用着又穩又快的步子，
緊跟着驚天動地的鑼鼓隊，
踏上通往社會主義的平坦大道，
滿懷信心的
前進，前進，一齊前進！

獻給知識分子朋友們　一九五六年二月五日

一個短短的時期內，
新中國的社會飛躍地起了變化，
農民兄弟們，

工人兄弟們,
毫不猶豫地走到前面去了,
朋友們，來吧!
保守現狀是不可能的了,
大家必須擔負起應該擔負的一切,
大踏步地向前邁進。

衹要想一想世界創造的過程,
就可以增加我們百倍的信心和勇氣,
我們一無憑藉的祖先當時是
單靠着雙手和腦巧妙地和自然界不斷進行鬥爭。
我們的祖先多麽偉大而聰明啊!
他們的繼承人——子孫們也更行,
由石器而銅器，而鐵器，而蒸汽機……
現在是
原子能時代了,
電子學時代了,
朋友們，來吧!
保守現狀是不可能的了,
大家擔負起應該擔負的一切,
大踏步地一直向前邁進。

知識分子
無論是高級的或者是一般的,
總是革新事業進行階段中
農民和工人的唯一同盟者。
文化高潮緊隨着經濟高潮必然到來,
朋友們，來吧!
各人擔負起自己應該擔負的一切,
大踏步地一齊向前邁進。

不但是國内的工人、農民和各階層群衆
殷切期待着我們的幫助,
全世界愛好和平的人民,
尤其是知識界的專家們
都深切地關懷着我們的成績,
人類的導師——馬克思主義的創始者,
他們在《共産黨宣言》中所提出的口號:
“改造自然”“改造社會”“爲人類謀幸福”,
不但已經在歐洲許多國家中實現了,
而在今天的亞洲也不例外。
朋友們,來吧,
保守現狀是不可能的了
大家擔負起應該擔負的一切,
大踏步地、不停留地、一齊向前邁進!

没有今天就没有明天 一九五六年五月

“窮則變,變則通,通則久。”
一向貧困衰落的鄉村,變成了富裕繁榮的鄉村,
這絶對不是出於偶然,
人民英雄不會無“用武之地”的!

有了以前土地改革的今天,
就會有組織起多式多樣互助組的明天;
有了以前長年互助組的今天,
纔有農村合作化的明天;
有了半社會主義合作社的今天,
必然會有全社會主義合作社的明天;
有了社會主義高級社的今天,
當然生産高潮的明天就會繼續不斷地到來的。

今天的一切，都是爲了明天，
而明天就是未來的今天，
没有今天，就没有明天。
繁榮富强的鄉村不斷地更加富强繁榮起來，
這絶對不是出於偶然，
人民英雄大大有可以“用武之地”！

邊分析邊綜合　一九五六年五月

不要不屑於學習單純的事物，
真理它就是極其單純的啊！
不要以爲單純的終久是單純，
它是複雜事物的本根。

我們曾不斷地分析事物，同時
我們也要不斷地綜合事物，
當我們運用這個法則時，
我們要當作解决繁分數算式來處理。

一件小事的回答　一九五六年五月

你會愛污泥嗎？
我當然不會愛它。
那麽，
你愛蓮花嗎？
我很愛它的清潔香色。
是不是這樣：
你愛的花，願意它長好；
你不愛的泥，就隨便否定了它的一切？
是的，一定會這樣去做。
那可有點危險，實際上

你不是一個真真懂得愛蓮的人,
你忽略了一件平凡而重要的事情:
它們二者之間的作用關係。

寫工作總結的公式　一九五六年五月

開場寫一般工作情况,
寫得越長就越顯得漂亮。

接着寫工作成績,
首先要肯定優點,
不必謙讓,
那怕優點中還覺得有些不甚妥當。

然後必須尋出一些缺點,
不管是犯了原則性的錯誤,
或者是小小的事故;
這多半總是由於客觀方面的環境造成,
但應該承認這也是由於主觀方面的努力不足。

最後,
要寫一大段經驗教訓,
且必須提出:
虛心接受,
誠心改正。

這樣寫成一篇總結文章,十分完整,
可以交卷,
可以得到備案的保證。

寫大會發言稿的公式　一九五六年五月

首先來幾個擁護，
切不可有遺漏之處。

中間，
選擇些“當講的話”，痛快發揮，
有的可以用輕鬆的言詞，
有的可以用激昂的語調。
總之，
要賺得會場中幾陣掌聲，
或者是引人發笑。

末了，
再來一個“……而奮鬥”，那就更好，
可以説一聲，
“完了！”

全世界人民聯合起來撲滅戰火　一九五八年七月廿日

人民莫不聞解放則喜，
莫不聞侵略則怒，
和平陣營得人心，
爲能明此真理故。
美英狼子野心大，
要放野火燒西亞，
衹見石油好利潤，
忘了油管加熱會爆炸。
引狼入室者國賊，
黎約[①]人民却不怕，

人民武裝勢煊赫，
守住人民貝魯特[②]。
支持新興伊拉克，
保衛整個阿拉伯，
阿拉伯人民團結緊，
全世界人民共命運。
起來，起來，快起來，
打狼人人有責任，
一齊揚起巨靈[③]掌，
誓把火種撲滅盡。

注：①黎約：分别指西亞國家黎巴嫩與約旦。②貝魯特：黎巴嫩首都。③巨靈：神話傳説中劈開華山的河神，又稱巨靈神。

紅領巾歌贈少先隊員

紅領巾，紅旗之一角。
先烈革命爲人民，
前仆後繼無退縮，
留將鮮血染紅旗，
要與日月争光輝。
高舉紅旗好旗手，
四面八方瞻仰之，
紅旗指處山河改，
天清地寧人安泰，
一招一展來東風，
吹開花花新世界。
紅領巾，社會主義接班人，
莫説自己年紀小，
將降大任於汝身。
汝不見，劉文學[①]，憤不顧身除大惡。

又不見，好雷鋒，不畏艱苦得成功。
忘我勞動真幸福，
滴水永存大海中，
父母生身黨培養，
跟着黨走知方向。
方向已明通大道，
多少歧途迷不了，
汝亦將來人父母，
須將好樣傳下去，
子孫萬代萬萬代，
永不褪色紅巾布。

注：①劉文學：中國少先隊員，四川省合川縣（今重慶市合川區）人。1959年爲維護集體利益被地主分子殺害，後被譽爲中國當代少年英雄之一。

卷四　曲

抗戰時期

〔中吕朱履曲〕公武招飲秀野軒，賦此贈之

秀野軒中緑雨，江湖夢裏蒼煙。珠蘭香散佛鐙前。先生風韻别，小子性情偏。愛粗茶，供淡飯。

〔仙吕寄生草〕消閑

紛忙裏成何趣，消閑裏有甚思。萬般不過同和異，千年不了非和是，一生衹有醒和睡。好安排幾韻自家詩，且休提兩個彌陀字。

〔中吕朱履曲〕自詠

飲啄從來易足，居行一應隨緣。老之將至性情偏。蓮社[①]客，玉堂仙[②]。攢眉都不管。

注：①蓮社：晉代廬山東林寺高僧慧遠與僧俗十八賢結社念佛，因寺池有白蓮，故稱蓮社。蓮社客，借指尊佛文士。②玉堂仙：翰林學士的雅號。

〔南吕四塊玉〕贈公武

幾雙曲，一卷經，將軍[①]老去好風情。騷人韻致輸他勝。清也清，真也真，君試省。

注：①將軍：指許崇灝。許氏曾任粤漢鐵路總理兼護路軍司令、東路討賊軍前敵總指揮部參謀長等職。

〔仙吕遊四門〕旭樓招飲綠陰深處，作此謝之

綠陰深處最情親，恍作北平人。病軀慚對雞和筍，主意太殷勤。醺，有酒未沾脣。

〔仙吕遊四門〕百年宴我於忘機世界，酒香冽而不敢飲，戲呈一首

忘機世界坐團團，喫到第三餐。衹差八寶無油飯，好菜許多盤。乾，一盞下喉難！

〔仙吕遊四門〕坐間戲呈叔平四兄

忘機世界不宜晴，夜宴更消停。邊談邊喫真高興，海量四先生。升，再喝兩三成。

〔仙吕遊四門〕公武談牛燒鍋事，有感而作

牛燒鍋子是良材，風味實佳哉。東西好喫人人愛，偏遇子山哀[①]。欸，没有带將來。

注：①子山哀：指庾信（字子山）的哀歎和思念。南北朝時期文學家庾信身處敵國，寫下哀歎故國、思念故鄉的名作《哀江南賦》。借指由於日本發動侵華戰爭，被迫流寓重慶的人們所具備的憂國憂民、思念家鄉的情懷。宋代梅堯臣《永叔寄澄心堂紙二幅》詩：“不忍揮毫徒有思，依依還起子山哀。”

〔仙吕遊四門〕

文章遊戲本尋常，没事要思量。閑吟閑唱精神旺，寫寫又何妨。忙，摇筆兩三行。

〔雙調清江引〕

大家做曲歌不愛，除了霜崖外。冀北馬群空，好個盧前在。閑來時湊趣兒真不壞。

〔南吕四塊玉〕贈右任

詩太白，草伯英[①]，關中老漢最知名。梨花美釀堪中聖[②]。東閣深，北窗明，閑意境。

注：①伯英：東漢書法家張芝（字伯英），世稱“草書之祖”。②中聖：酒醉的隱語。

〔仙吕遊四門〕聽旭初談驢子受揖始肯過橋事，作此紀之

大家騎馬莫稱豪，不過比驢高。須知驢子先生傲，這事也蹊蹺。瞧，長揖送過橋。

〔南吕一封書〕相思

真真不相思，怎安排幾首詩。真真要相思，怎沉吟幾闋詞。風吹榴子依前結，雨打楊花徹底稀。怕分離，又分離，恰在春三二月時。

〔仙吕遊四門〕五月二十一日嘉（陵）江畔作

嘉陵江水緑摇空，漲落太匆匆。小船滿載勞迎送，平日也相同。轟，今在亂離中。

〔雙調楚天遥帶清江引〕割愛

人説酒杯寬，争比天和海。海天細看來，尚有邊兒在。説寬甚處寬，説隘隨時隘。一個有情天，都被多情礙。　　地小回旋君莫怪，已算無窮大。絶他世上緣，

割此人間愛。不知那答兒是真暢快！

〔越調天净沙〕午倦時作

生來不是佛陀，閑來怎念彌陀。依舊不才是我，有何不可？伸腰幾個呵呵。

〔仙吕遊四門〕自嘲

先生生小怕周遊，眼病是根由。一乘小轎安排就，可喜又堪憂。牛，牽率恐無休。

〔仙吕遊四門〕二十五日傍晚防空洞中作，應公武教

一聲警報起悠悠，空襲又臨頭。防空洞裏相厮守，也算是同舟。讐，百世不能休。

〔仙吕遊四門〕新來僕人戴青海有謂其不堪作勤務兵者，因以此嘲之

大名青海賽崑崙，藍布一身衬。廚刀放下難安頓，畢竟是凡人。渾，有務不能勤。

〔仙吕遊四門〕詠燕子，同公武作

銜泥辛苦是經營，盼得小巢成。畫梁點綴多齊整，歲歲寄深情。輕，風雨莫須驚。

〔南仙吕傍妝臺〕用李中麓[①]所作首尾二句成此

醉醺醺，千紅萬紫釀三春。與君都是嬉春客，忘了自家身。蠶因作繭甘心縛，蝶爲憐花盡意嗔。前生果，今世因，得饒人處且饒人。

曲參參，銀河暗淡斗闌干。向來說千里同明月，却忘道萬里隔關山。書長總是無

聲恨，夢短猶堪有限歡。身須健，心要寬，得偷閑處且偷閑。

注：①李中麓：明代文學家李開先（號中麓子、中麓山人）。

〔仙吕寄生草〕

休怪你多疑惑，非關他少志誠[①]。四時難得行春令，一生最好遊春興，各人都有傷春病。好端端總是没精神，鬧洋洋也會嫌孤另。

注：①志誠：用情專一。

〔豆葉黄〕和戴中甫韻

雨寒衣被欲裝綿，日出煙消草樹鮮。若得登山必造巔，幾時還訪戴，當心遇着仙。

〔中吕喜春來〕吟哦

宜晴宜雨花時過，忽熱忽凉天氣多。有人問我怎銷磨？閑過活，忙底是吟哦。

〔仙吕遊四門〕海秋[①]攜餅入防空洞，公武因以“餅”字屬作遊四門小令，爲戲成之

防空有洞莫相驚，困餓却無情。若能坐睡兼攜餅，可以歷昏明。行，無事過平平。

注：①海秋：何基鴻（1892—？），字海秋，河北藁城人，作者執教北大時的同事，抗戰時任國民政府監察院監察委員。

〔中吕醉高歌〕答冀野三首

本來不動何如，却要關心夜雨。爲他不論甜和苦，皺着眉頭湊句。

一燈清味何如，清夜檐前細雨。非因聽得虱吟苦，那有驚人秀句。

客中情味何如，隨意吟風看雨。自家一晌知甘苦，不共疏翁鬥句。

〔中吕醉高歌〕憶兒時山居三首

山中黄菊何如，歲歲風風雨雨。清清冷冷不爲苦，省得伴人覓句。
山中老桂何如，簌簌落花似雨。兒時樂事思量苦，付與夢中作句。
梧桐枝幹何如，從不驚風怕雨。早凋似爲詩人苦，成就知秋好句。

〔中吕醉高歌〕懷森玉安順

山中今日何如，可有閑情聽雨。閑來也有閑來苦，拉住樵夫對語。
蓑衣斗笠何如，依舊斜風細雨。從來不解吟詩苦，留下放翁恨語。

〔中吕醉高歌〕戲調冀野

柳腰比似何如，禁得幾番驟雨。於今真識陶潛苦，不是風凉趣語。

〔仙吕遊四門〕冀野墜車傷腰，戲爲賦之

小車載重路難行，跌得不分明。當街扶起盧參政，無暇與通名。驚！腰折事非輕。

〔中吕醉高歌〕柬冀野　仍用原韻

一丸白藥何如，好似旱天遇雨。霎時便減先生苦，許子公武初非妄語。
先生莞爾闇如，也會呼風唤雨。兩賢何必還相苦，説去説來四句。

附録一　諸家評論

一、胡適

胡適（1891—1962），字適之，安徽績溪人，現代著名詩人、史學家、文學家、哲學家，著有《中國哲學史大綱》《嘗試集》《胡適文存》等。

讀沈尹默的舊詩詞

尹默：

我讀了你的舊式詩詞，覺得我完全是一個門外漢，不配"贊一詞"；至於揀選去留，那更不用説了。但是我是一個最愛説話的人，又是一個最愛説"外行話"的人。我以爲有許多事，"内行"見慣了的，反不去尋思裏面的意味；倒是"門外漢"伸頭向裏一望，有時還能找出一點意義。這是我於今敢來説外行話的理由。

我常説那些轉灣子的感事詩與我們平常做的"打油詩"，有同樣的性質。爲什麽呢？因爲我們做"打油詩"往往使用個人的"事實典故"，如"黄加披肩鳥從比"之類，正如做寄託詩的人往往用許多歷史的，或文學的，或神話的，或豔情的典故套語。這兩種詩同有一種弱點：衹有個中人能懂得，局外人便不能懂得。局外人若要懂得，還須請個人詳加注釋。因此，世間衹有幾首"打油詩"可讀，也衹有幾首寄託詩可讀。

所以我以爲寄託詩須要真能"言近而旨遠"。這五字被一般妄人用爛了便失了意味。我想"言近而旨遠"是説：從文字表面上看來，寫的是一件人人可懂的平常實事；若再進一步，却還可尋出一個寄託的深意。譬如山谷的"江水西頭隔烟樹，望不見江東路。思量衹有夢來去，更不怕，江闌住"一首，寫的是相思，寄託的是"做官思想"。又如稼軒的"寶釵分，桃葉渡"一首詞，寫的是閨情，寄託的是感時（如"點點飛紅，都無人管"之類）感身世（如"試把燈花卜歸期"之類）。"言近"則越"近"（淺近）越好。"旨遠"則不妨深遠。言近，須要不倚賴寄託的遠旨也能獨立存在，有文學的價值。

有許多寄託詩是“言遠而旨近”的。怎麼叫做“言遠而旨近”呢？本是極淺近的意思，却用了許多不求人解的僻典。若不知道他寄託的意思，便成全無意識七湊八凑的怪文字。這種詩不能獨立存立，在當時或有不得已的理由，在後世或有歷史上的價值，但在文學上却不能有甚麼價值。

以上所説是一個門外漢研究這種詩的標準觀念。依此觀念來看老兄的詩，則《珠館》、《出遊見落花》（二首）、《春日感賦》（起二句稍弱）、《無題》、《久雨》，皆可存。《文儒詠》、《北史 · 儒林傳》、《詠史》、《雜歌》諸詩，則僅可供讀史者參考之資料了。

若從摹古一方面論之，則《補梅盦》（一，二）、《三月廿六日》、《雜感》（二，五，七，八）、《二月廿三日》、《詠史》、《珠館》，皆極佳。

詞中小令諸闋皆佳，長調稍差。老兄以爲何如？適最愛“更尋高處倚危闌，閑看垂楊風裏老”兩句，這也是“紅老之學”的表示了。“天氣薄晴如中酒”，以文法繩之，頗覺少一二字。

我生平不會做客觀的豔詩豔詞，不知何故。例如“推錦枕，垂翠袖，獨自香銷時候。簾不捲，有誰知？淚痕紅滿衣”。即使殺了我，我也做不出來。今夜仔細想來，大概由於我受“寫實主義”的影響太深了，所以每讀這種詩詞，但覺其不實在，但覺其套語的形式（如“錦枕”“翠袖”“香銷”“捲簾”“淚痕”之類），而不覺其所代表的情味。往往須力逼此心，始看得下去；否則讀了與不曾讀一樣。既不喜這種詩，自然不會做了。若要去了套語，又不能有真知灼見的閨情知識可寫，所以一生不曾做一首閨情的詩。

寫到這裏，忽然想起玄同來。他若見了此上一段，一定説我有意挖苦你老兄的套語詞。其實不然。我近來頗想到中國文學套語的心理學。有許多套語（竟可説一切套語）的緣起，都是極正當的。凡文學最忌用抽象的字（虚的字），最宜用具體的字（實的字）。例如説“少年”，不如説“衫青鬢緑”；説“老年”，不如説“白髮”“霜鬢”；説“女子”，不如説“紅巾翠袖”；説“春”，不如説“姹紫嫣紅”“垂楊芳草”；説“秋”，不如説“西風紅葉”“落葉疏林”。……初用時，這種具體的字最能引起一種濃厚實在的意象；如説“垂楊芳草”，便真有一個具體的春景；説“楓葉蘆花”，便真有一個具體的秋景。這是古文用這些字眼的理由，是極正當的，極合心理作用的。但是後來的人把這些字眼用得太爛熟了，便成了陳陳相因的套語。成了套語，便不能發生引起具體意象的作用了。

所以我説，“但覺其套語的形式，而不覺其所代表的情味”。所以我單説“不用套語”，是不行的。須要從積極一方面着手，説明現在所謂“套語”，本來不過是具體的字，有引起具體的影象的目的。須要使學者從根本上下手，學那用具體的字的手段。學者能用新的具體字，自然不要用那陳陳相因的套語了。例如古人説“河橋酒幔青”，今人可説“火車氣笛響”；古人説“紅巾翠袖”，今人可説“□□□□”（原文如此——編者注）；古人説“衫青鬢緑”，今人可説“燕尾鼠鬚”了！——以上所説，似乎超出本題，既然動手寫了，且送與老兄一看。

（一九一九年）六月十夜

（《胡適文存》上，亞東圖書館1923年版，第219—223頁）

談新詩（摘録）

上文我説新體詩是中國詩自然趨勢所必至的，不過加上了一種有意的鼓吹，使他於短時期内猝然實現，故表面上有詩界革命的神氣。這種議論狠可以從現有的新體詩裏尋出許多證據。我所知道的“新詩人”，除了會稽周氏弟兄之外，大都是從舊式詩、詞、曲裏脱胎出來的。沈尹默君初做的新詩是從古樂府化出來的。例如他的《人力車夫》（《新青年》四，一）：

日光淡淡，白雲悠悠，
風吹薄冰，河水不流。
出門去，雇人力車。街上行人，往來狠多；車馬紛紛，不知幹些甚麽?
人力車上人，個個穿棉衣，個個袖手坐，還覺風吹來，身上冷不過，
車夫單衣已破，他却汗珠兒顆顆往下墮。

稍讀古詩的人都能看出這首詩是得力於《孤兒行》一類的古樂府的。我自己的新詩，詞調狠多，這是不用諱飾的。例如前年做的《鴿子》（《嘗試集》二，二六）：

……

新體詩中也有用舊體詩詞的音節方法來做的。最有功效的例是沈尹默君的《三弦》（《新青年》五，二）：

中午時候，火一樣的太陽，没法去遮闌，讓他直曬着長街上。静悄悄少人行路；

祇有悠悠風來，吹動路旁楊樹。

誰家破大門裏，半院子緑茸茸細草，都浮着閃閃的金光。旁邊有一段低低的土牆，擋住了個彈三弦的人，却不能隔斷那三弦鼓蕩的聲浪。

門外坐着一個穿破衣裳的老年人，雙手抱着頭，他不聲不響。

這首詩從見解意境上和音節上看來，都可算是新詩中一首最完全的詩。看他第二段“旁邊”以下一長句中，旁邊是雙聲；有一是雙聲；段、低、低、的、土、擋、彈、的、斷、蕩、的十一個都是雙聲。這十一個字都是“端透定”（D，T）的字，模寫三弦的聲響，又把“擋”“彈”“斷”“蕩”四個陽聲的字和七個陰聲的雙聲字（段、低、低、的、土、的、的）參錯夾用，更顯出三弦的抑揚頓挫。蘇東坡把韓退之《聽琴詩》改爲送彈琵琶的的（“的”字衍——編者注）詞，開端是“呢呢兒女語，燈火夜微明，恩寃爾汝來去，彈指淚和聲”。他頭上連用五個極短促的陰聲字，接着用一個陽聲的“燈”字，下面“恩寃爾汝”之後，又用一個陽聲的“彈”字，也是用同樣的方法。

……

再舉一個例。《新青年》六卷四號裏面沈尹默君的兩首詩。一首是《赤裸裸》：

人到世間來，本來是赤裸裸，
本來没污濁，却被衣服重重的裹着，這是爲甚麽？
難道清白的身不好見人嗎？那污濁的，裹着衣服，就算免了耻辱嗎？

他本想用具體的比喻來攻擊那些作僞的禮教，不料結果還是一篇抽象的議論，故不成爲好詩。還有一首《生機》：

刮了兩日風，又下了幾陣雪。
山桃雖是開着，却凍壞了夾竹桃的葉。
地上的嫩紅芽，更殭了發不出。
人人説天氣這般冷，
草木的生機恐怕都被摧折；
誰知道那路旁的細柳條，
他們暗地裏却一齊换了顔色！

這種樂觀，是一個狠抽象的題目，他却用最具體的寫法，故是一首好詩。

（一九一九年）

（《胡適文存》上，亞東圖書館1923年版，第225—255頁）

二、蔡元培

蔡元培（1868—1940），字鶴卿，號孑民，浙江紹興人，民主革命家、教育家。

《秋明室詩稿》序

沈君尹默既應時勢之要求，與諸同志提倡國語的文學，時時爲新體詩，則輯録庚戌以來舊作，爲《秋明室詩稿》，以示余。余維吾國之詩，以抒情爲限，情之表示，自以《禮記·經解》“温柔敦厚”四字爲正宗。太史公所謂好色而不淫，怨悱而不亂，亦其義也。齊梁以後，始有輕薄側豔之作。中唐以後，始有粗厲生硬之作。承其流者，務撏扯僻典，蓋和險韻，矜使才氣而已，非所以抒情也。清季以來，健者好效宋體，間有一二佻冶自喜。而君所作，乃獨不失温柔敦厚之旨。宜乎君所爲新體詩，亦復藴藉有致，情文相生，與淺薄叫囂者不可同日語也。

（一九二〇年）

（高平叔撰著《蔡元培年譜長編》中册，人民教育出版社1996年版，第303頁）

三、康白情

康白情（1896—1959），字鴻章，筆名愚庵、愚菴，四川安岳人，著名白話詩人，著有《草兒》《河上集》等。

月　夜（《新青年》第四卷第一號）

（詩略）

愚菴評：這首詩大約作於一九一七年的冬天，在中國新詩史上，算是第一首散文詩。其妙處可以意會而不可以言傳。

（北社編《新詩年選：一九一九年》，上海亞東圖書館1922年版，第51—52頁）

三　弦（《新青年》第五卷第二號）

（詩略）

愚菴評：這首詩最藝術的地方，在“旁邊有一段低低的土牆，擋住了個彈三弦的人，却不能隔斷那三弦鼓蕩的聲浪”一句裏的音節。三十二個字裏有兩個重脣音的雙聲，十一個舌頭音的雙聲，八個元韻的疊韻，五個陽韻的疊韻，錯綜成文，讀來直像三弦鼓蕩的一樣。據説“低低的”三個字是有意用的。

（北社編《新詩年選：一九一九年》，上海亞東圖書館1922年版，第53—54頁）

赤裸裸（《新青年》第六卷第四號）

（詩略）

愚菴評：沈尹默的詩形式質樸而別饒風趣，大有和歌風，在中國似得力於唐人絶句。

（北社編《新詩年選：一九一九年》，上海亞東圖書館1922年版，第55頁）

一九一九年詩壇略紀（摘録）

最初自誓要作白話詩的是胡適，在一九一六年，當時還不成甚麽體裁。第一首散文詩而備具新詩的美德的是沈尹默的《月夜》，在一九一七年。繼而周作人隨劉復作散文詩之後而作《小河》，新詩乃正式成立。最初登載新詩的雜志是《新青年》，《新潮》《每周評論》繼之。及到“五四運動”以後，新詩便風行於海内外的報章雜志了。

（北社編《新詩年選：一九一九年》，上海亞東圖書館1922年版）

四、錢玄同

錢玄同（1887—1939），原名夏，字中季，號德潛，浙江吴興人，著名語言文字學家、經學家、啓蒙思想家。

敬答穆木天先生（摘録）

尹默是我二十年的老朋友，他對於舊詩是極深造有得的，他常有娓娓清言，不獨令人忘倦，而且耐人尋味，我一向戲稱他爲“《世説新語》中人”。我們倆底交情是極好的，但一見面總要吵嘴，他有許多見解，我和他是永遠説不到一起的。穆先生引他在京都時説的那段話，那時他也曾把這個意思寫信給國内的幾個朋友（我也在内），啓明曾把那封信中重要的話引在《自己的園地》裏：“……歎息前人給我們留下了無數的綾羅綢緞，祇没有剪製成衣，此時正應該利用他，下一番裁縫工夫，莫祇作那裂帛撕扇的快意事。蔑視經驗，是我們的愚陋；抹殺前人，是我們的罪過。”（頁二十二）尹默這個見解，與穆先生所謂“利用古來原有的好字”一層，我有部分的同意。我底偏見是這樣：無論古、今、中、外、文、話、雅、俗的語言文字都是死的，祇要咱們會利用就都是活的。……

一九二五、六、二八

（《語絲》第三十四期，1925年7月6日）

五、周作人

周作人（1885—1967），又名啓明，號知堂，浙江紹興人，散文家、詩人、翻譯家，著有《知堂回想録》《知堂文集》等。

《揚鞭集》序（摘録）

我與半農是《新青年》上做詩的老朋友，是的，我們也發謬論，説廢話，但做詩的興致却也的確不弱，《新青年》上總是三日兩頭的有詩，半農到歐洲去後也還時常寄詩來給我看。那時做新詩的人實在不少，但據我看來，容我不客氣地説，祇有兩個人具有詩人的天分，一個是尹默，一個就是半農。尹默早就不做新詩了，把他的詩情移在别的形式上表現，一部《秋明集》裏的詩詞即是最好的證據。尹默覺得新興的口語與散文格調不很能親密地與他的情調相合，於是轉了方向去運用文言，但他是駕御得住文言的，所以文言還是聽他的話，他的詩詞還是現代的新詩，它的外表之所以與普通的新詩稍有不同者，我想實在祇是由於内含的氣分略有差異的緣故。……

民國十五年五月三十日，周作人，於北京

（《語絲》第八十二期，1926年）

六、朱孝臧

朱孝臧（1857—1931），原名祖謀，字古微，號彊村，浙江歸安（今屬湖州市）人，詞人、書法家，著有《彊村語業》兩卷。

題《秋明小詞》

意必造極，語必洞微，而以平淡之筆達之。在宋與蘇晁爲近，把臂九能，殆無愧色。

孝臧拜讀。

昔人謂“倚聲一道，大才易，清才難”，君才可謂清矣。一卷冰雪文，避俗手自攜。佩服佩服。

孝臧讀注。

（吴耀輝、盧之章主編《凝静——尹默二十年祭》，北京燕山出版社1991年版，第17頁）

七、穆木天

穆木天（1900—1971），原名敬熙，吉林伊通人，詩人、翻譯家，著有《旅心》《流亡者之歌》《新的旅途》等。

從“竹溪書畫展覽會”歸來（續）

沈尹默先生的書法，對於我相當地起了反應的作用。他的最近作品，的確地，進入了一個新的階段。好像是在那些字裏邊，融合了各種的古典的遺産，已往的那些機械的處所，不切實的處所，完全都没有了。如果説，如電影藝術似的，書法的藝術也有它的Montage的話，那麽，我們可以説沈尹默先生之最近的書法，是有着緊密的Montage了。

回來，使我越發地感到過去文藝遺産之承繼，與作品中之Montage的問題，在各各的藝術的分野中，是具有着如何的重要性。

對於爲書家的沈尹默先生，我究竟還是緣分很淺。我特别地敬愛的，是爲詩人的沈尹默先生。沈尹默先生， 在五四時代，也是一位衝鋒的人物。如果翻開《一九一九年新詩年選》的話，我們可以看到他的《月夜》《三弦》諸作。他更長於舊詩詞，這是無須我介紹的。舊的詩人中，我所敬佩的，一個是王國維先生，再一個就是沈尹默先生了。然而在接近實證主義（Positivisme）等等之點上，沈尹默先生是爲王國維先生所不及的。沈尹默先生愛好居友（Guyau）的藝術理論，每想用社會學的方法整理舊詩歌。他一生敬愛杜工部與陶淵明。每談詩時，他總是稱贊陶詩的真（主觀的真實）與杜詩的實（客觀的真實）。從此可以見他對於詩歌的見解之爲如何了。

我熱烈地希望沈尹默先生在書法之外，更須要用他的社會學的見地去整理唐詩，而特别是杜甫。我熱誠地期待着沈尹默先生把數千年來中國詩歌片斷地，或系統地，與以整理，使我們這些想承繼文藝遺産的人們能得到一個橋梁。我想這一定也是沈尹默先生所樂爲的。

（《申報·自由談》1934年6月6日）

八、潤榮

潤榮，生平不詳。

記沈尹默

在現在的讀者群中，還能記起沈尹默先生的人，大約並不多吧。但在新文學運動的初期，他却是一員新詩的健將。還記得嗎？一九一八年一月十五日在上海（北京——編者注）出版的《新青年》月刊第四卷第一期上，便是中國新詩的開始。在這一號裏，除了胡適一人在“嘗試”新詩外，沈尹默和劉半農也是同時開始嘗試新詩的人呵。

倘如你能記起周作人先生的《小河》是新詩中的“自由詩”的代表作，那麽你也許會憶起沈尹默先生的《三玄（弦）》吧。是的，“沈尹默”這三個方塊字所以至今還不令人忘記，都許正是爲了這首衆人皆知的新詩《三玄（弦）》，而且有許多初中的國文教本，也把這首詩選進去，和魯迅先生的《秋夜》一樣著名。

但話又得説回來，沈尹默先生雖然是一位著名的詩人，但他的詩，舊詩還要比新詩好。其所以初期作新詩而後期倒回到舊詩詞的路上去者，正是爲了當時作新詩的人並不多。他爲了友人陳胡等的情面，勉强“嘗試”一下，後來見到“呵呀呀，我愛呀”的詩人日漸多了，所以便停止了“嘗試”而再回到他的舊路。《秋明集》便是沈氏舊詩的合集。至於發表在《新青年》上的新詩呢？他倒不要了，至今還没有編集子。

沈氏雖一向住在北平，但他的老家却在南方，是浙江省吴興縣人。著名的文字學家沈兼士先生，便是他的令弟。沈氏除了做詩外，對於詞曲也很有研究，而更寫得一手好字。他的墨寶，正是前清的“狀元字”的代表，筆筆正，没有絲毫草率。求他寫字的人，據説並不少數。在今代文豪而兼書法家中，除了周氏兄弟之外，便要數到沈氏和錢玄同了。

現在談及沈尹默先生的人已經很少了，但在以往，談論沈氏的新詩的却很多。周作人先生在劉半農的《揚鞭集》的序裏，對於沈氏的新詩曾有過恰當的簡明的批評；就是胡適在《談新詩》一文中，對於沈尹默的新詩，也有論述。讀者之中，如有要知道較爲詳細的，不妨找尋這兩本書看看。

（楊之華編《文壇史料》，中華日報社1944年印行，第126—127頁）

九、馮文炳

馮文炳（1901—1967），筆名廢名，湖北黄梅人，作家、學者，著有《馮文炳選集》《廢名詩集》《廢名小説選》等。

沈尹默的新詩

《新青年》時代的新詩作家，尚有沈尹默與劉半農二氏我們應該提起。劉氏後來有《揚鞭集》出版，沈氏的新詩則散見於《新青年》雜志。新詩第一次出現，在《新青年》第四卷第一號上面，作者便是胡適、沈尹默、劉半農這三個名字，時候是民國七年一月。在第一次出現的新詩裏沈尹默氏有一首《月夜》，可謂很難得的作品了，衹有四行文字：（詩略）。

這首詩不愧爲新詩的第一首詩，我今日翻開來看，覺得這件事情很有趣，試把這首詩《月夜》同《新青年》四卷一號别的幾首詩相比（共有九首），便可以比得出來寫新詩是怎樣的與寫舊詩不同，新詩實在是有新詩的本質了。那幾首詩，有胡適的《鴿子》，有沈尹默的《鴿子》，有沈尹默的《人力車夫》，有胡適的《人力車夫》，還有胡適的《一念》等等，都衹能算是白話韻文，即是句子用白話散文寫，叶韻，詩的情調則同舊詩一樣由一點事情醖釀起來的，好比是蜜蜂兒嚶嚶幾聲，於是蜂兒一隻一隻的飛來了，於是蜂兒成群，詩一句一句的寫下來了，於是一首詩成，結果造成功的是舊詩的空氣。胡適之先生後來説這些新詩是從古樂府化出來的，是從詞調裏變化出來的，其實這些新詩的内容本不能成爲新詩，勢必成爲新詩的古樂府，成爲"詩餘"，所以我説這些新詩是白話韻文。他們那時候寫新詩我想衹是好奇，大約做得一首好詩成，抵得小孩子過新年一趟，大家見面高興。平心説來，新文學運動的價值，乃在於提倡白話文，這個意義實在很大，若就白話新詩説，反而是不知不覺的替舊詩虚張聲勢，没有什麼新文學的意義了。在《新青年》第五卷第二號的詩欄裏有一段補白，署名"半農"，其文如左：

七月三十一日，得啓明自紹興來函，以其有趣，録此以補余白：

今日天氣熱，卧讀寒山和尚詩，見一首甚妙，可代《新青年》新體詩作者答人批評之用；因以廿年前所買"詩箋"抄上，"博寒星大吟壇一粲"。

計開：——

有個王秀才笑我詩多失：

云，不識"蜂腰"仍不會"鶴膝"，

平仄不解壓，凡言取次出。

我笑你作詩，如盲徒詠日！

這一段補白，我覺得很有意義，可見《新青年》新體詩作者的自信。他們那時作新詩的態度，與他們所作的新詩，實在都給寒山和尚這一首詩説得恰如其分，另外没有什麼新詩的意義了。沈尹默氏是舊詩詞的作家，然而他的幾首新詩反而有着新詩的氣息，簡直是新詩的一種朝氣，因此他的新詩對於以後以迄於今日的新詩説，又可以説是新詩的一點兒古風，這却是一件有趣的事。沈氏寫了不多的新詩，隨着他不寫這些新詩了，他又寫他的舊詩詞去，這件事又有趣。可惜我在這裏不能把《新青年》四卷一號上面九首詩都抄了來，那樣未免太占篇幅，大家如果本一點好奇心，去找《新青年》雜志翻閱，大約可以比較得出來，衹有《月夜》算得一首新詩了。十一年八月北社出版的《新詩年選》，關於沈氏的《月夜》有署名“愚菴”的評語（據云“愚菴”即康白情）：“這首詩大約作於一九一七年的冬天，在中國新詩史上，算是第一首散文詩。其妙處可以意會而不可以言傳。”《新詩年選》後面附有“一九一九年詩壇略紀”，亦云“第一首散文詩而備具新詩的美德的是沈尹默的《月夜》”。這個評語很有識見，也無非是人同此感而已，這一首《月夜》確是新鮮而別致。不過他所謂“散文詩”，我們可以心知其意，實在這裏“散文詩”三個字恐怕就是“新詩的美德”。與《月夜》同刊的那一些新詩，正是不能有這個散文詩的美德，乃是舊詩的餘音。我由沈尹默氏的《月夜》聯想到另一首詩，即《嘗試集》裏的《湖上》這首小詩：（詩略）。

這一首《湖上》是民國九年的出品，與那一首《月夜》可謂異曲同工。這樣的詩都不必求之過深，作者衹是當下便寫得了一首好詩罷了。這樣的詩又能見作者的個性，《月夜》與《湖上》便表現了兩個詩人。各人都是“看來毫不用心，而自具有一種以異乎人的美”。舊詩不能有這裏的疏朗，舊詩也不能有這裏的完全。有這個新詩的感覺，自然寫得這個散文的詩句。我前説新詩要用散文的句法寫詩，如《月夜》與《湖上》的句子便是。至於用韻與不用韻都沒有關係，用韻也要句子是散文的句子，不用韻也要句子是散文的句子，新詩所用的文字其唯一條件乃是散文的文法，其餘的事件衹能算是詩人作詩的自由了。

北社《新詩年選》選了沈尹默詩五首，我也想照樣選下來，衹是我將一首《白楊樹》來換《年選》上面的一首《赤裸裸》。所選第一首即是上面所講的《月夜》。第二首是（《月》）：（詩略）。

這首詩我想評他“質直可愛，饒有風度”八個字。比起舊詩來，這首詩好像是小學一年級學生，然而，其高處，其非同時那些新詩所可及處，便在這個新詩有朝氣，因此也便是新詩的古風了。所選第三首詩是（《公園裏的“二月藍”》）：（詩略）。

這首詩大約要在北京中央公園看過花的人來讀，否則有點漠然。我喜歡這首詩的原故也是因爲這種新詩有一種朝氣。這樣的寫景不是一般舊詩調子，也不是文情相生的，作者對於一件事情有一個整個的感覺，又寫得很好，表現着作者的性情。作者另有一首新詩，描寫北京大雪，却是舊詩的空氣，我禁不住要把這一首《雪》抄了來，請大家比較觀之，我覺得很有趣。《雪》是這樣寫的：（詩略）。

這種詩便是舊詩的寫法。第二句固然寫得不好，完全是白話韻文，就將這一句寫得更好，這首詩還是舊詩的空氣。那時的新體詩多半是這個空氣了。

所選第四首詩是（《三弦》）：（詩略）。

這首《三弦》聲名很大，大家都説好，我不必多説話了。最後我將沈尹默氏的《白楊樹》選在這裏：（詩略）。

（馮文炳《談新詩》，北平新民印書館1944年印行，第52—59頁）

十、馬一浮

馬一浮（1883—1967），名浮，號湛翁，浙江紹興人，現代思想家、新儒家的早期代表人物之一，著有《宜山會語》《朱子讀書法》等。

致劉錫嘏（一九四四年十二月三十日）

公純足下：

承寫示沈尹默先生雜詩四十首，何幸今日得覩斯篇！自來以理語入詩最難，唯淵明能之，樸而彌雋。沈先生五言風神標格，深得力於陶公。亦不刻意唯取其貌，是以爲高。評騭則吾豈敢，贊歎或許有分。輒率綴二篇，以答其意，希爲致之。時寒珍重，不具。浮頓首。

（《馬一浮全集》第二册下，浙江古籍出版社2013年版，第980—981頁）

致沈尹默（一九四五年五月七日）

辱惠書，並清明貺寄諸作，一時珠玉滿前。誠不自意蓬藋之中，忽聞此鳳笙龍管也。別示小山樂府補遺之旨，明古今哀樂不異，今之所感，人有同心，尤爲篤論，所啓發者多矣。浮素不習爲長短句，又不諳聲律。學步邯鄲，亦自訝其不類。然雅貺不可虛辱，每思奉和，久而不屬。昨逢立夏，感日月忽其不淹。輒本來意，率爾命筆。纔得四闋，陋不自掩。今亦別紙録上，敬乞抉其疵病，不吝指誨。過時而學，殆通體無有似處，宜其在不可教之列耳。入夏漸熱，唯履後清和，以暇頻枉教敕。不具。乙酉三月廿六日。

（《馬一浮全集》第二册下，浙江古籍出版社2013年版，第727頁）

十一、唐弢

唐弢（1913—1992），原名端毅，筆名晦庵，浙江鎮海人，作家、學者，著有《落帆集》《海天集》《魯迅的美學思想》等。

沈尹默舊詩

沈尹默合舊詩詞曰《秋明集》，分上下兩册，前詩後詞，不違詩餘古意。詩又分三目，都一百一十題，詞共七十闋，均自民國紀元前七年收起，至大革命前後爲止。《玉樓春》一闋《春日寄玄同》云：

年年縱被春情誤，莫道春情無着處。海棠開了好題詩，綠柳陰濃聽燕語。
人生自有真情緒。不合空教愁裏度。與君俱是眼前人，領取從來無盡趣。

此種灑脱清麗的情調，貫穿着尹默全部詩作，把大自然看得既和平，又溫柔，此在詩人心中真是另一境界也。但尹老亦有感慨蒼涼之作，特不多耳。我很喜歡他的《讀〈北史·儒林傳〉》二首：

天水違行語豈虚，小人君子竟何如？不妨夢裏看星墜，祇恐人間有謗書。
能説訛文八十宗，居然鄭學號明通。今人何事輸儒雅，吹笛彈箏恨未工。

尹老爲新文學運動初期之詩人，白話諸作，亦多和易可誦，不知怎的終未收集。《秋明集》爲北新書局印行，民国十八年十二月出版，余所藏蓋欽源從舊書肆買來相贈者。尹老比年留居内地，今聞來滬，囊中詩句，當多於《秋明集》十倍矣。

（上海《文匯報》1946年10月14日）

十二、胥僧

胥僧，生平不詳。

當代詩話（摘録）

尹老《生機》一詩，中學生無不深愛之。蓋其清新可喜，預示春之將至，然皆不知其擅舊格，所作收《秋明集》，詩詞俱備，分量不少。詩得敦厚之旨，亦婉約清麗而謹嚴。如其《讀〈北史·儒林傳〉》云：

天水違行語豈虚，小人君子竟何如？不妨夢裏看星墜，衹恐人間有謗書。
能説詭文八十宗，居然鄭學號明通。今人何事輸儒雅，吹笛彈箏恨未工。

指事呈詞，厚而不浮薄，詩家之正格也。詞亦婉約多含蓄。如《玉樓春·春日寄玄同？云：

年年縱被春情誤，莫道春情無着處。海棠開了好題詩，緑柳陰濃聽燕語。人生自有真情緒。不合空教愁裏度。與君俱是眼前人，領取從來無盡趣。

尹老寫作俱佳，書法似董其昌之麗而猶過之，嘗在汪馥泉教授處見其屏條四幅，惜抄其文已遺失，彌覺悵惘。

（《勝流》第六卷第五期，1947年9月1日，略有改動）

十三、夏敬觀

夏敬觀（1875—1953），字劍丞，號緘齊，江西新建人，詩人、詞學家，著有《詞調溯源》《忍古樓詩集》等。

《念遠詞》序

文體之演變，非一時一人之力也。詞之興，自詩演爲令，令演爲慢體。雖變而流必溯源，源導爲流，其間有一貫之道焉。而學者從流溯源，或自源濫流，所入不同，所成則一。君鄉先賢張子野以令詞法入慢，而慢體成；閩人柳耆卿亦然。所不同者，子野用縮筆從蜀派來，耆卿用放筆從南唐二主來，各得一訣。而耆卿又多取於唐之清曲、宋之大曲也。君小令造詣至深，能寫前人未盡之意，兼采南北宋之長。故爲慢詞，雖澀調亦出之自然，不覺艱苦。觀集中若《曲玉管》，若《塞孤》，若《泛清波摘遍》諸調，常人所難，君則行所自如，可證也已。十年前，誦君《秋明集》，又聞君論詩論詞之旨，皆主放筆爲之，純任真氣，不規規於字句繩墨間。余嘗録君數詞，以證君自道語。寇氛既熾，君避蜀中，不復能以文字共談讌。昨年君歸，相見喜極。而所居道遠，市廛雜遝，一閃之失，懼爲轍塵，往還不易，恒數月不一面，寇雖退，不復其常。吾輩之艱困且過之，誠不料世變之亟，抑至於此也。攬卷悲吟，視君蜀居詞所道，固尤有膺心沈恨，莫之能洩者。願浮一大白，讀君續所爲詞。

戊子春夏敬觀序。

（吴耀輝、盧之章主編《凝静——尹默二十年祭》，北京燕山出版社1991年版，第18頁）

十四、汪東

汪東（1890—1963），字旭初，號寄庵、寄菴，江蘇吴縣（今屬蘇州市）人，詞人、學者，著有《夢秋詞》《寄庵隨筆》等。

沈尹默之詩興（一）

尹默以書名海内，臨池日有常課，磨墨滌硯，必躬爲之。目短視甚，嘗整理几案，玻璃杯貯水，拂之墮地，竟碎，蓋不見有物也。朋儕宴聚，尹默至，則在室者必曰某在斯，雖素熟習，未嘗辨面貌，自言聞其聲，如見其人而已。然而作蠅頭小楷，爲余寫詩詞，筆勢盤辟界格中，分寸不失。六十後，始畫竹，比金冬心五十學畫，又遲十年。頃作《三祝圖》壽余，寫竹三竿，分枝布葉，盡偃仰之勢，氣息尤勝。余訝其似素能者，尹默謂："曩於書後洗筆，就筆頭所含之水，縱橫浥紙上，如撇竹葉，頗得其意。亦偶作幹，但不能使二者相聯輟耳。一旦出手，便爾貫通。人怪其速成，而我爲之夙矣。"以是知古人"胸有成竹"之説，信非誇妄。詩詞初好陳簡齋，其後詩益恬適，味澹而永，五言上趣阮陶，殆與神合。倚聲則轉以珠玉、六一爲宗，賦物紓情，並歸沉厚。篋中尚藏其手稿數紙，如《浣溪沙·酬湛翁》、《訴衷情·擬〈珠玉詞〉》、《定風波·旋看飛紅化作泥》一首、《蝶戀花·憑仗情思今往歲》一首，楊公庶皆已刻入《雍園詞鈔》，不具録。録其前年所寄《青玉案》一首，題爲《飲茅臺酒，陶然有作》云："驅車峻阪臨無地。合早作、歸休計。槃案之間聊卒歲。閑中風月，老來書畫，用盡平生意。西南酒美東南醉，萬里浮雲過吴會。説着西湖仍有味。柳橋花港，是經行處，魚鳥還相委。"

（上海《新聞報》1949年5月3日）

沈尹默之詩興（二）

上詞託姚鵷雛轉致，書其尾云"此詞頗欲得兄與寄菴諸公和之"，兄謂鵷雛也。又附詩一首，云："去歲曾遊蘇州，有絶句數首，其中一首，須寫與寄菴。白門楊柳暮棲鴉，肯信詞人不憶家。車馬自來仍自去，蘋花橋畔夕陽斜。"以余尚滯南京，故寓意云爾，恨不見其全。近過滬瀆，始從鈔得之。詩共六首，寄余者乃第五首也，餘併録此。"杭州遊罷又吴城，不負清秋日日晴。虎阜獅林元自好，相看正要此時情。""戒幢寺裏一池水，拙政園中百歲藤。今古悠悠多少事，知他誰廢復誰興。""高臺麋鹿認遺蹤，離亂千年一再逢。夜半客船應有恨，寒山寺在不聞鐘。""玄妙觀前逢乞丐，强將吴語聒遊人。探囊安得有靈藥，療盡人間一世貧。""説着滄浪意自清，世間隨分有塵纓。却愁野水荒灣去，醉倒春風句不成。"蘇子美遊滄浪亭，有"醉倒唯有春風知"之句，末語用之也。余不爲詩，但和《青玉案》詞云："麴生自有迴旋地。料不作、封侯計。爾汝相歡歌萬歲。前年蜀道，今年湖上，總是天公意。　孤雲閑看醒還醉，除却樊川更誰會，薺苦荼甘同一味。醉中唯恨，花枝狼藉，也似釵鈿委。"

（上海《新聞報》1949年5月4日）

沈尹默之詩興（三）

尹默性不食猪肉，人或疑爲奉清真教。輒笑對曰："天生回回耳。"宋周美成聖於詞，集名《清真》。尹默每作慢詞成，以示余，余亦輒戲之曰"清真轉世"。因嘗爲余言錢玄同攢眉食肉事。玄同，字中季，與其兄念劬意氣不投，而顧嚴憚之。一日，念劬忽發興邀客食猪蹄，先集而問之，曰："子欲得紅燒，抑白燉乎？"各如臆對。中季雖强應，心以爲苦，欲逃不敢。餘在座者，朱逖先、馬幼漁、沈兼士（尹默弟也）。七箸陳，各進猪蹄一器，唯逖先得紅白相半，從容啖盡，若有餘裕。

事後各擬謚，謚逖先曰文正公。幼漁氣度不及，而淋漓揮斥，旁若無人，曰文襄公。兼士微竭蹶，然奮勉不甘落後，謚勇毅。中季非惡肉，以在兄家，若負芒刺，而念劬蹀躞其旁，其類督陣，於是矍蹩而食，亦强盡之，特謚忠愍。唯尹默以豆腐陪，不予謚，余聞其言，笑曰："宜謚公文潔。"

（上海《新聞報》1949年5月16日）

十五、夏承燾

夏承燾（1900—1986），字瞿禪，晚號瞿髯，浙江温州人，著名詞學家，著有《唐宋詞人年譜》《唐宋詞論叢》《姜白石詞編年箋校》等。

致沈尹默（一九六六年四月十六日）

尹默先生著席：陳君從周乞得尊集頃已郵到，高揖馮、歐，俯視周、吴，曷勝敬仰。俚詞一闋，聊申謝悃，並祈哂正。專此，敬承起居。晚學夏承燾上。四月十六日。

（原件，私人藏品）

十六、常任俠

常任俠（1904—1996），安徽潁上人，詩人、東方藝術史學家，著有《常任俠文集》《戰雲紀事》等。

紅百合室詩話（摘録）

竹溪沈尹默先生，以書名世，習二王書及孟法師碑，獨絶當代。一九四〇年避寇居重慶，沈聞楊仲子先生言余携名硯數方入川，乃請鄞縣馬叔平先生爲介，謂倉促南遷，筆硯俱失，余乃以歙縣龍尾溪金星硯假之，並爲選購碑帖紙筆，以是常至其齋，觀所作書。沈公目短視，聞入户履聲，即能辨爲余。尹默有集曰《秋明集》，余甚好之，早歲所作，《即時偶占》二首云（自注民國紀元前七年）："鴻鵠元無燕雀媒，乾坤俯仰一傾杯。篋中尚有能鳴劍，未是風塵大可哀。""海上煙雲意未平，春風不放十分晴。會須一洗筝琶耳，來聽江湖澎湃聲。”《述夢》八首之四云：“樓外春雲易化煙，春聲留夢不曾圓。金筝雁柱從頭數，撥到當胸第幾弦？”“十二珠簾敞畫筵，酒痕和月上眉端。那堪一曲瀟瀟雨，翠袖紅燈照夜寒。”“窗紗慘緑上單衣，一抹遥山小苑西。半是低徊半惆悵，萬花如夢一鶯啼。”“油壁香車載別愁，繞城駿馬霎時休。不堪更向城東路，細草垂楊盡帶秋。”《洛陽道中作》云：“草樹淒圓未似秋，孤蟬低咽怨清遊。車聲歷鹿河聲死，碾破西行五日愁。”《後述夢》八首之四云：“桃花還比海棠柔，嬌小端應字莫愁。聽取曉窗鸚鵡語，唤人開幔替梳頭。”“牡丹開過懶填詞，緑妒紅憨兩未知。山色樓頭朝暮見，了無幽怨到蛾眉。”“玲瓏秋玉嫭晶盤，細語幽芳小比肩。凉絶藕花池畔路，羅衣如水月如煙。”“柳花漠漠罨春城，猶記當時相見情。誰分湘弦未終曲，空教鸞鶴怨三生。”《悵望》七律云：“東南金碧入煙濛，悵望還期一水通。珠絡香韉閑寶馬，私書芳意約征鴻。夢中草色沉沉盡，醉裏霜花旋旋空。賸與海棠尋舊約，斷腸無奈夕陽紅。”《幽靚》一律云（自注民國紀元前五年作）：“朱樓十二玉爲房，幽靚難成時世妝。雲錦牽絲愁宛轉，月輪碾夢怨飛揚。春蛾乾死蘭膏歇，幺鳳重生錦瑟張。錯向太平坊底過，被人猜作踏摇娘。”《題曼殊畫册》云：“賣酒罏邊春已歸，春歸無奈酒人稀。賸看一卷蕭疏畫，合化荒江煙雨飛。”“脱下袈裟有淚痕，舊遊無處不傷神。何堪重把詩僧眼，來認江湖畫裏人。”《題劉三黄葉樓》云：“眼中黄落儘凋年，獨上高樓海氣寒。從古詩人愛秋色，斜陽鴉影一憑欄。”以上諸詩，皆民國紀元以前之作。《述夢》《悵望》等近體，韻接義山，情詞宛轉，纏綿無盡，詞中有人，呼之欲出。沈翁來渝州，鬻書得萬金，構石田小築於嘉陵江畔，分一室與其昔年弟子，或謂即其詩中人也，亦學沈翁書云。沈入川後，風格略變，爲吾書箑《遣興》兩首，可窺一斑。詩云：“江水夾城市，山光滿近郊。行人經屋上，陂路出林梢。鶯好如聞曲，蝦稀不入庖。儘多幽勝地，隨意可誅茅。”“好景猶堪玩，殊風莫漫嘲。樹多鶯亂入，花細蝶輕捎。離亂珍生命，悲歡見故交。吾行本乘興，棲頓此江郊。”老而入川，頗如工部《秦州雜詩》遭遇時會之所變也。每相對語，温煦如老媪，因短視不常出門，惟作書以自娱。余時年三十餘，輒念東海日婦而有所作，《春日》一律云：“遲遲春日照珠幃，歷歷星河掩玉扉。西北高樓空佇立，東南孔雀惜分飛。金閶落月常相憶，碧海回波願更違。欲采香蘭遺遠者，蓬山煙霧總霏微。”曾求沈翁書“東南孔雀”一聯爲楹帖，沈翁並作跋語，至今藏之。又余青年讀書南京時，愛一端溪小硯，隨身流轉，往返日本，巡旅戰地，用之久矣，亦製硯銘，求沈翁書。銘云：“幼小相從，堅貞無改。刻骨銘心，綿綿千載。”翁哲嗣令昕善治印，爲刻硯背，曰思元寶小硯，翁曰：“思之思之，鬼神通之，余不信鬼神，惟求之於夢寐中耳。”又翁還余金星硯時，亦作五古一章，銘之硯背，詩云：“研材歙最佳，耐用過端州。南唐置研務，取石擇其尤。可惜平淺製，墨便筆則不。微凹非好古，點筆圓且遒。所以襄陽翁，落管四面周。君家金星石，宜墨無匹儔。我竟得用之，勝事紫金侔。羅文不足貴，眉子尚可求。暝坐想眉子，彩綠泛雙眸。吁嗟任俠君，更能爲我謀。穎上常君假余此硯，留用月餘，歸時謝以詩，乃囑余書諸硯背，而令昕爲鐫之。廿八年中秋後一日尹默。”字小如蠅頭，行楷類王書，極精美，襄陽翁所不敵也。余深寶之，製錦盒爲護，每睹此硯，輒念翁不已。1959年去滬，往問起居，則已需人扶持而行。1962年來京開政協會，則目已不能視，猶爲政協作“延安”“遵義”數巨字。余赴翁寓所，聞聲尚能相識，時蕭勁光同志來問書道，翁爲循循講述，情景猶如昨也。1970年5月24日，余再赴滬，聞之錢君，翁已謝世矣。1936年余居東京帝大研學，聞鼎堂先生得宋拓石鼓文景本，著爲專論，因蘗堂之介、沈公之薦，在滬刊行，爲學林所重。吴興多出名書人，兼士先生亦擅篆籀，“五四”時期，四馬三沈，譽滿京華。馬叔平先生曾爲余作隸書及行楷書，至今寶之，因念沈翁，附志於此。

《秋明集》詩一册，詞一册，俱清徹典麗，如見肺腑，冰雪聰明，語無塵滓。《望江南》云：“秋雨後，幽絶海棠時。一水盈盈簾未捲，相逢嗔喜費人思，密意不曾知。蘭燼落，香麝散霏微。道是曉風吹夢斷，分明月色映羅幃，此境太凄迷。”《菩薩蠻》云：“新詞歲歲題紈扇，銀河夜夜當窗見。冰簟卧黄昏，秋心那許温。竹桃開已久，緑雨欺紅瘦。凉意逐秋飛，秋歸人未歸。”《采桑子》云：“嬉春記得年時事，寶馬春遊。散盡春愁，燕語春風滿畫樓。木樨香裏秋聲老，閣了蘭舟。嫩約還休，箏雁凄零不自由。”《玉樓春》云：“罏煙杠被風吹斷，舞袖年時空便旋。斂眉深坐不逢人，咫尺屏山猶自遠。　高樓暗鎖垂楊苑，夜雨初晴寒尚釅。銀釭如月照無眠，何處愁來從未見。”詞境如飛卿、延巳，宛轉悱惻，與詩境同，皆作於民元前六七年時。翁在渝州爲書小詞《采桑子》《如夢令》兩首，老境通脱，不似青年情思纏綿矣。1975年1月26日記。

（郭淑芬、常法韞、沈寧編《常任俠文集》卷六，安徽教育出版社2002年版，第363—367頁）

附録二　部分詩詞手迹

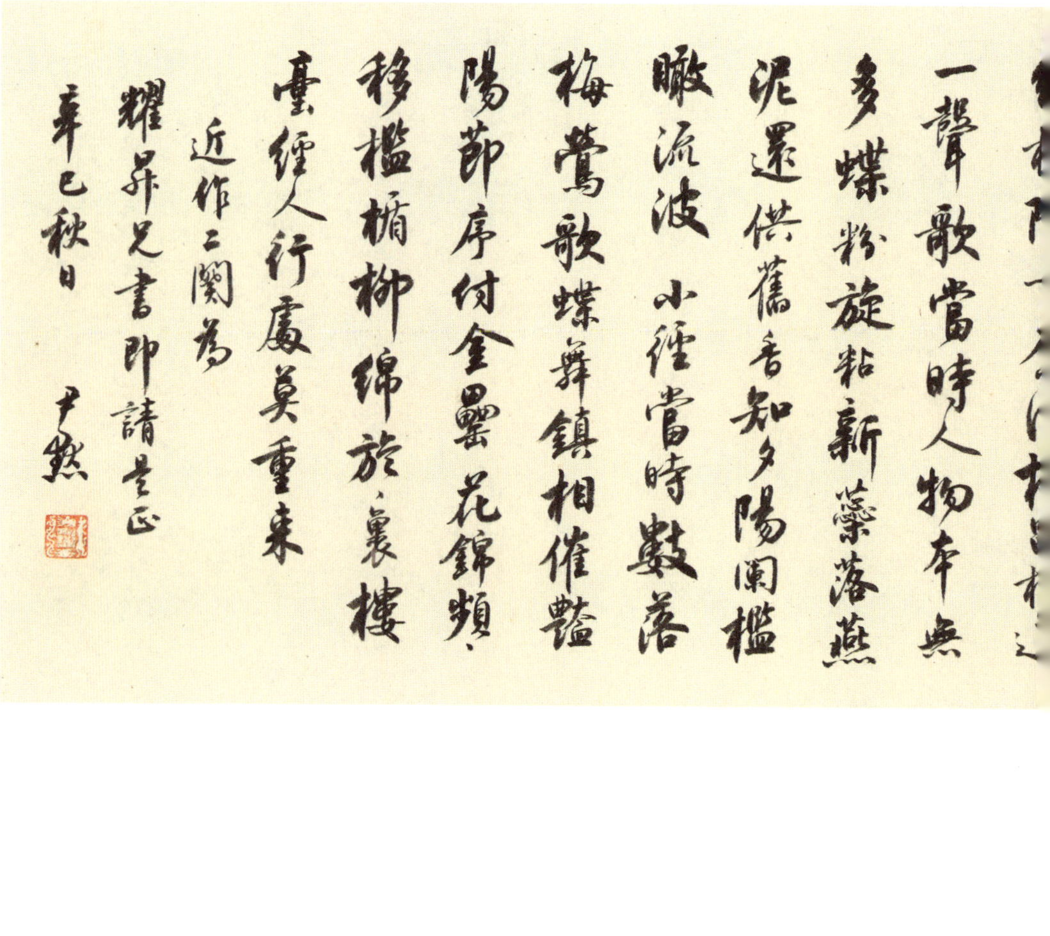
一聲歌當時人物本無
多蝶粉旋粘新蘂落燕
泥還供舊香知夕陽闌檻
瞰流波 小徑當時數落
梅鶯歌蝶舞鎮相催豔
陽節序付金罍花錦頻頻
移檻楯柳綿旋旋裊樓
臺經人行處莫重來
近作二闋爲
耀昇兄書即請是正
辛巳秋日 尹默

寶篆閒銷珠簾下卷闌
干幾曲當人久卻愛當
時花月江上清秋對明眸
莽莽雲飛軒軒波起失羣
斷雁應難偶四望蒹蘆
暝色還滿沙洲恨悠悠
似此江山儘供取興王圖霸
怎知大海揚塵麻姑又話
新愁恐歡遊只先春梅
蘂尚解殘年心事不須
料理雨雪天厓蜀奇絕處

自作詞三首

登樓

林空江闊闊闌迴霧冥冥環峰添寒色殊

梅落晚鐘登樓念王粲無地著劉伶生事

悲目前千古久愴情

偶閱晦聞詩正儆甚郎八字慨

塵陌巾車每獨行當年湖海有聲名詩篇

可為家私無世味還因源合生初雪歌筵合

暖意脫風花總寄深情恍然印在懷媒陸氏

事從東來易明

辟疆贈詩因答

早歲豪情賦物華新來隱分阿父（實）不曾九葉

聽鶯攜杖過溪頭杜老家　工詩同與人間事

遺恨南（稱）西來訪勝似春鏡能柔葉訓纏恰與白

偶諧

清旦

促晝蒼而何描粉繡霧世工吟成半苦樂吟成一家迺

戶外花當日答蒼前身為是貪心訴到底清旦多少年

占作錄請

辟疆先生吟正　尹默呈稿

致汪辟疆詩九首

莫入書城去文章總蠹魚古人呼不出世事問何如
國爾甘拋落玉堂霸掃除不如來館治碎眼向空虛

偶題二絕句

剡舟求劍覓無形作餅揉沙要不成本自世間無一
物卻緣何故用聰明
鹽打卻看無情物名士偏多少鄉愚凡事無如
人意且眼前無是莫棄除

暗坐

萬里征途愧壯遊三年從事恥身謀青鐙不
照還鄉夢遠思翻從暗裡收

山霧三絕句

山霧霏霏現日輪春陽活活動東塵三巴無復
當年險莫共前驅惜此身
辛駕騷騷不可回險山環谷走驚埃癡頑莫了
公家事敢道今能力疾來
卷上論者稱神衣變名道非於山巨源撩撥自
成多少熱性湯聆談辯究人捫

舊作錄奉
堅白先生正之
癸未春暮尹默

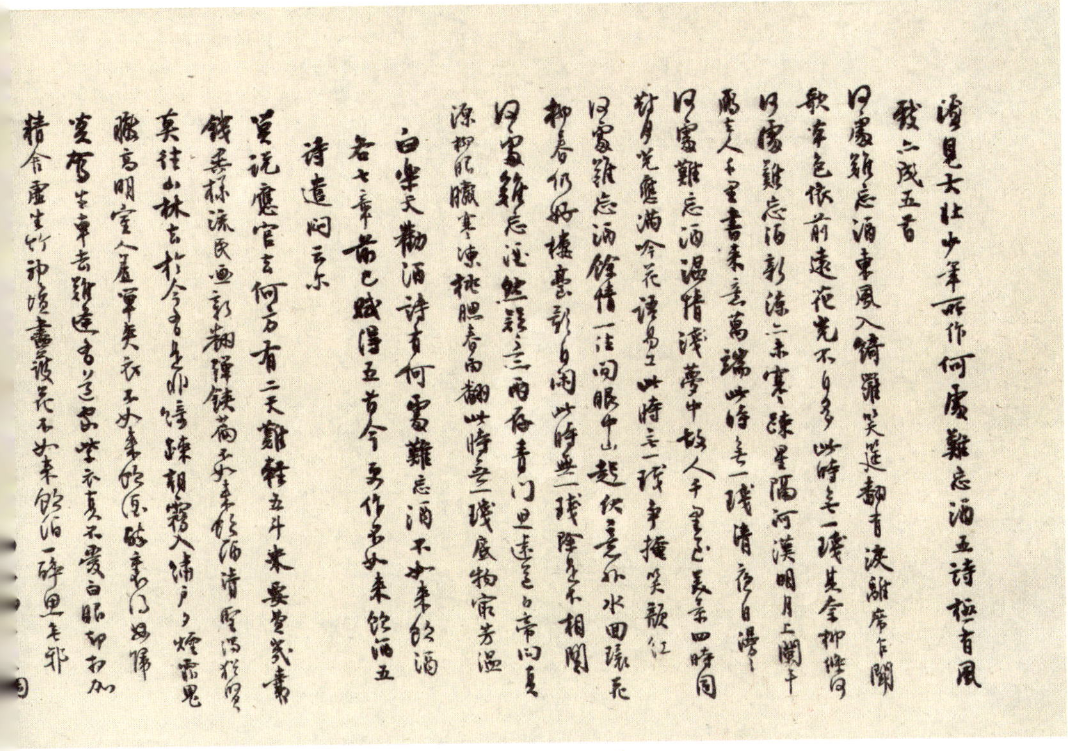

自作詩十六首

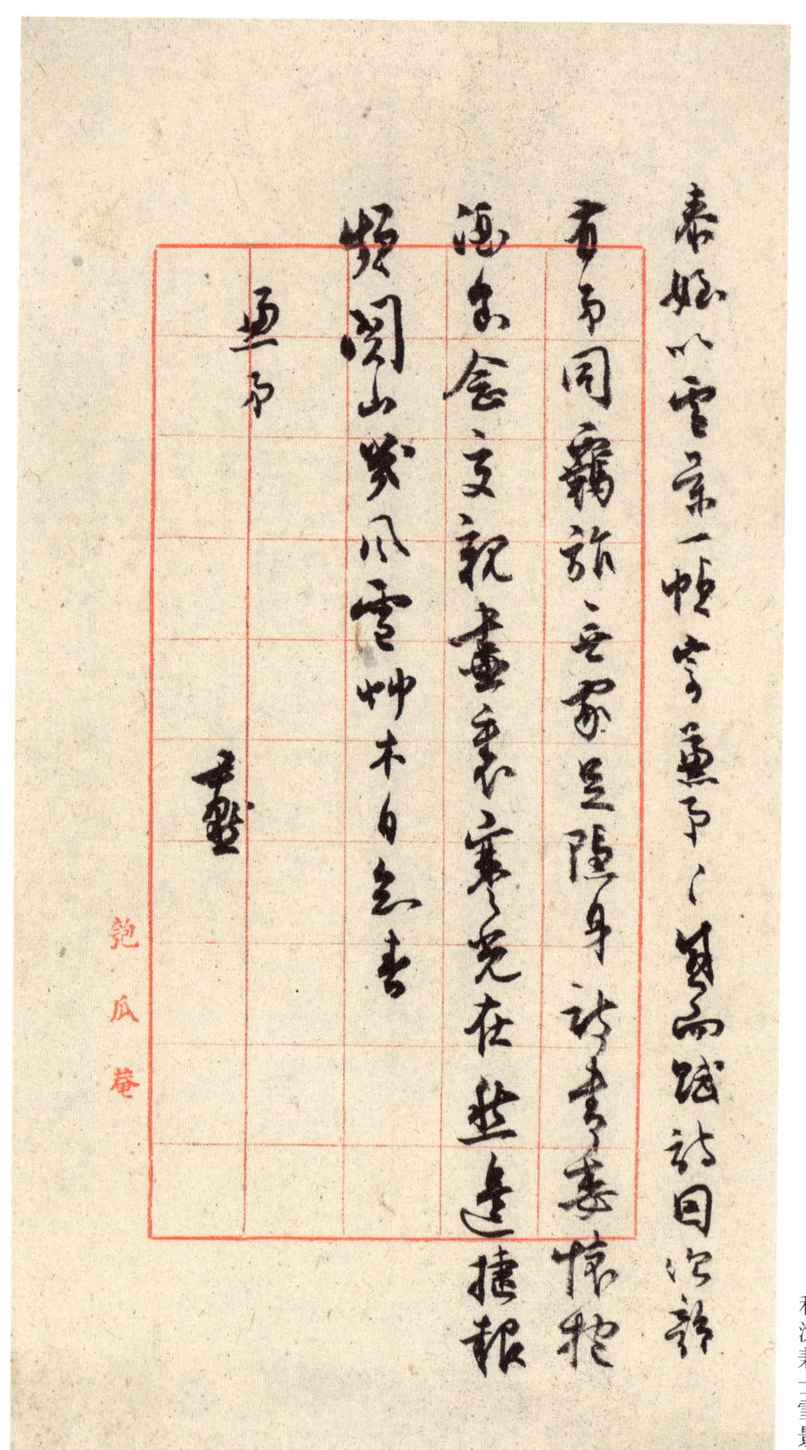

和沈兼士雪景詩

朱樓依約春雲裏樓上盈盈樓下水四弦撥盡一簾風來
抵秋孃沈恨意柳條荏苒難起攬結青蕪空滿地
春光暗向酒邊來春來醉時人已醉多時怕整游春
轡南陌東城知此意無情芳草色萋迷有恨流鶯聲
细碎春深便擬扶頭睡晴日烘人渾似醉算來已近
落花天未必綠楊風不起
玉樓春　君默

玉樓春

朝鮮事。鬧个翻天覆地。誰來揮動魯陽戈，西方有美。中華兒女要和平，可能置之不理。凍裂膚，寒強指。不顧義師行止。清川江上苦鏖兵，紅旗宵起。試聽降虜感恩詞，世間仁勇無比。人民十億擁堡壘。怕甚麼一擲華爾。祝福漢城更始。向華沙和會歸人擬議，東亞波蘭得毋是。

右調寄西河，頌我人民志願軍，兼為朝鮮祝福

尹默

西河詞

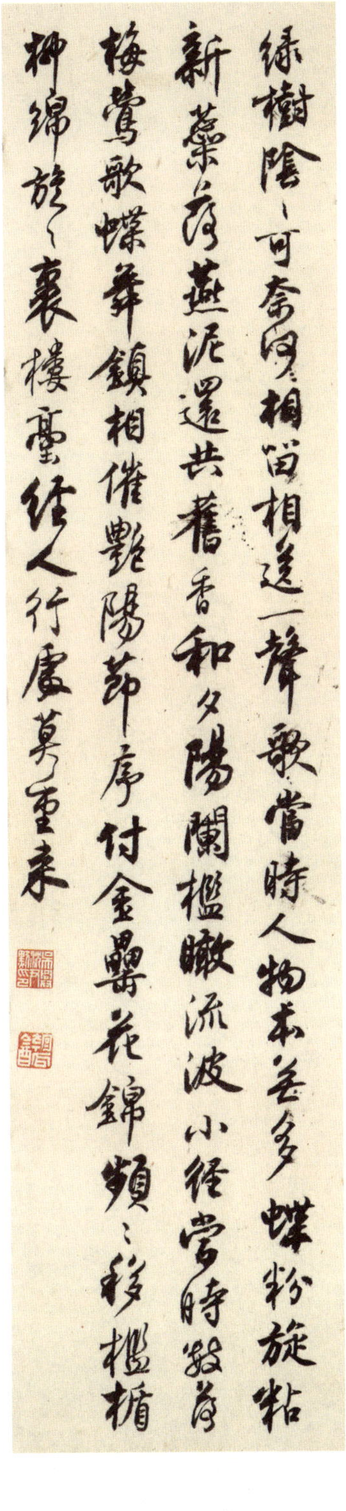

浣溪沙二首

用清真韻

記荷風乍起翠葯小橫塘輕擲舊鴛
散餘波塵隨去翼難認蹤迹畫意低
佪處漫憑紅豆繫綺情南國羅巾淚
涴餘芳澤殢酒長亭驚歌短陌前遊
共誰追惜傍雲階月地如見還隔
秋窗宵寂暗燈痕映碧亂點梧桐雨
渾未息天涯怎奈羈客正孤吟對影
霎時愁極風簾冷漸侵巾幘拚一枕
搥盡残更展轉夢回伊側從今後莫
誤潮汐想趁流正有江南棹還應
見得

吴興　沈尹默

六醜　用清真韻

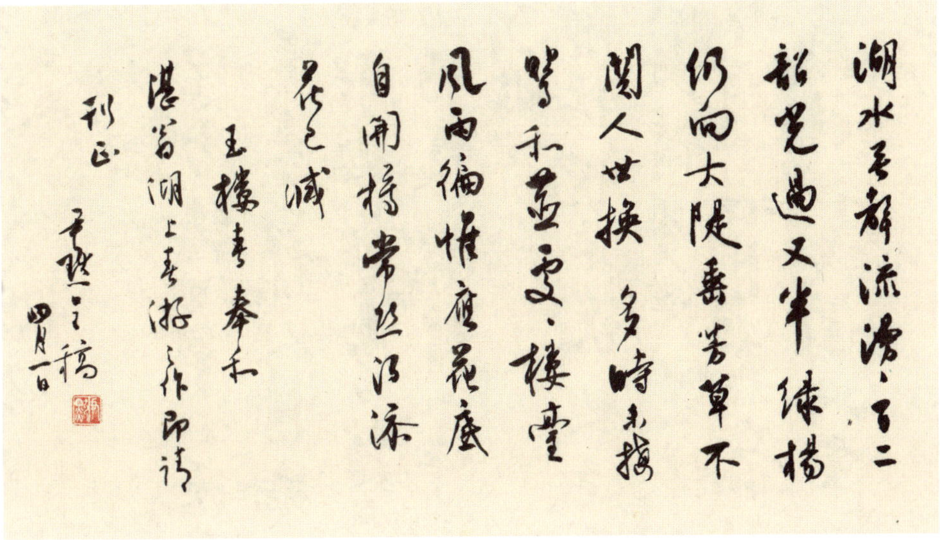
湖水無聲流瀉瀉，百二韶光過又半。綠楊仍向大隄垂，芳草不關人世換。多時未撥箏和燕，處處樓臺風雨徧。帷簾花底自開樽，常恐酒添花已減。

玉樓春　奉和
湛翁湖上春游之作即請
刊正
[illegible]之稿
四月一日

和馬一浮《玉樓春》詞

今日尊中應盡酒，酒杯到手莫辭傾，須知歡醉勝愁醒。

減字木蘭花

人涉卬否，終日皇皇須我友。千百年來，一樣人情看不開。誰能拋撇，春日佳花秋夜月。酒樣醲情，一醉從來不易醒。

迷離惝怳，說說歡娛還悵惘。忒殺情多，淺笑佯嗔奈若何。明明如月，莫管當前圓與缺。將缺成圓，此事從來一任天。

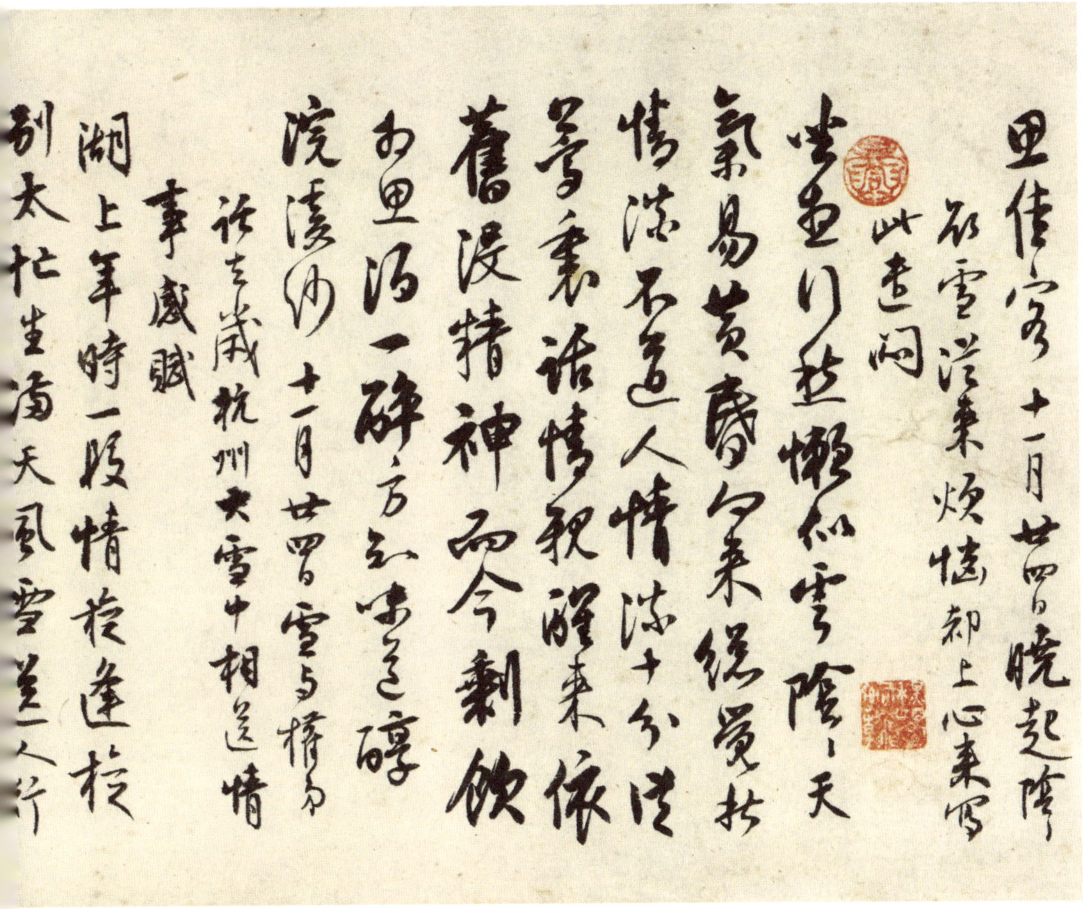

詞三首

報會引起多式多樣不一致的反響：
驚醒了許多懷舊的甜夢，
打破了許多頑固的人的幻想，
鼓舞着革新者的熱忱，
催促着正在前進者的快步；
聽到了吧，同志們！
大家用着又穩又快的步子，
緊跟着驚天動地的鑼鼓隊，
踏上通往社會主義的幸福大道，
滿懷信心的
前進，前進，一齊向前進！

一九五六年一月十六日

尹默

报喜队的锣鼓

当我们实现社会主义各方面的创造力量汇成了
一道洪流的时候，
一切事物必然加速地根本上起着惊人的变化。
闹嚷嚷地报喜队，
像潮水一般地涌现在街头巷尾，
从清早到晚上，
从西北到东南。
乡村听惯了的锣鼓声音，
不但惊动了新中国大城市的每个角落，
而且打动了包围着全世界的大气。
锣鼓声韵的音节不要以为它是单调的重复，
当它打到每一个人的心坎上，

報喜隊的鑼鼓

拉克人真智勇黎巴嫩[illegible][illegible][illegible]
犹美帝逞其肆干涉不顾世
界人咀呪解悲人民维侨免刑
鲜喋血事非久食渴二次为战争
背時只合作困獸多門不難必自斃
要不了就究着走但延残喘過
嘆帝國主義把育妄藥救日如久旱望回
詎免捨時命更生魂
不問社會主義陣營中和平之聲如[illegible]
雪[illegible]

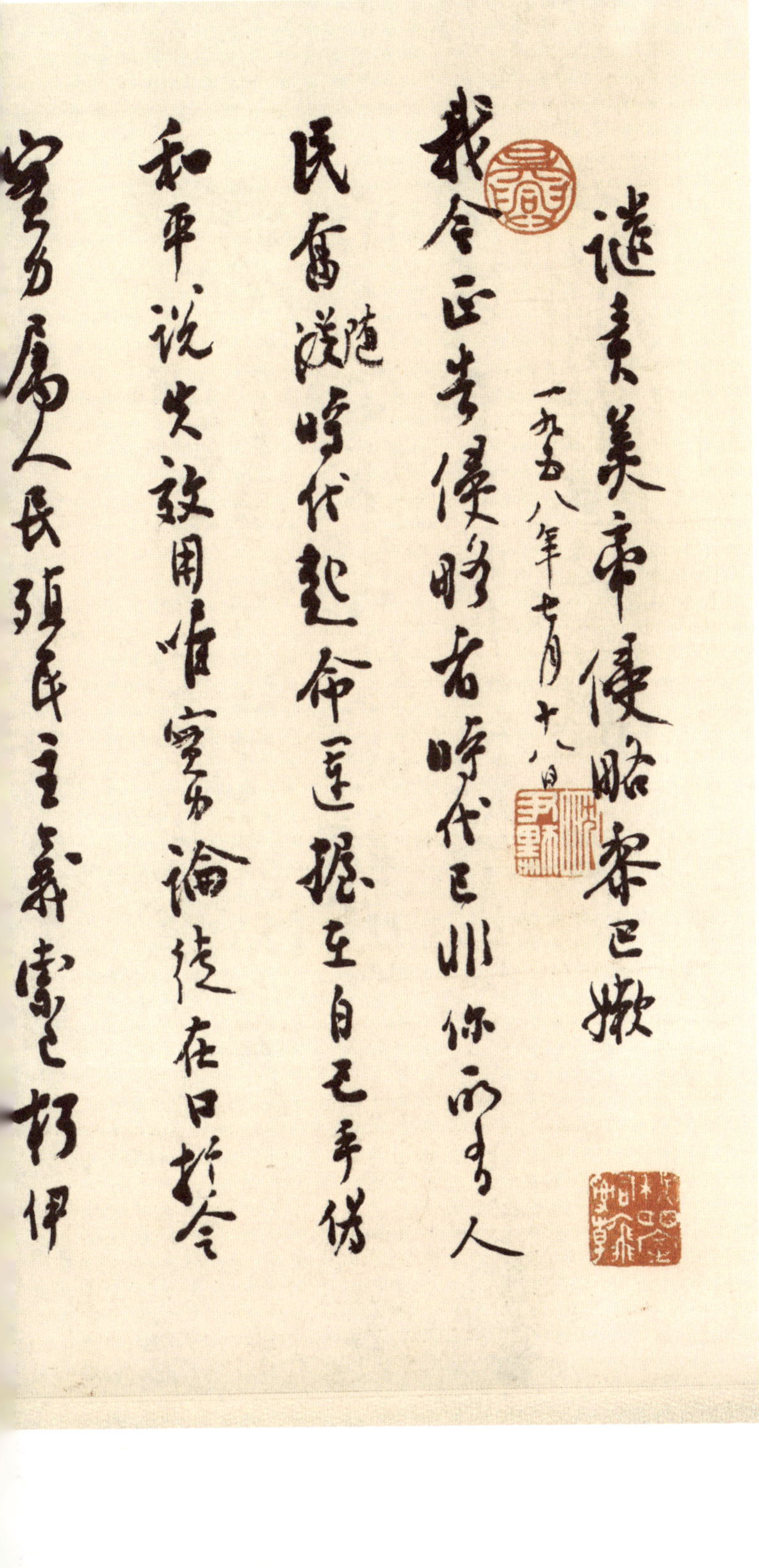

譴責美帝侵略黎巴嫩

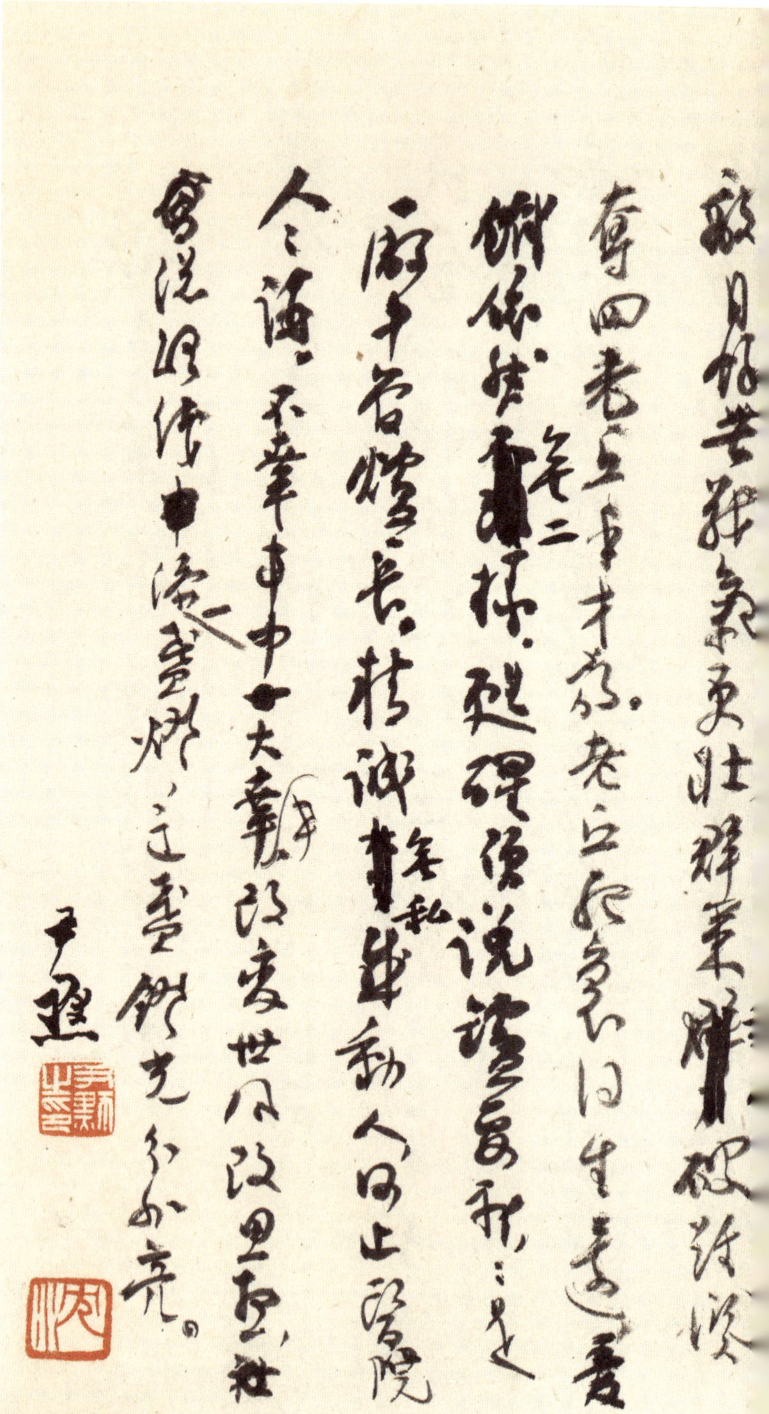

爲勞動者祝福

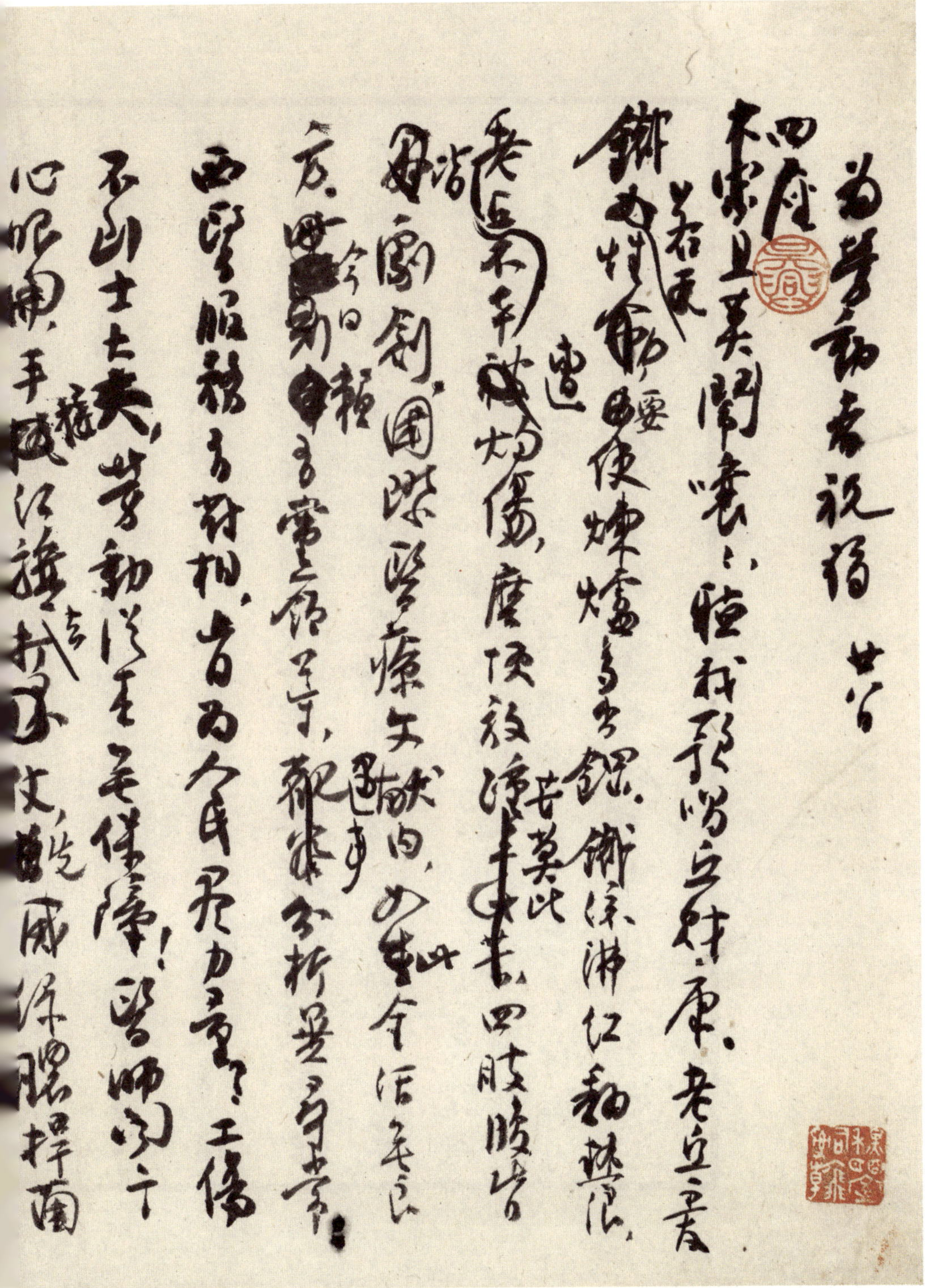
為勞動者祝福

義好，躍進隨所向，貫徹總路綫，明哉共產黨，事理顯一徑，
勝聽十年講，階層齊振奮，聞見增信仰，勞動有領導，
土地無首長，一切遵紀律，幹勁為之旺，運石笑風生，推
車汗雨暢，巾幗亦鬚眉，父老猶少壯，強弱時調整，速
度握諸掌，一日等廿年，實踐非虛謊，合作利生產，團
結好榜樣，政治浸人心，統一衆思想，一能應万变，百科明
真妄，人類新教育，其力難限量，彼自由世界，何敢有
背望，平凡此大學，生動世無兩，願為函授生，傳習成

歌謡六首（一）

歌唱比幹勁　六月十九日

社會主義大陣營，和平建設衛和平，熱情賽過原子能，大家起來比幹勁，國際度量有標準，我們市寸比英寸。

十三陵水庫工地是人民的大學校　六月廿六日

古蹟十三陵，不見人嚮往，今看大水庫壩，天地配高廣。旱澇從此除，衣食唯土壤，長城誠偉觀，比茲義無當，故事念民勞，新謀樂民享，十万众一心，功成若神創，社會主

旗去打仗，先滅綠膿桿菌敵，月餘苦戰氣益壯，众志重
重破鄉關，奪回老丘手术故。老丘死裏得生還，愛鐵
依然無二樣，甦醒便問車間爐，我是廠中管爐長。
精誠無私感動人，何止醫院人人講。不幸事中大幸事，
改移世風改思想，總路線添一盞燈，這盞燈光分外
亮。

譴責美帝侵略黎巴嫩　七月十六

我今正告侵略者，時代已非你所有。人民奮隨時代起，

風尚。

為五財康同志視福並為全市勞動者祝福　六月三十日

四座且莫鬧嚷嚷，聽我歌唱五財康。老五愛鐵若性命，要使煉爐多出鋼，鐵流沸紅翻熱浪，不幸老五遭灼傷，摩頂放踵莫與比，四肢腹背皆劇創。外國醫療文獻曰，如此全活無良方。今日賴有黨領導，遇事分析異尋常：西醫服務有對象，昔為人民盡力量？工傷不到士大夫，勞動從來無保障！醫師聞之心眼開，手接紅

歌謠六首（二）

全世界人民聯合起來撲滅戰火 青春

人民實不關解放則喜，萬不關侵略則怒，和平陣營得人心，為能明此真理故。美英狼子野心大，要放野火燒西亞，只見石油好利潤，忘了油管加熱會爆炸，引狼入室賣國賊，黎約人民卻不怕。人民武裝聲煊赫，守住人民貝魯特，支持新興伊拉克，保衛整个阿拉伯、阿拉伯人民團結緊，全世界人民共命運，起來，起來，快起來！打狼人人有責任，一齊揚起巨靈掌，揮把火種撲滅盡。

命運握在自己手，偽和平說失效用，唯實力論徒在口，於今實力屬人民，殖民主義索已朽，伊拉克人真智勇，黎巴嫩有新成就，美帝逆天肆干涉，不顧世界人咀咒，觸怒人民難倖免，朝鮮埃及事非久，貪溫二次好戰夢，皆時只合作困獸，多行不義必自斃，喫不了就兜着走，但恐欲走路不通，病入膏肓無藥救，何如及早猛回頭，免捨性命免出醜，不聞社會主義陣容中，和平正義之聲如雷吼。

歌謠六首（三）

地的叢花將開。
尹默

工農業大豐收中認識到共產主義事業真偉大

有圖有草不依賴，克時而動不等待，乾坤一担肩上挑，共產主義事業真偉大。說來道理甚明白，一切為了全人類，事在人為不關天，天地難與眾作對，棉糧煤鐵資文化，各盡其能始無愧，改造自然改風俗，利所必興弊必除，自有史來數千年，今日真見人社會，農業綱要起作用，一髮牽引全身動，人人為我我為人，欲罷不能吾從眾。吾從眾，竭吾才，幹勁鑽勁鼓起來，贏得全面大豐收，遍

歌謠六首（四）

新生力量植根深，众志成城那可侵。天道人言無畏恤，只緣事事得人心。

工農結隊向前行，新事新人世所驚。知識份子非無用，要於革命付精誠。

有眼無心識泰山，感情用事故冥頑。絲毫無損大躍進，只是陷身右派邊。

此為尹默姑丈於上世紀六十年代所作之七絕白話律詩
全集已出版此為漏網之魚也丁酉深秋家增題識

七絕三首

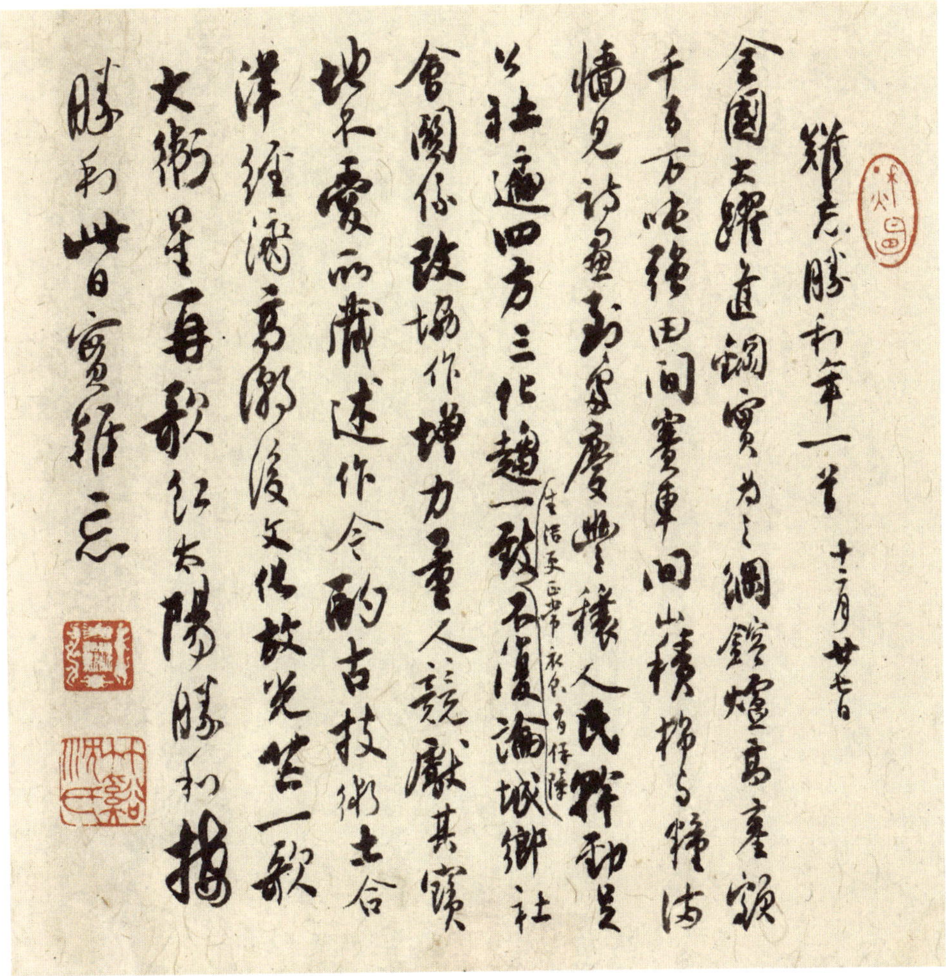

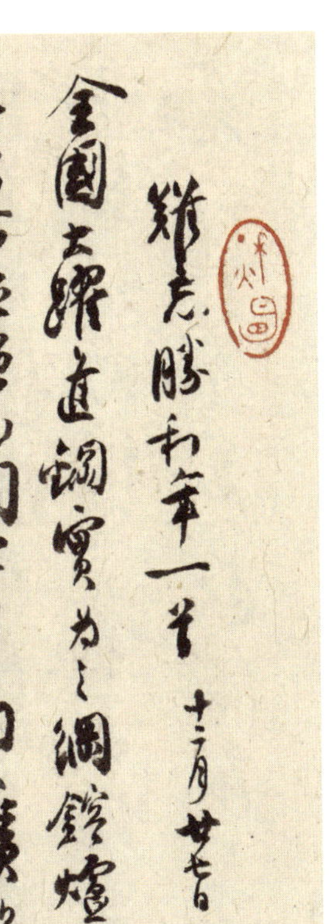

難忘勝利年一首

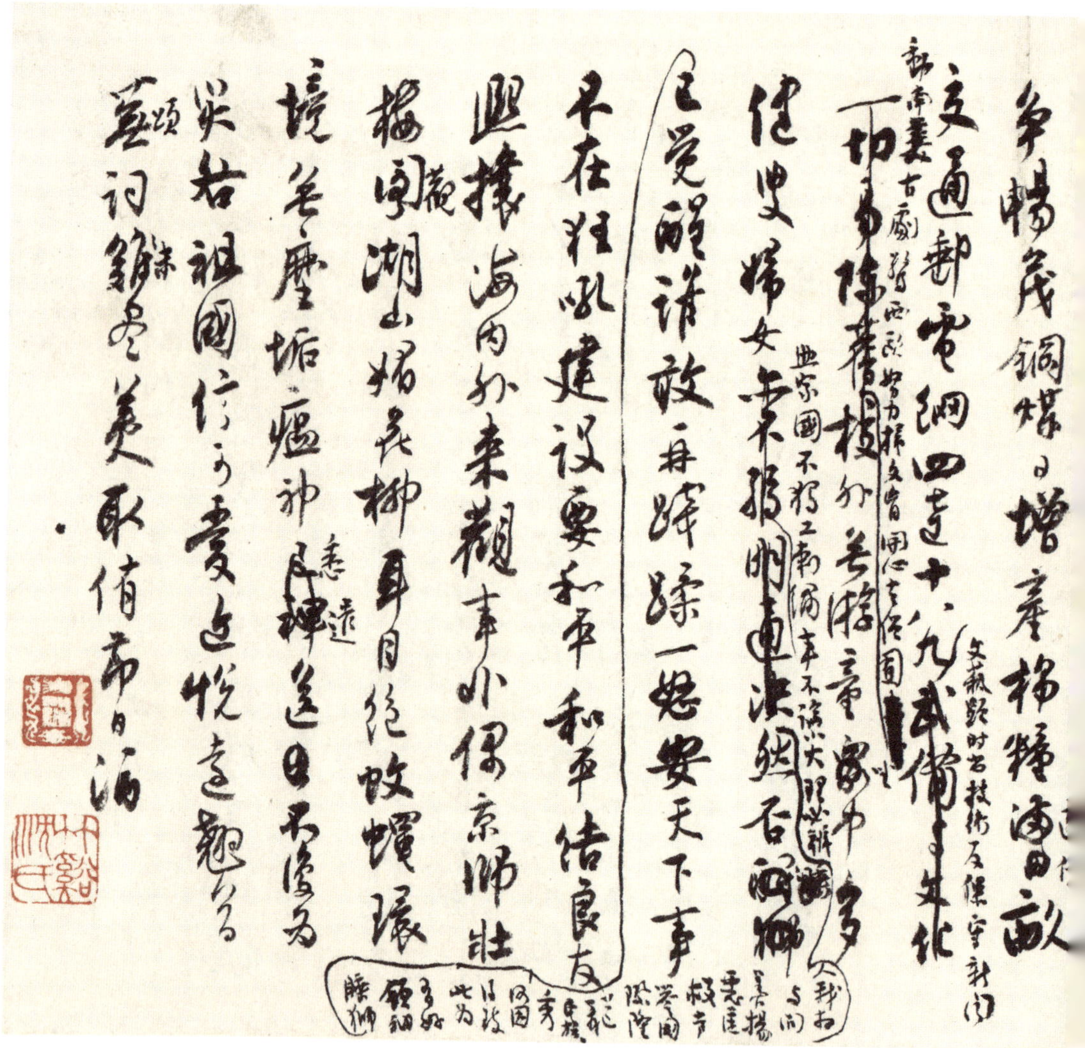

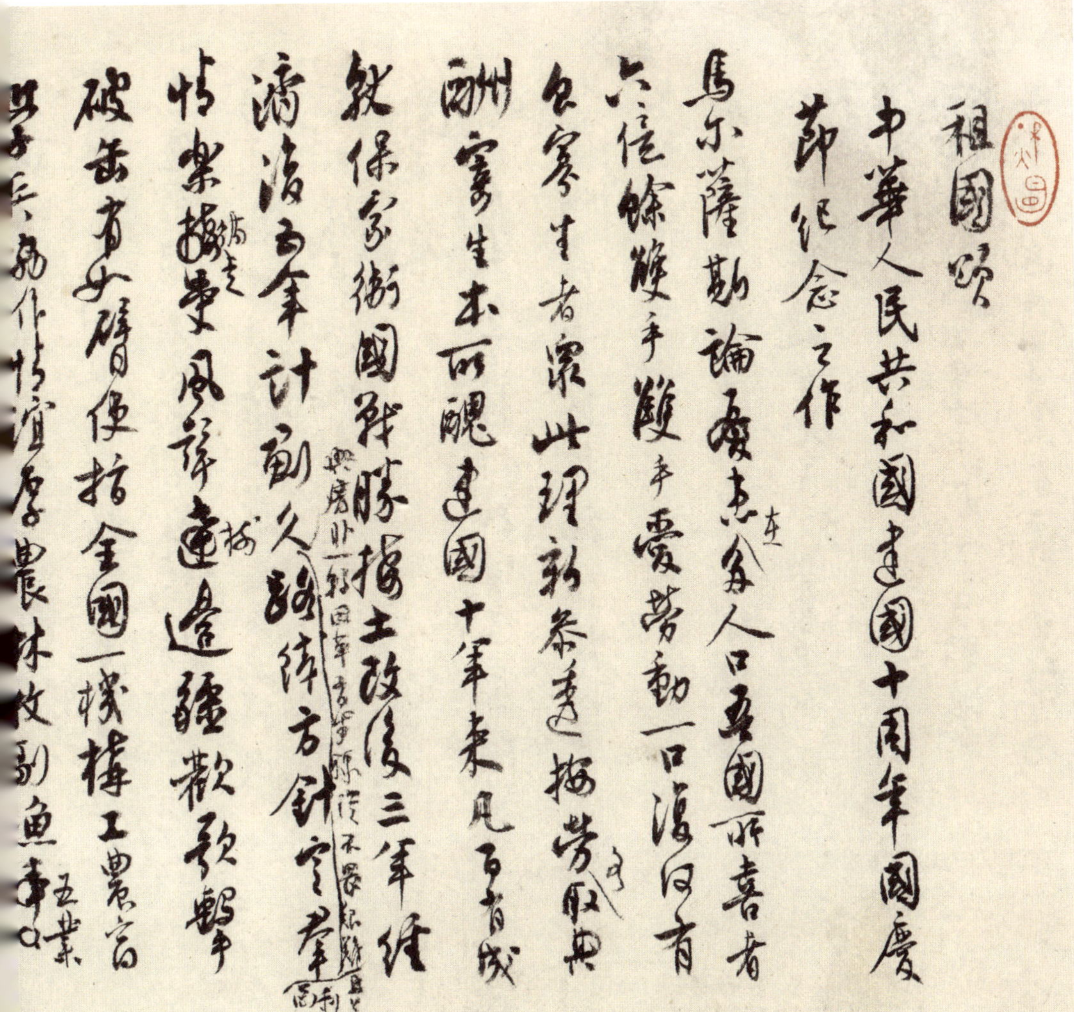

祖國頌

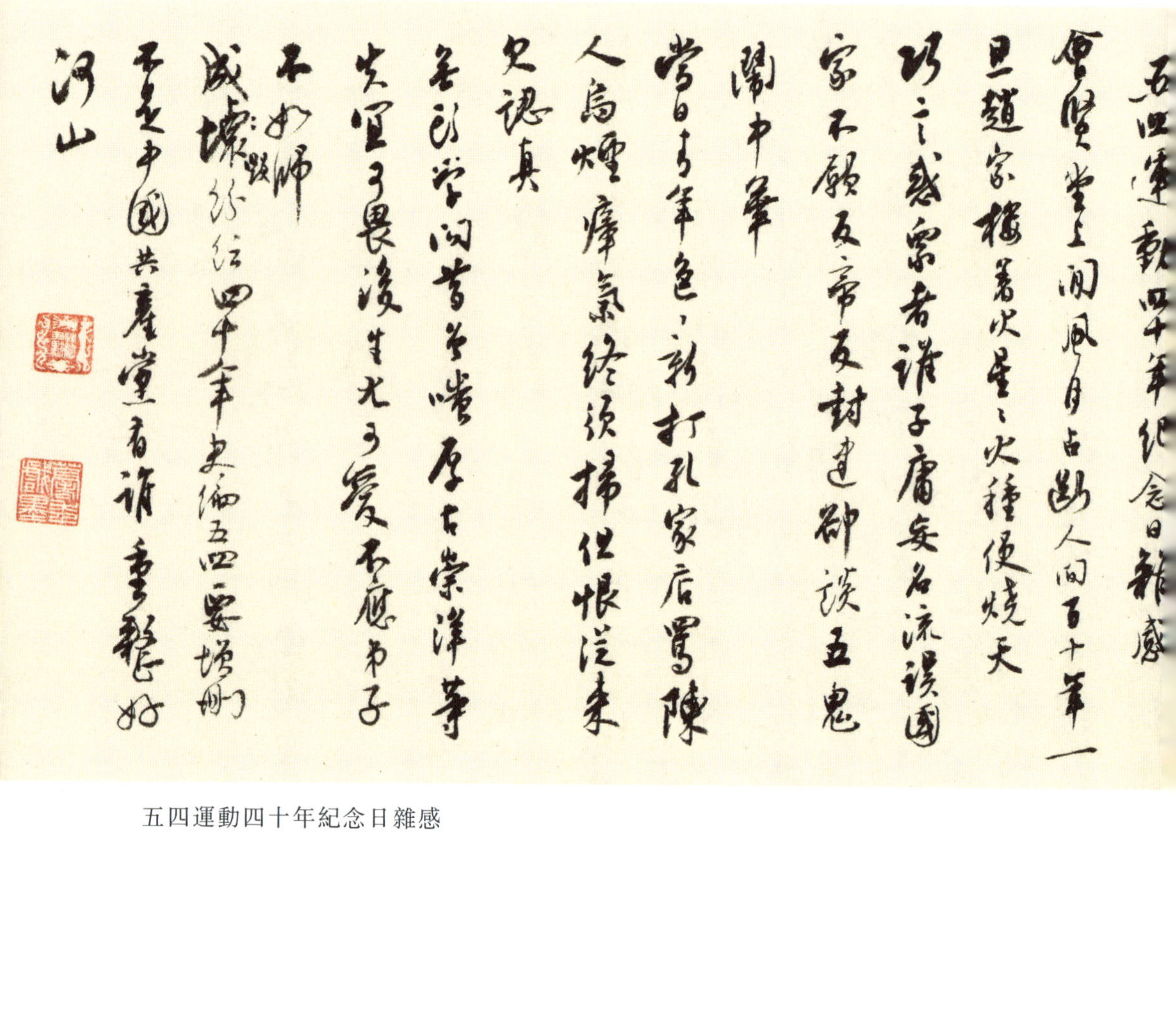

五四運動四十年紀念日雜感

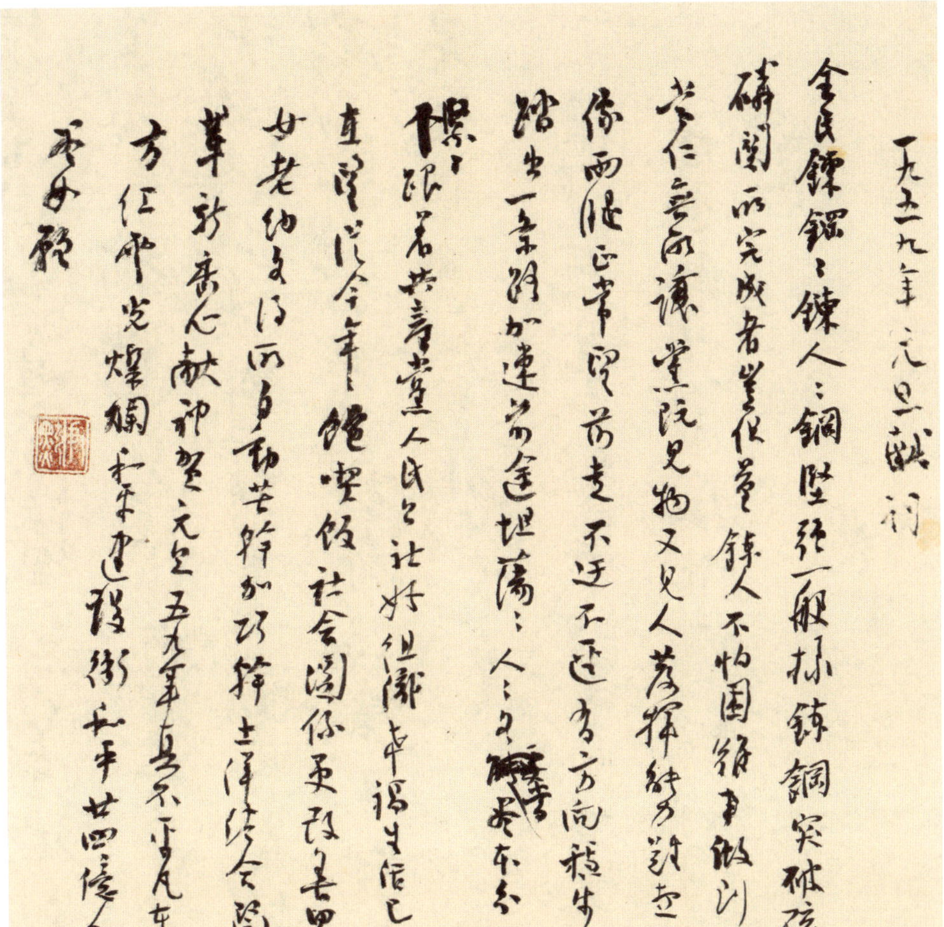

一九五九年元旦獻詞

子今之傳人師世子絳效忠看瓊獻應
纔有鐘鳴昔隨趨步同情勉新
貞聲之猶草木不傷判睦昕世味甘
杯璣人情美餘鯖此中閱某在域外
想孤征得入文為獻都緣事了聽歸
來期指日和冬尹默之生

通伯先生以寄東詩二十四韻見示
索和輒依韻獻作奉酬即希
哂正

尹默初稿

和金通尹二十四韻詩

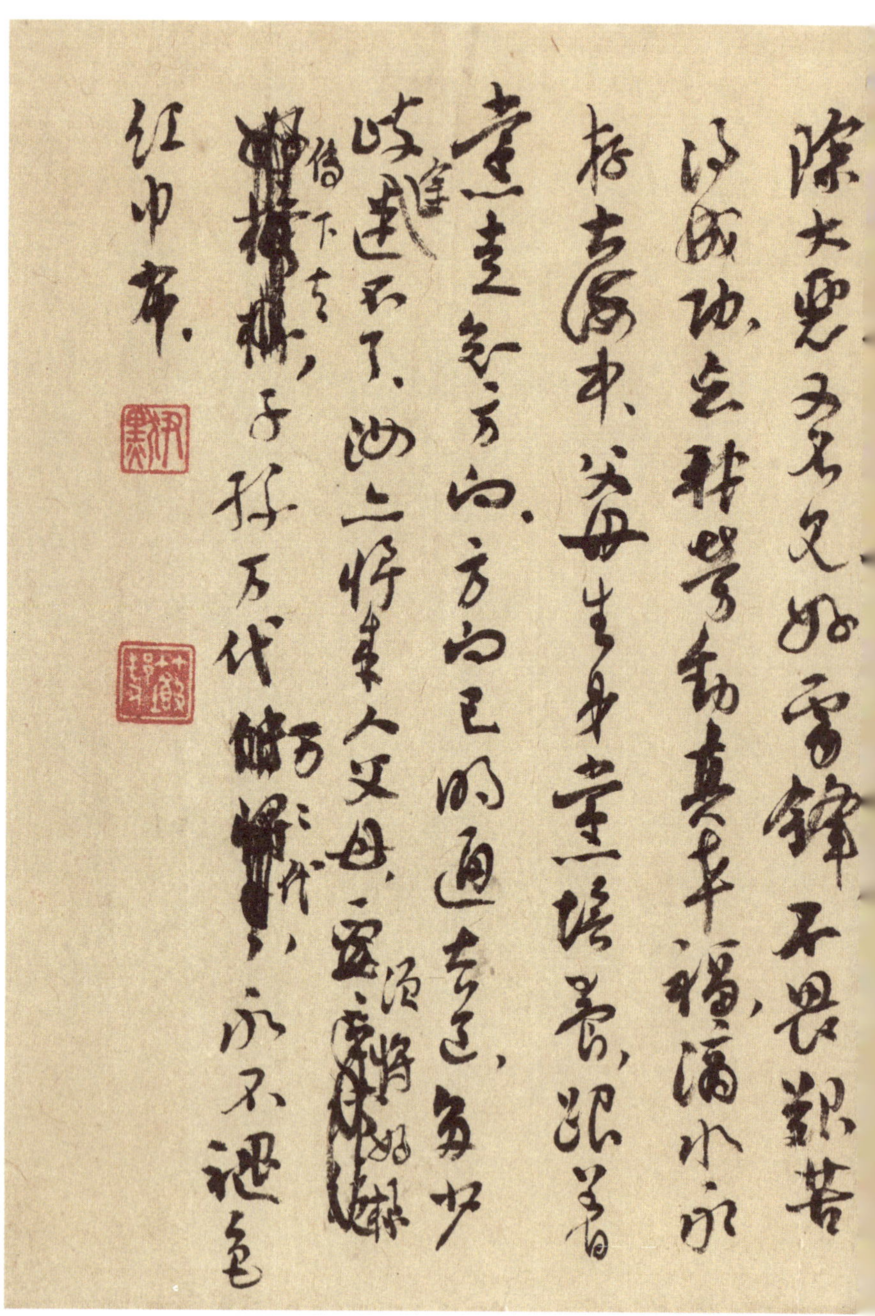

紅領巾歌贈少先隊員